戏说不胡说，轻松搞笑又长知识的历史演绎

趣说历史

谁动了姜子牙的奶酪？

之爆笑先秦

崔晓飞 李永斌 编著

全国23位知名作家撰写赏析

对书中故事进行深度解读

文化发展出版社
Cultural Development Press
·北京·

图书在版编目（CIP）数据

趣说历史之爆笑先秦 / 崔晓飞，李永斌编著．北京：文化发展出版社，2025．7．— ISBN 978-7-5142-4703-9

Ⅰ．I247.7

中国国家版本馆 CIP 数据核字第 202582S3N2 号

趣说历史之爆笑先秦

崔晓飞　李永斌　编著

责任编辑：朱　晴
责任校对：侯　娜
责任印制：邓辉明
封面设计：百悦兰棠 【BAIYUE LANTANG】
出版发行：文化发展出版社（北京市翠微路 2 号 邮编：100036）
网　　址：www.wenhuafazhan.com
经　　销：全国新华书店
印　　刷：北京一鑫印务有限责任公司

开　　本：710mm × 1000mm　1 / 16
字　　数：560 千字
印　　张：33
版　　次：2025 年 7 月第 1 版
印　　次：2025 年 7 月第 1 次印刷

定　　价：99.00 元
I S B N：978-7-5142-4703-9

大人物，小人物，都是不朽的人物

“笑李飞叨”这个名字，相信很多朋友都猜到了，是取自古龙武侠小说代表作《小李飞刀》的谐音。读来朗朗上口，又有明星效应，想来定会让人过目不忘。当“小”字变成了“笑”，这把透着侠客豪情的“飞刀”，又显出伶人的幽默诙谐。一定会有读者好奇：笑李飞叨究竟走的是怎样的人设？

蹭热点向来是标题党们乐此不疲的事情。那么，“笑李飞叨”仅仅是蹭一把热点就跑的投机者吗？当然不是，因为这不是一个凭空捏造的名字，而是本书两位主创——我的搭档李永斌先生（笑李）与本尊崔晓飞（飞叨）组成的一对“文坛奇侠（奇葩的奇）”，喊着“笑侃历史典故、叨咕风流人物”的口号，立志要将历史上那些大人物、小人物，大事件、小典故，凡是值得一书的人和事，都收入笔下，以史为镜，用前人的智慧启迪今人。

介绍完作者，再来给本书打打广告——

“笑李飞叨趣说历史”栏目系列故事，自2020年5月29日开始在我负责的《劳动时报》副刊版面连载，至今走过了快4年的时间，其间收获了不少“铁粉”，也得到了一些业内人士的点赞。由栏目文章集结而成的第一本书《笑李飞叨趣说历史之爆笑先秦》终于要和大家见面了。除了正文中的故事，附在每个故事后面的赏析篇，也都是从《劳动时报》副刊发表的评论文章中精选出来的，囊括了全国各地23位作家、文学爱好者的经典佳作。

本书的创意借鉴了鲁迅先生的《故事新编》，是对笑李、飞叨共同的偶像的一次“笔尖上的致敬”。在此，冒昧借鲁迅先生的话，对本书做一个简单归纳——“神话，传说及史实的演义”“取一点因由，随意点染”。

《笑李飞叨趣说历史之爆笑先秦》一书，集合了“中华上下五千年”之先秦时期最经典的典故故事，按时间顺序排列，每一章以一个成语典故统领，融入正史、野史、稗史等各方资料，以现代人喜闻乐见的小说笔法——优美的文风、幽默的笔调，辅之以合理想象，生动演绎那些大家熟悉或不熟悉的历史典故故事，以小见大，从而串起一部通俗有趣的“先秦史”。

故事涉及面广，既有惊心动魄的宫廷争斗，如《新三家分晋：看脸时代的打脸事件》，又有狼烟滚滚的战场厮杀，如《新纸上谈兵：博弈》；既有缠绵悱恻的儿女情长，如《新桃花夫人：桃花劫》，亦有快意恩仇的江湖风云，如《新侠客聂政：斜阳匕落》。

书中既有掌控时代命脉的大人物，亦有在犄角旮旯里各自精彩的小人物。还有一些诞生于笑李飞叨笔下的“新小人物”，宫女甲、宦官乙、商贩丙、士兵丁……这些小人物个性分明、笑点十足，也是书中一道独特的风景。这些看似名不见经传的小人物，经过笔者的悉心装扮，亦有了夺人眼球的主角光环，使得读者在了解和审视一个历史事件或历史人物的时候，有了更多崭新的视角。在笔者看来，无论是大人物，还是小人物，身上都有闪光点，都是值得被记住、被书写的不朽的人物。

有些故事在史书上只有寥寥数笔匆匆带过，经过笔者的脑补和重新润色，每个故事都变得更加丰满和厚重，笑料不断的同时又饱含哲思。如《新女艾谍浇：猪队友》的故事，就是由《左传·哀公元年》中的一句“少康使女艾谍浇”衍生出来的；《新二子乘舟：三公子》的故事则改编自《诗经》中的一首《二子乘舟》。可见，本书收录的一些故事，源自史书，却又是你从未读到过的，既不脱离中华传统文化，又能将新鲜感拉满。此外，每个故事都贯穿着一个笔者重新提炼的中心思想，对于今天的人们而言更有代入感，也更有启发性，如《新吴起变法：追梦人》，想必能引发那些在职场上屡屡受挫却不忘初心的现代“追梦人”的更多共鸣。

值得一提的是，我的搭档笑李先生不仅是一位学富五车、博古通今的文坛奇才，也是一位脑洞惊人、口才一流的相声和戏剧演员，因而，他的语言风格独树一帜，在设计人物对话时，各种嬉笑怒骂插科打诨、顺口溜、排比句、歇后语、包袱笑梗，张口便来俯拾皆是，让人眼花缭乱应接不暇……会写作的不一定会讲相声，会讲相声的不一定会写作，笑李先生这种“双剑合璧”的语言风格，也赋予了经他撰写及编辑精心润色的这本书别具一格的特色，保证能让你开怀一笑。

本书的结构也十分新颖，每个章节由典故卡 + 正文 + 赏析三部分组成：精心编制的“典故卡”，对成语典故的核心要义和史料来源等作了介绍；文后的赏析，则对故事涉及的历史背景和重要知识点等进行了归纳总结，便于读者对历史故事进行深入解读。本书知识性、文学性、趣味性一应俱全，无论对于历史爱好者、文学爱好者，还是在生活中磕磕碰碰，渴望获得心灵滋养的“小人物”们，都是一份不错的阅读选择。

“让中华历史走进千家万户，让老老少少都爱上国学文化”，便是笑李飞叨根植于心，最朴实，也最崇高的理想。

除了赏析文章收入本书的 23 位作者，我们对一直陪伴《劳动时报》，关注支持“笑李飞叨”栏目的其他作者和读者朋友们，一直义务担任本书审稿、校对工作的蒋华、沈小平两位老师，以及为录制有声版“笑李飞叨”付出了诸多心血的喜马拉雅攀登计划的校友们……致以诚挚的感谢！

作者崔晓飞 2023.12.25 于贵阳

目录

第 1 章　新大禹治水：爱上一个不回家的人

典故卡

大禹治水

大禹治水是上古汉族神话传说，《山海经·海内经》中的故事，也收录于《史记·五帝本纪》与《史记·夏本纪》。故事讲述了三皇五帝时期，黄河泛滥，鲧（gǔn）、禹父子二人受命于尧、舜二帝，负责治水。面对滔滔洪水，大禹从鲧治水的失败中汲取教训，改堵为疏，取得了卓越成效。大禹长年在外与民众一起奋战，“三过家门而不入”，耗尽心血与体力，终于完成治水大业。

道德三皇五帝，功名夏后商周。
英雄五伯闹春秋，秦汉兴亡过手。
青史几行名姓，北邙（máng）无数荒丘。
前人田地后人收，说甚龙争虎斗。

先别说什么和龙争和虎斗了，现如今最令尧头疼的，是和那个不给他一点面子的水斗，要是仅仅一盆洗脸水的话，尧当然不屑一顾，可如果是亿万万盆洗脸水一起劈头盖脸往身上浇来的话，这事就另当别论了。

这一天尧刚吃完早饭，嘴上的黄豆酱还没擦干净，忽听一阵急促的蠹蠹（dù）声，仿佛远远地看到大臣端着焦香扑鼻的猪头肉呈了上来。然而理想很丰满，现实却比瘦死的骆驼还骨感，大臣呈上来的竟然是一沓厚厚的奏折，其实说白了就是一堆王八壳子，一个壳子上就刻一个字，尧看了半晌才看清楚，三十多斤的龟壳上就写着八个大字：洪水泛滥，民不聊生。

眼看着美味的猪头肉变成龟壳，食欲正盛的尧未免有些落寞，但他不动声色，正襟危坐，一本正经地说：“各位，如今水患当头，人民受尽了苦难，必须要把这大水治住，你们看谁能来当此大任呢？”

于是群臣和各部落的首领都异口同声地说：“鲧。”尧一听顿时龙颜大怒，一拍龙案，大喝一声：“大胆，敢让我滚……”

大臣们都蒙了，个个面面相觑，不知什么情况，谁能来解释一下这突如其来的梗？这时其中一位大臣耐着性子说：“王上，此鲧非彼滚，鲧是大禹的父亲，您的爱卿呀！”尧一时下不来台，可恼的是老祖宗胡造字，造这么多多音多义的有啥用？够用就得了呗！尧清了清嗓子说：“我能不知道是鲧吗？我是不太信任这个人，所以一时生气，难道咱们朝廷没有能人了吗？”

大臣们异口同声：“没有。”

尧无奈，眼看没有更合适的人选，于是暂且将治水的任务委任给鲧。尧虽然是个吃货，但看人却是十分准的，不出他所料，鲧确实不是能担当重托的人。鲧治水治了九年，大水还是没有消退，鲧不但毫无办法，而且消极怠工，拿国家这一艰巨的任务当儿戏，水来了就堵，堵不住就跑。

后来尧年事已高，便高风亮节，将帝位禅让给舜，舜开始操理朝政，他所碰到的首要问题也是治水，舜可不惯着鲧，他问鲧：“水治好了吗？还能治好吗？”

鲧说：“听说西方现在也有大洪水，上帝造了一艘诺亚方舟，上帝拣选的人可以乘船逃难，剩下的只能淹死，王上，咱也学学他们的先进思维和技术，实在不行，就跑吧！”

舜说：“滚！”

鲧说：“臣在。”

舜说：“我说让你滚。”舜革去了鲧的职务，将他流放到羽山（今山东郯城县东北七十里），后来鲧就死在那里。

舜也来征求大臣们的意见，看谁能治退这水，大臣们都推荐禹。舜说：“这人都愚了，治水能行？我看先治病吧！”

大臣说：“王上，您别继承尧帝那些不好的东西，有时间多看看书是正经的。禹是鲧的儿子，典型的后浪一枚，但是德行能力比他的父亲强多了，这个人为人谦逊，待人有礼，做事认认真真，生活也非常简朴。”

舜让大臣说得脸上一阵白一阵红，他发誓回去后一定要把垫桌子腿的那套《咬文嚼字》重新搁到桌面上。又问：“朝中没有能人了吗？”

大臣们异口同声：“没有。”

舜说："你们离了人家父子俩啥也干不成。"嘴上虽这么说，但内心并不因大禹是鲧的儿子而轻视他，于是很快把治水的大任交给了他。大禹欣然领命，没有记恨父亲被舜流放致死的冤仇，反而立志要长江后浪推前浪，一浪更比一浪强，坚决把前浪拍在沙滩上，他仿佛听到父亲在天之灵传来的谆谆教导："孩儿啊！你得把水治好啊！"

大禹，姒（sì）姓夏后氏，名文命，字高密，号禹。传说为帝颛顼（zhuān xū）的曾孙，黄帝轩辕氏第六代玄孙。父亲是鲧，母亲为有莘氏女修己。媳妇是女娇，东夷涂山氏，仪容秀美，生性娴雅，是当地有名的美女。

大禹吸取其父鲧堵塞之法失败的教训，兼用疏导方法，如"导河积石""岷（mín）山导江""导淮自桐柏"等，引全国主要河流入海，"以四海为壑"，救民于倒悬。经过整整十三年的艰苦奋斗、筚路蓝缕的奔波，终于将洪水驯服，百姓总算可以安居乐业了。古籍记载他公而忘私的精神："劳身焦思，居外十三年，三过家门而不入"；记载其谦逊退让的美德："帝舜崩，三年丧毕，禹辞避舜之子商均于阳城"，以及虚心听取意见，自奉节俭的品格。大禹成功成为中国史籍记载中功高德劭的完人。

大禹若是听了这些古籍对他的歌功颂德，估计做梦都要笑醒了，他心想："你们懂什么，这就是舆论的巨大作用，要学会包装自己，宣传自己，我死后不出一万年，后人必将把我这套理论运用得出神入化，到时一卖惨，一炒作，一番包装，出名是一瞬间的事，十三年不入家门，我也是下够本的。"

但大禹的妻子涂山氏可不这么想，她早就听到过外面关于丈夫的风言风语，先是说大禹为了治水，向炎帝的女儿、巫山神女瑶姬借用两样宝物——开山斧与《黄绫宝卷》，结果不仅得到了宝物，还抱得美人归。更有甚者，说他在外面不但有小三，还有小四，够打一桌麻将了。

起初涂山氏还说："男人三妻四妾，很正常，一桌麻将不也才四个人嘛！"

好事者一撇嘴："什么四个人，是一桌麻将牌！"

涂山氏开始用手指头数牌，最后加上了脚指头，算来算去不够用。涂山氏一边数一边血压升高，眼看要过去，一旁的人劝："你看这气性，你数数的时候倒是换口气呀！"

涂山氏换了口气，脸色回归正常，开始狂笑，笑得旁边的人发毛。涂山氏开始哭诉自己的遭遇，她说自己与大禹自辛日结婚，到甲日才过了刚刚四天的蜜月期，大禹就外出治水去了。自己便也追随大禹，在附近的安邑（今山西省运城市夏县）安了家，起早贪黑，没日没夜，坚决支持丈夫的工作，舍小家顾大家，最后却落得这个下场，有时好多年都见不了一回面呀！旁人劝她：“凡事往好处想，也许不是有外遇，也可能他死了呢！”

“呸呸呸！这是往好了想吗？你会劝人吗？我早晚得让你们给劝死，赶紧滚滚滚！”

“你可别提这个字，这是你公公的名讳，直呼其名，大不敬呀！”

涂山氏用偌大的鸡毛掸子让那人好好知道知道什么叫祸从口出，那人哎哟着抱头鼠窜，落荒而逃。

又一个独守空房的夜晚，清冷的月光透过轩窗洒在床头。涂山氏触景生情，这个野生野长的文盲女子，居然触动灵机，发出心声：“候人兮猗（yī）！”中国历史上第一首情歌就这么流行了起来。据说后世赫赫有名的屈原、荆轲等都是她的“粉丝”，把“兮”这一词语，运用得炉火纯青。

相思成疾，涂山氏决定不再听信别人的谣言，她要亲自跑到丈夫跟前看看，事实究竟是什么。于是，涂山氏找到了大禹，每天看到大禹汗流浃背地工作，没日没夜地指挥疏水战斗，哪有什么时间眠花宿柳，哪有什么时间依依侬侬。这热火朝天的工地田垄，都是赤膊上阵晒得黝黑的粗壮汉子，就是有女人也是被风吹日晒摧残成了糙女悍妇，大禹多看一眼估计都能把前天的晚饭勾出来，还能和她们发生什么风流韵事？涂山氏这才明白过来，自己冤枉了丈夫，悔不当初。

哎，谁让我爱上了一个不回家的人呢！

后来，《山海经》等书的作者，对这一夫妻久别重逢的场景又进行了一番添油加醋：当涂山氏见到朝思暮想的相公，却见大禹已经化身为熊。惭愧不已的她，一声长叹之后，竟坐化成一尊望夫石。后来，石头破裂，大禹从里面抱出了一个孩子，那可不是悟空，而是后来夏王朝的创始人——启。

赏　析

艺术中的烟火味

《新大禹治水：爱上一个不回家的人》中的尧是位美食家。不得不承认，他有着强大的人格魅力，连笔者都不禁被感染，变成了一名“吃货”，面对笑李飞叨烹制的这道别样的文艺大餐而垂涎三尺。该篇文字通俗易懂，语言幽默风趣，人物栩栩如生，感情细腻丰富，情节跌宕起伏，引人入胜。仿若一盘热腾腾的红烧肉，肥而不腻，酥而不烂，爽口弹牙，氤氲异香中夹着一股燃柴的味道——人间的烟火味。

尧刚吃完早餐，嘴上沾着黄豆酱……无须刻画肖像，人物已跃然纸上。想想看，一个身披兽皮的部落酋长，满脸须髯，嘴边沾满了黏糊糊的黄豆酱，端坐案前，忧心忡忡地翻阅着堆成山的王八壳子（奏折），想到他的子民处于水深火热之中，眉头拧成疙瘩。

简笔一处，胜过翰墨千丈。些微黄豆酱勾画出一个活生生的年老体衰的头领。虽有点邋遢，但是有血有肉，形象逼真。你的眼前仿佛跳出一个画面：几千年前，一个老人颤巍巍地往嘴里送馒头，怎奈身颤手抖，哆嗦不已。虽贵为一国之主，却没有架子，没有“神”的色彩，一心为民……文中的刻画入木三分。一抹黄豆酱透露出一股生活气息，写活了人，写活了事。

文中写到禹“劳身焦思，居外十三年，三过家门而不入”，用幽默诙谐的笔调解答了旁人的疑问：“出名是一瞬间的事，十三年不入家门，我也是下够本的。”不知古人如何衡量“年”的时间跨度，反正在今人眼里是够漫长的。没想到，故事中受到世人赞许的禹，内心并不如人们传统印象中那般“高尚”，竟然在心里打起了市井之流的小算盘，道出了“包装宣传”的妙用。这一段人物自白，虽是杜撰，却十分精妙，与今天诸多擅于炒作、哗众取宠的人物事迹相吻合，令读者笑喷之即，亦产生了共鸣。

文中关于大禹妻子涂山氏的描述，烟火味更浓。作者一反常态，没有堆砌那些高大上的溢美之词，反而以一个爱吃醋、疑心重的小妇人形象示人。当听闻丈夫变心的风言风语，涂山氏一哭二闹三上吊，把一个寻常女人那股老坛中的“醋劲”泼洒得淋漓尽致。无论是在影视剧还是在现实生活中，这样的女人不但存在，而且为数不少。感受着一个平常女人泪水的温度，听着她撕心裂肺的哭声，仿若这一切，就是生活中曾经发生的一幕幕似的。

人，真实可爱；事，耐人寻味。掩卷闭目，轻动鼻翼，仿佛能嗅到一股黄豆酱的淡淡香气。

苗文金，“80后”，河北邯郸人。河北省采风学会会员，河北公安文联作家协会理事，邯郸市作家协会会员，首届邯郸市公安局文联会员。

对本书的一句荐语：书中人，书中事，皆有人间烟火味，栩栩如生的人物如同夜空的星星，像宝石一样闪着光。

第 2 章　新女艾谍浇：猪队友

典故卡

女艾谍浇

“少康中兴”是中国历史上首个出现以“中兴”二字命名的时代，“女艾谍浇”则是这个故事中最瑰丽的一篇，见于《史记·夏本纪》《左传·襄公四年》《左传·哀公元年》《楚辞·离骚》等。少康是中国夏朝开创者启的曾孙，夏朝第六代天子。其父相被寒浞（zhuó）杀死，从此，寒浞代夏。少康是遗腹子，广施德政而得到夏后氏遗民拥护。经过周密策划，少康通过用间、行刺等手段，以弱胜强，最终战胜寒浞父子，中兴夏朝。少康也被称为“全世界间谍的开山鼻祖”。《左传·哀公元年》中“少康使女艾谍浇”一语，说的就是他。这是华夏历史上最早有文字记载的间谍活动，而女艾则成为华夏历史上第一位间谍。

一

夜犹如一个魔法师，“刷”地一变，原本宝石般的天空不知何时变得漆黑一片。一抹难以捕捉的身影，悠悠地钻进了深邃的夜色里。

这是一座位于中原腹地的老城，好像整个浸泡在了黑色的墨水里，远远眺望，几乎看不到一点亮光。

忽然，这个硕大的墨水瓶恍若被轻轻搅动了一下，一滴墨汁溅入半空。定睛一看，只见一个身形瘦削的黑衣人“嗖”的一下，奋身一跃，便从一株高耸入云的枫杨树上，跳到了一面曲尺式的高墙上。

高墙内，崇楼峻垣，气象森严。从高墙望到里面，看到的是一重重的屋脊和一层层的楼房。这时，从不远处传来一声酷似狼叫的声音，黑衣人竖起耳朵听了一会儿，便翻身上了屋顶，然后步履如飞地奔向一幢楼屋。他立定脚步，略一踌躇，轻轻蹑足走到近窗处，做个丁字挂帘式，像只壁虎一样贴在墙壁上，然后从窗户往屋里偷窥。

漆黑一片，什么也看不见。

“糟糕，我的夜视美瞳忘戴了！”黑衣人霎时冷汗直冒，心想，“不过，既然我搭档发出的信号来自这里，那这里准是寒浇下榻之处。此时不下手，更待何时？主公，今晚我就能为您报仇了！”

黑衣人禁不住热血奔涌，他下意识地摸了摸腰间佩剑，心已经跳到嗓子眼。他下定决心后飞身而下，很快双脚着陆，却感觉自己好像落在了一个浅浅的池塘中，身体一动就漂了起来。

“这什么味？”一阵恶臭扑鼻而来，黑衣人在“池塘”里扑腾了一下，发觉不对劲，这黏糊糊的手感……

黑衣人还来不及确认自己身处何处，突然有人撞门进来，他只能憋住气，捏住鼻子，潜入“池塘”底下，把自己隐藏起来。

进来的是两个醉汉。

“咱们头儿酒量真不是盖的，我都尿了一百次了，他仍旧屹立不倒，屁股都没抬一下。”

“那可不，我看把这一粪池的储量换成酒，头领一顿都能消化干净。”

说罢，两人咯咯坏笑，然后一起踱到粪池前撒尿，罢了又互相搀扶着走出茅房。

黑衣人总算可以浮上来喘口气。好在旁边正好有一个水缸，他赶紧爬上岸，拿起水瓢冲洗了一下身子，只是方才的万丈豪情都淹没在了这该死的粪池里。黑衣人此时想死的心都有了，可他还得坚持，至少得等那个人先死，自己才有自我了断的资格。

那个人，就是刚才两名醉汉提到的“头领”，也是黑衣人此番准备刺杀的对象——寒浇。

黑衣人一个飞身又上了屋顶，慌不择路地跑回了来时当作梯子的那株枫杨树前，从树上掏出一个包裹，里面装的竟然是一套女装。他气急败坏地扯掉身上的夜行衣，撕成碎屑，撒入夜空瞬间不见，然后又躲进树里，换上那套女装。

等黑衣人再次从树上下来，摇身一变成了一位容貌秀丽的少女。

正在这时，一个黑影突然从背后跑来，扑向少女。

她吓了一跳，但很快便放松了警惕，享受着黑影的“熊抱”。原来，黑影竟是一只体态硕大的黑狗。

“哈哈……哈哈……你别舔我啊，我知道你很爱我，可咱们是出来执行任务的，可不是来秀恩爱的。”少女被黑狗舔得浑身痒痒，方才的怒气也烟消云散了。

少女带着黑狗躲到一个隐蔽的角落，又小声嗔怪起来：“我让你找到寒浇的寝宫后给我发送暗号，为什么我循着信号源找过去，却掉进了一间茅房呢？你真是白长一张狗脸，却是一个不折不扣的猪队友！敢情我是瞎了眼，拿猪当狗遛了？”

黑狗委屈地耷拉下脑袋，哼哼了两声。

这时，旁边忽然有人经过，少女赶紧拽着黑狗躲起来，只听其中一人说：“真是狗改不了吃屎！后宫里那么多风姿绰约的美少女，咱们头领愣是看不上，专捡别人剩下的。看吧，最近他和隔壁老王家那个寡妇女岐（qí）又对上眼了！两个干柴烈火，如胶似漆。头领这几天都在那寡妇家过夜，也不怕折寿！”

“非凡之人必有非人之处嘛！”另一个接道。

两个壮汉嬉笑着走开。这会少女的脸色更差了，刚刚那人说的“狗改不了吃屎”这句话提醒了她，为什么她的搭档会在茅厕里发暗号，以及刚刚舔她的那股兴奋劲，明显超出寻常。

不过，他们的话也提供了一些干货——

“看来第二方案——美人计实施不了了。”少女在心里暗自叹息，却也暗自庆幸，“寒浇喜欢的是二手货，我不是他的菜！”

“寒浇夜夜睡在寡妇家，必定戒备松弛，我不如做个顺水人情，就让他在温柔乡里长眠吧，他死了都得感谢我。”少女有了主意，心情也轻松了起来。她回头瞪了黑狗一眼，命令道：“将功补过，你去给我偷一匹黑布来，我要换身衣服！”黑狗发出委屈的“呜呜”声，一溜烟跑掉了。

二

又是一个月黑风高的午夜，呼啸的风声，掩盖了寡妇女岐家屋顶瓦片的清脆声。

说时迟那时快，一个黑影忽然从房顶跃下，只听“咣”一声响，被窝里的一个人，脖子喷出鲜血，随后连脑袋都滚到了地上。

身穿黑衣的刺客，用随身带来的布袋装起那颗头颅就飞身上了屋顶，然后一路狂奔到了枫杨树那儿，高高兴兴地打开布袋，借着月光仔细端详那颗头颅，却总觉得不太对劲。

“有胡子，有喉结，汗毛比眉毛长，毛孔比鼻孔大，应该是个男人……”刺客自言自语道，“可是，还打了耳洞，戴着女人的耳环，脖子上还挂了条女人的项链。这寒浇难不成是个变态吗？”

她百思不得其解。这时，忽见城中火光冲天，一群举着火把的人，高喊着“抓刺客”跑了过来。她赶紧又钻进树里。

那群人跑开后，其中两人溜了出来，到树底下小解。一个小声说：“这胆大包天的刺客，连咱们头儿也敢刺杀！”

“就是，关键尸体的头不见了，害得大家一阵惊慌，以为主子挂了，因为那女人魁梧的身材和咱们头儿还真难以分辨。头儿虽然口味重，倒也歪打正着，找了个绝佳的替死鬼。”

“话说，兄弟们都在商量弃城逃跑，其实早就想跑了，在哪不比在这儿日子好过呢？哪知道头儿忽然出现在大伙身后，把第一个看见他的兄弟吓得都尿失禁了。其实他若是鬼倒不吓人，正因是人才可怕。他要是听见大家打算叛逃的话，估计脑袋搬家的，就该是咱们了！”

“还得被烹煮，剁成肉酱啥的，这是他们寒家的一贯作风。他和他老爹，不就凭着这股心狠手辣的狠劲，才夺得天下的吗？唉，这里本是夏朝都城，繁华热闹，换了主子以后，夜晚都没人敢点灯了，生怕太高调惹祸上身。”

“说得是，咱哥俩在这唠唠，可千万别被别人听见。毕竟刺客今天手偏了，咱们还得继续给寒家人当差。”

“放心，哥，除非有哪个傻帽爬到树上去睡觉，不然，不可能有人听到。”

正在树上偷听的少女脸上顿时出现几道黑线。

一个男人又问道：“哥，你知不知道，头儿今天是怎么躲过这劫的？”

另一个叹了口气说：“唉，我也是听别人说的。那会头儿和他的小情人正你侬我侬，窗外忽然传来狗叫的声音。头儿大吼一声：‘我叫的时候谁敢叫？’就出门查看，看到一条大黑狗正缠着他们家的小白狗呢，于是捡了根棒子去赶黑狗。谁知道，就这几分钟空当，刺客来了……那黑狗，还真是该打！”

“狗这玩意儿还真是有灵性。当年，夏家被灭族，族长被寒家人所杀，他怀孕的老婆从狗洞钻出逃生，夏家的遗腹子少康才得以苟活于世，如今那少康做大了，又威胁到了寒家。头儿三令五申，让咱们枕戈待旦，随时提防少康来犯。可他自己倒好，有了寡妇，戈都抛到爪哇国去咯！整天除了打猎就是泡妞，没个正经。”

“他老爷子也是一样，拥有天下以后整日骄奢淫逸、醉生梦死。我看，亡国是迟早的事，咱还得早作打算。”

“哥，干脆咱俩趁乱，今晚就逃吧，去投奔少康怎么样？”

“好主意，免得夜长梦多。咱们就跟守门的说，看见刺客逃出城了要去追捕，让他开门，然后咱们就逃！”

“就这么办！”

说罢，两人朝着城门的方向走远了。少女这下彻底松了口气，她生怕这俩大马猴要爬树逃跑，那她可就尴尬了。

这时，少女听到“呜呜”的狗低声叫唤的声音，转头一看，是黑狗一瘸一拐地向她走来，凑近了一瞧，黑狗浑身都是伤，她真是又气又心疼。

“要不是你娘曾经救了主公他娘，领着她从狗洞逃生，我真恨不得寒浇一棒子打死你这只蠢东西，你母亲的优良基因你咋就一点没遗传呢？”少女嘟囔了一句。

三

风和日丽，艳阳高照。寒浇带着一众亲信到树林里打猎。凭着高超的箭术，寒浇很快就打到了一头麋鹿。属下兴冲冲地跑过来拍马屁：“头儿真是英明神武，就是当年那射太阳的后羿也得甘拜下风！”

寒浇得意地大笑：“哈哈，哈哈，哈哈哈哈！”

谁知这时，忽然传来一阵狗吠声，紧接着一只大黑狗窜到寒浇跟前，龇牙咧嘴对着他作势欲扑。寒浇还没反应过来，一个不明物体从天而降，正砸中黑狗的头，把它砸晕了过去。寒浇和属下愣了半晌，直到砸中黑狗的“凶器”发出一阵嗡嗡声，接着一群马蜂朝着他们飞过来，他们才看清楚，那“凶器”竟然是个马蜂窝。

“妈呀，快逃啊！”一众人被马蜂蛰得抱头鼠窜。寒浇也摔下马来，哇哇叫着捂着脑袋逃命。当他经过一株巨大的枫杨树时，一个黑影飘然而下。紧接着，他觉得脖子重重地挨了一下，然后就不省人事了。确切地说，是他的脑袋搬家了。寒浇的头颅，带着恐惧狰狞的表情，滚到了刺客脚边。刺客冷笑一声，提起寒浇的头颅，一个飞跃便消失在了树丛间。

当少康的爱将女艾，提着寒浇的头颅回营告捷，少康感动得热泪盈眶。他扶起这名看似柔弱、实则强悍的女将，连连嘘寒问暖，还附带问了一句，“怎么样，我派哈哈与你一同前去，一定帮上大忙了吧？”

“额……那是，最后没有它，我未必能完成任务。”女艾勉强地笑了笑，违心地答道，心里却在想：“主公真是给这畜生起了个好名字，还建议我把暗号定为‘哈哈，哈哈，哈哈哈哈！’哪知道，寒浇得意忘形哈哈大笑，这畜生还以为是和它对暗号呢，就跳了出去，还正好踩在我设置的机关上，结果被马蜂窝砸晕过去还被叮得满头包。这马蜂窝本来是送给寒浇的见面礼！好在我脑袋灵光，随机应变，这才侥幸完成了任务。”

寒浇死后，寒家失去了强有力的臂膀，少康率军攻打寒浇的老爹——寒浞的驻地。寒浞正在和妻妾们玩乐，就那么光着屁股被他自己的几个亲信从被窝里揪了出来，五花大绑送到了少康的军营，随即被处死。

夏王朝终于回归正统。少康上任后，励精图治，国家慢慢恢复了元气，又开始呈现勃勃生机，这便是史称的“少康中兴”。

赏 析

“猪队友”为血腥刺杀带来无数彩蛋！

在一个诗意盎然的夜晚，史上最早的女间谍——女艾粉墨登场了……

说起女艾，咱不得不先说说她的直接上级——姒少康。

少康的身世是个谜，涉及当时复杂血腥的政治。当然，孩提时的他如果真的说出自己的身世来，怕是能当场在私塾“炸锅”，把老师给活活吓死。

他的曾爷爷叫启，是治水英雄禹的儿子。

他的伯祖太康不但是夏朝国君，还是著名的丛林好猎手，为打一头鹿而荒废朝政，竟至数月不归，终至被有穷氏首领后裔谋朝篡位，客死异乡。这段往事，史称“太康失国”。《后汉书》载：夏侯氏太康失德，夷人始畔。后来后裔扶持了两个傀儡皇帝，其中一个便是少康的父亲相。再后来，后裔的手下寒浞忽然反叛，杀了后裔，又杀了相，还灭了夏侯氏全族。命悬一线，少康怀孕的妈妈从狗洞爬出才得以逃生，回到娘家生下少康。少康复国后，料想他会把那个狗洞给修葺一新，搞个 AAAAA 级公园卖门票……

少康中兴，是一段鲜为人知的历史。《史记·夏本纪》中仅流水账般留下一句父死子继、子终孙及的简单记录。书籍和影视剧中，对这段历史的描述也十分鲜见。事实上，这是一个有着里程碑意义的标志性事件：是中国历史上首个出现以“中兴”二字命名的时代；是华夏历史上最早有文字记载的间谍活动。作者从漫漫史海中拣出了这枚看似不起眼的贝壳，轻轻一掰，却让所有人都看到了耀眼的珍珠的光芒。

作者眼光的独到，还见于对角色的把握上，在那个男性荷尔蒙爆棚的时代，他们却选取了一个女人作为整个故事的重心，使得这部原本血腥惨烈的乱世混斗大戏，多了一分女性的柔情与雾里看花的神秘。女艾的事迹出自《左传·哀公元年》，仅仅五个字：使女艾谍浇。于是，作者脑洞大开的时间到了！

从文中的描述可以想象，这定是位容貌极佳、武艺高强又头脑灵光的女中豪杰。在少康的指示下，她孤身一人深入虎穴，潜伏在敌人军营里，静待时机成熟，人狗协力，兵不血刃地完成了斩首行动……

然而，行动进展得并不顺利。故事的开头，便让人笑掉大牙。伺机刺杀寒浇的女艾，在黑黢黢的夜里，在一本正经的各种秀功夫中，正忙得不亦乐乎，结果居然被“搭档”——一只黑狗错误引导，跌入粪坑。好不容易避开两个夜尿的壮汉，简单冲洗一下，臭味尚未散去，刚换上女装的她又被改不了吃屎习性的黑狗热情舔舐，估计此时女艾想死的心都有了！但重任在肩的她，可不能随便“挂”掉，主公少康的复仇大计，还指望着她呢。于是，女艾强打精神，再寻战机。在偷听了两个壮汉的私聊后，她决定从寒浇喜欢的寡妇——女岐家下手……

一波三折！由于黑狗的再次搅局，女艾黑灯瞎火中错杀了寡妇。刺杀计划又一次落空，只得再次苦等良机。要不是黑狗的娘曾经是主公他娘的救命恩人，领着怀有身孕的王后从狗洞钻出逃生，估计女艾此时把黑狗这只“猪队友”炖了都不解气！

机会总是青睐有准备的人，这一天很快到来了。寒浇在一次狩猎中，因成功射杀一头麋鹿，被手下吹捧恭维，得意地哈哈大笑。你说巧不巧，寒浇的这一笑竟然与少康给黑狗设定的暗号对上了。黑狗以“迅雷不及掩耳盗铃响叮当之势”，义无反顾地窜将出去，正龇牙咧嘴逞威风，突然被一个从天而降的马蜂窝砸晕了过去，搞得寒浇一众人莫名其妙、哭笑不得。殊不知，马蜂窝其实是女艾设置的机关。黑狗冷不丁跳出去，无意中触动原本是留给寒浇的机关，才导致了这场闹剧。好在，虽然没赶上预期效果，但女艾随机应变，瞅准空当，飘然下树，一击得手，终于顺利除掉了寒浇，算是歪打正着地完成了任务。

太佩服作者的脑洞大开，这桥段设计得简直比《小鬼当家》中的凯文还要“凯文”，只差一大串鞭炮了。

这一章展现给听众和读者的故事，活脱脱就是一部爆笑武侠大片。故事情节设置得精彩跌宕，文中极尽渲染、铺垫之能事，把女人和狗一波三折的故事，铺排得淋漓尽致。寒浇及其父寒浞的斑斑劣行，也在寒浇几个手下的私密对话中，侧面展现了出来。那句“他若是鬼倒不吓人，是人才可怕”引人深思。寒氏父子的最终覆亡，女艾的刺杀和少康的讨伐固然是推手，但他们自己的昏庸残暴和手下们的众叛亲离才是根本原因。

让我们再回到正史上来。女艾退场，把聚光灯下的“C 位”还给了她的主公、挚友，抑或意中人少康。在女艾等诸将的扶持下，少康消灭了宿敌，夺回了王位。他上任后，励精图治，夏王朝慢慢恢复了元气，又开始呈现勃勃生机。

在少康的正确领导下，一个女间谍便胜过十万雄狮，以最小的代价赢得了最大的军事胜利，堪称古今军事史上的奇迹。间谍的鼻祖——女杀手女艾，一战成名，青史留芳，给后世留下无尽的遐想。

夏旭志，“70 后”，江苏南京人。江苏省作家协会会员、江苏省诗词协会会员。

对本书的一句荐语：笑看历史风云，重温文化辉光。

第 3 章　新夏桀亡国：夜宫

典故卡

夏桀亡国

载于《史记·殷本纪》。夏朝最后一位君主就是著名的暴君——夏桀，他也是我国历史上的第一个亡国君王。成语“桀骜不驯”中“桀”指的就是他。桀任用奸臣赵梁，穷奢极欲。他曾下令动用上万奴隶、花费大量财力物力建造了一座倾宫，惹得民怨载道。桀宠爱妃子妺喜，妺喜爱听绢帛撕裂的声音，桀便向百姓征集大量布帛，令人撕帛以博美人一笑。最终，荒淫无度的夏桀被商汤军队所灭。夏家天下，就此灭亡。

三千多年前的一天，一项名为“夜宫”的超级工程宣告完工。经设计师精心勾画、全国能工巧匠刀劈斧砍、耗费巨资的装饰装潢，一个豪华的大池子宫殿拔地而起。夏桀终于松了一口气，毕竟这是他的一块心病，执政了几十年，自己竟然没有一座像样的宫殿，简直让百姓笑掉大牙，就是宫里的鹅一叫，他都以为是这不知死活的禽类在嘲笑他。

这天早晨，天空乌云密布，太阳像是被蒙上了一层黑绸布，一点光也漏不出来。一时间，黑风骤起，飞沙卷石，伴着一阵阵电闪雷鸣，滂沱大雨倾盆而下，夏朝都城瞬间沟满河平。

此时的夏桀正瘫坐在龙椅上，百无聊赖地欣赏着歌姬们蹁跹婀娜的舞姿，见爱妃妺喜携宫女由宫门朝这边款款走来，他立马精神抖擞，起身迎接，说道：“刚刚监工大臣赵梁来报，说夜宫已经建好，寡人真是望眼欲穿哪！我看择日不如撞日，趁着今天天气不错，爱妃随寡人一同摆驾夜宫可好？”

妺喜说：“我的王，您的心虽然是阴暗的，看什么东西倒都是灿烂的，今天阴风阵阵，大雨滂沱，我不知道您是用哪根脚指头看出来今儿个天气不错的？”

夏桀笑道：“爱妃又夸我的脚指头了，那天刚夸完我的肚脐眼。”

妹喜说：“我不知道您是真的心大还是故意装傻充愣，但我今天算是明白一点，水是有源的，树是有根的，您这张老脸长不出络腮胡子也是有原因的。”

夏桀笑道：“你就直接说我脸皮厚就行了呗！但寡人不生气，小美人说什么寡人都爱听，你那唾沫星子在寡人看来都是能用来做蜜饯的。”

妹喜听完狐媚一笑，笑得夏桀心旌荡漾。夏桀开始下令收拾行囊，并交代务必将妹喜娘娘所有的宝石玉器，古玩爱物悉数带走，并让下人赶紧准备龙撵，下人领命而出。这时一个武官推出一辆夏桀打猎时用的猎物收纳车，上边铁钩悬挂林立，血迹斑斑，一头死公鹿正挂在上头，武官作揖下拜：“王上，这是您上回打猎时的战利品，您交代为妹喜娘娘煮鹿肉，冲鹿茸粉喝，可臣无能，这铁钩被卡住了，听说您臂力惊人，可否劳您大驾给取下来？”

夏桀心里暗暗大骂：“这是给我出难题呢？臂力大还不是我让你们吹出来的。”没办法，当着妹喜的面不能丢人，夏桀只能硬着头皮上。夏桀使出吃奶的劲愣是将铁钩给掰直了，望着妹喜及所有大臣们热烈的喝彩和崇敬的眼神，夏桀紧攥着通红肿胀的手，疼得龇牙咧嘴，一边痉挛着舌头挺着劲说：“这算什么大不了的？比这困难的活我也干得了……”还没说完，武官又一次作揖下拜：“那就请王上把鹿角用手捻成齑（jī）粉吧！省得我再用石磨碾。”

武官被拉出宫门斩首时，还没闹清自己是怎么得罪夏桀的。

打扫卫生的刚把武官溅在宫门口的血擦干净，又有官员来报：“启奏我主，骡马四匹、大车四乘、人员四人已配备齐全，只等咱们浩浩荡荡地启程了。”

夏桀冷笑道：“你拿我当智障呢？这点装备还敢玷污浩浩荡荡这个高贵的词？我看你就认四这个数。那好吧，来人，将他的手指脚趾全都保留四个，其余的悉数砍掉，留着也没用，反正到了五这个数他就不认识了。”

官员在哭爹喊娘的哀求无效下被砍掉六根手指和六根脚趾。

夏桀一挥手：“滚下去，立即配齐骡马六百匹，銮车战车六百辆，少男少女六百人，随寡人一同进驻夜宫，不得有误。如若安排不好，把你剩下的手指脚趾调成凉菜，喂狗！”

官员连滚带爬趔趄着身子夺门而出。不到半个时辰，夏桀的愿望便通通实现了，比流星划过的速度还快。

这时暴雨已经停止，但依旧乌云密布，天色暗淡。夏桀手挽妹喜的纤纤玉手，在响彻天宇的鼓乐声中，缓缓登上龙撵。

见到车后列队站立了几百位玉树临风、风流倜傥的翩翩少年和风姿绰约、美若天仙的少女，妹喜笑得合不拢嘴，她问大臣："怎么不见那个会变戏法的侏儒，他实在是太搞笑了，个子还没这个龙撵的车轱辘高，顶多到我的膝盖。"

大臣说："回娘娘话，那个侏儒昨天在酒池里划船，一不小心船翻了，被淹呛而死，也有说醉死的。"

妹喜听后不免扼腕叹息："嗨，怎么这样不小心！我还打算把这些个侏儒组建成小人国，让他当国王呢！"

夏桀笑道："美人莫伤心，寡人看你难过自己也会难过，何不找个乐子，只要能博美人一笑，寡人就是把江山卖掉，也在所不辞。"

妹喜笑道："此话当真？那臣妾想听那裂缯之声。"

夏桀说："爱妃请讲人话。"

"就是把绸布撕扯发出的刺啦刺啦的动静。"

夏桀吩咐大臣："赶快将上好的绫罗绸缎运来。今天天阴，娘娘眼神不好，深色的面料就不要了，只挑白色的绸布，每辆车都载上，一块开撕！"

一炷香的工夫，千万匹白色绸布被快马加鞭运了过来，每辆车上都分配好。夏桀一声令下，皇家乐队笙鼓齐奏，钟鸣笛吹。车队缓缓开动，车上人员手持绸布，裂缯之声此起彼伏。妹喜开心大笑，笑得喉咙扩张，低头一瞧，都能看到胃。

沿途百姓没见过这么绵延壮丽的车队，纷纷跑出来看热闹，一个老妪问丈夫："这是哪个地主家出殡？"

丈夫赶紧用他那刚刚上完厕所还没来得及洗的手捂住妻子的嘴："可不敢瞎说，这是咱们的王出城呢！"

老妪一把将丈夫的手扒拉掉："呸呸，这味，真冲，你尿手上了？还王驾出城，你不好好看看，这明明就是出殡。又是锣鼓喧天，又是鞭炮齐鸣，这几百辆车上挂的都是白布，那些人刺啦刺啦扯布料，这不明摆着是撕孝吗？还有第一辆车上竖着的那个像伞一样的东西，不就是长子打的幡吗？"

丈夫听完哭笑不得："你可别胡说八道了，那辆车是龙撵，你说的那个幡是咱们王头顶上的华盖。"

车队走了好长时间，终于来到夜宫。夏桀和妹喜被夜宫的富丽堂皇和精巧设计彻底震撼到了，笑得嘴都合不拢，赏赐监工大臣赵梁金银珠宝无数，在赵梁的引导下立即率领人马住了进去。夏桀将倡优、侏儒、狎徒聚集在灯火通明的殿堂里，嬉笑歌舞，夜以继日。日夜与妹喜及宫女饮酒，无有休时。置妹喜于膝上，听用其言，昏乱失道，骄奢自恣。从此不理国家大事，一个月没有上朝，百姓处于水深火热之中，怨声载道，他却置之不理。

夜宫最典型的建筑其实就是一个大池子。夏桀突发奇想，把池子注满温水，命令少男少女一个个裸体排好队，鱼贯跳入大池。白花花的身体扑通扑通在池面上溅起偌大的水花，热气腾腾，像下饺子似的。

这一日，夏桀正与妹喜在大池子里嬉戏，一位太史令走了进来，作揖启奏道："我王，百官文武大臣乞求您赶紧上朝理政，您的龙椅屁股垫上都长青苔了。"

赵梁在一旁笑道："王上，这是大吉之兆啊！瑞雪尚且能够兆丰年，何况是青苔呀！"

太史令说："赵大人果然巧言令色，卑鄙到无人能及，佩服佩服！我看天上地下不讲理的除了老天爷外，就是你了吧？"

赵梁笑道："您过奖，我劝你别费心了，你难道忘了伊尹和终古是怎么被挤走的吗？他们难道不比你会劝王上，最后还不是落了个流亡国外？"

太史令气得一擤鼻涕，拂袖而去。

没过几天，太史令又来了，作揖下拜，启奏道："自古帝王，只有勤俭爱民，才能受到人民爱戴。如今老百姓穷得连糠都吃不上了，王上却这样奢侈，以后恐怕只有亡国的份了。天子应该谦恭而讲究信义，天下才能安定，王朝才得以稳固。如今陛下奢侈无度，嗜杀成性，弄得百姓都盼望您早些灭亡。您已经失去了人心，只有赶快改正过错，才能挽回局面。"

还没等夏桀发怒，一旁的赵梁又接话说："你把那个该死的谏臣关龙逄（páng）的台词都背下来了是吧？有什么用，他还不是说完这话就去阎王爷那里报到去了？你要是急着见阎王你就继续劝谏，工上绝对会如你所愿提早送你一程的。"

太史令气得又擤了一把鼻涕，拂袖悻悻而去。

这一天，夏桀胃口不好，赵梁命御厨做了一锅好消化的汤食。这么美味的面汤夏桀没有喝过，于是一碗接着一碗，不一会儿工夫居然喝了七八碗。可就是龙肉一直吃也有腻的时候。喝完第十八碗后，夏桀撑得肚子溜圆，再也咽不下去了，便躺在妹喜肚子上休息。

这时太史令又来了，作揖下拜，启奏道："成汤来了……"

还没说完，夏桀恶心劲上来了，一口将喝到肚里的汤食呕吐了出来，吐得天昏地暗，晕头转向。他大骂："混蛋东西，还盛汤呢！你把寡人当水王八了？寡人刚喝的汤都漾到嗓子眼了，谁爱喝谁喝，给寡人端走，端走……"

太史令一愣，说："我的王，我说的是成汤不是盛汤……"

夏桀又一阵恶心，大骂："别提这个字，再提小心我一巴掌呼死你，别的事我说话不算数，这个事我是金口玉言。"

太史令说："王上，您先别忙着恶心，我给您呈上一折您立马就顾不得恶心了。据边关来奏，商部落在伊尹的谋划下，起兵来犯了。现在已经攻灭了韦国、顾国，击败了昆吾国，如今已到达夏的重镇鸣条。不出明日，敌军就要攻陷咱们的夏都了。"

夏桀听后大惊，满肚子的汤水这会儿全变成了虚汗从汗毛孔里渗了出来。他大喊："果有此事？赵梁呢？问赵梁有何计策？"

太史令说："赵梁端着剩下的半锅汤食跑了，就在刚刚。"

夏桀再也顾不得饮酒作乐了，慌忙调集军队迎战，双方军队会战于鸣条（今山西省安邑县西）。两军交战，夏军将士原来就不愿为桀卖命，乘机纷纷逃散。夏桀制止不住，只得仓皇逃入城内。商军在后紧追，夏桀带着妺喜和珍宝，渡江逃到南巢（今安徽省巢湖市）。妺喜不知是死是活，反正不知所踪。夏桀一个人孤零零地待在凉山（今安徽省巢湖市放王岗），饥寒交迫，眼前浮现出以前骄奢淫逸的画面。富丽堂皇的宫殿、貌美温存的妺喜，这些镜头像一帧帧幻灯片般轮番切换。最后，夏桀眼前突然出现那个灯火通明的豪华"夜宫"，他看到夜宫大池子中央放置了一口大锅，悬于一堆篝火之上，锅里煮着香气扑鼻的汤食。夏桀馋得哈喇子直往下淌，他这时已经说不出话来，心里却暗想："赵梁调制的汤食真不错，要是能让寡人再尝一口该多好。老天爷，求求你，让这汤再一次恶心死我吧！"

在心里说完这句话，干瘪的嘴唇一闭，一代暴君夏桀便被活活饿死了。

赏 析

夏桀和妺喜不演小品太可惜

《新夏桀亡国：夜宫》的字里行间包袱不断，令人喷饭。笔者不禁感叹：夏桀和妺喜不演小品，实在可惜!

三千多年前的一天，一项名为“夜宫”的超级工程宣告完工。我看更像一个大舞台。

女一号、夏桀的元妃——妺喜，如弱柳扶风般款款向夏桀走来，媚眼一抛：“大王，您是用哪根脚指头看出来今儿个天气不错的？”

夏桀心旌摇曳，忍俊不禁：“爱妃又夸我的脚指头了，那天刚夸完我的肚脐眼。”

你说搞逗不搞逗？这天生一对活宝，简直就是专为搞笑而生的小品演员嘛!

再说这个妺喜，居然有个独特的爱好，喜欢那裂缯之声（缯：古代对丝织品的总称）。

文中写到：妺喜听到裂缯之声就开心大笑，笑得喉咙扩张，低头一瞧，都能看到胃。

实在佩服作者的想象力，完全是漫画家的笔法，夸张又不失形象，画面冲击感极强!

多处小品式的情景和对话，看似不着边际，其实与史书结合得天衣无缝。

如《新夏桀亡国：夜宫》中，有这样一个好玩的梗：

妺喜问大臣那个“会变戏法的侏儒”哪去了？

大臣答：“昨天在酒池里划船，一不小心船翻了，被淹呛而死……”

“侏儒淹死酒池”的情节并非杜撰，而是出自《列女传》：收倡优、侏儒、狎徒、能为奇伟戏者，聚之于旁……为酒池，可以运舟，一鼓而牛饮者三千人，羁其头而饮之于酒池，醉而溺死者，末喜笑之，以为乐。

又如《帝王世纪》中有载：夏桀淫虐有才，力能伸钩索铁，手搏熊虎；《淮南子》也提到“桀之力，制觡（gé）伸钩”。作者抓住这一细节，又发挥了天马行空的想象力：

一个武官推出一辆夏桀打猎时用的猎物收纳车，上边铁钩挂着一头死公鹿。武官那天估计吃错了药，居然斗胆请他的王上——夏桀把鹿给取下来。

夏桀怒火中烧，但为了不在心爱的女人面前丢脸，只能硬着头皮上，取下猎物后，又使出吃奶的劲愣是将铁钩给掰直了。与妹喜崇敬的眼神对视，夏桀紧攥着通红肿胀的手，疼得龇牙咧嘴。

武官活该作死，马屁拍到了马腿上，又一次请求："那就请王上把鹿角用手捻成齑粉吧！省得我再用石磨碾。"

于是，这不识时务的武官被拉出宫门斩首……

比起史书上的寥寥数笔，我们不得不为"笑李飞叨"丰富的想象力和刻画人物心理、行为时的精巧笔法叫好。《东周列国志》的作者冯梦龙常被小说家们奉为偶像，他最擅长的，就是利用自己合理的想象，为史书上的空白之处添墨增彩。在这方面，"笑李飞叨"的功力已是炉火纯青。

接下来便是妹喜最有名的一招——《帝王世纪》载：妹喜好闻裂缯之声而笑，桀为发缯裂之，以顺适其意。

这个典故在《新夏桀亡国：夜宫》中的亮相，绝对是高潮中的高潮，只是丝绸换成了清一色的白色。

车队浩浩荡荡往夜宫挺进。沿途百姓没见过这么绵延壮丽的车队，纷纷跑出来看热闹，一个老妪问丈夫："那个像伞一样的东西，不就是长子打的幡吗？"

丈夫听完哭笑不得："那辆车是龙撵，你说的那个幡是咱们王头顶上的华盖。"

这对街头夫妇搞笑的本领丝毫不亚于夏桀和妹喜，而且是骨子里透出的天赋，根本都不带打草稿的，那酸爽，连数千年后的老坛酸菜面都无法与之比肩！

接下来，夏桀的好日子该到头了。

话说在夜宫，夏桀喝完第十八碗汤后，肚子溜圆。这时，那个喜欢教训人的太史令又来了，作揖下拜，向夏桀汇报：成汤来了！

吃货夏桀喷出一口汤来，破口大骂："混蛋东西，还盛汤呢！你把寡人当水王八了？"

结果可想而知，一心搞笑，热衷于演小品的夏桀和妹喜被商军在屁股后面紧追不舍。商军也许因为小品没看够，又不愿意花钱包场，只得一路"追星"。渡江逃到南巢后，妹喜不知所踪，在史书中提前谢幕。夏桀孤身一人困在凉山，饥寒交迫。一帧帧幻灯片般的演出场景轮番切换后，夏桀眼前又出现那个灯火通明的豪华夜宫，和那口煮着美味汤食的大锅……暴君夏桀就这样活活饿死了。一代“小品巨星”从此永别舞台！

造化弄人，只怪夏桀和妹喜早出生了几千年，不演小品太可惜。要是这二人穿越到现代，夏桀搞台录音机就能解决妹喜的特殊嗜好，两人演小品走穴赚的钱估计足够在北京买下几座四合院了！

夏旭志，“70后”，江苏南京人。江苏省作家协会会员、江苏省诗词协会会员。

对本书的一句荐语：笑看历史风云，重温文化辉光。

第4章　新子牙垂钓：太公升职记

典故卡

子牙垂钓

子牙垂钓，即歇后语“姜太公钓鱼——愿者上钩”所指典故。《史记·齐太公世家》记载了这个故事：商纣暴虐，周文王姬昌决心推翻暴政。文王在渭水北岸遇见正在钓鱼的姜子牙，和他交谈后发现是位不可多得的人才，于是将其招入帐下。后来姜子牙帮助文王和他的儿子武王推翻商纣统治，建立了周朝。在唐宋以前，姜子牙被历代皇帝和历代典籍尊为兵家鼻祖、武圣。到了元朝时期，民间对姜子牙增加了一些神话传说。到明代万历年间，许仲琳创作了《封神演义》小说，从此，姜子牙由人变成了神，民间广为信奉。在兵家眼中的姜子牙，留下的一部《六韬》集先秦军事思想之大成，同样使其登上了兵家权谋始祖的神坛。

一

这是一个春光烂漫的日子。淇（qí）河水面映着五彩缤纷的晚霞，像浮动的彩色缎带。喜鹊们扑腾着翅膀盘旋在彩色缎带上，远看像架起了一座彩虹鹊桥，叽叽喳喳地聒噪着，像是争先恐后上门提亲的媒婆们那尖细的嗓音交织在一起，让人不免想入非非，总觉得今天会有桃花运降临在自己头上。

“洗刷刷、洗刷刷……”

一位容貌姣好的年轻姑娘，一边唱着不着调的歌，一边坐在岸边，拿着一个铜盆在河里反复冲洗，两只调皮的脚丫踩在水面上，水花四溅，吓得鱼虾四处逃窜，有几只从旁边的瀑布坠落，摔得不是翻白肚皮就是翻白眼儿。

姑娘终于玩够了，以一种十分虔诚的姿态，将盆里舀满水，然后低头俯视如同明镜一般的水盆，先欣赏了一下自己被晚霞映衬得娇艳无比的脸蛋，露出满意的神情，又用充满期待的眸子在盆里探寻。原来，她听说，当姑娘到了及笄（jī）之年，在这淇河河畔拿着铜盆舀水，就会在盆里瞧见自己的真命天子。

想到这，姑娘心花怒放，又唱起歌来：“你知道我在等你吗？你是否真的在乎我？又怎会让无尽的夜陪我度过……”

奇迹就在这一瞬间发生了，她隐约看到盆里真的浮现出一个白花花的人影，正在急速地向她奔来。她以为是白马王子出现了，正喜出望外，却听到一个焦急苍老的声音响起“不要啊！”紧接着，盆里那张脸变清晰了，竟然是一个头发胡子全白的糟老头。“啊！”姑娘惊叫一声，身子往前一倾，被铜盆拽着，跌入了水中。

“不要啊，不要寻短见！”那个老头哀号一声，也跟着跳进河里，张牙舞爪地朝着姑娘游过来，谁知他根本不通水性，扑腾了两下，又喝了两口水，就沉入了水下。

姑娘此时已经平稳地浮了起来。她打小就在这河边长大，三岁学会狗刨，五岁就能躺在河面睡觉。看到老头危在旦夕，她赶紧游过来，揪着老头雪白的长发把他往回拽，终于把已处于昏厥状态的老头扶上了岸。

姑娘按压老头的胸口，老头咳出几口水，这才慢慢恢复了意识。见老头已无大碍，姑娘恨恨地“呸”了一声，离开了。

老头迷迷糊糊地睁开眼睛，看到姑娘和原本盘旋在空中的喜鹊都不知哪去了，只剩下树梢上几只丑陋的乌鸦，正发出“呱呱呱”的类似嘲笑的声音。

浑身湿透了的老头神情颓丧地坐在地上，从怀里掏出一个占卜用的牛骨反复查看，心想：“没理由啊，以我这些年的道行，不至于连这种小事都算不准嘛。这牛骨明明显示，淇河附近有女性要轻生，而且只要我能救下她，她就会心甘情愿嫁给我，我这老光棍的命运就能逆转了，可结果……”

空中忽然传来一声比乌鸦的叫声还要凄惨的惨叫“啊！”紧接着一个黑影空降下来正好砸在老头身上，老头又躺回了地上，身上还压着一个不明物体。

老头虽然头着地摔得晕晕乎乎，但视力还是一点没受影响，他看到压在自己身上的，原来是一位身材圆润的老太婆。那个老太婆“哎哟哎哟”呻吟着爬起来，半晌才回过神，盯着老头的目光从好奇变成了愤怒：“狗拿耗子多管闲事，你知道老娘我废了多大劲儿才爬上那棵树，又鼓起多大勇气才跳下来吗？以为这样就可以一了百了，谁知你在下面当肉垫，害我没死成。这下，我那些不孝的子女又要逼我去相亲了，我可怎么活啊？”说着，老太婆发出了凄厉的哭号，那声音特别像昨晚老头下山时在林中听到的母狼的嚎叫声。

“都是你的错，你要对我负责！”

老太婆扯着老头的长头发，把他带回了家。看到她回来，正在着急寻找她的子女们终于松了一口气。就这样，在昆仑山“元始天尊”驾下修行数十年的姜子牙，以七十二岁高龄顺利毕业，并在下山返乡的途中，遇到了他人生中的第一段，也是唯一一段姻缘。

二

“你可真是和尚的梳子、冬天的扇子、垃圾堆里的蒜皮子——无用之物！请你照照镜子，你是头发白，不是脸白，想搁我这当小白脸？没门！”

这天清晨，朝（zhāo）歌（今河南省鹤壁市淇县）西市一处破旧的民宅内不断传来老太婆的嘶吼声。紧接着，一个白发老头被老太婆拿扫帚赶出了门，一个包袱砸在了他的脸上。

老头长叹一声，把包袱绑在腰间，垂头丧气地走向别处。住在附近的几个婆娘闻声走了出来，看着老头颓丧的背影，“啧啧啧”地咂吧了几下嘴，议论道：

“嗨，这是马老太家那个倒插门的窝囊丈夫吧？”三姑明知故问。

“可不，就是那个蒜什么嘴，姜什么牙？听说他一直找不到正经工作，成天挨老婆骂。先是摆摊给人算命，结果把人家红白喜事算反了。他本是好心，算到人家办丧事那天去吊丧，穿着一身丧服大哭着走进院门，结果发现主人家正穿着婚服在拜堂。又有一次吧，人家真的办丧事了，他又穿红戴绿一路喊着‘恭喜、恭喜’走进去，被人一顿狠揍。后来，他又改行当屠户，还是赚不到钱，这下彻底被老婆扫地出门了，可怜哪……”六婆嘴里说着“可怜”，脸上却是一副嘲讽的表情。

姜子牙有着天生的千里眼顺风耳，如今依旧敏锐，他清清楚楚地听到了邻居们的议论，如芒在背。

姜子牙拖着疲惫的身躯，到皇宫里去谋差事。

“大人，请问，宫里招人吗？”姜子牙找到负责人事工作的一名小吏，讨好地问道。

“招啊！”小吏斜着眼瞥了一下眼前这个形同枯木的老者，脸上又是疑惑又是鄙视。

“请问……都招什么岗位呢？”

“招……哎我说你个老头，体力活干得了吗？”

“没问题，我能扛起一头牛！”

“看不出来啊，我相信您，老头，就凭您这嘴皮子，吹起一头牛是真没问题！”

“大人……是真的。我之前在集市是个屠户，杀牛的。为了给大家提供最新鲜的牛肉，我都是当着买主的面，直接把牛抱起来摔死。”

“哦？那……为什么不继续做生意了呢？”

“我家夫人不让。”

“赚钱还不让？”

“她说牛浑身都是宝，牛肉可以吃，牛皮可以做衣裳，牛毛可以做毛笔，牛骨可以煲汤，牛黄可以入药，牛角可以做梳子……一只牛可以成交数笔生意，而我却只收了卖肉的钱，其他宝贝白送，吃了大亏！”

“那你下次学聪明不就得了，先把牛杀了，宝贝分开卖。”

“我确实这么干了。可是大家本来都是奔着看我杀牛的绝技来的。当然了，也图牛肉新鲜。我一不表演，人们兴致锐减，三姑六婆还造谣，说我卖的是过期牛肉……我那门庭若市的铺子变得门可罗雀，最后只有关门大吉。”

“哦，你还真够倒霉的。”小吏不禁同情起眼前这个老头来，他思索了一番，忽然想起什么，两眼放光地问道，“你会杀牛，那会把牛肉加工成肉脯肉干肉酱吗？”

“这些活我都能干！”

“好吧，算你走运，近来宫里正需要擅长这些手艺活的厨子，你现在就可以上岗了！”

“啊，这么快！那老朽就谢过大人了。”姜子牙无比恭敬地作了个揖。

姜子牙被带到一个硕大的御厨房中，里面摆放着大大小小的器皿，每个都装满了各种形状的肉和内脏，空气中弥漫着一股血腥味。他用顺风耳听到两个厨子在低声交谈：“今天运来的这几个，可都是大人物。”

“谁呀？”

“一个是九侯。他女儿是王妃，看不惯大王和妲己整天用炮烙之刑虐杀罪犯，劝了两句，就被大王杀了。大王为了斩草除根，把老丈人九侯也抓起来，施以醢（hǎi）刑，把九侯制成了肉酱；前来说情的鄂侯也被抓起来，施以脯（fǔ）刑，晒成了肉干。喏，你看，就在那几个罐子里装着呢。西伯侯也想来劝谏，大王听到风声，连见都懒得见，就把他关在了羑里（yǒu lǐ 古地名，又称羑都，在今河南省安阳市汤阴县北 4.5 公里的羑里城遗址）的大牢，还杀了他的儿子伯邑考，做成肉汤送去监狱逼着西伯侯吞下去。比干也是个不知死活的老头，以为自己是大王的叔父就有免死金牌，又跑来劝，结果被挖心……惨哪，真是惨！我看没几天，就轮到西伯侯来咱们这了吧。”其中一个厨子说道。

姜子牙听完大惊失色，他终于明白宫里招工的原因了。他早听闻纣王昏聩残暴，沉迷声色，对妃子妲己言听计从，残杀大臣和百姓，自己这次下山，其实也是带着使命来的——证实一下这些传言真实与否。答案已经有了，他一刻也不愿停留，偷偷溜出了皇宫。

三

纣王的御厨房最终没有等来西伯侯姬昌，听说是他的族人收集珍宝美女送给纣王，纣王一高兴，就把姬昌放了。

姬昌死里逃生，回到他管辖的小周国，积蓄力量，密谋反叛。苦于身边没有能人辅佐，他总是皱着眉，好像额头上顶着一只癞蛤蟆，每天反复哼唱同一首歌“你知道我在等你吗……”

手下们看到姬昌成天疯疯癫癫地唱歌，担心他患上老年痴呆，于是四处打听，搜罗奇人异事，希望能帮姬昌解除这个心病。

一个春光烂漫的日子，姬昌被大臣们哄着出去打猎，走到渭水河边，看到十米开外一个白发苍苍的老头，正坐在离水面十米高的岩石上钓鱼。

姬昌痴痴地仰望着那个仙气飘飘的身影，看着他迎风飞扬的白头发和白胡子，衣袂飘飘的白色长袍，还有那根——没有鱼钩的钓竿。

“这老头看来比主子病情更重。”跟在姬昌身后的一名小兵一不小心说漏了嘴，谁知耳背的主人丝毫没听见，远处的那老头倒像是听见了一般，故意咳嗽了几声，羞得那个小兵满脸通红。

“你过去问问那位老先生，为什么用直钩钓鱼？”姬昌转头对这名小兵说，小兵脸更红了，只有硬着头皮上前和老头打招呼：

“哎，老头……噢不，老先生，请问您没有鱼饵，钩又是直的，怎么钓鱼啊？”

“钓啊钓啊钓，大鱼不上钩，虾米来胡闹！”老头像是没听见似的，看都不看小兵一眼，口中念念有词，弄得小兵十分尴尬，灰溜溜地回来汇报。

姬昌更好奇了，又派了个官员前去询问。谁知，老头又摇头晃脑地念叨起来：

“钓啊钓啊钓，大鱼不上钩，小鱼别胡闹！”

姬昌听到汇报后，终于心领神会，原来自己才是那条大鱼啊！他今天出行前正好占了一卦，得知自己将会遇到一位非龙非螭（无角龙）、非虎非熊的王佐辅臣，看来，老天真是给他送贤人来了！

姬昌于是恭恭敬敬地走上前，深深鞠了个躬，问道：“老人家，请问您是贤人吗？”

“这话问的，没看我正闲着呢吗？不闲能没事干钓鱼这事儿吗？”老头头也不回，毫无表情地说道。

“您听岔劈了，我是说……算了，换下一话题，您老人家钓到鱼了吗？”

老头这才转过头来，露出一抹和蔼的微笑，点了点头。姬昌也咧嘴笑开了花，露出一张没牙的嘴，口齿不清地说道：“我的祖父周太公曾预言‘定有圣人来周，周族必会兴旺’，这说的一定是您，您就是我太公期望已久的大才！从此以后，我们就称呼您太公望吧！”

然而，天有不测风云。几日后，姬昌突然病逝，医生检查的结果说是食物中毒。在此之前，姬昌吃过手下从朝歌姓马的一家肉铺买来的过期牛肉。

姬昌的儿子姬发化悲痛为力量，接过父亲的接力棒，任姜子牙为军师，率军征讨纣王，剑指朝歌。

纣王亲率大军迎战于牧野（今河南省鹤壁市淇县）。由于他常年骄奢淫逸不理军务，拿不到军饷的将士们早就一肚子怨气，趁乱跑了个精光。纣王无奈，又组织了一支临时拼凑的杂牌军，大多是由拉壮丁来的囚犯和东夷的战俘组成。

“这该死的纣王，竟然让俺们上前线去当‘炮灰’，怎么能任他摆布？”

“要不这样？俺们先假装迎战，把纣王和他的保镖引到周军跟前。时机一到，再一齐转身，帮周军狠狠揍纣王一顿，让他当一回实至名归的‘揍王’，如何？”

“好主意，好主意，就这么定了！”

于是，战场上出现戏剧性的一幕：纣王的军队要么丢盔弃甲，要么倒戈相向，商军哗啦啦地一大片全倒向了周军一边。武王姬发“战一日而破纣之国”。纣王逃回朝歌，登上鹿台。

看着自己的荣华富贵即将付之一炬，纣王没有反思自己的罪孽，却仍旧在心里打着小算盘：“就是死，我也要火一把！”说罢，自焚于鹿台。

姜子牙引姬发进入朝歌，诏告天下商朝灭亡，周王成为新的共主。周武王在与姜子牙、周公旦等亲贵大臣充分商议后，决定分封诸侯，以拱卫周王室。姜子牙因为在建商兴周大业中的特殊功勋，被封于营丘（在今山东省淄博市临淄区），建立齐国。

姜子牙的大器晚成，终于华丽谢幕。

赏　析

不飞则已，一飞冲天

纵观姜子牙波诡云谲的一生，鬼神莫测、跌宕起伏，《新子牙垂钓：太公升职记》一文，更是将他的励志人生演绎得精彩纷呈。

姜子牙可不是杜拉拉，他没有傲人的玲珑曲线，没有姣好的绝世容颜，且一不留神便错过了职场退休的年龄，岁月狠心地将这位满腹经纶的“超人”雕琢成了一位七十有二的垂暮老人。

寂寂无名的姜子牙在淇河邂逅一位及笄之年的妙龄美少女，这难道就是卜卦中的姻缘？老姜的胸口一阵狂跳。

少女拿铜盆舀水，被老姜吓得硬生生地跌落水中。老姜英雄救美，却不会游泳，差点“嗝屁”。好在他胡子够长，被水性极佳的美少女死拉硬拽拖上了岸。随后，又被天降的“缘分”砸晕——马老太婆骂骂咧咧，说既然她寻死都能撞到老姜，缘分啊！老姜不得不以身相许……

这神奇的铺垫，挑战了吾等“非凡”的想象力，用吃奶的劲儿也想不到会这样安排！

老姜百事不顺，被马老太折磨得身心俱疲，想起去皇宫“求职”做牛肉加工，这才无意中窃听到两个厨子的谈话，得知二侯都被做成了肉制品……老姜猛然想起了自己下山时肩负的使命，偷溜出皇宫。

老姜掰直了钓钩，改用直钩钓鱼，气得鱼虾们都快疯了，为“咬不咬钩”足足吵了九九八十一天，直到那天——

姬昌疾步上前，深深一躬：“老人家，请问您是贤人吗？”

“没看我正闲着吗？”姜同学头也不回，秋水如镜，竟宠辱不惊。

姜子牙平步青云，自此开启职场“绿色通道”。

谁知，姬昌薨逝。因为此前，他吃过从朝歌姓马的肉铺买来的过期牛肉。这个“梗”呼应了文中姜子牙去皇宫“求职”时，说三姑六婆造谣他卖过期牛肉的事儿。前后一连贯，显得相当滑稽，令人忍俊不禁。

再后来，便是大家熟知的情节：姬昌的儿子周武王化悲痛为力量，在姜子牙的辅佐下，整军伐商。牧野之战，纣王急冲冲地集结了一大批战俘和奴隶拼凑起来的联军。结果，“乌合之众”集体反水，掉转枪口，引着周武王的联军一路狂飙，占领朝歌。纣王被迫于鹿台自焚。

鉴于史书中对纣王暴行的记载过于血腥残忍、少儿不宜，作者特意将这些情节进行了淡化，以轻松愉快的童话形式为我们再现了这段历史。

纵观姜子牙一生，十分具有戏剧性：

年轻时一事无成。《韩诗外传》记载：吕望行年五十，卖食棘津，年七十，居于朝歌。《尉缭子》则记载：太公望年七十，屠牛朝歌，卖食延津。棘津就是延津，现在的河南延津县。姜子牙五十岁时在延津县开饭店，七十岁时在商朝都城朝歌杀牛卖肉。做小生意为生的姜子牙业余时间苦学兵法谋略，研读安邦治国之道，期待有一天能遇到明主，施展才华。只可惜一直遇不到那个赏识自己的伯乐。

古稀之年，老姜终于逆袭，一路“开挂”：钓渭水，遇西伯侯，尊太公望，始建霸业。武王尊“师尚父”，成军事统帅。灭纣兴周，封齐侯。后辅周公旦，平乱拓疆，促成“成康之治”。

姜子牙因功被封为齐国君主，治国有方，遗风犹存，累世相续，成为吕氏齐国的缔造者、齐文化的创始人，为后来的齐桓公“九合诸侯，一匡天下，成五霸之首”奠定了基础。周康王六年，百岁有余的姜子牙卜完人生的最后一卦，病逝于镐（hào）京（在今陕西省西安市长安区西北，是西周时代的首都）。

姜子牙厚积薄发、老而弥坚、慎始如终，他不飞则已，一飞冲天，成为中国古代大器晚成的杰出代表。这种不服老、不服输的精神，值得后世颂扬和学习。当你在工作和生活中遇到困难，或是怀才不遇时，不妨想想姜子牙。

夏旭志，“70后”，江苏南京人。江苏省作家协会会员、江苏省诗词协会会员。

对本书的一句荐语：笑看历史风云，重温文化辉光。

第5章　新周公吐哺：周公卜卦

典故卡

周公吐哺

周公，姬姓，名旦，周武王的弟弟，曾辅佐武王伐纣，并制作礼乐。被尊为“元圣”和儒学先驱。周公摄政7年，完善了宗法制度、分封制、嫡长子继承法和井田制。这些制度的最大特色是以宗法血缘为纽带，把家族和国家融合在一起，把政治和伦理融合在一起，对中国封建社会产生了极大影响。《史记·鲁周公世家》载：然我（周公）一沐三捉发，一饭三吐哺，起以待士，犹恐失天下之贤人。曹操《短歌行》说：“周公吐哺，天下归心。”后用为在位者礼贤下士之典实。

这日清晨，城内狂风大作，暴雨倾盆。周公躺在藤椅上，彻夜未眠的他此时依旧睡不着，身子翻来覆去，像烙烧饼一样。他拿起椅子旁边那本《论起个好名字的重要性》仔细研究起来。

他看这本书是有原因的。几年前，同胞兄弟管叔、蔡叔等污蔑自己有觊觎皇位之心，令成王心生芥蒂。此时的周公简直比六月雪花中的窦娥还冤，为避嫌，只好上奏辞去公职，隐退到东国静养。

前阵，周公令仆人贴出告示，悬于城东墙：免费免费，周公姬旦免费帮人测卦算命，占凶卜吉。虽寥寥数语，但周公怕百姓文化程度不同，有的斗大的字不认识一筐，为照顾这些文盲，他特意安排一名礼官在告示旁宣读，可他选人时没有筛查，这名礼官是山东人，普通话不标准，又不注意语调的抑扬顿挫，以及标点符号的正确运用，好家伙儿，这一篇小文让他读出了车祸现场的感觉。他清了清公鸭嗓，不假思索，张口就来：棉絮棉絮！粥，公鸡蛋，棉絮，棒耶！吃瓜涮面，沾胸补鸡。

坏了，这一念不要紧，城里城外那些乡野村夫疯了似的奔走相告，以讹传讹，到了郊区，这个消息已然变得面目全非，有人说：“听说了吗？不但给棉絮，舍粥，鸡胸肉、瓜、面，我的老天爷，还有公鸡蛋呢！这公鸡下的蛋，听说包治百病，蛋到病除，这真是天降祥瑞，百姓大福呀！”

听了这些话，不但闹饥荒的难民趋之若鹜，就连患了不治之症的垂死者也似乎看到了希望，瘫痪三年的患者立马丢掉轮椅健步如飞地跑来求公鸡蛋，看来心理治疗比药物治疗还立竿见影。

周公家门口一夜之间被围了个水泄不通，苍蝇蚊子都被挡在了外面。周公看到来了这么多顾客，心里一高兴，“噗嗤”一下，把两串鼻涕泡都乐出来了。摆好卦摊，穿上长袍，周公正襟危坐，等待客人列队鱼贯而入。谁知大门一开，人群像大坝泄洪一样涌了进来，惊得院子里的鸡鸭鹅到处乱飞，狗发癔症似的狂吠，院里顿时人声鼎沸，叫嚷声不绝于耳。有的往周公面前伸碗，有的递麻袋，一边递一边喊：“给我装满，装满！棉絮，我们家六口人才一条棉裤，还有公鸡蛋、瓜、面，家里早就揭不开锅了！”

周公用袍袖擦拭了一下满脸的唾沫星子，一脸惊恐，忙问仆人咋回事。仆人作揖打躬道：“禀相爷，想必是您的告示出了差错。我听小道消息说，是您指派的礼官念错了告示大意，他把您的名号周公姬旦念成了：粥，公鸡蛋，人家以为你是舍粥外加发公鸡蛋呢！”

“竟有这事？将这礼官革职永不录用，重新发布告示！但我这名字确实也怪异了些，直接写周公便可，不再赘述什么姬旦之类，还有这些刁民确实也真没素质，不懂得排队吗？礼崩乐坏，长此以往，人将不仁，国将不国，必须让他们学礼，重新起草时要把这条加上。还有，免费的午餐不中吃，我们施舍得越多懒人就越多，占卜时要象征性地收一下费用，一次五个窝窝吧！”

仆人将乱哄哄的人群打发走，便另选礼官起草告示。告示贴出后，一听要五个窝窝，顾客数量骤然蒸发了百分之九十，但排队倒是井然有序起来。周公心里稍微有了点安慰，毕竟院子里的家禽和家畜不用再吃镇定剂了。

人群里真正卜卦的寥寥无几。新告示出台得晚，旧告示的影响一时半会儿消不掉，城内的百姓虽已知道周公本意是卜卦，替人趋吉避凶，但外地百姓依然被谣言蛊惑，还是前赴后继奔着舍粥舍公鸡蛋而来，每天破麻袋、破碗堆得门口像个垃圾场，大门被敲坏了三扇，吓得母牛都不产奶了，搞得周公整天焦头烂额，夜不能寐，暗恨老爹文王给自己起了个不伦不类的名字。

外面的雨越下越大，周公撂下手里这本《论起个好名字的重要性》，起身洗漱，发现头发油腻发臭，原来忙得好几天没洗头了，赶紧吩咐仆人打水。头刚刚伸到水里，大门突然“笃笃”响了起来，仆人开门发现是有人冒雨前来算卦。周公赶紧手握湿漉漉的头发，用毛巾包住，请那人入座，见是一白面书生，仪表堂堂，举止文雅，不知想卜何事，刚要询问，这人先开口了：“先生万福，我平生好赌，如今变卖家产，立志去王城博上一博，您看我可有胜算？”

周公摇了一卦，说道：“管输，管输，管让你输，听我一劝，好好读书，明年进京赶考，可做天子门生，为国效力，富贵荣华享之不尽，岂不比赌博更有胜算？”

那人听后如醍醐灌顶，鞠躬致谢，刚要走，周公喊道：“还没给窝窝，五个，少一个也不行。”

送走那人，周公继续洗头，忽听又有人敲门，仆人开门领入。无奈，周公用毛巾包住湿漉漉的头发，继续“坐诊”。来者是一位鹤发童颜的老头，屁股还没坐定，便劈头盖脸地问道：“如今大雨下个不停，我们住在黄河下游，是否有决堤的危险，我们要是不搬，能不能保住性命？”

周公摇了一卦，说：“危险，立刻搬离！注意今天五更时分，大患将至，注意五更……”

听情况紧急，老头转身就要走，被周公一把拽住：“老爷子，记住，五更之前搬走。还有，你怀里的五个窝窝给我留下……”

周公心满意足，送走老者继续洗头。这时外边电闪雷鸣，伴随着急促的雨声雷声，敲门声又响起，仆人噘着嘴把客人领进屋。周公已经将头洗干净，用梳子篦（bì）了篦，用发簪挽了起来。但见那客人身强体壮，墨眉赤须，肩挑一担劈柴，向周公施礼问道：“先生，我今天上山砍柴，路遇猛虎阻路，我怕它祸及无辜，便提刀砍死，有府衙巡逻看到，硬要把我拿住问官，我慌忙逃到这里，请您卜上一卦，我是否有牢狱之灾，可否躲过？”

周公摇了一卦，说：“你替天行道，除暴安良，老天会保你无恙。那些衙役为虎作伥，逆天而行，不会伤害到你。你可进京参加武考，必中武状元！”

“多谢先生，我来得仓促，没带窝窝，您看……”

“没关系……”

“谢先生……”

“把劈柴留下吧！”

仆人把小声嘀咕并兀自骂骂咧咧的樵夫送走，开始给主人盛早饭。周公埋头吃饭，这时又有人敲门，周公“呸”地一下把吃到嘴里的饭吐了出来。仆人说：“相爷，您吃您的，什么事还有吃饭重要？再急着见客，也不至于咽口饭的功夫都没有吧？”

周公皱着眉头说：“这饭里有沙砾子，你是不是没淘米？好家伙，这颗石头子比碗都大，差点把我假牙硌掉。”

仆人赶紧赔着笑脸重新给周公换了一碗饭，他命站立在旁的史官道：“这个记下，就写上周公老相爷为了国家，求贤若渴，为了见人才，都来不及洗头吃饭，随便写上一句概括一下就行。噢，对了，就写：握发吐哺，天下归心。”

周公说：“还天下归心，我看你是亏心。”

这时敲门声继续响起，速度不紧不慢，仔细一听居然还敲出了“哆来咪发唆”的音阶，略微还带点摇滚的节奏。

仆人笑着说：“相爷，咱不开门了吧。您连着好几天没睡好觉了，整天算来算去，自己的命倒算不准，辅佐成王这么多年，兢兢业业，大公无私，却落了个被奸臣陷害的下场，何苦呢？”

周公道：“天地可测，人心难测，可天命是不可违的。我的命今天就会逆转，而且马上逆转。”

仆人说：“相爷这几天睡不着觉，是不是发癔症呢？还是让他们给整抑郁了，患了妄想症？怎么大白天说起梦话了？”

周公笑道：“你没发现吧？刚才那几个来算卦的都不是普通人：第一个白面书生，并不是个赌徒，他天庭饱满，气色红润，言谈举止间尽露皇家气质，而赌徒应该是印堂发黑，满面愁云，我猜此人必是成王所派，成王已觉察出管叔、蔡叔、霍叔有谋反之意，想铲除他们，又不敢一搏，特意向我打听如果平乱的话此赌能否稳赢，我便说管叔——管教他输也。成王心里这才有数，便派了第二个人，那位老者红光满面，鹤发童颜，非富即贵，岂是黄河下游那些常年暴晒肤色黑黢的老汉能比的？他问下游祸患可有，我说留意五更时分，这五更便是纣王之子武庚是也，他和管叔串通一气，里应外合，狼狈为奸，我让成王内紧外防，密切监视避免武庚从外部作乱。第三位是一樵夫，他可不是真正的樵夫，而是一介武官，你见过有樵夫下着大雨去山上砍柴的吗？他问我路遇恶虎将其击毙是否顺应天意，我知道他是来询问，诛杀三监和武庚是否是时机，我觉得天时地利人和俱备，人心所向，可以诛杀。如今大势所趋，成王已知我忠心耿耿，胸有成竹。圣旨已在门外等候，我也已洗罢头饭吃毕，沐完浴更好衣，你现在打开院门，随我接旨去吧！”

这一通话说得仆人云里雾里，心想：相爷说得有鼻子有眼，像真的一样，我且打开院门，看看他是不是吹牛吧！

仆人打开院门，一队人马已伫立雨中等候，宦官宣旨：今日天降大雨，雷电击开宫殿金滕，惊见周公藏于匮中之册文，方辨明周公赤胆忠心，特此迎周公重归相位。着周公姬旦立刻回宫，起草《大诰》，领兵讨伐逆贼管叔等人。

周公领旨谢恩。听说周公要走，沿街百姓全都赶来送行，有的喊：“粥，公鸡蛋要走了！”

仆人一跺脚，说：“以后喊两个字，不许喊四个字。”

“鸡蛋要走了！”

一个百姓痛哭流涕趴在周公脚下，说：“您走了，我们以后找谁算卦呀？”

周公从怀里掏出一本限量版《易经》来，递给他：“你们可以研习这本书，它是历代先王留下的，你们学会后万事不求人，我只能帮你们这些了。”

仆人扶周公上马车，周公突然想起什么，回头对仆人说：“把那本《论起个好名字的重要性》带上，我要继续研究一下。”

赏　析

“元圣”的故事

周公：姓姬名旦，是周文王的第四子。他是中国历史上一位举足轻重的政治家、军事家、思想家、教育家，被孔子尊为“元圣”（大圣人），对中国社会的影响极其深远。

《周公解梦》相传为周公所作，据说一分钱稿费也没领取。周公觉得委屈，跑到地下问他老子周文王（蹲在纣王大狱中写《周易》的那位）。周文王瞪了他一眼：“我写《周易》还没领过稿费，《周公解梦》不过是《周易》的升级版，焉能有稿费？”气得周公半死。呵呵！笔者戏说而已，不过据专家考证《周公解梦》的确是按《周易》的易象推演而来。

史书载：武王卒，成王幼，周公摄政。武王临终前愿把王位传给弟弟周公，并说无须占卜，可当面决定。周公涕泣不受。武王驾崩，十多岁的孩子太子诵继位，是为成王。周公开始了辅佐幼主的生涯。这个桥段，三国时期的刘备在白帝城把阿斗托孤给诸葛亮时，又“演”了一遍。所以有人说，历史总是惊人地相似。

管叔、蔡叔、霍叔等不服，散布谣言，说周公要篡夺皇位，联合殷王族武庚（纣王之子）和东夷几个部落以“清君侧”的名义反叛。当年，周武王灭商兴周后，封武庚管理商朝旧地（今河南省安阳市），遗民大悦。为防武庚叛乱，周武王在朝歌东部设卫国，管叔为卫王；西南部为鄘（yōng）国，蔡叔为鄘王；北面为邶（bèi）国，霍叔为邶王，共同监视武庚。按理说，周武王老人家这一通忙活，本意是让三兄弟看住武庚。结果，武王一闭眼、一蹬腿的功夫，这三个家伙便蠢蠢欲动起来，吃里扒外，勾搭、怂恿武庚作乱。

当年周公可是和姜子牙一起辅佐周武王灭商的，老虎都灭了，岂容苍蝇嗡嗡乱叫！他亲自东征，平定叛乱（诛武庚、杀管叔、放蔡叔，废霍叔为庶民），灭奄（今山东省曲阜市东）后大封诸侯，营建成周洛邑（今河南省洛阳市）。又制礼作乐，为西周典章制度的主要创制者，主张“明德慎罚”，以“礼”治国，奠定了“成康之治”的基础。

周公的功绩被《尚书·大传》概括为：“一年救乱，二年克殷，三年践奄，四年建侯卫，五年营成周，六年制礼乐，七年致政成王。”周公在周王朝立足未稳的情况下，二次克殷，统一东方，建立以成周为中心的军事中心；政治上确立了以宗法制度为核心的嫡长制以及分封制；文化上制礼作乐集周礼之大成。这几桩大事，哪一桩不是轰轰烈烈、可圈可点？

贾谊评价曰：“文王有大德而功未就，武王有大功而治未成，周公集大德大功大治于一身。”韩愈为辟佛老之说，大力宣扬儒家“道统”，提出尧、舜、禹、汤、文、武、周公、孔子、孟子的统序。

治国可不是卜卦，而笑李飞叨版的《新周公吐哺：周公卜卦》，却偏偏从“鸡蛋卜卦”（姬旦卜卦）铺展开来：

周公躺在藤椅上，彻夜未眠，像烙烧饼一样，烙了背面烙正面，居然想起《论起个好名字的重要性》。简明的告示："免费免费，周公姬旦免费帮人测卦算命，占凶卜吉。"被山东口音的礼官读出"车祸现场"的感觉："棉絮棉絮！粥，公鸡蛋，棉絮，棒耶！吃瓜涮面，沾胸补鸡。"闹了一个大乌龙，一群人来要粥，要棉絮，还有要公鸡蛋、瓜、面的……哈哈，真是让人笑掉大牙。

故事中的周公，哪里是卜卦，分明是醉翁之意不在酒。故事被铺垫得妙趣横生：看似不相干的几拨人，看似无厘头的出场，实则辅牙相倚、环环相扣。一直到故事末尾，听众才恍然大悟，以手加额：原来如此！历史故事读出侦探小说的味道，实在新鲜。

白面书生，是成王所派，成王已觉察出管、蔡、霍有谋反之意，想铲除他们，又不敢一搏，周公便装模做样地卜卦："管叔——管教他输也。"老者问卦，周公说留意五更，提醒要留意纣王之子武庚。第三位问诛杀三监和武庚是否是时机？周公答：人心所向，可诛。看到这里，不由得佩服起周公的聪明睿智和编者的脑洞大开。

再来说说卜神的"鸡蛋"吧。他其实没机会被那些年里的吃瓜群众呼为"鸡蛋"。瞧，中国上古八大姓都带"女"字，彰显着"只知其母，不知其父"的母系氏族社会的烙印。氏的起源要比姓晚一些，算是"姓"这个主干之下的分支。氏的由来与土地分封有关。天子以国为氏，王公贵族可以爵位、官职、封地名等为氏，庶民可以职业等为氏，也可能无姓无氏。先秦时代，姓与氏各有其用。姓，别婚姻（古人讲究同姓不婚）；氏，别贵贱。先秦习俗，男子称氏不称姓。就说我们的卜神吧，姓姬，氏周（封地在周），名旦，谥号文。那些年里，大家唤他为"周公"，后人也尊称他为周文公。他可是周朝的第一任周公，也称叔旦、周公旦。如今我们唤他作"周公姬旦"，主要是方便记住他的封地、爵位以及姓、名。不过，先秦时代如此称呼，通常不合礼仪。等级森严的奴隶社会，岂容底层人随意"犯上"？姓氏发展，直到秦汉才渐渐走向融合、统一。姓氏的演变也因此更加云里雾里。

例如，"至圣先师"，人们认定姓孔名丘。少有人知晓"孔"原为"氏"，孔子先祖为商朝开国君王商汤。商王姓子，孔子自然应该姓子。先秦时代，姓是不可变的，而氏则可不断改变。之后，二者逐渐统一起来。结果，有的家族只以姓为姓氏，有的相反，以氏为姓氏。孔子显然属于后者。

《新周公吐哺：周公卜卦》"炸蛋"漫天飞，倒也令人过目不忘，瞬间将尘封的古董级别的姓名，连带周公吐哺的依稀往事牢记于心。不过，我们的卜神即使笑趴了，也会挣扎着爬起来分辩：“鸡蛋”叫法太新潮了，我们那些年里都称作“鸡卵”“鸡子”！各位，还记得成语“以卵击石”吗？如果改成“以蛋击石”，高考同意吗？《本草纲目》称鸡蛋黄为“鸡子黄”，当时人们也称“鸡卵黄”。如今的新派说法，那年头不时兴哟。哦，对了，中学生印象里的《世说新语》，有“兰田食卵”的趣事，假如将相关文本改成“兰田食蛋”，估计学霸们会有点意见。

夏旭志，“70后”，江苏南京人。江苏省作家协会会员、江苏省诗词协会会员。

对本书的一句荐语：笑看历史风云，重温文化辉光。

王闽九，本名王海英。“60后”，现居福建漳州，退休教师，文学爱好者。

对本书的一句荐语：挟融媒体时代多元风，于笑侃中演绎神州文明史，以古鉴今，寓教于乐。

第 6 章　新烽火戏诸侯：亡国之笑

典故卡

烽火戏诸侯

《史记·周本纪》中记载了这个故事：昏庸的周幽王采纳了虢（guó）石父的建议，为博美人褒姒（bāo sì）一笑，点燃烽火台。烽火本是古代有敌寇来侵犯时的紧急军事报警信号，由国都到边镇要塞，沿途遍设烽火台。于是，诸侯见了烽火，以为京城告急，天子有难，千里迢迢赶来救驾，结果发现被耍。后来，周幽王又故技重演，导致诸侯们不再相信烽火。终于有一天，犬戎攻破都城镐（hào）京（今陕西省西安市西南），没能等来诸侯救援的幽王和太子被杀，褒姒失踪。幽王之子周平王把都城迁往洛邑（今河南省洛阳市），史称平王东迁，至此，东周时期开始。《左传》有“夏以妺喜，殷以妲己，周以褒姒，三代所由亡也”之言，夏朝妺喜笑裂缯之声、商朝妲己笑炮烙之刑、周朝褒姒笑烽火戏诸侯也被后世称为“亡国三笑”。

一

这日，连番遭遇了地震、水灾和饥荒的镐京城里一改往日安静颓败的气象，忽然变得热闹起来。皇宫门口尤为热闹，人头攒动，除了两边在人海里伸着脑袋看热闹的吃瓜群众，中间一溜还排着长队，浩浩荡荡的队伍从宫门口直排到了城郊，远远望去比城墙壮观多了。更为稀奇的是，排队的人都身着奇装异服，其中两人最显眼，一个给自己安上了肥头大耳外加带毛的猪嘴，另一个披着一层猴毛正在抓耳挠腮，一个是市场里卖肉的，一个是大街上耍猴的。连年灾荒弄得这城里的小动物都死光了，人也个个饿得皮包骨，卖肉的和卖艺的都下岗了，不得已跑这来讨生活。

话说，皇宫是你们这些小老百姓随便能来的吗？嘿，还真是！大王刚刚发布了告示：全城征集喜剧天王，凡是能博得褒姒娘娘一笑者，赏千金！

告示一贴，这些饿得奄奄一息的小市民立马来了精神，草草准备后，通通涌向皇宫来讨赏金，脑子里装着各式各样的段子，“胸中都装满了竹子”，以为逗女人笑轻而易举，以为转运不过是一瞬间的事。

于是，昔日戒备森严的皇宫迎来了一个前所未有的奇葩景象：一群衣装不整，看起来不三不四的家伙大摇大摆地走了进来，直走进大王平日里用来观赏歌舞，金碧辉煌的大殿。当然，他们不是一起走进去的，而是一个一个走进去的。进去一个，外面等待的人就被武士们给围着，以防有刺客藏身其中。

隔着大门，大殿里不时传来哄堂大笑的声音，其中有一个声音已经笑哑了，但音量仍旧很大，穿透力很强，听来就像是一只杀不死的公鸭在引颈哀鸣。

奇怪的是，笑声结束后，通常是一阵寂静，随后传来某个人震天撼地的哭号声。再然后，就是太监打开门宣下一个人进场表演，但前面进去的人，一个也没见出来。

门外排队的人感觉到被一种不祥的阴云笼罩着，可已经没有后悔药吃了。深宫大门，岂是你想进就进，想出就出的？

“吱呀”一声，门开了，轮到肥猪扮相卖肉的进场了。他被几名武士夹着进了大殿。见大殿上坐着一男一女，女的抱着一个孩子，正是周幽王和他的爱妃褒姒，以及刚刚被封为太子的他们的儿子伯服。幽王虽穿得金光璀璨，仍旧是一副中年油腻男的猥琐形象，旁边的褒姒正值桃李之年，生得艳若桃李，让人看一眼都勾魂摄魄，只是脸上冷若冰霜，一点表情都没有。

幽王开口说话了，嗓音沙哑却十分响亮。卖肉的这才知道方才听到的公鸭叫正是幽王的声音。

“你有什么绝活，通通使出来！”

“小的，小的会讲笑话。”

“那就讲吧。”

得到大王的允诺，卖肉的口若悬河讲起了笑话：

“一位卖猪肉的问大师：‘大师，我每天压力大，吃也吃不好，睡也睡不好，又不能不顾家，别人都有时间游山玩水，我却去不成。猪都被水淹死了，被地震震死了，我们也快饿死了，您说我该怎么办？’

“禅师右手拍左胸，不语。

“卖肉的顿悟：‘您是说不要抱怨，要问心无愧，要对得起心中客户和老板，对吗？’

“禅师摇了摇头说：‘我的意思是：我出家以前也是卖猪肉的！今天又说这些，心有点堵，血压有点高！’”

“哈哈哈哈……”周幽王笑得上气不接下气，那公鸭嗓越发沙哑了，旁边的大臣也跟着大笑起来，笑得东倒西歪，只有坐在幽王旁边的褒姒娘娘不为所动，一脸木然。半晌，美女转向幽王，幽幽地说了一句：“大王，这个小人在讽刺您呢，说您骄奢淫逸，不理国事，任凭百姓遭受灾害和饥荒的蹂躏，生不如死……”

“什么，你……你……大胆！”幽王好不容易缓过劲来，勉强直起腰杆，对着旁边的武士做了个手势：“拖下去，和今天准备用来当晚膳的那一百头小猪崽一起煲汤，给娘娘补补钙。”

“是！”两个武士立马走上前来，把哭得撕心裂肺的卖肉的从后门拖了出去。

“吱呀”一声，门开了，这次轮到一身猴毛卖艺的闪亮登场。

“你有什么绝活，通通使出来！”

“小的，小的会讲笑话。”

“那就讲吧。”

得到大王的允诺，卖艺的口若悬河讲起了笑话：

“一个女人抱着她的孩子乘坐一辆马车。驾车人说：‘这是我见过最丑的小孩了！’那个女人生气地走到马车后排坐下。她对身旁的一个男人抱怨道：‘那个马夫在侮辱我！’男人同情地说道：‘你直接过去，叫他闭嘴。呃……你去吧，猴子我帮你抱着。’

卖艺的话音刚落，周幽王又笑出了公鸭嗓，大臣们又是一阵东倒西歪。

谁知，褒姒娘娘还是面无表情，冷冰冰地对大王说：“大王，这个小人又是在讽刺您，说您废掉了申王后生的仪表堂堂的太子，改立一只贼溜溜的猴子当了太子。”

幽王大惊，看了一眼褒姒怀里的太子，心想：“还真像只猴子！”这么一想更气，命令左右：“拖下去，和后院那一百只猴子关在一起，让他和猴子们一起给俺们表演！但是要注意，给猴子喂食的时候不准漏一粒谷壳给他，把他饿成猴！”

卖艺的其实早就饿成猴了，只是抱着转运的信念，才勉强支撑起身子挪到这来的。这下好了，信念坍塌了，小命更是保不住了，他直接饿晕在地，随后被武士从后门拖了出去……

二

就这么演到了夜幕已深，能把褒姒逗笑的“喜剧天王”仍旧没出现。无奈，幽王只得宣布海选活动结束。武士们操起棍子，把那些赖在宫门附近不肯走的家伙统统打跑了，宫墙外一声接着一声哀号传来，十分瘆人。

“唉，我的小美人啊，你就笑一笑吧。你的笑容，该是多么倾国倾城啊！”幽王涎着脸求褒姒笑，可肤白如雪的褒姒就是不肯笑，像一尊冰雕。笑了一整天号了一整天的幽王感觉累坏了，遂命大臣们都散去，又让宫女扶褒姒回宫，自己也打算去休息了。这时，一个满脸堆笑的大臣鬼鬼祟祟地凑到幽王跟前，小声对他说：“大王，我有法子让娘娘笑。保证百试不爽！”

“你说的是真的？”方才还觉得精疲力尽的幽王一下子来了精神，两眼放光，喜出望外地问道。

“是的，大王，臣有一计。众所周知，我们的先祖以勤俭为美德，提倡变废为宝。您看，骊（lí）山上那些个烽火台，好久没用了吧，真是浪费！不如，咱废物利用，在台上点燃烽火。附近的诸侯看见了，以为京城告急，肯定会起兵来救。娘娘看到这些平日里趾高气扬的诸侯被大王当猴耍，呼之即来挥之即去，肯定会喜笑颜开的。”

“妙，妙计！”幽王抚掌大笑，赞道，“好你个虢石父啊，称你国父都不为过，你就是全国百姓的喜剧之父啊！”

第二天夜里，周幽王搂着心爱的褒娘娘登上骊山，命令左右点燃烽火。然后让倡优们载歌载舞，开起了篝火晚会。

几个时辰以后，忽见四周一片亮晶晶，无数颗小星星闪耀着光辉，朝骊山靠近。渐渐地，大家才看清楚，原来是一个个火把，和一个个手握火把、操戈持戟（jǐ）的士兵。每个人都慌慌张张，东张西望。

“大王有难，保护大王！”

那些士兵高喊着口号，涌向山脚下。然而，他们巡视了一圈，连敌人的一根毛都没发现。

“哈哈哈，大家受惊了，其实这里没有什么敌人，只是咱们的王和褒姒娘娘在烽火台上吃烧烤呢。大家要是有兴致，就一起加入这篝火晚会吧！”

虢石父从骊山上慢悠悠地走下来，笑着对前来营救的诸侯们解释道。

“你说什么？我们星夜兼程千里迢迢赶来救驾，你们竟视为儿戏！信不信我把你扔进篝火变成烧烤！”领头的申侯气得浑身颤抖，指着虢石父咬牙切齿地威胁道。

虢石父却是很淡定，脸上保持着招牌式的狐狸般的奸笑，回应道：“申侯，你仗着女儿是前王后，就想为所欲为了吗？可惜啊，你女儿得罪了王上，和太子双双被废。是咱们大王仁慈，还念及往日之情，没有对你们家族进行清算。如果今日你有任何轻举妄动，那倒是给了大王一个清算的理由……”

听到这里，申侯的脸涨得通红，却忽觉全身软了下来。他恨恨地看了虢石父一眼，命令班师回营，掉头离去。其他诸侯看到老大撤了，也只有屁颠屁颠地跟在后面撤走了。不一会儿，刚刚还人潮汹涌喊杀震天的骊山上下，一下变安静了，除了山林中的鸟叫和野兽哼唧的声音，就只剩下烽火台上莺歌燕舞的乐声。

正在此时，一件惊人的事情发生了。从来不笑的褒姒娘娘忽然仰天大笑，只是那笑声凄厉瘆人，像一把刀插入夜空，尖锐而锋利，令听者心惊肉跳。

幽王看着和平日里判若两人的褒姒娘娘，惊呆了。但和旁人的惊讶不一样，他是惊喜。

“哈哈哈，爱妃笑了，我的爱妃终于笑了！”幽王欢欣雀跃，吩咐下人，“来人啊，重赏虢石父！”

三

尝到甜头以后，幽王故技重施，又和褒姒在烽火台上开了几次篝火晚会，前来救驾的诸侯越来越少，到最后寥寥无几。

这日，幽王又一手搂着褒姒，一手抱着伯服，在宫殿里大摆筵席，忽听下人来报：“大王，不好了，申侯勾结缯侯和犬戎，已经杀进城来了！”

“什么？快组织军队迎战！”

“士兵们平日就经常抱怨官员克扣军饷，离心离德。如今大难临头，一个个都不愿效命，全作鸟兽散了！”

“啊？那……宫里还有其他可以组织起来的活物吗？”

“有啊……宫里还有数不清的奇珍异兽、大肥猪、猴子……”

“这猪、猴……顶个毛用！还是牵几匹快马来，咱们赶紧跑吧！”

“是！”

“等等，你传令下去，让他们点燃烽火，通知诸侯们前来救驾。我们就先移驾骊山，等待救援。”

“是！”

周幽王于是带着褒姒、伯服，在一众亲信的保护下，乘着马车仓皇从后门逃出，奔往骊山。

已经是深夜，骊山上却亮如白昼。烽火熊熊燃烧，为走投无路的幽王一行点燃了内心的希望之火。只可惜，烽火始终未灭，而幽王的希望之火却很快就熄灭了。他盼望的诸侯援军，连一个人影也没出现。

犬戎兵蜂拥入城，紧紧追逼……由于宫里的马久不上战场，一匹匹喂得比猪还肥，跑得比驴都慢。不一会儿，幽王一行便被犬戎兵追上，一阵乱杀后，只剩下在车里瑟瑟发抖的幽王、褒姒和伯服三人。

“你去看看，那个肥得跟猪似的家伙，穿金戴银，八成是他们的大王，直接给我宰咯，衣服和皮都剥下来！他抱着的那只猴子，可以带回去给头领当宠物！至于旁边那个女的，长得人模人样，也带回去，给头领当老婆！”

“是！”

马车外面，一个粗野的声音正在发号施令。随后，周幽王被几只大手揪出了马车，一阵兵器刺穿血肉的声音传来，接着是划破云霄的公鸭哀号声，只是这一次，这只鸭子只叫了几声就咽气了。

褒姒和她的猴子，噢，对不起，是儿子，也被强行分开，被粗鲁的犬戎士兵扔进了装俘虏的马车……

烽火依然熊熊燃烧，为犬戎照亮了返程的路。

“幽幽岁月，你说当年好困惑……”

一直到今天，还有人唱着这首为幽王量身定制的歌谣。

哀其不幸，怒其不争。

赏　析

“小人”的破坏力怎容小觑?

纵观中国古代史，小到一个诸侯国，大到一个朝代的终结更迭，似乎都有着相似的规律。昏君＋奸佞，几乎成了亡国推手的标配。小人误事，乃至误国，古来有之。

在《新烽火戏诸侯：亡国之笑》的故事中，给我们留下深刻印象的，不是昏聩的周幽王，也不是高冷的褒姒，而是几个小人物。

故事是从两个名不见经传的“小人”——卖肉的和耍猴的，开始展开的。

这二人参加“喜剧天王”大赛，指望能逗笑褒姒娘娘，结果事与愿违，虽然成功逗乐了周幽王和诸位大臣，却丝毫未能融化褒姒脸上坚如磐石的冰霜，反而给自己招惹了大麻烦：卖肉的和一百头小猪崽一起被煲成汤，耍猴的和一百只小猴子关在一个笼子里，直到被饿死……呜呼哀哉！

要说这两人是“小人”，倒是冤枉他们了，他们的“帽子”其实是“蛇蝎皇后”褒姒给扣上的。褒姒将二人用来取悦她的笑话，翻译成大逆不道的讥讽，惹得幽王盛怒之下对他们用了极刑。不得不说，这一段作者的安排十分巧妙，借褒姒之口将幽王骄奢淫逸、不理国事和色迷心窍、废长立幼的罪行揭发了出来。

再说说另一个真正的“小人”——一个被幽王称作“全国百姓的喜剧之父”，实际上却遗臭万年的大奸臣虢石父。他正是“烽火戏诸侯”这一历史经典的缔造者。据说，这个家喻户晓的典故也被称为帝王版的童话故事《狼来了》，因其荒诞搞笑的故事情节，千百年来广为传颂。

周幽王千金“买”笑，虢石父急拍脑门，出了一个“烽火戏诸侯”的馊主意。褒姒一颦一笑间，西周灰飞烟灭，滚出了历史舞台。作者用“亡国一笑”做标题，实在是再妥帖不过了。

而故事中，还有一个藏得比较深的“小人”，便是公报私仇的诸侯首领申侯，他因为遭遇了女儿皇后之位、外孙太子之位被废，以及烽火闹剧之后，怀恨在心，最终勾结犬戎攻打镐京，直接导致了西周的覆亡。

以史为鉴，身为领导者，更应擦亮双眼，亲贤能、远小人，千万不要被“小人”的甜言蜜语、溜须拍马、阿谀奉承、投其所好所迷惑。千里之堤，溃于蚁穴，一旦小人得志，后果不堪设想。

故事中一个贯穿全文的梗，是“猪”与“猴”，取自“诸侯”一词的谐音，讽刺意味极浓。以猪和猴的笑话开场，又在结尾之处埋下了一个包袱：泱泱大国竟拿不出一兵一卒，只剩宫中供君王后妃奢侈享受的奇珍异兽、大肥猪、猴子，令人无限感慨，而周幽王的那句“这猪、猴……顶个毛用！”也饶有意味。究竟是诸侯不顶用，还是昏君失了民心而导致众叛亲离无人可用？只可惜幽王到死也没搞清楚状况。

“悠悠岁月，欲说当年好困惑……谁能告诉我，是对还是错？”谁也没想到，这首歌竟然是给烽火戏诸侯的周幽王写的！呵呵，不知词曲作者得知自己的作品被“对号入座”后，又作何感想？

夏旭志，“70后”，江苏南京人。江苏省作家协会会员、江苏省诗词协会会员。

对本书的一句荐语：笑看历史风云，重温文化辉光。

第 7 章　新掘地见母：庄公的地道

典故卡

掘地见母

公元前770年，平王东迁后，东周的前一阶段——春秋时期开始。周王室衰落，诸侯崛起，东周列国疆域形成，争霸征战连年不断。“春秋三小霸”“春秋五霸”等乱世枭雄相继登上历史舞台。关于“春秋五霸”，历史上有过多种说法，中学历史教科书主要介绍两种最具代表性的版本——《史记索隐》：齐桓公、宋襄公、晋文公、秦穆公、楚庄王；《荀子・王霸》：齐桓公、晋文公、楚庄王、吴王阖闾、越王勾践。与此同时，业内还有“春秋三小霸”的提法，分别为春秋早期的三位君主郑庄公、齐僖公、楚武王。《左传・隐公元年》记载郑庄公“掘地见母”的故事：郑庄公之母与小儿子段密谋造反。庄公曾对段作出“多行不义必自毙”的谶语，成为千古名句。而后，“郑伯克段于鄢”，对母亲说：“不到黄泉，不相见”，然又后悔。颍考叔劝谏庄公掘地见泉，母子于地道相见，和好如初。易中天称郑庄公为“春秋最早的牛人”“一位雄霸天下的政治家”。在其掌权的四十余年间，郑崛起为中原第一大国。公元前707年，郑庄公率军在繻（xū）葛（今河南省长葛市北）大败周室联军。战后，周天子的威严一落千丈，诸侯国势力大增，竞相争霸。

“有本出班早奏，无本卷帘退朝！”

宦官刚喊完这句连说梦话都能顺嘴秃噜出来的台词，就见郑庄公一手撑着歪斜的脑袋，坐在龙椅上打起了瞌睡。他实在是太累了，国家大事繁杂不说，家庭内部矛盾也让他心力交瘁。有道是清官难断家务事，况且这家事国事都是他的事，只有他自己独自硬扛，弄得他每天像是打了公鸡血，三天三夜不睡觉也是常有的事。

“有本出班早奏，无事卷帘退朝……”

“臣有本！”

宦官当是何人，原来是大夫祭仲（zhài zhòng）出班启奏。祭仲作揖下拜，停了半晌，不见动静，抬头一瞧，庄公依然酣睡如初，哈喇子顺嘴淌了一地。宦官捂着鼻子皱着眉用龙帕替他擦拭，但依然不敢叫醒他。

祭仲看庄公没有反应，突然高声大喊：“我王万岁，邓曼娘娘千岁千岁千千岁……”

这一喊不打紧，庄公一个激灵惊醒过来：“邓曼娘娘何在？”

宦官吓了一跳，赶紧说道：“王上，邓曼娘娘不在，是祭仲大人闲着无聊逗您玩呢！”

庄公脸上有了愠色，说：“祭仲，你是不是嫌脖子上扛个脑袋挺沉呀！要不要给你卸下来轻快轻快？敢戏弄寡人，信不信寡人把你这个祭仲变成菜粽放到祭坛上供起来！”

祭仲道：“臣是尊重娘娘，即使娘娘不在也如娘娘亲临，必须加上一句娘娘千岁才心安。臣是忠心耿耿，表里如一，您不但不能判臣有罪，还要封赏才行，王上您也不易，别给多喽，十五两黄金就行！”

“给你十五巴掌，谁说要赏你了？巧舌如簧！别说，这话听了心里倒是怪痒痒的。说，有什么本奏，快快讲来！”

祭仲奏道：“您掘地见母的工程有进展了……”

“快说，挖到哪了？”庄公急切地问道。

“一个好消息，一个坏消息。”

“先听好消息。”

“不到三个月功夫，地道已经挖了三百里路。”

“这帮家伙没白吃窝窝，真能干，赶上掘地鼠了，那坏消息是？”

“施工大臣把图纸拿反了，把地道挖进了宋国的领地。工匠被人抓住，人家说咱们偷袭他们，背地里干苟且之事，要来攻打我们呢！”

庄公大怒：“一群废物，施工大臣是个‘豆腐脑’啊？去，加点葱末香菜，把他给我凉拌喽！你去宋国解释解释，把这事平息。再说，不就是挖个隧道吗？至于这样大惊小怪？”

祭仲说："关键是，把人家国库给挖开了！那满屋子的黄金哟，跟牧场里的牛粪一样多，晃得人眼睛疼！咱们的人被治以偷盗国库罪。王上，这都是颍考叔出的馊主意。什么掘地见母，母没见到，祸倒是先挖出来了！"

庄公说："我知道你一直不赞成我见母后。她虽有罪，也不喜欢我，但主要责任在我，谁让我脑袋大脖子粗，出生时害她难产呢？让母亲受了大罪，即使雷劈我三次也不能解恨，况且宋国一直对我们虎视眈眈，就是不掘地见母，早晚也必有一战！他们……想怎么解决？"

"他们提出非赔偿五万担小米不可。"

"既然这样，那就灭了它！黄金那么多，咱们拿来用也是可以的，小米就不要来回搬运了，怪费事的。给你拨点残兵剩勇，利用业余时间把宋国解决了就行了，去办吧！"

"是。"祭仲领命出宫。

"有本出班早奏，无本卷帘退朝！"宦官嘶哑的嗓子又喊了一遍，心想：你们可别没事找事了，赶紧让我回去睡个回笼觉吧！

"臣等无本。"

下朝后，庄公来到御花园游玩，见邓曼带着几个宫女在假山石上晒腊肉。庄公心喜，穿庭越院，快步走到爱妃跟前，笑着问道："晒些什么？"

邓曼道："您一不高兴，三下五除二把人家虢（guó）国给灭了。这不，一大堆战利品我只挑了这些个腊肉。早听说是他们那儿的特产，不曾吃过，山珍海味都吃腻了，今天拿来晒晒存起来享用。"

庄公听完，一脸惆怅，一言不发，只是翻弄假山上黑如木炭的腊肉。邓曼道："王上，您这是怎么了？"

"倘若母亲能吃上该多好，不知她现在的伙食怎样？胃口可好？"

"您的心胸开阔得连月亮都能在里面绕十圈，您难道忘了母后是怎么暗害您的了？先帝在时她就横扒竖挡着不让立您为太子，您当上大王以后，她又得寸进尺，替叔段要东要西，建立的城垣比都城的还要雄伟壮大，不臣之心世人皆知。虽说你们是同胞弟兄，但性格、能力、脾性迥异。您心胸宽广，他呢，一天不沾光就算吃亏，和别人握手都能趁机顺走人家的指环，自己放个屁也要赶紧闻，生怕别人提前闻到。瓷公鸡铁仙鹤、玻璃耗子琉璃猫般的人物，能成大事？您这么忍让他，他居然还死心不改，妄图弑君篡位推翻您，您轻而易举便把他剿灭，这是民心所向，而母后却甘愿做他的内应！您舍不得杀她，把她软禁在城颍，发誓不再与她见面，这已经是天大的恩赐了，可您如今又后悔，难道忘了君无戏言吗？偏偏这时跑出来个大马猴颍考叔，抛出个掘地见母的馊主意，这人真是浑身上下净是心眼，筛子都甘拜下风……”

“娘娘……”一个宫女轻轻拽了一下邓曼的衣角，“娘娘别自言自语了，大王早走掉了。”

邓曼回头一看，可不吗？一个人也没有了，只留下一串长长的脚印烙在地面上。

“娘娘，大王把咱的腊肉顺走了一大半。”宫女小声说。

“真符合他的德行，他这是准备地道通了之后给那个恶毒的母后送去呢！多好的见面礼呀，虽然卖相和那个老太婆的脸一样难看！”

庄公对邓曼的一番论调不甚心烦，偷偷溜出去后，便让宦官传令下去：“以后宫中再有关于母后武姜的议论，一概格杀勿论！”

“遵命！”

这时大夫祭仲从宫门外匆匆赶来，正遇见扛着腊肉疾步如飞的庄公等人，忙驻足侧立，作揖下拜道：“王上，多日不见，甚是想念。”

庄公道：“屁话，咱们不是早朝刚刚见完吗？”

祭仲笑道：“一时不见王上，如隔三秋也。”

“别学那些肉麻的蠢话，拿高帽子在寡人这里换不来赏赐，只有两个巴掌和一记闷棍。说，又缺什么？”

“我王圣明！您让我率兵攻打宋国，臣回去后权衡利弊，想来想去还是有困难。如果只是我们一家之兵力是不可能将宋国击溃的，天时地利人和都不具备，只恐到后来偷鸡不成蚀把米，我特此来请您的旨意。”

庄公回头对宦官说：“把腊肉先摆到龙床上，抬出来放到宫檐底下晾晒。快去，一天一点正经事不干，老让我操心！”宦官赶紧将肉背起，向深宫走去。

祭仲说：“王上，我说了半天您听见了吗？”

“听见了，你刚才说什么？”

“……”

“噢，想起来了！的确，咱们单独行动确实力不从心，不如联合鲁国和齐国一起结成同盟攻打，就说事成之后必有分红，谁还嫌钱多咬手呀！他们必然会同意，到时我们来个三面夹击，将宋国迎头痛扁，紧接着它就会腹背受敌，咱再来个瓮中抓耗子，手到擒来，宋国彻底瓦解是瞬间的事！”

“王上果然英明，可我们出师无名，怕让天下人耻笑，说我们以众欺寡。”

“就说宋国国君不朝见周天子，以天子之名伐宋，欲加之罪何患无辞呀？往他裤裆里糊一块黄泥巴，不是屎也是屎。”

“高，实在是高。”祭仲由衷赞道，一面辞别庄公，办差去了。

过了大概两个多月的工夫，这日天刚蒙蒙亮，郑庄公便在宦官搀扶下，早早上朝了。

“有本出班早奏，无本卷帘退朝！”

这话刚从宦官那干瘪无牙的嘴里喊出，只听有人立马应道：

“臣有本！”

宦官往下一看，是大夫颍考叔，心想：怪不得娘娘叫他大马猴呢。整天上蹿下跳的！

郑庄公问：“爱卿何事要奏？”

颍考叔道：“我王大喜……”

“同喜同喜，我又要大婚了吗？哪家的姑娘？还是哪个好爱卿家的千金小姐？”

“大王别急，姑娘有的是！我今天说的大喜是地道终于挖通了，您可以与您的母后见面了。”

郑庄公虽然听到不是娶媳妇后有些失望，但还是喜形于色，因为终于可以和朝思暮想的母亲见面了。他急忙走下龙椅往地道那边走，被祭仲拦下来了：“王上，您先别着急，臣也有本要奏。”

“我看你是欠揍，没见寡人思母心切吗？一点眼力见儿都没有！”

祭仲道：“王上，您听我说完再见也不迟，咱们的军队昨天下午已经把宋国歼灭了。”

“呦，双喜临门呐！要大摆筵席，举国同庆，犒劳那些将士！”

“王上，您先别走……这功劳可不光是咱们郑国的，您忘了，还有鲁国，齐国呢！要是不把他们安抚好了，恐怕……”

庄公说：“寡人不是那贪图富贵之人。君子一言，驷马难追，将宋国国土送给鲁国，掠来的财物辎重尽归齐国，寡人掘地见母的伟大工程胜利完工，今天高兴，钱财乃身外之物，散尽又何妨？”

祭仲作揖下拜，赞叹道：“我王真乃千古圣君。郑国有此君王，国家之大幸，百姓之大福呀！”

庄公笑道：“这顶高帽子寡人戴了，谁让它这么合身呢？”又吩咐宦官道，“令百官列队，随寡人一同进入地道，拜见我的母后大人。哎，对了，叫上邓曼娘娘，还有，别忘了带上那些晾好的腊肉！”

“是！”

只用了蒸完一锅窝窝的工夫，仪仗队便列队完毕，整装待发。郑庄公带领着邓曼娘娘、文武百官一同前往地道。到了地道口，郑庄公又觉不妥，改变主意，令大部队及百官守护道口，自己只带了邓曼及几个宦官进入。母子相见，一时相拥而泣，冰释前嫌，说不尽的牵挂与思念。以至那天晚宴上的腊肉居然吃出了龙肉味。

赏　析

百善孝为先

《新掘地见母：庄公的地道》讲述了“春秋三小霸”之一郑庄公掘地见母的典故。

开头这一段的描写，栩栩如生，活灵活现，有声有色，仿佛看到君臣二人在“舌战”，并因为太熟而无敌意。笔者因祭仲的巧舌如簧笑得“花枝乱颤”——简直太形象了！结合现实社会，这类善拍、会舔、献媚之流并非少数。

本章对于祭仲的人设是符合历史的。他是五朝老臣，在郑国的地位可以用“根深蒂固”四个字来形容，其精于权术、见风使舵的本领可见一斑。在郑庄公时期深得宠幸，郑庄公去世后，祭仲亲自导演了弟篡兄位的戏码并取得成功。等到政权稳固，祭仲便开始横行霸道、目无主君。《左传·桓公十五年》记载：祭仲专（专权）。以至郑厉公处心积虑想要除掉他，结果失败，反而是他自己逃走避祸。这段小插曲很有意思，是“人尽可夫”这个成语的来由，在此笔者不再赘述。

回到《新掘地见母：庄公的地道》这一章，逗乐搞笑的片段，我们且一笑而过。

至于庄公为什么掘地道，才是值得读者深思的，也就是本章所推崇的一个“孝”字。

因为庄公出生时脑袋大脖子粗，害母亲难产，让母亲遭了大罪，他始终认为是自己的罪过——“即使雷劈我三次也不能解恨”。《左传·郑伯克段于鄢》记载：庄公寤生（倒着出生），惊姜氏，故名曰“寤生”，遂恶之。

他的母后做同胞弟兄段的内应、妄图弑君篡位暗害他，而庄公“克段于鄢”之后，仍以宽广的胸怀谅解了他的母后，没有杀她，只是把她软禁在城颍。尽管心中也曾有恨，发誓“不及黄泉，无相见也”，但心地善良的他终究思母心切，决定听取大孝子颍考叔“阙地及泉”的建议，挖地道见母后。

当祭仲奏道：“您掘地见母的工程有进展了……”

庄公的反应很急切：“快说，挖到哪了？”你也一定能听出他对母后朝思暮想的心情。

还有一个情节令人印象深刻：下朝后，庄公来到御花园游玩，见邓曼带着几个宫女在假山石上晒腊肉，想到的竟是“倘若母亲能吃上该多好，不知她现在的伙食怎样？胃口可好？”临走还把腊肉顺走了一大半，以孝敬负罪在身的母亲。

用邓曼的话来说，庄公的心胸真是“开阔得连月亮都能在里面绕十圈”。

地道通了，庄公带领着邓曼娘娘、文武百官一同前往，还带上那些晾好的腊肉。真是孝心可鉴！

母子相见，相拥而泣，自然冰释前嫌，说不尽的牵挂与思念。看到这里，读者的心也跟着释然了——母子连心，感天动地！让人领悟道：一位君王尚且能不计前嫌，善待有罪的母亲，我们作为晚辈，更应当尊敬长辈，弘扬并传承以“百善孝为先”为传统的中华美德。

对于郑庄公的人设，历史上有争议。有人认为他对于母亲和弟弟一味纵容，是因为念及骨肉之情，也有人认为他如此“姑息养奸”，其实是在酝酿一个长远的复仇计划。因为从小缺失母爱，他对弟弟实则“羡慕嫉妒恨”，看到弟弟在母亲的纵容下一步步走向毁灭，他不动声色，像蜘蛛一样，等待着猎物走进自己布下的大网，只在最后一刻，他才骤然出击，而且一招致命。他不怕段谋反，就怕段不谋反。因为只有坐实段的谋反之罪，他才能将其置于死地。否则，在这个仁义至上的春秋时期，贸然对亲弟弟动手，社会舆论将对他不利。如果这个推论成立，那这位城府颇深的腹黑男，着实令人脊背发凉。

那后来的“掘地见母”又是否完全源于孝心呢？笔者以为，不能排除庄公打心里边对母亲仍有深厚的感情，但更多是政治上的考虑。民意调查显示，当时全国上下对于国君流放母亲的做法“一边倒”地表示反对，庄公的支持率急剧下降至历史新低。而且好事不出门，坏事传千里，其他国家也知道了这事，对此纷纷发表谴责。如果不及时作出补救措施，势必动摇政权的统治基础。

问题是，君子一言，驷马难追，何况是堂堂国君？狠话既然说出去，想要收回就没那么容易了，庄公很伤脑筋。

贵人总是适时地出现。颍谷地方的小领主颍考叔前来朝觐国君。按照礼节，庄公请他吃了顿饭。每上一道菜，颍考叔都会先用荷叶将最好的一部分包起来，放在怀里。庄公白了他一眼：“还没开吃呢，就打包了？”颍考叔诚惶诚恐地说：“您有所不知，小人的老母亲年纪大了，这辈子只吃过小人领地的食物，还没尝过国君赏赐的食物，我想带回去给她尝尝，让她也享受享受您的恩泽。”庄公听了长叹一声：“你还有老母亲可以服侍，我如今却没那个福气。”接着把自己的烦恼向颍考叔倾诉了一番。颍考叔听了便“出了个掘地见母的馊主意”：派人挖个隧道，一直挖到有泉水的地方，把母亲接到隧道中，再由庄公亲自驾车将她接回来，这样也就算是黄泉相见了。

于是庄公一切照办，这便是中国历史上著名的“掘地见母”的故事。庄公还在洞室之中颇为煽情地作了首诗：“大隧之中，其乐也融融！”武姜和了一首：“大隧之外，其乐也泄泄！”后人把其乐融融当作一句成语来用，就出于此。这场走秀获得圆满成功，一夜之间，庄公的支持率又恢复到百分百……

历史的真相究竟是什么，我们不得而知，这个深埋在郑庄公心里的答案也早已随历史的尘烟散去。无论如何，《新掘地见母：庄公的地道》一文所呈现的那份赤诚孝心，还是令人动容的。

陈瑜，笔名陈愚，“70后”，江苏南京人。江苏省作家协会会员、江苏省诗词协会会员、南京市机关作家协会会员、南京市公安文联会员、《金陵警坛》特约撰稿人兼特约评论员。

对本书的一句荐语：“听”笑李飞叨戏说上下五千年，轻松学历史！

第 8 章　新二子乘舟：三公子

典故卡

二子乘舟

《二子乘舟》是《诗经·邶（bèi）风》第 19 篇、先秦时代邶地华夏族民歌。全诗通过对飘飘远逝的二子和船影等画面的描写，形象生动地表达了春秋时期卫国人民对“二子”之间感情的欣赏与感动。诗歌中的“二子”是指卫宣公的两个儿子伋和寿。他们为兄弟情谊，争先赴死。卫国人感其精神，编写了这首诗歌。《列女传·卷之七·孽嬖传》提到公子寿的母亲宣姜，认为她是导致这一悲剧的主要因素。宣姜是“春秋三小霸”之一齐僖公的女儿、“春秋五霸”之首齐桓公的妹妹，因其绝世之姿而闻名于世。

金翠耀日，罗绮飘香，郑国集市热闹非凡，满眼的珠光宝气。就是侏儒穿着平底鞋坐在地上，也能将绵延百里的青楼画阁、绣户珠帘尽收眼底。

这时，从衣冠楚楚的人群中，挤出两个破衣烂衫、蓬头垢面的年轻小伙子。乍看以为是乞丐，但眼尖的人会发现，其中一个长得眉目清秀，身上披的是值钱的丝绸，只是已经被撕成了网状，头上戴的是象征贵族身份的礼冠，虽然已经被折弯了，像乌鸦的尾巴一般耷拉在脑后。他身后跟着一个半大小子，一副恭恭敬敬的样子。一看两人就不是一起讨饭的，而是后面那个在服侍前面那个。

“公子，郑国人真富有啊……”随从感叹道。

“真正的富有在于心灵。钱乃身外之物，德才是无价之宝。”被称作公子的那个人，慢条斯理地答道。

“都落魄成乞丐了，还尽说些冠冕堂皇的玩意儿。”随从在心里哼唧了一声，转而又问，“公子，咱俩还没见到郑国政要，倒是先见到劫匪了。如今盘缠没了，给郑伯的礼物没了，连身上的衣服都被撕成这样，还怎么去参加高层会晤啊？估计一走到宫门口，就会被当成乞丐赶出来！”

“你放心，腌臜的外表遮掩不了高贵的内心。人只要有德行，自然就会受到别人的尊敬。”

随从无言以对，见公子径直朝宫门方向走去，他一头雾水：“公子，您这是要去哪？”

“当然是依照原定计划，去拜访郑伯。”

“现……现在，就我俩这副德行？能进得了宫门？”随从惊讶得下巴都差点脱臼。

“当然，父王交给我的使命还没完成，见不到郑伯，我怎么有脸回去向父王请命呢？”

“咱还是先去驿馆，或者哪个百姓家借套行头吧，不然就这副尊容，不被乱棍揍一顿就是万幸了。”随从的声音已经开始哆嗦。

“我们是败絮其外，金玉其中，金子总是自带光芒，你就放心跟我走吧。”公子依旧是一副云淡风轻、不食人间烟火的样子。随从只得灰溜溜地跟在后面。

到了宫门口，公子拱了拱手，走向门官，彬彬有礼地说道：“我乃卫国公子伋，求见……”

“你急我不急，老爷我今儿个高兴，赏你个鸡腿！”说罢，门官从旁边一个土坑里捡起一只被啃得只剩骨头的鸡腿，一把塞进公子伋微张着的，还挂满了笑意的嘴里。

公子伋被堵住了嘴，一时说不出话，正想把鸡腿拔出来，跟门官解释，却见另一个门官凶神恶煞地走过来，劈头盖脸朝他一顿吼：

“臭要饭的，还不滚？走不动了是吧？你这腿要是没用，要不要老爷我做回好事帮你卸下来，把鸡腿给你安上？”说罢，门官举了下手里的刀，威胁道。

公子伋被吓得手抖，鸡腿也拔不出来了。随从见势不妙，生拉活拽把他拖走了。

直走出十几里远，随从才停下步子，从呆若木鸡的公子伋口中拔出鸡腿，忍不住抱怨起来：

“公子，请恕小人直言，您所崇尚的那些仁义道德过时了！现如今，郑伯把周天子都打败了，周王室地位一落千丈，周王朝制定的那些礼仪规范，诸侯们早就不放在眼里了。各个诸侯不再是亲如一家，而是势同水火，要么相互征伐，要么相互拉拢，都是为了争权夺利。别说今天阁下这副尊容，即便门官相信您是卫国来的公子，也未必肯放您进去，还得看看郑伯瞧不瞧得起我们这些小国来的使者。”

公子伋想反驳几句，却发现鸡腿把自己的嘴都塞麻了。他保持着半张嘴的表情，说不出话。

“公子，咱们还是赶紧回国吧。我总觉得这次卫侯派咱们出使郑国，事有蹊跷。早不派，晚不派，偏偏宣姜公主刚从齐国来到卫国，你们都还来不及成亲，就给您安排了这件差事。而且，拜访郑伯这号人物，就给您派了我这一个随从加车夫，带来的礼物也是寒酸得无法见人。幸好刚刚一到郑国，咱们就遇到了劫匪，把东西全抢走了，省得您带着这礼物去郑伯面前丢人……”

公子伋麻木的嘴此时有了知觉，随从一席话说得他恼怒不已，口齿不清地怒斥道：

“你……多嘴！”

“啥？您是说……我说得对？哎呀，真不枉我苦心相劝，公子您总算开窍了。快走吧，咱们赶紧去街上找辆车，早点回家吧！”

随从归心似箭，急不可耐地朝着街上奔去，公子伋气呼呼地小跑着跟在后面。就在两人穿过一处集市时，忽听有人在大声吆喝，吸引着路人纷纷驻足围观。

“天上冷飕飕，地下滚绣球。有馅的是包子，没馅的是窝头。”一个老头子的声音喊道。

“唉！这才是好色风流，不是冤家不聚头，只为淫人妇，难保妻儿否，嬉戏眼前谋，孽满身后，报应从头，万恶淫为首，因此上美色邪淫一笔勾。”一个老婆子与他一唱一和。

“请你往下听，好戏在后头！”一个稚嫩、清甜的声音附和道。

原来是一对老夫妇和一个稚气未脱，却已生得娇艳动人的大辫子姑娘。

“好！”人群中开始有人叫好和鼓掌，也不知道是不是这几个说书艺人请来的托儿。

公子伋和随从急着赶路，虽然心生好奇，也并未停下脚步。

“今天，咱们就来聊聊卫侯那些不得不说的艳事！”老头大喝一声，敲响了手中的惊堂木，惊得公子伋和随从撞到了一起，两人“哎哟”一声后，停下步伐，耳朵都竖了起来。

“哇，坐等吃瓜！”姑娘用手指捻着辫子，眼神里充满期待。

“话说这位卫侯可是一位远近闻名的情圣，他的媳妇儿各个国色天香，她们最大的特点不是美貌，而是‘肥水不流外人田’。他现在的夫人，是他爹以前的爱妃。听说最近他又娶了新媳妇，是位美若天仙的齐国公主。而这位公主，原本是他的儿媳。”老太婆接着说。

“咦，岂不是三代同堂？”辫子姑娘故意夸张地补充了一句，围观人群顿时发出阵阵狂笑。

公子伋怒不可遏，正要往围观人群那边冲，被随从紧紧抱住，“公子，千万别自己往坑里跳！还是赶紧回国，和齐国公主成亲吧。那时谣言就会不攻自破的。您若是现在自报家门，只会给人留下更多话柄。”

公子伋一想，随从说得有道理，再说，吵架也不是自己的专长，弄不好反被别人羞辱一番。他压了压火气，愤愤地离开了。

“这些小人胆敢玷污我父王、母后和夫人的名声，我必须回去澄清这件事。”

这下，公子伋是真急了。他和随从找遍大街小巷，好说歹说，总算说服一辆牛车的主人，同意让他们赊账搭车，还提供干粮。于是，老牛拉着破车，哼哧哼哧走在返程的路上，这一折腾，又耽搁了好几个月。两人出发的时候还是爽爽的初秋，回到家时，已是寒冷的深冬了。

洗澡更衣之后，公子伋又变回了那位俊秀的翩翩公子。他现在最想见到的人，就是他心心念念的妻子——宣姜。然而，当他赶到宣姜的寝宫，却只撞见一脸尴尬的父亲和一位郁郁寡欢、身怀六甲的少妇。没有多话，一向孝顺的公子伋简单向父亲和王妃请安后，静静离开了。

失魂落魄的公子伋去拜见母亲，此时，母亲是他唯一可以倾诉衷肠的人了。当他在母亲寝宫门口等待丫鬟进去通报时，一声刺耳的尖叫声传来，他赶紧追了过去，却看见了令他痛不欲生的一幕——

他的生母夷姜，因为失宠而伤心过度，悬梁自尽了。

时光如白驹过隙，一转眼，十余年过去。那个温文尔雅的翩翩公子因为常常借酒浇愁，变得沧桑而萎靡。

这日傍晚，后花园荷塘边一处僻静的角落。

月光清冷，如流水一般泻在这一片叶子和花上。月光是隔了树照过来的，透过高处丛生的灌木，落下参差斑驳的黑影，随风摇曳，仿佛魔鬼的舞蹈。

公子伋又喝了不少酒，摇摇晃晃地往寝宫走去，路过这片荷塘的时候，正遇见躲在树影下暗自垂泪的宣姜。

见公子伋朝这边走来，宣姜睁着含泪的大眼睛，温情脉脉地看着他。虽然已是两个儿子的母亲，这位昔日名冠一时的绝色美人，依旧是身段婀娜、美艳绝伦，只是眉宇间添了一抹忧伤，使得她更加楚楚动人。

“伋……伋子。”宣姜柔声唤道。公子伋只觉得自己脸上身上在发烧，他站住了脚，摒住了呼吸。

宣姜擦拭了一下眼泪，朝公子伋走过来，公子伋却吓得后退了好几步，酒也醒了大半。他别过脸去，施礼道：“拜见娘娘。”

“不要喊我娘娘，我本该是你的妻子。”宣姜有些恼怒，气呼呼地又朝公子伋走近了几步。公子伋吓得又后退了几步。

宣姜恨恨地说：“当年，是你向我父王提亲，他才同意了这门婚事，我也才千里迢迢来到这里。谁知，我到了卫国，你却躲去了郑国，原本美好的洞房花烛夜，我以为揭开盖头的是你，当我满心期待望着我的夫君时，却看见一张扭曲狰狞的老家伙的脸……”

公子伋曾经无数次在脑海里模拟过那一晚的情景，画面中的人，有时是自己和宣姜，有时是父亲和宣姜，每当这时，他的心都会一阵阵地抽痛。

“你一走，就是数月。我盼星星盼月亮，终于把你盼回来了。你看我时痴痴又伤感的样子，让我感受到，你心里是有我的，于是我又有了盼头。谁知，此后你一直躲着我，见你一面比登天还难。你明明可以据理力争，把我要回去，可你没有。你眼睁睁看着自己的妻子在火坑里煎熬，却无动于衷……”宣姜说到这里，又落泪了，闪闪泪光刺得公子伋心痛不已，可他又后退了两步，拱手说道，“娘娘别说了，那都是过去的事了。您是国母，是我父亲的妻子，我若轻薄于您，就是对国不忠，对父不孝，那是不可饶恕的罪过，请您不要让我背上不忠不孝的名声。”

“名声，名声！你们这些男人就只重视自己的名声，根本不顾女人死活。在这个世上，我最爱的两个男人，一个是你，一个是我父王。你为了名声抛弃我，而我父王，身为齐国国君，完全有能力救我于水火，却也为了名声弃我于不顾。当我将卫侯偷梁换柱的丑事告诉父王，他却反过来劝我，让我将错就错，反正当初让我嫁过来，也是为了将来当太子妃，现在，我倒是提前当上了王妃，简直是因祸得福、一步登天，他说我应该高兴才是……你们这些利欲熏心的男人，把女人当作实现自己政治利益的筹码，随随便便就把我们的幸福牺牲掉，自私自利冷酷无情……”说到这里，宣姜已是泣不成声。

公子伋很想上前安慰一下宣姜，很想温柔地替她擦拭掉沾在面颊和睫毛上的泪水，然而，这个念头只是一闪而过，“忠孝”两个大字又浮现在眼前。

“娘娘，亏欠您的情意，唯有来生再报。孩儿告退。”公子伋冷冷地说完这几个字，便快步离开，回到了自己的寝宫。他把自己关在屋子里，又开始喝酒。

从宣姜身旁走过的一瞬间，公子伋没有瞥见，那凝望着自己充满期待的眼神，转而变成了惊讶，随之又浮现出恨意。

宣姜也准备回宫，却忽然瞥见阴暗的角落里站着一个挺拔的身影。

“看来娘亲还是忘不了他。”那个黑影冷冷地说道。

“朔，是你？”宣姜大吃一惊，原来是她的小儿子公子朔。

“娘亲是看到父王身体不好，而伋子就要被封为太子，所以才向他示好，以便以后继续当王后，是吗？”

宣姜很想反驳一句：“女人的心你们不懂，我们才不像男人那样追名逐利，我不是权力的机器，我是一个有血有肉有感情的女人！”

可她没敢说出来，想和伋子重修旧好已是无望，此时她对伋子只剩下恨了。既然儿子这样理解她的行为，她不如就坡下驴，给自己一个台阶下。

“还是我儿懂我啊。”宣姜收起一脸忧伤，换上一抹令人胆寒的诡笑，“我这还不是为你们哥俩的将来做打算，母亲我地位牢靠了，你们才有好日子过啊。”

“不是，娘，你根本就没有为我们考虑过！”公子朔冷冷地说，“如果伋子当上太子，就是未来的卫国国君，他一旦上任，说不定会把你和我们兄弟都赶出卫国。到时候，还想跟着他吃香喝辣？哼！说不定流落大街当乞丐！”

公子朔的话让宣姜心里一懔，她还真的从未考虑过这一层，之前只是满心希望与伋子再续前缘，却从未想过，一旦他以后翻脸，自己和两个孩子的命运……

宣姜低着头，心里翻江倒海。

第二天夜里，卫宣公看见心爱的美人儿扑进自己怀中，哭得梨花带雨：“夫君，伋子刚才喝醉了，对我非礼，还口口声声说‘你本来应该是我的妻子’！”

“什么？他……逆子，逆子……”

这句话戳到了卫宣公的痛点，他原本心脏就不太好，气得捂住胸口直喘粗气。

宣姜看到计谋得逞，继续添油加醋，“伋子他，他还说……”

“他说什么？”卫宣公瞪着血红的双眼问道。

“他说……说反正父王身体虚弱，即将不久于人世了，等他即位当了国君，就让我当王后！”

“什么！”卫宣公愤怒地嘶吼道，“逆子，逆子！他这是诅咒我死，还是在做弑君篡位的打算呢？找死！”

几天后，公子伋接到父亲让他出使齐国的命令。临走前，他同父异母的弟弟、宣姜的大儿子公子寿为他践行。两人举杯痛饮，越聊越开心。酒酣耳热之际，公子寿忽然凑到公子伋耳边，轻声说道：“哥，你不能去！我听到母亲和弟弟谈话，这是他们的阴谋。他们已经派刺客埋伏在半路，打算刺杀你！父亲受了蒙蔽，正在气头上，所以才会拿你撒气。你就先在我这休息几日，等危险过去，我们再一起跟父亲解释。父子连心，等他想通了，就会断了这个念头。”

谁知，公子伋丝毫没有显出吃惊和害怕的样子，而是一脸漠然：“父王交给我的使命还没完成，如果不去齐国，我怎么有脸回来向父王请命呢？”

“命都没了，要脸何用？”

“如果父王给我的使命是让我去死，那我就去死吧。君要臣死，臣不得不死。”

见哥哥态度如此坚决，公子寿不再说话了，脑海里浮现出自己的童年时光：

他从出生起就没怎么见过母亲笑，他总觉得母亲不爱他，甚至有些恨他。母亲常常冷不丁地冒出一句：“你长得真像你父亲！”在母亲身边，他胆战心惊小心翼翼，连哭鼻子都成了一种奢侈。而那个看起来十分忧愁的哥哥伋子，却很愿意对他笑。同病相怜的兄弟俩，互相舔舐着彼此的伤口，孤独清冷的生活也因为彼此而变得温暖美好起来。受哥哥影响，公子寿逐渐长成了一位知书达理、宅心仁厚的翩翩君子。而他那位长得像母亲一样漂亮的弟弟公子朔，却是在父母的溺爱下长大的，刁蛮任性。公子寿和亲弟渐行渐远，却与同父异母的哥哥情同手足。

公子寿频频端酒敬哥哥。三杯两盏下去，公子伋酣然大醉。等他醒来，才发现自己光溜溜地躺在床上！

“一定是弟弟穿着我的衣服，替我赴死去了！”

公子伋大哭着快马加鞭追了过去……

假扮成哥哥的公子寿行至半路，果然跳出来一群蒙面黑衣人。

“你是谁？”蒙面带头大哥问。

“我……是我哥！”公子寿答。

“啥？”

“哦，不不，我就是我！”

“我去，还不一样的烟火呢！能好好说话不？”

“我是……伋子！”

“等的就是你！”

……

当伋子追了过来，却只看见弟弟的尸体，和几个正在尸体上补刀的杀手。

伋子哭喊道：“你们杀错人了！我才是我，快来杀我！”

刺客们咿咿呀呀叫嚷着冲上去一顿乱砍……

当刺客高高兴兴提着兄弟俩的头颅前来领赏，宣姜和卫宣公一眼就看出，盒子比想象中的大了一号。当盒子的盖子被揭开，宣姜和卫宣公哀号一声，双双昏厥过去。

数日过后，在郑国一个热闹的集市上，出现了一位梳着大辫子、穿着孝服的说书女子。她一改往日诙谐调侃的风格，而是一脸沉痛，低声朗诵着一段悼词，像是在为一位已故的亲人送行。

“你俩坐船走了，撇下亲人凄凉。小桥流水桂花香，说不尽千思万想。哎呀呀！说不尽千思万想……”

女子天上一脚，地上一脚，冷一句，热一句，令闻者无不发蒙。

赏析

湮没在传统礼教下的人性光芒

《新二子乘舟：三公子》的创作背景，源于《诗经》中的一首诗歌《二子成舟》。

二子乘舟，泛泛其景。愿言思子，中心养养！

二子乘舟，泛泛其逝。愿言思子，不瑕有害！

朗朗上口的诗句背后，隐藏着一个鲜为人知的感人故事。笑李飞叨版《新二子乘舟：三公子》，为我们展现了当传统礼教遭遇时代变局时，那些在乱世中生存的人们的思想波动与命运悲欢，引人深思。

故事从卫国公子伋和随从跨越千山万水奔赴郑国，遭遇了劫匪、门官等一系列小人物的欺侮和凌辱，一心只为完成父王交予的使命说起。开篇欢乐搞逗、荒诞不经，公子伋"老古董"般不合时宜的言行令人忍俊不禁。而后，在集市上与说书三人组遭遇的情景也妙趣横生。老奶奶的那句"这才是好色风流，不是冤家不聚头，只为淫人妇，难保妻儿否，嬉戏眼前谋，孽满身后，报应从头，万恶淫为首，因此上美色邪淫一笔勾"韵味深长，实则将《新二子乘舟：三公子》的故事梗概和中心思想都囊括其中，堪称神来之笔。

经过说书人的"剧透"，我们知道了公子伋来到郑国的前因后果。原来，在他与齐国公主宣姜即将成婚之际，他的父王卫宣公由于觊觎未来儿媳的美色，有意支走儿子，自己将儿媳据为己有。宣姜姿容绝世，应两国之交，与公子伋定下婚约，不远千里嫁到卫国，结果发现公公成了老公，老公成了儿子（在权势地位至上的特定历史时期，别说自由恋爱是种奢望，连人伦纲常也乱了套）。对爱情充满憧憬的翩翩佳人，一朝变作公公的妃子，满心欢喜成了噩梦，而一心只为攻破谣言，维护父王和未婚妻形象的公子伋回国后，却看到心爱之人身怀六甲的模样，瞬间心如死灰。

十多年后，宣姜与公子伋相逢时的那段哭诉令人动容。遭遇如此骇人听闻的人生变故，她最爱的两个男人，一个选择隐忍，另一个，她的父王齐僖公，不仅不为女儿伸张正义，反而拍手叫好。两个可以帮助她改变命运的男人都对她的生死喜怒置若罔闻，怎能不令这位只能依附着男人生存的乱世佳人寒入骨髓？

情节一步步推进，进展之迅速令人目不暇接。宣姜的长篇自述，她看公子伋时眼神的变化，她与小儿子对话时的判若两人，以及她在卫宣公面前挑拨是非的一系列举动，展现了一个身心饱受摧残的可怜女子的精神变形记。宣姜从一个被动的受害者（被伤害），发展到被动的受虐者（忍受伤害），进而发展为主动的施虐者（伤害别人）。在这个过程中，一个原本遵循自己内心、用情至深的弱女子，变成了一个精于权术、心狠手辣的毒妇人。她的这种变化是被动的，却也是必然的。

在与公子伋再续前缘的幻想破灭后，宣姜彻底走上了黑化的道路。正可谓从前有多少柔情，今后就有多少狠辣。她在为儿子谋求君主之位的道路上未雨绸缪，机关算尽，甚至不惜对昔日所爱痛下杀手，以致错杀爱子，彻底地酿成一生悲剧。自古红颜多薄命。上天赋予宣姜美貌和尊荣的同时，似乎觉得要为她安排悲惨的命运才显得公平。宣姜本是身份尊贵、千娇百媚的绝代佳人，可惜出生在那个战火纷飞、男尊女卑的混乱时代，沦为父亲的政治外交筹码。她逃不出命运的囚笼，只能任由权力摆布，最终成为利益斗争的牺牲品。

再说回公子伋。宣姜本是他钟爱之人，却被自己的父亲占有。此时，他虽然郁闷伤怀，奈何因饱受封建礼教浸染，他近乎偏执地固守着自己内心的道德观与价值观，选择默默忍受一切，能做的唯有借酒浇愁平复心中失意。甚至在得知自己即将被人谋害的真相后，为了父子之情、君臣之义，依然面不改色、毅然赴死，最终落得情同手足的弟弟公子寿与他一同殒命的双重悲剧，令人慨叹。

公子伋满口的礼义仁智信，真是单纯得可爱又可恨。在封建礼教的熏陶下，他的男儿血性被彻底掩埋，乃至丧失自我，一句“忠孝大于天”和“君要臣死，臣不得不死”足以要了他的命，这种固守传统、不知变通的性格弱点，为他的一生谱下了悲剧式的乐章。

故事看完后，我在想，如果主人公们生活在一个自由民主的时代，可以选择走自己的路，宣姜和公子伋定会收获公主和王子童话般的爱情。只可惜，历史没有如果。

说完故事及人物命运，再说回对本章的阅读感受。总体而言，全文结构严谨，几遍读下来，感觉整个作品亮点很多，总结如下：

首先是语言艺术。“天上冷飕飕，地下滚绣球。有馅的是包子，没馅的是窝头”等诸如此类简练活泼、生动形象、充满现代感艺术活力的语言不胜枚举，轻松地将读者带入故事情景中，并为之深深吸引。

其次是情节引人入胜。通过生动的描述和紧凑的故事衔接，将人物命运轨迹清晰地勾勒出来。以宣姜、公子伋的悲剧人生为引子，揭露了封建社会男尊女卑，丧失公良秩序等诸多顽疾，以及女人沦为政治工具，不能自主掌控命运，只能随波逐流的悲哀，引发读者在学习重温历史时的思考。

更值得一提的是，公子伋和公子寿的兄弟情，两人为了救彼此欣然赴死的壮举感动了所有人。文章末尾说到一位梳着大辫子、穿着孝服的说书姑娘沉痛念着悼词（应该就是前文提到的那名说书少女，老爷爷老奶奶不见踪影，她悼念的究竟是爷爷奶奶还是两位公子，这里作者刻意留下了一个悬念）：“你俩坐船走了，撇下亲人凄凉。小桥流水桂花香，说不尽千思万想。哎呀呀！说不尽千思万想……”正是对《新二子乘舟：三公子》一诗的致敬，让读者仿佛真的看到公子伋和公子寿坐船离去的背影。

之所以死无可惧，无非情之所至。公子伋和公子寿的兄弟情，仿佛乱世中的一股清流，闪耀着人性的光芒，感天动地，令人久久难忘。

毕丽，“80 后”，贵州六盘水人，文学爱好者，六盘水市作家协会会员。

对本书的一句荐语：看似戏说上下五千年，实为对历史的回顾和膜拜，用或大或小的人物，或响亮或沉寂的故事，尽窥人生百态。

第9章　新楚武王伐随：少师之死

典故卡

楚武王伐随

《左传·桓公六年》《史记·楚世家》皆有相关记载。战国时，楚武王熊通侵随，随国大臣季梁替国君分析了当时的形势，随侯罢兵而修政。两年后楚武王又侵随，随侯不听季梁劝谏，派主战派的少师带兵迎战被击败。后来，楚第三次侵随，楚武王却不幸“卒于军”，将士们没有停下行军的步伐，兵临城下，用一场胜利告慰了为国捐躯的大王。对楚国北进中原的宏图伟略来说，楚武王实为最重要的奠基人。他也是诸侯国中第一个僭越称王的人。

巍峨雄壮的府邸内，少师大人围着客厅那张檀香木雕刻而成的八仙桌子，驴拉磨一般一圈一圈团团转，等到神龛前的高香已然续烧完第八十一根，地板上便踩出一轮比满月还圆的圆圈，高脚圆规画的一般，清晰可见。

“老爷。”夫人端来一碗莲子羹，递给少师，但见少师依旧机械似地转，她便大喊一声：“吁！”

也许是条件反射，少师“啪”地一下立马停下脚步，就差撅尾巴尥蹶子嘟噜嘴了。

“夫人莫闹。我又不是驴，吁什么？”

“我看也差不多，从早到晚不停围着桌子转，早知道我该给您套上磨扣上笼头，把咱家那五百顷地的黍米给磨磨，好歹也省几头牲口的口粮不是？”

少师没有理会夫人的调侃，接过碗来，将莲子羹仰头一饮而尽，那满足的表情像吸了大烟般过瘾。他一抹嘴，把碗狠狠摔到地上，精美绝伦的雕花瓷碗顿时四分五裂，残渣乱飞，惊得门外守房丫鬟花容失色。

“该死！”少师骂道，一道道青筋像绿色的蚯蚓，在他的太阳穴和额头上蠢蠢蠕动。

夫人吩咐下人将这一地残片狼藉打扫干净，扶少师坐到太师椅上休息。

“老爷，从那天您上朝回来我就见您闷闷不乐，是不是随侯责罚您了？”

少师叹了口气，说：“我是随侯身边的红人，他哪舍得责罚我？是那个不知天高地厚的季梁，总跟我作对。我一说话，他便反弹琵琶唱歪调，把我驳得一无是处，让满朝文武看我笑话，就是随侯想袒护我，也力不从心。”

夫人登时气得眼冒金星，头上斜插着的金银首饰乱颤，拇指大的珍珠抖落一地。

“老爷，这人要想办法除掉才行，留在身边总是个祸患。瞅准机会，在随侯面前给他扣个莫须有的罪名，扳倒他也是一眨眼的事。”

少师沉思片刻，摇摇头说：“这季梁嘴巴好使，脑子也灵光，一时半会，我还扳不过他。就拿最近这事儿来说吧。你也知道，楚王熊通率军来犯。随侯深思熟虑，决定派人去楚营谈判。随侯慧眼识珠，一眼就从狗熊堆里挑出我这么个人熊……哦，不不，英雄，于是派我前去。熊通也是明眼人，知道来者不凡，以最高礼节款待我，大摆宴席。我和他推杯换盏，畅谈天下局势，老爷我几句话便把他说得心服口服。哎，就是不知为何一遇到季梁这个王八羔子，我这碗口大的脑仁就失灵了呢？在气势上压住对方后，我又施一计，装作吃坏肚子，又假装路痴找不到茅厕，趁机把整个军营转了个遍。我用那鹰般聚光的眼睛一瞧，嘿！这楚军尽是老弱病残，楚将各个喝得东倒西歪，与军妓歌女左拥右抱，嬉戏打闹，毫无纲常，这样的军队不就是一摊烂泥散沙吗？我立马回国禀告，随侯大喜，下令整军待发，攻打楚国。偏偏那个季梁小丑出来搅局，说什么这是障眼法，也就骗骗傻子。我当时就一口痰啐到他脸上，他不明摆着骂我是傻子吗？这个季梁倒也淡定，擦掉脸上的痰接着说，‘这些年来楚军纵横江汉之间，威震八方，气势如虹，怎么可能尽是老弱病残之辈呢？与其打没把握的仗，不如想办法先安抚民心，整顿内政，团结周边兄弟国家共同对付楚国……’满嘴胡说八道，可随侯竟然听信了他的话，按兵不动了。楚军倒也识相，撤退了。到嘴边的肥肉，白白让它跑掉了……”

这时丫鬟已将屋内打扫干净，又用托盘奉上两碗清茶，屋里顿时香气缭绕，而神龛前的高香不知什么时候又续上一根，小小的火红色的亮点忽明忽暗，像一只发炎的眼睛，正在暗处悄悄窥探。

“谁又给点上的？哪个浪蹄子闲着没事也学着和老爷我作对了？我说过今天只能点九九八十一根高香，谁这么手欠又给我续上的？”少师歇斯底里地吼道。

一旁跪出来一个十八九岁的小丫鬟，浑身颤抖，伏在地上磕头如捣蒜，脑袋极速高频率地撞向地面，活像正在钻树洞的啄木鸟。

少师大手一挥：“来人，拉出去，乱棍打死。”

小丫鬟还没开口喊饶命，便吓得昏死过去。这时打门外走进两个铠甲武士，像包肉夹饼一样，把小丫鬟瘫软的身子一提，两边一夹，死鸡一般提拎了出去。

夫人说：“老爷，您消消气，为这些如草芥般的蹄子生气可不值当。”

少师朝着小丫鬟被拖走的方向啐了一口，坐下喝茶。

夫人问：“对于季梁这番分析，您觉得呢？”

少师支支吾吾：“我……也觉得有点道理。”

夫人说：“这就对了。若形势果如季梁所言，随侯听了您的话而打了败仗，咱们全家可就性命难保了，如今仗没打成，随侯只会记得季梁那番不知对错的长篇大论，但对您还是宠爱有加，咱们里外不损失什么，岂不两全其美吗？如果楚国今后再有什么挑衅行为，您便把责任全推给季梁，就怪他当初阻挡随侯没有乘胜追击歼灭楚国，以致遗留祸患。”

少师道：“对，对，夫人说得妙！说得我胃口大开。来，酒肉上桌，我要痛饮几杯！”

时间如白驹过隙，一晃两年过去。

这一日，少师正躺在床上闭目养神，突然门官进堂来报：“启禀老爷，随侯有旨，宣您进宫。”

少师一个激灵爬将起来：

“备马！”

少师来到宫门口刚要下马，就见大夫季梁身穿一套黑色官袍，也如小脚老太太般碎着小脚打对面往宫里急奔，肥胖的身体一走一扭，模样滑稽，老远一看，宛如一只帝企鹅。

两人一见面少师便礼貌性地笑着作揖行礼，一转脸笑容立马僵硬，显出骡子般的苦相来，好像川剧变脸。

随侯此时已升堂坐殿，见少师和季梁两个人同时进宫，他心里一阵欣慰：寡人的两位爱卿真是团结一致，走路时企鹅式的步伐都那么一致。

“拜见王上，王上宣臣等有何要事？”

随侯说：“熊通两年前将军队拔营撤走了。”

季梁说：“这我们知道，都老掉牙的事了。陈芝麻烂谷子的旧闻您怎么老翻腾出来晾晾？我知道这都是我的功劳，再提我都不好意思了。当时我们按兵不动，他们干耗不起，只能撤走，所以说咱们当时不战是对的。”

少师说：“季大夫，让王上把话说完。朝堂之上抢我王话茬，不是为臣之道吧？”

季梁说：“闭上你那两片厚嘴唇子吧！你的话也不少，好像舌头是租来的，着急还回去一样。”

“好了，又不是人中，你们就别掐了！”随侯让他们吵得头疼病都要犯了，“说重点。熊通那年临走前，派人给我捎了一句话，说他也没有别的能耐，只有一些衣衫褴褛的武士将官，想凭借他们的帮助插手中原政治，请我向王室转达他的意思，给他一个尊贵封号。我知道他想称王，便派人报告给了王室，不出所料，王室拒绝了。这不，熊通得知自己的要求被拒，一时想不开，自己登基称王了，还在沈鹿（今湖北省荆门市一带）召开诸侯大会。黄国和咱随国有骨气，没参加。楚王怒了，这不，他准备亲自率军来攻打我们。今天召你们来，就是商讨一下如何应对？”

季梁说：“不如来个先礼后兵，毕竟咱们现在不是他的对手，先保存实力再说。派人到楚王那里去假装认个错，事就好办了。”

少师一看机会难得，立马大声呵斥季梁道：“你个懦弱无能的小人，当初楚军不堪一击，如果那时我们趁虚一举将它歼灭，何以沦落至此，造成如今养虎为患的局面？都怪你这个胆小如鼠之辈，不但自己贪生怕死，还妖言惑众蒙蔽我王，以致错失良机。如今敌人已经打到门前，你又要摇尾乞怜，舔着脸去吃嗟来之食，真乃大大的奸臣一个。王上，臣愿领兵迎战楚军，赴汤蹈火，在所不辞！”

随侯见少师慷慨激昂，一时感动非常，对季梁的劝谏不屑一顾，决定由少师挂帅，出征楚国。

随侯问：“爱卿可有御敌良策？”

少师说：“将咱们全军拉出城去，跟楚国人干上一个原野战！”

季梁立马站出来说：“我反对……”

随侯说："反对无效。你以为寡人不知道你那点花花肠子，又想主和？没门！我要号不准你的脉我都不是一个好兽医。"

季梁说："王上，请容臣讲讲心里的想法，如果不对，完全可以不加理会，自古圣君哪有不让铮臣开言的？"

"少给我戴高帽子，说吧！"

"是。臣以为，楚军离家远，肯定后勤保障不利，与其硬碰硬，不如以逸待劳。咱们有固若金汤的城池，可以以它为掩护，按兵不动，慢慢消耗楚军的给养，他们时间一长，必定军心不稳，待楚军筋疲力乏之时，我们果断出击，胜算更大。"

少师冷笑道："季大夫，你这是长他人志气灭自己威风。早在两年前我便知道楚军已羸弱不堪，而今也好不到哪去，我们有什么必要当缩头乌龟？我王神勇无比，随国国力强盛，只有主动出击，方可鼓舞士气。而今尚未出战，季大夫便说出如此丧气的话，真乃兵家大忌。愿我王不要让季梁随军作战，如若消极思想弥漫，恐我军将不战而败也。"

季梁反唇相讥："让一个厨师干裁缝的活，后果可想而知。我倒要看看你能缝制出什么好衣裳来！"

"大胆季梁，出言不逊，寡人令你回家反省，待少师爱卿凯旋，必将从重治你！"随侯拿出帅旗与帅印，郑重地交予少师："爱卿请勿辜负寡人期望，出征吧！"

少师领命出征。两军在速杞（今湖北省广水市西）开战。果然不出季梁所料，面对楚国的精锐部队，随军简直像待宰羔羊，一时被打得丢盔弃甲，溃不成军，主帅少师被俘身陷囹圄。消息传来，随侯连夜逃跑了。

楚国地牢里，披头散发的少师正围着草席转圈，不一会儿便踩出一轮圆圆的圈。他看到圈里草绳组成一个人字形，远远看去，像个囚字。

"知道吗？随侯遣人来求和了！"一个狱卒对另一个说。

"早干吗去了？哎，这家伙怎么处置？"

"问斩呗！你看他那样，转了好几天了，像个驴一样！哎，反正快死的人了，不能让他白吃牢饭。咱地牢后院那个石磨，牢头嫌太慢，都是老驴了，能走快吗？不如卸下来，让驴歇会，把他换上，倘若累死了，也省得磨刀了不是？"

"是，是这个理。"

于是两人向后院走去，只听原本吱扭吱扭的磨突然不响了，紧接着传来一阵呵斥声，一阵卸下笼头铁镣的动静，后来便是驴撅尾巴尥蹶子秃噜嘴的响动，这畜生好像得了大赦一般，撒着欢躺在泥地里打起了滚。

赏 析

那头该死的“驴”

这里的“驴”并非真正的“驴”，它指的是随国的少师，也就是《新楚武王伐随:少师之死》中的反面人物。

现在，让我们围绕“驴”这个字，来回顾一下少师的人生轨迹。

少师是一头愚蠢、残暴的“驴”。

文章开篇就写少师围着客厅的八仙桌子，驴拉磨一般一圈一圈团团转，暗示了少师若“驴”，与结局少师被俘，替“驴”拉磨形成呼应。

楚武王率军伐随，少师代表随国去楚营谈判，见对方态度谦和便扬扬自得，后又自作聪明“暗访”楚国军营，见“楚将个个喝得东倒西歪，与军妓歌女左拥右抱，嬉戏打闹，毫无纲常，都是些老弱病残”，就误以为楚军犹如一摊烂泥散沙，回去后也如是汇报。随国大夫季梁当众揭穿这是楚王施的障眼法，是骗傻子的，少师听罢不但没能醒悟，还“一口痰啐到他脸上”，足见少师自大狂妄又愚蠢至极。

少师要求侍女只点八十一根高香，结果一年轻侍女因为不知情，抑或数学成绩不及格，不小心多续了一根，少师便大发雷霆，还命人将侍女乱棍打死。因为一点小事，抑或为了泄私愤，一个大老爷们就拿一个小姑娘开刀，置人于死地，可见少师草菅人命，极其残暴。

少师是一头虚伪、阴险的“驴”。

少师非常虚伪，每次见到季梁，便礼貌性地笑着作揖行礼，可是一转身，“脸上的笑容立马僵硬，显出骡子般的苦相来，好像川剧变脸”。每次随侯上朝，少师总是自以为是，滔滔不绝，丝毫意识不到自己的肤浅，经常被季梁驳斥得体无完肤，辩不过，就转嫁矛盾，极尽栽赃污蔑之能事。目光短浅、智商不高的少师，见风使舵、搬弄是非的本事却不小，小人的阴险跃然纸上。

少师是一头自私、鲁莽的“驴”。

少师固执地认为，楚军就是一只纸老虎，随国只要主动出击，便能鼓舞士气，打败楚军。哪怕季梁的分析再鞭辟入里，哪怕敌强我弱的形势再显而易见，他这个四肢发达、头脑简单的武夫都听不见、看不见，一心只想打仗立功逞威风，将个人私利置于国家安危之上，又因为一向嫉恨季梁，把私怨凌驾于公义之上，对季梁“保存实力，打拖延战”的建议不屑一顾，采取轻率冒进的迎战策略：“将咱们全军拉出城去，跟楚国人干上一个原野战！”足见其不善用兵，不懂智取的鲁莽。

这个故事中的少师和季梁，颇有点后来战国长平之战中，赵国两位主帅赵括和廉颇的风采。

那么，少师的结局又是如何呢？从文中的叙述我们可以猜到：两军交锋，随国惨败。少师被俘，替驴拉磨，最终劳累而死……

《新楚武王伐随：少师之死》从小人物的视角切入，展现的是一段悲壮的历史。楚武王在故事中着墨不多，却是这一历史事件中真正的主角。他后来的命运又是怎样的呢？让我们接着这个故事往后看看：公元前690年初春，楚国精锐集结完毕。年过七旬的楚武王虽然青春不再，仍然壮心不已，亲自踏上向东的征程。此前，楚武王两次伐随（正是本章中提到的两次战役），现三战而下，以灭随来成就当世伟业。遗憾的是，他最终病逝于军旅之中。即便如此，楚军将士团结一心，在失去主帅的情况下，继续一路前行，协力攻打，最终取得了胜利，成就了战争史上的一段佳话，也堪称一个奇迹。

聂四海，“60后”，湖北赤壁人，教师。赤壁市作协副秘书长，赤壁文学院秘书长。

对本书的一句荐语：笑李飞叨以学者的精神向度，自觉将历史与现实、文化与哲学等有机融合，不断萃取其中蕴含的时代价值。

第10章　新桃花夫人：桃花劫

典故卡

桃花夫人

陈国公主，妫（guī）姓，因嫁给息侯，被称作息妫、息夫人，因其容颜绝代、面若桃花，又被称为“桃花夫人”。《史记·管蔡世家》《左传》《烈女传》中对息夫人的事迹有相关记载。息妫命运凄婉，跟她密切接触过的至少三个国君都不得善终，所以有人说她是红颜祸水。其实她不但不以美色惑人，且倡导女性自立。在辅佐三代楚王期间，她布德施恩，促进了中原与楚国两种文化的交融。也有一说，息妫与息侯为了爱情双双赴死，连楚文王都深受感动，将两人合葬在汉阳城外的桃花山上。息妫与蔡侯、息侯、楚文王剪不断、理还乱的情愫，让宋之问、王维、杜牧、刘长卿等无数名家都曾为其赋诗。在河南，息夫人被尊为“平安神”，所经之处都建庙立碑，如今依然是河南省信阳市息县的地域形象名片。

一

阳春三月，当柳芽还在枝头上犹犹豫豫的时候，桃花已经用自己的明媚曼妙，将春天拂动得风生水起。那一簇簇一枝枝桃花当空绽放，星星点点缀满濮公山腰，粉嫩的纤指牵动着寂寥了一冬的荒寒，一双双媚眼顾盼生辉、分外撩人。

这时，高大俊朗的息国国君搂着花容月貌的夫人息妫走入这片花海。周遭的花朵仿佛被这对璧人的深情感染了，纷纷羞红了脸，显得更加娇媚动人。红红的花映着红红的脸，天空、大地都沉醉在这别样的景致中。

“夫人，你知道我为什么要带你来赏花吗？”息侯含情脉脉地望着息妫，问道。

息妫心头一热，心想：这个傻相公，又在变着法子夸我呢。他总说我面若桃花，莫不是又想以花喻人给我戴高帽子？

“我知道，因为有句话说得好：常在花间走，能活九百九，总在花间趴，能活两千八。”息妫笑靥如花，戏谑地答道。

“夫人，你说的那是王八，我还是该活多少岁活多少岁吧！”

“那到底为什么嘛，别总攥着个拳头让人猜，成不成？”

“夫人，是这样，黄大师给我算了一卦，说我命犯桃花。所以我想去桃花树下转几圈，看看今年能不能再走下桃花运。”说罢朝着息妫坏笑了一下。

“哦，原来是这样。”息妫做出一副恍然大悟的样子，接着也是一脸坏笑地回道，“那夫君您先逛着，我也去那边走走，找棵红杏去！”

息侯先是愣了一下，忽然反应过来，瞬间变脸，生气地说道：“什么……你……你要是敢出墙，我……我就从城墙上跳下去，一死了之！”

“别说这么不吉利的话！”息妫着急地捂住息侯的嘴，嗔怪道，“怎么，就准你走桃花运，我就不能沾沾杏花运了？不公平。”

“反正，你是属于我一个人的。谁要是敢多看你一眼，我……我就把他变成一摊肥料，用他来给这些桃树施肥！”

正说着，息侯忽见爱妻疑惑地看向一个方向，他也跟着看过去，只见陪同他们一同前来的一个男子，正对着息妫挤眉弄眼。

“好你个黄大师，竟敢当着我的面调戏我的爱妃，我必须亲自给你点颜色看看。”说罢，息侯不管三七二十一，冲过去对着黄大师就是一顿拳打脚踢，直把黄大师踹得鼻青脸肿跟个猪头似的。

息侯打累了，停下来喘口气，忽听瘫在地上的黄大师，用那张红肿的香肠嘴发出一声哀号，“大王，小的究竟做错何事，竟受此酷刑？”

“你还有脸问！”息侯怒道，“你刚刚对着我的爱妃挤眉弄眼、暗送秋波，把寡人置于何地？”

“啊？冤枉啊……”黄大师痛哭流涕，“小的刚刚眼睛进了蚊子，忽然什么都看不清了，奇痒难耐，所以使劲眨眼睛，想把蚊子赶走，正在这时，您的拳头就挥过来了……请大王明鉴，小的就是吃了熊心豹肚，也不敢对娘娘有丝毫不敬！”

“哦……原来是这样。”息侯这才清醒过来，顿觉对不住黄大师，忙令下人扶他去医治。息侯傻笑着走回息妫身边，两人继续卿卿我我地赏花。

“夫君，以后我们生两个孩子吧，你喜欢小公子，还是小公主？”息妫凝视着息侯的双眸晶莹透亮，仿佛盛着一汪秋水，映照出息侯那张欣喜万分冒着傻气的脸。

“只要是你给我生的孩子，管他公子还是公主，我都喜欢！”

“噢，夫君，您的要求可真高！”息妫坏笑了一声，暗想自己开的玩笑真够损的。但息侯这次没反应过来，只是摸着脑袋傻笑个不停。

二

翌日，信使为息妫送来一封信，是她已经嫁去蔡国的姐姐蔡妫发来的，让她前去蔡国一聚。姐妹俩从小感情就很好，蔡妫出嫁后，两人就再未见面。息妫十分想念姐姐，跟息侯撒着娇。息侯不放心息妫独自前往，奈何自己国事繁忙，不能陪同，又耐不住美人的软磨硬泡，于是答应了，但打算为她安排几个贴身保镖，走到哪都跟着，以免有人打小美人的主意。合计了一圈，那些武士壮汉他都不放心，想破脑袋，才最终敲定两人。

这日，息妫外出省亲，出发前，她惊讶地看见两个牛高马大、肌肉发达、一脸横肉却身着女装的“怪物”朝自己走来。

“参见娘娘，我是如花。”扎着大辫子的那个自我介绍。

“我是似玉。”梳着丸子头的那个自我介绍。

“大王派我们来保护您。”两“怪物”异口同声。

“这是如花似玉？我看像蒸包笼屉。”息妫猛然想起丈夫爱吃醋的样子，心里暗自好笑。

于是，两怪物一左一右“夹”着天仙般的美女，出发了。

蔡侯设宴，和蔡妫一同接待了息妫和如花似玉这个“肉夹馍”组合。蔡侯一见息妫，瞬间就呆若木鸡，两眼直勾勾地定在息妫脸上。他频频起身向息妫敬酒。谁知，他敬一杯，如花接过去喝了，再敬一杯，似玉又接过去一饮而尽，他觉得自己好像看着一个蚌壳一张一合，中间的珍珠洁白明亮，若隐若现，可当他一伸手过去，两壳就忽然紧闭，夹住了他的手，弄得他怎么也够不着那颗珍珠。

更冤的是，蔡侯掏光了宫里珍藏的琼浆玉液，用来伺候这对“怪物”，自己不但没讨到半点好处，还被自家史官记上了一笔：止而见之，弗宾。意思是批评他对小姨子行为不端。这份会议纪要很快传遍各诸侯间，以致外界都“谣传”他非礼小姨子。

三

数日后，楚文王扬言外出打猎，借道息国。楚国狩猎团一路北上，穿过息国直抵蔡国，一路上没有猎到一只禽兽，却把箭全部射向了蔡国都城的守军，轻而易举便破城而入，俘虏了蔡侯。

稀里糊涂便身陷囹圄的蔡侯，被几个断发文身、举止粗鲁的蛮夷武士五花大绑地丢在大殿内。他颤巍巍地抬起头，看见森森朝堂之上，文武百官列班而立。中间坐着一个头戴冕冠、一脸嘚瑟的家伙，盯着他的眼神就像老鹰瞄着兔子，就差淌口水了。

蔡侯对楚王的凶残向来有所耳闻，登时吓得魂飞魄散，大哭道："大王您威名远播，臣下如雷贯耳，向来尊敬有加，也不知何处得罪大王，竟遭此厄运？"

"哈哈哈……"楚文王得意地笑道，"这就是你非礼小姨子的下场！"

蔡侯一头雾水："还请王上说明白点！"

楚文王答："是息侯与我联手，设套把你给擒了。我是为了扩充版图。而他嘛，据说是为了给夫人报仇！"

蔡侯这才恍然大悟，原来是自己上次接待小姨子的行为，惹得息侯打翻了那个天下闻名的醋坛子。想到息妫冷眼相待、看都不看自己一眼，想到如花和似玉狼吞虎咽、席卷一空的珍馐美酒，气就不打一处来，自己真是赔了小姨子又折兵，白当了一回冤大头。

蔡侯咬咬牙，心想：好你个息侯，不敢找我单挑，竟然来了一招借刀杀人。行，那我就以牙还牙。要死一起死！

蔡侯对楚文王哭诉："臣下真是罪有应得，王上惩罚我是伸张正义，我无话可说。可是，我也只是犯了天下男人都会犯的错。您不知息妫，我那小姨子，长相天下无双，目如秋水，面若桃花，无与伦比，国色天香……"

蔡侯滔滔不绝，声情并茂，把自己生平听到过的赞美之词通通掏了出来，果然看到楚文王两眼放光，嘴角露出一丝淫笑，顿觉自己计谋成功了一半，继续添油加醋地说道："王上，这样的美女，千百年也难出一个。是我不好，玷污了她的名声。请您去见息候时，务必也见见她，替我向他们郑重道个歉。"

楚文王敷衍地"嗯"了一声，招呼手下："把蔡侯带回监狱！"

“是！”

“还有，息侯想借我的刀公报私仇，倒也成全了咱们楚国。寡人得好好感谢感谢他。去，给息侯传话，寡人三日后便赶赴息国，与他庆功，让他准备准备……还有，就说我久仰息夫人美名，想一并拜访，请他邀夫人一并前来相见。”

“是！”

四

息侯得知蔡侯已沦为楚国的阶下囚，而威名赫赫的楚王还亲自来为自己庆功，商谈结盟之事，真是双喜临门，笑得合不拢嘴。

觥筹交错的晚宴上，两位同盟国元首相谈甚欢。楚文王终于一睹息夫人风采，惊为天人。只是，息夫人坚持要带来的那两名贴身丫鬟，寸步不离地左右夹侍着她。他一敬酒，息夫人便推辞：“小女不胜酒力，就由我的两位妹妹代饮，还望大王见谅。”紧接着，“蚌壳”就夹了过来，夹得楚文王的手无法动弹，脸也僵在那里。他只得作罢，继续耐着性子和息侯胡扯，其实心里已经在酝酿一个罪恶的计划。

翌日，息侯接到楚文王发来的邀请函，说是在酒馆设宴回请，这次请他务必不要带上夫人。息侯一听，很是开心，能与楚国霸王进一步增进感情，又不用让爱妃抛头露面，真是两全其美啊。

息侯于是带了几个侍从赴宴去了。谁知，刚在酒桌前坐下，就被几个冲进来的武士给绑架了。

息妫在宫里焦急地等待着，没能等回自己的丈夫，却见楚文王大摇大摆地走了进来。

“息侯现在在我们手上，我只需挥挥手，就可以立马把息国从版图上抹掉。你现在无家可归了，不如跟我回家吧。”楚文王嘴角扬起得意的笑，但看着息妫的眼神却是深情而充满期待的。

“你妄想！我生是息侯的人，死是息侯的鬼，决不另从他人！”息妫泪如雨下，但语气却是铿锵有力。

楚文王对这个忠贞的女子更添了一分好感，语气变得温和了许多：“你若从了我，我便饶息侯一命。”

“不必了，息侯若是死了，我也随他而去便是。”息妫冷冷道。

“那，息国百姓可就要遭殃了。你若不从，我便屠城。你难道忍心看着你的子民血流成河吗？”

“这……”息妫语塞了，她听见自己咬得紧紧的两排牙齿发出“嘎吱嘎吱”的声音，她的两只粉嫩的小拳头也捏得紧紧的，骨节同样发出“嘎吱嘎吱”的声音。她知道，自己正面临着一生中最重要的一次选择，而她已别无选择。

五

一行马车缓缓驶过街巷，驶出息国都城。开道的一辆车上插着一面旗帜，迎风飘扬，上面写着一个大大的“楚”字，字体霸气而张扬。马蹄急踏，打出一个响鼻，随之喷出一口白气，发出老长的嘶鸣。

息妫作为战利品被带回楚国，几年后，为楚文王生育两子，被封为王后。她虽憎恨楚文王害得自己国破家亡，但为了息国百姓的幸福，也因为她与生俱来的责任感与慈悲之心，仍是兢兢业业地为楚文王打理后宫，辅佐他将国家治理得井井有条。只是，息妫似乎成了哑巴，几年来没有说过一句话。一天，楚文王忍不住，问她何故。息妫神情哀婉，嗫嚅道：“我一个女人，伺候两个丈夫，即使不能死掉，又有什么话可说。”

楚文王长叹一声，心中生出深深的愧疚，说道：“这都是寡人造的孽啊，是我横刀夺爱，夺去了你的幸福。我恨不得自刎谢罪，可是我身上还背负着楚国社稷。这样吧，只要能让夫人心中畅快，我什么都愿意做。当年，是那个该死的蔡侯从中作梗，毁了你的幸福。我现在就出兵，灭了蔡国，让蔡侯断子绝孙，为夫人出口恶气！”

说罢，不顾息妫阻拦，意气用事的楚文王就带兵征讨蔡国去了。

息妫唉声叹气，她不知不觉走上一个高台，立于围栏边，向远方眺望，满眼的哀愁。但是，她看的不是楚文王行军的方向，而是城西大门的方向。原来，她心中的爱人——息侯被俘虏后，楚王没有杀他，而是让他当了一个小门官。多少年来，息妫数不清多少次登上这个高台，只为远远看他一眼。对于破镜重圆她是不抱希望的，她虽置生死于度外，却不能为了追求自己的爱情，而葬送了母国百姓的幸福。但心中挂念着曾经的夫君，她抑制不住想要远远看看他，哪怕，她一次也没看到过。

这时，身后有人靠了过来，息妫回头一看，见是贴身丫鬟如花和似玉。当年她答应嫁给楚文王，除了要求赦免息侯和保全息国社稷，还有一个要求，就是带上这对忠心耿耿的丫鬟兼保镖，楚文王无奈应允了。

“夫人，您又在思念大王了？”如花走过来，关切地问道。

息妫默默地点了点头，眼神凄楚。

“楚王外出打仗去了。宫里戒备松弛，要不，我们陪您去见见大王吧？”似玉提了一个大胆的建议。

“可，可是，他在城楼上执勤。而我，无法上去啊。”

“我们找一个僻静的角落，我俩当人梯，你就攀着我们爬上去！”似玉又建议道。

息妫心中小鹿乱撞，心想这也许是他见到息侯的唯一机会了，于是决定铤而走险，完成心中夙愿。

按照计划，息妫换上了贫民的布衣，女扮男装，然后顺着同样女扮男装的如花似玉搭建的人梯翻到了城楼上。她边躲边找，果然在围墙边看到一个熟悉又陌生的身影——身高九尺，挺拔而健硕的一个男人，倚着围栏向远处眺望，看的正是息妫刚刚所在高台的方向。

“大……大王。”息妫抑制不住内心的激动，张开嘴却半天发不出声音，好像有什么东西堵住了喉头，也堵住了她压抑多年的情感。她努力使自己平静下来，好半天才挤出一丝变了调的声音：“夫……夫君。”喊完这句，眼泪便如决堤的洪水一般涌出。

她的声音比蚊子还小，城楼上的风声却是大得能盖住一只狮子的吼声。而那个背影转动了，先是慢慢的，然后猛然转了一百八十度，一双沧桑却深邃的眼睛，看向息妫。

“是你，真的是你……”那个男人不顾一切地跑过来，紧紧抱住息妫，抱得她喘不过气，好像生怕他一松手，息妫就会化作一缕尘烟，永远消失在空气中。息妫能清晰听到对方的心跳，这个久违了的，她的男人的心跳。两个人就这么默默地抱着，却不发一语。在这一刻，说什么仿佛都是多余。

他们就像是一具雕塑，一动不动，没有注意到，两名士兵正朝这边走来。

“什么人？”一个士兵大喊道。

息妫和息侯被吓了一跳，松开了彼此。息妫万念俱灰，心想如果自己这样被抓住，暴露了身份，她“偷情”的行为一定会让楚文王大发雷霆，她和息侯活不了是小事，息国百姓说不定亦会受连累，自己不如现在一死了之，楚文王说不定会感念她的义举，放息侯和息国一马。容不得多想，她推开息侯，冲向围栏边，翻过围栏跳了下去。息侯哀号一声，想要跟着冲过去，却被两名士兵死死拽住。

息妫如一片随风飘舞的花瓣，从城楼上坠落。她闭上眼睛，等待着死神的召唤，却惊讶地发现，自己的身子完好地落在了软软的地面，睁眼一看，原来是如花和似玉，并排躺在她掉落的地上，为她作了肉垫。可如花和似玉却身受重创，双双口喷鲜血，奄奄一息。息妫还来不及伤心，忽听城楼上传来一个男人的吼声："放开我，你们放开我！我在这守门数年，为的就是守候夫人。如今夫人已逝，我活着也没有意义了。夫人，等着我，我来了！"

紧接着，城楼上有人翻身而下，像一个装满了石头的沙袋，重重地砸了下来，正砸在息妫的身上。

楚文王乘胜归来，高高兴兴地跑来向息妫报告灭亡蔡国的喜讯，却惊闻城西门下发生的惨剧。他痛不欲生，双拳重重地捶着自己的胸口，发出狮吼一般惊天动地的哀号，震得整个皇宫仿佛都在颤抖。

正值阳春三月，汉阳城外的桃花山上桃花初放。一簇簇，一片片，把残留的一丝春寒都驱尽了。

在楚文王的安排下，息妫和息侯，以诸侯之礼，被合葬在这里。

在他们被埋葬的那座山顶上，茕茕孑立着一棵桃树，它先试探着展开腰肢，一点点地绽放笑颜，怯怯涩涩、小心翼翼，生怕不慎又招惹了谁，见没什么威胁就一开到底、一泻无余，山下的桃花见状也纷纷开花，这一开，就肆无忌惮地无所顾忌地艳到了荼靡花开。

桃花其实是一种本分的花，一树一树，美丽繁华得似乎整个春天都包裹不住，但分开来看，一朵一朵又是那么文静安然，毫不张扬。

桃花的美，永远说不完，道不尽。

赏　析

穿透阴暗人性的灼灼桃花

她出生时，漫天桃花盛开；她离世时，桃花漫天绽放。这灼灼桃花，映红了息国和楚国的天空，穿透了伤害她、侮辱她的那些人的阴暗人性，照亮了当世和后代人们探究的眼与仰望的心。

息夫人作为春秋四大美女之一，是春秋时代陈国君主陈庄公之女，因嫁给息国国君，故称息妫。她目似秋水，面若桃花，倾国倾城，后世又称之为桃花夫人。关于她的传奇，《新桃花夫人：桃花劫》这一章，用戏说的方式，以喜来反衬悲的手法，揭示了桃花夫人坎坷而悲壮的命运。

故事开头，息侯和息夫人在桃园里赏花嬉戏，面对笑靥如花、娇美动人的夫人，息侯心里的满足和爱意，如桃花一般，在三月的春风里纵情怒放。而他那因狭隘的爱而生出的醋意，也在桃花们的眼里旺盛生长。这些，都在两人的对话，以及息侯痛打黄大师的细节中清晰地展现出来。可见，一切对息夫人“不敬”的眼神和动作，息侯都绝对不会放过，丝毫不能容忍。

接下来，息夫人要去看望自己的姐姐——嫁到蔡国的蔡妫。万般不放心的息侯，为她安排了两个“牛高马大、肌肉发达、一脸横肉却身着女装的‘怪物’”做保镖。这两个外貌如此彪悍的人，却有着美艳动人的名字：如花和似玉。两位奇女子，成为情节推进中的一道别样风景，增加了戏说类作品的趣味性。而这两个憨厚、忠诚的女子，最终为了息夫人献出了自己的生命，也为这个悲剧性的结尾添了一份厚重感。

文中，作者巧用简笔，写了蔡侯见息夫人，被她的旷世美貌所吸引，因而屡屡挑逗她的过程。其中如花和似玉两人保护息夫人免遭蔡侯非礼的情节，生动有趣，让读者从愤怒与不安中生出笑意来。最终，没有讨到便宜的蔡侯，被史官记下了不光彩的一笔：“止而见之，弗宾。”意思是蔡侯面对息妫，言语轻佻，动作孟浪，不是接待宾客的应有之礼。

作者没有按人们习见的时间顺序法，写息夫人回家后，如何哭诉自己被姐夫挑逗以及愤激的息侯如何借刀杀人的过程，而是运用了蒙太奇的手法，直接切入楚文王借道息国打猎，攻破蔡国，俘虏蔡侯的情节。然后以楚文王的几句话，勾勒出蔡国被灭的因果。再以蔡侯在楚文王面前的假装无辜与痛哭流涕，揭示蔡侯人性的阴暗和用招的阴损。

再后来，就是息国被灭和息夫人个人命运的重大转折了。

《新桃花夫人：桃花劫》以较大篇幅增加了对人性的刻画。这刻画是通过对人物动作、神态、对话，尤其是一些计策的实施来表现的。比如楚文王设计绑架息侯、以息侯和息国百姓的性命强迫息夫人就范的情节，表现楚文王的伪善与阴毒。又如受尽屈辱的息妫为了息侯和息国百姓的生存而做出的选择，表现她的隐忍、善良和深明大义。

嫁给楚文王的桃花夫人，尽管享受着锦衣玉食的生活和楚文王的百般娇宠，却三年不曾开口说话。面对楚文王的一再逼问，她神情哀婉地回答："我一个女人，伺候两个丈夫，即使不能死掉，又有什么话可说？"让原本只是贪恋她动人外貌的楚文王，看到了她的隐忍与高贵，从而更加喜欢她、信任她。

《新桃花夫人：桃花劫》告诉世人：几个男人与其说是被红颜所祸，遭遇桃花劫，不如说是他们人格上的缺陷甚至是人性的阴暗，让他们走不出命运的劫数，是他们驱赶不掉、挥之不去的心魔，将他们带到了万劫不复的深渊。

最终，桃花夫人与息侯双双跳楼而死。作者对两个人身死与合葬的故事，和桃花的狂野绽放进行了生动的描述，增强了画面感和戏剧性，为传说故事涂上了更加浓烈的浪漫主义色彩。

细心的读者会发现，两人跳楼赴死的命运，作者在开头就给予了暗示，这伏笔埋在息侯和息夫人的玩笑话中：

"息侯先是愣了一下，忽然反应过来，瞬间变脸，生气地说道：'什么……你……你要是敢出墙，我……我就从城墙上跳下去，一死了之！'"

尽管后来息夫人是被迫，而非主观故意的一女事二夫，但最终两人的命运，让息侯的赌气话成了一句谶语。

它让我们看到的，是人间至美如何一步步被人性的偏狭和邪恶所谋杀。

"悲剧是将人生有价值的东西毁灭给人看。"鲁迅先生这句为我们所熟知的话，是对桃花夫人命运的最好诠释。

作品展示的，是桃花夫人的刚毅和对情义的忠贞。在保全了息国百姓后，忍辱负重的息妫，最终走向她与息侯约定的结局。她从桃花的盈盈笑颜中飘到人间，又在桃花的纯净芬芳中飘向仙界。

桃花夫人的故事流传甚广。“莫以今时宠，能忘旧日恩。看花满眼泪，不共楚王言。”“千古艰难惟一死，伤心岂独息夫人。”“可怜楚破息，肠断息夫人。仍为泉下骨，不做楚王嫔。”都表达了诗人们对桃花夫人命运的深深慨叹。

在春秋四大美女之中，息妫是最值得赞赏的一位，也是美得让人肃然起敬的一位。她用身体，换得全国百姓免遭杀戮；用行动，表达了女性个体生命的高贵与尊严；用赴死，践行了自己对情感的承诺。那穿透阴暗人性的灼灼桃花，美耀千载，香润万代。

张春燕，“60 后”，重庆万州人，金融从业人员。重庆市作家协会会员，重庆市散文学会会员。出版散文集《给日子抹上亮彩》，曾在国家级、省市级文学竞赛活动中获奖。

对本书的一句荐语：品笑李飞吻新说“上下五千年”，赓传中华优秀文化谱新篇，温故知新益智增信开创新境界。

第 11 章　新卫懿公好鹤：“鹤”国殃民

典故卡

卫懿（yì）公好鹤

出自《左传·闵公元年～二年》。好鹤如命的卫懿公将养鹤和朝政混为一谈，给鹤定等级、封官位。地位最高者，享受大夫待遇，可乘轩招摇过市，卫人戏称“鹤将军”。后来，狄人入侵，将士们都不愿为卫懿公卖命，最终卫国被狄人所灭。

一

不知从何时开始，卫国城内突然兴起宠物热。无论是商贾豪绅，还是平头百姓，抑或各级达官贵人，家家都有圈养的宠物。在车水马龙、人流如梭的集市街道上，放眼望去，除了卖米的、卖面的、卖葱的、卖蒜的、卖油的、卖鸡蛋的，好家伙，剩下的人人都牵着自己的宠物遛弯，有遛狗的、遛猫的、遛马的、遛牛的、遛兔子的、遛羊的、遛蚯蚓的、遛毛毛虫的，那真是把热闹放到小车上——忒（推）热闹了。

养宠物在城内已是蔚然成风，这风不大，但吹到国君卫懿公耳朵眼里就是使不清的劲儿。

卫懿公终于下定决心要微服出巡一下，他一大早就让宦官替他准备好一套平民的衣服。宫里没有，宦官只得去老百姓家借。这一去就是十二炷香的工夫，卫懿公等得心烦，不停在书房里踱步，此时正值六月，天气又热，不一会金丝绒贴身汗衫便湿得透透的。宫女把放着冰块的凉面换了七遍，卫懿公始终没沾一口。

“不用再换了，你立马去宫门口查看一下，那个属王八的小子怎么慢吞吞地还没回来？”

宫女应了一声“是”，把凉面放到桌上，转身往外走去，刚踏出门槛，恰好与慌慌张张进门的宦官撞了个满怀。

“王上。”宦官将宫女斥退下去，掸了掸身上的泥土，堆着笑脸把一个破包裹呈到卫懿公手里，“奴才费了九牛二虎之力才淘到这身衣服，您看看！”

卫懿公说：“你小子不会是趁机出宫赌钱去了吧？还是喝花酒了？别跑我这来蒙事。”

“您借给奴才十个胆也不敢呀！”宦官说，“那些贱民小气得很，我说借他们一套衣服，他们说一家人就一个褂子一条裤子，谁出门谁穿，借给我就得光屁股上街。您听听，过日子过到骨头缝里了，就不会多做几件衣服？我知道您等得着急，不好与他们一般见识，只好将您赏我的一件八宝如意长袍卦扒给了他，才换来这身臭裤褂。”

“这什么味儿啊？”卫懿公把刚打开的包裹一下扔到地上，掉出来一套满是补丁外加油污的灰粗布裤褂，外表已经油得发亮，像剃头师傅的挡刀布、猪肉摊前的油毡纸。“这是几年没洗了？你不会是拿我给你的那身八宝如意长袍褂送了当铺了吧？这玩意能值得你换？”

“请王上相信我，如果有一点欺骗您，天打五雷轰……”

宦官还没说完，只听天上一声惊雷炸响，卫懿公感到整个宫殿都震动起来，再寻宦官时，但见他早已龟缩在桌子底下，瑟瑟发抖。

卫懿公一看天要下雨，也不理会宦官，立马捏着鼻子换好衣服，只身出宫去了。

二

果真如传言一样，卫国城内遍地宠物泛滥，民众在空闲时间交流各自的宠物经。

卫懿公看见一位佝偻着背的老头牵着一条长虫，他有些惊奇，居然这么个丑玩意也有人拿来当宠物养。他刚想上前质问，突然想起自己是微服私访，不能那么高高在上，只好学着百姓的样子，先作揖行礼，一面笑道：“敢问这位老先生，我看别人都遛狗遛猫，最不济也是一头山羊，您怎么遛起蛇来了？”

“你懂什么？”老头斜着眼哼了一声，“这是蛇吗？这是伏羲的化身。伏羲知道吗？人类始祖，他就是一条长虫。看我这驼背，曲里拐弯的，我的样貌就适合养它，这是黄大师给我看的相。”

“黄大师，哪个黄大师？他是干什么的？”

“这里养宠物的都是听了黄大师的建议，该养什么，不该养什么，他用你的命理就能算出来。”

“噢！他在什么地方？我也想让他看看。”卫懿公显然来了兴致。

“东城门楼下，靠西头那个犄角旮旯，有个招牌，上面写着‘就是准’，去那里找就行，不和你说了，我这长虫今天还差一万S弯没爬呢！天黑之前必须爬完，眼看要下雨了，得赶紧走。”老头捋着胡子望着天，拽着长虫大步流星地走开了，长虫被他拉扯得一会儿直一会儿弯，像根皮筋。

黑云此时突然从北方压了过来，迅速覆盖住整个天空，一声惊雷滚滚而来，集市上的人牵着各自的宠物四下逃散，卫懿公也只好赶紧回宫。

雨急路长，卫懿公在半道上便被淋成了落汤鸡。回到宫中，见那个宦官还在桌子底下，此时已是横躺状态，浑身抽搐，口吐白沫。卫懿公赶紧掐他的人中，宦官慢慢苏醒过来，用呆滞的眼神看着主子。卫懿公怒道：“蠢奴才，还不赶紧帮我换衣服！”

宦官这时才发现卫懿公身上已是湿漉漉的，往下直淌黑水。他赶紧帮主子把湿衣服换下，穿上一身干净的绫罗。

“研墨，取纸笔，寡人要下旨意。”卫懿公发现顺着那身补丁衣服流下的雨水又黑又发亮，便对宦官说，“寡人等不及了，把那黑水接来，用它写。”

宦官将黑水接好，不用磨，既黑又亮。卫懿公拿笔一蘸，龙飞凤舞一蹴而就，比墨汁还好用。

“去东城门西头把这个黄大师给寡人请来。”

“是。”宦官领了旨意，匆匆退出去，又悄悄在偏殿找了一根类似避雷针的棍子顶在头上，冒着大雨办差去了。

三

“黄大师请到。”这回是真利索，不到两炷香的工夫，宦官便将黄大师带到了宫殿。

“黄大师，”卫懿公高兴地打招呼，但看见跪在地上的黄大师有些发颤，他便对宦官吩咐道，“给黄大师搬把椅子，坐下谈。不要害怕，我不吃人。黄大师，听说你会看什么人养什么宠物，今天特意召你来给我看看。”

黄大师屁股还没沾到椅子面，听卫懿公这么说，赶紧又站起来，低头拱手道：

“王上，小民只会些雕虫小技，拿来混口饭吃，难登大雅之堂，不敢为我王相看。”

“不碍事，你看看我适合养什么？”

黄大师见卫懿公执意要自己看，事已至此，怕是推脱不过去，只好硬着头皮上。

“王上离得远，可否请您下殿我给您仔细看看。”

卫懿公只得下殿，黄大师装模作样前后看了一通，低头拱手道：“王上适合养王八。”

“大胆，你把寡人当羊肉了，敢拿我开涮？你是说寡人长得像王八？”卫懿公从来没有受过这般屈辱，他对宦官说道：“拉出去，斩！”

黄大师吓得“扑通”一声跪倒在地，磕头如捣蒜，嘴里像一下长了十八条舌头，都不知怎么说话了，只一个劲儿喊饶命。

“饶了你？”卫懿公冷笑道，“哼，饶不饶你是阎王爷的事，寡人只负责把你送过去。来人……”

“王上，我刚才说错了，是乌……”

“乌龟和王八不一样吗？斩！”

“不是，我是说乌江河畔有一种仙鹤适合您养。”

“那你刚才说王八。”

“我是说和王八一样有长寿象征的仙鹤，您还没听我说完呢！这仙鹤是一种灵鸟，长颈细腿，丹顶白衣，如得道的神仙，长时间养此鸟可延年益寿，世间也只有您配养此吉祥之物。”

卫懿公大喜，说道：“那寡人果真鹤立鸡群了。好，就命你去捕捉仙鹤，到时寡人重重有赏！”

四

不到半个月工夫，黄大师在乌江河畔捉到六只仙鹤，全部进贡到宫廷。卫懿公高兴得鼻子都笑歪了，赏赐黄大师肉饼麻花，煎饼大葱，就是没有一点金银珠宝，黄大师暗自咒骂卫懿公小气，表面却还是欢天喜地地将这些快过期的面食雇了辆马车给拉回去，除去马车费人工费，最后黄大师还赔了三百个大钱。

有了这些仙鹤的陪伴，卫懿公心情也舒爽起来，每天亲自给它们喂饭、洗澡，晚上还要搂着睡觉。想到仙鹤还没有等级待遇，便昭告天下，册封它们大夫官衔，出入有车马，行走配侍从，天冷缝棉袄，三伏穿背心，脚套长筒靴，老远一看，像掏粪工人一样，弄得仙鹤都不会走路了。卫懿公看仙鹤没有官邸，便大兴土木，为它们建造将军府。国库没有闲钱，就横征暴敛，向百姓摊派，弄得百姓怨声载道。

这一日，卫懿公突发奇想，如果自己打扮成百姓，也牵着宠物上街，大家会怎么议论呢？于是他换上那件补丁衣服，牵着仙鹤出宫去了，还招摇过市地在街上游走。

人们早就知道是卫懿公遛鹤呢。因为普天之下只有卫懿公养鹤！但大家都装作不认识他。

这时突然走过来一位四十出头的粗壮男人，黑黢黢的面庞一脸和气，临近卫懿公跟前，打个拱道：

“呦！您老这条蠢狗是哪儿买的？”

“先生，看您岁数也不大，怎么年纪轻轻就老花眼加白内障了？您揉揉眼皮仔细瞧瞧，这是鹤呀！”

“废话，我问的就是鹤，你插什么嘴？”

看着他大摇大摆像鸭子般走过去，卫懿公感觉像是被骂了，可怎么被骂的，他又稀里糊涂不大清楚。

这时又有人在旁边说：“这位先生，您怎么敢养鹤？天下只有王上才能养的。老百姓养宠物是为了空闲时找点乐子，但不耽误农活。咱们的王可好，把养宠物当成工作了，不理朝政不说，还封这些禽兽当什么将军，劳民伤财建将军府……等着吧，如果敌人入侵卫国，就让这些鹤打仗去，我们反正不去！”

一时间路过的人们开始七嘴八舌议论起来，卫懿公气得领着自己的“鹤将军”们趁乱悄悄溜走了。

五

到了十二月，天渐渐冷起来，赤狄国突然举兵来犯，卫懿公准备派兵抵抗，但无一人前来从军抗敌。宦官启禀道：“王上，最近士兵有叛逃的，征兵处也征不到人，百姓说让鹤将军们去抵御狄人，它们享有俸禄官位，理应出征打仗。满朝文武大臣也这么说。”

卫懿公叹口气道：“我果真是做错了吗？失道者寡助，那天那个男人说什么蠢狗，可能真是在骂我。”

卫懿公从腰间解下随身玉佩，又把身后的佩剑一并交给宦官：“把玉佩交给石祁子，把箭交给宁庄子，让他们防守狄人，去吧！"

宦官刚退下，卫懿公便把那身补丁衣服点上火烧了，穿上早已束之高阁的金鳞铠甲，带领卫队，披挂上阵了。

但卫国军队平时缺乏训练，养尊处优惯了，如今又无心作战，一冲就散，像盘散沙。卫懿公来不及撤退，就被狄兵团团围住。这时从狄军走出一个人来，卫懿公有种似曾相识的感觉。他抬起布满血水的脸，认真一瞧，突然浑身一个激灵，大声叫道："你，你不是那个黄大师吗？你……你……"

黄大师笑道："对，我就是那个黄大师。我是狄国人，渗透到卫国专门搅乱你们国政的。我先让老百姓养宠物，让他们玩物丧志，再让你这个国君养仙鹤，荒废朝政，我们再乘虚而入，彻底打垮你们。现在，你的随行大臣已悉数被擒，全城百姓也惨遭屠杀。"

卫懿公此时全明白了，他自言自语道："看来那人果真是在骂我，如假包换的蠢狗一条，骂得太对了！"他央求黄大师："看在我送你麻花煎饼的分上，饶我一命吧！"

黄大师笑道："你这瓷公鸡还有脸说煎饼，一说我更生气。我借用你的话，饶不饶你是阎王爷的事，我们只负责把你送过去。刀斧手，杀！"

手起刀落，卫懿公身首异处。狄人一哄而上，将他的肉分食干净。冷冽的风迅速把地上的鲜血吹成参差不齐的块状，像一颗颗鲜红璀璨的鸡血石。

赏　析

"鹤"国殃民的古今启示

读完《新卫懿公好鹤："鹤"国殃民》，真是让人大开眼界。原来，卫懿公不仅是第一个因养宠物而死的国君，也是第一个因养宠物而亡国的国君。

卫懿公好鹤的程度，《左传·卫懿公好鹤》写得极为生动。"卫懿公好鹤，鹤有乘轩者。"试想，一个国君，整天与鹤为伴，如痴如迷，常常不理朝政、不问民情，丧失了进取之志。他让鹤乘的豪华车子，比国家大臣所乘的还要高级。为了养鹤，他每年耗费大量资财，引起大臣不满，百姓怨声载道。等到北狄部落侵入国境，卫懿公命军队前去抵抗，将士们气愤地说：“既然鹤享有很高的地位和待遇，现在就让它打仗吧！”卫懿公毫无办法，只好亲自带兵出征，与狄人战于荥泽，由于军心不齐，最终战败而死。真是典型的“鹤”国殃民。古人有诗云：曾闻古训戒禽荒，一鹤谁知便丧邦。荥泽当时遍磷火，可能骑鹤返仙乡？

“卫懿公好鹤”这个历史典故，被笑李飞叨用幽默轻松的文字，写得生动有趣。不但引人入胜，甚至有让人过目不忘之感。文中不仅有昏庸的卫懿公做的可笑之事，如给仙鹤册封官衔，还让仙鹤“出入有车马，行走配侍从，天冷缝棉袄，三伏穿背心，脚套长筒靴，老远一看，像掏粪工人一样，弄得仙鹤都不会走路了”。形象生动，惟妙惟肖。而且，对黄大师奸诈嘴脸的描写，也是入木三分：“黄大师暗自咒骂卫懿公小气，表面却还是欢天喜地地将这些快过期的面食雇了辆马车给拉回去，除去马车费人工费，最后黄大师还赔了三百个大钱。”俗话说，苍蝇不盯无缝的蛋。狄国人对卫懿公的昏庸早有耳闻，所以才想出如此策略，引导卫懿公一步步走向深渊，玩物丧志，“鹤”国殃民。这与齐国名相管仲的“买鹿之谋”（当年设计让楚国人热衷于养鹿，从而荒废农耕与军务，最终使齐国征服了楚国），有着异曲同工之处。

纵观上下五千年，玩物丧志者，从来不乏人才。北宋皇帝宗徽宗真佶，喜好书法、蹴鞠，整日沉迷其中，最终酿成“靖康之耻”。西汉汉哀帝，喜爱阴柔男侍董贤，后人将同性恋称为“断袖之癖”，就由此而来……卫懿公“鹤”国殃民，玩物丧邦，这个已经远去的历史实例，要常读常新了，要常读常醒了。这样的历史故事，给了我们极大的人生启示。人生有涯，在有限的生命和时间里，喜爱一些陶冶性情的事和物，方能完善自我，提高生命质量。

赵玉明，“60后”，福建福州人，内刊编辑。福建省作家协会会员，鲁迅文学院残疾人作家班学员。

对本书的一句荐语：轻松调侃皆妙趣，清新诙谐真智慧。

第 12 章　新管鲍之交：邪恶的铜镜

典故卡

管鲍之交

管鲍之交是汉语中一则来源于历史故事的成语，相关典故最早出自《列子·力命》。本义指管仲和鲍叔牙之间的深厚友情。据《史记·齐太公世家》记载，管仲和鲍叔牙分别任齐国公子纠和公子小白的老师。因哥哥齐襄公昏聩无道，两位公子纷纷出逃。不久，齐国内乱，齐襄公被杀。公子纠和公子小白得知后都急忙往国内赶，想抢先得到君位。管仲一面派人护送公子纠回国，一面带人拦截公子小白，他还亲自向小白射去一箭。小白装死躲过一劫，最终抢先回国即位，成为大名鼎鼎的齐桓公。在鲍叔牙的保护和举荐下，管仲不但没被赐死，反而成为齐国宰相。在管仲辅佐下，齐国迅速强大起来。管仲和鲍叔牙在长期交往中结下深厚情谊，管鲍之交的故事被传为千古佳话。

一

斑驳陆离的御案前，一只鎏金龙纹香炉早已香灰满溢，蜘蛛网像镂空的蚕丝被一般，覆在炉口之上，苍蝇蚊子时不时赶来开个碰头会。金碧辉煌的大殿里，香几宝案错落有致，宝石玉器琳琅满目，一只纯金打造的仙鹤头上顶着一个镶嵌着玛瑙翡翠的玉碗，碗里搁着两只香碟，里面盛着早已发霉的汤食和生了蛆虫的烤肉。齐桓公奄奄一息躺在龙榻上，口干舌燥。他已经很久没吃东西了，不止十几次试图去够仙鹤头上的食物，怎奈浑身乏力，咳嗽一声都要岔气。眼睁睁看着食物腐烂生虫，齐桓公只好咽口唾沫解馋，可随着时间推移，这唾沫也成了奢侈品，毕竟这不是什么自循环可再生能源。

齐桓公不愿再看，转头向里，脖子却像缺了油的齿轮，“咯吱咯吱”响。床头立着一面铜镜，久未擦拭，落满灰尘，在一片暗色中却显得锃光瓦亮，清晰地照出一张人脸：披头散发，面黄肌瘦，深陷的眼窝盛着两颗硕大的眼球，如同落到网兜里的台球，胡子拉碴一大把，像道士手持的拂尘，也像农妇赶鸡用的烂扫帚。齐桓公瞪着眼睛看得入迷，只见里面蹦出一个人来，二话不说，背起他就跑。

“放下，放下，你这蠢货！”齐桓公不知哪来的力气，双脚一阵乱扑腾，“我还没穿裤子呢！”

“命都要没了，还要什么脸？要命还是要脸？”一个上气不接下气的声音回答。

“我要裤子！”

齐桓公听话音仿佛知道这人是谁了，绕过脖子往下一瞧，还真是老师鲍叔牙，后面还跟着好多士兵。

“龅牙老师，我的裤子！”

“首先声明，老师我不是龅牙，这叫小虎牙，有虎牙的人不是一个帅字能形容的，以后再喊把中间那个叔字带上，喊我一声叔也小不了你。再者，你身上穿着裤子呢！我又不傻，背着个大光腚满世界让人追，那不是脱了裤子撵老虎——不要脸也不要命了？你露的是屁股，老师我露的可是脸，角度要错位了，别人还以为是我裸奔呢！”

齐桓公低头一看，自己果然穿得整整齐齐，但他还是厌烦老师这张碎嘴子：“您可歇歇吧，那话跟不要钱似的。说点干的，别一套一套净说那些稀汤寡水的。”

“我是你老师，到哪哪湿！”

“可不？那是您尿了！”

鲍叔牙一把将齐桓公摔到地上，喘着粗气说：“你还真把我累得大小便要失禁了，咱们叫辆车吧！这个速度一时半会怕是到不了齐国的，公子纠他们马上就追来了。”

“公子纠？他要杀我吗？我们去齐国干什么？”

“即王位……”

鲍叔牙话音未落，只见一支箭“嗖”一下飞了过来，正中齐桓公衣带钩。钩子质量好，弹性足，箭头被它一缓冲，“吧嗒”掉到地上，连点皮肉也没沾到。齐桓公一生气，打算索性讹他一讹，正好舌尖上长了个泡，下意识一咬，鲜血直流，他顺势“扑通”一下躺到地上，嘴一咧，舌头一吐，碰起瓷来。

“管……管……中了，中了！”

敌军在灌木丛里高兴地大喊，声音越来越远。

“起来吧！他们都走了，别装了……”鲍叔牙去拉扯齐桓公，见没有动静，翻过背来，只见头上一个大大的血窟窿正汩汩往外冒血，一个带尖的石头横放在地上，原来瓷没碰成，把头给碰破了，还正巧碰到后脑勺，齐桓公活活昏死过去。

“赶紧拿水把他泼醒。”

“荒郊野外，哪有水？”一个士兵说。

“尿行不？我正好有存货。”另一个士兵试探着问。

“呲他！快，36 度正好！”

二

一股尿骚味儿把齐桓公熏醒了，抬眼一看，不见了鲍叔牙，不见了士兵，原来是做梦。身下感到湿漉漉的，下意识一摸，原来是自己尿失禁，把床板都浸透了。再看那铜镜，依然明晃晃立在床头。齐桓公从镜子里照见自己的面容更憔悴了，他翻翻眼睑，瞳孔浑浊得像颗熟透的葡萄。

“大王容禀！”一个冰冷的声音突然从镜子中传来。

“吓我一跳！”齐桓公被唬得一个激灵，看清楚是鲍叔牙后，他捋着胸脯埋怨道，一边还喘着粗气。

“大王，自打您登基以来，公子纠可算是一个祸患呀！这回可好，公子纠昨天被鲁庄公杀死了，召（shào）忽也自刎而死，这个家伙烈性十足，不肯侍奉二主，到头来落得个没有价值的死，这种人脑筋太拧，不用他也罢！”

齐桓公说：“好，大喜！”

“还有一个更大的喜事。”

“什么？”

“有个人想回来辅佐您。他可是治国能臣，您要成就霸业非用他不可。”

齐桓公端起一杯香茶，润了润喉咙，他一上朝就有口干的毛病。

“这人是谁？”

鲍叔牙说：“管仲。”

“什么，管中？”齐桓公气得脖子上的青筋都暴出来了，“你忘了？就在我们回国途中，有人射杀我，我赶紧装死，听那些士兵大喊‘管，中了，中了’，你是在揭我的伤疤吧？”

鲍叔牙笑道：“管是人家鲁国方言，是好的意思。我说的管仲是辅佐公子纠的谋臣，天下没有比他更有能力的贤臣了。我费了九牛二虎四十八羊之力才把他游说过来，大王成就霸业可就指望他了。”

“噢，果真如此吗？那就纳他为臣，官拜为相，寡人还要称他为仲父，党政军大权一把抓。”

“大王圣明，君无戏言，可不能反悔。”

“反悔我是狗。还有，到底是谁射的那一箭，查出来了吗？”

“就是管仲！”

齐桓公一口老血喷了出来，龙案旁的灯笼被血一冲，倒在地上，立马燃烧起来。齐桓公赶紧手忙脚乱地救火，一不留神碰倒高达五尺的烛台，烛台正好砸中他的头，齐桓公像被拦腰截断的铁塔一般，径直倒了下去。

三

又是一股尿臊味儿，齐桓公再次被熏醒。他的尿失禁更严重了。他想喊鲍叔牙，喉咙发不出声来。他看见那面铜镜依然挺立在床头，里面的自己头发胡须皆白，蒙在干枯黑黢的脑袋上，像一柄白纸糊成的招魂幡。

“大王容禀。”当这个声音从镜子里传来时，齐桓公是既熟悉又陌生，这显然不是鲍叔牙的动静，因为他的声音有种公鸭被划破脖颈的哀号感，又像一只杀不死的母鸡。

“我是管仲，大王。”

借着微弱的灯光，齐桓公终于看清了，这人真是管仲，正气若游丝地躺在柔软的锦被上。

“仲父，您这是怎么了？几天不见，何以病成这样？”

管仲张开干裂的嘴唇，鼻翼一翕一动，声音微弱得像从地底下传出来似的：“臣恐时日无多了，大王要多保重。”

“天哪！仲父，您嘎嘣后……”齐桓公赶紧打了自己一个嘴巴子，“呸呸，我是说您百年后，谁可以担任相国啊？”

管仲说：“就冲你刚才那句话，我都懒得理你。”

齐桓公嬉皮笑脸地说道:“别生气,我刚才说秃噜嘴了,那可不是我心里话呀!言归正传，您看易牙这人怎样？当年我随口说了句‘我尝遍山珍海味，唯独没有吃过人肉，真是遗憾啊！’易牙听到以后，就杀了自己四岁的小儿子，用他的肉来给我做菜，我十分感动，他应该是对我最好的人了吧？”

管仲差点让他气笑了，又不敢笑，怕人说他回光返照，现在的他最忌讳这个。

“这人连儿子都能杀，难道您比他儿子还亲吗？虎毒还不食子呢，看来他比畜生还要狠毒没人性。”

“那开方如何？”齐桓公撇撇嘴，接着说，“他抛妻弃子，不远万里来到齐国侍奉我，还多次在我面前说：‘大王您是我最重要的人啊，妻儿在我眼中就像粪土一样’，让我非常感动，他也算是对我忠心耿耿吧！”

管仲说：“此人背叛至亲来讨好您，无事献殷勤，非奸即盗，不近人情，不能任用。”

“竖刁总可以吧！他为了能每天陪在我身边，居然亲手阉割了自己，成为一名宦官。仲父，您是知道的，我就是给自己挖个鸡眼还嫌疼，下不去手呢！你看人家，眼睛都不眨，手起刀落，挥刀自宫，他对我的忠心日月可鉴呀！”

管仲说：“他为了迎合你，居然下得了手阉割自己，对自己都这么狠，那对别人一定会更狠的。”

“人家不是都说对自己下手要狠点吗？”

“那是给自己买名牌包的时候。”

齐桓公还想再辩解,倏见管仲瞳孔放大,两腿一蹬,一探鼻息,已然驾鹤西去。屋内顿时哭声一片。齐桓公一看别人都哭起来，自己没点表示不太好，也跟着号啕大哭起来。这一哭不打紧，一个时辰没止住，自己也不好意思喊停，可巧齐桓公又有心脏病，一整天没进食，腹内空空，体力渐渐不支，加上天气炎热，“嘎”的一下中暑昏了过去。

四

又是一股尿臊味儿，齐桓公感觉自己仿佛住进了茅厕里，闹钟都省了，这刺鼻的味儿时不时能把自己呛醒。他睁开惺忪的睡眼，环顾一下四周，哪还有什么管仲的影子？只有那面铜镜挑衅似的看着自己。他不想再看它，但里面突然出现了三个人，正作揖下拜给他请安，这三个人就是易牙、开方、竖刁。仨人身后是宫女歌姬，文武百官，侍卫正手捧礼盒糕点，侧立在旁。齐桓公是真有点饿了，他在众臣簇拥下往里走。众人闪出一条道，道路尽头摆放着一张两丈长五尺宽的八仙桌，上面各色珍馐佳肴应有尽有，琼浆玉液香味扑鼻，美女侍奉左右。易牙搀扶齐桓公落座，亲自夹菜送到主子的玉蝶里。齐桓公也是饿过劲了，筷子都来不及用，一把将菜抓到手里，忙不迭地往嘴里硬塞，“哇”的一下又吐了出来，一股臭味让他恶心反胃。齐桓公强睁开眼往手里一看，哪是什么美味佳肴，原来是一只早已腐烂的死耗子。他再环顾一下四周，寂静空旷的宫殿里，哪有什么易牙、开方、竖刁？哪有什么宫女歌姬？哪有什么珍馐佳肴？再看一下自己，依旧半死不活地躺在这张肮脏的龙榻上，只有三尺开外那个纯金打造的仙鹤还在做着展翅翱翔的姿态，头顶上的玉碗里面，肉食依然散发着腐败的臭气，随着微弱的气流在大殿里氤氲。

“龅牙，”齐桓公向着黑洞洞的大殿门口拼命大喊，但又笑了笑，“这样叫你你又要不乐意了！鲍叔牙，这回总行了吧？管仲，我的仲父！正如你断言，我的儿子和宠臣都争权夺利去了，把我关在这，要活活饿死我。你是圣人呀！你的话我怎么就听不进去呢？我黄泉路上没脸见你们呀！要是有条绿泉路，我就绕道走了！可惜，交通不发达不但拖累人，还能害死鬼呀！”

齐桓公说完这句话，便蜷缩在龙榻上，一声不再吭。没过多久，蛆虫占领了他的躯体。铜镜依然矗立在床头，里面传出一阵窸窸窣窣肉皮和骨头被蚕食噬咬的声音。

赏　析

成也小人，败也小人

《新管鲍之交：邪恶的铜镜》在写到齐桓公一段时，用了“铜镜”这一道具。有关镜子，我们熟知的有魏征提到的：“夫以铜为镜，可以正衣冠；以史为镜，可以知兴替；以人为镜，可以明得失。”有《红楼梦》中跛足道人送给贾瑞的，叫作“风月宝鉴”的两面镜。作者则巧妙地将魏征和曹雪芹镜子的隐喻内涵重叠，以齐桓公透过镜子看到的一系列场景，来影射他在政治舞台上的得与失。简而言之——成也小人，败也小人。

亲小人致败是毫无疑义的，亲小人兴盛是不是让人有些疑惑？那我们来看一下镜（齐桓公追忆）中出来的几个人：鲍叔牙、管仲、易牙、开方、竖刁。鲍叔牙一直辅佐齐桓公，尽心尽力，齐桓公尚是公子小白时，鲍叔牙就是他的老师，称霸后也没有恃功争权，是不折不扣的贤臣，和小人毫不沾边。易牙、开方、竖刁，为了能够上位，拍齐桓公的马屁不计成本：易牙杀子炖肉进献齐桓公，让他大快朵颐；开方舍弃自己的国君，陪伴齐桓公十五年不回去看望父母；竖刁挥刀自宫，只为侍奉齐桓公。在管仲离世后，这三人受宠得权，飞扬跋扈，导致齐国由强盛而迅速转衰，的确是不折不扣、祸国殃民的小人，也契合了“败也小人”这一主题。那么“成也小人”中的小人，就非管仲莫属了。

说管仲是小人，会有很多人不服气。此人明明是千古名相嘛！如果没有他，齐桓公就不会成为春秋五霸之首霸，是他协助齐桓公实施了“宽惠爱民，忠信交好诸侯，礼仪四方”的政策。这样一个在历史上举足轻重的人物，会是“小人”吗？少安毋躁，且听笔者为你分析一二。

管仲和鲍叔牙曾合伙做生意，他没钱投资，但是分红时，却要求多分一些，理由是“你比我富裕，不多分给我一些，我如何能和你一样吃喝不愁？”还有一次，两个人把一件事搞砸了，管仲对鲍叔牙说：“老兄你扛吧，你有钱，可以用钱摆平。”为了尽快脱贫，他在鲍叔牙的帮助下走上了仕途，但又屡次因办事不力被赶出衙门。文的不行，鲍叔牙又通过运作把他送到了军营，结果每逢有战，这位老兄就跑肚拉稀地找理由当逃兵，害得鲍叔牙还得来为他“擦屁股”，跟大家解释“他是因为要侍奉老母才惜命如金”云云。

后来管仲和鲍叔牙都到了齐国，分别辅佐公子纠和公子小白。为了帮助主子上位，管仲又出了个损招，对着公子小白放暗箭。如果不是小白的衣带钩开过光，能救命，管仲就要改写历史了！魔高一尺道高一丈，你放暗箭，我就诈死！公子小白把自己咬得“口吐鲜血”，终于骗过了管仲和公子纠，在“龟兔赛跑”中险胜一步，得到王位，成为齐桓公。在此过程中，还有个小插曲：齐桓公让鲁庄公杀了公子纠之后，与管仲共同辅佐公子纠的召忽看到其主被杀，无比痛心，悲愤交集，遂触殿柱而献忠，而“弑君未遂”的管仲则又一次在鲍叔牙的保护下，苟活了下来，被囚回国后还成为齐国名相，辅佐桓公建立霸业。为相期间，管仲又穷奢极欲，连好友鲍叔牙都看不下去了，跑来好心规劝。

在管仲弥留之际，已经成就霸业的齐桓公病榻问政，当问及鲍叔牙可否为相时，管仲却说他胸怀不够宽广，能力不足为相。

从以上几方面来看，管仲是不是一个无情无义、欣生恶（wù）死又贪图享乐的小人呢？他之所以能名垂青史，被一直视小人为眼中刺的诸葛亮顶礼膜拜，是因为他是一个具有巨大能量，拥有大智慧的“小人”，更因他有鲍叔牙这样一个至交、一位伯乐，能够包容他的所有缺点，亦能看到他身上的闪光点，还有着牺牲自我成全他人的高风亮节。当然，还因为他遇上了一位明君——不因一箭之仇而记恨他的齐桓公。

齐桓公因为重用了“小人”管仲，成就了霸业，也因为重用了小人易牙、开方、竖刁，导致国力衰弱，内斗不断，最终自己的结局也很悲惨，饿死后四十六天才被发现。

纵观齐桓公从成就霸业到孤独离世的一生，实际上是观看了一台假小人和真小人在历史舞台上演出的大戏。戏如人生，我们也应学会明辨是非、多角度识人。人人都有缺点，然而，瑕不掩瑜，善于发现别人的优点，于自己也是有益的。与此同时，也要学会分辨对方本质的缺点与伪装出来的优点，避免被蒙蔽。遇人不淑、交友不慎，有时不仅伤情，还会害命！

何争鸣，本名孙建军，“70后”，河北省邢台市作家协会会员。

对本书的一句荐语：本书戏说不胡说，以史实为依据，用诙谐幽默的语言叙说，让人在轻松愉悦的氛围下了解历史。本书写历史但不拘泥于历史，旨在用历史来解读当今的社会现象，起到以史明智、鉴今的效果。

第 13 章　新宋襄之仁：盲善

典故卡

宋襄之仁

出自《左传·僖公二十二年》。齐桓公死后，齐国发生内乱，宋襄公率卫、曹、邾等四国人马打到齐国，齐人里应外合，拥立齐孝公，宋襄公因此声名鹊起。宋襄公雄心勃勃，想继承桓公霸业，不听劝告，多次对“不听话”的小国展开征伐，又数次会合诸侯，后在盂地会盟时，因和楚成王争当霸主而发生争议，当场被楚人绑架并遭囚禁，后经鲁僖（xī）公调停才被释放。然而，宋襄公没有吸取教训，一错再错，讨伐郑国时，与救郑的楚兵展开泓水之战。楚兵强大，宋襄公讲究“仁义”，要待楚兵渡河列阵后再战，结果大败受伤，次年伤重而死。从此，人们便将他的这种战术思想称为“宋襄之仁”，指对敌人讲仁慈的可笑行为。《论持久战》中有这么一句话：我们不是宋襄公，不要那种蠢猪式的仁义道德。

宋襄公赤裸着上半身侧卧在龙榻上酣睡，呼噜声震天动地。此时正值日头最毒的时候，寝宫里像炼丹炉一样燥热，一旁两个宫女使出吃奶的劲儿给他扇芭蕉扇，即便如此，那扇出来的三级大风也阻止不了跳蚤像多年不见的远房亲戚一样，使劲往宋襄公身上靠。不一会儿，宋襄公肥胖的脊梁和肚皮上便被咬出几十个红疙瘩，跟草莓一个样。宋襄公依旧没心没肺地呼呼大睡，哈喇子从斜歪着的嘴里泄洪一般倾倒在御枕上。也许是某一只跳蚤个头大了点、咬合力强了点、下嘴狠了点，宋襄公终于觉出些许痒痛，一边继续酣睡一边用棒槌般的手指𢶀（kuǎi）抓身体。不到半炷香工夫，一旁给他捶肩的宫女大腿上就血流如注了，原来他挠了半天挠成了别人。宫女不敢挪动身子，也不敢大声喊痛，直到眼看着再挠下去就要见到骨头了，才“嗷”地一嗓子叫出声来，那声音像杀猪时一刀剁在了猪蹄子上。几个昏昏欲睡的宫女侍卫被惊得魂飞魄散，等回过神来后赶紧拾扇子的拾扇子，捡果盘的捡果盘，宋襄公一个鲤鱼打挺从床上弹跳起来，身上的跳蚤“噼里啪啦”抖落一地，像打枣一样。

“谁踩着猫尾巴了？听这动静没有十级的痛飙不出这样的高音来。”宋襄公揉着惺忪的睡眼环顾四周，宫女士兵们个个低头不语，只有一旁捶肩的宫女在小声抽泣，腿上的鲜血直往外喷，跟趵突泉似的。

“原来是你踩的猫尾巴，你是有多欠呀？这回可好，让猫给咬了吧？”宋襄公愤愤地说。

“不，大王，我不是让猫给咬了，而是让狗给挠了。”宫女答道。

她刚说完，其他的宫女士兵差点没把肺给笑出来，两个打扇的宫女更是笑得花枝乱颤，嘴咧到了后脑勺，除去头皮就剩下口腔了，像河马上岸了一般。

“混账东西，笑什么笑？宫里居然跑进狗来，你们玩忽职守，罪不可赦！”

眼看宋襄公龙颜大怒，宫女们急刹车般立马将嘴合上，比遇险的河蚌闭壳还要麻利。看来必须要赶紧转移话题了，否则真追究起来谁都吃不了兜着走。最起码捶肩宫女欺君骂君、戏耍君王之罪要是坐实，就够她喝一壶的。

“大王，这丫头一贯青光眼加白内障、老花眼转高度近视，没有看清……”另一个打扇宫女试图解围，还没说完，捶肩宫女却不干了。

“这是没有看清吗？我这就是瞎呀！”

“闭嘴，不知道好赖呢？我这是替你圆谎呢！说你瞎就是瞎了？瞎了总比没命强吧？我看别叫你捶肩宫女了，以后改叫你缺心眼子吧！”打扇宫女小声骂道，随后掐了她一下，心里发狠，用力过猛，又差点给她掐出血来。

“谢谢谢谢，原来是这么回事，看来我不但眼瞎，心也瞎了！”捶肩宫女身上虽疼，脸上却笑开了花。

“大王，她没有看清，”打扇宫女继续说道，“那不是狗，是您床上的跳蚤，看她肉质细嫩，隔着床沿咬了她一口，‘嗖’的一下又蹦跶到别处去了，她恍恍惚惚误认为是条狗呢！”

“噢，是跳蚤，然后误认为是条狗，哈哈哈！”宋襄公仰天大笑，笑了两声后“嘎嘣”止住，恶狠狠地说道，“谁信呢？你是拿着羊粪球愣说是糖——糊弄傻子呢？”

“对，她就是糊弄你呢！”另一个打扇宫女本就与这两宫女不和，正好借机拆台，落井下石，还能趁机拍一拍宋襄公的马屁，一举两得，只不过她一张嘴就拍在了马蹄子上。

“你那意思我就是傻子呗？”宋襄公转头望向她，“有人会借刀杀人，你比他们善良，你只是会借话骂人呀！”

“不是，大王，我太激动了，我是说她睁着眼睛说瞎话，能把跳蚤看成狗，那得是多么大的跳蚤？”

这下另一个打扇宫女不干了，这可是人命关天的大事，万一让她搅和了，自己恐怕小命不保，于是豁出去被处罚也要和她干一架，她指着宫女的鼻子开骂道：“你说你蒜地里长水仙——你算哪根葱？我看你是小孩不睡觉——你欠抽，麦田地里的杂草——你欠搂，猥琐痴汉的臭脚——你欠抠，垃圾桶里的废品——你欠收……”

谁能受得了这般凌辱，这些话里可没一句好听的，被骂的另一个打扇宫女也不甘落后，掐着腰猛烈还击：“你有什么了不起？整天描眉画眼，搔首弄姿，头上的淀粉都能勾七百回芡了，白天出门能把狗吓死，我看你是鸡崽子插鹅毛——愣装外国鸟，癞蛤蟆背小手——愣充门官小领导，山楂粒沾白糖——冒充酸甜大圆枣……”

两个人你一言我一语，谁也不让谁，宋襄公坐在床沿上，吃着点心看她们吵架，脑袋随着她们嗓门的高低频率两边转动，像拨浪鼓一样，不一会儿脖子就有点脱臼了，刚开始还有点兴致，越到后来越发觉得厌烦起来。

“好了好了，都歇歇吧！本王谁也不怪罪，咱们以和为贵，此事就地翻篇，既往不咎。”俩人的骂战刚停，宋襄公就看到那个捶肩宫女正在床上逮跳蚤要挤死，他大喝一声，“住手，别动，它老人家好歹是条小性命，老实巴交没招谁没惹谁，挤死它多造孽。”

“大王，这是跳蚤。”

“废话，我也没说它是牛犊呀！我的意思是不用非挤死它，想个办法既不让它咬人，还能让它活下去。记住，要做一个善人，善者，吾善之；不善者，吾亦善之；德……”

“大王，听不懂，您就说怎么办吧？”

“搁上一块鹿肉，要鲜美带有血筋的，这样就能把跳蚤引过去。”

士兵们按照吩咐从御膳房拖来一大块鹿肉，搁到了宫内一侧，此时正值七月盛暑，天气热得房上的琉璃瓦眼看都能化掉，半天工夫过去，肉都臭了，结果跳蚤没引过去，倒引来十万多只苍蝇。这时前来觐见的公子目夷不知道里面的情况，愣头青一般推门就进，“嗡”的一下，苍蝇直接把他轰出去了。

宫女们实在待不住，纷纷跑到殿外去避难了。公子目夷在苍蝇堆里踅摸宋襄公，扒拉了半天没找到人，原来是让苍蝇挤到了案桌上，正在上面蹲着呢！

“大王，”公子目夷启禀道，“您这是闹得哪一出？怎么乌烟瘴气的？”

“爱卿往后知道的事就闷在肚里，不知道的别瞎问，不知者……善知者……你来有事吗？”宋襄公被问得下不来台，嘴里像塞了袜子似的，都不知道自己说了些什么。

“启禀大王，”公子目夷一边用手驱赶苍蝇，一边嘴不露齿地说道，因为他的嘴一张大，几十只苍蝇便会慌不择路一股脑儿全部钻到他嘴里，把他的嘴当避风港了，“先前大司马公孙固和臣都认为攻打郑国会引起楚国出兵干涉，劝您不要伐郑。可您不听，非要打，果不其然引火烧身，引来了楚国援军。如今咱们屯军泓水以北，等待楚军到来。楚军抵达泓水南岸后，开始渡河，我军此时已在对岸布好阵势。大司马公孙固认为楚宋两军众寡悬殊，而我军已占有先机之利，建议您趁楚军渡到河中间时先打他个措手不及，可您是怎么说的？”

“我现在也这么说，趁人家虚弱之时打击人家，这叫乘人之危，算什么男子汉大豆腐……噢，是大丈夫！这苍蝇又进嘴里去了，说话都瓢了。我是说怎么也要等人家站直了，收拾好军马，擦亮刀枪，咱们再和他们打，赢了也光彩不是？”

“关键是赢不了呀！不是跟他们打，而是被他们打，您哪来这么大的自信呢？”公子目夷感觉自己牙根里都气出火山岩浆来了。

“爱卿，咱们这叫大善，你说天下谁不称赞本王善良，就说前几年，我以善为名聚集各路诸侯同盟，谁不尊我为盟主？”

公子目夷心想：你还觍着脸说呢？你召集开会，那些屁大点的小国代表都不给面子，翻白眼的翻白眼，迟到的迟到。滕国和鄫国国君因为迟到，一个被抓一个被杀。会议承办方曹国敷衍了事，既没有安排文艺表演，也没有准备土特产，会后你越想越不爽，一怒之下又率军征讨曹国。我们宋国原本就只有这么几个小跟班，这下可好，全得罪完了。事后，你依然不顾我的劝告，乐此不疲地组织诸侯会盟，最后一次，还在会上跟楚王争起了霸主位置，结果被人家活捉。要不是我拼死护住宋都，宋国就亡了。要不是后来鲁侯出面调停，你能被放回来？早就嗝屁亡君，吹灯拔蜡了。

“大王，好汉莫提当年勇。如今军情紧急，据前方来报，楚军已全部顺利渡过泓水，正在布阵，公孙固让我问您，可否趁楚军列阵未毕、行列未定之际发动攻击，给他们来个出奇制胜？”

“不妥，要等到他们布好阵势，咱们才能与之交战，本王要亲赴前线指挥。来人，更衣。”几个宫女听到呼喊，立马捂住口鼻来替宋襄公更衣。公子目夷恨恨地站在一侧，望着那发臭的鹿肉和上面密密麻麻的苍蝇，觉得这场景真像是宋国在静静等着被楚军围攻一样，鹿肉就是宋国，而苍蝇就是楚军。

眼看豆腐坊里的驴都卸了套不拉磨了，宋襄公这才穿好衣服。两人轻车简从赶往前线，早已等得心焦的公孙固看到他们到来，没有任何惊喜，反倒是扼腕叹息道：“晚了，完了。”

“楚军准备好了吗？”宋襄公问。

“好了，就等咱们洗好了脖子伸出去了。”公孙固冷冰冰地答道。

“击鼓，进攻。”宋襄公下令。

“还击什么鼓？人家都打上来了。”还没等公孙固说完，楚军的大队人马如同天兵天将般突然冒了出来。受到惊吓的宋襄公还没回过神来，一支利箭流星般“嗖”的一下射了过来，不偏不倚正射在他的大腿上，那血喷涌得比先前捶肩宫女的还要凶猛。宋襄公大喊“救驾”，没人答应，原来整个禁卫军都横尸当场，身上插满羽毛箭，活像一个个鸡毛掸子。

此时敌军旌旗蔽日、杀声震天、号角长鸣，像无数只苍蝇般乌泱乌泱朝这边袭来。宋襄公原本肥硕的身子越发觉得沉重了，两条腿好像灌了铅一样怎么也跑不起来，每走一步都如同肩膀上扛着一座山。眼看楚军就要追上来，宋襄公万念俱灰，心里一泄气，腿就如同面条一样软了下去，还没等一屁股坐在地上，突然又被人架住两腋给提搂了起来，随即像只死猪一样被人往前飞速拖行。宋襄公转头一看，不是别人，正是公子目夷和公孙固。

“两位爱卿果有神力呀！”宋襄公由衷地夸奖道。

“大王有所不知，我俩年轻的时候都抬过公猪。”俩人也实在，异口同声地说。

公孙固和公子目夷不敢懈怠，一路上提了三次速，磨得宋襄公脚后跟都飘出烤肉味了。回到宫中的宋襄公惊魂未定，宫中的人全部跑光了，迎接他的只有那几十万只苍蝇。

公子目夷气急败坏，喝令左右将这些苍蝇赶紧消灭，鹿肉扔出去掩埋。宋襄公一边捂着胸口平复着心跳，一边吩咐道："别埋，扔到御膳房，要不这些苍蝇还不得饿死，本王心善，见不得这些生灵遭难。"

"真是狗改不了吃屎。"公孙固小声骂道。

"爱卿也和那个宫女犯一个毛病了，"宋襄公心眼不灵，耳朵倒是挺好使，"莫不是也青光眼加白内障，老花眼转高度近视？咱宫里啥时候有过狗？你看到的是跳蚤，再说也不是狗吃屎呀，是这可爱的小东西在啃本王的大腿呢！"

赏 析

是非功过宋襄公

"仁义礼智信"作为中国古代儒家提出的五个道德范畴，被视为每个社会成员做人做事的准则。如果说战国时期的宋襄公是践行仁义的第二人，那么没人敢说自己是第一。可是他的"仁义"却给后人留下了诸多争议与思考，究竟是怎么回事呢？我们可以从《新宋襄之仁：盲善》中一窥端倪。

故事从一个荒诞搞笑的场景切入：宋襄公被跳蚤叮成了草莓，依然稳若泰山地呼呼大睡。当他终于有所知觉，挠痒却挠成了宫女的腿，直到把人家挠得血流如注。宫女一声惨叫惊醒了宋襄公。面对质问，几个宫女开始了"内斗"，闹得不可开交。其中有几句对话颇值得玩味：宫女声称"把跳蚤看成狗"，说自己"瞎了"，而宋襄公阴险地一笑后，斥责她是"糊弄傻子"。再后来，宋襄公因为不忍心杀生，阻止宫女挤死跳蚤，让下人用新鲜鹿肉引开跳蚤，没想到却引来十万多只苍蝇……灵动跳脱的文字，营造出光怪陆离的画面，令人捧腹不止的同时又头晕目眩，不得要领，不知作者描写这一系列匪夷所思的场景，究竟是何用意。

直到通篇读罢，再回头咀嚼前面的文字，才恍然大悟，原来前面出现的跳蚤、苍蝇、鹿肉，以及宋襄公、宫女之间的种种对话，都是围绕"盲"和"善"这两个主旨展开的，并且环环相扣，与后来的情节发展休戚相关。

宫女"把跳蚤看成狗"，正如宋襄公自视甚高，以为弱小的宋国已经有当霸主的实力，竟然想让强大的楚国臣服于自己，用宫女的话说，这是真瞎啊！

而对应的历史事件则隐藏在公子目夷的臆想之中：宋襄公曾数次组织会盟，

妄图让诸侯推举他当霸主，没想到偷鸡不成蚀把米，霸主没当上，反倒成了楚国的阶下囚。好不容易重获自由，宋襄公仍死不悔改，不顾目夷苦劝，又去攻打楚国的小跟班郑国，结果引来了强大的援军，不得不与楚国展开泓水之战。直到此时，宋襄公还未意识到，宋国和楚国之间的差距，岂止如跳蚤和狗的体积之差一般大。他不懂军事，不知天时地利的重要性，一味恪守古训，讲究所谓的仁义，不愿“攻其不备”，致使自己的军队在战场上丧失先机，最后只有被动挨打，而宋襄公自己大腿上还中了一箭，于是，场景又转换到宫女血流如注的大腿上。那十几万只苍蝇则变成了楚国大军，向着鹿肉一般毫无招架之力的宋军疯狂袭来……原来，先前看似无厘头的情节实则暗藏玄机，都是对未来的铺垫。宫女的“瞎”和流血以及苍蝇的入侵，其实是对宋襄公命运的影射。

行仁政，匡义举，是修身、齐家、治国、平天下的根本所在，也应该是治国理政思想的出发点和落脚点。但宋襄公为什么失败了呢?

从他所处的时代背景来看：春秋时期，道德沦丧，礼坏乐崩，各路诸侯都忙着争夺地盘，扩充实力。此时宋襄公能够坚持仁义治国，无论是道德使然还是政治作秀，都是可贵的。但是他没能认清自己的国家实力，对仁义盲目崇拜，认为单凭道义就可以成就霸业，显然是不合时宜的。如果他能够休养生息，“高筑墙，广积粮，缓称王”，而不是妄想举着仁义的大旗号令诸侯，兴许还能找到一条适合自己的发展道路，在强手如林的乱世中脱颖而出。

宋襄公罔顾现实的原因，是他对历史传统的迷信以及对当前时代的误判。他总觉得，当前的时代还处在既往历史的惯性发展趋势之中，传统的“礼乐”制度和文化仍能发挥强大的作用。然而，宋襄公所处的时代，已经处于大变革之中，这个时代的改变已然绽放于社会的各个角落。就拿“礼乐”制度来说，郑庄公“冒天下之大不韪”，不仅迎战而且击败了周天子；至于“军礼”制度，相较于《孙子兵法》，曹刿实际上可能是最早的破坏者，他不按“击鼓出击”的规矩出牌，反其道而行之，但只要打赢，齐桓公也只能吃瘪。不仅是今天的我们，就连当时的宋国内部都已指出宋襄公的迂腐不化。这些都充分验证了宋襄公对时代的误判。

宋襄公败了，那个外交欺诈和会盟绑票的始作俑者楚成王此刻正志得意满地筹划着饮马黄河，在晋文公横空出世之前他是无敌的，没有人能替天行道，甚至无人敢仗义执言。自此，“兵者诡道也”即将成为新的普世价值观。

事实上，争霸从来都是大国的游戏，凭的是“白刀子进、红刀子出”的狠辣，而非空口无凭的“仁义”。

时代是变化的，虽然不一定在进步。在对手变得越来越狡诈的时候，宋襄公可以不忘初心，却不可以任由一己好恶而将国家和民族的命运孤注一掷。以宋国自保堪忧的国力和地缘，他们只能通过外交游走方能独善其身。连这点都看不通透，宋襄公的确是个蹩脚的政治家。

导致泓水之战失败与宋国国运走衰的罪魁祸首，并非宋襄公的人格缺陷，亦非仁义本身，而是与仁义渐行渐远的时代风气和不能顺应时代则被淘汰的历史必然性。

是非成败转头空。对于宋襄公的是非功过，各有评判。历史原本就是“横看成岭侧成峰”，各人的立场不同、角度不同，自然会做出不同的判断。

何争鸣，本名孙建军，“70后”，河北省邢台市作家协会会员。

对本书的一句荐语：本书戏说不胡说，以史实为依据，用诙谐幽默的语言叙说，让人在轻松愉悦的氛围下了解历史。本书写历史但不拘泥于历史，旨在用历史来解读当今的社会现象，起到以史明智、鉴今的效果。

第 14 章　新五羖大夫：“咩”计划

典故卡

五羖（gǔ）大夫

出自《史记·秦本纪》。百里奚在虞国任大夫时，晋国“假道伐虢”，大夫宫之奇以“唇亡齿寒”劝谏虞君，虞君不听。百里奚深知虞君昏庸无能，很难纳谏，便缄默不语。结果晋在灭虢之后，返回时灭了虞国，虞君及百里奚被俘。晋献公把女儿嫁给秦穆公，百里奚被当作陪嫁小臣送到秦国。他以此为耻，便从秦国逃到宛（今河南省南阳市），被楚人抓获。秦穆公听说百里奚贤智，想用高价赎回，又怕楚人不许，于是用五张羊皮赎回百里奚。秦穆公十分赏识这位已 70 岁高龄的老臣，授以国政，号“五羖大夫”。百里奚作为杰出的政治家，在晚年建树了辉煌业绩。他在任秦相期间，内外安辑，充实秦国国力，奠定秦国称霸及统一的基础，为有识者所称道。秦霸西戎，与晋抗衡，成为诸侯争霸中举足轻重的一方势力，都是秦穆公时期完成的，这固然是秦穆公雄才大略，善于用人的结果，但与百里奚的相业也是分不开的。故论者称许秦穆公的功业，总以任用百里奚为其大端。

一

在楚国边境一个叫宛的地方，植被茂盛、景色宜人。群山环抱中，露出一片水美草丰的牧场。在天空中翱翔的苍鹰眼中，这块地就好像一顶巨大无边的绿毡子，上面东一团西一簇钻出几坨棉球，是羊群在悠闲地啃着草。

“哎，新来的！今天给大伙开个荤，你去羊圈里，把最肥最壮的那头赶出来！”一个士兵趾高气扬地对蜷缩在角落的一名羊倌命令道。

“是，大人。”羊倌答应了一声，低沉而沧桑的嗓音显示他已不再年轻，胡子头发呈灰白色，披散到了腰间，再加上他的毛发旺盛，还有点自然卷，将他的脑袋和身体遮了大半，远远看去就像一只体形硕大的匈牙利牧羊犬。他的身子倒是很麻利，答应完“嗖”的一下就从地上弹了起来，头发胡子随着身体这么一震，甩下来几百只虱子。士兵吓得跳开老远，老头倒是若无其事地朝着羊群走去。

士兵回到帐篷里，里面坐着一高一矮两个年轻羊倌。

“你俩可真是鹰饱不抓兔，兔饱不出窝——大懒对小惰！”士兵调侃道。

“这不是有老头去抓兔子了吗？俺们给这些羊崽子当牛做马这么多年，总算可以当回大爷了。”

“我看这老头自己就是个兔子，身板子比你们两个兔崽子还灵巧，你们从哪弄来的？”

矮个的杨瘪恨恨地指着旁边的高个杨杂说：“昨天下午，老子正在坡上放羊，这孙子在下面大喊一声‘狼来了’，吓得老子揪起牧羊犬的尾巴就往回跑，羊都顾不上了。结果，等老子跑下山，看到这小子在那哈哈大笑呢，原来是开玩笑。”

“切，谁让你胆子和个子一样矮，别人放个屁你都以为是打雷呢！”杨杂啐了杨瘪一口，继续对士兵说，“有意思的还在后头。这小子拖着的那只牧羊犬，忽然站起来了，还高过他一个头。俺们都吓傻了，以为狗成精了呢。半晌，那狗扒开胡子，用颤抖的声音说，‘大爷行行好，赏我口饭吃吧。我本是虞国讨饭的，无名无姓，我是家里的幺儿，你们就喊我小幺好了。前几天虞国被晋国灭了，我成了难民，一路逃亡到这里。我这人不爱吃肉，好打发，十八斤羊杂、十八碗羊瘪汤，我先垫吧垫吧，最近胃口不大好。’听完这话，我和杨瘪善心大发，一人赏了他十八个馒头……噢，是拳头。”

“哈哈哈，原来是这么回事，我知道你俩忌讳吃羊瘪羊杂，平时都拿来喂狗。现在分点狗粮出来，就能把老头打发了，你俩活不用干，还行了善积了德，那真是两全其美。”

正说到这，门外有脚步声传来，一个气喘吁吁的声音响起：“大人，我从羊群里把最肥最壮的那只逮出来了，这群畜生中就属它的毛色最光亮，我寻思着做件羊皮大衣不错。就是这羊崽子跟得了疯羊病似的，比案板上的猪挣扎得还厉害，我好不容易才把它揪过来。”

士兵和羊倌知道是老头回来了，纷纷走出帐篷。当看到老头怀里抱着的那只

"羊"，三人的下巴都惊掉了，张着河马一样的大嘴。原来他抱着的根本不是什么羊，而是一只牧羊犬！远远看去，还真像一对父子。

二

牧场的生活节奏很慢，哪怕对于整个牧场中唯一没有躺平的首席劳模小幺来说，时光的流逝都是几乎感觉不到的，眼睛唯一看得见的变化，就是自己越来越长的头发和胡子，已经盖住了整个脚掌，使得他无论从哪个角度看过去，都像是一帘行走的瀑布。小幺要是钻到羊群里，除了那只嗅觉灵敏的牧羊犬，没有人能分辨得出，究竟哪个是人哪个是羊。

炎炎夏日，持续的高温炙烤着大地。牧场上草正茂，花正艳，羊儿吃得正欢，身上的旧毛褪去，泛着亮白的光，铺洒开宛如绿毯上的珍珠。

忽然，一阵窸窸窣窣的脚步声打破了这片宁静祥和的画面。鸟兽们警觉了起来，它们看到两个黑乎乎的"怪物"从树林中钻了出来，个个都吓得精神错乱了，兔子纷纷上了树，猴子跳入水中游，一条蛇没了方向原地打转四十八圈之后晕死了过去。

"大哥，这光天化日的，咱俩非得穿着夜行衣行动吗？"

"我们现在要偷的，可不是一只羊，而是一个大活人，大白天的怎么行动？"

原来是两个操着娘娘腔的黑衣人。

"既然白天不能行动，我们为什么要白天穿夜行衣？还非得连脸都一起包上。这么热的天，我捂得浑身都长痱子了，奇痒难耐。"

"你这饭来张口衣来伸手的蠢货，还有脸说！老哥我费了九牛二虎七十八羊之力，才帮你换上这身行头。你就忍一忍，等我们把百里奚那老头掳回去，就舒舒服服洗白白。"

"切，怪不得老娘给你起名叫牛皮，这牛皮真是吹到天上去了。我不过是让你帮我系了根腰带，明明是你自己连衣袖和裤管都分不清，折腾了一宿才换上这身衣服。"

"牛犊啊牛犊，你这名字起得也不赖，胆儿肥了，竟敢拿大哥当羊肉开涮！信不信我从羊倌那儿偷根鞭子来抽你？"

"去啊去啊，羊群就在那。带不回百里奚，带根楚国的鞭子回去也行，证明我们没有空手而归，对大王也算有个交代。"

牛犊说着，手指向不远处的羊群。俩人顺着那个方向看去，紧接着双双瞪出了牛骨眼。

“都说伏牛山下的羊长得跟牛一样壮。真是名不虚传，尤其是那只，你看，已经不是‘伏牛’了，而是一只站着的‘牛’！”牛犊声音都有些发颤了，他分明看见，一片白色的海洋中间鼓起一座“雪山”，一只体形巨大的“羊”正穿行其间。

“据说百里奚就在这里放羊，可这里只有羊，没有人，我们还是去那边找找吧！”牛皮指了一个方向，只见隔着羊群的另一头，扎着两个帐篷。

“好的。”

于是，两人弯下腰，钻进羊群，把自己隐藏在白色的海洋中，蹑手蹑脚地朝帐篷那边走去。

“不得了啦，狼来了！”

远处突然传来一个男人的惊叫声。俩人吓了一大跳，转头就想跑，却被同样受惊的羊群严严实实地堵在中间，动弹不得。

惊魂未定的兄弟俩，忽听头顶传来皮鞭划过空气的声音，俩人的脑袋被重重地抽了一下。

“该死的狼，真是樟树干上裹鸡毛——好大的胆（掸）子，大白天也敢来撒野。今天就让你见识见识我神鞭小幺的厉害！”

紧接着，鞭子又一遍遍抽来，牛皮和牛犊惨叫着，纷纷晕了过去。

醒来时，俩人发现自己被扔在羊粪堆里，双手被反绑着，动弹不得。眼前站着一高一矮两个年轻羊倌。

“还以为是两匹狼，原来是两个贼！说，偷什么来了？”问话的正是杨杂，没等对方回答，他转头又得意地对羊瘪说，“怎么样，哥跟你说过，要时刻绷紧弦，以防突发事件发生，所以我才经常给你们做防狼演习，这次派上用场了吧？虽然没抓到狼，但抓到贼了。”

“那是，他俩穿着夜行衣，远看真像两匹狼，小幺听到你的喊声，把他俩当成狼了，一顿狠抽。”杨瘪应了一声，转头审问两人，“你俩干什么的，快说！”一边说着，一边高举手中的皮鞭。

“我……我们是秦人。”牛皮吓得浑身抖成了筛糠，用颤抖的声音答道。

牛犊惊讶地看了牛皮一眼，用同样颤抖的声音小声问道：“哥，你……你这么容易就招啦？"

"什么？你们是……情人？"杨杂大吃一惊，随后坏笑一声，"看来，你们不是来偷羊的，是来偷人的咯？"说罢，和杨瘪对视一眼，两个人都哈哈大笑起来。

"没……没错……我们就是来偷人的！我们是来……"说到一半，牛皮见牛犊正恨恨地盯着自己，双眼都快迸出火星子了，于是赶紧住嘴。

两个羊倌你看看我我看看你，又是一阵狂笑。

"你俩还真是情深深雨蒙蒙，跑到荒郊野外来偷人，就是跑得太远，跨越了我们的国界。难得天下有情人，今天大爷我心情好，放你们一马，赶紧滚蛋！要是让大王知道了，今天就可以少宰一头羊，把你俩烹了！"

杨杂为已经吓破胆的俩人解开绳子，做了个催促的手势，只见他们从一脸莫名其妙变成了一脸感激涕零，结结巴巴地"谢"了半天，然后一瘸一拐地向着来时的那片原始森林奔去，不一会儿就不见了踪影。

三

"咱们宫里最近天天传来羊蹄子蹦跶和'咩咩'叫的声音，是不是在筹备什么大型祭祀活动，要宰畜生了？"

千里之外的秦宫里，一个宫女小声问一个嬷嬷。

"嘘，瞎说什么呢？你说的蹄子声，是咱们大王最近心绪不宁，整天拽着公孙枝、公子舆在大殿里开会，几个人踱来踱去。你说的山羊叫，八成也是他们几个在对暗号。可能是大王又在实施什么秘密计划了吧。"

这位嬷嬷还真是主子肚里的蛔虫，竟全部蒙对！殿内，秦穆公和两位亲信正心烦意乱地来回踱步，口中不时蹦出"咩、咩、咩"的字眼，听着比一百只蚊子加一百只牛蛙的叫声还要恼人。

"老兄啊，你的 B 计划流产了！牛皮和牛犊回来了，没带回百里奚，只带回一身的皮鞭印。听牛皮说，楚国牧羊采取一对一的模式，加上管理员，羊倌人数比羊都多，他俩要在那么多羊倌中寻找百里奚，难度确实相当大，最后还被人家发现，给擒住了。好在，哥俩都是姓牛的，个性也十分牛，任凭对方严刑逼供，都没说出自己的身份，最后找机会逃了出来。不然，楚人一定会误会饿（我）们，因此挑起战事也不是没可能的。"

"对不起，老弟，你说得对，是饿考虑不周。饿以为让大秦国最厉害的两位大内高手出马，从羊圈里捞个人不是什么难事。只可惜，对楚国国情了解不够，饿们这次失算了。”

“老兄别太自责，并非是你一人之过，当初，你制订了A计划，建议大王花重金将百里奚赎回，是饿太小气，舍不得大王花钱，想空手套‘百郎’，没想到郎没套到，倒是险些把楚国这匹狼给招来了。”

“没，没，没，怪饿怪饿。”

“没，没，没，怪饿怪饿。”

“没，没，没……”

“没，没，没……”

公孙枝和公子舆面对面不停鞠躬，嘴里念叨个不停，站在一旁的秦穆公实在听不下去，打断了两人：“行了行了，两位爱卿，别争了，怪饿怪饿……嗨！让你们带沟里去了，是寡人认为如果用重金赎人，必然会引起楚人警惕，知道百里奚是位难得的治国能臣，从而将他献给楚王，那饿们可就损失了一号人才。所以起初公孙爱卿认为A计划不妥的时候，寡人也就顺水推舟，没有同意。寡人现在正在酝酿一个C计划，不如两位爱卿帮忙参谋参谋，看看可行与否？”

“大王，您说。”

“寡人打算反其道而行之，用五张羊皮去楚国赎人，就说虞国来的陪嫁奴隶半途逃跑了，饿们要将他捉拿回来，为表诚意，献上一份薄礼。楚人一定不会怀疑，饿们就可以不动声色地将这位贤人引进秦国了。”

“甚好，甚好。”公孙枝大赞。

四

这日，宛地牧场来了两名秦国使者，找到管事的士兵，请求用五张羊皮换一个叫百里奚的羊倌。说来也容易，整个牧场就三名羊倌，找来一一辨认，很快锁定，小幺正是百里奚。

“大人，你们来得正好，赶紧把他带走吧。这老头眼越来越瞎了，一开始分不清狗和羊，后来分不清人和狼，现在是人、狗、狼通通分不清，一会把狗粮端给杨瘪，一会拿着鞭子追杨杂，闹腾得我们都要精神分裂了。这种废物，不但帮不上忙，还会给俺们添乱，你们赶紧领走、领走！”士兵急切地说道。

“好的，这五张羊皮请您留下！”

"这废物哪值得了这个价钱？我们这羊皮够多了，多一张都是累赘。老头免费送二位了，只求速战速决，赶紧带走，永远别再让他出现！"

"可是，这是大王安排的任务。"

"五张羊皮就当我们给两位大人的差旅费。赶紧走，赶紧走！"

见士兵挥挥手，不再搭话，两人无奈之下，把老头带走了。回去的路上，因为五张羊皮不够平分，两人还打了一架，最终打赢的那个得到了其中的三张羊皮。

跋山涉水，兜兜转转一大圈，百里奚终于还是来到了秦国。只是，当心心念念盼着他出现的秦穆公，第一眼看到他时，那吃惊的样子不亚于当初的杨瘪杨杂。

"大王，贤人已带到。"两名使者抵达秦宫，因为之前抢羊皮时打过架，脸都肿成了包子，嘴也跟香肠似的。

秦穆公欣喜若狂地迎上去，却压根没看到百里奚。

"你俩真懂事，执行任务归来，还给寡人带了土特产，听说伏牛山下的羊和牛一样大，专门带回一只给寡人开开眼界是不？哎哟，你俩这脸是咋整的？肿得跟包子似的，难道是被这羊蹄子给踹的？……另外，百里先生在哪里呢？"

百里奚扒开被泥巴粘住的胡子，说道："参见大王，正是在下。"

秦穆公的惊讶可想而知。但他毕竟涵养十足，马上就把自己河马般大张的嘴给捏了回来，又用手指提了下唇角，换上一副笑脸，对着百里奚嘘寒问暖，然后命下人带他去洗澡。整整十八炷香的工夫，身上搓下的泥够糊一座长城，一位鹤发童颜、仙风道骨的知性老人，才笑呵呵飘飘然出现在秦宫大殿内。秦穆公一见就喜欢，毕恭毕敬地向百里奚请教："饿们秦国地处边陲，中原都不理睬饿们，卿有何妙法，能让秦国摘掉这'非主流'的帽子？"

百里奚捋着白胡子答道："秦国四塞都是群山，犬牙交错，崎岖密集，进可攻，退可守，是个好地方。从前周文王就在这里兴国，多好的风水啊。您安抚关中，集聚粮食，向西征战，降服西边戎人，然后扼住东边山川之险，就可以独霸西垂，割据一方。接着，抚天下之背，向东雄视，一旦中原无主，伺机长驱东进，以临中国，恩威兼用，则霸业可成矣！"

秦穆公惊叹得无以复加，慌忙握住百里奚的手，连连感叹："饿今有百里奚，犹齐之得管仲也！"心里却寻思着：这五张羊皮的买卖，值，值啊！

赏 析

慧眼识珠与大器晚成

得人者兴，失人者崩。这个不算难懂的道理，在中国五千年历史上的各个朝代被反复证明。从历史坐标的维度看，凡是能成就一番事业、闯出一片天地的帝王将相，无不是持续推进实行了“一个好汉也需三个臭皮匠帮”的领军人才战略，才得以使基业兴旺发达、让夙愿梦想成真。

要想实现“治国”和“安邦”的抱负：一是领导人要有求贤若渴、知人善用的动力和肚量，二是揭榜者要有攻艰克难、敢于担当的能力和勇气，两者缺一不可。千里马如不遇伯乐，也就是一匹在马厩里吃着草的普通马。而千里马如果是烂泥扶不上墙、不具备飞驰的本事，哪怕主人逼着它跑，也跑不起来。

春秋时期，贵为君王的秦穆公和潦倒到靠放羊为生的百里奚，就“配合默契”地演绎了一出“羊皮换奴”的好戏。在此，我们不妨借助《新五羖大夫：“咩”计划》这一章，来了解一下。

在这篇小说的开篇，作者写到一士兵想吃羊肉，让蜷缩在角落的一名羊倌去抓羊，然后回到帐篷，听其他羊倌说，有一天，他们正在放牧，这个“胡子头发呈灰白色，披散到了腰间”的羊倌，像一只牧羊犬似的突然出现在他们面前，后来才知道他是个流浪汉，就乱拳打了他一顿，把他留下来帮他们放羊，当奴隶使唤，这一开篇实景般地还原了两千年前小说主人翁的真实遭遇和处境。

这个像乞丐一样蓬头垢面的老头，就是怀才不遇、报国无门的百里奚。

他本是虞国大夫，由于虞国国君没什么远见，不重视人才，也不虚心纳谏，让他空有济世安民良策，却无从施展，郁郁不得志。某年，晋献公为消灭虢国，向虞国国君假意提出借道而行，并奉上珍珠和钱财，虞国国君不听大臣们的劝谏，出卖了虞国和虢国唇齿相依的盟友关系，执意借道于晋献公，最后唇亡则齿寒，在晋国借道灭了虢国，回军途中不出所料顺势灭了虞国之后，君臣一起沦为了晋国的阶下囚。

后来，晋国与秦国强强联合，采用通婚的方式修好结盟，晋国将王室公主嫁给秦穆公。在当时的奴隶社会，奴隶是没有自由的，主宰不了自己的选择，作为囚犯和奴隶的百里奚因不愿为晋献公服务，仍忠于虞国，气急败坏的晋献公就把他当作陪嫁的随赠品送给秦穆公。这种牲口买卖一般的行为激怒了曾是一国之大夫的百里奚，他不堪其辱，瞅准机会在半路上逃跑了，来到了楚国的宛地，在荒野中当起了羊倌，混口饭吃。

此时的百里奚，已七十有余，如果不出什么变故，十有八九他就这样默默无闻地放着羊过完余生了。但命运之神并不想放弃有准备的人，在百里奚万念俱灰之际，一个君王却派出人马满世界寻他。

颇有雄心壮志和雄才大略的秦穆公是一个珍爱人才的君王，喜欢招贤纳士，只要一打听到谁是饱学之士、济世之才，必想方设法降阶而迎，招入麾下委以重任，这是他成为春秋五霸之一的致胜秘诀。

当秦穆公按照晋国的陪嫁清单点收礼物时，发现少了一"件"，一个叫百里奚的奴隶并没有来到秦国，就问从晋国来的大臣公孙枝，是否知道这人的情况。公孙枝说：知道知道，这人原是虞国大夫，善于谋略，忠君爱国，是个难得的管理人才，但未遇明主，得不到重用，一身奇学无施展的舞台。秦穆公一听，心想：这样的人，不正是秦国需要的吗，放走了，岂不太可惜？必须千方百计把他找回来，去掉奴隶的身份，授予高位，协助自己发展壮大秦国。

《新五羖大夫："咩"计划》作者在这一节为秦穆公设计了用重金赎回的 A 计划、派人找回的 B 计划、用羊皮换回的 C 计划，经过权衡，秦穆公觉得 C 计划最为稳妥，既不会因重金让楚国警惕而横加阻拦，又不会因失礼而让楚国觉得没有诚意。于是，在秦穆公精心策划下，最终用五张羊皮换回了后来成为秦国第一贤人的"五羖大夫"百里奚。

秦穆公经过三天的面试，对百里奚是一百个喜欢和信任，任他为上大夫，虚心求教，共议国事。百里奚也不负众望，在相秦期间，他举贤荐能，勤于政务，善待百姓，以身作则，平易不傲，尽心竭力辅佐秦穆公，充分发挥他优秀政治家的智慧和才华，倡导文明教化，实行"重施于民"的政策，不兴战事，几年时间，使秦国国力大增，开地千里，统一了西部诸戎，积蓄了成就霸业的磅礴内生力量，为日后统一天下奠定了坚固的基础。

看看，一个是真爱才，一个是真有才，一个慧眼识珠，一个大器晚成，在他们君臣珠联璧合的努力下，开创了一个值得深入研究和探讨的辉煌朝代，真是五张羊皮成就一世伟业，也成就了个人理想。百里之溪，终成巨流。

一人行快，众人行远。从《新五羖大夫：“咩”计划》这篇文章中，我们看到，即便一个人历经坎坷和落魄，只要平时有充足的知识储备和随时跨鞍出征的能力，机会一来，抱负也能实现。即便一个国家穷小，只要有改革开放的襟怀，君王有识人用人的慧眼和魄力，国家就会昌盛。

正如孔子说：“秦，国虽小，其志大；处虽僻，行中正；身举五羖，爵之大夫，起缧绁之中，与语三日，授之以政。”

沈小平，“60后”，重庆涪陵人，文学爱好者。

对本书的一句荐语：前有鲁迅《故事新编》，今有笑李飞叨“笑侃历史”。

第 15 章　新寒食节：绵山逐鹿

典故卡

寒食节

关于寒食节的这段故事载于《史记·晋世家》《左传·僖公二十四年》等史籍。晋国爆发骊姬之乱，公子重耳被迫流亡在外 19 年。后来，在秦穆公支持下，62 岁高龄的重耳回国即君位，并最终荣登“春秋五霸”中的二号霸主，与齐桓公并称“齐桓晋文”。在重耳流浪的艰苦岁月里，有一批贤臣始终追随左右、不离不弃，其中就包括“割股啖（dàn）君”的介子推。据说后来的“寒食节”，便是为了纪念介子推的。

“射中了，快追！”

晋文公话音刚落，只见一队铠甲武士跨着战马，风驰电掣般紧跟着飞出的箭向猎物奔去。

“将军，这样的猎物要是我打，一天能射三万箭，而且百发百中。”一名士兵把射到枯树干上的箭柄拔下，苦笑着对将军说。

“别说丧气话，”将军回头看了看已经追上来的晋文公，着实有些生气，“你要是中午不吃饭加会儿班，射个三万三千支都是没问题的。咱们王的眼睛怎么变得比鼹鼠还近视了，你看他骑马时手里攥的哪是马缰，分明是马鬃毛嘛！我说这两天他的马怎么老是疼得直咧嘴呢！”

正说着，晋文公策马呼啸着来到众将跟前，口里喊着：“吁！”一拽马鬃毛，硬生生给扯下来一大把，足有五六十根，疼得马直跺脚。

“现如今这马缰绳的质量是越来越差劲了，你们看，还没怎么使劲，绳子就断成头发丝了。”晋文公摊开手给将士们看，一阵风吹过，马鬃毛像黑色的松针一样飘落了一地。

将军说："我王，您手里握着的就是头发丝，是马的头发丝，这马跟着您也算是倒了八辈子血霉了。"

"混账东西，你刚才嘀咕什么？"晋文公眼神不济，可耳朵好使。

"噢！没……没什么，我是说……您刚才打的猎物不知道该赏赐给谁了？"

将军擦了擦额头渗出的冷汗，赶紧解释，暗自庆幸自己业余时间读过些《诗经》之类的，要不撒谎撒不这么押韵。

"噢！在哪里？是不是很大的猎物？"晋文公转怒为喜，忙问将士道。

"是的大王，"一名士兵把箭呈给晋文公，一边指着树桩说，"不但大，还高呢，足有七八丈！"

晋文公走近一看，居然是一棵枯槐树。他脸上有些挂不住，把箭重新放到箭鞘里，不悦地嘀咕道："寡人明明看到一头硕大的麋鹿在低头吃草，怎么转眼之间就不见了？或许是跑了……"他用余光瞥见刚才那个出言不逊的将军正在一旁绷着嘴偷笑，于是慢条斯理地说道："你刚才不是问寡人这个猎物该赏赐给谁吗？那就赏赐给你吧！寡人命你将这个赏赐扛到你的府宅，以黄袍遮体，供奉起来，不得有误，寡人随时随地会去你家查看的。"

再看那位将军的脸，刚才还喜笑颜开，登时显出苦相来，像被大象踩住了尾巴骨一样难受。

晋文公转头对其他将士说："这头麋鹿必须给寡人找到，找到者重重有赏，你们分头行动，立即去追！"他指着其中几名将士喊道："你，你，还有你，跟寡人一队，往灌木丛走，其余人立刻出发。"

将士们翻身上马，分成五队呈放射状向旷野四散而去。晋文公看将士们都走远了，也在士兵们的搀扶下拽住马鬃，踩着马镫，一跃跨上马背。还没等晋文公扎马刺，再喊一声"驾！"这倒霉马早已疼得尥开蹶子撒欢向前狂奔起来，一边跑一边有松针似的鬃毛随风飘散下来。

三个士兵紧随其后，但始终赶不上晋文公的马，于是也照猫画虎，开始紧薅（hāo）马鬃毛，这一薅不要紧，三匹马像点着火的火箭一般"嗖"的一下就超过了晋文公的马，惹得晋文公在后面直骂娘。

眼看快跑到一个悬崖边，将士和晋文公立马拽住马鬃毛大喊一声"吁！"马忍着疼刹住了蹄子，铁掌摩擦着地面，迸出一串核桃般大小的火星子。

这时晋文公看到由悬崖边冒出一个衣衫褴褛的农夫老汉，正费力地由陡峭的岩壁往地面上爬。他赶紧翻身下马，俯身搭了把手，将老汉拽了上来。老汉连声道谢。晋文公见他胳膊上挎着一个竹篮，里面装满了不知名的小草，便很好奇，问："老人家偌大的年纪，怎么敢冒着危险爬到悬崖绝壁上，万一掉下去可怎么得了？"

老汉呵呵一笑，说："老百姓哪这么娇贵，我攀岩取草药已经干了五十多年了，这是我养家糊口的唯一手艺，不干也一样被饿死。谢谢您的帮忙，这棵百年人参就权当我答谢您的吧！"老汉从竹篮里取出一棵人形模样的植物递给晋文公，晋文公笑着又给他推了回去："举手之劳，何足挂齿，您还是留着自己卖钱吧！"

老汉上下打量了一下晋文公，问："看您身着绫罗绸缎，样貌气质不凡，一定不是寻常之辈，自然也看不上什么百年人参千年灵芝的，不知您是？"

这时三名将士走了过来，其中一名说道："老人家，这是我们国君呀！"

"哎呀！"老汉赶紧躬身下拜，"不知是大王驾临，老朽有眼不识泰山，刚才多有冒犯，请王上恕罪。"

晋文公将老汉搀扶起来，笑道："不知者不罪，快快起来。老人家，我向您打听点事，刚刚我在附近打猎，跟丢了一头麋鹿，不知您是否看见？"

老汉愣了一下，又往晋文公身后看了一眼，笑道："我王功德盖世，富有天下，怎么引随从就骑着四头秃驴打猎？这驴连兔子都撵不上，也难怪撵不上麋鹿了！"

晋文公回头一看，原来四匹马的马鬃都被自己和其他三名将士给薅得一干二净，就剩两只耳朵还直挺挺地立着，远处一瞧，活脱脱几头秃驴。

晋文公狠狠瞪了将士们一眼，转头对老汉说："您老说得是，可您到底见没见着那头麋鹿呢？"

这时老汉突然又重新跪倒在地，撩开满是补丁的衣襟，伸出一条腿，用脚指着东北方向，说："贱民知道，应该往那边去了。"

晋文公莫名其妙，忙问："您起来回答就是，怎么跪下还用脚指路，这是什么风俗？人参吃多了落下的后遗症吗？"

老汉拜了两拜，抖抖衣服站起来说："您不愧是骑驴的，果然笨得可以。您不想想，虎豹豺狼因为离开偏远之地靠近人类，才被人猎到；鱼鳖因为离开深水，才被人捉住；诸侯离开他的民众而外出远游，才会亡国。《诗经》也说：'鸠占鹊巢'。国君您外出不归，老想着寻什么麋鹿，这个工夫，别人可就要替您做国君啦！到时您连驴也捞不着骑。"

晋文公被他一说，觉得有道理，心里居然害怕起来，于是茫然若失地跨上战马。马预备着做出往前奔跑的姿势，只等主人薅马鬃。左等右等没动静，原来马鬃毛已经一根都不剩，晋文公摸了半天没摸着，只好踅摸着马缰绳，往后一拽，马针一刺，大喝一声“驾！”马便狂奔起来，晋文公回头朝老汉喊道：“谨记您的良言。还有，我这是马，不是驴！”

望着晋文公和将士们绝尘远去的身影，老汉自言自语道：“还糊弄我？马和驴我不分吗？当我就分得清中草药？实话告诉你吧，当年我也是卖过驴皮阿胶的。没吃过驴肉，没见过驴跑吗？哼！”

晋文公策马来到出发地，见那名将军还在枯树干前拿小锯锯木头，大臣栾枝正掐着腰询问着他什么。见晋文公赶来，他立马垂手打拱道：“王上，听说您追麋鹿去了，怎么样，肯定是追到了吧！看您面露喜色，猎物指定不小吧？”

晋文公说：“终究还是没有追到，但不是很可惜，因为今天有个老汉将我不真不假好一顿训，句句都是良言，弄得我都不能反驳。你是知道的，我向来虚心采纳别人的意见，而今这些忠告却出自自己国家最底层的百姓之口，所以我感到很高兴，这可比打到麋鹿要有用得多。”

栾枝说：“那忠告您的老汉现在人在哪里？”

晋文公说：“还在山崖边，想必又要抽时间去挖野山参了。他想送我一株，我没要，才一百年的株龄，营养应该比胡萝卜强不到哪去。”晋文公翻身下马，栾枝赶紧去扶。

栾枝说：“王上这样做可不对呀！一来王上若不体恤下属，便是骄横的表现；二来命令下得迟缓而诛罚来得迅速，是暴戾的征兆；而采纳别人的忠告却抛下其本人，这简直就是偷盗啊。”

晋文公满脸通红，说：“今天寡人是犯了太岁了，人人都敢训斥我，但说得都挺对，寡人无言以对。”他看了看那个还在锯木头的将军，皱着眉头对他说：“赶紧起来吧！不要锯了，一点劲不使，就像和面的一样，糊弄谁呢！寡人饶了你这次，不然别人该说我不体恤下属，是个骄横的君王了。”

那位将军像得了大赦一般，刚才还浑身软绵绵的，这时立马精神起来，跪到地上连声谢恩。

晋文公指着自己那匹秃马，把马鞭递给将军：“算你戴罪立功，骑上寡人的驴……不是，是寡人的马，去把那个老汉接到宫中，加封官爵，随王伴驾，不得有误，去吧！”

将军带着刚才那三个将士领命而去。

晋文公看将士们都走远了，便对栾枝说道：“爱卿，你知道寡人脚下的这座山叫什么名字吗？”

“不知。”

“叫绵山，你知道我为什么要来这里打猎吗？”晋文公望着远处，继续问道。

栾枝心想王上今天怎么这么多为什么？打个猎还打出哲学来了。

“不知道。”

“寡人在他国流亡时，经常食不果腹、衣不蔽体。有一年寡人都快饿昏过去了，介子推端了一碗肉汤给我喝，我才算缓过劲来。回国后，我对所有有功之臣进行了奖赏，却独独漏掉了介子推。后来有人告诉我，当年我喝的那碗肉汤，其实是他割下自己腿上的肉熬成的……唉，我后悔不迭，想要弥补过失。哪知介子推清心寡欲，与世无争，已携老母隐居于绵山。我今天打猎并非真是为了打什么麋鹿，而是在搜寻介子推，想让他继续辅佐我，可始终见不到他的面，你说怎么办？”

“原来如此，”栾枝恍然大悟，“王上可以逼他出来。”

“逼？”晋文公迷惑不解。

“对，我们可以放火烧山，逼他出来。他是个大孝子，再有骨气，也不能不管他的老母吧？”

晋文公一听，大笑道：“好主意，就这么办！”转头吩咐手下，“多派点人马，将绵山围成一个扇形，留出一个路口，一等令发，立马放火，将介子推给烧出来。”

“是！”

眼看将士们已经排好队形，那名将军也回来禀报，说已将老汉安全送到宫中，山上再无其他百姓，晋文公立马下令：“放火。”

四面八方的火焰腾空而起，黑烟顿时遮天蔽日，晋文公等人在那个唯一的出口静静等待介子推出现，但大火烧了一天一夜，漫山遍野连个火星都不见了，还是没有等到介子推的身影。

“王上，不好了！”一名奉命搜山的士兵跌跌撞撞地下山禀报，“介子推抱着他的老母，已经被烧死在一棵大柳树下，都焦了。”

“寡人真是愚蠢呀！”晋文公扼腕长叹，泪流满面地说：“记住今天这个日子，从明年开始，为了纪念介子推，他的死难之日不许生火做饭，要吃冷食，就称为寒食节吧。明年寡人会率众臣登山祭奠，决不食言。”

这时四名将士从山上抬下来一只已经被烧焦的动物尸体，晋文公过去一看，原来是那头麋鹿，浑身已经焦黑，只有一只眼睛还大张着。他凑过去一看，晶莹剔透的瞳孔里居然出现了一个人影。这其实不奇怪，怪就怪在这个人影不是自己，而是……介子推！晋文公吓了一跳，这时不知是从鹿嘴里还是介子推嘴里传出一句话：“得不到的东西，你就该放他一条生路！”

声音响彻寰宇，振聋发聩，像晴天打了一个霹雳，震得将士们目瞪口呆，再看晋文公时，他的脸仿佛面瘫了一般，嘴大张着歪向一边，形成一个大大的“O”形。

赏　析

寒食节的真相

《新寒食节：绵山逐鹿》这一章，以独特的视角，围绕寒食节这个家喻户晓的历史典故，展开了丰富联想，为我们描绘出一幅崭新的历史图画。作者将新的思考、善恶观，潜移默化地通过文字吐露出来，关照当下，令人耳目一新，同时也发人深省。

在晋文公眼里，马缰绳质量太差。难道他真的分辨不出缰绳和马鬃吗？其实，作者杜撰了这一情节，并非纯属为了恶搞逗乐，而是别有深意：晋文公不是瞎子，他其实是在混淆概念，暗骂自己有眼无珠，竟然错过了介子推这样的贤臣。晋文公是高度近视吗？肯定不是。但他需要一副质量好的眼镜，使他能够明辨是非、明察秋毫，成为识人善用的一代明君。他一定认为，那个曾经割股啖君的介子推就是这副眼镜，因此必须找到他！他以逐鹿的名义，在绵山展开了一场“大搜捕”。

那只鹿没能把晋文公引向介子推，却引来了一位采药老汉，他们之间展开了精彩的对话，不但趣味十足还富有哲理。有意思的看点是老汉把马当作驴。其实，拔了毛的马怎么也和驴挨不上边，老汉既不是书呆子，也不是五谷不分的公子哥，这种颇具讽刺意味的描写，昭示出得势与失势之说。那是老汉对晋文公的一种告诫：功成名就则被众星捧月，相反，则被鄙夷不屑。警示他做人万不可忘本，一旦脱离群众，追求享乐，他这个君王的地位将朝不保夕。

晋文公寻找介子推的本意是美好的，其造成的后果是适得其反的。一个人能认识到自己的过错并加以改之，便已十分了不起，更何况是君主呢。只能说，晋文公被他自己想要赎罪的愿望和对人才的渴求弄昏了头脑，以及他对介子推那执拗的性格实在了解不够，从而采用了错误的方式，导致了悲剧的结果。

这让我们想起庄子在《应帝王》中写过的一个冤死的混沌的故事：中央之帝混沌是宇宙最初的状态，南海之帝倏和北海之帝忽觉得混沌经常帮助他们，于是商量要找机会报答混沌。他们发现人有七窍——两眼看物，双耳听声，一口饮食，两个鼻孔呼吸，唯独这位老兄可怜，一窍不通。应该帮助他呀！于是他们为了感谢混沌，为其辛苦打造七窍，竟然把混沌一下给凿死了。故事情节与晋文公烧死介子推如出一辙——好心办坏事。

介子推忠君赴义、鄙弃功名利禄的气节，流芳百世，感人至深。后人不仅造了个“寒食节”来纪念他，还修建了大量的祠堂庙宇来祭奠他，文人雅士登临题咏、寓兴抒怀的就更是不胜枚举。这样的讴歌绵延不绝，贯穿数千年，其不动声色的道德教化，使人们不假思索地形成了某种“集体无意识”，以至于很少有人对介子推的所作所为投以审视的目光。

笔者以为，介子推的死，固然令人同情和惋惜，但他自己也应当负一定责任。他宁可和母亲一起被火烧死，也不愿出山相佐，并非明智选择。逃亡途中的不离不弃、割股啖君是值得称道的，可后来的举动就未免太意气用事。他因为主子没能重用自己，便赌气出走（有说是因为对狐偃、壶叔等接受奖赏，追逐荣华富贵的行为感到鄙夷，便独自隐居绵山，成了一名不食君禄的隐士），当晋文公意识到过错想要弥补，他明明可以就坡下驴，再度出山，成为国君的左臂右膀，为天下黎民百姓做事，实现自己的人生价值，而他宁死也不出山，从表面看是淡泊名利、有骨气，其实有其狭隘的一面。退一万步说，你要是真的只想过闲云野鹤的日子，当面跟晋文公说清楚就是，何必扭扭捏捏，躲躲闪闪，结果造成不必要的牺牲，还让母亲跟着去陪葬，给一心赏识自己的晋文公留下终生的遗憾和痛悔。

文章结尾，死鹿的眼睛里出现介子推的影子，给人以无限遐想。介子推的形象究竟是可怜还是可悲，或是其他什么，留给持有不同观点的读者去思考。

李嗣泽，“70后”，医生。辽宁省作家协会会员。

对本书的一句荐语：一本对历史深刻反思的书，值得肯定。

毕会艳，“70后”，天津宝坻人。中国电力作家协会会员、天津市作家协会会员。

对本书的一句荐语：大事不拘，小事不虚，刀风剑雨中还原历史真相，谈笑风生中见证人性本色。

第 16 章　新一鸣惊人：蛰伏

典故卡

一鸣惊人

出自《韩非子·喻老》《史记·滑稽列传》。比喻平时没有突出表现，却一下做出惊人成绩。故事主人公是楚庄王熊旅。熊旅统治朝政三年，既没有发号一项政令，也没有一样政绩上的作为。右司马伍举于是对楚庄王讲了一段微妙的谜语："有一只鸟停驻在南方的阜山上，三年不展翅，不飞翔，也不鸣叫，沉默无声，这是什么鸟呢？"楚庄王说："三年不展翅，是为了生长羽翼；不飞翔、不鸣叫，是为了观察民众的态度。虽然还没飞，一飞必将冲天；虽然还没鸣，一鸣必会惊人。你放心，我知道了。"半年后，楚庄王亲自听取朝政，废除十项政令，启用九项政令，诛杀大奸臣五人，提拔隐士六人，大力整治国家，先后击败齐军和晋军，在宋国汇合诸侯，终于使楚国称霸天下。

这一年的秋天，整个天下都仿佛沉浸在了欢乐的海洋里。猪食槽里的糟糠换成了黄豆高粱，牛圈里用银粉重刷了四面高墙，金镏子化成弧钉上了马掌，拉磨驴戴的笼头上都镶了翡翠玛瑙外挂八宝石榴黄。就连平常让人讨厌的耗子此时都看着那么顺眼，通红的鼻子仿佛是涂了一层胭脂，绿豆大的小眼似乎配上了蚕豆大的双眼皮，有种说不出来的俊。

京城的集市上比往日更加地熙熙攘攘，宝马香车来回穿梭，女人耳垂上巴掌大的耳环直打腮帮子，把因咧嘴笑而露出的金牙撞得叮当脆响，让人老以为是谁家的毛驴子跑出来了。铺子前的摊位鳞次栉比地排列着，丝绸袍子、瓦罐柜箱、腊肉点心比前段时间还要丰富，并且不常见，这是别的附属国进贡楚国时捎带来经销的。当然其中的精品都上贡到了楚庄王的国库，余下看不上眼的才流落到了菜市场。

楚庄王向来是喜欢热闹的，只不过从不关心菜市场，他的心思全在狩猎上。每日的辰时三刻，皇家巡猎仪仗队一定会按时在宫门外整装待发，只等楚庄王跨上黄鬃战马，擎起牛尾束鞭，朝马腚上一打，大喝一声："开路！"仪仗队便会浩浩荡荡往专供皇家狩猎的围场而去。

此时正值午时三刻，今日在围场驰骋了半天的楚庄王已然打得满头大汗，肚子饿得咕咕直叫，像野鸡被踩住了脖颈子。他赶紧勒住马，把弓箭从背后卸下扔给侍卫，随即跨下战马，朝露营地走去。他今天的兴致很高，毕竟打了十五头鹿、两匹狼、三只狗熊，外加四十六只野兔子。要不是那两只乌龟跑得快，他的战绩会更加辉煌的。

"大王万福！饭食已准备妥当，请您用膳。"两个御前老嬷嬷颤颤巍巍迎上来给楚庄王行礼。俩人都五六十岁的年龄，走起路来还怪路不平，好像前脚踏平地，后脚就陷泥坑，十米的路走起来能跌宕起伏九米半。两人是天生的长相不突出、身材不突出，就是腰椎间盘突出，干起活来是炒菜菜煳、做饭饭煳，就是打麻将不和。

楚庄王也不搭理她们，径直朝营房里走去。士兵们随即搬桌子置板凳，一切准备就绪，只见几十个宫女端着两百多道菜陆陆续续上桌了。有蒸熊掌、蒸鹿尾、蒸花鸭，有烧雏鸡、烧仔鹅、烧大虾，有油淋鲈鱼头、烹煎兔长耳、干炸狼腰花，有清蒸蚂蚱心、醋溜蝎子肝、油炸蚊子牙，还有烧烤六月雪、爆炒冰凌碴、凉拌活蛤蟆……好家伙，菜品琳琅满目，应有尽有，看得一旁的狗都咽唾沫。

楚庄王拿起筷子夹了一块麻辣驴肝放到嘴里嚼了起来，嚼了没两下突然想起什么来，忙问左右："郑姬娘娘和蔡姬娘娘在何处？快请来一起用膳。"

"您说这驴肝不烂？不能吧？这是用文火烧了大半天的。"一个老嬷嬷说道。

"你不但腿瘸，耳朵也聋，我是问郑姬娘娘和蔡姬娘娘。"

"您说不信的话让我尝尝，那倒是可以。"老嬷嬷毫不客气，抄起筷子来了一块，用没牙的嘴嚼了半天，随后一口吐掉，"还真是，不烂，不光不烂，根本就嚼不动，我让厨子给您再回回锅去。"说着就要往下端。

楚庄王一把将菜抢了过来，两巴掌扇在了她那银盆大的脸上，大声呵斥道："你是哪来的？敢在此戏弄本王？"老嬷嬷被突如其来的一打吓得魂不附体，只剩下哆嗦了，一旁的另一个老嬷嬷赶紧救场："大王，您要往菜里加糖？早说呀！

何必发这么大的火气？”还没等楚庄王反应过来，她手疾眼快，一把将半罐白糖全倒在了麻辣驴肝上，这回川菜改粤菜了。

楚庄王气得跺着脚满屋里转圈，一面转一面指着俩人大喊：“你们，你们滚，给我滚，全给我滚蛋……”

“噢，您让我把糖全撒在上面，好办。”老嬷嬷将一旁架子上所有的白糖全撒在了一桌子菜里，一粒都没落下。一边撒一边纳闷：“大王今天发癔症了，怎么改吃甜口了？”

白糖撒完了，楚庄王也傻了，这还怎么吃？吃完流出来的鼻涕都得是冰糖水，打个喷嚏都得冒甜味。

“来人！”

“诺！”

“把这两个不知死活的老畜牲拖出去，赶到国外，让她们祸害外国人去。”

“诺！”

两个老嬷嬷还不知道怎么回事，就被士兵架着两只胳膊拖出去了。

这时秋风徐徐吹来，扫下几片落叶，打在露营的帐篷上“噼里啪啦”乱响，这让本就恼火的楚庄王更加烦躁不安。

“撤下去，把菜全给我撤下去！”

士兵们赶紧端着盘子、碗陆续将菜撤走。

令尹斗越椒服侍着郑姬娘娘和蔡姬娘娘缓缓朝营房走来，他叫住一个士兵问道：“怎么将菜撤下来了？娘娘还没用膳呢！”

“是大王吩咐的，听说是那两个聋嬷嬷把菜给祸害了，酱咸的菜里愣加了白糖，吃起来那叫一个五味杂陈呀！我看她们不是耳朵聋，而是心眼瞎，这不，两个嬷嬷也让大王给祸害了，撵到国外祸害外国人去了。”士兵滔滔不绝地讲了起来，很有一种义愤填膺的架势。

斗越椒跟随着两位娘娘进到大帐里，见楚庄王依然怒气冲冲背着手在营房里画圈踱步。郑姬和蔡姬赶紧娇滴滴地上前揽住了他的胳膊。郑姬说：“大王，何必生气呢？别让两个不知死活的老畜牲搅了您的兴致。”

“是啊！大王，”蔡姬接茬道，“听说您今天收获不错，一上午就打了十五头鹿、两匹狼、五只狗熊，外加四十六只野兔，简直就是百发百中，哪怕是后羿复活，也不见得能有这样的战绩。我和郑姬、斗越椒正在后苑野湖看鸳鸯，听说打了这么多野味，赶紧跑过来看看。”

“大王，”斗越椒笑道，“既然御膳吃不成了，咱们何不来个野地烧烤，就尝尝您的战利品，烤全熊、烧全狼、烤全鹿，味道应该不错。”

“嗨，这是个好建议，爱卿果然聪慧过人。那就吩咐下去，将烧烤架挪到露营外，点上篝火，咱们今天不醉不归！”楚庄王的脸上终于露出来点微笑。

过了大概蒸熟三屉包子的时间，整个围场里慢慢弥漫起了令人垂涎三尺的肉香味。郑姬和蔡姬刚喝了四盏酒，便起身要为楚庄王献舞一段，斗越椒在一边击鼓助兴，俩人曼妙的舞姿把楚庄王看得醉眼迷离，春心荡漾。他一把将两位娘娘揽入怀里，用满是油渍的厚嘴唇凑到她们脸上连嘬带啃，搞得郑姬和蔡姬的脸像屠户的荡刀布一样油光可鉴、花里胡哨。

这时有御前侍卫来报："启禀大王，右司马伍举大夫觐见！"

"宣！"楚庄王依旧搂着两位娘娘喝酒吃肉，连眼皮也懒得抬起。

伍举进得围场，见大王娘娘等人正吃酒耍乐，便一一行过大礼，毫不客气地在侧旁找了个座位坐下，像一根榆木疙瘩一样静静地待着，一声不吭。

“爱卿来有何要事？”楚庄王终于发现了他，“是吃酒还是吃肉？是欣赏歌舞还是看我打猎？”

“臣既不吃酒吃肉，也不欣赏歌舞，更没有心情看您打猎。”伍举冷冷地回答。

楚庄王看出伍举是有备而来，脸上顿添愠色："大夫若无要事，请自回，想必大夫应该早看到营房门口挂的这块匾额了吧？"

伍举抬头一看，一块白木红字匾额赫然挂在营房上方，上书六个大字：进谏者，杀无赦！

“微臣知道，不但我知道，整个天下谁人不知谁人不晓？我怎敢违大王御旨，只不过今天路过一个私塾院，被一个小孩给问住了，想我自认满腹经纶，学富五车，不料连这个问题也答不上来，故此有点烦恼。都说天下最聪明者莫过于君王，于是特来向您请教。”

“最后一句话最好大点声，”楚庄王被夸得心花怒放，立马来了兴趣，“你说说看，是什么问题。”

“是一个谜语，说咱们楚国有大鸟，栖息在朝堂，历时三年整，不鸣亦不翔。令人好难解，到底为哪桩？”

“呦，还挺押韵！那得是多大的鸟？”郑姬娘娘眼巴巴地望着伍举，急切地问道。

“应该是得了软骨病了，得看医生。”蔡姬娘娘提出了自己的见解。

“还是脑膜炎的可能性大。八成脑子坏掉了，操纵不了翅膀，脑子一坏，耳朵就聋，为什么不鸣也不翔？十聋九哑嘛！”斗越椒感觉自己说得太有道理了，两句话就给破了案。

但伍举不停在摇头，只等着楚庄王来回答。楚庄王微微一笑，端起酒杯抿了两口，然后一字一句地说道：“此鸟三年不鸣，一鸣惊人，三年不飞，飞则冲天呀！”

伍举大喜过望，“扑通”一声跪倒在地，连连大喊：“大王英明，还是大王知识渊博，老臣自愧不如。”

一旁的斗越椒心想：伍举的马屁拍得倒是干净麻利快呀！可这大王说的都是些什么玩意儿呀，跟没说一样。说这鸟三年不鸣，鸣则惊人，可不是嘛，哑巴突然说话了，别说惊人，连骡子都惊了。还说什么三年不飞，飞则冲天，更是垃圾堆里的侍女图——废话（画），它不朝天上飞，还往地下扎？那不是打着灯笼上厕所——自寻死路（屎路）吗？

伍举起身连干了三大杯，提前一口菜没吃，醉得绕着露营跳了几圈魔怔舞，随后“扑通”一下昏倒在了草丛里。

然而几个月过去，楚庄王依然不上朝，不处理政务，只顾打猎游玩，喝酒吃肉，声色犬马。大夫苏从耐不住性子了，也学着伍举的样子跑到皇宫发起了牢骚：“大王，楚国有大鸟，三年……”

“多大的鸟？有你的脑袋大吗？”楚庄王一听，勃然大怒，“我已明确禁令，敢来劝说我，必杀之，你明明知道这个禁令，还来劝说，你比那只傻鸟还傻。”

苏从愣了一下，继续说道：“我怎能傻得过大王呢？您是傻出了境界，傻出了水平，傻用来形容您那简直就是褒义词。”

“那我倒要听听你是怎么褒我的。”

“大王整天沉迷于酒色，不理政事，一旦有大的诸侯国从外进攻，或者臣服于楚国的小诸侯国从内叛离，您的寻欢作乐就只能是短暂的，大的祸患就在后面。追求一时的快乐，放弃万世的大利，试问天下还有比您更傻的人吗？”

楚庄王哈哈大笑，把苏从搀将起来：“爱卿，你说的都是金玉良言，但楚国有鸟，三年不鸣，鸣则惊人，你来得正好，现在正是该鸣的时候了。”

“大王，您这是……”

“来人，将钟鼓筝箫撤下，郑姬、蔡姬打入冷宫，立曾经规劝过寡人的樊姬娘娘为夫人，让她主政内宫，任命蔿（wěi）贾、潘尫（wāng）、屈荡为大夫，撤销令尹斗越椒的一切权力。寡人从明天开始，按时上朝，旨意即刻发出。”

“诺！”

“大王，”这时宫外有人快马来报，“有探子飞鸽传书，晋灵公崩殂了。”

“此事当真？”楚庄王大喜过望，但事出突然，也不敢轻信。

“当真，晋国都城如今白幡林立，白绢铺街，白布遮红，百姓鬼哭狼嚎，看样子比死了亲爹还难受，只不过没看见有一人掉眼泪。”

“快说说看，他是得了什么病死的。”

“不是得病。小孩没娘，这事说来话长。听说是两个老嬷嬷搅和得他们君臣不和。晋灵公让她们去传话赵盾，让他进宫觐见。她们传话说晋灵公让赵盾滚蛋，赵盾恼羞成怒，让老嬷嬷问晋灵公为什么要羞辱老臣？老嬷嬷回晋灵公说赵盾骂他比混蛋还混。就这样，君臣俩人有了隔阂，晋灵公起了杀心，赵盾就撒丫子跑了，不料晋灵公被赵盾的堂兄弟赵穿杀死，晋国突然亡君，百姓声讨赵氏兄弟，国内一片大乱。”

“哈哈哈！天助我也！”楚庄王大笑三声，随后对苏从说道，“爱卿，传三军将领点兵台觐见，寡人要进兵晋国，时机终于成熟，这就叫三年不飞，飞则冲天，楚国大鸟羽翼丰满，该是捕食的时候了。”

“大王，听说那两个老嬷嬷回来了，该怎么处置她们？”士兵问。

“好吃好喝供着，享受巾帼大将军待遇，唉！还有一条，千万记住，这一条最关键，一定让她们离御膳房远点，切记切记！”

赏 析

忠奸的鉴别方法

女怕嫁错郎、君怕用错人，一个关系到自己一生的幸福，一个牵扯到江山社稷的安稳，马虎不得。要想有一个好的归宿和昌盛的国运，不仅要靠运气，更要靠当事人和当权者的智慧。

身为春秋五霸之一，楚庄王是在接大位之初最沉得住气、关键时刻又最能显示果断和魄力的明智人，他前期的隐忍不发和后来的大刀阔斧，为楚国最终的崛起和强盛，奠定了坚实基础，可以说，楚庄王的一鸣惊人，鸣得有勇有谋、鸣得恰到好处、鸣得水到渠成，是他精心策划、深谋远虑的必然结果。从他一鸣惊人的故事中，也教会了人们辨别忠奸的方法。

青少年时期的楚庄王，从父亲商臣（楚穆王）为阻止祖父楚成王废其太子位、而最终逼祖父上吊自杀和因政治争斗爆发的公子燮与公子仪的叛乱事件中，明了了深宫之中，某些手握重权、且野心膨胀觊觎大位之人为争权夺利，不顾宗亲血脉和君臣伦理，拉帮结派、威逼利诱，甚至祸起萧墙、兵戎相见，各种见不得光的手段无所不用其极，造成国弱家败、民不聊生的残酷道理。

于是，当楚庄王不到 20 岁继位为新一任楚王后，他深知由于自己初掌政权，立足未稳，在外有强敌内有豺狼、群臣忠奸不辨的复杂情况下，如果采用铁腕手段大力整顿朝纲，恐因操之过急而功亏一篑。不如韬光养晦，以静制动，以不变应万变，收敛雄心壮志，在佯装沉溺声色的过程中，让股肱之臣在关键时刻挺身而出，主动作为；让害群之马在蠢动之时浮出水面，自我暴露，待时机成熟后，再大展宏图，聚贤任能，弃庸斩魔，带领楚国问鼎中原，争霸天下。

对楚庄王继位三年来的装疯卖傻，《新一鸣惊人：蛰伏》的作者是这样描写的："他的心思全在狩猎上"，在某天"打了十五头鹿、两匹狼、三只狗熊，外加四十六只野兔子"，开心之余，玩了一天的楚庄王肚子也饿了，便吩咐进膳。当两个老嬷嬷做好两百多道山珍海味，恭候楚庄王用膳时，作者巧妙设计了一个双方就是请郑姬娘娘和蔡姬娘娘一起用膳还是驴肝不烂要加糖的答非所问的精彩桥段，自然而然引出了早已心怀鬼胎的令尹斗越椒。在他的假意奉承下，君臣又吃起了烧烤，开起了舞会，一时鼓乐齐鸣，好不热闹。让人在忍俊不禁的同时，也生动再现了楚庄王的假戏真做，惟妙惟肖。

接下来，作者又让来得不是时候、显得迂腐且凛然的右司马伍举出场，进一步刻画了楚庄王故意"躺平"的高超的临场演技。作者让伍举全然不顾"进谏者，杀无赦"的禁令，向楚庄王讲了一个"楚国有大鸟，栖息在朝堂，历时三年整，不鸣亦不翔。令人好难解，到底为哪桩？"的谜语，楚庄王虽然说出了正确谜面，向大家展示了他聪慧的一面，但仍然"不上朝，不处理政务，只顾打猎游玩，喝酒吃肉，声色犬马"。之后，实在不忍楚国衰败的大夫苏从再次觐见，又说起了那个谜语，意在提醒楚庄王该“醒”了。此刻，楚庄王终于看清了谁是可用之人，谁是奸佞之人，“该鸣的时候”到了。不得不说，楚庄王“蛰伏”得太有水平了，真可谓英雄莫问年少。

这一鸣，可了不得了，楚庄王通过消灭作乱的权臣令尹斗越椒收回大权，开始积极招兵买马，训练军队。然后改革政治、调整人事，重用伍举、苏从、孙叔敖等忠臣隐士管理国家。同时重视社会生产，大力开垦荒地、挖掘河道发展农业。没几年工夫，楚国就变得国富民强、兵强马壮，陆续征服了南边的许多小部族，并在楚庄王继位的第六年打败了宋国，第八年他亲自率领大军打败了陆浑的戎族，饮马黄河，突入中原，惊动了周天子。公元前597年，经过邲之战，楚国大败晋国，取代了百年霸主晋国的地位，盟令诸侯。楚庄王的逆袭，揭示了什么是不谋全局者，难谋一域。

楚庄王从一个政治小白，成长为一代霸主，绝不是偶然的，这与他明辨忠奸、知人善用、励精图治有直接联系，哪怕奸佞之人隐藏再深，哪怕可用之人表现平平，都逃不过他“角色”互换这一招。当他由明到暗，通过逢场作戏把自己掩饰得像一个胸无大志、只知吃喝玩乐的昏庸君王，让看在眼里的忠臣急，因为恨铁不成钢，为国忧之；让鼠目寸光的奸人狂，以为他是扶不起的阿斗，有机可乘，但他自己始终瞪着一双鹰眼的时候，就胜负已分了。

楚庄王不是浪子回头，而是处心积虑，他放长线钓大鱼，谋定而后动，知止而有得，在让子弹飞一会儿之后，果断出击，该用的用，该废的废，一举树威立制，成为历史上对华夏文明的传播和巩固有突出贡献的人，孔子说他：“贤哉楚庄王！轻千乘之国而重一言。”

沈小平，“60后”，重庆涪陵人，文学爱好者。

对本书的一句荐语：前有鲁迅《故事新编》，今有笑李飞叨“笑侃历史”。

第 17 章　新赵氏孤儿：复仇

典故卡

赵氏孤儿

纪君祥的元杂剧《赵氏孤儿》是一部历史剧，讲述了春秋时期晋贵族赵氏被奸臣屠岸贾（gǔ）陷害而惨遭灭门，幸存下来的赵氏孤儿赵武长大后为家族复仇的故事。相关历史事件记载最早见于《左传》，情节较简略；司马迁《史记·赵世家》、刘向《新序》《说苑》才有详细记载。1753 年，法国大文豪伏尔泰偶尔看到《赵氏孤儿》的中国剧本，马上被其生动曲折的情节吸引，更为其中表现出来的中国儒家道德思想所折服，于是动手将其改编成五幕舞台剧，于两年后在巴黎上演，获得空前成功。随后，英国剧作家默非又根据伏尔泰的剧本改编了《赵氏孤儿》，在伦敦公演，引起极大轰动，观众如痴如醉，文艺批评家也一边倒地给予好评，甚至有人将其与莎士比亚的《哈姆雷特》相提并论，可谓盛极一时。

临近黄昏，刚刚还晴朗的天空突然阴沉下来，七月的气象到底是瞬息万变的，寂静荒芜的大山一时间像一头肥猪三伏天披了一件厚棉袄，五花大绑后又被送上了蒸屉一样，闷热地透出来一丝红烧肉的味道，与吱吱冒油的烤串就差了一撮孜然而已。

程婴步履蹒跚地沿着草屋门前那条唯一通往山顶的小路来回踱步，眼睛一直往山上瞭望，尽管他的眼已经花到连照镜子都看不清自己的脸了，但他依然倔强地梗着脖子看。今天的他显得忧心忡忡，因为赵武平常出去砍柴总是在太阳下山之前准时回家。尽管他每次出去都忘了自己出去干吗，有时一根柴也扛不回来，但回来吃饭这件事他永远误不了。而这会太阳早已“下班”，乌云也滚滚而来，眼看马上要下雨，山上又地形复杂，崖高谷深，万一一脚不慎滑落悬崖，后果不堪设想。

“阿武！”他隐约看见一个黑影跌跌撞撞由山上向下奔来，虽然看不清脸，但山上十几年来基本没见过其他人，山外的人都传说这个盂山（今阳泉藏山，位于山西省阳泉市盂县）上有野人，所以没人敢越雷池半步，其实这野人就是程婴和赵武。

“阿武！你的腿怎么了？”他发现赵武走路一瘸一拐，脸也出奇的难看，像烤熟的猪腰子。“我正担心你呢！眼看要下雨，我怕你脚滑跌落山谷，那可尽给阎王爷添麻烦了。”

“您的嘴真不愧是让蝎子尾巴开过光的，说得真准，我还真差点掉山谷里了。”赵武面无表情地说，一面把四根劈柴从背后狠狠摔到地上。

“阿武，我让蝎子蛰过嘴的事不是不让你再提了吗？那时是因为太饿，逮到什么吃什么，我也不知道这蝎子会蛰人呀！”

“我一直不明白您是如何巧妙地避开了蝎子安全的头部，直接把有毒的屁股往嘴里头硬塞的。”

“好了，阿武，你不应该这么嘲笑我。”程婴把那四根劈柴随手丢到简陋的灶房，有些生气地说，但看到赵武一瘸一拐的样子，他还是有些担心起来，“看来摔得挺严重，我不是交代过你不要靠近那个悬崖边吗？你现在越来越不听我的话了。”

赵武从背后的裤带上抽出一棵棒槌般大小的灵芝，递给程婴：“阿爹，您最近失眠越来越严重，身体也大不如前，以前您教我读医书，说灵芝可以治此病，我早就知道悬崖峭壁上有灵芝，今天看着长大了不少，就想着采来给您入药。”

“我最近总觉得好像有事情要发生，所以睡不好觉。”程婴抑制不住内心的喜悦，他知道，赵武终于学会勇敢了，这点对他来说很重要。但程婴还是阴沉着脸说：“以后不可冒这个险。先进屋吃饭吧！”

赵武随程婴来到用枯树枝搭好的灶房，一看锅里煮的又是灰灰菜和杂面窝头，不由得眉头紧皱：“阿爹，不是说好今天吃我昨天打来的野鸡吗？怎么又是这些个玩意儿？”

“别提了，”程婴一边给赵武盛饭，一边苦笑，“昨天半夜那只黄鼠狼又来了，把野鸡叼走了，连根鸡毛也没留下。”

“前些年还能打到一些野猪、野兔，后来这些让咱们给吃绝了，如今想吃上野鸡也得防着黄鼠狼了，弄不好以后连毛毛虫也吃不上呢！”

“就因为粮食匮乏才把人家黄鼠狼一家给杀掉吃了的，要不这只跑掉的怎么时不时来寻仇呢！前几天差点咬到我的腿，幸亏我多年不洗澡，存了一身污泥皮，肉没咬到，倒嗑下一层死皮，差点把它老人家的牙硌掉。”程婴笑着说。

“但那黄鼠狼的肉确实也不怎么好吃，太膻，像被猫尿泡过。”赵武说。

“你说这黄鼠狼该不该替它的家人报仇？”程婴突然问，嘴里依然嚼着苦涩而难咽的野菜。

赵武愣了一下，说：“阿爹，您是不是让黄鼠狼吓出毛病了？一个畜生，吃它天经地义。您不是经常教我，这个世界总是弱肉强食，强者为胜吗？”

“如果你是这只黄鼠狼，你会为你的家人复仇吗？”程婴狠狠啃了几口窝头，那双盯着赵武的眼睛突然喷出火焰。

“我……”赵武扒了几口野菜，没有看程婴，说，“那次我差点用钉耙将它戳死，换作我是它，借我十个狗熊胆也不敢再来复仇，毕竟力量太悬殊了。”

“唉！”程婴叹了口气，不再言语，继续埋头吃饭。

“阿爹，还没告诉您，今天在悬崖边幸亏一个人把我救起。我今年已经十六岁，还是第一次看见陌生人呢！”

“啊？”程婴猛地抬起头，“救你的是什么人？”

“我也不知道，”赵武说，“穿一身铠甲，我记得您以前教我读兵书，提到过金盔铁甲、刀枪剑戟，我看那人和您描述的一样，应该是个军人，他身后的人还喊他元帅呢！”

“是韩厥？”程婴自言自语道，“是他。”

“阿爹，”赵武说，“这个人很没礼貌。他问我家住哪里，都有什么家人，我告诉他咱们隐居盂山，只有一个爹爹名叫程婴，他居然发起怒来，样子像得了狂犬病的疯狗。他说要早知道我是程婴的儿子，别说救我，应该把我踹到悬崖下给豺狼们送个人肉馅饼去！您听听这话，我都瘦成这样了，给人家送牙签还差不多。”

“他还说什么了？”

“他说让我赶紧回家，在他没有下决心杀我之前立马消失，我就赶紧连滚带爬跑回来了。”

“他马上就会来了。”程婴望着乌云密布的天空，此时突然雷声大作，斗大的雨点砸下来，透过屋顶枯枝间的缝隙，直接落到屋里。“阿武，你听见远处传来的马的嘶鸣声和刀剑的碰撞声了吗？”

“阿爹，您眼睛不好使，耳朵也成摆设了，那是雷声……”

“不，”程婴说，“十六年了，我太熟悉这个动静了，每晚做梦都是这个动静，那是追杀咱们的动静，他真来了。”

“哈哈哈！程婴老贼，我总算找到你了。”一个粗犷的声音响彻云霄，甚至盖过了轰隆的雷声。

程婴和赵武寻着声音望去，一队人马像天神下凡般突然出现在俩人跟前。一道闪电划过，照得这队人马凶神恶煞，加之浑身湿透，落水狼一般，吓了俩人一跳。

“韩元帅别来无恙呀！还是这么神出鬼没。”

韩厥冷笑道：“程婴老匹夫，你也活得不错呀！让爷爷我找得好苦啊！”

赵武大声喝道：“不许你这样无礼，你是爷爷，我还是你祖宗呢！”

“呦！”韩厥笑道，“刚刚我还救你一命，这么快就忘恩负义了，不愧是程婴老贼的孽种呀！程婴，你贪图富贵，出卖朋友，残害忠良，今天我要替赵氏一门报仇雪恨！”说罢抽刀便向程婴砍去。赵武此时用脚踢出一根粗大的劈柴，迅速拦截住刀刃，电光火石间劈柴和刀均断成两节。正当韩厥晕蒙之时，赵武又趁机斜腿踢出一根劈柴，直向他脑门飞去。只听“哎哟”一声，韩厥应声倒地，好一会儿才苏醒过来。等他醒来时，程婴和赵武早就喝了两壶茶了。

“好功夫！”韩厥一边揉着脑门，一边赞道，“程婴，那什么……我不杀你，给你刀，你自尽吧！”

“您这就怕了？”一旁的副将大声说，“才打了一个回合……”

“别吱声，”韩厥呵斥道，“我可不是怕他，我是不想让这个卑鄙小人玷污了我的刀。”

“你就是正人君子吗？”这时的雷声雨声更大了，闪电照得程婴的脸异常冷峻，“赵氏家族被屠岸贾残杀之时你在何处？赵家待你不薄，他们蒙难你却袖手旁观，称得上什么正人君子？”

“你！”韩厥额头青筋暴起，“再怎么我也比你强！赵家唯一的血脉被你用区区一千金的价格出卖。掏出你的良心看看，那黑熊毛也比它白得多吧？”

“你不是说赵家血脉吗？这个就是，”程婴突然指着赵武道，“他叫赵武，被杀的那个才是我的亲生骨肉。”

“阿爹，这是怎么回事？”赵武一脸诧异。

“什么？”韩厥也不敢相信，说，“你想推卸责任，开始编瞎话了。”

“韩元帅，当年你也曾奉屠岸贾的名搜查赵家孤儿的下落，又承蒙看得起我，把婴儿偷出交给了我。但那时处境十分凶险，我和公孙杵臼（chǔ jiù）只好合力演了一出戏，把我尚在襁褓中的儿子与赵氏孤儿偷梁换柱，让公孙先生带他假意出逃，我佯装为了钱财出卖他们。公孙先生故意大骂我忘恩负义，卖主求荣，才因此骗过了屠岸贾。他将公孙先生和我那可怜的儿子杀掉，以为赵氏孤儿已经除了，戒备也就松懈下来。此后，我便带着这个孩子隐居盂山，教他读书，让他练武，忍辱负重，为的是有朝一日可以为赵氏一家报仇雪恨。”

韩厥听完大吃一惊：“此话当真？”

赵武也惊恐地问：“阿爹，我难道不是您的亲生儿子？”

“孩子，”程婴含泪说道，“你是赵家唯一的血脉！你们家十五年前惨遭奸臣屠岸贾灭门，我用自己的儿子将你换出逃命。别怪我这些年来对你严格，我是让你磨炼心智，学好武艺，有朝一日替你的家人报仇呀！”

“阿爹，我知道您为什么跟我讲黄鼠狼复仇的事了，我要是不报此仇，那不是连畜生都不如了吗？”赵武“扑通”一下跪倒在程婴面前，“阿爹，我没想到自己还有这般凄惨的身世……”

“韩元帅，请您把孩子带走吧，交给国君。请您务必上奏国君，还赵氏清白，铲除奸臣屠岸贾！”

韩厥道：“程兄，你随我们一起去吧！”

“那可不行，”程婴说，“现在外面的人还都认为我是一个忘恩负义的小人，出去每人一口唾沫就能汇成一条河，我又是个旱鸭子，出去就得淹死。”

赵武含泪道：“阿爹，等我报仇回来，一定为您恢复名誉，接您入城享福。”

“好！我等着。”

韩厥便带着赵武拜别程婴，借着夜色的掩护，冒雨乘马车入城了。

没过一个月，屠岸贾便被韩厥与赵武带领的人马诛灭了全族，赵武立马带人入山去接程婴。程婴见赵武大仇得报，沉冤得雪，喜得后槽牙都乱颤。

“好，好！孩子，我程婴终于等到这一天了。我也该去拜访老友公孙杵臼了。这家伙等了我十几年，他脾气倔得很，等不到我他是不会投胎的，也是尽给阎王爷添麻烦的主。”正说着，程婴突然从背后拔出一柄事先准备好的长剑，向自己脖颈上刺去。说时迟那时快，赵武脚下正好有一根劈柴，他一脚飞踢过去，“啪”的一声将剑击落。然而程婴在长剑把套里又暗藏了一柄匕首，剑落地的一瞬间他顺势拔出匕首，直接刺向咽喉，鲜血像喷泉一样喷涌而出，整个人木桩一般倒了下去。

赵武悲痛欲绝，哭道：“知我者阿爹也，您就知道我所有的功夫里就踢劈柴踢得好，所以您早防着我这手了。”

赵武将程婴的尸体带回城，与公孙杵臼合葬一墓，称为“二义冢”。又在盂山上立了一个空坟，竖了块墓碑，上写“肉食贡献家族黄将军一家之墓”，坟前摆着各色供品，燃了三炷香，赵武恭恭敬敬磕了三个头。

正在这时，他看到远处的树丛里，那只总想着复仇的黄鼠狼正借着灌木丛的掩护在暗处窥视着他，眼里露出凶恶而又阴冷的光。

赏　析

立志复仇，也要心怀悲悯

“寂静荒芜的大山一时间像一头肥猪三伏天披了一件厚棉袄，五花大绑后又被送上了蒸屉一样，闷热地透出来一丝红烧肉的味道，与吱吱冒油的烤串就差了一撮孜然而已。”在笑李飞叨特有的幽默开场中，影院大片的气息扑面而来，中国版哈姆雷特——《新赵氏孤儿：复仇》，徐徐拉开帷幕！

隐居深山的程婴步履蹒跚、倔强地在崎岖的山路上梗着脖子张望。赵武终于一瘸一拐地出现了，脸像烤熟的猪腰子。“我怕你脚滑跌落山谷，那可尽给阎王爷添麻烦了。”瘦骨嶙峋的老程调侃起小赵来，很是滑稽，但看似不经意的言语中却透出殷殷的关爱之情。

小赵同学变戏法似的，居然从背后的裤带上抽出一根玉米棒子大小的灵芝，递给老程。老程内心一阵窃喜：小赵敢攀悬崖采灵芝，这孝心姑且不提，更重要的是，孩子终于学会勇敢了，不再“恐高”了。这点对小赵的未来极其重要，因为浑身上下都是故事的老程深知，小赵并不是个普通孩子，他的身世背负着一个旷世冤案，背负着他们赵氏一族的血海深仇……

只是，在老程借黄鼠狼试探小赵胆量的时候，他失望了。

“如果你是这只黄鼠狼，你会为你的家人复仇吗？”

“借我十个狗熊胆也不敢再来复仇，毕竟力量太悬殊了。”

老程长叹一声，小赵却不明就里。在笑李飞叨系列作品中，总会给动物安排一些举足轻重的角色。这一章也不例外，作者别出心裁地铺设了黄鼠狼这条暗线，不仅呼应了“复仇”的主题，还留下一个意味深长的开放式结尾，令人浮想联翩。

现在来说说，藏在小赵同学身后的这个谜：他的母亲——赵庄姬是晋国公主（《史记·赵世家》载：赵朔妻，成公姊。但唐以后，也有史学家考证后认为庄姬是晋成公的女儿），父亲是权贵赵朔（赵朔是如何死的？历史上也有颇多争议，史学家们各执一词，差点打起来）。《史记》说的是：屠岸贾杀死赵朔一家。赵庄姬因身份特殊得以偷生，在宫中生下遗腹子赵武。屠岸贾不依不挠，四处搜捕小赵，想要斩草除根。赵氏门客老程和公孙杵臼暗地里商量好，老程强忍着泪把自己儿子和小赵掉了包，以牺牲亲生儿子和公孙杵臼的性命为代价，侥幸保住了小赵（如何保住的？后来又如何？在这一章的后半部分，作者叙述得十分详细，笔者不再赘述）。时光荏苒，白驹过隙。十多年后，小赵的舅舅景公要恢复赵氏的声誉，韩厥趁机把“赵氏孤儿”的冤情和盘托出。景公为小赵报仇，把屠岸贾全家灭了门。

而另一部颇具权威性的官方史书《左传》，却讲述了一个完全不同的《赵氏孤儿》。在这个版本中，正反两派三大重要人物屠岸贾、程婴和公孙杵臼居然集体蒸发了，而赵庄姬护子情深、忠贞不二的烈女形象也来了个 180 度大反转。赵氏灭门惨案的导火索，竟然就是这个女人……据后人推测，司马迁在写《史记》时，根据个人喜好，摒弃了《左传》中那令人三观尽毁的记述，转而选择了这个充满大爱、正能量满满的民间传说版本。他的悲悯和向善之心，可见一斑（据说司马迁老人家在熬夜写作时，无比动容，连眼睛都哭肿了）。本文作者在写到这段历史的时候，同样进行了取舍。令人高兴的是，他们也紧跟司马迁老先生的步伐，为我们绘就了一个可歌可泣的关于忠义、关于孝道的故事。

在这一章中，作者刻意把小赵打造成一个武林高手。这个高手背后的老程，便更见功力，无论是武功，还是城府，乃至调侃、搞笑的本领，都是那么冠绝中西。

“老程之死”那叫一个荡气回肠：程婴见赵武大仇得报，沉冤得雪，喜得后槽牙都乱颤……老程见已完成“历史使命”，便决意自杀，自杀前还不忘调侃下自己："我也该去拜访老友公孙杵臼了。这家伙等了我十几年，他脾气倔得很，等不到我他是不会投胎的，也是尽给阎王爷添麻烦的主。"老程突然从背后拔出一柄长剑，向自己脖颈上刺去。小赵眼疾"脚"快，飞起一脚将一根劈柴踢了过去，"啪"的一声将剑击落。然而老程居然在长剑把套里又暗藏一柄匕首，剑落地的一瞬间他顺势拔出匕首，直接插向自己咽喉，鲜血像喷泉一样喷涌而出……

这种死法，简直是前无古人、后无来者，念天地之悠悠，小赵怆然而涕下："您就知道我所有的功夫里就踢劈柴踢得好，所以您早防着我这手了。"

喜剧式的展现手法，却令观者内心的悲恸与感动更加深了一层，这也是笑李飞叨笔法的独到之处。

后来，小赵将老程的遗体与公孙杵臼合葬一墓，称为"二义冢"。老程之死，无非是觉得自己已经完成夙愿，了却对公孙杵臼早死的歉疚心情。他其实也是以死明心迹，证明自己苟活于世，决没有丝毫为个人考虑的意思。老程的忠义和矢志不渝的坚守感天动地。

现在不少电影都喜欢"卖关子"，在结尾处"留一手"，给个彩蛋或开放式结局，予人以遐想，为续集做铺垫。笑李飞叨也一样，本章结尾设计得颇具意味：小赵埋葬老程后，又立了个空坟，竖了块墓碑，上写"肉食贡献家族黄将军一家之墓"。紧接着，远处的树丛里，那只总想着复仇的黄鼠狼正借着灌木丛的掩护在暗处窥视着他，眼里露出凶恶而又阴冷的光。

黄鼠狼的神秘现身，传递着怎样的信息呢？"冤有头、债有主"，抑或"冤冤相报何时了"？我想或许都有吧。

立志复仇，也要心怀悲悯。作者想表达的，应该是这层意思。

夏旭志，"70后"，江苏南京人。江苏省作家协会会员、江苏省诗词协会会员。

对本书的一句荐语：笑看历史风云，重温文化辉光。

第 18 章　新晏子使楚：抬杠

典故卡

晏子使楚

出自《晏子春秋》，战国末期佚名创作的一篇散文。讲述了春秋末期，齐国大夫晏子出使楚国，楚王三次侮辱晏子，想显示楚国威风，晏子巧妙回击，维护了自己和国家尊严的故事。

“君莞尔一笑兮，阎王立见；君咧嘴咆哮兮，引起水患；君叉腰一站兮，臭味弥漫；君浑身出汗兮，淹死一片；君不打扮兮，比鬼难看；君一打扮兮，鬼都瘫痪……”一位民间饶舌艺人正敲着牛骨板当街卖力演唱，热情的群众把他围了个水泄不通，随着他包袱的抖搂不时爆发出诈尸般的爽朗笑声。

“这算什么玩意儿兮？纯属扯淡。”突然，从黑压压的人群里传出一声质疑。艺人猛然被他一打岔，一时忘了词，脸憋得像猪肝一样红里发紫。他和群众都四下里踅摸是谁这么扫兴，出口不逊。但大家你看看我，我看看你，就是找不到声音的出处。

“和晏婴比赛兮，高下立判！”那个幽灵般的声音像从地底下传出来似的，让人不寒而栗。

“是谁？请站出来。”饶舌艺人心里有些恼怒，敢做不敢当的人必定不是什么君子，他最看不起这类暗地里捅刀子的人了。

“站是站不起来的，但可以推进来。”话音刚落，人群里便闪出一条道来，一个仆人模样的男子推着一辆轮椅走了进来，轮椅上端坐的就是刚才那个打岔的人。这人须发全白，但精神矍铄，看上去年纪已有七十多岁。他笑眯眯地捋着山羊胡子对艺人说道：“盲人面前不提瞎，矮子跟前不说短话，你让我一个瘫痪的人站出来，是故意奚落我呢？”

“哎呀！不敢不敢，刚才实在没有看见您是这副德行……呃……德行兼备的人，多有冒犯，还请见谅！”艺人赶紧鞠躬赔不是。他知道，人不可貌相，虽然此人是个瘫子，但到底是个什么样的人物谁也说不准。

“不知者无罪，我还不至于这么小肚鸡肠。”老者哈哈大笑，因为嘴张得太大，一下把假牙给抖搂掉了。一旁的仆人赶紧拾起，在鞋帮子上蹭了蹭，轻车熟路地照着老头的嘴一塞，又给安上了。

艺人看得有点恶心，便赶紧打岔问道：“老先生，您刚才说什么晏婴之类的，我没有听明白，是上大夫晏婴吗？”

“正是，”老者答道，一边腾出手来把假牙上的沙砾掸掉，“你演唱的那些个东西我早就在一旁听了半天了，没有一点意义，像十个人嚼过的骨头，简直没半点营养。你应该学学晏婴，他的口才是一等一的，说出来要能教化人才是好的艺术。”

“他有什么过人之处吗？”

“有什么过人之处？哈哈！这么跟你说吧！他能把黑的说成白的，把女的说成男的，把活人能说死，把死人说得能喘气，上怼天，下怼地，中间怼空气，真正做到了怼人不倦的地步，我这腿就是让他怼成残废的。”

“噢？”艺人和周围的群众显然都来了兴趣，“怎么？您这腿是让他的嘴说瘫的？”

“他又不是乌鸦，没这么灵验，”老者说，“但总之还是与他的嘴有关系，这事要回想起来，那真是小孩没娘，说来话长……”

“您还是长话短说点好，”艺人赶紧建议，“毕竟时间还是相当宝贵的，您最好把故事掐去两头……”

“不说中间……”老者说。

“那就不用说了，”艺人笑道，“掐去两头不说中间还说个什么劲啊？”

听艺人这么一说，周围所有人都笑起来，好像看两个猴在翻跟头一样有趣。

老者说：“那时还是齐灵公时期，晏婴刚刚当上大夫。晋国伐齐，齐军战败，灵公跑进临淄城躲起来。晏婴劝阻灵公，灵公油盐不进。晋兵合围临淄（今山东省淄博市临淄区），晋军把外城烧光后才离去。我那时把家里的金银辎重全部打点好，随灵公躲进临淄，却唯独把老母亲一人忘在了城外，母亲被敌人活活烧死。

晏婴听说后把我好一顿骂，不带一个脏字，却把我羞得无地自容。当晚我便爬上城楼，纵身一跳，结果人没摔死，腿摔断了，然而我不但不恨晏婴，还渐渐崇拜起他来。”

“原来是这么回事。”艺人和群众显然对这个平淡的故事有些失望，“这有什么惊心动魄的？

老者听了他们的话比他们听了自己的话还要失望透顶，他原以为自己的故事一讲完，呐喊喝彩声没有的话，最起码热烈的掌声总该是排山倒海止也止不住的吧！看来他早就准备好的那句“好，好，安静安静，大家不要激动，千万不要哭了”已经派不上用场了。

“难道我讲的故事让人不感动吗？”

“敢动是敢动，谁也不是玻璃身子，动一下就碎。不但敢动，我还敢跳呢！只是您的经历不如我，我也是见过晏婴的，而且说出来的故事指定比您精彩。”艺人显然看出了老者的心思，所以故意这么逗他。

“大家听听艺人先生怎么说，人家讲故事才是科班出身。”有人开始起哄，大家也七嘴八舌地附和起来。

“那我就说说，”艺人斜着眼瞅老者，嘴上撇出一丝轻蔑，他终于报了刚才被老者故意打岔的仇了，“那是在齐庄公六年，我们先君被崔杼（zhù）给杀了。为掩盖罪行，崔杼还连杀了秉笔直书的史官三兄弟。这个奸贼装出万分悲痛的姿态，在他家举办葬礼，又请了些艺人去烘托气氛。听说我会饶舌表演，非让我出个搞笑节目，我硬着头皮去了。刚说到爆笑处，大家正乐得前仰后合，晏婴突然带着随从闯了进来，脱掉帽子，捶胸顿足，不顾一切地扑在齐庄公的尸体上，号啕大哭起来。正大笑着的人们让他这么一弄，表情凝固了，全都大张着嘴，一个个像河马一样，都能看见后槽牙。崔杼的左右欲杀掉晏婴，说他扫了大家的好兴致。崔杼说‘他是百姓敬仰的人，放了他，我才能得民心’。于是，晏婴带着哭腔离开了。我继续为大伙表演，可他们都笑不起来了，都像中风了一样大张着嘴找大夫贴膏药去了。”艺人说完故事自己先哈哈大笑起来。

“然后呢？”老者和群众面无表情地追问他，“他们的嘴都看好了吗？”

“我的故事讲完了，”艺人显然对听众们的反应不太满意，正笑着的脸倏然严肃起来，“你们不是应该和我一样，该哈哈大笑了吗？”

“嘿嘿！”“呵呵！”“嘻嘻！”所有人都应付似的假笑起来，毕竟人家要求了，不给点面子也不好看。

“行了行了，”艺人拂了拂袖子打断他们，“别笑了，笑起来比夜猫子哭还难看。”

大家像得了大赦一般，立马轻松不少，脸也恢复了常态。这时老者对艺人说道：“你看，并不是我讲故事的技艺不高超，换作你讲也没有强到哪里去，看来不是个人水平的事，关键咱们和人家晏婴不熟，了解不透彻，要是经常见他的人讲起来，故事肯定饱满有活力。”

大家十分赞同老者的话，纷纷点头，继而开始交头接耳，四下寻摸，妄想在人群里找出这么一个人来。这时人群里果然站出一个男人来，后背背着一捆劈柴，黑黢黢的面庞，身材矮小，但肌肉结实，一看就是经常干农活练就的。只见他把劈柴往地上一撂，先是向艺人和老者打了个躬，又向周围群众抱了一下拳，说道：“各位看官，既然大家都这么喜欢晏婴老先生，我心里感到很欣慰，看来在这里的父老乡亲是没有一个比我更了解晏婴的了，因为我和他是邻居。”

此话一出，人群里顿时开始骚动起来，艺人和老者更是惊讶万分，真是巧她妈给巧开门——巧到家了。老者问道：“您真是晏婴先生的邻居？莫不是在唬我们，逗大家一乐罢了！”

那人笑道：“这有什么值得冒充的？做他的邻居又不能给我分房子分地，即使分我也是不要的……”

“那是，你是知道不分给你你才这么说……”

“难道您没听说过择邻而居这句话吗？”那人依旧笑着说，“既然没有，我就讲讲我和晏婴的故事吧。那还是在他出使晋国前，咱们现在的大王提出要翻新晏婴的住宅，被他拒绝了。等到晏婴前往晋国后，大王便开始秘密翻新他的住宅。我是他的邻居，大王便动员我们这些邻居迁走。没办法，我们胳膊拧不过大腿，只好迁走了。等到晏婴回国时，他的房子已经修建完成。谁料晏婴上朝拜谢大王后，回来就拆毁了它，却把我的住宅和周围邻居的住宅都重新修建了一番，都像原来的一样，随即让原来的住户返回来住，说：‘俗话讲，不选择房子，只选择邻居。’这几位邻居已先让算卦的占卜过了，最适宜做邻居，违背占卜不吉利。君子不触犯非礼的事，小人不触犯不吉利的事，这是先人的制度，我敢违背它吗？晏婴最终还是恢复了他的旧宅。起初大王不允许，晏婴托陈桓子去请求，才准许了。这是多么高尚的品质呀！”

“是呀！是呀！”听完这人的诉说，周围群众都开始拿衣角擦起眼泪来，也有人向他投来羡慕的眼光：能和晏婴做邻居，上辈子不知道得烧多少根高香啊！

这时从大人堆里窜出一个小孩，八九岁的样子，来到那人跟前，仰着头说：“先生，您能带我见见晏婴吗？听说他才思敏捷，出口成章，能言善辩，我想向他学习一下，我还听镇里的教书先生说，前几天晏婴还干了一件让人拍案叫绝的事。”

“噢？”大家好奇地看向小孩，“什么事？说来听听。”

小孩也学着老者的话说：“小孩没娘，说来话长……”

艺人赶紧说：“小孩子家学点好，别跟那些不三不四的学一嘴炉灰渣子。捡主要的讲，别掐去两头不讲中间就行！”

小孩朝老者通红的脸笑了一下，继续讲道：“听先生说，有次晏婴出使楚国，楚王知道晏婴身材矮小，命人在大门旁开一个五尺高的小洞请他进去。晏婴不进去，说：出使狗国的人从狗洞进，今天我出使楚国，不该从这个洞进。迎接宾客的人带他改从大门进去。晏婴拜见楚王。楚王说：齐国没有人了吗？竟派您做使臣。晏婴答：齐国首都临淄有七千多户人家，展开衣袖可以遮天蔽日，挥洒汗水就像下雨一样，人挨着人，肩并着肩，脚尖碰着脚跟，怎么能说齐国没有人呢？楚王说：既然这样，为什么派你这样一个人来做使臣呢？晏婴答：齐国派遣使臣，各有各的出使对象，贤明的使者被派遣出使贤明的君主那儿，不肖的使者被派遣出使不肖的君主那儿，我是最无能的人，只好委屈一下出使楚国了。楚王赏赐晏婴酒，酒酣耳热之即，两个官吏绑着一个人走到楚王面前。楚王问：绑着的人是哪国的？近侍答：是齐国人，犯了偷窃罪。楚王瞟着晏婴问：齐国人生来就善于偷窃吗？晏婴淡定地答：我听说橘子长在淮河以南是橘子，长在淮河以北就成了枳。为什么呢？是水土不同。现在老百姓生活在齐国不偷窃，到了楚国就偷窃，莫非楚国的水土使得老百姓善于偷窃吗？”

“哈哈，太厉害了！”所有人都笑起来，艺人也笑得趴到了地上，而老者则笑得愣是从轮椅上奇迹般站了起来，他一边笑一边说：“没想到今天的故事就数这个娃娃讲得最精彩，我是甘拜下风了。”

正说着，突然有人大喊起来：“晏婴大夫。”

人们寻着他手指的方向，真看到晏婴捂着腮帮子跟在一个人后边急匆匆地走，那人手里提着药箱，好像是个医者。

“晏婴大夫，您这是去哪？”

听到大家的呼喊，晏婴用手指指嘴巴，又摇摇头。看大家迷惑不解，前面的医者停下来对大家说："晏大夫牙疼，刚拔完牙。"

"哎哟！拔牙可疼了！"艺人说，"多少要上点麻药才行。"

医者笑道："不用，晏婴今天上午和人家吵架，喋喋不休吵了足足二十三炷香的工夫，一句不带重复的，结果拔牙时牙都晒黑了，嘴都麻木了，拔牙也没用麻药。这不，麻劲下去了，他让我领着他再找人辩论去，因为牙疼治好了，舌头上又长了一个疮。"

看着两人大步流星走去的身影，大家更是笑得人仰马翻。老者的假牙笑掉好几回，仆人只好一次次帮他拾起，又一次次在鞋帮子上擦蹭，再一次次像安马掌一样对准他空洞的嘴给他扣上。

赏 析

谁是本场的笑星？

位民间饶舌艺人正敲着牛骨板穿越历史时空，活灵活现地向读者和听众走来。

这是《新晏子使楚：抬杠》的开篇，一把就抓住了读者心理。此后更是层层递进高潮迭起，一个个包袱的抖搂，令人直呼过瘾。

艺人正嘚瑟，谁料半路杀出个程咬金。一个坐轮椅的老者空降现场，和艺人抬杠，竟比艺人还能说。而且一开口，就设置了一个大大的悬念：我这腿就是让他怼成残废的。一席话既吊足了故事中围观者的胃口，也吊足了读者的胃口。

老者接着讲：曾经国家发生战事时，自己抛下老母独自逃跑，导致母亲惨死。晏婴听说后对他进行一番训诫，以至他不堪其辱跳楼自杀，人没死成，腿摔断了。

听完这个故事，大家对晏婴的崇敬之情加深了，但并不认可老者讲故事的水平。刚刚被他抢了风头的艺人为了一雪前耻，讲了个崔杼弑君后晏婴不畏强权、舍生忘死，故意在先君葬礼上奚落崔杼的故事。晏婴的形象，进一步高大起来。

两人斗得正酣，一个樵夫来凑热闹。他的故事是：大王为了给晏婴一个惊喜，趁晏婴使晋时，秘密翻新扩建他的住宅，并强令周围住户搬迁。谁知晏婴回国后，并不领情，把新房拆了，恢复重建了旧屋，还把邻居们都找了回来。既然是邻居讲的，晏婴的形象，顿时少了一分神秘，多了一分亲切，使得他的人气更旺了。

至此，笑星大赛尚未进入高潮。人群中又冒出一个小孩，讲了一个被公认为最有趣的故事。他讲的，原来就是那个妇孺皆知的历史典故——《晏子使楚》。作为现当代小学生语文课本必选章节中的主角，晏子这位其貌不扬机智过人的外交家，在一干能说会道的笑星的光环辉映下，变换着样式不一的华服，在 T 台上各种凹造型，赚足了眼球！故事还是那个故事，晏子还是那个晏子，然观者的心情却发生了翻天覆地的变化，从过去的莞尔一笑，到今天的惊喜交加：原来晏子还真是位有着诸多闪光点的巨星哩！

四个故事讲完了，笑星的评选结果似乎已尘埃落定："今天的故事就数这个娃娃讲得最精彩！"

观众们正准备机械地鼓掌，等待舞台上的演员致谢幕礼时，没想到活动主办方仍旧意犹未尽，还有彩蛋奉上：主人公晏婴正式与公众见面，却是一副捂着腮帮子，跟在医者后面，被牙疼折磨得哼哼唧唧的狼狈相。

医者向大伙解释：晏婴犯了牙病，可当他喋喋不休和人吵了足足二十三炷香的工夫之后，牙晒黑了，嘴麻木了，拔牙竟不用麻药，后来舌头上又长了一个疮，为了节省麻药钱，便让医者带他再去找人辩论……

时势造英雄。读者这才恍然大悟，整场比赛中，最会耍嘴皮子的竟然是这位道貌岸然的医者！

当然，晏婴作为当仁不让的第一男主，尽管全程只有几秒钟的镜头，一句台词也没有，他的传奇故事却贯穿全文，被艺人、老者、樵夫、孩童、医者娓娓道来，且一个比一个精彩，人气赚得盆满钵满，他才是整场赛事的最大赢家！

一圈人讲相声似的打嘴巴仗，争抢"第一笑星"头衔，令观者应接不暇。而他们极尽所能进行才艺展示，其实都是在为本故事的第一男主做嫁衣。作者独辟蹊径的叙事手法，着实令人大开眼界。与其说这是一篇历史故事，倒不如说是一篇文学范文，让人在捧腹之余，记住了这些历史典故，也学到了更多写作手法。

夏旭志，"70 后"，江苏南京人。江苏省作家协会会员、江苏省诗词协会会员。

对本书的一句荐语：笑看历史风云，重温文化辉光。

第 19 章　新伍子胥过昭关：波神传奇（上）

典故卡

伍子胥（xū）过昭（zhāo）关

出自《史记·伍子胥列传》。记述了伍子胥为报楚平王杀父兄之仇，弃小义而灭大恨的事迹。当年，楚平王为了追杀伍子胥，命人制作了他的画像，张贴到全国各地，悬赏捉拿。据说，这张伍子胥的画像，是中国历史上最早的一次通缉。故事中提到的东皋（gāo）公，以及“七星龙渊”和“千金小姐”的典故，则来自《东周列国志》。

一

“大爷我生来胆气豪，腰挂三丈捞鱼瓢。打个哈欠山河动，吹口仙气浪滔滔。长得英俊人人羡，生气驴都不敢瞧。看我施展奇绝技，能把大地犁成壕……”

正值农历五月初五，居住在钱塘江畔的一名渔民小青年，在江边表演他最拿手的绝技“浪里白条”，引来众人围观。

只见那小伙王婆卖瓜吹了一通牛皮，装模作样运了运气，摆出一个“圣斗士变身”造型，然后迅速脱去上衣，露出结实胸肌，上文“渔少侠”三字刺青，接着一个后空翻坠入江心，引来献吻、惊叫、晕厥者遍地。旋即，原本平静的江面暴起一根水柱，一条白花花的人影在水花簇拥下腾入半空，吱哇乱叫着，好像一只被拔光了毛、半死不活却仍挣扎着逃跑的母鸡，在半空跃出一道歪歪扭扭的弧线，后又重重跌入水中。接着，又一根水柱暴起，“母鸡”再次跃入半空，张牙舞爪，鬼吒（zhà）狼嚎。观者都被渔少侠傻了吧唧的表演逗乐了，欢笑声夹杂着口哨声、喝彩声此起彼伏。渔少侠开心之即表演也更卖力，在江面和半空旋转腾挪，翻波跳浪，模样无比滑稽，令人捧腹不止。

大家正看得起劲，忽听人群中爆出一声声尖叫：

“快逃啊……”

“波神来啦……”

只见渔少侠身后百米处闪现一条白线，伴之以隆隆声响，潮头由远及近，飞驰而来。顷刻间，潮峰耸起一面三四米高的水墙，喷珠溅玉，势如万马奔腾。

“救……救命啊！”

观众纷纷逃散。渔少侠正跃入半空，对着“粉丝”比“yeah”的手势，见势头不对，往后一看，顿时吓破了胆，身体失去重心，像一只被扔进鳄鱼池的生龙活虎的母鸡，使尽浑身解数挣扎惨叫着跌入江中，然后拼了老命朝岸边狗刨而去……

一时间，狂风大作，江海横溢，巨浪裹挟着无数被撞碎的渔船汹涌而至。潮水冲击江岸，奔驶入城。洪流遍野，扫荡田禾、庐舍。尖叫奔逃的百姓纷纷被席卷而去，无数房屋被冲塌，原本宁静祥和的街道漂满人畜尸体，惨不忍睹。

待大水褪去，昔日热闹的小县城一派颓相，荒田残垣，哀鸿遍地……

“尊敬的波神大人！我们知道您生前受尽冤屈，在天之灵，余怒难消。可我们都是无辜百姓，和那些昏君奸臣八竿子打不着。我们好心好意，年年杀猪宰牛供着您，您又怎能恩将仇报，把怨气撒在我们头上呢？您老有仇报仇，有冤报冤，把水都收回去，放到王宫里去吧……”

水难过后，百姓如潮水般涌进祠堂，摆台祭祀，跪伏在地，向一尊塑像磕头祈求。他们祭拜的对象，看上去是一位身着官服、气宇轩昂的老人。

这一切，是居住在钱塘江畔百姓生活的一个缩影。许多年来，江水两岸经常潮水泛滥。咸水入侵，农田受淹，有时潮水冲进城镇，人为鱼鳖，街市行舟……

百姓认为，这一切都拜“波神”所赐。在他们上一辈的记忆中，正是数十年前的那个五月初五，当一位赫赫有名的大人物含冤被杀，尸体像垃圾一样被人抛入江中，其冤魂便化作“波神”，掀起巨浪滔天……此后，钱塘江一带就常受巨浪侵扰，民不聊生。

当地广为传颂的一首歌谣记录下了当时的情景：飓风拔木浪如山，振荡乾坤顷刻间。临海人家千万户，漂流不见一人还。

“爷爷，波神是谁？”一老人牵着一男孩，站在已被冲塌的庐舍前，茫然地望着重归宁静的江水。

听到孙子的问话，老人轻轻俯下身来，抚摸着男孩的鬓角，眼里噙满泪水……

二

“这画的是啥？”

这日，楚国各城门附近都聚满了好奇的人群。吸引他们的，是悬于城墙上的告示，上面写着：缉拿令，案犯伍子胥密谋叛乱，今已潜逃，现对其进行通缉，悬赏黄金万两！

围观百姓大多不识字，稍读过点书的，也只认得“黄金万两”几个字。他们感兴趣的，是告示上那幅画像。在此之前，城墙上出现的告示都是纯文字的，还是第一次出现绘画版的。

“画的是猪吧？”一个屠夫接话，“你看这肥头大耳的，不是猪是啥！”

“别胡说八道，一头猪至于卖黄金万两？我看这画的肯定是世间罕见的名贵物种，我王品位独特，想换宠物了！”

“我看不对，会不会是附近有怪兽出没，官府贴告示提醒咱们当心，那黄金万两八成是招募勇士协助官府捕杀怪兽！”

“天哪，怪兽要是跑我家来抓牛，畜生们岂不是小命不保？这么大的经济损失，我们怎么承受得起啊？”

“弄不好这怪兽只吃人，到时小命不保的恐怕不是牛，反倒是连畜生都不如的你了。”

……

告示刚贴出来不久，各种流言满天飞，人们一时被“怪兽来了”的新闻吓得魂不附体。一位负责贴告示的捕快气得直跳脚，高声辟谣：“你们这群目不识丁的畜生！这是通缉令，上面画的是案犯伍子胥。谁再敢质疑咱画师的审美，立马逮捕。给你们套上笼头，和驴一起拉磨去！黄金万两指的是：助朝廷抓捕案犯者，赏黄金万两！”

沸沸扬扬的人群后面，草垛旁闪过一大一小两个人影，瞬间消失。

“叔，我肚子好饿，简直可以吞下一头牛……”待躲到一荒无人烟的僻静角落，蓬头垢面的男孩可怜巴巴地望着旁边那个憔悴的青年男子说道。

“乖，再坚持一下，等过了昭关，我们就有救了。到时别说是牛了，就是牛魔王我也宰了，给你做全牛宴。”男人弯下腰来，拨开男孩遮住眼睛的额发，语气温和却满含无奈。

两人一路默然，不知不觉走到山边。此时夜幕已经降临，丛密的树林变得黑魆魆的，好似千百个魔鬼列着阵，要搏人而噬的样子。

“叔，我怕，这林子里会不会藏着牛魔王……”男孩扯着身旁男人的衣角，哆哆嗦嗦地说。

“坚持一下，孩子。我们不能走大路，不能到有人的地方，否则，官兵立马就会捉住我们！他们可比牛魔王凶残一百倍！”男人安慰道。

“乌有！乌有！”突然，森林里踱出一个人影。那人身形矮小，须发全白，在月光照射下，好像土地公带着神仙的光环突然从地底下冒出了一般。

“牛魔王来了，快逃啊！”男孩惊慌地拽住男人的胳膊，却被拉了回来。

“别慌，来人定是知道我的。你听他说‘乌有，乌有’，与我的名字‘子胥’正好组成‘子虚乌有’，也许暗示他知道我的罪名纯属‘子虚乌有’。此人定是来解救我们的！”男人不但没逃，还牵着孩子迎上前去。走近了瞧见，对面站着一位老翁，仙风道骨、气度不凡。

“我乃扁鹊弟子东皋公，自少以医术游于列国，今年老，隐居于此。数日前，见关上悬有通缉令，我知您伍家世代忠良，必有冤情，于是有意相助。我推测您极有可能途经此处，便在此恭候。只是，通缉令上的画像，与阁下相貌出入甚大，我一时难以分辨，所以发出暗号，您果然聪慧过人，一下便与我对上了暗号。寒舍就在山后，请随我去家里小憩片刻，有话可以商量。”老人对着面前乞丐似的两人，恭恭敬敬地打了个拱。

男人回了一礼，说：“在下正是伍子胥，感谢恩公雪中送炭！”于是携孩子随老人步行数里山路，直抵一间茅庄。

穿过草堂，又经过一个竹园，一间土屋跃然眼前。门框的高度显然是专门为东皋公设计的，以致于高大魁梧的伍子胥恍恍惚惚跟着老头跨进门槛，竟一头撞在门框上，脑门上瞬间肿起个桃子大小的包。

屋内陈设简单，一床一几，左右开小窗透光。

东皋公推伍子胥上座，伍子胥指着孩子说道：“有小主在，我只能侧侍。”

“这孩子是何人？”东皋公问。

“太子之子阿胜。其父在逃亡途中遇害，生前将独子托付于我。”

“原来如此……”东皋公一边端来茶饭招待客人，一边问，“究竟发生了什么事？”

“小孩没娘，说来话长……”伍子胥叹道，“王上听信小人费无忌谗言，以为太子要谋反，我父亲是太子太傅，我们一家亦受牵连。如今，父兄被害，我侥幸逃脱，赴宋国投奔太子。太子卷入他国纷争不幸被杀，我便带着他的独子亡命天涯……”

说到这，伍子胥忽然下跪，恳求道：“希望恩公能助我俩过关，日后，子胥必当重谢！”

“公子快快请起……”东皋公扶起伍子胥，说道，“昭关设守甚严，不可贸然闯关。此处荒僻无人，我会照料好您和小主的衣食起居，你们只负责吃好睡好，待我想一万全之策，再行过关。”

伍子胥连连道谢。他与阿胜在土屋一住就是一周，每日东皋公好酒好肉招待，就是只字不提过关之事，伍子胥心急如焚，夜不能寐，总害怕自己一睁眼，就看到楚国兵士的大刀已经架在了自己脖子上。

这天清晨，伍子胥精神萎靡地端着一个脸盆准备洗漱，却被水里映出的那张人脸吓了一跳。“这盆里怎么有个寿星公？”伍子胥恍惚看到盆里出现一个须发全白，脑门上还顶着个“桃子”的“寿星公”，目瞪口呆。

“公子，好消息！”东皋公不知从哪个旮旯钻了出来，正撞上伍子胥那张惊愕的脸，瞬间老人的脸上也出现了一排惊叹号：“您是……伍公子？”

“是呀！”伍子胥莫名其妙。

东皋公顿了几秒，接着哈哈大笑起来：“万事俱备，过关计划可以实施了！”

“你这是狐狸吵架——胡（狐）言乱语呢？”伍子胥仍是一头雾水。

“您自己照照镜子吧！”东皋公说。于是伍子胥走到镜前，只见镜中立着一个白发苍苍的“老者”，正瞪着一双惊恐的眼睛，扯扯头发又扯扯胡子：“痛，不是做梦，原来这个寿星公就是我自己！”伍子胥惊叫道。

“哈哈哈，寿星公显灵，正预示着公子福寿年高！”东皋公又是一阵笑，捋捋胡子，恢复正经道，“公子因为忧心过关之事，竟一夜白头。现在您已容颜大改，无人识得，我们过关的胜算就更大了。”

东皋公随后领进一人，伍子胥见了，大吃一惊：“怎么又有一面镜子？还能把人照年轻？还有，我身后怎么跑出来一群猪？”

只见来人相貌堂堂、双目炯炯，无论是身材还是长相，与先前的伍子胥活脱脱一个模子印出来的。难怪伍子胥会把他当成镜子。

“我之所以耽搁一周，就是在等这位贵人。他叫皇甫（fǔ）讷（nè），跟您长得很像，我想让他假扮您，以助公子蒙混过关。”

三

“你看那人，好像在哪见过？”

守备森严的昭关关口，守关士兵沙雕问。另一士兵沙梓朝他指的方向看去，只见一个破衣烂衫，却贵气十足、高大英武的男人鸭子一般大摇大摆地朝着城门走来。他揉了揉肿胀的眼睛，脑瓜子转了半天，还是想不出个所以然。

“前段时间通缉画像贴出来后，一头猪卖千金的谣言就传遍了大街小巷，听说咱们这来了个惊天大盗，一夜之间，把宫里养的猪全偷光了。我参与过追捕，还和大盗照了个面，只可惜还是让他跑掉了。我记得那盗贼身形魁梧，却身轻如燕，蒙着面，一双眼睛贼亮贼亮的，就……和那家伙有点像。”沙雕努力捕捉记忆片段。

“是吗？”沙梓继续抠脑壳。听沙雕说起画像的事，他情不自禁地抬头看了看墙上悬着的画像，那画像已经几易其稿，当初肥头大耳的怪兽摇身一变成了俊秀公子，他瞬间反应过来：“狗屁，那个家伙是伍子胥！”

喜出望外的官兵们像饿了几个月的狼群，疯狂地扑向皇甫讷，仿佛看见的不是一个人，而是一座金山。而真正的伍子胥也顾不得那么多了，带着阿胜，趁乱逃出城去。

二人慌不择路，逃到长江之滨。只见浩荡江水，波涛万顷。身后楚国追兵很快逼了上来。前有水鬼，后有死神，伍子胥纵然戴着一张寿星公的面具，终究只是凡人一枚，不可能飞越天险。焦急万分之时，上游有一条小船急速驶来，船上渔翁连声呼他上船。伍子胥上船后，小船迅速隐入芦花荡中，不见踪影，岸上追兵悻悻而去。渔翁将小船载到岸边。伍子胥千恩万谢，问渔翁姓名，渔翁笑言：“老夫浪迹波涛，姓名何用，你就叫我‘渔丈人’吧。”随即摇着橹驶入江中。

伍子胥躬身拜谢，走了几步，心有顾虑又转身折回，从腰间解下祖传三世的宝剑七星龙渊，投给渔丈人，唤道：“这把宝剑是先君赠予我祖父的，价值千金，我将它送给您，只求您务必不要泄露我的行踪！”

“哼，稀罕！我要是把你带到官府，得到的赏金可是这把破剑的十倍。搭救你只因你是国家忠良，并不图报，而今，你竟疑我贪利少信，我只好以此剑示高洁。”渔丈人接住宝剑一抹脖子，自刎而死。人和剑一起掉入江心。

伍子胥悲悔莫名，发出驴叫一般的哭号：“恩人，是我小人之心度君子之腹，我对不住您……”心里却暗想：“可您……好歹把剑留下吧。”

逃亡数日，饥困交加的俩人来到河边，见一年轻姑娘正在浣纱，她身旁的竹筐里装了一点白饭。俩人瞬间饿死鬼附身，哈喇子如瀑布般喷涌而下，竟盖过了河水的哗哗声。姑娘以为遇上了讨饭的祖孙俩，顿生恻隐之心，将饭食慨然相赠。

“不瞒你说，我其实是帅小伙一枚，是悲惨的命运把我折磨成了一个糟老头。我本楚国贵公子，锦衣玉食，每顿能吃一桶饭，因受小人陷害，家破人亡，如今连吃一口饭都成了奢侈……”伍子胥嚼着久违的香甜的白米饭，悲从中来，不等对方询问，便滔滔不绝啰里吧嗦地扯出王大妈的裹脚来，主动将身世和盘托出，说完以后又后悔了，嗫嚅道，“感谢姑娘救命之恩，若是之前，我定立刻奉上千金以报大恩……现如今，实在是一个子儿也拿不出来了，请姑娘不要嫌弃，务必替我保守秘密，日后我一定……”

“一你个腚！真是骑驴背磨盘——多此一举！”方才温婉如水的姑娘忽然气得脸色铁青，打断伍子胥的话，怒目相向：“难道奴家看起来像是贪图钱财、落井下石之人吗？你侮辱我的人格，我宁可以死明志！”随即抱起一石，跳入急流之中。伍子胥跌跌撞撞地追过去，却只见湍急的河水和大石留下的波纹，姑娘已经踪影全无，他禁不住放声大哭，依依不舍地凝视姑娘坠水之处半晌，他咬破手指，在石上留下血书：“尔浣纱，我行乞；我腹饱，尔身溺。十年之后，千金报德！”

俩人步履蹒跚，继续前行。终于，一座巍峨坚实的城楼出现在眼前。伍子胥仰望城门上那个大大的“吴”字，眼神凝重，一头白发被风吹起，有几丝零散地覆在苍白的面颊上，使整个人透出一股深邃的沧桑与悲凉。

赏　析

人性的碰撞

“伍子胥过昭关”是一个被历史爱好者津津乐道的历史典故，大意是：伍子胥带着公子胜逃出郑国后，白天躲藏，晚上赶路，来到吴楚两国交界的昭关（今安徽省含山县北），关上的官吏盘查得很紧。幸好他俩遇到了一个好心人东皋公，同情伍子胥，把他们接到自己家里。伍子胥一连几夜愁得睡不着觉，连头发也白了。东皋公有个朋友皇甫讷，模样有点像伍子胥。于是，在东皋公一番精心策划和“包装”下，让他冒充伍子胥，使伍子胥和公子胜险中蒙混过了关。《史记》等史书对此多有记载，历代民间也流传多种版本。

如何写出既保持典故的“原汁原味”，又富有时代新意的作品，这对作者是一个“大考”。可喜的是，作者没有让读者失望。

《新伍子胥过昭关：“波神”传奇（上）》究竟有何特色，“新”在何处？

总体而言，全文虽然篇幅不长，但信息量大，亮点不少。全文结构严谨，情节新颖且引人入胜，语言简练不失活泼，细节描写生动感人。

首先，人物出场很精彩，令人震撼。典型环境是小说的三要素之一。钱塘江涌潮这一天下奇观，已广为人知，然而，涌潮也确实给沿江人民带来过深重灾难。史上，钱塘江两岸经常发生潮水泛滥，咸水入侵，农田受淹的潮灾，有时，潮水冲进两岸城镇，房屋倒塌，居民流离失所，人为鱼鳖，街市行舟。传说这是“潮神”（又称“波神”）所为，公元前 484 年，伍子胥被夫差赐死，投尸江中。吴人敬仰其忠烈，认为其忠魂化作滔天巨浪，掀起了钱塘怒潮，便被尊为“潮神”，建伍子胥庙，胥王祠，立坟墓，历代祭祀。“安波则为利，泽流则为害”。白居易任杭州刺史时，曾以文祷神。范仲淹在《和运使舍人观潮次韵》中也写有“伍胥神不泯，凭此发威名”的诗句。如今，钱塘江观潮已成为浙江的重要旅游项目。

本文开头，以千百年来钱塘江畔百姓生活的缩影，充分展现了一个宏大、壮阔的历史背景，通过对这一典型环境的描写和烘托，自然而恰到好处地交代了人物主角出场的时代背景。尤其是对“波神”来临之前渔少侠富有现代气息的表演那一幕的描写，很有代入感，语言充满艺术张力，紧紧抓住了读者的心，犹如身临其境，具有电影艺术的视觉冲击效应。

其次，旧典新用，堪称神来之笔。“别慌，来人定是知道我的。你听他说‘乌有，乌有’，与我的名字‘子胥’正好组成‘子虚乌有’，也许暗示他知道我的罪名纯属‘子虚乌有’。”在这里，“子虚乌有”的成语典故被活用，作者利用名字的谐音和罪名的隐喻，巧妙地成功反转，令人耳目一新。故事中关于“缉拿令”这一细节的描写也十分出彩。据《国语·楚语》和《史记·伍子胥列传》记载，因为楚平王荒淫无度，国势日衰。楚平王怀疑太子要作乱，伍子胥及其父兄被裹入这场政治斗争，伍子胥后来逃到吴国。楚平王为了追杀伍子胥，命人制作了他的画像，张贴到全国各地，悬赏捉拿。中国政法大学法制史研究所蒲坚教授认为，“这张伍子胥的画像，可以说是中国历史上最早的一次通缉。”作者以此为据展开了丰富想象，也为这个悲壮苍凉的故事增添了一抹亮色。

再次，故事情节上也有所发挥，增强了故事的厚度和感召力。除了东皋公的行侠仗义外，渔丈人自刎而死及浣衣姑娘投水自尽的情节都是引自《东周列国志》，并加以润色，这既为伍子胥险中过关作了铺垫，也为其传奇增添了神秘色彩，更揭示了特定历史时期以伍子胥为代表的贵族阶层与渔丈人、浣衣姑娘为代表的下层百姓的社会价值观的矛盾冲突。

“重义轻利”“知恩图报”是中华传统美德，也是古人眼中的君子人格，更是中华民族优秀传统文化精髓之一。中华民族历来讲求做人做事道义为先，中国历史上不乏舍生取义的仁人志士和英雄豪杰。“滴水之恩当涌泉相报”，几千年来，中国人深知这一道理。但是在春秋战国时期，天下战乱，诸侯争霸，意识形态领域呈现百家争鸣的活跃无序状态，中华大地还没形成一统的社会主流价值观。伍子胥在逃亡途中，为了达到逃生的目的，也许奉行的是“君子诚为贵，和顺天下行”的理念，动用了以利赎义的求生招数，以当时的危难处境推测，他也许是真诚感恩，但更多的是希望渔丈人和浣衣姑娘为他的安全负责而守口如瓶。没料到渔丈人和浣衣姑娘均以死明志。他们的死，一方面可看作重义轻利的化身，表现了对伍子胥不义之举的蔑视；另一方面，也可见老百姓性格耿直，容易认死理，或者本身就是“小气包”，竟然为一句话生闷气而自寻短见（这事要是出在当下，伍子胥一定脱不了干系），不管出于什么缘由，都恰好被伍子胥碰上。

人性是复杂的，这后面两个情节深刻细腻地刻画了伍子胥在特定的复杂环境下所表现出来的矛盾心理，不仅写出了人性的多面性，也写出了人物性格的文学性，这或许就是本文的精神内核。

肖会智，笔名肖垚，“70后”，贵州思南人。铜仁市作家协会会员。

对本书的一句荐语：纵览上下五千年，见仁见智见悲欢。人心人性泛波澜，世情世象是为鉴。

第 20 章　新卧薪尝胆：波神传奇（下）

典故卡

卧薪尝胆

出自《史记·越王勾践世家》，讲的是勾践卧薪尝胆，励精图治，最终雪耻灭吴，并终成一代霸主的故事。除此外，本章将涉及诸多历史典故，如专诸刺王僚、孙武练兵、东施效颦、西施美人计、兔死狗烹等。伍子胥辅佐的吴王阖闾与卧薪尝胆的越王勾践，是《荀子·王霸》认可的“春秋五霸”之二。

一

专诸（zhū）熟练地将七八斤重的太湖大鲤鱼洗净沥干水，放在案板上，开膛破肚，拉出鱼鳃，抽掉鱼肠，用精心调制的酱汁腌好，再放入滚烫的油锅里。不久，鱼香味就从木锅盖的缝隙中徐徐钻出了，馋得一旁的狗都咽唾沫。灶膛里明艳的火焰忽忽闪闪，映得厨子那张杀气腾腾的脸红彤彤的，活像猴屁股。

这时，许多画面在专诸快速旋转的大脑里一闪而过。

他想起九年前的一天，自己在郊外和一群小混混打架，斗得正酣，忽然耳朵被人揪起，他转头怒视，挥出一拳，发现不对，拳头绕了个弯又打回自己脸上，直把自己打得眼冒金星。他顾不得喊疼，赶紧换上一脸憨笑，谄媚地对来人说道：“嘿嘿，老婆大人，你怎么来了？”

“怎么着？还想跟老娘动手？幸亏你反应快，哼！走，赶紧回家做饭！”

“是，是，老婆大人，我立马照办！”

专诸继续让老婆扯着右耳，灰溜溜地跟过去，后面的小混混龇牙咧嘴爆出一阵大笑。

“义士请留步！”专诸听到一个有些疲惫的声音在喊他，转而看到一白发老者和一小孩，两人都衣衫褴褛披头散发，八成是俩乞丐。

“走开走开，我们没窝头，更没钱，钱到我手里就生根了，拔一根毛都得带出二两血筋来。”专诸的老婆尖声尖气地回了一声。

“您误会了，我只是想对这位义士略表敬意。方见阁下以一敌十，万夫莫当，甚为钦佩，却不知为何竟在夫人面前如此谦卑？”

专诸心想“这人在嘲笑我怕老婆”，但那句“以一敌十，万夫莫当”的恭维又让自己爽到了骨子里，于是客气地回道：“能屈服在一个女人手下的人，必能伸展在万夫之上！”这话说得自己都心虚，说罢，任由老婆扯着耳朵随之离去，留下白发老者立在原地发愣，眼中尽是赞赏之色。

一个月后，一位身着官服，仪态庄重，满头乌发的男子走进专诸家徒四壁的破宅子，恭恭敬敬地向他行了个礼。

“你是……”专诸狐疑地盯着那双似曾相识，明亮却冷冽的眸子，惊讶地问道。

“你认不出我了吗？我就是一个月前在郊外与你打招呼的人。”来人看见专诸盯着自己头发看，才反应过来，“噢，我这头发是用墨水染过的。我叫伍子胥，现投在公子光门下。主公爱才，正四处招贤纳士，我遂前来，诚邀义士与我一同辅佐主公！”

专诸家里早已揭不开锅，伍子胥这一来访，简直是刚要饿死就端来盘牛排，刚要冻死便递来盆火炭！专诸开开心心去新单位上班了。老板公子光不但给他开了一份不菲的工资，还专门发放了困难职工补贴金。眼看一家老小都过上了好日子，专诸内心不胜感激，以至九年后的这一天，当公子光提出，让专诸替他刺杀吴王僚，助自己上位时，专诸毫不犹豫便答应下来。他接过主公递来的那把寒光凛凛的“鱼肠剑”，眼中迸出比剑更凛冽的寒光。

今天的鱼有七八斤，专诸端在手中却觉有千斤之重。他杀鱼无数，杀人还是大姑娘上轿头一回。而且，此次刺杀的对象，还是一个受到重兵保护的国君。从厨房走到大厅的途中，专诸已经能感受到压抑的氛围。吴王僚此次赴宴，随驾士兵就有近千人，从王宫开始列队站岗，像千足蜈蚣一样接连不断，一直排到公子光家，布满街衢。陪同的亲信立满堂阶，伺候酒席的武士约百人，都手持长戟，身配利刃，不离王左右。厨师上菜，都在庭外上下搜遍，然后膝行而进，十几个武士手握宝剑夹在两侧跟着。厨师上完菜，不敢仰视，重新膝行而出……

然而，专诸不是普通人，他除了“怕”老婆，什么都不怕，当然也包括不怕死。用自己这条贱命，去报答公子光多年来的恩惠，以及其终身照拂家人的承诺，值！

专诸让武士们搜完身，也任由吴王僚的保镖夹着，膝行而入。鱼香味四溢，侍卫们和席上正在畅饮的吴王僚都跟哈巴狗似的，两眼放光，口水吧嗒吧嗒往下淌，像八百年没吃过东西似的。

专诸跪到吴王僚跟前，把鱼肚掰开，突然抽出鱼肠剑，直刺其胸口。用力之猛，匕首穿透三层盔甲，透出脊背。吴王僚大叫一声，一伸腿一瞪眼，当时就完犊子了。侍卫这才回过神来，一拥而上，刀戟并举，将专诸剁成肉酱。堂中大乱。躲在密室的公子光知道事成，命埋伏的一纵甲士杀出。两下混战，吴王僚的部下全部被杀。公子光顺利即位，就是大名鼎鼎的吴王阖闾（hé lú）。

阖闾即位后，没有忘记对专诸的承诺，封其子为上卿，将专诸厚葬在泰伯皇坟。

二

三年后，心腹伍子胥又给阖闾送来一件大宝贝。这个宝贝，仍旧是个大活人，名叫孙武。和他一起被打包送上来的，还有《孙子兵法》十三篇。阖闾对这本书爱不释手，但在手下面前还是要摆摆领导架子，他召见孙武：

“你的十三篇我都看过了，有点新意，就是不知这些理论是否实用，毕竟只知空谈不懂实干的所谓专家我见过不少。你可以小试一下列阵，以证实自己的实力吗？”

“可以。”孙武答。

“可以用女人来试吗？”

“多多益善。”

“看来您是一位真专家。”阖闾佩服地竖起大拇指。

“真专家不敢当，真爷们是准没错。大王是要让我列个迎亲的阵势，把女人们接回家是吗？那请您赏我花轿 50 台、骏马 80 匹，外加黄金万两，我立马照办！”

“赏你鞭刑 50 下，杖刑 80 下，外加狗头铡好不好！谁说让你娶亲了？寡人是说让你把女人带到练兵场上，用你的那套兵法来训练她们，给我造一支能顶半边天的娘子军出来！”

阖闾大手一挥，随即命两名宠妃领着数百名宫中女子前来列阵，听从孙武调遣。姑娘们忽然接到通知，让她们带“兵器”，于是一顿乱抓，有的扛着扫帚、有的攥着鸡毛掸子，还有的拎个夜壶就来了。孙武把她们分成两队，让两名宫妃任队长。宫女从未见过这般阵势，各个笑得前仰后合。

孙武大喝一声，命众女安静，握住手中的“兵器”。

“向前，看心所对方向；退后，看背所对方向；左，看左手方向；右，看右手方向。”孙武说罢，击鼓发令向右，众宫女你看看我我看看你，大笑不止。

孙武大怒，大喝一声：“将左右队长拿下，斩！”

吴王一听大惊，传令说：“寡人相信将军能用兵。要是离开这两宫妃，寡人吃不香睡不着走路打飘飘，请你高抬贵手，不要杀她们！”

哪知这孙武是个榆木疙瘩，冷冷地回道：“臣既已受命为将，将在军，君令有所不受！”说罢亲自上前，手起刀落，斩了两队长。场上美女被这血腥的一幕吓得花容失色、瑟瑟发抖，却不敢再发出一丁点声音。孙武重新击鼓发令，宫女们左右前后跪起，都整齐规矩，没有一个掉链子的。哪怕旁边人挥舞的夜壶溅了自己一身尿，也不敢吭一声。

阖闾一来知道了孙武孔武有力、精于用兵，二来怕又搭进去几个爱妃，于是一个鲤鱼打挺站起身，生硬地憋出几声驴叫似的笑声，走过去拍拍孙武的肩膀，对他的实战能力表示认可，并当场封他为将军。

从此，伍子胥和孙武辅佐阖闾，立城郭、设守备、实仓廪、治兵库，使得吴国国库充足、兵革坚利、粮食充裕，增强了抵御外敌的能力。

吴楚大战一触即发。孙武指挥吴军，以三万之师，千里远袭，五战五捷，直捣楚都，创造了中国军事史上以少胜多的奇迹，为吴国立下卓著战功。

“爹、大哥，我回来了。君子报仇，十年太晚。我们的大仇人性子急，提前去阎王那向你们请罪了。不能手刃仇人，我心有不甘哪……”

伍子胥看见残桓断壁的故城时，终于感受到大仇得报的酣畅。遗憾的是，楚平王几年前已病逝。他下令挖开楚平王的墓穴，拖出尸骨狠狠鞭笞 300 下。

报完仇，伍子胥也没有忘记报恩，特地来到当年浣纱女跳河的地方，将一千金散入河中，一边唱起了那首人们耳熟能详的悼词：“没有你的陪伴我真的好孤单，我的心好慌乱被恐惧填满，没有你的日子我真的好茫然，整天就像丢了灵魂一般……”

大仇得报后，伍子胥意气风发，他与阖闾、孙武组成的铁三角率吴军左右碾压，西攻楚，北镇齐、晋，威震中华。没想到，乐极生悲，调戏越国时，在小水沟里翻船了。

阖闾继续兴师伐越，越王勾践带兵迎击。越军派遣敢死队挑战，三次冲向吴阵，全部失败。

“真是屎壳郎上马路，愣装小吉普；螳螂伸臂去锯树，愣充鲁班斧——不自量力！”阖闾正得意地哈哈大笑，却见从敌军阵营走来一群破衣烂衫、蓬头垢面的人。他和将士们正纳闷：这些丐帮弟子难道是来劝架的吗？却见这群人纷纷拔出匕首自刎而死。一排排死士倒在跟前，吴军看得一愣一愣的，放松了防备。越军趁势攻击，大败吴军。阖闾在混战中被斩落脚拇指，因失血过多一命呜呼，死前反复叮嘱儿子夫差：你一定要斩了勾践的脑袋，来换我的脚拇指！

两年后，吴王夫差不辱父命，大败越军。勾践被困会稽（kuài jī，今浙江省绍兴市）。

“如今看来，只有豁出去了。寡人决定拼上全部身家，和他们决一死战！兄弟们，跟我上！”勾践在营中大喊。

“送死你一个人去就够了，不必带上我们这些累赘。”大夫范蠡（lí）当头一盆冷水泼下来。

“你……”勾践险些气晕过去，浑身抖成了筛糠。

“带着所有将士一起赴死，却改变不了国破家亡的命运，这样的牺牲只能用一个蠢字来形容。”范蠡冷言道。

勾践语气软了下来：“那，依你所见，我们还有其他出路吗？”

“求和就是最好的出路。保住将士们的性命，为越国留下火种，将来再图报仇不迟。”

“我……我拉不下那张老脸。”勾践嘀咕道。

“就您那张马脸，不用拉，已经够长够寒碜了。”范蠡还是一脸淡漠，“当初商汤被夏桀囚禁在夏台，周文王被纣王关押在羑（yǒu）里，晋文公重耳逃亡北翟（dí），齐桓公小白逃亡莒（jǔ）国，最后都称霸天下。由此观之，这点委屈算什么？”

“好吧，老母猪打官司——都听你的！”勾践彻底屈服了。

三

“越王勾践愿意入吴，携妻带子为臣。”大夫文种前往吴国交涉。

“大王，不能答应。这是上天要吴国灭越，不能心存仁慈。否则，姑息养奸，后患无穷！”相国伍子胥严词反对。

收受了越国贿赂的太宰伯嚭(pǐ)跳出来劝谏：“我认为可以答应越国的要求。”

“为何？”夫差问。

“因为，吃人嘴软，拿人手短……”伯嚭不小心说出了心里话。

“什么？”夫差又问。

“额……臣的意思是，您答应赦免勾践，给了他莫大的恩惠，他必定吃人嘴软，拿人手短，会知恩图报的。如果不答应，狗急了还跳墙呢，勾践必定会拼尽全力与我们决一死战，这样就会两败俱伤。不如答应他，来个两全其美！”

“嗯，有道理。本王决定了，让勾践来给我养马！”夫差说罢，不顾伍子胥劝阻，宣布退朝。

勾践夫妇与范蠡前往吴国为奴，越国群臣依依相送。一路上，人群堵塞了通道，送行的军车一直延伸到固陵（今河南省太康县）。勾践泪流满面，举杯向众人告辞。

勾践到了吴国，演技练到了炉火纯青的地步，在夫差面前总是卑躬屈膝、点头哈腰，连御座前的哈巴狗见了他都要投去鄙视的目光。两年后，夫差认为勾践真心归顺，答应放他回国。

“大王，您应该杀了勾践以绝后患，不然放虎归山，贻害无穷！”伍子胥又出来反对。

吃人嘴软，拿人手短的伯嚭又跳了出来，对伍子胥冷嘲热讽：“我看相国您是老花眼加白内障，青光眼转高度近视了吧，这勾践又勾又贱，哪里像老虎了，明明是只病猫。大王仁义的美名传遍天下，你却非要给他扣个言而无信、过河拆桥的帽子，居心何在？”

“你……”伍子胥气得语塞，“究竟是谁居心不良，还望大王明察！”

“你这是寿星公弹琵琶——老生常弹（谈），和尚念经——听着就烦！”夫差怒气冲冲地走出大殿，然后笑意盈盈地送走了勾践。

勾践回国后，在屋里挂了一只苦胆，每顿饭都要尝尝苦味，提醒自己：不能忘了在吴国的耻辱！他身着粗布，顿顿粝食，跟百姓一起耕田播种。勾践夫人带领妇女养蚕织布，发展生产。夫妻俩与百姓同甘共苦，激励全国上下勠力同心，奋发图强，力求早日灭吴雪耻。

四

越国苎萝山村。

一个焦急的男人正在四处搜寻着什么，忽见溪边有一女子正在浣纱，背影看来纤细婀娜，体态优雅，心中大喜：都说苎萝有一浣纱女名西施，天生丽质，美貌绝伦，要是能把她献给吴王，必能乱其心智，我们大王就能早日复仇了！

男人兴冲冲地跑过去，恭敬地对着背影行了个礼，说："这位佳人，我有一事相求！"

那名女子回过头，结果把男人吓退好几步。

"莫不是大白天见鬼了？就她这副尊容，黑白无常见了都自愧不如，用丑来形容她简直就是对丑的侮辱！"男人心想，情不自禁往后退，但还是不失时机地问了一句，"请问你……认识西施吗？"

"认识，当然认识了！"女子开心地答道，"我和她是邻居，大家都说我俩长得很像，当然，额……不包括脸。因为我皱眉的样子很美，西施老喜欢模仿我呢！还有，你听说过沉鱼之容吗？指的就是我俩。我们在河边浣纱时，能让鱼儿都忘记了游水，渐渐沉到河底。你看，我今天又收获满满了！"

男人朝着她手指的方向走近一看，地上放着一个鱼篓，里面装满了翻着白肚皮奄奄一息的小鱼。

"我看，这些鱼，像是被吓死的……"男人心想，强撑着笑脸问道，"你能带我见见西施吗？"

"没问题，随我去吧！"女子活蹦乱跳地给男人带路去了。

"谢谢，请问姑娘尊姓大名……"

"我与西施同名不同姓，她姓西，我姓东。"

于是，在东施的牵线搭桥下，西施就这样上了范蠡的贼船。经过范蠡网红制造基地的一番包装，三年后，曾经青涩的乡村少女已经出落成知书达理、修养有素、能歌善舞的金枝玉叶，再换上一身华丽适体的宫装，真是惊为天人！

西施被献于吴王。夫差大喜，在姑苏（现江苏省苏州市姑苏区）建春宵宫，筑大池，池中设青龙舟，日与西施为水戏，又为其建造了表演歌舞和欢宴的馆娃阁、灵馆等。西施擅长跳"响屐舞"，夫差用数以百计的大缸，上铺木板，为她筑"响屐廊”。西施穿木屐起舞，裙系小铃。铃声和大缸的回响声“铮铮嗒嗒”交织成曲，令夫差如醉如痴……

伍子胥求见，往往被拒之门外，而太宰伯嚭却常侍左右。

五

在美女的温柔乡里堕落了许久，夫差忽然悔悟，决定重拾一国之君的宏图伟业，召集精兵良将，打算去齐国敲竹杠，谁知“念经的和尚”又不失时机地跳了出来：“越国对于吴国来说才是心腹之患。齐国远在东海，就算我们打败它，也得不到任何好处。我们倾巢而出，越国必定乘虚而入。”

夫差冷冷地说：“相国对越国的成见可真深哪！”

伍子胥回敬道：“大王难道忘了杀父之仇？”

夫差脸色大变，说：“寡人心意已决，休得再谏！”为图个耳根清净，干脆把伍子胥派去向齐国下战书。

伯嚭素来嫉恨伍子胥，想取而代之，在夫差面前进谗说：“伍子胥为人刚暴、寡恩、多疑，常有怨言，迟早会成为祸害。您讨伐齐国，胜利在望，天下人都将在您的剑下战栗。伍子胥不但不为您高兴，反而到处说您的坏话，说什么吴国危险了，笑话！当然，伍子胥不是傻瓜，他是别有用心。下臣听说，他趁着去齐国访问的机会，将儿子伍丰带到齐国，投靠在鲍氏门下。齐国人为了讨好他，还封给伍丰土地。作为吴国的相国，他这不是里通敌国吗？”

夫差大吃一惊：“还有这等事？”赶紧派人调查，果如伯嚭所言。夫差大怒，派人给伍子胥送去一柄宝剑，说：“这是我们家祖传的宝剑七星龙渊，你自己看着办吧！”

伍子胥仰天长叹：“当年我倾尽全力让你父亲当上吴王，助他打败楚国，称霸江淮。而今你竟听信小人谗言，要杀我这个老头子！罢，罢，罢，我死不足惜，只有一事相求，死后请将我的眼睛挖下来，挂在首都东门之上，我想亲眼看看，越国是怎么灭掉吴国的！”说罢自刭（jǐng）而死。

夫差听说了伍子胥的遗言，火冒三丈，命人将他的尸体用草革包裹着，扔进钱塘江。没想到，尸体一投入江中，立即掀起巨浪滔天。后来，两岸百姓把伍子胥奉为波神，年年祭祀，宽慰亡灵，以求平安。

伍子胥一语成谶，等到时机成熟，勾践振臂一呼，越兵气势汹汹攻入吴都，吴国灭亡。夫差哀叹："我后悔不听子胥之言，让自己落到这个地步。"于是自尽。奸臣伯嚭因不忠之罪被诛杀。越王灭吴，声威大震。

历史总是惊人的相似。消灭了宿敌吴国，勾践得意忘形，竟然也打算北上中原去敲竹杠。大夫文种不支持，称病不上朝，引起勾践不满。加之一些嫉恨文种的小人进谗言，勾践也赐了把七星龙渊给文种，令其自杀了。

此外，还有两个小插曲：当年孙武功成身退时，曾劝伍子胥"功成名就时不懂隐退，必有后患"，伍子胥不以为然，终于一条道走到黑；后来，范蠡也早早退隐，带着秘密情人西施"泛舟五湖"，走时告诫文种：飞鸟尽，良弓藏；狡兔死，走狗烹；越王为人长颈鸟喙，可与共患难，不可与共乐。可惜，文种也没把这句话当回事。

赏　析

走进历史文化的伍子胥

"波神"奇在哪里？何以为"神"？传奇背后是否深藏着某种文化价值？反复品读《新伍子胥过昭关：波神传奇》上下篇后，我不禁浮想联翩。

以前也读过伍子胥的故事，也曾有幸游览过苏州、杭州一些与之有关的名胜古迹，但似乎印象不深，觉得他虽是一个了不起的历史人物，却离我们太遥远。

如今读完《波神传奇》，觉得伍子胥的形象突然生动起来，似乎已经真正走入内心深处。这或许是《波神传奇》的文学性、艺术性、可读性使然。

传奇的主人公伍子胥是历史上一位赫赫有名的人物，其故事之所以称"奇"，我以为表现在以下几个方面。

一是他的出身可谓奇显。伍子胥出生在世代为宦的楚国贵族家庭。曾祖伍参尽管当时只是一位身份低下的嬖（bì）人，但他凭着对春秋时晋楚之间那场著名的邲之战所起的重要作用而走进了中国古代战争史。祖父伍举、父亲伍奢都任过楚王室高官，伍奢曾任平王太子建太傅，地位显赫。算下来，伍子胥属于"官四代"了。

二是他的逃亡经历可谓奇险。太傅伍奢犯颜直谏，被污为太子同党，伍氏家族遭受灭顶之灾。侥幸逃脱的伍子胥先随太子建在宋、郑、晋国间流亡，后又力保太子遗孤，亡命天涯。《新伍子胥过昭关：波神传奇（上）》选择新的视角，以文学笔法对伍子胥逃楚奔吴途中的奇遇进行了精彩而生动的描绘，细腻刻画了伍子胥身处逆境时的人物性格，这是对史载的疏忽或跳跃部分合理有益的补充，充分展现了伍子胥无比艰难的反抗之路。

三是他的功业堪称奇迹。伍子胥昭关脱险后，投奔吴国，为报阖闾知遇之恩，助其夺得吴国王位，受命担任吴国都城总设计师，象天法地建造阖闾大城，七荐孙武整军经武，吴国迅速崛起并称霸于诸侯，开创了苏州历史上最具王者之气的时代。夫差任期，伍子胥因诤谏遭吴王猜忌疏远，终被赐剑自戕，一世孤雄壮烈的传奇人生戛然而止。而伍子胥临死前一语成谶，之后吴国被卧薪尝胆的越王勾践所灭，目光短浅、刚愎自用的二十五世吴王夫差把他父亲创下的强大王朝断送了，令人扼腕叹息。《新卧薪尝胆：波神传奇（下）》，全方位演绎了这一段传奇经历，其中涉及多则有名的历史典故，用“新卧薪尝胆”统领全文，寓意新颖，趣味性强，惊心动魄，扣人心弦。

伍子胥是春秋晚期中华大地闪亮登场的一位重要政治明星，也是吴国“称霸”过程中众多历史人物中最不可或缺的人物。他像一条金线，将专诸、王僚、阖闾、孙武子、夫差、伯嚭、勾践、范蠡、西施等一大群历史名人串联起来，共同将那一段吴越历史演绎得波澜壮阔、险象环生。正如苏州学者吴恩培所说，伍子胥“作为一个政治上的漂泊者，因楚国的政治、文化旋涡而逃亡奔吴，接着就卷入了吴国的政治、文化旋涡，死后又卷入了越国的文化旋涡。”伍子胥的命运悲剧像一个巨大的感叹号，深深地烙在了那个历史时代，给后人留下了太多的叹息。

伍子胥死后，在古吴、越等地掀起了一系列的祭祀纪念活动。“吴人怜之，为立祠于江上。”《苏州民间故事》详细记载了流传于吴地的民间传说《伍子胥之死》。胥王庙里封他为镇湖的湖神，又称涛神。胥口伍相国祠有联语：“孝当竭力，忠则尽命；身为相国，死为涛神。”作为春秋吴国的敌国——越国，在古杭州也拉开了祭祀伍子胥的帷幕。传说深受钱塘潮水之患的古越人，在无法找到科学合理解释的情况下，开始嗔怪、怨恨“在水底阴魂不散驱水为涛”的伍子胥，到后来转为求助、祈祷倔强刚烈“御灾捍患”的伍子胥，并最终冠之以潮神、水仙的称号。古越人把杭州祭祀伍子胥并为之立庙的那座山叫“吴山”或“胥山”，伍公庙后殿为潮神殿，为吴山独有。吴恩培认为这“是一种宗教式的灵魂抚慰”。

伍子胥是一位个性鲜明、充满悲剧色彩的人物，人生经历较复杂，可谓曲折而悲壮。《新伍子胥过昭关：波神传奇》里的伍子胥形象更加丰满，蕴含着丰富的历史文化，浸透着儒家人文理想，绽放出人性的光辉以及力量之美、智慧之美、艺术之美。

先秦诸子及后世史家给予伍子胥崇高的评价，举世瞩目的上海博物馆藏战国楚竹书《鬼神之明》篇中第三简有曰："五（伍）子疋（胥）者，天下之圣人也。"专家分析《墨子》的这篇佚文是现存文献中最早将伍子胥誉为"圣人"的记载，也是对伍子胥的最高评价。司马迁称赞伍子胥："弃小义、雪大耻，名垂后世。"

从文化的视角看，伍子胥身上包蕴着传统道德"忠""孝"的对立与统一。在不同的区域文化背景下，所表现的文化价值取向各有侧重。吴文化弘扬他忠孝统一的完美价值观，他作为吴国的大臣，灭楚既为父兄报仇雪恨，又是对吴国的忠诚不二。在楚文化里，忠与孝在伍子胥身上呈现出一种对立的形态，二者之间他只有取舍，不能双全。如忠于故主楚平王，就是不孝；而要尽孝复仇，则是对故主不忠。而越文化，则崇尚"人神共居、天人合一"的价值追求。对于自然灾害，受科学文化知识限制的古越人，只能祈求潮神伍子胥的保佑了。

其实，走进历史文化的伍子胥早已不是一个单纯的历史人物，而已成为一个历史文化符号，"伍子胥信仰"从早期的吴越之地逐渐向中原传播，早已融入了整个中华传统文化之中。如今，苏州、杭州、湖北、河南、山东等地都在充分挖掘并弘扬老祖宗们留下的历史文化遗产，伍子胥文化成为当地发展旅游文化经济的宝贵资源。

肖会智，笔名肖垚，"70 后"，贵州思南人。铜仁市作家协会会员。

对本书的一句荐语：纵览上下五千年，见仁见智见悲欢。人心人性泛波澜，世情世象是为鉴。

第 21 章　新孔子周游列国：子困陈蔡

典故卡

孔子周游列国

关于孔子周游列国，《史记·孔子世家》有详细记载。孔子是中华文化思想的集大成者，儒家学说的创始人。春秋时期，孔子率弟子们到各诸侯国游学，周游列国十四年，因其观念在当时的乱世难以践行，在各国都受到冷遇。孔子晚年修订六经，即《诗》《书》《礼》《乐》《易》《春秋》。相传孔子有弟子三千，其中有贤人七十二。孔子去世后，其弟子及其再传弟子把孔子及其所有弟子的言行语录和思想记录下来，整理编成儒家经典《论语》。

孔子端坐在一块大石头上，脸色蜡黄，头发已经打绺，黄褐色的长袍前襟部隐约显出一块形状不规则的汤渍，他无力地用手抠弄，目光呆滞，花白的大胡子随着嘴的翕合上下抖动着。

“老师，”子路看孔子八成已饿得够呛，大有顷刻间一命呜呼的危险，赶紧挪着沉重的步伐走过去，强颜欢笑道，“老师！颜回去讨米了，五十六炷香的工夫过去了，大概正在回来的路上，您老再挺挺，可别灰心，万一一不留神坚持不住咽了那口怨气，我们可是回天乏术，到时别说吃米，就是吃金豆子也救不回您了！”

孔子费劲地用混浊的眼睛白了子路一下，有点生气地说：“为师坚强得很，周游列国这么多年，什么大难没经过？小小饿病能难倒我？但鲁国的蒸鹅确实美味，外焦里嫩，香味扑鼻，吃时再蘸点蒜泥，那滋味……那滋味再好我也不想它。”孔子用余光看到子路正龇着黄牙偷偷嘲笑他，赶紧岔开话题，“颜回这孩子思想品德数一数二，但体育方面还是欠缺了点儿，走个路比蜗牛它姥姥还慢，我倒不是想吃的，只是担心他的安危。”

子路说：“可能颜回讨到的米面太多，负重前行，难免走得吃力。”

“我只怕他米面没弄多少，挨揍倒是一棍不落，要是腿被打折了，一样是走路费劲不是？现在咱爷们儿是虎落平阳被犬欺，觍着脸去讨米，等于跪着去讨打。也罢，把脸揍肿了，外人还以为是吃胖了呢！颜回这次是领了一个撑门面的活，嘴大还能吃八方，脸大只好去遭殃，也难为这孩子了。”孔子唉声叹气着站起来，找了一个大岩石的背阴处，顺势躺下，把两条腿直挺挺抬起，挨着岩石剖面贴紧，头朝下低垂下来，闭上眼开始小憩。

“老师！您这是练的什么功？”子路不明就里。

“消饿功。”孔子笑道，眼睛依然紧闭，“我在孩童时练就的，那时也是饥一顿饱一顿，我就发明了这么一个土办法，晚上睡觉前倒立一会儿，可以控控肚子。这法子很管用，不但不饿了，还有一种饱腹感，不信你试试。”

子路刚要躺下试试，这时打远处风尘仆仆走来了颜回。颜回灰头土脸，头发披散得不成样子，长袍被撕扯成了条状，老远一看，好像穿了一挂面条。他吃力地将背上一口破麻袋卸了下来，子路赶紧上前，打开袋子翻看，把手伸进里面去掏弄，掬出来一捧白花花的精米，他高兴地大喊：“大米，真是大米，这下有饭吃了。”

孔子一个激灵从岩石上翻滚下来，动作麻利，像疾风骤雨，把子路颜回吓了一跳。俩人看孔子容光焕发，精神亢奋，眼睛露出绿光，直勾勾地盯着米袋出神，显出狼一般的凶相。子路的上下两排牙直打架，带着哭腔对孔子说：“老师，您莫不是回……回光返照吧？记得俺爷爷临终前也是您这副尊容。”

孔子一听，这才发觉自己确实很不得体：两只胳膊像苍鹰翅膀一般向两边支棱起来，脑袋往前凸伸，左腿前弓，右腿后蹬，活脱脱一只等待弹跳的蚂蚱。他赶紧整理好衣冠，面色恢复如初，缓慢地坐到岩石沿上，装成正襟危坐的样子，然后作出惊讶的表情问：“颜回，你的长袍怎么弄的？我还以为那些贼人会用棍子打你，原来是用的钉耙呀，瞧把你衣服给搂得，哎呀，一条一条怪匀实的！”

颜回向孔子鞠了个躬，回道：“老师，他们没有打我。我在几户好人家借到一些米，回来的路上又见一片荒山上有几棵果树，果树上挂着好多野果子，便想着给您摘些解解馋。树高坡陡，我一不留神跌落下来，正好被树枝剐蹭住，把袍子剐成这个熊样，真是有愧师恩……”

“有果子，果子呢？”孔子差点跳起来，又赶紧压制住了兴奋劲儿，改口说，“果子先不忙，你没伤着吧？难得你有这份孝心，为师很感动。”

颜回笑着从怀里掏出几个鹌鹑蛋般大的野果递给孔子，那果子红彤彤的，煞是诱人。孔子正踌躇着接与不接，子路一把抢过去，一股脑儿塞进嘴里。孔子大声呵斥：“夫孝，天之经也，地之义也！”子路愣了一下，把带着牙印沾着口水的果子吐了出来。

孔子看有效果，又趁热打铁道：“温、良、恭、俭、让，我多次教导过你们，口号喊得响，怎么一到关键时刻就忘得一干二净？”

子路一时语塞，嘴里叽里咕噜嘟囔着什么，极不情愿地将果子递给孔子。孔子也不客气，接过果子，在袖口上使劲擦拭了几遍，一边擦一边说：“哼！己所不欲，勿施于人，也就是咱爷俩这交情，不然我才不吃你舍弃的。”

子路这个气呀！心想：是我不肯吃吗？是你硬抢啊！到头来还说这风凉话，真是得了便宜还卖乖。

孔子擦拭完果子，张开大嘴囫囵吞枣，连皮都不剩一点。

“好吃，真好吃！”孔子大口嚼着，腮帮子鼓得像个蛤蟆肚子，一边嚼一边夸，“这果子真不错，没核。”

子路黑着脸说：“那是，您一口把核吞了，还能有核吗？”

孔子瞪了他一眼：“住嘴，我才想起来，你刚才说我什么回光返照是吗？你这孩子真没口德，你也向颜回学学，人家这个品质，最起码老师坐着他站着，老师吃着他看着，老师饿了他就该烧火做饭了……”

颜回听出来孔子在点化自己，笑着回道：“老师饿坏了吧？我立马淘米做饭，您稍等片刻。”说着便把米从麻袋里捧点出来放到竹篮里，在附近小溪里淘了几遍，用三块石头支起一个简陋的灶台，把一口破瓦罐放到上面，将米放进去，添了点水，用打火石点着木柴，煮起米来。

孔子笑道：“孺子可教也！老师我先睡一觉，饭做好了叫我。”他心满意足地侧卧在岩石上，脸朝着灶台方向。他是肯定睡不着的，肚子还咕咕直叫，于是不时眯着小眼往锅里瞅，生怕饭熟了没人叫他。这时子路去远处寻找干柴去了，颜回用勺子在瓦罐里搅米粥，没三炷香工夫，锅里飘出香味来，引得孔子直流口水。他眯缝着眼睛，突然看见颜回用手抓锅里的饭吃，心中十分气愤，但他暂时不发作，看颜回接下来咋办。

不一会儿，饭已熟透，颜回恭恭敬敬向这边走来，孔子赶紧闭上眼睛。颜回说：“老师醒醒，饭已做好，请您用饭。”孔子佯装伸了个懒腰，打了个哈欠，起身说：“真奇怪，这么一会儿工夫居然还做了一个梦。梦见我的先人了，我居然自己先吃干净的饭，然后才给他们盛了吃，真是不应该啊！”颜回一愣，心想：原来老师刚才是假寐，实则在偷偷观察自己，于是笑道：“老师，不是您看到的那样。刚刚有木炭灰飘进锅里，把米粥弄脏了，我心想浪费可惜，就抓来自己吃了，好的留给了您。”孔子恍然大悟，脸上红一阵白一阵，感叹道：“都怪我！按说应该相信眼睛看见的，但眼睛不一定可信；应该相信自己的心，自己的心却也不可信。看来要了解人不能只看片面呀！为师错怪你了。”

颜回没说话，只是用一只破瓷罐给孔子盛了满满一碗粥。孔子一面沿罐边吹气，一面转着圈往嘴里扒拉米饭，烫得嘴直哈气。

等孔子吃饱喝足，子路和颜回才开始舀饭，正要落座开吃，远处传来一阵马的嘶鸣声，一队人马浩浩荡荡向这挺进，看样子好像是陈国军队。渐到跟前，一个将军模样的军官勒住战马，厉声问道：“你等是何人？看这般狼狈样，莫不是蔡国逃来的难民？如今吴楚在我们陈蔡之交会战，你们还是快快回蔡国躲避，不要白当了‘炮灰’。”

颜回和子路刚要答话，被孔子拦下。他上前鞠了一躬，说：“将军有所不知，我等是鲁国人，正在周游列国，恰巧路过陈蔡之地，时运不济，也怪我出门没看皇历，不知吴楚在此地交战，我等被乱兵围住，不得退身，随身携带的干粮早已吃尽，七天七夜粒米未进，幸得大徒弟颜回讨来一石米，刚刚吃下才保住了这条小命，您老要不嫌弃，一块儿用点？”

将军笑道：“不必了，还是您老留着续命吧！哎，刚才你说颜回是你大弟子，难道你就是孔丘？”

“小老儿不才，正是在下。”

“听说你徒弟不少，你教得还蛮不错，有些弟子还被其他国家重用，有这事吗？”

“是的！”孔子开始得意起来，“譬如……”

孔子刚要举例，子路突然接话说：“我们老师一辈子是学而不厌，诲人不倦……”

“噢，毁人不倦？看你这丑陋的面相也不像个良善之辈，肯定毁了不少人。”

陈军人等全都大笑起来。

子路赶紧说："是悔，不是毁，我们老师教出的弟子足有三千呢！其中有七十二个贤人。"

"闲人这么多？"将军紧蹙双眉，"还是回你们鲁国去吧！我们这可不缺爹，不养闲人。"

"您老误会了。"孔子照着子路的手背打了一下，解释说，"他没说清楚，贤人是贤德之人，比如我身边这个颜回吧，他是一箪食一瓢饮就可以过活的，淡泊名利，在物资极度匮乏的情况下，还能保持谦虚好学的态度，真乃大贤也！"

"是够闲的，"将军说，一边把两腿往马肚子上一夹，马缓缓往前走去，"闲得都吃不上饭了还有功夫做学问，我看先读读医书治治脑子吧！听我一句劝，赶紧回去！别到时打起仗来刀枪不长眼，再劈着您老，那真是彻底让您闲着了。但这个结果对于你们这些迂腐文人来说，也不失为一个天大的造化，哈哈哈！"

看着一队人马绝尘而去，孔子摇了摇头，说："道不同，不相为谋也！正如我和老子一样。"

颜回说："老师！早听说老子骑青牛出函谷关了。他是大智之人，何不出仕做官呢？"

孔子说："我俩道不同呀！他是顺其自然的天人合一，我却注定要一生奔波劳碌，他教我上善若水，与世无争，怎奈入仕想绕开这些条条框框也难呀！"

子路问："老师！老子这人到底怎样？"

孔子答："那鸟，我知它能飞；那鱼，我知它能游；那兽，我知它能走。走者可用网缚捕，游者可用钩垂钓，飞者可用箭射取，至于龙，我可不知其何以？龙乘风云而上九天！我所见到的老子，就是一条龙，学识渊深而莫测，志趣高邈而难知；如蛇之随时屈伸，如龙之应时变化。老子，是真龙啊！"

"没错，"子路说，"早听说他是真聋，出函谷关时，守官尹喜喊破了嗓子也没喊住他，愣是用竹竿别住牛腿才把他逼停的。"

"子路，"孔子说，"你再不好好学习就废了！你颜回师哥今天去讨了米，你也该有点作为了。我派你去联系楚军，让他们把我们护送到楚国。听说楚君是个高德的人，广纳贤才，必定优待我们，去吧！"

子路小声嘟囔着："又要去祸害楚国了！"

"你嘟囔什么？"

“我说，集上的东西应该又开始打折了。”子路伸了一下舌头，赶紧改口。孔子笑道：“正是，拿我那包破衣服典当一下，或许还能换回几个饽饽，要搁以前，我是舍不得换滴！”

子路把孔子的破包袱往身后一背，端起已放凉了的稀粥仰脖一饮而尽，随后拜别孔子颜回，大步流星朝楚营方向走去。

后面传来孔子语重心长的交代：“最少十个饽饽，少一个也不能给我当！”

赏　析

孔子成了隔壁大叔

孔子是圣人，大家都熟悉。“若丧家之狗”“学琴三月不知肉味”的典故家喻户晓；“三人行，必有我师焉”“敏而好学，不耻下问”“学而时习之，不亦说乎”等经典语录，我们从小学开始就能倒背如流……然而，孔子似乎离我们很近，却又咫尺千里。说起对他的印象，用《史记·孔子世家》中的那句话来表达颇为贴切：高山仰止，景行行止。虽不能至，心向往之。

谁也想不到，这样一位遥不可及、神仙般的人物，有一天会摘下圣人的光环，乘着笑李飞叨的时光飞船来到我们身边。《新孔子周游列国：子困陈蔡》独辟蹊径地选取了一个较为冷门的典故为食材，佐之以文学幻想的调味剂，为读者奉上了一道风味独特的历史美餐，品来颇觉情趣盎然，既无落俗套之感，又不因作者的大胆创新而感觉变了味。

故事讲述了孔子和学生子路、颜回一起，游历到了陈蔡交界处。此时，孔子已感到饥肠辘辘，于是吩咐颜回去寻点吃的。但圣人就是圣人，时时刻刻都要小心翼翼装出一副有教养的样子来。可圣人也是平常人，在饥饿与死亡的威胁下，故事中的圣人表现出了凡人俗气的一面，当他发现颜回讨回了吃的之后，“一个激灵从岩石上翻滚下来，动作麻利，像疾风骤雨，两只胳膊像苍鹰翅膀一般向两边支棱起来，脑袋往前凸伸，左腿前弓，右腿后蹬，活脱脱一只等待弹跳的蚂蚱……”这生动形象的描述，令人忍俊不禁，同时又让孔子高高在上的形象变得亲切平实了起来。

在看似日常琐事的描写上，作者也融入了“儒家”的精神要义。如孔子为了教训桀傲不恭的子路，说道：“夫孝，天之经也，地之义也！”“温、良、恭、俭、让，我多次教导过你们……”还有在表扬颜回时提到的“一箪食，一瓢饮”等，与情节融合得天衣无缝，可谓寓教于乐。

而孔子一生的功绩，也以令人耳目一新的方式，在子路与陈国将军的对话中得到了体现，既是点睛之笔，又增加了新的笑点，趣味横生。

“我们老师教出的弟子足有三千呢，其中有七十二贤人。”

“闲人这么多，还是回你们鲁国去吧！我们这可不缺爹，不养闲人。”

故事中提到的“老子”，也令人印象深刻：

孔子说：“我所见到的老子，就是一条龙，学识渊深而莫测，志趣高邈而难知；如蛇之随时屈伸，如龙之应时变化。老子，是真龙啊！”

子路又调皮了，“没错，早听说他是真聋，出函谷关时，守官尹喜喊破了嗓子也没喊住他，愣是用竹竿别住牛腿才把他逼停的。”

风趣而灵气十足的描述，令老子“真龙”般学识渊深、志趣高邈，又不食人间烟火的形象，与子路叛逆不羁的形象，已然深入人心。

孔子最宠爱的“孔门大弟子”颜回，则在故事中保持了其一贯品学兼优的良好形象，尤其是为了孝敬老师冒着生命危险爬树摘果子，结果不慎掉落导致袍子被树枝刮成了“面条”……有趣的情节设计，充满烟火气息的对白，让读者在笑声中与孔子师徒有了一次亲密接触。那曾经遥不可及，令人高山仰止的历史人物，都变得亲切了起来。

当孔子成了隔壁大叔，历史也变得像邻家姑娘一样可爱。

高中原，“60后”，湖北武汉人。文学爱好者。

对本书的一句荐语：翻开了岁月的记忆，袅袅着历久的弥香。我来到“笑李飞叨”的江湖，仗剑走天涯……

第 22 章　新墨守成规：兼爱

典故卡

墨守成规

成语“墨守成规”出自《钱退山诗文序》。墨子止楚攻宋的故事，则见于《墨子·公输》。墨子名翟（dí），东周春秋末期战国初期宋国大夫、墨家学派创始人。他提出了“兼爱”“非攻”等观点。墨家在先秦时期影响很大，与儒家并称“显学”，在当时的百家争鸣中，有“非儒即墨”之称。其弟子根据墨子生平事迹的史料，收集其语录，完成了《墨子》一书传世。因为墨子和他的弟子们擅于守城，后来就把牢守称为“墨守”。但这个“守”一般都已不指守城，而多指守旧，成了贬义词。本章出现的公输般，就是中国木匠鼻祖——鲁班。

一只木鸢（yuān）翾翔（xuān xiáng）在天空，扑扇着巨大的翅膀，时而冲向云霄，时而低空俯行，一不留神，将背着包袱埋头跋涉的墨翟头上的束巾给剐蹭了下来。墨翟以为是有人吃饱了撑得没事干和自己恶作剧，刚要甩开腮帮子破口大骂，一抬头，发现是一只木鸢在飞翔。他有些失望，如果是活物还可以理解，这么一个无生命的东西也敢和自己作对，简直就是和尚打伞——无法（发）无天，癞蛤蟆插鸡毛掸子——愣充大尾巴鹰。墨翟顺口袋掏出一只弹弓，装上石子，用力一拉皮筋，“嗖”的一下，木鸢应声落地。

闻讯赶来的村妇农夫立马像抢孝帽子一样猛扑上去，有抓翅膀的，有薅（hāo）尾巴的，有拽爪子的，有按鸟头的，好家伙，一个顶好的木鸢被大家伙大卸八块，成了七零八落的一堆烂木头。

“这是怎么构造成的呢？真是巧夺天工呀！可惜了，被这黑家伙给活活打了下来，你那手就那么欠吗？”说话的是一个满脸褶子的老妪，一手拄着拐杖，一手拿着鸟头，怒气冲冲地质问墨翟，大有想用鸟头换人头的架势。

“是呀是呀！这鸟飞了有三天三夜了，不曾停歇半刻，就是大鹏，也会隔上半晌打个盹的，真是奥妙！难为公输般有这等神仙妙手，谁曾想遇上这么一个冤家，用只破弹弓就毁了如此一套巧妙机关。你是不是闲得牙根疼？咋不对着你自己的眼睛打呢？打瞎了才好，让你见不得别人好……”

大家伙你一言我一语，各抒己见，但群体的攻击目标却出奇一致，全都指向墨翟。

墨翟将弹弓收起，黑着一张脸，指着村民手里的木头零件说道：“这是公输般的杰作？我说呢！他也就会弄这些个故弄玄虚的东西，谁不会造呢？我一人给你们造一个，你们拿回家去有什么用呢？”

大家面面相觑，还真不知道拿去干什么用。

“治颈椎病还是顶好的，最起码，它一飞，眼随它动，眼带头，头带颈，活络筋骨，还是大有益处的。”

“得了落枕，狠狠扇你一个响亮的耳瓜子，一样治好你的病。”

那人一听，赶紧闭上嘴，低着头捂着自己的腮帮子，好像真受了一记耳光般火辣辣的疼。

“我正准备去会会那个公输般呢！”墨翟一边说着，一边往前走去。村民们闪出一条道来，任由他对自己嗤之以鼻，都不敢出声，因为都不晓得这个家伙到底有几把刷子，而且他说的话确实有点道理，无法反驳。

路过一个人头攒动的集市，这里商贾云集，买卖铺鳞次栉比，货品琳琅满目，吆喝声此起彼伏，好不热闹。墨翟打齐国而来，足足走了十天了，路上不曾休息，和那个木鸢呆头木脑的精神有得一拼。但正如那个农夫所说，大鹏还有半晌打个盹的时候呢！此时的墨翟有点体力不支，眼看就要到宋国境内，他想喘息片刻，决定打尖住店。安排好住宿，便来到酒楼二层一个不起眼的拐角处用餐。

“客官，您要点什么？”小二肩搭手巾，笑嘻嘻地过来问道。

“七个窝头，三盘咸菜，外加一壶你们店最便宜的烧酒。”

“就这？”

“就这。”

“够吗？”

“兴许还吃不了呢！”

“好嘞！七个窝头、三盘咸菜、一壶劣质烧酒……”小二鄙夷地看了他一眼，故意撇着嘴高声朝厨房里喊道。

差不多踩死一只蚂蚁的工夫，小二就将窝头、咸菜、劣质烧酒预备完毕端到了桌上，随后翻着死鱼眼去伺候别的客人了。墨翟正要喝酒吃咸菜，楼下街市上突然传来一阵嬉笑声，还有一阵起哄声。墨翟好奇，打开窗户往下看去，见街面中央围了一圈人，密密麻麻，从远处望去，像蛤蟆胎子一般在蠕动。

这时看见小二正给别的客人送菜，墨翟拉住他问道：“下面是何人喧哗也？”

“小人才疏学浅，大字不识一粪箕子，说句您老儿不爱听的话，请您说人语，什么是喧哗也？”

墨翟笑道：“楚国人要都是你这样的该多好，我也就不用怕你们攻打宋国了。”他指了指楼下，又指了指人群中间那个头戴黑纱巾的黑胡须男子，“喏，就是那个人，卖什么的？”

小二说：“卖学问的。”

“呦！有点意思，这新鲜，还有卖学问的！”

“您老刚才不也卖弄了所谓的学问吗？什么知乎者也的，我浑身都出麻气。”小二反唇相讥。

墨翟说：“你早上是用火药面刷的牙吗？说出话来怎么老是擦枪走火呢？你这小王八犊子，问你什么答什么就完了。”

小二赶紧笑道：“哎！您老要早这么说话不就行了，听着也舒服不是？”

“好嘛！弄了半天你小子是欠骂呀！”墨翟也笑起来。小二指着楼下那个黑头巾说道：“看来您不是我们本地人，这个人是我们这边的名人，大大的发明家公输般老先生。我们酒楼用的石碾磨就是他发明的，好用得很，就是太费驴，五年累死了六匹，按他的话说还得改进。”

“噢！那他对面那个人又是谁？”

“是他以前的徒弟，叫泰山。起这么个名，压力得多大呀？嘿嘿！据说让老先生给开除了。他叫泰山，老先生叫公输般，让老先生像龟孙般搬泰山，他能搬动吗？他也不干呀！得，开除了吧！”

墨翟笑道：“胡编乱造，牵强附会，你在这里干酒保，真可惜了这身草包材料。”

墨翟起身往楼下走去，他要看看怎么回事，正好也与公输般会会。真是踏破铁鞋无觅处，原来这小子就在眼前犄角旮旯处，省得去寻他了。

墨翟拨开人群，见公输般正站在一个货摊子前捋着胡子翻看东西，那个叫泰山的年轻人长得膀大腰圆，黑灿灿的脸庞像脸盆一样大，浓眉大眼，一口黄牙像镶了一层黄金，开口一笑闪得人眼睛疼。

摆在泰山面前的地摊上放置着很多做工精良的实木家具，还有曲尺、锁钥、机封，等等，看上去件件巧夺天工。上面雕刻的珍禽异兽栩栩如生，惟妙惟肖，公输般和周围的群众一样，看了也是啧啧称奇。公输般对众人说道："当年，我为了维护班门的声誉，会定期考察淘汰一些徒弟。其中这个泰山，看上去笨笨的，呆头呆脑，来了好长一段时间，手艺也没有什么长进，于是我将他扫地出门。没想到今天让我再次遇上他，更没想到这些鬼斧神工的杰作居然出自我这个徒弟泰山之手，看来我真是有眼不识泰山啊！"

这时墨翟站了出来，拍了一下公输般的肩膀，大笑道："老先生名师出高徒呀！您徒弟造的这些东西是有益于人民的，可以称为义，这是好的，凡是不利于人民的或于人民无任何帮助的东西，就称为无义，譬如我今天用弹弓打下的您那只木鸢，我就觉得打下来一点都不冤。"

公输般回头一看，见是一位头戴包巾，面容黢黑，一副瘦弱身材的中年男子在说话，他连忙打了一个躬："这位壮士，原来我那木鸢已经被你打下来了。打下来也好，我本来也想抽空打下来的，怎奈没有时间。造的时候只想到让它怎么飞，没想着让它怎样落了，真是惭愧。"

墨翟说："老先生还是不明白义的含义，这不是飞与落的问题，而是能够产生什么效益。听说您已经造了云梯，想帮助楚国攻打宋国是吗？我今天就是为此事而来，想听听您攻打它有什么益处。"

公输般赶紧拉了拉他的衣袖，趴在墨翟耳朵上说："小点声，我又不聋，这些人还都不知道。人民不希望打仗，让他们知道了我主战的话，我的下场比我那只木鸢好不到哪去。请随我去见楚王便知。"

墨翟暗笑他胆小鬼，也只得随他去见楚王。楚王听说是墨翟来了，赶紧吩咐熬了点小米粥，外加几个花生豆款待，还热情地劝他尽情吃："多喝多吃，不要客气。"

墨翟不敢夹花生豆，怕一筷子下去就见盘子底了，知道的说楚王小气，不知道的还以为他墨翟没出息呢！

"吃饱了，呃……吃不下去了。"墨翟违心地说，又故意打了一个嗝。

“你们外国人饭量就是大，好家伙，一大碗稀粥外加好几个花生豆，看着你那吃相我就反胃。”楚王笑道。

墨翟听了他的话更反胃，赶紧岔开话题：“大王，我有一事不解，还想请您为我指点迷津。有一个人，丢掉自己的彩饰马车，却想偷邻居的破车子；丢掉自己的华丽衣裳，却想偷邻居的粗布衣；丢掉自己的米肉，却想偷邻居的糠糟饭，这是个什么人呢？”

楚王不假思索地答道：“这个人一定有偷窃病吧！”

墨子趁机接话：“楚国方圆五千里，土地富饶，物产丰富，而宋国疆域狭窄，资源贫困。两相对比，正如彩车与破车、锦绣与破衣、米肉与糠糟。大王攻打宋国，这不正如偷窃癖者一样？”

楚王理屈词穷，绕了个弯子说，“仰仗公输先生的妙手，如今我们‘钩’和‘拒’都有了，攻宋的计划已经提上日程，不可能更改。”

“胸有成竹吗？”

“可不？”楚王说，“原理公输先生都演示了一遍，我们是心服口服。你看，当敌军处于劣势时，‘钩’能把敌军的船钩住，不让它逃跑；当敌军处于优势时，‘拒’能抵挡住敌军的船只，不让它追击。楚军有了钩、拒后，将无往不胜。”

“那您有义吗？”墨翟依然黑着脸问。

“这……义是个什么东西？”

“我是用爱来钩，用恭来拒。你用钩钩人，人家也会钩你；你用拒拒人，人家会用拒拒你。您说‘义’的钩拒难道不比‘舟’的钩拒强吗？”

“我对绕口令没有研究，但你说的这些，我实在是……呃？你以前是个铁匠吗？”楚王如坠云里雾里，不明就里。

公输般似乎听出来些眉目，笑道：“你受儒家思想荼毒太深了，有人的地方就有矛盾，国家也一样。何况我已经造好了云梯，十拿九稳，不攻不行。”

墨翟笑道：“盾能挡矛，矛可刺盾，是骡子是马拉出来溜溜，墙上画马不能骑，镜子里的烧饼不能充饥，纸上谈兵不如被窝里闻屁。”

“什么乱七八糟的，他说的什么这是？”楚王的脑仁被他绕成了一团糨糊。

“墨翟先生是想和我比试比试，一决高下。大王，请容我和他练练。”

楚王忙吩咐手下：“快取火炉，把他炼炼！”

公输般说：“大王，不是火化，是练练手，切磋切磋的意思。”

楚王说："哎呀！干脆说文言文，这稀汤寡水的谁听得明白？"

公输般吩咐士兵将云梯的模型拿来，摆在空地上，布置好繁杂的攻城器械。墨翟也展开架势，解除上衣，以衣带为城，从包袱里掏出预备好的竹板，以竹片为利器，与公输般相斗。一进一退，敌攻我守，敌进我退，敌疲我还守，眼看公输般的攻城器械都用尽了，墨子的守城办法还有余地。最终公输般累得气喘吁吁，败下阵来，心服口服。

"完了？"楚王还没看明白，只知道公输般偃旗息鼓，不再进攻了，他大失所望。

"大王，这家伙果然有一套，我甘拜下风，还是放弃攻宋的好。"

"那就把他炼了吧！反正火炉也拿来了，人一死一了百了，没有他不就能攻宋了。"

眼看在楚王的喝令下火炉被抬了上来，墨翟冒出一身冷汗，赶紧说："哈哈，即使杀了我，我还有300多个徒弟呢。我早已把守城秘法传授给他们了。到时你们还是攻不了宋，而且还要背负一个屠杀贤人的坏名声，得不偿失呀！"

楚王一愣，眼睛一转，捋着胡子哈哈大笑起来："墨翟先生别害怕，刚才寡人是跟你开玩笑呢！我搬上来这个火炉是想请你吃火锅的，我已经打算放弃攻打宋国了，今天好好款待一下你，尽情享受吧你！"

墨翟赶紧起身告辞："大王盛情款待，鄙人不胜感激。还是不吃的好，我怕火锅炖着炖着成了八宝粥。还是告辞的好，后会有期。"

说完墨翟拂袖而去，公输般紧跟其后送行。楚王大手一挥，吩咐将刚刚端上来的花生豆、黄豆、绿豆、扁豆、黑豆、红豆通通撤下去，他暗自欣喜，喃喃自语道："吓我一跳，我还真以为他会觍着脸留下来吃呢！那样真白瞎了我这一锅杂粮了。哼，国君也得会过日子呀！"

这时火炉被士兵抬了下去，只听"扑哧扑哧"传来几下声响，这是宫女们在用凉水把火焰浇灭的动静，不一会儿便飘起来一团烟雾，夹杂着宫女几声咳嗽声。

赏　析

戏说“墨守”，还原“初心”

在崇尚创新的时代里，谁保守谁就容易被批为“墨守成规”。

不过，如果要追溯“墨守成规”这个常用成语的源头，探寻大家习惯当作因循守旧、不知变通的“死板”标签的背后故事，那可是非同小可的震撼！

这个常用成语、“死板”标签背后的主角竟是“墨子”，墨家学说创始人。与他息息相关的经典《墨子》，其中被称作“墨经”或“墨辩”的部分，成就了古代世界三大逻辑体系之一。墨子可不是没主见的服从者。他的推理，他的逻辑，曾影响过同时代的“亚圣”孟子。孟子善雄辩，其雄辩技巧里，若隐若现地闪烁着《墨子》中的智慧光芒。孟子惦记着这位杰出的思想家和实践家，爱恨交加。这两个人原本都是至圣先师孔夫子的学生。不料，墨子走火入魔，竟知书而不达“礼”了，敢嫌孔家之“礼”太烦琐，公然出走另立山头，轰轰烈烈地“非儒”起来。位居儒家老二的孟子，自然火冒三丈，激情开炮：禽兽！

树大招风，后世也有人将墨子妖魔化。墨子来自民间，他的民间“铁粉”林立，组织强大，他本人吃苦耐劳，既富工匠精神，又洋溢着武士之风。墨子本人被描述成“面目黧黑”者，他的“铁粉”统称墨者。后世有因墨子的能量巨大而惊悚，随手贴黑标签：黑社会的黑老大！

果真是禽兽、黑社会黑老大吗？《新墨守成规：兼爱》插科打诨似的演绎了墨子的事迹。墨子的灵魂也活灵活现其间。

小说以奇事、奇人开篇：一只飞了三天三夜的木鸢，邂逅一个独行了十天十夜的神秘黑人——这个故事的主角。“黑家伙”随即穿行在村野、闹市和宫廷中。他的德行也在村闹、市遇和宫斗中徐徐展开……

故事在各种邂逅、各种巧遇中起底“黑家伙”。各式场景烘云托月般彰显主角，这位面目黧黑者的艰辛、淡定、智慧与执着。且不说从村妇农夫那令人忍俊不禁的围攻与尴尬中，透射出的主角的智慧之光；单是那活动纷繁，有如“清明上河图”的集市，也衬托出主角江湖人生里的讲究——唯道义是瞻。而诡谲如鸿门宴的宫廷较量，亦丰满了主角义薄云天的形象。

三个场景的转换，就为一个中心事件：阻止楚国攻打弱势的宋国。为此，主角比后世的关羽单刀赴会还要勇敢，赤手空拳独自前往战争狂魔的老巢。显然，主角——劳心劳力、面目黧黑的墨翟，即后世尊称的墨子，是一个坚定的反战义士。他一生力主“非攻”“兼相爱，交相利”。他的墨家团队，英勇善战——却重在“守”字，发展了一整套的防御战系。他们制作的军事器械，也以守城器械为长。声名远扬的“墨守”，彰显着墨家的“初心”：“非攻”“兼爱”。

墨家的“兼爱”，有别于儒家的“爱有差等”，曾招来孟子咬牙切齿的咒骂：“杨氏为我，是无君也；墨氏兼爱，是无父也；无君无父，是禽兽也。”虽说，孟子冷酷地将墨子同“拔一毛以利天下而不为也”的杨朱并入“禽兽”的黑名单；可孟子有时也会情不自禁地礼赞敌手：“墨子兼爱，摩顶放踵，利天下为之。”

在作者笔下，除了面容黢黑的主角墨翟形象生动，公输般和楚王也呼之欲出。他们相映成趣。

对于公输般，作者不惜笔墨突出他的技艺高强，开篇即现奇物，好评如潮。他的确擅长创造，名副其实。他也爱才，勇于向弟子承认错误：有眼不识泰山。他输给墨翟的，不是才能，而是道义——他可以为炫技挑起战争，恃强凌弱！

对于楚王，作者展开想象的翅膀，通过滑稽的细节，用漫画笔法，揶揄他的贪婪成性，顽固好战及可笑的收场。尽管小说中的小米粥和杂豆宴属子虚乌有，但历史上那个与墨子同时代的楚惠王，的确吞并过若干小国。墨子挺身而出，止楚攻宋，可谓是对“非攻”“兼爱”等墨家“初心”的践行。

有了这两个小丑般的配角衬托，谁都能轻松地感受到主角墨子的正能量——智慧与“兼爱”交相辉映。

墨子的皮肤与姓名关联“黑”字，墨家的初心却不黑。墨子不与禽兽为伍，不干祸害民众的黑恶之事。墨家的“非攻”“兼爱”，恰如耀眼的彗星，划过历史的夜空。

4000多字的戏说，凸显了“墨守”的“初心”。妙趣横生里包含了多个典故：“墨守成规”“不识泰山”“钩拒”等，寓教于乐地传承了百家争鸣的先秦文化。

王闽九，本名王海英。“60后”，现居福建漳州，退休教师，文学爱好者。

对本书的一句荐语：挟融媒体时代多元风，于笑侃中演绎神州文明史，以古鉴今，寓教于乐。

第 23 章　新田氏代齐：谁动了姜子牙的奶酪？

典故卡

田氏代齐

田氏代齐，也叫田氏篡齐，是春秋走向战国的标志性事件之一，指战国初年陈国田氏后代取代齐国姜姓吕氏成为齐侯的事件。《史记·齐太公世家》《史记·田敬仲完世家》讲述了姜齐以及田齐的兴衰史。三家分晋和田氏代齐，是各国大夫专政夺权运动的高潮，他们的成果最终为周天子认可，这表明奴隶社会及其统治思想已经被撼动，中国的封建社会开始形成。

一个身穿破衣烂衫的男人光着脚踩在沙滩上。在他面前，是一片伟丽而宁静、碧蓝无边、如玉石般清莹秀澈的大海。小小的涟波在海岸的金色细沙上喃喃着，像前赴后继的王八们，朝他的脚边不断爬来又陆续退去。潮起潮落，男人耳朵里回响着一声声叹息，又像是一种呜咽，有时变作一阵猛厉的吼声，令他如同听到野猪号叫一般心惊肉跳。

男人右手止不住地颤抖，却还在努力握着鱼竿。细心的渔民经过，会发现这根鱼竿的古怪：鱼钩是直的！

“先祖姜太公，请保佑本王早日钓到文王后裔，助我杀回国都，铲除乱臣贼子，为我们姜氏一族讨回公道！”男人嘴里念念有词，路过的人只当遇到疯子，赶紧绕道。

原来，这位衣衫褴褛的邋遢汉子，并非渔民，也不是乞丐。他漫无心思地钓鱼，脑子里翻江倒海的尽是过去的事。他想起几年前的祭祀大典上，自己还身着华贵的天子礼服，威仪凛然，身穿黑衣的女御和诸臣分别侍立于西阶和东阶下，密密麻麻一片，像一群被缝上了嘴的乌鸦。这位君王率领官老爷们，在列祖列宗的灵位前跪伏祭拜，祈求国泰民安……而今，只剩他孤家寡人一个，拿着根破鱼竿对着想象中的祖先发牢骚。

他叫吕贷，是姜子牙吕尚和齐桓公姜小白的直系后裔。堂堂齐国国君，却被自己的下属、相国田和流放到了这座偏远海岛上，食不果腹、衣不蔽体……想到这，他恨得牙痒痒，真想把那该死的田和扔进海里喂王八。

吕贷眼神呆滞地凝望着茫茫大海，充满朝气的海蓝色在他眼里逐渐化为一团混沌，晦暗而模糊……

忽然，他感觉肩膀被人拍了一下，转身看见两个白胡子老头气势汹汹地站在身后。其中一个怒气冲冲地责问他："自老夫受封以来，齐国这块土地已经由我们姜家统治七百多年了，为什么偏偏败在你的手里？"另一个更是凶神恶煞："想当年，齐国在我和仲父治理下，国富民强，领袖群伦，如今竟沦落至此，国际形象严重走衰不说，连宗庙都丢了。你小子该当何罪？"

吕贷一时被吼得呆若木鸡，快速咀嚼了一下两个老头的话，再瞅瞅他们的双脚——哎呀妈呀，竟是腾云驾雾飘在半空！

吕贷吓得"扑通"一声跪倒在先发话的老头跟前，连连磕头："尊敬的姜太公，您教训得是。俗话说，人善被人欺。都怪我曾经太傻太天真，才会掉进那姓田的挖的坑，以至于让先祖蒙羞。我知错了，如果您能劝说文王后裔来助我平乱锄奸，我保证绝不心慈手软，将田家和那些叛乱分子通通凌迟处死、五马分尸、镬（huò）鼎烹煮、诛灭九族！"

看到这个惶惶如丧家之犬的昔日国君还在死鸭子嘴硬，姜子牙连声叹息又不停摇头，半晌牙缝里才挤出了一句："真是可怜之人必有可恨之处。事到如今，你还不知道自己究竟错在哪里！"

"你知道我是谁吗？"姜子牙身边的老头走过来，弯下腰瞅着跪在地上的吕贷问道，侃然正色，不怒自威。

"当然知道了！"吕贷冷笑着回了一句，突然发飙，一记闷拳朝那个顶住自己额头的鼻梁挥去，把老头打得180度翻了个身，上半身趴在沙滩上，屁股却撅得高高地对着吕贷，托着他的那朵祥云也消散不见，两条细腿直挺挺地扎在沙子里，活像只正在伸懒腰的"雪纳瑞"。

"你就是齐桓公小白！名字起得真不赖，够傻够白，又偏偏遇上田氏这个冤家，成了名副其实的'傻白田'！田氏代齐，真正的罪魁祸首是你！若不是当年你引狼入室，收留了那个陈国来的流浪汉田完，还封以高官厚禄，让这个外来户一步步做大成了暴发户，我们姜齐的家产又怎么会被田家抢走？”

这齐桓公也不含糊，伏在地上一个驴蹬腿就把吕贷踹老远，又一个驴打滚滚到了哀声连连的吕贷身边，也不顾自己的鼻血淌到了吕贷脸上，怒视着吕贷说道：“寡人当年乐善好施，也是为了帮你们这些子孙多积点德。遗憾的是，寡人曾经称霸诸侯，威震八方，辛辛苦苦为齐国打下大好基业，可惜一手好牌却被你们这些不肖子孙打得稀烂。寡人在世时，田家人恭敬贤良，为我们姜家肝脑涂地。若不是你和你的几个祖宗不争气，耽于酒色，不理国事，失了民心，又怎么会让姓田的钻了空子，鸠占鹊巢？”

吕贷无言以对，也确实怕了那双驴蹄子，唯有一语不发，瘫软在地。

然而，吕贷还没来得及喘气，就见两个老头凶神恶煞地凑近自己，不顾他的惨叫，一个拎起他的双臂，一个抓住他的双腿，像摇晃吊床一样让他在半空荡起了秋千。姜子牙说：“你以为照着我的鱼竿仿了个假冒伪劣产品，就能拯救江山社稷了吗？你自己下去问问，鱼同不同意？”齐桓公说：“事到如今不知反省，还在推卸责任，真是无药可救，让你看看栽赃寡人的下场！”

吓蒙了的吕贷刚想张口求饶，两老头已经松手，他像个沙袋一样被重重地抛进了大海……

“咳咳！”鼻子和嘴巴都呛满了海水，本能的求生欲望让吕贷使尽全力挣扎起来，没想到双腿一蹬立马踩着了底。他站直了身子，回过神来一看，这海水只刚刚没过自己膝盖。

“哈哈，昏君成了落汤鸡！”两个男孩正站在岸上龇着牙嘲笑他，露出两排掉得七零八落的牙齿。

“是……是你们推我的？”吕贷气得鼻子都歪了。这分明是两个还在换牙的小屁孩，他刚才怎么就看成了那两个老头呢？

“就是我们，怎么样？看你装模作样在这钓鱼，自己还打起了盹。我们毫不费力就把你推进了海里！”

“小小年纪，怎么如此恶毒！”吕贷指着孩子们骂道。

“你还说我们恶毒？你知道吗？我爹、我爷爷、我曾爷爷都是死在你、你爹、你爷爷手上的。你们姜家数代昏君奢侈无度，好治宫室，劳役不止，厚赋重刑。百姓生活无着，到处都是饿死的人。抗争的人民被镇压，满街都是受刑被砍去双脚沿街乞讨的半截身体，开鞋店的都纷纷倒闭了。我们家几代人，死的死残的残，差点绝后。幸亏相国田氏体恤百姓，他们开放粮仓，向人民借粮时用大斗借出，小斗收回，变着法子救济百姓，又开办了多家公益性质的假肢康复中心，为满街的残疾人安装假肢，这才救活了不少人。要是砍掉的脑袋能安上去，他们一定也会不遗余力地去救死扶伤的！后来，田氏号召人民出工出劳，帮他们开辟海岛，建造盐场和渔场，用来救济更多穷苦百姓，我们家也响应号召，跟着生产大队来到了这座岛上。这几天，听说临淄城里的那个昏君被流放到了这里，我们就想着要好好教训一下你，为我们的家人和那些无辜受难的百姓出口恶气！”

一语惊醒梦中人。吕贷这下明白了田氏做大的原因，悲从中来，他在心里暗暗思索：“姜家数代国君对国家大事和百姓疾苦漠不关心，贪图享乐，任凭卿室贵族把持朝政，致使王室渐被架空。田氏一边剪除政敌，悄然实施夺权阴谋，一边施行私政，用公家的钱粮收买人心，忽悠老百姓那是一套一套的，圈了不少粉。那所谓办什么盐场、渔场，不过是中饱私囊，却哄得老百姓傻傻为其卖命。然而，他们田家三百多年来，就靠着这种瞒上欺下的把戏，最终完成了这场蓄谋已久的权力交接，或者说是和平演变。难怪了，一直以来，对于这件看似惊天动地的外姓篡位事件，齐国民众不以为然，没有发生任何骚乱和暴动，甚至王公贵族们也全无所谓，没有发出抗议的声音。可怜的姜氏政权如同温水煮青蛙般，悄无声息地就被淘汰了。”

吕贷仰天长叹，已觉生无可恋的他转身朝着大海深处走去，直至身体一点一点被冰冷的海水没过，咸水灌进了他的喉咙、鼻孔、眼睛、耳朵……隔着海涛滚滚和鸥鸟嘤嘤的声音，他依稀听到岸上传来的人声，没有呼救，没有同情，只有幸灾乐祸的欢呼声。

赏　析

优美的诙谐

看到“谁动了……奶酪”这个句式结构，我的脑海里瞬间浮现出两只小老鼠的形象，也想到这一期的主题应该是：得而复失。对于姜子牙，我的认知大部分来源于《封神演义》，也从一些历史片段中知道周灭商后，他被封到了现在的山东地界。那么这一章会是封神中的一个片段呢？还是他被封后，在治理中的一些波折呢？

正文的一开始，我就被一段优美的描述吸引了：平静的大海微波荡漾，一个男人端坐海边，持竿垂钓。这是一个多么悠闲、惬意、让人无限向往的静态写生画啊。

然而，作者接下来将笔锋一转，写男人听到了“叹息”“呜咽”“吼声”，又写到“男人右手止不住地颤抖，却还在努力握着鱼竿”，这些细节将这个男人的内心斗争清晰地呈现了出来，他是在吃力地对抗一种“绝望”。那么这个男人是谁呢？“鱼钩是直的！”——姜子牙吧，我是这么认为的，相信大家也一样想到了。

然而我们都想错了，他不是姜子牙，但和姜子牙有关系，是其后裔，齐国被流放的国君吕贷。姜子牙的后代为何不叫“姜贷”呢？原来姜子牙是姜姓吕氏。被流放到海岛的吕贷，把姜子牙的“奶酪”——齐国弄丢了，这就是历史上有名的田氏代齐事件。这里很巧妙地契合了标题。

接下来，作者对精神恍惚的吕贷进行了细致刻画，这些刻画诙谐幽默，让人忍俊不禁。这些描写将吕贷的内心世界真实地呈现了出来，他对姜子牙的忏悔，对齐桓公的指责，揭示了他对责任的推脱，对自己的盲目自信。但是，当齐桓公以反驳指出了他失去“奶酪”的根本原因时，吕贷无地自容了。为了让吕贷更清楚地认清“奶酪”被别人抢走的深层原因，作者借两个孩子之口，对吕贷进行了无情的鞭挞。事实很残酷，但作者的语言很俏皮，吕贷由“呆若木鸡”到“落汤鸡”，中间还在吊床上荡秋千；齐桓公的后空翻、雪纳瑞造型、驴蹬腿、驴打滚，等等，都制造了不少笑料……

姜尚也罢，齐桓公也罢，他们说的话都不及孩子的一段话："看你装模作样在这钓鱼，自己还打起了盹。我们毫不费力就把你推进了海里！"这句话说明吕贷在未被放逐之前，已经失去了对"奶酪"的控制能力，但是自己却浑然不知。让他到海岛过自食其力的生活，对实际控制"奶酪"的田氏来说，也是不费吹灰之力的。至此，吕贷彻底失望，被打入了人生的最低谷，失去了在海岛生活的勇气，一步步走进大海深处，让大海把一切抹平。

这则将优美和诙谐两种语言风格巧妙融为一体的故事，叙述的是吕贷生命历程中的一瞬间，放在历史长河中只是一个很小的瞬间，甚至可以忽略不计。作者将此呈现出来，并进行了细致刻画，以起到以古警今的效果。本文借吕贷之死这样一件小事，揭示了一个真理：君王如果失去民心，必然会遭到背叛。那块营养丰富的"奶酪"，也必然会被别人抢走！

何争鸣，本名孙建军，"70后"，河北省邢台市作家协会会员。

对本书的一句荐语：本书戏说不胡说，以史实为依据，用诙谐幽默的语言叙说，让人在轻松愉悦的氛围下了解历史。本书写历史但不拘泥于历史，旨在用历史来解读当今的社会现象，起到以史明智、鉴今的效果。

第 24 章　新三家分晋：看脸时代的打脸事件

典故卡

三家分晋

三家分晋是指春秋末年，晋国被韩、赵、魏三家瓜分的事件。在历史上，“三家分晋”被视为春秋之终、战国之始的分水岭，司马光将其列为《资治通鉴》开篇之作。故事中提到的晋阳城（今山西省太原市晋源区一带），最早是晋国世卿赵鞅派遣家臣董安于所筑，目的是为赵氏建造一个可靠的根据地。在赵鞅继承人赵无恤时期，晋国爆发了四卿之战，赵氏退守晋阳，被智、韩、魏三家包围了三年，后来，赵氏使用反间计，联合韩魏两家覆灭了智氏。四卿之战后，韩赵魏三家完全控制了晋国，并在之后的几十年里，瓜分晋国，位列诸侯。而晋阳，从它诞生之日起，便以一种坚韧雄浑的姿态，站在了历史的关键位置上。

一

初夏时节，天气热得匪夷所思。那位叫作太阳的哥们儿火力全开，以最高的温度炙烤着大地。地面被烤得直发烫、冒青烟，好像马上就要和烤乳猪的皮一样，在火炉里融化掉。瓦蓝瓦蓝的天空没有一丝云彩，一些似云非云、似雾非雾的灰气，矮矮地浮在空中，使人觉得憋闷透不过气。花草树木通通被热傻了，耷拉着脑袋焉兮兮的。

悬瓮山下晋水河畔，晋阳城雄雄屹立、杀气腾腾，城墙斑驳，远远看去，好像一个正在大秀腹肌的猛男。许多被甲执锐的兵哥哥、顶冠束带的官老爷，正在一拨一拨地涌入这里，一个个脸色发白、眉头紧蹙，一副大难临头的样子。

晋国赵氏宗主赵无恤在城里溜达了一圈，回来就对着家相张孟谈直喷口水：

“你真是一嘴金牙——满口都是谎(黄),说什么晋阳富甲一方,遍地都是钱粮刀枪,全扯淡!我去看了,粮仓和府库都是空的,城墙年久失修,踹一脚就能变石头渣子。三家联军就要打过来了,我拿什么迎敌,拿你的脑袋吗?”

面对毛发直竖狮子王一般的领导,张孟谈不慌不忙地擦去满脸的唾沫,露出考拉式的呆萌表情,眨巴着眼回道:“下臣听说,圣人治理国家,藏富于民,不藏于府库;致力于道德教化,不关注城墙有没有修缮。”

“真是阎王说相声——鬼话连篇!都什么时候了,你还跟我说什么圣人、道德,迂腐!我给你三天时间,把仓库装满;给你十天时间,把城墙修好,不然砍了你的脑袋挂在城门上辟邪!”赵无恤说完甩袖而去。

第二天一早,彻夜难眠的赵无恤瞪着一双血红的眼睛来到粮仓视察,眼前的景象让他以为自己是在梦游——十几个巨大的粮囷(qūn)已堆得满满当当,送粮的百姓还排着长队。再跑去府库看,钱也多得装不下了,武库里堆满武器盔甲,排到了衙门口。

五天后,城墙也修补完毕,各类守城器械修整一新,守城将士斗志昂扬,接受了检阅。太阳依旧又毒又辣,万物却不再显得萎靡不振,而是容光焕发。

赵无恤红着脸,召见张孟谈:“是我目光短浅,没想到你真能从羊身上取驼毛,让烤熟的母鸡下蛋,创造了奇迹!”

张孟谈谦虚地说:“这并非我的功劳,而是先主有远见。晋阳历任官吏都遵照先主指示,减少赋税,发展民生。晋阳百姓的幸福指数天下第一。现在到了危难时刻,他们岂能不全力相助?”

赵无恤听了,心头一热,眼泪都流出来了:“城墙是修好了,钱粮也足了,可咱们还缺少箭矢,怎么办?”

“请宗主放心,当年董安于修建晋阳城时就留了一手。官署的墙都用牡荆木加固,柱子基座皆是铜铸。只要抽出墙里的木料,熔化柱子基座,就可以得到大量的造箭材料。”

“妙,妙啊!”赵无恤终于自信地笑了,“准备开门——放狗……噢,不对,是打狗!”

二

时间倒转回二十多年前。

晋国四大卿室家族智氏、赵氏、韩式和魏氏，陆续选定了新的继承人。“晋城四少”横空出世，走在路上，常常引来男女老少一阵花式尖叫。

有被迷到的：“哇塞，你看那智瑶，胸脯横阔，有万夫难敌之威风；语话轩昂，吐千丈凌云之志气；仪表堂堂，似撼天狮子下云端；骨健筋强，如摇地貔貅临座上……就凭这神颜值，政坛一哥的位置非他莫属！”

有被吓到的：“妈呀，那个苦瓜脸就是赵无恤？你看他那副德行，简直就是进化不完全的生命体，基因突变的半兽人。长得丑就算了，出身还卑贱，听说他老妈只是个奴婢，歪脖子树能长出什么好果子？就他这歪瓜裂枣的德行，给智瑶提鞋，都是对鞋的一种侮辱！”

听到这些议论，智瑶自然是得意万分：生在这拼妈看脸的时代，你赵无恤一辈子只能被我踩在脚下！

父亲去世后，智瑶毫无悬念地当上了族长。一个叫智果的长辈却摇头兴叹：“如今，‘颜值即正义’成了人人奉行的金科玉律。可你们想过吗？那些好看的皮囊下，也许藏着一颗肮脏的心。智瑶就是这样的人，表面看完美无瑕，内里却唯独缺少仁义。这样的人继承家业，智氏必亡！”

然而，没有任何人把智果的预言当回事。智氏家族在智瑶的带领下越来越强盛。智瑶先后率大军横扫齐国、郑国，战功累累。晋国上卿赵鞅去世后，智氏取代赵氏掌管晋国政事，位居四大卿之首。按当时习俗，地位高的卿大夫尊称为“子”，智瑶却认为自己高人一等，不屑与赵子、韩子、魏子们为伍，给自己进了个“伯”——伯者，诸侯之长也。

志得意满的智伯越来越不把其他卿室放在眼里，冷嘲热讽是家常便饭，直接动粗时也毫不手软，连朝堂上那位晋侯，也不过是他的牵线木偶、傀儡。

这日，智伯出差回来，韩虎和魏驹设宴为他接风。推杯换盏之下，智伯已有几分醉意，他瞄着韩虎，一脸不怀好意地诡笑：“我曾查遍史册，天下与你同名的，只有齐国的高虎和郑国的罕虎，加上你正好三虎，可以组个‘小虎队’了！”

韩虎被堵得说不出话来，他的家相段规听了很不是滋味，站起来说：“君子以礼相待，不直呼其名，请不要拿我家主人名字开玩笑。”

智伯见段规生得五短身材，站着比坐着高不了多少，嬉笑着用手拍着段规的头顶说：“熊孩子一边玩去，这可不是你待的地方，小心‘三虎’把你给吃咯！哈哈哈……”

段规气得浑身发抖，但不敢发作。韩虎则佯装喝醉，让段规搀着他告辞离席了。

还有一次，智伯与赵无恤同席宴饮，不胜酒力的赵无恤拒绝了智伯的劝酒。智伯盯着赵无恤看了几秒钟，突然操起案几上的一个铜酒壶，朝他狠狠砸去，发疯似的骂道：“你真是好字头上盖块布（不）——孬种！你这样的人居然也能当世子，我真替赵氏感到羞耻！”若不是无恤躲得快，估计脑袋已经开花了。

更过分的还在后头。一天，韩、赵、魏三家都收到智伯以晋侯名义发来的倡议书：晋国称霸中原近两百年，现在被诸国挤兑，霸主地位岌岌可危。为复兴晋国，重振雄风，必须匡扶公室。智伯已带头捐献一万户土地给寡人，请各位看着办。

傻子都看得出来：这是智伯假公济私，敲诈勒索！然而，碍于智伯的强势，韩虎和魏驹都老老实实交出了一万户。只有赵无恤骨头硬，不予理睬。智伯暴跳如雷，又打着晋侯的招牌，命令韩、魏两家一起出兵，讨伐赵氏。

赵无恤听从家相张孟谈建议，退守晋阳打拖延战，于是便有了开头一幕。

三

军民齐心的晋阳城坚如磐石，被围困一年多仍屹立不倒。智伯怒火中烧，只恨自己不是那个撞倒不周山的共工，不能一头顶飞这该死的汤池铁城。

滚滚晋水从山下流过，芦苇丛迎风摇曳，一群野鸭掠过头顶，盘旋着飞向远处……风和日丽，景色宜人，智伯心里却是乌云蔽日。他一边捧着酒囊喝酒浇愁，一边攀上龙山探查敌情。忽然，他心生一计，绕到城的东北角观看一番，脸上露出了狰狞的笑容：“我有破城之法了！”于是，趁着春水高涨，命士兵挖开堤坝，引晋水向北流出，淹灌晋阳城。

这一招立竿见影。

晋阳城变成了一片泽国，露出水面的城墙不过三四尺高。房屋坍塌，百姓流离失所。人们只能吊起锅做饭，从水中抢救出来的少许粮食很快被吃光，不久便出现易子而食的悲剧。

晋阳城哀鸿遍野，赵无恤心急如焚。看到胜利的天平在朝自己倾斜，智伯得意地哈哈大笑，他叫上魏驹、韩虎来共赏战果。看着在大水中飘摇的晋阳城，智伯半是炫耀，半是威慑：“晋水可以淹没晋阳，那汾水就可以淹没平阳，绛水也可以淹没安邑吧！”说完又是一阵大笑。

平阳和安邑正是韩虎和魏驹的居城。韩、魏二人听了，不寒而栗。魏驹暗暗用手肘顶了一下韩虎，韩虎则用脚踩了一下魏驹的鞋，两人心照不宣。

无巧不成书。当晚，晋阳城中，赵无恤和张孟谈泡在水里进行了一次谈话。无恤满脸愁容，无奈叹息："粮食吃光，财力用尽，家臣和百姓都快饿死了，咱们恐怕守不住了，准备投降吧！"

张孟谈说："且慢，您让我出城去和韩、魏两家谈谈。"

"现大势已去，他们胜券在握，只怕根本不肯见你。"

"我和段规有些交情，或许能通过他见到韩虎和魏驹。"

"那你去试试吧。"无恤有气无力地说了一声。

晋阳城楼背阴处，一根绳子扔了出来，然后一个人影顺着爬下，直到身体浮在水面上，另一个人影在城楼上抱起一个枕头大小的东西丢下来，正砸中下面那人头顶。

"哎哟！"被砸中的人闷哼一声捂住嘴，愤愤地看了上面那人一眼，无奈地做了个"嘘"的动作，抱着"枕头"狗刨着游开了。

四

晋水涛涛，一碧万顷。

一幢气势宏伟的船楼正航行其间。风萧萧，水茫茫，一个伟岸的身影立于船头，眯着眼睛看着十米开外的一座城楼。城楼已经被大水淹灌，只露出几米高的小半截城墙，城墙上插满白色幡帜，向风中散发着颓丧的气息，远看像一座巨型古墓。城楼上挤满哭天抢地喊救命的官兵和百姓，四周还飘满了尸体……

"早知今日，何必当初！就让我智伯送你们最后一程吧！"船头那个男人大笑着，朝着城墙比了个"走你"的手势，于是，一声惊天巨响后，大船撞进城楼。

"哈哈哈……咳咳……哈……嗝……"船头那个男人正闭着眼睛陶醉地大笑，喉咙却突然像堵了东西，让他连打了几个嗝。他眼睛一下睁开，却发现自己正身处汪洋之中。

"难道我的船撞沉了？"正纳闷着，忽听周围马蹄声、喊杀声不绝于耳。他愣了一下，猛然清醒，这才发现自己还躺在军营的床上，而床正泡在水中。他一下直起半个身子。

"不好了，智伯！"家臣伯国慌慌张张地狗刨着过来，喘着气说，"刚刚，洪水涌入我们军营，大家都在睡觉，这才慌忙更衣、找武器、抢救物资，接着就听见敌军的喊杀声，被打了个措手不及。现在我军已无力应战，将士们死的死逃的逃，您也快逃吧！”说着就来拉智伯。

“别拉我，别拉我，我是旱鸭子，不会游泳！”智伯惊恐道。

伯国愣了一下，鄙视了智伯一眼，索性扔下他，狗刨着离开了。

“活捉智伯，主人有重赏！”智伯还在发呆，却见几个甲士已经闯入营中，把刀架在他的脖子上。

“你们是怎么做到的？”智伯被五花大绑带到赵无恤跟前时，不甘心地问了一句。

赵无恤表情复杂地看着这个曾经最显赫家族的掌门人，反问道：“在你看来，世上最可怕的东西是什么，是水吗？”

“不是，是长得丑！”智伯反唇相讥。

“混账！”赵无恤被戳到痛处，差点气吐血，“我告诉你，世界上最可怕的，不是水，也不是长得丑，而是丑陋的人心！事到如今，你还不知道自己输在哪里吗？”

“知道，才貌双全，有财有势，遭世人妒忌，受小人暗害！”

“你……”赵无恤气得说话都结巴了，“你是输在心丑，贪婪而狂妄，把盟友和他们的家臣都得罪了。那晚，张孟谈抱着木桩游出晋阳，通过段规引荐，见过了韩虎和魏驹，没费什么口舌，便说服他们反戈一击。今晚，韩魏两家带着手下摸黑来到晋水堤坝，消灭了你的守军，又挥动镐锹，改变了堤坝的缺口方向，洪水便来攻击你们了，我军再从城中杀出，给你们致命一击……”

赵无恤见对方横着脸不答话，自觉有些尴尬，刻意让语气温和了些，问：“你还有什么遗言要留下吗？”

智伯傲慢地抬起眼皮，冷冷地看向赵无恤：“我只恨，二十年前没能用酒壶砸死你！”

赵无恤大怒，命人把智伯拉下去斩首，还给他的头雕刻上漆，做成了一个人头酒壶。智伯那张漂亮的脸蛋，总算以另一种方式，永存不朽。

五

赵无恤战胜了宿敌，振兴了家业，走起路来都脚下生风。然而，一个意想不到的危险却在向他靠近……

无恤如厕，看到一个满脸泥污、胡子拉碴的人在厕所里低着头打扫卫生。素有洁癖的他命人把那个不修边幅的家伙抓过来，给他洗了把脸，刮了个胡子。弄干净一看，大吃一惊：这不是豫让嘛！

豫让最早在中行（háng）氏和范氏手下干活，后来当了智伯的家臣。

“你来干吗？”无恤问。

“杀你！”豫让也不拐弯抹角。

“为什么？”

“为智伯报仇。”

“我一直以为你只是个朝三暮四、见异思迁、有奶就是娘的家伙，并非对主子忠心耿耿。中行氏和范氏多年前被我们四家灭了，你无动于衷；现在智伯死了，怎么你偏偏要为他报仇？”

“我侍奉前两家，他们把我当一般人对待；但我侍奉智伯，他以国士之礼待我，所以我也要以国士身份来报答他。”

赵无恤听后感动不已，下令将豫让放走了。

豫让仍不死心，他以漆涂身，让皮肤溃烂，口吞木炭，使声音沙哑，几个月不洗澡，令自己形同乞丐，再穿得破破烂烂，上街行乞。正遇到老婆经过街市，他故意伸手乞讨，结果从老婆手中讨得一个馒头。

一天无恤出巡，经过一座桥，忽然闻到一股狐臭，顿时捂住口鼻，命人搜寻。护卫从桥下抓了个蓬头垢面的乞丐。

这次，不必给对方清洗，无恤一眼就认出：“又是你，豫让！”

“士为知己者死，女为悦己者容！”豫让道，一语惊人，“我自知今日逃不过一死，但我死前有个心愿，请您把衣服脱下，让我刺几剑。那样，我就死而无憾了。”

无恤应允，脱下大氅，扔到豫让跟前。豫让在大氅上连刺三剑，自刎身亡。

据说那一天，全城百姓都在为这位义士哭泣。人们想不到的是，与智家人及豫让尸骨同时被埋葬的，还有那个被称为“春秋”的漫长而纷乱的时代。

半个世纪后的一天，周王室正式承认韩、赵、魏三家为诸侯，与晋侯并列。于是，另一个时代披着霸气的火红大氅，阔步登场。它被后人称为“战国”。

赏 析

面子究竟有多重要

自古至今，人们都把这张“脸”看得甚为重要，膨胀的虚荣心会让人战战兢兢，生怕因“面子”不够大而失去立足之地。“面子”真的那么重要吗？是的，我们不妨深入分析一下：脸，即面子；面子，即“名”。人们拼命追逐的“名利”二字，“面子”在前面呢！近日读了《新三家分晋：看脸时代的打脸事件》一文，笑过之后颇受启迪，感慨良多。

“看脸时代的打脸事件”，这个标题够新潮、前卫吧？何为“看脸”，又因何“打脸”？标题本身就设置了一个悬念，牵引着你去探赜（zé）索隐。这个故事写的是韩、赵、魏三家分晋的事件。赵氏宗主赵鞅去世后，智氏取代赵氏掌管晋国政事，位居四大卿之首。按当时习俗，卿大夫皆尊称为“子”，智瑶则认为自己高人一等，不屑与他们为伍，所以给自己晋了个“伯”，伯者，诸侯之长也。春秋末年的智伯正值春风得意之时，他高大、英武，“看脸”，这颜值帅气得堪称一流。他狂妄自大，连朝堂上的晋侯都惧怕他，甘当傀儡，身为亚卿且模样不佳的赵无恤和韩虎、魏驹又岂能入得了他的法眼？因其居心叵测，不讲仁义道德，贪婪、骄横、跋扈，这张引以为荣的“脸”，最终还是被历史打了一记沉重的耳光！他到死都没有明白，他输在了内心的丑陋。

说心里话，历史小说不好写，在尊重历史事实的情况下，作家尚需具有高瞻远瞩的宏观把控，对历史典故的深层挖掘与解读，不仅要有深远的历史意义，还要有启人心智的现实意义。这就需要有生花妙笔写出血肉丰满的人物，用引人入胜的故事来牢牢抓住读者。如此之难，本章作者却做到了。

作者以一段酷暑下的景物描写和赵无恤巡视晋阳城后怒骂家相张孟谈切入，开篇巧妙，寥寥几笔，就把大敌当前，山雨欲来风满楼的氛围营造得满满当当，让读者为赵氏宗主担忧：在如此不利的情势下，他能渡过此劫吗？

小说把冰冷“沉睡”的古代历史写活了，作者把那种古战场上的刀光剑影，那些为权力争夺而处心积虑的倾轧，那些龌龊灵魂与膨胀野心等描写得淋漓尽致。

人物刻画有血有肉、活灵活现，仿佛就在我们眼前。

智伯因赵无恤不愿屈服于他的勒索与压迫，气急败坏地发动了野蛮的侵略战争，然晋阳城钱粮充足，城墙坚固，军民团结，故久攻不破。望着流动的晋水，智伯一下子受到启发来了坏主意，决定挖洞改道引晋水攻赵，一试果然奏效，攻了两年多完好无损的晋阳城一下子被泡在了水中。情急之下，张孟谈急中生智，冒死出城去见韩、魏两家，晓以利害，韩虎、魏驹终被说服。于是三家联手，采用“以其人之道，还治其身”之法，用水灭了智伯。智伯败在他不可一世的狂傲，他的可悲在于他把无知与浅薄当成一种炫耀的资本，以致惨到被曾受过他欺侮的赵无恤大卸八块，将其脑壳砍下做成酒壶来发泄。赵无恤的成功在于他懂得隐忍，在于他能认真听取下属的建议，在于他能审时度势地理性思考，更在于他能深深懂得“得民心者得天下”这一颠扑不破、放之四海而皆准的世间真理！

“小成成于智，大成成于德”，智伯虽然姓智却没有智慧，他不懂得放低姿态，与人为善，不懂得节制而是一味地放纵自己的贪婪。脸帅又如何，到最后不仅丢了“面子”，还丢了性命！

大智若愚，聪明的人一定明白，其实敌人不是对手，而是自己，贪欲永远不是可以信赖的朋友，当一个人战胜了自己，才是真正的胜利！

好在，义士豫让的出现，为智伯这张受人唾弃的“面子”添了一抹光彩——原来，不可一世的智伯竟也有礼贤下士的一面。豫让以牺牲自己的性命为代价，向人们印证了一个道理：要以辩证的眼光看待这个世界，世间万物，并不是非黑即白的。

郗智成，“60 后”，黑龙江大庆人。黑龙江诗词协会会员，大庆市作家协会理事，肇州县作家协会副主席。

对本书的一句荐语：用轻松来解读沉重，此独特之创意也。

第 25 章　新李悝变法：破晓

典故卡

李悝（kuī）变法

李悝变法这一典故在《史记·孟子荀卿列传》中有提及。战国初期魏文侯当政时，任用李悝为相，进行变法改革，魏国因此而富强。李悝汇集当时各国法律编成《法经》，这是我国古代第一部比较完整的法典，现已失传。司马迁说："魏用李悝尽地力，为强君。"班固称李悝"富国强兵"。李悝变法，是中国变法之始，在中国历史上产生了深远影响，从而引发了中国历史上第一次轰轰烈烈的全国性变法，为奴隶制向封建制的过渡铺平了道路。后来著名的商鞅变法、吴起变法等，无不受到李悝变法的影响。

在大雪纷飞的隆冬，拴在围猎场上的两匹御马居然被一头吊睛白额大虫给吃了，这还了得？当然，这和天气好坏应该没有什么关系，既如此，那就是人的过错了。

御马夫自知老命难保，抽出一把匕首，欲抹脖子自尽，无奈脖颈皮糙肉厚，又因着常年不洗澡，那里早已黑灰堆积，刀子嘎钝了也没伤及一丝皮毛。御马夫羞红了脸，扔掉匕首，将死马头骨上的缰绳取下，套到歪脖树上，踩着马凳，头入绳索，大喝一句"俺去也"！只听"咔嚓"一声，树干折断，御马夫重重摔在地上，脸朝下，呛了一嘴马粪。御马夫站起身，打了一个饱嗝，有点精神恍惚，只觉得干燥的马粪噎得自己喉咙难受。他干渴难忍，急需用水灌饮，于是慢慢走到饮马井旁，心想：做个淹死鬼也不错，最起码比渴死强。一个箭步头朝下跃进去，只听"咣当"一声，头触岩石，火光迸溅，晕了过去。

"大王，罪人带到。"两个铠甲勇士一人架着一条胳膊，像拎小鸡似的将御马夫扔到魏文侯御案前。

魏文侯正在批阅奏折，眼睛顺着指头缝瞟了一下御马夫，他眉头一皱，问道：“这胖家伙掉粪坑里了？怎么满身满脸臭烘烘的？”

“禀大王……”一个士兵忍不住要笑，用手指甲盖狠狠掐住大腿，这才没敢笑出来，“告诉您一个不幸的消息，您的两匹御马被老虎吃了，这小子当时正在山洞里打瞌睡。”

“什么？”魏文侯大吃一惊，“这可是我准备赏赐给帝师子夏的马，该死！”

“是的，大王，真该死，”士兵继续说，“这小子也这么认为，御马在他手里被老虎吃了，小命自然是保不住的，于是他想到了自杀，试了几次没成功，最后想跳饮马井溺毙，怎奈跳错了地方，把您储存猎物的窨（yìn）井当成了饮马井，一头撞到石岩壁上，昏死过去了。”

“这小子依罪当斩，既然这么愿意躺到窨井里，那就拖到里面，与那些屈死的野兽们为伍去吧！”

“是！”

“慢着！”这时子夏从屏障后面走了出来，像一个幽灵似的无声无息，他鹤发童颜，仙风道骨，精神矍铄，拄着一根一丈高的拐棍，嘴一张一合，牙齿早已全部下岗，露出一个黑黢黢的空洞。

魏文侯赶紧起身下拜：“恩师纳福！”

子夏说：“福不福的先撂一边，就问你服不服我吧？”

“这话让您问得，我哪能不服您呢！不服您我能拜您为师吗？就是您的老师孔夫子生前也没享受过这等待遇呀！”魏文侯赶紧说。

“我刚才在后面听了半天了，这小子……呃！这马夫应该饶了他，罪不至死，宽宥于他吧！”

魏文侯心想：这么大学问的人，竟然也喜欢听墙根。

“我可不是有意偷听的，”子夏好像猜到了魏文侯的心思，“我是恰巧经过这里，今年我都一百多岁了，还能干那个勾当？况且我现在这个岁数，连上炕都费劲，还能骑马？所以不要打着赏赐御马给我的旗号为难这个马夫。再者，两匹马拴在荒野里，老虎会各个击破，就是两匹马同时吃错了药傻了吧唧去进攻老虎，力量也依旧悬殊，不被吃掉，到头来也是两败俱伤，马夫即使发现阻挠，也是白搭一条性命，你觉得呢？”

魏文侯恍然大悟，令士兵将御马夫抬出去疗伤。他快步来到子夏跟前，撩袍跪地，匍匐在前：“师尊果然圣贤附体，不愧孔门弟子、当世大儒，原来您早知我的困处。今早我批阅奏折，是边关来报说出现了险情。当年三家分晋时，赵国获利最多，咱们魏国和韩国得到的要少一些。赵氏得到晋国北部的大片土地，并向东越过太行山，占有邯郸（hán dān）、中牟（zhōng mù）。我们与韩氏在赵氏的南边，魏偏西，韩偏东。赵氏占有的智氏领地正压在魏氏的脑门上，咱们很压抑呀！赵国虎视眈眈，韩国想联魏攻赵，我正举棋不定，经老师这么一说才如梦方醒。强大的赵国就是一只猛虎，我们和韩国就是两匹野马，真打起来，最好的结果也只是两败俱伤，得不到一点好处。现在我可以下定决心了，对外按兵不动，对内励精图治，先搞好建设再说，所谓发展才是硬道理。”

“孺子可教也！”子夏将魏文侯搀起，捋着雪白的胡子笑道，“我有一个学生，叫李悝，此人胸怀大志，博学多识，可助你一臂之力。”

“此人在何处？”魏文侯眨巴着眼睛渴求地问道，一面吩咐宫女，“赶快给帝师上莲子羹，沏茶。”

“我横竖没有牙齿，嚼不动，尽量把莲子打得碎碎的。”子夏扒拉着自己的嘴唇，让魏文侯仔细看——老师我的确没有撒谎。

“用磨好好碾一下，套上那头没牙的驴，噢！……不是，老师，我可没说您，我说的是那头驴，您可别误会。”魏文侯狠狠打了一下自己那张没有把门的嘴。

“少说话，而且少当着盲人说瞎话，老师我也是要面子的！”子夏生气地说，“李悝马上就到了，我给他定的时辰，让他在城外等着，待太阳爬到头顶，就立马进宫面君。”

“可是，老师，”魏文侯说，“今天是阴天哪！而且外边还下着大雪。”

“啊！是吗？”子夏拍了一下脑门，嘿嘿笑道，“我以为天还没亮呢！估计李悝还站在荒野里等待呢！这孩子别的毛病没有，就是实诚，快，赶紧派人去接他吧！八成冻坏了。”

魏文侯立马差人去请。不多时，两个士兵抬着一尊冰雕走了进来，这个冰雕满身被冰雪覆盖，仔细一瞧，鼻子眼睛耳朵俱全，分明就是一个人。还没等子夏揉揉昏花的老眼细看，冰雕突然吐出一口寒气，说话了：“恩师呀，您可害苦我喽！”

子夏一听，是李悝的动静，立马飞扑上去，大哭道：“我的孩儿呀！你咋被冻成这样了？像个冰棍，梆梆硬呀！”

“您让我一动不动站在原地等着太阳爬到头顶方能进宫面君，我就那样一动不动站着等，谁知风大雪也大，不一会儿身体就不听使唤了，要不是您派人去接我，我就被冰葬了。”

“哎哟，你就不会挪挪地方避避风？脑子就这样死性？”子夏哭着哭着又笑了起来，笑得眼泪都出来了。

“赶紧点上火炉，给李爱卿取暖。”魏文侯立马吩咐下人，“莲子羹再多烧一碗，送与李卿御寒。”

待到李悝身体渐渐恢复常温，脸上、头上和身上的冰凌逐步融化，魏文侯亲自给他递上一碗莲子羹，说道：“趁热喝下去，暖暖身子。”

李悝接过莲子羹，仰头一饮而尽，待要还碗时，他便觉得眼前的人气宇轩昂，气度不凡，于是问子夏道：“老师！这位是……？”

子夏一边用无牙的嘴吹着莲子羹的热气，一边哧溜着急切地往嘴里头灌，头也不抬回答道：“是大王陛……陛下。”

“哎呀！”李悝翻身跪地，慌忙间将羹碗打了一个稀碎，“不知是大王，小人亵渎了龙颜，罪该万死。”

魏文侯直心疼那只摔碎的琉璃羹碗，好端端的精美器具，只听了这么一声响就没了。但他也不好发作，依旧笑道：“没有那么多规矩，论起来，咱们还是师出同门呢！你我都是子夏先生的学生，排起辈来，你还是我大师兄呢！”

“不敢当，不敢当，”李悝汗颜道，“不是一个档次。”

“哎，李爱卿，万不可这么说，咱们都是忧国忧民的有志之士，家国天下的情怀是一样的，如今魏国国贫民穷，内忧外患，亟须整顿，爱卿可愿助我一臂之力呀！”

“小人不才，承蒙大王器重，情愿肝脑涂地，赴汤蹈火，在所不辞。”

“还用不着如此悲壮，只希望能有什么方法可使魏国摆脱困局，励精图治，不受外辱为上。”

李悝说道：“唯有选贤任能，赏罚分明，废止世袭贵族特权，做到食有劳而禄有功，使有能而赏必行，罚必当（dāng）。这样天下能人才子可尽归顺于大王，在农业上，咱们主要实行尽地力，平籴（dí）法。”

“噢？何为尽地力，平籴法？”魏文侯不明就里。

“尽地力就是统一分配农民耕地，督促农民勤于耕作，增加生产。平籴法是咱们在丰收时平价收购粮食储存，发生饥荒时再平价卖给农民，取有余以补不足，以防谷物甚贵而扰民，或甚贱而伤农。此法如实行，将极大地促进魏国农业生产的发展，使魏国因此而富强。”

“恩！好，真是好主意。”魏文侯看子夏又喝完了一碗莲子羹，赶紧吩咐下人，“快给老师再盛一碗。”

这时子夏对下人喊道：“换大碗，大碗凉得快。”

李悝笑着对魏文侯说：“老师一直饭量大，但干什么都要有个度，吃多撑着了还不如不吃，这就好比对人民太宽松了也不好，还要有个条条框框约束一下，这就要弄个法，咱们汇集各国刑典，修订《法经》，包括盗、贼、囚、捕、杂、具。盗是指侵犯财产的犯罪活动，大盗则戍为守卒，重者要处死。窥宫者和拾遗者要受膑（bìn）、刖（yuè）之刑，即使仅有侵占他人财物的动机，也仍构成犯罪行为。贼律是指有关杀人、伤人罪的处治条文，杀一人者死，并籍没（jí mò）其家和妻家；杀二人者，还要籍没其母家。王子犯法与民同罪，有关官吏贪污受贿时，也要惩罚。规定丞相受贿，其左右要伏诛，犀首以下受贿的要处死……”

子夏一听，立马把碗给了魏文侯，说道：“我可不吃了，别人再以为我贪吃多占，俺这个学生要杀我的头哩！”

魏文侯和李悝听完哈哈大笑，李悝说：“老师，您吃您的，法律还没颁布呢！”

子夏一面接碗，一面笑着指示下人道：“虽说没牙，老朽我胃口倒还不错，把那锅底给我刮擦刮擦，别白瞎了粮食。”

李悝笑道：“大王，咱们魏国的军事制度也要改革，建立一套武卒制，就是对军队的士兵进行考核，奖励其中的优秀者，并且按照不同士兵的作战特点，重新将他们进行队伍编排，发挥军队的作战优势。”

“好好！妙妙，真是妙呀！”魏文侯大喜，他对子夏说，“恩师今天真是给我送来一个大礼，这比给我十二座城池都让我高兴，我们魏国有救了。”

子夏抚摸着圆鼓鼓的肚皮，灵活的舌头舔着通红的嘴唇，一把白胡子快乐地上下跳动着。“怎么样？”他斜着眼瞧着魏文侯，“老师我没白吃你的莲子羹吧！我可不是那爱占小便宜的人，比比我送你的礼物，谁出手大方？”

“瞧您这话说的，我是八仙桌底下放风筝——打一出手就不高，让您老笑话了。”魏文侯笑道。

“这盛莲子羹的碗不错，我拿去当茶碗用，唉！还有，”子夏把碗顺势掖到怀里，刚要走，又回过头来说，“这么一个大才子归到你门下，你怎么着也得庆贺庆贺摆几桌吧！今天吃得太饱，赶明儿，说定了，咱们不见不散。”

“好好好！”魏文侯一边答应着，一边送子夏出门。

李悝这时也起身告辞，搀扶着子夏一起往宫门外走。魏文侯心里一直平静不下来，喜不自胜，他仿佛看到了一个强大的魏国正矗立在自己眼前，画面上国内人民安居乐业，边关处士兵喊杀震天。

这时宫门外传来一阵吵闹声，是子夏的动静：“我的儿，明天大王设宴，你一定要赶在太阳爬到头顶前来到，务必要来呀！可别误了时辰……”

这时传来李悝生气的声音：“只要不按您说的办，我指定误不了事，也别太阳爬头顶了，我直接听鸡叫吧！一打鸣我就来。”

“你学坏了！老师我教不了你了，今天把全城里的公鸡都给戴上嘴罩，看你怎么办！”

随后便是哈哈大笑的声音。李悝也笑起来，就连城门外豢养的六畜家禽也笑出了人的动静。

赏　析

心胸宽广者赢

但凡成就霸业者，无不拥有包容的胸襟与真心接纳的情怀，求贤若渴、礼贤下士，视才俊为立国之希望，待豪杰为行走天下之手足。一个帝王若能如此开明，天下英雄莫不服之，人才齐聚，勠力同心，国之大业，岂有不成之理?

《新李悝变法：破晓》所讲述的魏文侯的故事，便是战国时期明君招贤纳才、安国兴邦的经典案例。作者以轻松不失幽默的语言，将历史重要一幕浓缩于魏文侯的王宫。子夏，魏文侯的老师，借马夫饲养的两匹御马遭老虎咬死为例，向魏文侯阐明了一个更深刻的道理：御马之死，可以看作一种大难临头的警示，如不及时自救，魏国早晚会成为其中一匹被老虎吃掉的御马。恍然大悟的魏文侯深知其害，求助于师。子夏的学生李悝便顺理成章地迈进了魏文侯的大堂，后成宰相。

李悝何许人也？子夏最得意的高徒，自然不是浪得虚名之人，他变法的思想正切中了魏国的时弊，也正是魏文侯自救的唯一生机。魏文侯明了，国贫民穷与军力不振的魏国，如不自我拯救，迟早会成为周围列国的盘中餐。深谙弱肉强食法则的魏文侯，怎能不忧心忡忡？他好歹也是一方诸侯，岂能束手待毙！但是，光有雄心壮志又如何？需有才干出众与能力超群之人相佐才行。否则，即便自己天生雄才大略，称霸诸侯的抱负也只能是水中月镜中花。没有贤人相助，他的天下梦也不过是黄粱梦。

得能人者得天下的案例多不胜数。汉朝开国皇帝刘邦文不及张良与萧何，武不及樊哙与韩信，却能凭借他们过人的谋略与胆识，打败了实力强大的项羽，逼其自刎于乌江；三国时的刘备，更是文不如诸葛亮，武不及关羽、张飞，却靠着他们的运筹帷幄和征战杀伐，终成帝业……这些都是彪炳史册的辉煌案例。而慧眼识人的魏文侯与这些威名赫赫的后人相比，其胸襟与才智有过之而无不及。在当时严峻的大环境之下，魏文侯所做出的果断选择，从一个侧面充分体现了他豁达的气度和超人的眼光。换了其他平庸的帝王，即便他能看清自己国家面临的生存危机，恐怕也不一定能做到像魏文侯那样广纳谏言，把素不相识的李悝视为座上宾吧？千军易得，一将难求。夹缝中求生存的魏文侯深谙此理。

从晋国分离出来的魏国，运气太背，不如同分于晋的韩国和赵国。积贫积弱的魏国，经济水平远不如韩国，军事实力更是无法同赵国抗衡。南面的楚国、东面的齐国、西面的秦国这些诸侯之国，对魏国也是一种潜在的威胁。前后左右，强敌环伺，谁都有咬自己一口的野心，怎能不让魏文侯提心吊胆？

在那一言不和便武力相向的强权时代，一个国家想要生存和兴旺，军事实力无疑是重要的资本，而军事实力又建立在经济基础之上。经济落后的国家，何来军事的强大？魏文侯保持了清醒的头脑，从善如流，听从老师子夏的推荐，拜同门师兄、无业人员李悝为相，力挺其打破旧体制下的坛坛罐罐，励精图治，废除世袭特权，推行法制，制定《法经》，建立了完备的法律体系，依法治国，将官员的晋级升迁和军人的奖励提拔，置于立国之本的《法经》之下。哪怕是一介布衣，也能凭本事与能力当官，凭军事才干拜将。同时积极鼓励农民拓荒生产，允许土地私有买卖……这一系列变革方案的有效实施，使魏国摆脱了困境，走向富强。魏文侯在其在位的 50 年里，雄霸天下，称雄于诸侯，心愿尽了。

中华五千年的历史，既有阴暗沉重的一面，也有光亮照人的一面。《新李悝变法：破晓》一文，意在向世人宣扬魏文侯的英明，他审时度势，敢于放下帝王架子，知人擅用，视人才为宝，从而避免了魏国成为被老虎吃掉的那匹看似必死无疑的御马。由此可见，哪怕身处危险之境，只要擅于发现身边的人才，以其之长补己之短，那么山重水复疑无路，柳暗花明又一村的生机便无处不在。

周康平，笔名弯月的山坡，“50 后”，重庆市人，办公室码字员，重庆市散文学会会员。

对本书的一句荐语：古意飘荡的上下五千年，永远是我们心中演绎不尽的历史。

第 26 章　新西门豹治邺：夜访

典故卡

西门豹治邺

这一典故出自《史记·滑稽列传》，讲述了魏文侯当政时，派西门豹管理邺城（今河南安阳市北，河北临漳县西）。西门豹通过调查，了解到那里的官绅和巫婆勾结起来危害百姓，便设计破除迷信，并大力兴修水利，使邺地重又繁荣起来。

西门豹穿了一件破长衫，头发也不打理，脏兮兮的长发打成绺，像长虫一样盘在头顶，用根红绳束起，黑乎乎一片，像坨牛粪。跟他出来体察民情的两名士兵，一个叫王贾，一个叫张虚，倒是比他这个当官的利索多了，但也没有穿制服，只穿了件干净的便服。这是西门豹要求的，说是不能惊扰百姓，这话把两个士兵气得鼻子都歪到了脚后跟，凌晨三点就跟着他傻了吧唧地跑出来，连鸡都还没醒，惊得哪门子百姓？

出了邺城城门，在前边打着灯笼引路的王贾终于忍不住，回头对冷得直哆嗦的西门豹说："大人，您这是何苦呢？体察民情也不至于天不亮就出来吧？再说，街上连个鬼影都看不到，您体察哪门子民情去？就想试试初冬的夜凉不凉呗？我看您的药可不能停呀，不行的话还得加大剂量！"

"混杠笼屉！"西门豹被他一说又打了个寒战，连舌头也不听使唤了，"不是，是混账东西，你是说我得了神经病呗？病得还不轻！你直接给我吃点伸腿瞪眼丸把我送走就完了呗！小兔崽子还开上药方了。"

王贾撇了一下嘴，小声嘟囔着："哼，摸不透你的脉，我都不是一个好兽医！"后面跟着的张虚"扑哧"一声笑了出来，把西门豹吓得一个激灵，他一巴掌拍过去，正打在张虚面颊上："笑之前也不说一声，吓我一跳！"

张虚捂着被抽红的脸委屈地说：“大人，还有没有天理了？这小子骂您是畜生您不打，我笑一声却挨巴掌，这真是鸭子开会——无稽（鸡）之谈；家禽赛跑，兽做裁判——全无人理呀！”

西门豹笑道：“什么乱七八糟的，他骂我我不回应等于骂的他自己，你抽冷子这么一笑，大半夜的吓得我心脏直跳，打你那一巴掌，算是收取的精神损失费。”

“打人还打出理来了，”张虚刚要反驳，忽见前方不远处的半空中恍恍惚惚飘着一个白色人影，吓得他的嘴张成切开的瓜瓢一样大，两排牙齿像剁馅子的菜刀似的快速碰撞着，“咔嗒咔嗒”作响，好一会儿才由喉咙里发出一个扭曲怪异的动静，“鬼……鬼呀！”

“什么……鬼？”前面打灯笼的王贾手一抖，没留神，灯笼一下惊落在地，火立即灭了，顿时昏天黑地。西门豹上前捡起灯笼，重新递给王贾，用打火石把灯笼点亮。他看着两个士兵瑟瑟发抖的样子，笑道：“你们相信世上有鬼啊！”

张虚指了指飘人影的地方，说：“您看，那……那不是鬼是什么？难道是大活人半夜三更跑野外来打秋千不成？”

“我是不信的，但确实怪吓人。”王贾擦了擦汗说道，“你才来这里当差没多久，还不知道，咱们大人曾经斗过河妖呢！当然最后的结果是根本没有什么妖魔鬼邪，大人只是拆穿了那些兴妖作怪、借机敛财、装神弄鬼的坏蛋惯用的把戏罢了。当时我是亲眼所见，打那以后，我再也不相信鬼神了。”

“是吗？我还真不知道哩！”张虚显然来了兴趣，“你给我讲讲呗，也让我壮壮胆。”

西门豹笑道：“你要真想听，咱们一边走一边让他给你讲，咱过去看看那团白色的玩意儿到底是啥东西。”

“好！”

张虚赶紧跑到前边和王贾并排前进，留下西门豹在后头跟着。

“那还是西门大人刚来邺城当县令的头几年，那时我就当过好长时间上任县老爷的跟班衙役了。前任一走，我留下继续侍奉西门大人，所以对邺城的新事旧事了解得门儿清着呢！”王贾开始讲故事，“西门大人刚来时，发现邺城百姓生活极度贫困，于是向当地长者询问原因，得知百姓除了上交苛捐杂税，每年还被当地官员收取一笔给河伯娶媳妇的钱，足足有几百万两。其实，这些钱大部分被狼狈为奸的官员和巫婆瓜分了。因为漳水常泛滥，巫婆说是河伯发怒，每年都要给河伯送去一位妙龄女子做老婆，以平息他的怒气。地方官带着巫婆到各家各户巡视，看到谁家女儿漂亮，说是河伯看中，扔下一点聘钱就带走，然后给她沐浴更衣，让她坐着草船顺流漂下，行不过数十里，人和船一起沉入河底，便算是给河伯娶了媳妇。邺城百姓，但凡女儿生得漂亮的，都举家迁出。别说美女，就连狗只要是双眼皮的都不敢待在邺城，所以这个地方越来越萧条，人烟越来越稀少……”

“人烟稀少总好过现在人影都不见一个的好。”张虚愤愤地嘟囔道。

“嘘，小声点。你要是听了后面的故事，保你不敢在大人面前放肆！”王贾瞪了张虚一眼，接着讲，“又到了一年一度河伯娶亲的日子。西门大人来到河边，见当地官员、巫婆、乡里父老都到了，围观群众多达数千人。巫婆带着十余个女弟子，在那里手舞足蹈地施法。大人忽然说：‘叫河伯的媳妇过来，我看看她漂亮不？’当时我还想，怎么着，要是漂亮你还能留下呀！那河伯还不把你八辈子祖宗的坟都给淹喽！”

“漂亮不？”张虚两眼闪着绿光，简直快要抢了灯笼的风采。

“漂不漂亮也不归你管！”王贾怒道，继续说，“大人问完话，人们赶紧把那个哭哭啼啼的女子带到他面前。大人瞟了一眼，骂道：‘你们就给河伯送这么丑的女人？太丢咱们邺城人的脸了！这样吧，麻烦大巫亲自走一趟，跟河伯说说，咱们再找个漂亮的过几天给他老人家送去！’在大人示意下，我立马叫了几个差役兄弟，一齐抱起巫婆，把她抛到河中。那老婆子肥得，跟丢头牛似的！过了一炷香的工夫，大人说：‘大巫怎么去这么久？叫她弟子去催催！’我们又把巫婆的一个弟子抛到河中。过了一会儿，大人又说：‘大巫和弟子都是女人，婆婆妈妈，说不清楚事儿，还是请三老替我去说明情况。’于是命我们把三老抛到河中。那几个老家伙各个膀大腰圆，把我们兄弟伙给累得呦！大人倒是光动嘴，累不着，他恭恭敬敬面对着河站了很久。其他官员都如惊弓之鸟。大人又说话了，那声音比幽灵的哭声还瘆人：‘大巫、三老都不回来，怎么办？’这些人吓得跪在地上猛磕头，额头上的血流了一地。我说：‘大人，我实在没力气了，早上两个烧饼都消化干净了。’大人白了我一眼，对那些人说：‘行了，看来河伯是让他们住下了，你们先回去吧！’从此以后，邺城再也没人敢提为河伯娶媳妇的事，百姓生活渐渐步入正轨……我这才明白大人的良苦用心，从此再也不信什么鬼神了。”

“大人还真是个好官哪！就是下手狠点，我脸上到现在还火辣辣的疼呢！”

张虚虽然由衷佩服，但平白无故被打一巴掌，心里的怨气一时还消不掉。

“好像有哭声。”西门豹小声说道。三人不知不觉已经来到飘白影的地方，此时突然传来一阵哀号，悲悲戚戚，寒风一刮，更令人毛骨悚然。

“大人，别真是有鬼吧？我们还是回家吧！我……我要回去……”

“胆小鬼，给你讲了半天故事白讲了？”

“我……必须回去。”

“回去干什么？”

“换裤子，我尿了。”

“哈哈哈！”西门豹和王贾忍不住大笑起来。这时远处的哭声戛然而止，从地里钻出个人影，把他们仨吓得大叫一声：“妈呀！”随后转头四下乱跑，灯笼也灭了，乌七八黑慌不择路，转了一圈又跑回原地。三个人的头好像商量好了一样，一齐对撞过来，“嘭”的一下，眼冒金星，仨人全都一屁股坐到地上。

还没回过神来，只见一个老妇人颤颤巍巍走了过来，低头问他们：“能帮我把这个死鬼放下来吗？”

“鬼啊！”仨人大喊起来。

“什么鬼？我是人，但也和鬼差不多，我现在是人不人，鬼不鬼了。要说有鬼，还真有一个，喏，就是他！”老妇人指了指头上，仨人顺着她指的方向望去，一棵碗口粗的歪脖树上挂着一个人，身穿一袭白衣，舌头往外耷拉着，早吊死多时了。“他是我老头，为了给家里省点口粮，跑这来喝西北风了。”

“你真不是鬼？我不……不信，大人，你信不？”张虚问西门豹。

“我也不信，但有办法证明一下。”说着，西门豹一巴掌狠狠打在张虚另一半脸上，“疼吗？”

“疼，火辣辣的疼。”张虚捂着脸，眼泪都下来了，“打你你也疼。”

“好！我信了。”西门豹舒了口气。

“啊？为了让你们相信，打我一巴掌，我冤不冤呀！”

“这样显得对称，别人以为你抹腮红了呢！只抹一边多难看？放心，明天你的脸保准胖一圈，到那时，全邺城就数你面子大！”

“大人，别说笑了，还是帮忙把人放下来吧！”王贾说道。

三人赶紧合力把人从树上解下来。

“你说家里没口粮了，到底怎么回事？”西门豹问。老妇人只抹眼泪，叹口气说道："最近几年老天爷不睁眼，雨点就像他手里的金豆子似的，一颗也舍不得给，土地旱得都龟裂了，庄稼颗粒无收，那点余粮哪够养活一家好几口呢……这不，老头子为了给我们省下口粮，跑这来上吊了。"

"噢，和你家情况相似的还多吗？"

"多得很，都饿死不少人了。我也是强撑着，草根树叶吃了好几个月了。"

"你们看，"西门豹对王贾张虚说道，"不出来探访民情能行吗？要不是今天早出来被我碰上，这事我还被蒙在鼓里呢！老人家，你别急，我派人把你老伴运回家去埋葬。张虚，你负责在这保护好老人家，我们速回城去叫人。"

张虚不太愿意留在这荒郊野外，王贾小声说道："怎么着？你那脸还想再胖一圈吗？"

张虚赶紧捂住脸点了点头，假装开心地说："我就喜欢这阴森森的感觉，这里交给我没问题。"

西门豹带着王贾匆匆回城。天已经蒙蒙亮了，晨曦的第一缕阳光正在地平线以下酝酿，早起的鸟儿也叽叽喳喳欢唱起来。西门豹像是在和王贾说话，又像在自言自语："看来我勘察的错不了，不出意外，这个设想应该没问题。"

"大……大人，您莫不是被那老头附身了吧？自言自语说什么呢？"王贾有些害怕。

"我前段时间勘察过邺城境内的水源，发现漳河可以利用起来，变废为宝，解决农民的灌溉问题，咱们可以发动百姓在漳河开围挖掘 12 个渠，引水灌溉，使大片田地成为旱涝保收的良田，这样也用不着看老天爷的脸色吃饭了。"西门豹说道。

"大人，您这是痴人说梦呢！您要能干成功，我这个王字倒着写……"

"废话，王字倒着写不还是王吗？"

啪啪！西门豹抡圆了两个巴掌左右开弓呼在王贾两边脸颊上："小兔崽子，你也想胖两圈撑撑面子呀？再送你一个赠品！"又照他脑门上弹了一个脑瓜崩。

王贾双手捂着头脸，带着哭腔说："早知如此，还不如让张虚来呢！让鬼吓死也比让人呼死强。"

眼看西门豹大步流星往前走去，王贾赶紧快步跟上。这时太阳整个身体都从地平线露了出来，阳光普照大地，空气清新，有种说不出的畅快。

赏　析

破除“虚贾”，清河还清

读罢《新西门豹治邺：夜访》一文，我甚是感慨，心如着魔，不由自主地想胡侃一把。

首先被文中两位跟班的名字吸引住——一个张虚，一个王贾。可以想见，作者起这样的名字，一定是有其寓意的。

《新西门豹治邺：夜访》中的西门豹，乔装打扮得比钟馗还煞。而且凌晨三点就开始体察民情，对于张虚王贾两个跟班来说，他们的上司自然有些半夜鸡叫的味道，只是人在屋檐下，纵有千般不愿意，也只得忍气吞声。

西门豹此行就是想看看，到底是什么伤他治下良民，致使邺城憔悴得悲怆荒凉，瓦上炊烟寂寥清冷。

在王贾的讲述里，西门豹化身智斗“河妖”的大神。当他得知邺城官员与巫婆勾结，借河伯娶媳妇之谬论，借机敛财，草菅人命，弄得百姓人心惶惶，举家迁离，便想到“以其人之道还治其人之身”——

既然巫婆和三老都知道河伯的需求，他们必定是能与河伯接上头的，那就请他们亲自去联络一下吧！

于是，这次被丢下水的，不再是河伯未过门的媳妇，而是“河伯娶亲”的发起者——巫婆和三老。

实践出真理。巫婆等人没有回来，被迷信蒙骗的人们自然醒悟了：“河伯”纯属“虚假”，纯属“鸭子开会——无稽（鸡）之谈”。而王贾张虚也明白了：世间本无鬼，庸人自扰之。后来的“鬼上吊”事件，进一步阐明了这个道理。

这使我想起鲁迅踢鬼。鲁迅不怕吗？我想他当时也怕，但命悬一线时，等死不如拼死，这才踢出了一个盗墓贼，得出无鬼论。

说西门豹比钟馗更厉害也一点不为过，斗河妖、除巫婆的霸气，的确胜过钟馗捉鬼。而且，他对付的，可不是一二三四只魑魅魍魉，而是难以计数、缠绕在人们心头的心魔。西门大人此举，以科学破除愚昧，堪称具有划时代意义的大手笔。

而文中的张虚王贾若不是跟着西门豹，也许他们会玩起另一套把戏，会用虚假的说辞或装台的手法，给自己披上一件功德袈裟。也许他们就不会成为“虚假”的破除者，而是同流合污的传谣者。作者给他们起了这样的名字，可谓用心良苦。

张洲，“60后”，山西朔州人。山西省作家协会会员。

对本书的一句荐语：用现代的艺术解读古典，用戏曲的手法揭示人性。唯上善若水，厚德载物矣！

第 27 章　新吴起变法：追梦人

典故卡

吴起变法

吴起变法是指楚悼王当政时，任命吴起为令尹，对楚国政治、法律、军事等实行改革的变法运动。吴起一生历仕鲁、魏、楚三国，通晓兵家、法家、儒家三家思想，在内政军事上都有极高成就。著有《吴子兵法》传于世，与兵圣孙武并称“孙吴”。《史记·吴起列传》《战国策》《吕氏春秋》等古籍中皆有相关记载。

一

在位于伏牛山脉腹地的一块宽广谷地间，晨曦剪出了一辆线条粗犷的马车倒影。一匹老马慢悠悠地拖着一台破车，摇摇晃晃地行驶在土路上，卷起一层烟土，呛得蚂蚁们直骂娘。年轻的马夫憋足力气狠抽了老马几鞭子，车速也丝毫提不起来。路边懒懒散散趴着几只山羊，用微笑的眯眯眼，向马车投去嘲讽的目光。

“看来武的不行，还是来文的吧。”马夫想着，放下鞭子，清了清嗓子，大声唱起歌来：“让青春吹动了你的长发，让它牵引你的梦。不知不觉这……”

“得得得，你这唱得比驴好听不到哪去！我看要是你和拉车的这位组个组合，别人八成以为是两头驴！”车内传来一阵刺耳的训斥声，原来里面坐着一个糟老头子。

马夫笑呵呵地回道：“主人，您是嫌这头驴……呃，是这匹马，蹄子不如驴得劲是吗？我也是这么认为的，所以高歌一曲，给它打点兴奋剂。您瞧，多管用，马儿现在跑得多欢？我再给这畜生来一剂加强针，保证不出半日，您就能抵达墓地……呃，目的地了！”

马夫于是又扯着嗓子唱道："秋来春去红尘中谁在宿命里安排，冰雪不语寒夜的你那难隐藏的光彩……"

只见原先精神萎靡的老马猛然抬起前蹄，发出一阵惊天动地的嘶鸣声，然后狂奔起来，速度都赶上猎豹了。

"喂喂喂，喊这畜生慢点，它已经年老体衰经不起折腾了。咱们就剩这一匹老马了，它要是累死，我就把马笼头给你套上，你来接替它的工作如何？"

"吁……"马夫勒住马缰，嬉皮笑脸地回道，"嘿嘿，主人，累死的老马也比驴快，这匹马无可取代。其实我是看您一路愁眉不展，唉声叹气，想着活跃活跃气氛，这才展示一下我的动人歌喉……"

"得了吧，你那叫歌喉吗，我看是割喉！差点要了我的老命！"老头瞪了马夫一眼，转而回首西北方向，哀叹一声说，"你这嗓子不好使，眼神倒是不赖。我的确想起了一些伤心往事。西河是我建功立业的地方，三十多年苦心经营，没想到今天就这样灰溜溜地离开了。可怜我戎马一生，为魏国崛起立下汗马功劳，如今正如这匹老马，垂垂老矣，不中用了，却又不得不走上颠沛流离的逃亡之路，连一个属于自己的家都没有，怎能不伤感？"

"怎么会呢，主人？我以为您一直就不把家当回事。扔掉一个家，跟丢掉只破鞋一样随意。当年离开卫国奔赴鲁国时，您的老妈来给您送行，哭得稀里哗啦，您却不为所动，连头都没回一下；您的老妈病逝，您的老师曾申劝您回家服丧，您死活不去，宁可因不孝之名被逐出师门。后来，您离开求学、入仕多年的鲁国时，也毫无留恋之情。为何如今离开魏国，却是如此伤心？"

"你懂个屁！"老头恨恨地回了一句，便闭上眼睛装睡，不再搭理马夫。马夫自觉无趣，只有老老实实地驾车，也不敢再唱歌了。因为他知道，主人的忍耐是有极限的。真的被惹火了，他可是要杀人的……

马夫没有注意到，老头此时瞪着一双仿佛刚杀过人的血红的眼睛，默默掀开袖子，凝视着手臂上的一处伤痕，确切地说，是两排牙印。当初那血淋淋的画面又浮现在眼前……

二

"吴起啊吴起，早就说你是大姑娘抬花轿——不是这块料！身为地主的儿子，却妄想当什么官！这下可好，瞎子骑马，到处乱闯，把你老爹的积蓄都给败光咯。

我看你呀，与其四处碰壁，不如回家面壁！哈哈哈！”

“嘿，你是头顶长角脚下长蹼——装聋（龙）作哑（鸭）呢？真是狗咬吕洞宾——不识好人心。吴起啊吴起，天意叫你无法雄起！你还是听天由命吧！哈哈哈！”

刺耳的嘲笑声，像滚烫的开水泼到吴起身上，让他浑身痉挛，头脑滚烫。他像野兽一样发出一声嘶吼，紧接着剑光一闪，那张正在龇牙嘲笑他的嘴还来不及闭上，就和主人那双惊恐的眼睛一起落到了地上。看到滚落在地的人头，周围的人惊慌逃窜，他们平时都嘲笑过吴起，以为吴起只是个软蛋。没想到一场血腥杀戮就这样开始了。只见吴起挥舞着带血的宝剑，像发狂的豹子一般冲进人群，所到之处，哀号声穿透云霄，不一会儿工夫，地上已经躺了三十多具尸体。

“娘，孩儿向您发誓，如果不能当上卿相，我就不回卫国！”

杀人犯吴起畏罪潜逃，临行前对老母说完这句话，捋起袖子，在手臂上狠狠咬出一个血印，然后快步离去，任由老母拄着拐棍站在身后哭成了泪人……

鲁国是儒学圣地。吴起“入乡随俗”，成为孔门弟子曾申的一名学生。然而，母亲离世的消息传来，吴起因为没有按照儒家忠孝的信条回家奔丧守孝，所以被逐出师门，他便索性弃文从武，钻研起兵法来。才学优异的他很快声名鹊起，爱情事业双丰收，娶了一个漂亮的齐国女人，还在鲁国当上了大夫。

平静的日子没过多久，齐国佬领着军队来找麻烦了。这个读书人盛行、尚文轻武的礼乐之邦几乎毫无招架之力，连一个像样的将军都挑不出来。鲁国君臣瑟瑟发抖，做好了等死的准备。

吴起却是心潮澎湃、跃跃欲试，他准备去觐见鲁穆公，请求国君同意让自己带兵迎击齐军。走到大殿门前，吴起听到鲁穆公与相国公仪休的交谈声。

公仪休说：“放眼望去，我们鲁国遍地都是只会摇头晃脑咬文嚼字的书生，能扛得起武器的，唯吴起一人！”

“话是没错，可吴起的老婆是齐国人，现在娘家人打过来了，他能狠下心去干架吗？咱们可别赔了夫人又折兵。”穆公犹豫不决。

吴起听罢，陷入了深深的沉思。他没有走进去，转身回了家。

翌日，晨曦徐徐拉开帷幕，又一个绚丽多彩的早晨，带着清新降临人间。战争的硝烟，人民的悲苦，那轮金灿灿的太阳是看不见的，她缓缓扒开晨霭，露出慈祥的笑脸，俯瞰着这人情冷暖的尘世间。

鲁穆公在大殿中正襟危坐，群臣像往常一样立于殿下，只是一个个都愁眉不展。

“爱卿们，如今齐军兵临城下，鲁国社稷岌岌可危，大家有何御敌良策，速速奏来！”

台下一片寂静。鲁穆公正尴尬，却见一个人捧着一个四方的盒子，走到殿中，示意侍卫将盒子放到鲁穆公跟前。

鲁穆公一脸疑惑，伸手揭开盖子，顿时吓得七窍生烟，惨叫一声摔倒在地。

侍卫们顿觉不妙，想要上前将献盒之人拿下，却见那人纹丝不动，面不改色，语气冷冷地说道：“大王迟迟不肯让我领兵抗齐，不就因为我老婆是齐国人吗？如今，我将这齐国女人的头颅献上，您还有什么疑虑呢？”

群臣皆大惊失色。有人斥责吴起：“禽兽不如的家伙，竟杀妻献主，居心不良，臣以为，应立即处斩！”

公仪休却站了出来：“国家大义面前，夫妻情爱微不足道。吴起杀妻以表忠贞，令人钦佩！臣以为，举国上下，能带兵迎敌的，非吴起莫属！”

鲁穆公瞪着惊恐的双眼，看看那个血淋淋的头颅，看看跪在殿下的吴起，又扫视了一下群臣，最终长叹一口气，发布了命令：“吴爱卿，寡人封你为将军，命你速率兵两万，前去迎敌！”

吴起上任后，与军士同席而卧，同釜吃饭，亲如父子，将士们都感恩戴德，发誓拼死疆场。

两军对垒之时，任凭敌军问候完八辈祖宗，吴起也装聋作哑始终不出营挑战。齐军主帅田和于是派校尉张丑假称求和，到鲁军中探看虚实。

没过多久，张丑就得意扬扬地回来报告：“都说鲁国无武将，果然名不虚传。吴起兵书读得一套一套，真正打起仗来也只是脓包一个。见了我，他又是点头哈腰，又是点烟倒茶，毫无将军的威信。他的军营中尽是老弱病残，一个个还装模作样捧本书看，我当是兵书呢，随便拿起一本一看，居然是‘养生秘籍’，你说好不好笑。哈哈哈……”

田和一听，乐开了花：“既然鲁国佬那么珍爱生命，那咱们就成全他们，送他们去永生世界养生吧。通知弟兄们，让大伙吃好喝好睡个好觉，明儿早一鼓作气，给鲁国佬送行！”

张丑不知道的是，当他乐呵呵地回营之时，四周有无数双眼睛目送他离开。

这些眼睛，既不老，也不花。就在当晚，齐营鼾声四起之时，这些眼睛也潜入了齐军大营。鼓声大振，喧哗四起，齐军仓促应战，被杀得片甲不留。鲁军以寡击众，大获全胜。

一介布衣吴起，在历史上的第一次亮相，获得圆满成功。

然而，鲁国朝堂之上，却是这样一派画风：

“大王，吴起靠着阴谋诡计打了胜仗，我军以弱克强，太不吉利！”

“吴起这人，品质不端，嗜杀成性，连杀妻求将这么无耻的事都做得出来，让他留在鲁国，只怕养虎为患！”

……

鲁穆公被说动了，当即表态：“身为礼乐之邦，我们鲁国宁可要品质端正的草，也不要气质超群的花！”

吴起自以为立了大功，功名利禄唾手可得。没想到胜利班师之后，迎接他的却是一张冷板凳。

正当吴起心灰意冷之时，李悝变法的消息传到鲁国。他终于在黑暗中看到了一片曙光。

三

吴起收拾包袱离开鲁国，来到热火朝天的安邑（今山西省运城市夏县），通过相国翟璜引荐，见到了魏文侯，被拜为将军。

一支魏国军队仿佛非洲草原上的狮群，风驰电掣，步履如飞，涌向秦国韩城（今陕西省韩城市）。两军还未接触，魏军便箭如蝗飞。秦军将领一开始并未在意，但很快就发现情况不对——魏军射过来的箭又狠又准，而且似乎射程更长，瞬间倒了一大片秦军。他犹豫片刻，刚想下令撤退，猛地一阵疾风迎面扑来，还没来得及惊呼，脑门上已经中了一箭。

当他从战车上栽倒的时候，眼睛的余光正好扫到了远处那面迎风招展的“吴”字大旗。

吴起率领的魏武卒锐不可当，势如破竹，先后攻取秦国五城，并于第二年将河西地区全部占领。长期以来让魏氏如鲠在喉的秦国带来的威胁，被吴起用了不到两年时间一扫而空。魏国于是设河西郡，任命吴起为郡守。

这支令秦军闻风胆丧的魏武卒，正是吴起新官上任后点燃的一把火。

他创办武卒制度——不分贵贱，不问出身，通过考试择优录取战士。入选武卒的条件堪称苛刻：必须能够披三属之甲（三层铁片编缀而成的铠甲），操十二石之弩，负矢五十支，荷戈带剑，背三天的口粮，用半天时间奔跑百里，而且立即投入战斗。一旦入选武卒，待遇相当优厚，可免除全家徭役和田宅租税。可谓一人卖命，全家轻松。吴起以这种方式迅速组建了一支战斗力超强的“战国特种兵”。

吴起保持了在鲁国时礼贤下士的作风，吃住都在军营，和地位最低下的士兵同甘共苦。

一次，吴起发现一名士兵背上生了脓疮，痛苦不堪。他二话没说，掀起那名士兵的衣服，替他把脓吸了出来。

几年之后，同样的事情又发生了一次，这次被吴起救治的士兵是一个刚成年的小伙子。他母亲在家里听到消息，号啕大哭。邻居觉得很奇怪：“你儿子只是个普通士兵，有幸得到将军亲自为他吮脓，你高兴还来不及，哭啥？”老太太哽咽道：“当年他父亲就是因为将军为他吮脓，打仗时奋不顾身，战死疆场。现在将军又为这个傻小子吮脓，我猜他命不久矣！”

眼看梦寐以求的相国之位近在咫尺，老天爷却又和吴起开了一个大大的玩笑。正当吴起的事业如日中天之时，他的伯乐——魏文侯去世了。太子即位，即魏武侯。一朝天子一朝臣，魏武侯的宠臣、新任相国公叔痤（cuó）视吴起为眼中钉，污蔑他里通秦国，图谋不轨。吴起为避灾祸，从这块他耕耘了三十多年的边境之地出逃，朝楚国奔去。轻车简从，陪伴他的，只有一匹老马，和一个爱唱歌的马夫。

“可怜我吴起一生追梦，金戈铁马，却始终壮志未酬、空留遗恨。或许，我的梦想终归是一场无法实现的白日梦吧！”

四

也许是吴起的感叹打动了老天，他又一次绝处逢生。楚悼王是一位明君，他敬仰吴起已久，听说自己的偶像前来投奔，如获至宝，放下君王的架子，亲自跑到边境迎接，并很快任命吴起为宛城守。一年之后，又升任他为令尹，主持楚国军政大局。

听到这个升迁的任命，吴起一时受宠若惊，甚至觉得难以置信：真是转角遇到爱，幸福来得太突然！我奋斗大半生求之不得的东西，竟轻轻松松在楚国得到了。

楚悼王将这顶桂冠交予吴起的同时，也交给了他一项棘手的任务——

变法吧，把楚国变强大！

吴起欣然领命：梦已圆，此生无憾，下地狱又如何！

吴起发现，楚国最大的问题在于大臣势力太大，享有特权的贵族太多，他们“上逼主而下虐民”，导致楚国“贫国弱兵”，成为一个虚胖的巨人。

楚国要强大，必须先向特权阶级开刀！

吴起变法就像十二级台风掀开了这些特权阶级的屋顶，将他们祖祖辈辈遗传下来的特权与财宝席卷而去。丢了乌纱帽和财宝箱不说，那些素来锦衣玉食、养尊处优的贵族们还被赶到偏远之地，挖土种田，而布衣百姓则可凭借真才实学入仕做官。

随着一系列严厉的法令被颁布推行，楚国风气为之一新。吴起上台不过两年，政府收入激增，军队战斗力大幅提升，威震诸侯。

古老的楚国，再一次焕发出强大的生命力。

初春的郢都地区（今湖北省荆州市荆州区），一连数十天阴雨绵绵。田间到处是一片金色的海洋。灿烂多姿的油菜花在风中摇曳，仿佛少女的轻歌曼舞，楚楚动人。

喜欢在雨中散步的楚国令尹行走在乡间。闻着令人陶醉的油菜花香，他想起了自己的家乡，那儿也栽满了金灿灿的油菜花。离开家乡四十余年，他已是半截身体入土的糟老头子。他想起了少时的贪玩，同乡的嘲笑，母亲的责备，求学时的被逐，在鲁国的浮沉、在魏国的喜忧与如今在楚国的鼎盛，不禁泪如雨下。他对着遍野的油菜花倾诉：“我老了，不再追逐名利了。就让我在这里安静地走吧，葬在这油菜花田下。”

可惜，这个愿望最终没能实现。

楚悼王英年早逝。吴起知道等待他的是什么，但是这一次，他不再逃了，他昂首挺胸，走向楚悼王的灵堂。

被吴起削去俸禄的宗室子弟们，向这个风烛残年的老人发动了疯狂的报复，在葬礼上突然发难，命弓弩手齐刷刷地将弓箭对准吴起。吴起被射中后，强忍伤痛朝灵堂跑去，说：“让你们看看我的用兵之道！”没等那些人反应过来，他已拔出箭矢，插在楚悼王身上，叫道：“有人用箭射大王的尸体！”然后大笑三声，气绝身亡。

依楚国法律，“丽兵于王尸者，尽加重罪，逮三族”。楚肃王即位后，追究射尸责任，诛杀贵族七十余家。

至于吴起，虽然他为楚国做出了重大贡献，楚肃王却认为他扰乱了朝纲，导致了国内乱局。为安抚广大贵族，吴起的尸体被拉出来施以车裂之刑。

轰轰烈烈的吴起变法戛然而止，楚国将图强的最后机会，生生地放走了。

赏 析

伟大的“梦”

读了一部著作，或看了一篇文章后，有一种强烈的情愫在心中涌动，产生想要表达的欲望、抑或冲动，以比较理性或感性的笔触和视角有感而发，便是所谓激情式评论的由来吧！

这种“说出来”的方式，相对于那种有选题、有专业的严肃性的学术研究，更显随意和自然，像与作者周末偶遇于某家咖啡店，自然而然聊起了彼此感兴趣的话题一样，并无丝毫矫揉造作，我喜欢这样的方式。

读罢《新吴起变法：追梦人》一篇，我的脑细胞便活跃了起来，滋生了上面说的感受。本章看点多、主题深、故事精、文笔美、创意足。作家以时间为主线、以事件为骨骼、以思想为血肉，把战国初期的这段历史演绎得既脉络清晰、浅显易懂，又高屋建瓴、发人深省，较好地做到了形散而意聚、文短而神活、句常而气足的效果。

对于读者，或多或少会有一些共同的感受或记忆：一些作品，总会让自己掩面而泣、俺卷而思、入目而怒、刺心而痛、折骨而恨。这样的作品，甚至可能会影响读者一生。

具体到这一章来说，作者以“追梦人”作为切入点，青春气息扑面而来，令人眼睛一亮、怦然心动，瞬间激活了人们心中或沉寂，或许诺，或放逐，或轻藏的那一个个属于自己的梦。被拨动的心弦，奏出的“追梦人”之歌，穿越了两千多年的迷雾，回荡在历史与现实的交汇点，令听者深以为恸。

吴起也有梦。“娘，孩儿向您发誓，如果不能当上卿相，我就不回卫国！”为了圆这个梦，吴起视被小人和利益集团耻笑、排挤、诬陷、打压等颠沛流离的经历为一种人生历练，在历仕鲁、魏、楚三国过程中，坚定不移走自己的路，发愤图强做自己的事，励精图治圆自己的梦，掌握了兵家、法家、儒家三家治国思想的精髓，历经坎坷终成楚国令尹，这为他实现人生最大的抱负——变法，创造了条件。

其后，吴起“明法审令”，公布于众，采取“倚车辕”的方式立信，对能够搬动者予以奖赏，成为后来商鞅立木的效仿榜样；“破横散从（纵），使驰说之士无所开其口”，禁止纵横家进行游说；“削弱大臣威权，禁明党以励百姓”，禁止大吏结党营私，奖励百官尽忠守职；实行减爵禄，废除贵族世卿世禄制；加大吏治整治力度，“使私不害公，谗不蔽忠，言不取苟合，行不取苟容，行义不固毁誉”“罢无能，废无用，损不急之官”；“禁游客之民，精耕战之士”，以加强军事训练，提高军队战斗力，对政治腐败、经济落后的楚国政治、法律、军事等实行改革，取得了“政府收入激增，军队战斗力大幅提升，威震诸侯”的显著成绩。

吴起是一个有着多重人格的人，文章毫不客气地点明了吴起残酷无情、暴戾恣睢的一面，最突出的例子就是：吴起的妻子是齐国人，在齐国攻打鲁国时，吴起有到一线杀敌的决心和勇气，为证明自己的“大公无私”和“报国之情”，他在听到鲁穆公对他能否为国拼杀的怀疑后，返家把妻子杀害以表忠贞，虽然他最后被任命为将军，率军打败了齐军，但作为造成这血腥一幕的主角，是多少“梦”或多么“伟大的业”都不能为其免责的，他是不折不扣的刽子手。

说到吴起的无情无义和自私自利，作者借用马夫的嘴，再一次进行了揭露和鞭挞：“您一直就不把家当回事。扔掉一个家，跟丢掉只破鞋一样随意……”可见吴起为实现自己的梦想，冷漠到极致。

作者在充分暴露吴起丑陋的一面时，也对他善用计谋的才智、礼贤下士的作风、爱兵如子的亲和等进行了描写，说他“发现一名士兵背上生了脓疮，痛苦不堪。他二话没说，掀起那名士兵的衣服，替他把脓吸了出来”，使吴起这个历史人物更加有血有肉。

在这一章中，作者爱憎分明的立场、疾恶如仇的情感、裁剪得当的手法、人性善恶的碰撞，告诉了我们，梦不是一己之私的满足，而是与时代和谐的共舞；

梦不是小我贪婪的呈现，而是大我无悔的负重。追梦者，其志要与所处的时代吻合，在道德和法律的范畴内，要敢于坚持和坚守，更要有勇气承受所有的牺牲，包括生命。

虽然吴起在实现自己梦想的道路上所采用的某些方式不被人认同，但他身上表现出来的坚忍不拔的精神和勇于创新的智慧却闪耀千秋，推动了历史和社会的深刻变革、巨大进步。

生理之梦是人类特有的主观体验，而社会之梦是人为实现理想、坚定信念、不懈追求和努力的高级精神活动，不同职业、不同信仰的人对社会之梦的定义，各不相同。革命家说：为中华之崛起而读书是梦；文学家说：读破万卷书、下笔如有神是梦；儒家认为：穷则独善其身，达则兼济天下是梦；思想家认为：天下兴亡、匹夫有责是梦。

在我们身边涌现出来的追梦人，同样有很多，有白衣执甲的医护人员、有逆行出征的军人战士、有凯旋的科技达人、有在岗奉献的班组工人，等等。

也正由于有了每一个中国人五彩缤纷的“小”梦，才有了中华民族的“大”梦——中国梦！有幸，我们都是追梦人；还好，我们不是缺席者。

沈小平，“60后”，重庆涪陵人，文学爱好者。

对本书的一句荐语：前有鲁迅《故事新编》，今有笑李飞叨“笑侃历史”。

第28章　新侠客聂政：斜阳匕落

典故卡

侠客聂政

聂政与荆轲、豫让、专诸并称“先秦四大刺客”，其事迹见《史记·刺客列传》。郭沫若曾据此写历史剧《棠棣（dì）之花》，歌颂聂政的侠义精神。在河南禹州市市区西北有纪念他的聂政台。

一

残阳如血、暮鸟归巢。

齐国的一处集市仍是热闹熙攘。街市行人，摩肩接踵，川流不息，有开店铺的商贾，有当街叫卖的小贩，有看街景的士绅，有坐轿子的大家眷属，有骑马的官吏，有身负背篓的行脚僧人，有问路的外乡游客，有听书的街巷小儿……男女老幼，士农工商，三教九流，好家伙，像进了杂货铺，应有尽有。

“汪！汪！汪！”

一阵震天动地的狗叫声传来，人们的目光全被吸引了过去。一个屠户的铺面前聚满了围观人群。

只见那大汉身高八尺、膀大腰圆、浓眉大眼，叫唤起来像豹子吞虎，煞是凶悍。他一手捏着一条链子，一手攥着一把短刀，弓着腰，瞄着眼，正和一只嗷嗷嘶叫的烈犬搏斗。链子另一端拴着一条强悍骁勇的大黑狗，瞪着眼，龇着牙，兜着圈子作势欲扑。

忽然，屠夫一个地滚，滚到大狗跟前，狗爪子立马按到他脖子上来了。大汉从容不迫，一翻手，露出短刀，冲着狗肚子就捅了上去。因为狗扑过来的劲道太大，肚子被豁开了一尺多长的血口子，里面的肠肝肚肺，“噼里啪啦”全掉出来了。狗身子一软，倒在地上。

“这招便是他的拿手好戏——斜阳匕落！”旁边有人小声议论。

在围观群众的一片叫好声中，一炷香的工夫过去了。屠夫挥舞着手中铁链，翻转腾挪，手起刀落，只留下一只死狗。星星点点的霞光和梅花般的血迹染在他身上，有一种诗意的悲壮。

天色渐暗，围观的人散得差不多了，屠夫也准备鸣锣收工，却见一位衣着华丽、腰佩金玉，商人模样的中年男人，还痴痴立在原地，舍不得离去。

“嘿，哥们儿，我们打烊了，你快走吧！”屠夫对着那人唤道，却见对方如蜡人般无动于衷。他走过去拍了一下那人的肩膀，那张僵硬的面孔才终于有些松动。

然而，令屠夫更吃惊的事情发生了。商人一回过神来，原本呆滞的双眼猛然迸发出炽热的光芒，他激动地拉住聂政的手，深情地凝望着莽汉那双铜铃般的牛鼓眼，欣喜若狂、语无伦次地说道：“太帅了，实在是太帅了！真是踏破铁鞋无觅处！壮士，你以为躲起来我就找不到你了吗？像你这样出色的男人，无论在什么地方，都像黑暗中的萤火虫一样，那样明亮，那样出众。你那忧郁的眼神，稀疏的胡子，神乎其神的刀法，还有放在狗肉旁的那杯女儿红，一切的一切，都深深地迷住了我……”

屠夫虽是杀狗不眨眼的血胆之人，此刻竟被吓得倒退了一步，他心想：哎呀妈呀，我在魏国杀人以后，跑齐国来这么久了，我一直伪装得很好啊，咋就被发现了呢？他按住狂跳不止的心脏，鼓励自己：淡定，淡定！待我询问一二，看看这人到底啥来头！

聂政清了清嗓，问道：“我从未见过足下，请问足下认得我吗？”

对方答：“不认得。请问壮士尊姓大名？”

聂政松了一口气，心里暗骂道：不认得，你瞎嚷嚷个啥劲儿？却还是诚实地回答了对方的问题：“我叫聂政。兄台怎么称呼？”

对方答：“在下严仲（zhòng）子。”

聂政说：“噢，严老二啊？你好！”（在古代，仲字有排行老二的意思。）

严仲子敛袖一礼，客气地回道：“幸会，但是我希望你叫我的学名，我叫严仲子。”

聂政爽快地答应了："没问题，严老二！"

严仲子又问："兄弟，听你的口音，不是本地人哪？"

聂政说："我是魏国人！"

严仲子一听，两眼泪汪汪，说："哎呀，缘分哪，原来咱俩是老乡！"

聂政又一惊，问："我乃魏国轵（zhǐ）深井里人是也，你是哪里人啊？"

严仲子说："韩国人。"

聂政一听，不屑地白了他一眼："啥？我是魏国人，你是韩国人，怎么就成了老乡了呢？你是想免费吃狗肉吧？你们韩国人，是不是有见便宜就上的毛病啊？"

严仲子连忙赔笑："兄弟，别误会。我是说，五十年前是一家。咱们不都是三晋之地的人嘛，五十年前都是晋国人啊！"

于是，这层老乡关系就这么定下来了。

二

数日后，聂政母亲过生。严仲子登门祝寿，和他一起到场的，还有两名壮汉，和他们抱来的一个大箱子。

严仲子拱手行礼："我略备薄礼，为令堂祝寿。"

聂政打开箱子一看，是装得满满的明晃晃的黄金，粗略估计有一百镒（古代重量单位）！他大吃一惊，连忙推让："在下虽家贫，流落东海，栖身市井，但还能弄些狗肉给老母吃。先生厚赠，在下不敢接受，请你拿走吧！"

"我那两位弟兄已经离开了，这箱子我可搬不动啊。"严仲子回道。

"你搬不动，我给你搬过去！"看到对方要无赖，聂政有些生气地说。

严仲子笑着瞟了聂政一眼，说："那兄台试试呗。"

聂政伸手就去抬箱子，箱子纹丝不动。他运了运气，蹲起马步，伸长双臂紧紧抱住箱子，使劲发力，结果脸憋青了，箱子依旧不动。聂政一冒火，狠狠踢了箱子一脚，疼得龇牙咧嘴，抱住右脚单腿跳了几下。

看到严仲子捂嘴嘲笑自己，聂政羞红了脸，又赶紧站稳，故作镇定地说："反……反正，我就是不收。你倒是说说，送这么贵重的礼物，究竟为何？"

严仲子于是说："那我也不拐弯抹角了。我见兄台勇武过人，便有结交之意。我本在韩国任卿相，却遭到相国侠累的排挤和陷害，只得扶老携幼逃离母国，外出谋生。好在官场失意商场得意，我赚了点小钱，开了家猎头公司，网罗天下义士，目的就是猎到侠累的人头，以报大仇，可始终寻不到能帮助我的贵人，直到遇见你……”

聂政沉默了半晌，回道：“承蒙先生如此看得起我。可我老母在堂，姐姐未嫁，不敢将性命交予他人，还请先生另请高明！”

严仲子有些郁闷，但很快掩饰过去，满脸堆笑，拱手道：“报仇之事，暂且搁下。我敬佩你的大义，想与你结为兄弟。献上小小礼物，只想帮助兄弟赡养老母，没有别的意思。”

聂政仍旧推让，严仲子索性出了内室，向接待宾客的院子走去。聂政赶紧追了出去。宾客到齐，聂政只得若无其事地应酬。等他腾出空来到处寻找严仲子时，对方早已离开。聂政叹了口气，唯有暂时收下箱子。

几年后，聂政姐姐出嫁，又过了数月，聂政老母因为狗肉吃多了上火，仙逝在家。严仲子闻讯后又来了，跑前跑后一手操办，为聂政母亲办了一个风光大葬。

聂政感叹道：“严先生如此看重我，赠我百金，而我却拒绝了他的请求，算什么英雄好汉？”随后对严仲子说：“我不过市井小人，兄台贵为诸侯之卿相，不远万里，枉驾结交。你赠我百金，虽然是强塞的，我并不想要，但至少表明，你是深深懂我的。当初我没答应，是因那时我有老母在堂。如今，老母天年已终，我将为知己者用。”

严仲子感激涕零，紧紧握住聂政的手说：“兄台大义，我没齿难忘。请让我为你物色车马随从，送君远行。”

“不用了！相国既是至贵之人，出入定有护卫跟随，只能智取，不可硬闯。一排人大摇大摆地进城，还不成了醒目的活靶子，哪还有机会下手？”聂政说道。严仲子于是不再强求。

聂政与严仲子依依惜别，毅然踏上了不归路。

三

韩国都城阳翟（今河南省许昌市禹州）。

秋风瑟瑟，寒意浸透骨头。

聂政一路尾随下朝归来的侠累，因有重兵防卫，始终没找到机会下手。回到相国府，侠累在堂上坐定，左右纷纷拿着信简文牍上前禀告。堂上堂下，阶前亭后，兵甲执戟护卫者甚众。

这时，忽听门外有人高喊："相国大人，小人有事禀告！"接着，一阵短兵相接的锵锵声和沁入肝脾的惨叫声后，一股黑色旋风刮了进来，风卷残云，还顺带卷入一些断肢人头武器啥的。聂政拔剑直入，像一只黄鼠狼钻进了鸡窝，顿时产生一种炸开锅似的轰动效应。卫士们纷纷涌上来阻拦。聂政随手挥刀，甲士们就像以前被他杀掉的狗似的，纷纷哀号着倒地。聂政如一道长虹，越过重重阻碍，登堂直刺侠累。侠累赶忙躲闪，还是迟了一步。聂政执剑奋击，直捅侠累前胸。侠累终于不累了，口吐鲜血，瘫软在地。左右大乱，旁边的护卫们操起家伙就向聂政猛砍。聂政大吼一声，如狮子般左冲右突，瞬间击杀数十人，余者不敢靠近。

然而，刺客接下来的举动，令所有人都石化了。只见聂政从从容容，以剑割面，在自己下巴上轻轻一划，硬生生地撕下脸皮，顿时血肉毕现，接着，他又硬生生地把自己双眼挖了出来，如狼般惨叫一声。

在旁边看到的人，有的当场蒙圈，有的当场尿裤子，有的一头栽到地上，还有的直接吓疯了。一通干呕之后，卫兵们再一次组织冲击，被聂政摸黑乱打一通，抱头鼠窜。这时，聂政仰天长啸，使出他最喜欢的那招——斜阳匕落，切腹自杀，肠子都流出来了，场面极其惨烈。

"我去，怎么还死不了？"聂政嘟囔一声，横刀一抹脖子，终于像一尊黑塔般轰然倒下，卧在了脚下几圈死尸的包围之中。

四

听闻此事，韩烈侯震惊了，大怒道："见过不要脸的，没见过这么不要脸的！你以为把脸毁了，我就查不出你是谁了吗？就是挖地三尺也要给我查出来，刺客究竟是谁！发现余党，一律处死！"

于是，聂政的尸体被暴晒在农贸市场。蚂蚁们发现了一座可爱的肉山，纷纷奔走相告，前去聚餐。在肉山旁，政府贴出公告：有能提供刺客身份者，赏千金！

然而，好多天过去，眼看尸体腐烂发臭，仍旧无人认领。直到有一天，远处风风火火来了一个披头散发的女人。她一下伏在地上，抱着尸体失声痛哭，对周围的人说："这是我弟弟聂政啊！"

原来，聂政已出嫁的姐姐聂荣听到消息后，星夜兼程、跋山涉水来到韩国。当她赶到陈尸现场，一眼就认出地上那具血肉模糊的尸体就是自己的弟弟。因为，只有弟弟的斜阳匕落这一招，才能把肚子切得如此出神入化，干净利落。只可惜，这一次，是切在自己肚子上了。

聂荣抱尸痛哭："弟弟啊，你先嫁姐姐，后葬老母，然后为了一个义字，千里赴死，因姐姐尚存之故，自掘双眼，残面刨皮，切腹剖肠，以求姐姐平安。但当姐的，不忍让你死后无名！贤弟如此壮烈，我怎能贪生怕死，埋没弟弟一世威名！"

旁边兵士被这哭哭啼啼的场面弄得不耐烦，质问聂荣："死者既是你弟弟，你一定知道他刺杀相国是受何人主使。你若说出，我将逐级奏明君上，放你一条生路。"

聂荣凛然道："我如果怕死，就不会来了。我若不说出弟弟的身份，便是埋没弟弟的侠名；我若供出主使人姓名，岂不是埋没了弟弟的大义？我拼死认尸，即使把我剁成肉酱，也要播扬弟弟的千秋大名！"说罢，握起拳头敲击大地三声，仰天大呼："弟弟，我随你去啦！"一头撞向街旁石柱而死。

一时间，天地颤动，山峦变色，狂风四起，飞沙走石。周围观者无不震撼，朝堂闻者无不慨叹：这是一对英雄的市井姐弟，必将扬名于千古！

赏 析

要脸，还是不要脸？

春秋战国是个热闹的时代，诸侯争霸，百家争鸣，智士奇人、三教九流，纷纷登上社会舞台，使这段历史异彩纷呈。这不，刺客聂政出场了。他是《新侠客聂政：斜阳匕落》中的主人公。就让我们跟着聂政走进《新侠客聂政：斜阳匕落》的古风奇异场景，去领略笑李飞叨的"戏说"魅力。

热闹集市上突兀的三声狗叫为小说开了头，接着展开了屠夫杀狗的场面，将主人公的外貌、神色、气质、与狗搏斗及杀狗的动作招法，以不到四百字的篇幅描写得栩栩如生，惊心动魄，亦庄亦谐。但杀狗与杀人毕竟不同，杀狗容易杀人难，尤其是刺杀相国侠累这样的人物。当严仲子请聂政刺杀侠累时，作为读者，我为严仲子捏了一把汗，觉得他看错人了。故事在这里不动声色地给读者设置了一个悬念。虽然聂政自己说他是在魏国杀了人逃到这里来避难的，但我们不知道是真是假，更不知道他杀的是什么人。聂政到底是个怎样的人？他将如何面对严仲子的请求？他能否胜任？小说没有跌宕起伏的情节，却以一种隐形的叙述力量牵引着读者的阅读欲望。

俗话说重赏之下必有勇夫。当聂政明白了严仲子之意后，按理说，以其“斜阳匕落”的功夫、他的家庭经济情况和严仲子对他的信任，以及他在魏国杀过人的经历，他会欣然应允，但是他婉言推辞了。虽然礼箱暂时收下，可那也是无奈之举。那么，面对重赏，聂政没有丝毫的勇夫气概，是他自知没那个能耐，还是真如其所言“老母在堂，姐姐未嫁，不敢将性命交予他人”之故？抑或另有隐情？

直到后来聂政单枪匹马杀入相国府，一路劈荆斩棘，所向披靡，扫除众多兵甲护卫，最终刺死侠累，都没用他的杀手锏“斜阳匕落”，其英勇和武艺之精可见一斑。及至聂政以剑割面，撕下自己的脸皮后又剖腹抹脖子自尽，“像一尊黑塔般轰然倒下”，此时我们看见，倒下去的是他的尸体，而一名惊天地泣鬼神的义侠形像跃然纸上。聂政的勇不是为了重赏，而是为了知遇之恩，一句豪气冲天的“我将为知己者用”，让我们想到了当年的豫让；想来聂政当初推辞严仲子时的不勇，真是“老母在堂，姐姐未嫁”之故。勇与不勇，都是为了一个义字。义是他的做事原则，是他做人的理想。

为了死后不牵连姐姐和严仲子，他割掉了自己的脸皮。这一惨烈悲壮之举，使人物形象一下子得到了更高层次的升华。这里插入了一个有趣的细节：听闻此事，韩烈侯震惊了，大怒道：“见过不要脸的，没见过这么不要脸的！”他哪里懂得，聂政正是用“不要脸”的手段维护了他的脸面——一个勇武刺客的脸面，一个崇高义侠的尊严。而姐姐聂荣的出现，使彰显大义精神的主题得到了进一步提升。她本来可以继续在家相夫教子，安度余生，但她千里迢迢赶来赴死，就是为了弘扬弟弟的大义英名。史书记载，聂荣是因弟弟死亡悲极气绝而亡。在这里，作者将她的死巧妙“戏化”，将悲情的死改为悲壮崇高的死，很好地起到了画龙点睛，强化主题思想的作用。

这个看似虚无缥缈的“义”字，正是作者赋予小说《新侠客聂政：斜阳匕落》的时代意义和价值。

紫岚，本名祁之来，“70 后”，青海海东人，企业管理人员。文学爱好者。

对本书的一句荐语：从悠悠历史中看滚滚红尘。

第 29 章　新商鞅变法：二傻娶亲记

典故卡

商鞅变法

《史记·商君列传》中有记述。商鞅吸取李悝、吴起等法家人物在魏、楚等国变法的经验，先后两次实行以“废井田、开阡陌，实行县制，奖励耕织和战斗，实行连坐之法”为主要内容的变法。经过商鞅变法，秦国的经济水平、军事实力不断提升，逐步发展成为战国后期最富强的集权国家，为日后统一六国奠定了基础。

一

一个寻常的清晨。旭日披着烈烈的酒气上升，将一种无限的醉意朝着秦国都城辽阔的天空播散开来，人人似乎都有些微醺的感觉。

栎（yuè）阳（今陕西省西安市）南门外，人头攒动，热闹非凡。原来，新上任的左庶长卫鞅发布了一则告示：

“有能将这根木头搬到北门者，赏金十两。”告示旁果真立着一根三丈长的木头。

“这花不了一顿饭工夫，连汗都不会出，怎么可能赏金十两？赏十个铜钱就不错了。八成是左庶长在拿咱们开涮！”大伙议论纷纷。动口的无数，动手的没有。

卫兵一看这阵势，又把右手举得高高的，竖起五根手指头，大声宣布：

“有能将木头搬到北门者，赏金五十两！”

话音刚落，人群沸腾了。大家嘻嘻哈哈、推推攘攘，但还是没人肯站出来。

卫兵无奈，示意大伙安静，命令道：“愿意搬木头的同志，向前迈一步！”

人们互相看了一眼，心照不宣地同时往后迈了一步。

卫兵环视一圈，发现人群中有一个小伙没往后迈步，现在站在了最前排，他大喜，指着那人说：“有胆识，来吧，搬木头！”

谁知小伙左看看右看看，急得额头直冒汗，吞吞吐吐道：“我……我爸叫我出来打酱油的！”

“哈哈，二傻，快搬吧，把木头搬过去，你就可以回家娶媳妇咯，可以洞房咯！”有人起哄道，围观群众全都笑了起来。

原来，这个年轻人因为天生反应“慢半拍”，平时被街坊邻里亲切地唤为“二傻子”！

一听到“娶媳妇”“洞房”，二傻眼睛一亮，咧着嘴傻笑着就过去抱那根木头，然后快步向北门跑去。数千人跟在后面看热闹。

北门那儿，也有两个卫兵站在城墙下。看到二傻过来了，一个卫兵便上城楼禀报。不一会儿，身穿黑色官服的卫鞅便在一群官吏的簇拥下来到城门口。

看到地上的木头，卫鞅一脸严肃地问二傻：“是你从南门搬过来的？”

二傻点点头又摇摇头。数千人都屏住呼吸，就像在看一台精彩的舞台剧，终于等到高潮部分一样。他们心里比台上的演员还急，都等着看到二傻失望的表情，然后爆出一阵集体狂笑。

“笨蛋，公家的钱哪有那么好赚，当官的啥时说话算数了？”有人小声嘀咕。

谁知，卫鞅突然哈哈大笑着跑过去握住二傻的手，亲切地说道：“真是我大秦的好子民！”接着，招了招手，立即有人端上一个朱漆的盘子。盘子上盖着一块红布。卫鞅亲手揭开它，面对众人，把盘子举得高高的，大声宣布：

“二傻由于认真配合官府工作，表现积极出色，获得五十金奖赏！”

当天阳光灿烂，在场所有人都被那五十两黄金反射的光芒刺得睁不开眼。

“我本来要站出来的，刚刚是谁把我拽回去的？”一个拄着拐杖的驼背老叟怒视身后问道。

“是老娘，怎么着？”身旁的老妪揪住老叟耳朵，骂道，“癞蛤蟆想吃天鹅肉，就你这身子骨，抱我都抱不动，还想抱木头，抱木棺差不多！走，回去做饭去！”说罢，老妪拽起老伴的拐杖气冲冲地往回走，心里懊悔道：“早知有这种好事，我肯定一脚把你踹到木头跟前！”

这件事很快传遍全国，听到的人无不咋舌，有羡慕嫉妒恨的，有大彻大悟的：跟着官老爷走，不会栽跟头！

听说宋国有个守株待兔的，秦国子民于是也想来个守门待木，成天没事干就跑到南门蹲着，看那根木头有没有再出现……可惜，这种天上掉馅饼的好事，再也没发生。

二

二傻捧着盘子，兴冲冲地跑到自家隔壁一户院门前，敲起门来：“如花，是我，二傻！看我给你带什么好东西来了？”

“谁呀，天没亮就来吵本姑娘瞌睡！”屋内响起一个粗声粗气的女子的声音，懒洋洋地骂了一句。

二傻看看天，太阳已经在头顶了。今天酷热难耐，自己又负重跑了几十里路，已是大汗淋漓。

“我给你送馅饼来了！”二傻憨憨地回道。刚刚，一群人在他耳边叨叨，说什么馅饼偏偏砸中了这个傻子之类的话。二傻被他们说晕了，一秃噜嘴把黄金说成了馅饼。

一听有馅饼，还饿着肚子的如花瞬间变成了风一样的女子。二傻刚说完话嘴还没闭上，门就“刺啦”一声打开了。

“馅饼在哪？”如花睡眼惺忪，视线模糊，看到二傻手上端着一个盘子，以为上面黄澄澄的玩意儿是馅饼，抢过来张嘴就咬。

“哎哟！”如花的两颗门牙被咯掉了，疼得满地打滚，手里的盘子也摔在地上，黄金撒了一地。

“好你个流氓无赖杀人犯，姑奶奶我不同意嫁给你，你就想谋杀我是吧！”如花眼泪鼻涕淌一脸，张着血盆大口大骂。随后，她愤怒地看向地上的“凶器”，一下傻眼了：只见那一地硬邦邦金灿灿的东西，在太阳照射下散发出耀眼的光芒。她一下止住哭，声音颤抖地问：“二傻，这……这是啥？”

二傻一边用黑乎乎的手给如花揩眼泪，一边傻呵呵地说：“嘿嘿，这是黄金，我刚刚赚的！”

如花被二傻这一揩，变成了熊猫眼。她愣了几秒，赶紧把黄金捡回盘子，然后把黑黑的眼眶撑得溜圆，用比平时大了一倍的眼仁盯住二傻：“亲爱的，我愿意嫁给你！不必选良辰吉日了，立刻洞房！”

“啥，立……立刻？我这还一身臭汗哩，嘿嘿，会不会早了点？”

“早什么早，你没看天色都暗了，再等一会儿，得点蜡烛了，多浪费！快跟姑奶奶进来！”如花用力把二傻拖进家中。

过了一会儿，跟在二傻后面偷看的几个乡邻惊恐地大喊：“地震啦！快逃啊！”紧接着，茅草房里传出二傻的惨叫声，还有几声酷似母狼的号叫声。

当天夜里，二傻被他新过门的媳妇、老丈人和丈母娘带领着，在院子里连夜挖了个一丈深的土坑，把金子埋了进去。

“老头子，埋在这里安全不？隔壁老王鬼心思多得很，总是盯着咱家那头肥猪流口水，他会不会来偷金子啊？”二傻的丈母娘小声问老伴。

“臭婆娘，你还有脸提隔壁老王？你以为我不知道他是想来偷猪，还是想来偷人吗？你以为你们眉来眼去的我看不到？”老头低声骂了一句。

二傻今天又是扛木头又是洞房又是埋金子的，早已精疲力尽，看到旁边的仨人还围着土坑讨论个不停，完全当他是空气，索性躲进柴房呼呼大睡起来。

三

二傻快乐的蜜月期没过几天。一天早上，官府来人了，召集百姓开会，掏出一份公告，念道：

“今日起，我国正式实施《垦草令》。具体措施如下：一、实行连坐法。每十家编成一组，互相监督，一人犯法，十家问责。对罪行知情不报，或藏匿罪犯者，腰斩！轻罪重罚。偷盗牛马者，砍头！乱倒垃圾者，割鼻！随地吐痰者，割舌……”

官员刚读到这里，张三赶紧把一口正准备吐出的浓痰咽了回去，不禁一阵后怕。所有听众都听得头皮发麻、浑身哆嗦。

“二、取缔一切娱乐休闲活动，关闭书店、学校，家中藏书一律焚毁……”

李四正捧着一本小说看得津津有味，听闻此言，赶紧把书就地埋了。

“三、重农抑商，奖励耕织。税收由按户收取改为按人头收取。因参与生产不积极而不能及时足额缴纳者，连同妻子儿女收入官府为奴！商人不准私自贩卖粮食，从事其他商品经营的，需缴纳经营成本十倍以上税收！”

现场立马晕倒一片做生意的。

“俺只会砍猪头，不会种地，怎么办？”一个年轻屠夫大声问道。

“有办法。上战场去砍人头，当官发财不用愁！”官员接着屠户的话继续说，“四、奖励军功，禁止私斗。废除爵禄世袭，无论贵族平民，根据军功享受爵秩，以在战场斩获的敌人首级数量计算。凡斩得敌国甲士首级一颗者，赐爵一级，赏田一顷、宅基地九亩，或可当俸禄五十石的官。斩得五个甲士首级，不但可以升爵，还可以升官；累功做到大夫，便可以当县长……”

听到这里，屠夫兴奋得摩拳擦掌：“就是说，把俺砍猪头的本事发挥到战场上，俺这一介草民也可以拥有高官厚禄了？哈哈哈，好政策，我立马去把猪肉铺关掉，参军去！”

“老大，带上我，我也去当兵！”屠夫一个名叫白起的徒弟，也高兴地嚷嚷起来。

同在现场的二傻和如花可就郁闷了。二傻曾经锄过地，因为用力过猛，把土地刨成了水泥地，结果颗粒无收，他于是放弃了种田，平日里靠在市场上干点体力活谋生。而如花根本就是个寄生虫、啃老族，最擅长的事情就是睡大觉，偶尔跳跳广场舞，对于耕织一窍不通。

“这让我们怎么活啊……”如花哽咽道。

二傻摸着脑袋寻思半晌，突然高兴地嚷嚷起来：“有办法了！我们可以去深山老林里干点副业，樵采渔猎，好不惬意！天哪，这岂不就是传说中的神雕侠侣！”

没等如花反应，官员先反应过来了，他朝着这边白了一眼，冷笑一声说：“哼，还神雕侠侣呢，我们左庶长治的就是你们这种懒人，非把你们治成神经侠侣不可！左庶长有令，为保护生态环境，禁止樵采渔猎。农田之外的山川湖泊，一律收归国有，农民严禁进入！”

“左……左庶长……”二傻觉得这名字有点熟悉，抓耳挠腮半天终于想起来了：“对了，左庶长送过我金子，我家地下埋着五十两黄金呢，够咱们过一辈子了！”

如花听得花容失色，恨不得把二傻这张破锣嘴撕下来。

“No，No，No，你太天真了！”官员竖起右手食指摇晃起来，揶揄道：“那堆金子，比不上一堆牛屎。牛屎还能用来给土地施肥，金子可不能用来上税！你的口粮和生活用品，全靠国家发放，不是按需分配，是按劳分配。有再多金子，你也一根毛都买不到！”

“我的妈呀……”如花绝望地叹了口气，“那只能移民，把钱带到国外去花了……”

谁知官员又冷笑几声，说：“对不起，还是没门。国家实行流动人口管理制度，禁止百姓擅自迁徙。走亲戚也罢，逃荒也罢，必须经过官府批准。旅客住店，必须有官府出具的介绍信。旅店如果收留无证旅客住宿，店主人与旅客同罪，一并送入法办！”

二傻和如花彻底没辙了，双双瘫软在地……

“敢情这年头最悲哀的事，不是人死了钱没花着，也不是人活着钱没了，而是人活着，家里放着一堆金子却没法花。”如花哀叹道。

若干年后，《战国策》的记者对战国时期各诸侯国的国民生产总值与国民幸福指数同时做了一次调查，得出一个有趣的结论：自《垦草令》颁布以后，直至战国末期，秦国的这两项数据，分别位于全国排行榜的第一和倒数第一。秦国的治安、农业和军事在世界上都名列前茅。“砍人头论军功”的奖励规则缔造出一支战无不胜的虎狼之师，令山东六国与南面的楚国，草木皆兵、闻风丧胆！

四

二十多年后的一个寒冬腊月，北风呼啸，大雪纷飞，在位于秦国边境蓝田（今陕西省秦岭北麓）的一个荒郊野外，一栋不起眼的小旅馆几乎要被风雪完全遮挡。

密密匝匝的络腮胡子，使一脸愠色的店主的脸，看起来像一个倒挂着的仙人球。他旁边坐着一个苍颜白发、爆炸头的中年妇女，远看像一株蒲公英。

仙人球看着窗外的大雪，愤愤地说：“店里好久没开张啦，咱们也好久没尝过肉味了。想当年，你白白胖胖，长得跟河豚似的，现在倒像根咸鱼干了……”

蒲公英冷笑一声：“哼，彼此彼此，你以前还不是跟个猪头似的，现在马都嫌你脸比它长！”

两口子你一言我一语互相开涮，倒也冲淡了这压抑的气氛。

仙人球说：“卫鞅还真是青云直上，变法成功后，主公封赏给他商、於之地十五座城邑，改名‘商鞅’，相当于国中之国的小君主了！”

蒲公英怒道：“别提他了！什么商君之法，把全国上下折腾得乌烟瘴气，老百姓被压迫得喘不过气来也就罢了，连太子的老师，都一个被他割掉鼻子，八年不敢出门，一个脸上被刺字，只能戴着面罩外出……不过，我看他自己也不好过，听说他连洗澡上厕所，都要带着几百名保镖，整日提心吊胆，因为想杀他的人，列起队都可以修座长城了！”

“小声点，媳妇，当着别人可不敢瞎说。诽谤商君，一旦被人告发，弄不好要受车裂之刑！”

“知道了，我这不也是太憋屈，发发牢骚嘛。”

正在这时，门外响起急促的敲门声。

仙人球打开门，看到一个“雪人”站在门口。

“我要住店……”一个冻得气若游丝的声音说。

仙人球看到好不容易有人上门，也很高兴：“欢迎欢迎，只是，我们必须例行公事把流程走完。请问您是谁呀？能不能提供一下官府开具的身份证明？”

“丢了……”那个中年男人支吾着说。

“客家，那可不行。商君有令，没有身份证，不得入住！”

晚风肆虐，吹得人脊梁骨直发凉。男人恳求道：“老板，啊不，英雄，您就饶我一回，放我进去住一晚，就一晚，明天天不亮我就走！”

仙人球无奈，又问：“身份证没有，暂住证呢？也没有？结婚证呢？还是没有，那结扎证也行啊！”

看到对方连连摇头，仙人球不耐烦地说：“对你这种‘三无’人员，商君有令，不得入住！就算天王老子来了，就算……商君本人来了，也是一样！我要是收留你，我们一家都得砍头！你呀，哪来哪凉快去！”说罢，仙人球“砰”一声关上门，忽听门外传来一阵令人毛骨悚然的笑声，他贴着门听到那个男人在说话：“哈哈哈，我真是作法自毙！”

又过了几个月，一个惊人的消息传到这家旅社：商鞅被秦国新上任的CEO秦惠文王车裂了！当听到商鞅逃跑前，曾投宿蓝田一家旅店，因无法证明身份而被拒之门外的细节时，仙人球和蒲公英倒吸了一口凉气。

赏　析

便民利民，才是改革的正道

《新商鞅变法：二傻娶亲记》以全新的方式演绎和普及了历史典故及与典故关联的历史，借古论今，令人读后有妙趣横生之感。

客观地讲，战国初期，因国内经济社会矛盾凸显，秦国已落后于齐、楚、燕、赵、魏、韩六国。为尽快提升国力，以图在诸侯争霸中占据有利地位和不被他国吞并，秦孝公引进人才，变法图强，绝对是十分正确和迫在眉睫的事情。事实证明，通过变法改革，秦国废除旧制度，创立了一些适应社会经济发展的新制度，促进了经济发展，壮大了国力，实现了富国强兵目标，为最终实现大一统局面奠定了坚实基础。

《新商鞅变法：二傻娶亲记》将这段久远、严肃甚至枯燥的历史新说、趣说，不仅仅是用新的语汇去表述和解读历史事件，更是适时切题，将诸多当今社会新发生的现象巧妙嫁接到故事当中，引人思维发散，浮想联翩。

世间之事，总是有些怪异。记得曾读到过这样一段话：儿童的游戏，大多以拉钩的方式订立规则，显其庄严；而成年人处事，却常常犹如儿戏。如果把以变法为主戏的那次震古烁今的秦国崛起事件当成一场宏大演出，左庶长卫鞅变法的开局却更有一个游戏味极浓的序幕。

“令既具，未布，恐民之不信”，于是，在都城的南门置一截木头，悬重赏吸引人去搬，这分明是卫鞅故意引人围观。这套路和伎俩，犹如庙会上耍猴把戏之人的开场敲锣。

谁会站出来试一试？善良者？仁厚者？诚信者？明辨是非者？可能性不大。贪财重利者？胆大妄为者？智商欠佳者？可能性很大。果然，“作者”让家里穷得叮当响、娶不上老婆的二傻出场了。他被周围那些所谓的聪明人怂恿着上前去搬那截木头。待他真的领了奖赏，在众人的簇拥之下一路傻笑着回家，不等他走到家，朝廷果真讲信用兑现承诺的事，差不多瞬间便传遍了全城，乃至全国。二傻因此娶上了此前压根瞧不上他、死活都不会下嫁给他的“貌若天仙”的如花。

如此一来，“既具未布”之法颁布出来，便不再有人怀疑会不会执行到底。从此，秦国的变法和图强大剧，演得轰轰烈烈、淋漓尽致。

极端手段或不择手段，往往是最见效的手段。秦国因为变法而走向强大，卫鞅也借此达到人生的巅峰。孝公以商、於等十五邑封赏他。卫鞅被号为“商君”，有了“一人之下，万人之上”的尊荣，名利双收。原来，卫鞅的变法是夹杂着他个人之私利图谋的。

但巅峰的边上，一定是一道等高的悬崖。商君哪里知道，得到他梦寐以求的东西后，他生存于世的时间已不多了。被封赏仅仅两年之后，秦孝公去世，商君就被车裂灭族。

商鞅的变革，打着“信”的旗号，本质上其实并无信可言。他对他人一以贯之的策略只有一条：对所有人均持“不信”的态度，以术、势控驭国民。

商鞅投奔秦孝公之前，曾做过魏国国相公叔痤的家臣。公叔痤病重时向魏王力荐，说卫鞅之才足以担当国相。同时，公叔痤又告诉魏王，如不起用卫鞅，就要把他杀了，以免日后为他国所用而对魏国不利。魏惠王并未采信公叔痤的话，对卫鞅既不用也不杀。按说，魏惠王虽没重用卫鞅，但也是善待过卫鞅，给过卫鞅一条生路的。可是，后来魏、齐交战，魏国落败，卫鞅认为这是天赐良机，进言秦孝公趁机伐魏，得允后亲率大军与魏国的统帅公子卬对垒。卫鞅差人送信给公子卬：“吾始与公子欢，今俱为两国将，不忍相攻，可与公子面相见，盟，乐饮而罢兵。以安秦、魏。”卫鞅利用旧谊害老友，公子卬却未加半点怀疑，便有了历史上的“商卬盟会”。公子卬被卫鞅假借盟会虏获，他当时的懊悔一定是“不怕有人在背后捅一刀，只怕回头所见，捅刀的竟是自己一直拿他当兄弟的人”。魏国不得已割地求和，魏惠王叹道：“寡人恨不用公叔痤之言也。”

自那以后，卫鞅有了不仁不义的坏名声。

他推行的“连坐法”，将十家编成一组，一人犯法，十家问责；知情不报或藏匿罪犯者，一律腰斩。轻罪重罚，就连偷盗牛马，也会被砍头；乱倒垃圾者，割鼻；随地吐痰者，割舌……苛政之下，国家是强大了，但民众却不得不以愚朴形象缩得很小很小。国家让他们成为鞭影下的牛羊之群。

漫长的中国历史舞台上，一代一代政客，你方唱罢我登场。那些能把信仰和道德放在首位、在符合信仰和道德的范畴之下去考量权力和利益的人，可称其为圣贤。而另有一类，他们虽然也讲信仰、道德，但口中所言，无非是欺蒙世人、或钳制别人而已，纯为达到其自身目的。他们眼中只有权力与利益，这类人，充其量只能被称为豪杰，或者说，连豪杰也够不上。卫鞅，变法之后得到十五邑之封，但“二傻”“如花”们得到了什么呢？就连获奖得来的那五十两黄金，也不过是吃不得丢不得的一堆“鸡肋”。所以，卫鞅，无疑当属圣贤之外的人。

有道是，所有的历史未尝不是当代史。

历史的车轮碾过两千三百多年，在我们今日生活的现实社会里，仍时不时曝出诸如有人被要求证明“我妈是我妈”、老人冒雨交医保被拒收现金、要求94岁老人被抱着趴在农行柜机上办理人脸识别认证之类的消息。为政者当知，所有改革之举，都该以人民为中心，以愈改愈便民、愈改愈利民为其要，而不是只给“二傻”“如花”们留一条别无选择的狭窄小道，否则，老百姓才不会真心点赞呢。

何田昌，笔名田日曰，“60后”，湖南永州道县人。中国少数民族作家学会会员、中国散文学会会员、湖南省作家协会会员、船山学社会员、何绍基文化研究会特约研究员。

对本书的一句荐语：一切历史都是当代史，抹开历史的尘封，也一定得见我们自己的影子。

第 30 章　新邹忌鼓琴：琴魔

典故卡

邹忌鼓琴

这一典故出自《史记·田敬仲完世家第十六》。平民琴师邹忌以鼓琴游说齐威王，被任为相国。齐威王则以善于纳谏用能，励志图强而名著史册。君臣之间这段故事成为千古佳话。齐威王在位时期，针对卿大夫专权、国力不强之弊，任用邹忌为相，田忌为将，孙膑为军师，进行政治改革，修明法制，国力日强。经桂陵、马陵两役，大败魏军，开始称雄于诸侯。礼贤重士，在国都临淄（今山东省淄博市东北）稷门外修建稷下学宫，广招天下贤士议政讲学，稷下学宫成为当时的学术文化中心、百家争鸣的滥觞之地。

一

日落时分，树林里传来踩踏树叶的沙沙声。一个头戴高帽子、身着丝绸华服、腰挎宝剑的年轻男人急匆匆地走来，连咯吱窝里都散发出官宦子弟的奢靡之气。他的眼神充满好奇和兴奋，模样跟看到香蕉时的馋嘴猴差不多。他环顾四周：端庄的白杨高高耸立，威风凛凛；白桦树垂下的枝条在闭目养神，享受着乱世中难得的片刻安宁；巨大的橡树则像战士一样，披坚执锐，守护着菩提树。夕阳透过枝丫照射下来，像繁星闪烁，晶莹美丽，透着不可捉摸的静谧。

男人来到这里，并不是为了欣赏这片绿色的风景，而是被一阵瑟声吸引。刚才，他正带着一众妻妾，在后花园赏花，几个爱妃叽叽喳喳地对着一树花争论不休。

“哇，大王您看，这梅花多美啊！”

“姐姐啊，您是不是老花眼加白内障，青光眼转高度近视了？现在是夏天，哪来的梅花？再说，梅花明明是长在水里的，这花却长在树上，我看，八成是荷花！”

“就是梅花，就是梅花！”

“荷花！”

“梅花！”

看着那一堆头脑简单的庸脂俗粉，他心想：真正配得上我的女人，除了天生丽质，还得心灵手巧，尤其是精通音律、琴艺精湛，能将百炼钢化为绕指柔。要是寡人在月下舞剑的时候，有一位美人在旁边弹一曲《韶濩（sháo hù）》伴奏，那才叫完美！

他正喜滋滋地想着，忽然听到空中传来一阵瑟声，旋律无比美妙，正是令他魂牵梦萦的《韶濩》之音。男人瞬间就被这魔性十足的乐声征服了，怔在原地，比木鸡还呆。只听得那琴声时而如鸣佩环，如珠落玉盘，如泉水叮咚般清脆悦耳；时而似缕缕青烟飘浮不定，不绝如缕。娴静时如绵绵细雨，沁人心扉；激壮时似有千军万马，磅礴大气。他听着听着，便不由自主地，像一只被绳子勒住脖子的狗，被拖向声音发出的方向。

《韶濩》是商代流行乐，威武雄壮，用以歌颂成汤伐桀，天下安定，素来是他的最爱。此时听到的版本，英武之中有一丝清丽婉转，比宫里乐师的演奏水平还要高出不止一筹，令他神思飞扬，欲罢不能。不知不觉，男人便踏着猴急的步伐，走到一处园墙外，走进这片从未来过的林子里。

穿越丛丛灌木设置的屏障，男人忽然眼前一亮，瞥见一个挺秀的背影端坐林间，一袭白衣，长发及腰，一双玉手正轻抚琴弦，奏响了这如梦如幻的绕梁之音。

忽然，瑟弦声断。那背影没有转身，只是悠悠地问了一句：“什么人，敢来偷窥我？”

男人壮壮胆子，拱手行礼，吟道：“猗（ē）与那（nuó）与，置我鞉（táo）鼓。奏鼓简简，衎（kàn）我烈祖……”

对方既然弹的是《韶濩》之瑟，他便以《诗》中《商颂》的首篇作答。虽然一应一答，看似依合礼数，但狗嘴里吐不出象牙，这话从他口中说出，便隐隐带着调笑之腔。

谁知对方不怒反笑：“好你个放肆的狂徒，居然连我也敢调戏，真是不长眼睛！”说罢猛地转过身来，露出真容，把原本痴痴站在原地的男人惊得一个趔趄，一屁股坐到了地上。

"妖……妖怪！"男人吓得蒙住脸，惨叫一声，只见对面站着一个身高八尺、牛眼猪唇、雌雄难辨，一边抠虱子，还一边挖鼻屎的"妖怪"！

男人被吓晕了过去。

半梦半醒间，听到有急促的脚步声传来，男人虚起眼睛偷瞄了一眼，哪有什么树林、琴声、女子或妖怪，自己分明是睡在薄纱莹莹的龙床之上。

"大王，发生什么事了？"一名内侍惊慌地跑进来问。

"没……没事！寡人做了个噩梦，速为我盥洗更衣，再把甘德叫来！"

"诺。"

于是，齐国著名的星相学家甘德心急火燎地赶到齐威王的会客厅。原来，王上这是找他解梦来了。甘德分析一番解释道："王上酷爱音乐，整日钻研琴艺，久不上朝，今日在梦中被瑟声拨动心弦，遇见的并非佳人却是妖魔。依微臣所见，这是神灵托梦告诫大王，若继续沉迷享乐，大患将至！"

齐威王听了，脸比锅底还黑，让甘德退下。自己呆立了几秒，对内侍吩咐道："快去把宴会厅收拾收拾，让乐师们来表演，寡人要压压惊！"

"诺！"内侍不敢怠慢，赶紧传令下去。

二

齐威王这歌舞升平的日子一过又是好几个月，国家大事都丢给大臣们处理。据说，朝堂上的杂草，长得比人都高，整个一动植物自然保护区了！

"谁敢占用我的业余时间谈工作，一律赶走！"

前来劝谏的大臣通通被挡在门外，直到来了一个人——

这天，齐威王又忘我地沉浸在音乐的世界，忽听门外来报："有个小白脸求见，自称善于弹琴。"

齐威王这下来了兴致。对于王宫乐师的演奏，他早就审美疲劳了，换换新鲜空气也好！

"让他进来！"

"是！"

于是，一位名叫邹忌的男人被请了进来。果不其然，此人玉树临风、品貌非凡，一进来就带着一股仙气，连齐威王都看得入迷了。

“你会干什么？”

“听说主公喜欢音乐，我特来为您抚琴。”

齐威王大喜，马上命人布置舞台。

于是，一张漆得发亮的琴几被摆在大堂中间。琴几后面是一张屏风，上面画着一幅山水图，名为“仙女弹琴”。“仙女弹琴”是黄山的一块奇石，远远看去，就像是一位身穿曳地长裙、婀娜多姿的仙女，正优雅地抚弄琴弦。传说在一个深山老林里，住着一位美丽的仙女。玉帝听说仙女琴艺高邈，便召她进宫，让她为自己弹琴。仙女拒绝了，说她的琴是弹给世间百姓听的，不能只为玉帝一人演奏。玉帝大怒，将仙女变作了一块石头……

邹忌端坐案前，凝视着这架精美绝伦的古琴，却长吁短叹，迟迟不肯伸手去弹。

齐威王左等右等，对方还是没动静，他问：“先生迟迟不弹，是嫌琴不好吗？”

邹忌答：“此琴是上等好琴，小人怎会嫌弃？”

齐威王有点不耐烦了，说：“那你为何抚琴不弹？难道是想戏弄寡人？”

邹忌索性把琴推到一边，说：“主公，小人弹的曲子，您不一定喜欢听，我更擅长的，是关于琴的道理，您愿意听听吗？”

“行，那就请先生为我讲一下琴理吧！”齐威王的胃口被吊得足足的。

“琴，本意是禁，禁止邪淫，使人归正。琴的发明人伏羲先生，规定琴长为三尺六寸六分，象征一年三百六十六天；宽六寸，象征六合；琴一头宽一头窄，象征尊卑有序；上圆下方，象征天地；琴有五弦，象征五行；大弦为君，小弦是臣；琴音因缓急而分清浊。浊音宽而不弛，象征为君之道，清音廉而不乱，象征为臣之道。君臣相得，政令和谐，此为治国之道。我所了解的，就是这些了。”

“先生既然有这么深厚的理论基础，实际操作一定棒极了，请马上弹一曲吧！”齐威王更猴急了。

邹忌却慢吞吞地回应，像只考拉：“我以弹琴作为本职工作，当然能熟练弹奏，大王的本职工作是治国，那您是不是应该深深明白治国的道理呢？可是，大王现在拥有国家而不去用心治理，这和我拥有琴却不去弹奏，是不是一个道理呢？我面前有琴不弹，大王很不高兴。而大王面前有一架大琴，摆在面前足足九年了，也没听您弹什么曲子。您说，齐国人民，会不会很失望呢？”

“好啊，原来你小子不是来弹琴，是来谈工作的。”齐威王恍然大悟，有点不悦，转念一想又释然了，“以琴为玉，真是用心良苦。寡人如果辜负这样的人，可就真的是昏君了。”于是说道：“先生所言极是，敬请指教。”

“大弦似春风荡漾，那是国君应有的境界；小弦如山间溪水，那是国君的最高标杆。控弦紧而又释放得舒展，这是政令的施行原则；大小五弦和谐以鸣，相互回旋而不相害，这是对四时的要求。琴声回环往复却不乱，这是用于治理昌盛时代的办法；有的地方温软绵延，始终不断，这是渡过存亡难关的策略。所以人们说‘琴音调而天下治’。治理国家和安定人民的办法，最像是弹奏五音不过啦！”

“好，说得好！”齐威王心中大悦，治国兴致高涨。他已经决定把这个才高八斗的美男子留下，听他传授治国之道。同时，对他一展琴艺的期待也更热切了。

“带先生去贵宾房住下……把绕梁琴给先生送去！”齐威王吩咐内侍。

这绕梁之琴，传说为春秋时韩娥所有，她途经齐国时断了钱粮，只得弹琴卖唱。余音袅袅，绕梁三日而不绝。韩娥死后，此琴落入宋国大夫华元手中，为解大楚兵困宋国之危，华元把此琴献给楚庄王。庄王得此琴后，爱不释手，因抚琴而七日不朝，夫人樊姬相劝，才将此琴封于库中。后来，这琴又作为嫁妆，随楚国公主入了齐国……

齐威王忍痛割爱，将绕梁琴赠予邹忌，也是表明了自己将远离声色、勤政为民的决心。

三

卯时时分，鸟儿啁啾啼鸣，演奏着轻快的晨曲，大臣们却一个个打着呵欠，摇摇晃晃地走进朝堂，像是一群没人赶的鸭子。他们已经做好和往常一样走个过场就散伙的准备。

大家惊讶地看到，那个总是空空如也的龙椅上，杂草和青苔都已清除干净，齐威王正襟危坐，早就在那候着了。大臣们赶紧整理衣冠，有的使劲揉揉眼睛，一是为了把瞌睡虫赶跑，二是为了证明自己没看错：上面坐着的那个，的的确确是大王！堂上还出现了一个不该出现的东西——一口架在火炉上的大锅，里面正咕嘟咕嘟烧着开水。

大臣们莫名其妙，有的心里嘀咕：这老大是不是音乐赛马玩腻了，现在改玩厨艺了？还是看到天冷了，要请大家吃火锅？哎呀，老大也忒贴心了。

虽然大伙都有点惊讶，但也见怪不怪：鬼知道昏君又在搞什么把戏？唉，小孩子嘛，玩心太重，正常！

此时的齐威王像是隐藏在夜色中的一匹狼，他用泛着绿光的双眸凝视着堂下，悄悄亮出了锋利的牙齿，心里暗爽道：老大的心思你别猜，猜来猜去也猜不明白！

人员到齐，气氛到位，演出开始。

“眼看年底又到了。我们今天就来个年终总结，评选一下今年的先进工作者，大伙先分组讨论！”齐威王下令。于是，大臣们三五成群地讨论了起来。

经过一番不记名投票，当场评选出最佳员工阿（ē）城大夫，和最差员工即墨大夫。齐威王高兴地说：“投票结果充分说明了，群众的眼光是雪亮滴！接下来，支持阿城大夫的站左边，支持即墨大夫的站右边。”

一番混乱之后，人群分成了明显的两队。齐威王环视一圈，霎时变脸，狞笑着命令卫兵：“来人，把左边队里的人，通通扔锅里煮了！”

下面顿时炸开了锅，阿城大夫和“粉丝”们惊恐地问道：“老大，您……搞错了吧？是我们的左边还是您的左边？您是不是左右不分哪？我们是最佳员工队的！”

齐威王冷笑一声：“哼，就让你们死得明白点！天天有人在我面前打即墨大夫的小报告，可是他所管理的那块地的百姓，都说他是‘即墨一枝花，管理顶呱呱’！他治理得相当好；阿城大夫，你们天天夸，别以为我不知道你们收了他多少好处费，自己下去看看，阿城让他治理得有多么烂？你们都说我是败家子，行，我承认，但如果当我是白痴，我可不答应！来人，把他们扔锅里，煮了！”

接着就是一声声冲破云霄的惨叫，一个个大活人，瞬间变成一锅汤。凄厉的号叫声，久久回荡在半空。

官员腐败被肃清，官场风气为之一新。邹忌被拜为相国，在他的辅佐下，齐国君臣团结一心，举国上下攥成一个拳头，把周边诸侯揍得屁滚尿流。齐国从四处挨打的受气包，转而成为战国时期第二个崛起的“大鳄”。

那口大锅，就像梦魇一样压在每个官员的心口，使他们不敢懈怠，更不敢胡作非为……

四

这天，齐威王到相国府找邹忌议事，远远地听到一阵美妙的琴音。他又惊又喜，猴急地向前厅走去。

齐威王看到，一个身穿白色长袍的人，正背对他端坐在木几前，轻抚着那台绕梁琴。这琴封存多年，木质仍是不变，一弹便能引发清越的空腔共鸣之声。这些年，齐威王常常弹奏，将音色融炼得更加圆熟明亮，吟（yín）猱（náo）绰（chuò）注（zhù）间仿佛自带埙（xūn）笛伴奏。

好马配好鞍，好琴配良人。只见那人右手拨弹琴弦，左手按弦取音，时而如老僧入定，神态平静，时而又如中邪入魔，手舞足蹈。琴声大起大合，高昂处如钱塘江潮，让人激情澎湃，豪气迸发；婉约处似少女低吟浅唱，让人多情伤春，自叹犹怜。

齐威王听得心神荡漾，看得如痴如醉。

忽然，一个似曾相识的声音响起："什么人，敢来偷窥我？"

齐威王大惊，眼看那个背影一下站起，缓缓转过身来，他忽然想起了什么，惊叫一声。

面前站着的白衣男人，身高八尺，形貌昳（yì）丽，正是邹忌。

赏 析

识时务者为俊杰

读罢《新邹忌鼓琴：琴魔》一文后，不禁为邹忌的才华和胆识叫好，亦为齐威王的睿智与大度拍案。

文章以一个奇特的"梦"开篇，拉开了齐威王懒政的序幕。好音乐又好美女的齐威王在梦中见到一位懂音乐的美女，大喜过望，装模作样背诵起《诗经》中的名句，欲和美女搭讪，却不想美女摇身一变成了"雌雄难辨"的妖怪！齐威王从噩梦中惊醒，不反思"音乐 + 美女 = 恶魔"的梦的启示（当然，梦中美女也可能是邹忌的化身，前来警示齐威王的），依旧我行我素，沉浸在音乐和美女的世界。歌舞升平的日子一过又是好几个月，国家大事都丢给大臣们处理。据说"朝堂上的杂草，长得比人都高，整个一动植物自然保护区了"！试想，一国之君如此误国，百姓肯定不答应。高手在民间，有识之士邹忌，看在眼里急在心头：国家兴亡，匹夫有责。关键时刻，该出手时就出手！

"屌丝"邹忌，虽然身份低微，却不是徒有其表的不学无术之辈。他既有真才实学，又有鸿鹄之志；他不仅仪表堂堂，而且才华横溢，正可谓是美貌与学识共存、内外兼修的完美人才。而他最出类拔萃之处，在于善于审时度势和拥有一双识人慧眼。他事前做过充分调研，料定齐威王并非“扶不起的阿斗”，而是一支潜藏着巨大力量的“潜力股”，这才胸有成竹地走上了进谏之路。正可谓识时务者为俊杰，邹忌便是这样的人。

知己知彼，百战不殆。他先打听到齐威王的爱好，然后经过深思熟虑、精心策划、有备而行。他以自己琴技过人为由，接近齐威王，从抚琴到讲解琴理，进而巧妙地从“谈爱好”过渡到“谈工作”，齐威王竟完全为其个人魅力所折服，不知不觉就入了套。当然，这是一个美好的圈套。

中国人历来讲究天人合一，自然之道亦是治国之道。以琴理比喻治国之理，既恰如其分，又通俗易懂。邹忌正是看准了齐威王对琴乐的痴迷，才“以毒攻毒”。这样剑走偏锋的险招，应用起来需要斗智斗勇，既要把握好火候，又要拿捏好分寸，否则，物极必反，很可能招来杀身之祸。好在，邹忌智勇双全，在与国君惊心动魄的心理战上大获全胜。

当然，齐威王也不是等闲之辈。他并非无能，而是还没开窍，需要一个贵人来开启他的心智。所以说，说者有心，听者有意。满怀诚意的邹忌便是他命中注定的“贵人”。贵人现身，齐威王蛰伏在内心深处的大格局被开启，岂不顺势而为？于是一改昔日安于享乐的昏君形象，听取邹忌的建议，从整顿吏治开始，重树自己勤政清明的君王形象，既守住了江山社稷，又造福于黎民百姓……

通读全文，笑李飞叨以史为据，又引经据典，以惯用的诙谐笔调将历史演绎得出彩而不出格，娓娓道来，令人耳目一新。文中对“仙女琴”“绕梁琴”的典故植入，举重若轻，与情节融合得恰到好处。“邹忌端坐案前，凝视着这架精美绝伦的古琴，却长吁短叹，迟迟不肯伸手去弹”的描述，与仙女拒绝为玉帝抚琴时的神态举止产生了“神同步”的效果，并由此引出邹忌对琴理的讲解，顺理成章过渡到讲授治国之道，可谓层层推进、水到渠成，足见作者的构思独具匠心。那句“她的琴是弹给世间百姓听的，不能只为玉帝一人演奏”饱含哲理。

而当年楚庄王因对“绕梁琴”着迷，不愿上朝，正与如今沉迷音乐而不理国事的齐威王如出一辙。好在，庄王身边有贤妻樊姬、忠臣伍举等，他善纳忠言而“一鸣惊人”，终成春秋一霸。而历史总是惊人的相似，同样“少不更事”的齐威王，也因听取了贤妻虞姬（发明成语“瓜田李下”的那位）、贤臣邹忌的谏言而幡然悔悟，励志图强，名著史册。

思想是筋骨，语言是血肉。有筋骨有血肉，文章才会立体丰满，读来韵味无穷。《新邹忌鼓琴：琴魔》的筋骨便是君臣开明、共同治国、造福百姓的主旋律，血肉则是文中精美的语言。如“那琴声时而如鸣佩环，如珠落玉盘，如泉水叮咚般清脆悦耳；时而似缕缕青烟飘浮不定，不绝如缕。娴静时如绵绵细雨，沁人心扉；激壮时似有千军万马，磅礴大气……”这些描写琴音的文字，文采斐然，字字珠玑，读来令人如沐春风，心旷神怡。

再说说主人公邹忌——“屌丝”一夜当大官，就因为长得帅？当然，答案是否定的。邹忌当上大官不仅是因为长得帅，更主要的是他的渊博学识和赤诚情怀打动了齐威王，才被封为相国。在对的时候遇到对的人，贤明的君王遇到忠心的大臣，君臣同心，他们不仅相互成就了彼此的人生价值，也共同成就了国家的宏图伟业。美男子邹忌“明明可以靠颜值，却偏偏要靠才华”的励志故事，也使他秒杀从古至今的一众小鲜肉和流量小生，得以名垂千古、流芳百世。

赵玉明，“60后”，福建福州人，内刊编辑。福建省作家协会会员，鲁迅文学院残疾人作家班学员。

对本书的一句荐语：轻松调侃皆妙趣，清新诙谐真智慧。

第31章　新孙庞斗智：预言

典故卡

孙庞斗智

孙膑（bìn）与庞涓的故事见于《史记·孙子吴起列传》。庞涓因嫉妒孙膑的才能，捏造罪名将其处以极刑，砍去双足。孙膑后来逃到齐国，成为将军田忌的智囊。数年后，庞涓在与齐国交锋的马陵之战（今山东省莘县大张家镇马陵村至河南省范县老城）中兵败身死。两人的师父是鬼谷子的说法，则来源于《东周列国志》和《孙庞斗志演义》等历史小说。

鬼谷山密林幽深，甬道崎岖，山势险峻，遍地怪石嶙峋。此时正值六月酷暑，天气瞬息万变，老天爷翻脸比翻书还快。刚刚还热得伸着舌头哈哧哈哧喘着粗气的梅友君，一下被突如其来的瓢泼大雨浇成了落汤鸡，那真是火凤凰掉进冰窟窿里——还没来得及叫唤浑身就凉了半截。

“真该死，”梅友君从上往下抹了一下脸上的雨水，朝躲在山洞里正掩嘴偷笑的莫得君吐了一口唾沫，竟吐出一坨鸟粪，“晦气，每次轮到我值班就挨雨淋，鸟粪都吃了十几次了，你看这傻鸟都吃了些什么？蜈蚣，我的天！也不嚼嚼，整条咽的，呕……估计今天的晚饭又省下了。”

莫得君笑道：“你是属花的，欠浇。吃条蜈蚣就恶心了？经不起风浪，看看人家孙膑，连猪粪都能咽下，多有气魄。”

“别站着说话不腰疼，孙膑不是疯了吗？他是够不着自己鼻子，要是够得着，鼻子都得让他啃掉半拉去。”

“你说，他是真疯吗？”

“应该是吧？装疯能装得那么像？你没见庞将军把他扔到猪圈后，他捧着猪粪，就像得了燕窝一样，呱唧呱唧吃得那叫一个香，连眉头都不皱一下。换作我，宁愿杀头也不遭那个罪。”

莫得君说：“要是没疯该多好，把《孙子兵法》写出来交给庞将军，还犯得着让我们来鬼谷山偷兵谱吗？听说孙膑三天就把兵谱背下来还给鬼谷子了，这哪是人啊，简直就是玉皇大帝下凡尘啊！怪不得将军容不下他呢！”

“我说，咱们可在这洞口守了三个月了，不见有人出入，莫非鬼谷子变成子谷鬼，早饿死在里面了？”

“哼！王禅老祖可不是吃素的，他常入山静修，深谙自然之规律，天道之奥妙。别说七天，就是七年不吃不喝也饿不死，听说那日星象纬，在其掌中，占往察来，言无不验；六韬三略，变化无穷，布阵行兵，变幻莫测；修真养性，形神俱妙，超乎万有，体合自然……他早已是超凡脱俗的世外高人，要不怎么能教出这么几个好学生呢！八成现在变成熊在里面冬眠呢！”

“六月冬眠？捂痱子呢！那不是傻熊吗？别开玩笑，照你这么一说，鬼谷子有神鬼莫测之术，他会不会掐指一算，早就知道我们在这里监视他，要干坏事呢！”

“可说不准，”莫得君伸了一下懒腰，约莫了一下时辰，该轮到自己值班了，“你进来歇会吧！里面蚊虫真多。要是能喝上一杯浓茶就好了，提提神，不然一躺下就想打瞌睡。”

“说到喝茶，我倒听说淳于髡（chún yú kūn）前段时间来给魏王送茶叶了，”梅友君把标枪递给莫得君，顺势躺到洞口，也舒服地伸了个懒腰，“咱们王也是没见过世面，几包茶叶把他乐得鼻涕泡都出来了，非要留人家住下，好酒好菜地款待，连庞将军也和他把酒言欢，几片树叶子泡出来跟马尿一个味儿，他们居然能喝出琼浆玉液的滋味。”

“不光是茶叶的缘故，”莫得君拿好标枪，立正站好，眼睛警觉地盯紧洞口那条通往山下唯一的甬路，以防鬼谷子突然从外面回来。说来也怪，轮到他一站岗，天气果然放晴了，“淳于髡乃齐国客卿，能言善辩，知识渊博，腹有治国平天下的韬略，魏王是想灌醉了套他的话呢！就是人长得磕碜了点，七尺不到，头顶周围头发尽剃，好像顶着一只王八壳子，脸那叫一个难看，听说晚上照镜子自己都吓一跳。”

梅友君笑道：“倒是个奇人。”

“我看是气人。舌头灵活，肚里有货又有何用？孙膑还不是被咱们庞将军设计毒害，挖出膝盖骨，脸上刻黑字，何等奇耻大辱！同为齐国人的他居然谄媚地来向魏王献茶叶，多宽的心哪！脸长得随心所欲也就罢了，心比脸更惨不忍睹。”

梅友君突然不笑了，他望着莫得君郑重其事地说：“我说兄弟，你真是吃了熊心豹胆了，咱现在在这荒山野岭里，你痛快痛快嘴就得了，回去可不敢乱说！小心隔墙有耳，话万一传到庞涓那，你这一身肥肉可不够剁一笼包子馅的。”

“那是自然，”莫得君笑道，“但我就是不明白，将军既然那么恨孙膑，干吗还要向魏王举荐他呢！”

“你有所不知，是墨翟（dí）举荐的他，魏王向庞将军询问此人如何，他怕别人说他小心眼，才顺水推舟引荐了孙膑，其实早就磨好了刀等机会下手呢。”

“墨翟这个黑小子可把孙先生害惨了。”莫得君把牙咬得咯吱作响，像耗子啃锅沿一般，“我说兄弟，咱们可不能这样耗着，总得有个人进洞看看，要是月底交不了差，咱俩可就要去给阎王爷当差了。”

“谁敢进去，我的胆子比耗子还小，要去你先去……哎！你听……什么动静？”

莫得君也似乎听到了由远及近传来几声鬼哭狼嚎：“好像有人唱歌，这歌唱得……啧啧，像锯木头一样。”

遇羊而荣兮肥水绵长
遇马而瘁兮天降吉祥
花开十二朵兮时间不长
呜呼哀哉兮俺的亲娘
黄菊一摧二催兮不灭不亡
栽入钟鼎兮无根自养
一入一拔兮闲得蛋痒
一拔一入兮真费思量
再入一次兮满园花香
哎哟哎哟兮俺的亲娘……

“哎哟哎哟！你可别再唱，再唱我马上就要疯狂。”见唱着歌大步流星走来的是一背柴的乡野樵夫，面貌丑陋，前额长了四个碗大的肉瘊，活像鬼宿一般，莫得君端起标枪拦住他，“再号就让你吃我一枪，你想把狼招来？”

来人吓了一跳，赶紧拜了三拜，声音都有些发颤：“军爷饶命，山上虎狼出没，小人唱歌就是为了驱赶野兽壮胆的，上回我一支歌吓死三只狐狸，人送外号‘野兽终结者’。”

“还真恰当，我说老头，你在这山上住？”

“是的。”

“知道鬼谷子吗？”

“知道，大名鼎鼎，俺经常给他送柴，这个老头巧舌如簧，欠着俺十几回的柴钱不给俺，军爷，您想替他还债呀？”樵夫摊开双手，笑嘻嘻地向莫得君凑过去。

“瞧你这倒霉德行，我该着替他还债吗？”莫得君一下把手给他打了回去，“我问你，最近见没见着鬼谷子？”

“噢！他云游四海去了，骑了匹毛驴，八成想学他的师父老聃出函谷关逍遥去。人家骑的是青牛，他没有，就借了匹毛驴，总觉得那样就成了圣贤了。驴能跟牛比吗？您不知道，那驴瘦得呦，比狗大不了多少！骑上去膝盖都能磨地。军爷，如今欠债的成了大爷，他逍遥去了，可还欠着俺十几回的柴钱没给呢！您可要为俺做主呀！”樵夫说着便撩起衣襟擦眼泪。

“这可太好了！”莫得君大笑道。

“您替他给钱啊！俺替他谢谢您！”樵夫转愁为喜，伸手就往他脸上够，长指甲盖差点戳到莫得君的小圆眼。

“我替他给你一标枪，”莫得君扎起架势便要刺他，“还不快滚！”

樵夫吃了一惊，背起柴火一溜烟跑了个无影无踪，脚后跟磨得地面擦出一串火星子。

“兄弟！这回可好了，”莫得君说，“鬼谷子不在洞里，咱们赶紧进去翻找，说不定能找到兵谱。咱哥俩总算熬出头了，这鬼地方真是耳朵眼里翻跟头——浑身的能耐使不出来，可把咱憋坏了。”

“是呀！幸亏这老小子来，不然不知道还要空耗多少工夫呢！”梅友君也高兴起来，此时连浑身上下被蚊虫叮咬的疙瘩在他眼里也成了美丽的装饰品了。

洞里黑漆漆的，伸手不见六指。莫得君用打火石点燃一堆干柴。逼仄的空间顿时亮堂起来，里面锅碗瓢盆一应俱全，只是摆放得杂乱无章，靠近锅灶的地方堆了一摞书籍，有的已经当引火纸烧掉了一半，两人开始细心翻找起来。

“看，这个，就是它！”梅友君大叫起来。

“上面写了什么？”莫得君问。

“我不认字。”

“嗨！不认字你瞎叫什么。”莫得君懊恼地说。

“看图呀！你看，这人在上面练倒立呢！不就是兵法三十六式之倒挂金钩吗？”梅友君很为自己的聪明劲儿得意。

“兄弟！你把书拿倒了，”莫得君笑起来，“那是人体针灸图解。”

“啊！”梅友君有些失望。

“不过，这个应该才是真的兵谱呢！”在风箱把手上包了一本薄薄的集子，都揉搓得不成样子了。莫得君拿下来一看，果真，上面写着几个核桃般的大字：孙子兵法十三篇，孙武著，齐国出版社出版。

“这孙子让我们找得好苦啊！兄弟，赶紧回去交差，咱们就要发达了！你说庞将军会赏赐咱们点什么呢？豪宅、美女、珠宝……咦，我早想把翠香楼里的头牌姑娘铁柱赎出来做媳妇了，铁柱姑娘长得那叫一个俊，头顶上那两根头发可好看了，跟蚂蚱一样。哎哟，就连想想我的心脏都怦怦直跳！”

“那还等什么？领赏去呀！回去赶紧把蚂蚱……呃……铁柱姑娘娶回家。”

阔别三个月，魏国城内依旧繁华热闹，两人大摇大摆走在街上，路过的人都捏着鼻子斜着眼绕着他们走，他们闻了闻自己的胳肢窝，差点把自己闻吐了。

“兄弟，他们把我们当野人了。三个月不洗澡，我身上都发霉了，你还好点，一站岗老天爷还能给你冲冲，我浑身上下馊得快赶上牛粪了。”

“先去泡个澡堂子，再去大吃一顿，咱们马上就要大发了！我得吃点好的，煎饼里面多搁葱，核桃再也不吃壳了，西瓜我也光吃瓤……”

说得自己都想哭了。

然而洗完澡吃完饭，一个不幸的消息向他们袭来，是酒馆老板告诉他们的。两人吃完饭没钱结账，梅友君告诉酒馆老板自己马上要发财了，要用兵谱去庞将军那换赏钱呢，到时会双倍付给他酒钱。可酒馆老板冷笑着告诉他们：“庞大将军自杀了。”

好似一个晴天霹雳，震得两人如同凉水浇头怀里抱着冰。

“就在三个月前，”酒馆老板看两人目光呆滞，眼睛如同两只刚刚宰杀完做了供品的死鸡的眼，他知道疯病离他们只隔着两张床位的距离了，“庞将军设宴为淳于髡饯行，谁知庞将军中了他的调虎离山之计，就在他们推杯换盏，喝得酩酊大醉之时，他的随从，噢，其实就是墨翟的弟子禽滑厘假扮的，他偷偷来到猪圈，将孙膑暗藏在暖车里随卫队偷渡到了齐国，把个庞将军气得哟！后槽牙咬碎了好几颗……”

“禽滑厘是墨翟的弟子？”莫得君和梅友君异口同声地问道，眼神依然如死灰一般。

“是呀！听说是首席弟子，真是上梁不正下梁歪，和他师父一样，圆滑得很，每走一步都要算计，真是坏到底了！”酒馆老板愤愤地说道。

“墨翟这个黑小子可把庞将军……可把我们害惨了。后来怎么样了？”

“后来，”酒馆老板说，“肯定是要讨伐齐国的，庞将军亲自挂帅，本该是所向披靡，一向是这样，可齐国那边孙膑成了军师，庞将军就不是个儿了，连打了几次败仗。最后一战，敌军故意将每日军灶减半，使庞将军以为士兵逃散而轻敌，傻乎乎地追了过去。结果，大军来到马陵道，看到路被一棵刮去了树皮的大树挡住，上面还写了字，庞将军命人拿着火把去照，看到‘庞涓死于此树下’几个字，才知中了孙膑减灶诱敌之计。敌军杀将而出，魏军损失惨重，庞将军不堪受辱，自刎了，临死前说了几句话，说他的死却让孙膑这个竖子成名了，还有什么……噢！遇什么而荣，遇什么而瘁，十二朵什么茉莉牡丹玫瑰……”

“噢？”莫得君和梅友君一听，眼睛一亮，“是不是遇羊而荣，遇马而瘁，花开十二朵时间不长？”

“对对对，就是这个，听说是他的老师鬼谷子替他占卜时说下的谶语，如今一一应验了。他刚来魏国时魏王端上来的第一道菜是一头蒸羊羔，从此他便发迹了，这叫遇羊而荣；直到在马陵道自尽，才应到那句遇马而瘁；荣华富贵整整十二年，正应了花开十二朵时间不长。而孙膑也应验了鬼谷子的预言，说他要受膑刑之苦，像菊花插到钟鼎里，两插两入，虽被摧残，终将功成名就。”

“噢，还真是，后来呢？”

“先别后来了，”酒馆老板有些怒了，“我可没有义务给你们讲故事！既然庞将军已死，你们就得不了奖金，既然得不了奖金，自然也就给不了我双倍酒钱，怎么办？要么拿钱，要么见官老爷。”

“要不，我们拿这兵书换这顿酒钱怎么样？”莫得君试探着问。

“我又不去打仗，要这玩意儿有鸟用，走，去见官……”酒馆老板拽着两人衣领就嚷嚷着要打官司。还是梅友君心眼活泛，他问：“老板，可有儿子？”

“有，那又怎样？”

“你儿子长大还能和你一样干这卖酒的行当吗？保不齐哪天出将入相，到时这兵法不就用上了。”

“还是你会说话，我儿子天生就是做官的料，这么一说还真有用。”酒馆老板松开两人衣领，喜笑颜开，一下便把兵谱接到手里，“你们走吧！”

刚走两步，老板突然大喝一声：“抓住他们，这两个骗子！”话音刚落，几个彪形大汉不知从哪冒出来，噼里咔嚓逮住两人就是一顿好打，打完两人互相对看，彼此都比原来胖了一圈，脸上身上都是血。

“老板，您这就不对了，兵谱也给你了，凭什么打我们？”

“凭什么，就凭这个。”老板一把将兵谱扔到他们面前。莫得君捡起来翻开第一页一看，登时气得目瞪口呆，上面写的是：

遇羊而荣兮肥水绵长
遇马而瘁兮天降吉祥
花开十二朵兮时间不长
呜呼哀哉兮俺的亲娘
黄菊一摧二催兮不灭不亡
栽入钟鼎兮无根自养
一入一拔兮闲得蛋痒
一拔一入兮真费思量
再入一次兮满园花香
哎哟哎哟兮俺的亲娘……
好小子嚣张兮真是狂妄
竟敢让老祖我吃一标枪
吃一标枪兮倒也无妨
回你个铁柱和奖金兮
人财两光
呜呼哀哉兮俺滴个亲娘……

“鬼谷子真乃神人也！”莫得君苦笑着说，“他把咱俩算得透透的。”

“那个樵夫就是鬼谷子？他额头上那四个肉痣……我的天，莫非真是他……”梅友君惊得下巴都合不上了，也或许是牙被打掉两颗疼得。

“没想到这么大的思想家竟然那么小心眼，我滴个铁柱还有奖金哎！全泡汤了……”莫得君哭天抢地地号起来，梅友君劝都劝不住。莫得君在蒙胧的泪眼里看到一个画面：两根头发的铁柱像蚂蚱一样，咧着可以瞧见胃的大嘴笑吟吟地向他走来。后面跟着一乘花轿，花轿里满是金银珠宝。轿夫突然被绊了一下脚，一个趔趄摔倒，金银财宝“哗啦”一下向铁柱砸了过来。再抬头时，只见铁柱的额头上砸出四个硕大的肉痣，碗口般大。

莫得君此时哭得更凶了。

赏　析

邪不胜正

《新孙庞斗智：预言》融入了小说、戏曲等文学元素，对孙膑与庞涓师兄弟反目这段经典的历史故事进行了全新包装，有趣又有味，揭露了人性阴暗面，道出了邪不胜正的千古哲理。

很小的时候，笔者就看过有关孙庞斗智的小人书，故事大意也是熟悉的。庞涓的不择手段、孙膑的机智脱险及其后来逆袭复仇的故事，令人回味无穷。

故事还是那个故事，《新孙庞斗智：预言》的表达手法却焕然一新。这一次，他们的师父鬼谷子从幕后走到台前，一“唱”惊天地，操纵着一众人物的命运。

鬼谷子是中国历史上的一个传奇人物，他上知天文、下知地理，精通兵法又深谙人性。他门下的四个学生，个个是一等一的牛人！孙膑与庞涓是在战场上屡建奇功的兵法家，后来的张仪和苏秦则是三寸之舌强于百万雄兵的纵横家。更有意思的是，这两对声名显赫的师兄弟，最后都掐起来了。而他们的“互掐”，导致的不仅是两个人的鼻青脸肿，甚至引发了整个战国时期的“强地震”。

儒家以政治见长，道家以修身为本，法家以改革图强，兵家以奇谋制胜，墨家以博爱济世，阴阳家通晓天文地理，纵横家往来各国搬弄是非……但是这位鬼谷子，很难将他归于哪一家，因为他似乎无所不通，无所不能。据冯梦龙介绍，鬼谷子“通天彻地，有几家学问，人不能及”……

老师如此优秀，他的学生又是怎样的呢？

孙膑乃孙武之后，先天的良好基因加之勤奋刻苦，自然是成绩优异。庞涓则来自山野，虽有才学，却心浮气躁，急于求成，其最致命的缺点是贪图名利、心术不正。在这个世界上，他最忌惮的人就是同门师兄孙膑。于是，庞涓摆下“鸿门宴”，邀孙膑前来赴宴，意欲除之而后快。

其实，神通广大的鬼谷子早已看透这一切，算定孙膑命里有此劫数，也算定他“大难不死，必有后福”。天机不可泄露，鬼谷子用一首朗朗上口的歌谣，唱出了他的预言。

“遇羊而荣、遇马而瘁”“黄菊经霜不坏……汝之功名，终在故土”分别是鬼谷子对于庞涓和孙膑命运做出的预测，作者这一灵感来源于《东周列国志》。整个故事正是围绕这首歌谣展开，表面荒诞戏谑，实则寓意深刻。

古往今来，有多少人成为名利的牺牲品。庞涓是，孙膑亦是。一个功败垂成、一命呜呼，一个虽功成名就，却终将带着一双残腿和内心抹不去的伤痛黯然度日。他们本该光明璀璨的人生，因为名利的介入而变得凶险晦暗。

不禁让人感叹：人生在世，切莫过多流连于名利场，更不应生出嫉妒与加害之心。邪念给人身心带来的摧残，绝不亚于癌症。

全文以一支首尾呼应的歌谣（预言）贯穿始终，借几位虚构的主角莫得君、梅友君、酒馆老板以及那位神龙见首不见尾、谜一般的人物鬼谷子之口，将孙庞相争的过程，尤其是孙膑装疯得以苟活和后来在马陵之战中智败庞涓报仇雪恨的动人故事，以及其中所蕴含的人生哲理娓娓道来，给人以意味深长的教育启示。

在电视剧《神探狄仁杰》中，一代神算袁天罡如果不是起了贪心妄图弑君夺位，篡改朝纲，也不会死于非命。庞涓也是一样。如果他能够摆正心态，像鲍叔牙对待管仲那样仁慈宽厚，两位才华卓绝的同门师兄弟双剑合璧，成为国君的左膀右臂，那么，历史就将改写，战国初期率先崛起的大魏国，其霸主基业必然得以续存，西边虎视眈眈的老秦人，也只能流流口水，暂时掀不起什么风浪。只可惜，历史没有如果，古往今来，鲍叔牙屈指可数，庞涓却比比皆是，一个个朝代的兴衰更迭，少不了这些小人的推波助澜。

回归正题，《新孙庞斗智：预言》构思之巧妙，还体现在对莫得君、梅友君结局的设计。两人自以为盗得兵书，从此荣华富贵享之不尽，却不料他们的命运早已被鬼谷子“算计”在了歌谣之中。于是，“兵书”变成了歌本，而里面的歌词，竟然就是当初两人在鬼谷山听到的那支歌谣，只是歌词多了几排字：

“好小子嚣张兮真是狂妄
竟敢让老祖我吃一标枪
吃一标枪兮倒也无妨
回你个铁柱和奖金兮
人财两光……”

如此一来，鬼谷子的预言再次应验到了莫得君、梅友君的身上，亦真亦幻地将“邪不胜正”“多行不义必自毙”的道理，又强调了一番。

张洲，“60后”，山西朔州人。山西省作家协会会员。

对本书的一句荐语：用现代的艺术解读古典，用戏曲的手法揭示人性。唯上善若水，厚德载物矣！

第 32 章　新孟母三迁：回忆杀

典故卡

孟母三迁

这一典故出自《孟子题词》。南宋时的启蒙课本《三字经》引证的第一个典故就是“昔孟母，择邻处，子不学，断机杼”。孟子是战国时期著名的哲学家、思想家、政治家、教育家，是孔子之后、荀子之前的儒家学派代表人物，与孔子并称“孔孟”。孟子宣扬“仁政”，最早提出“民贵君轻”思想，被韩愈列为先秦儒家继承孔子“道统”的人物，元朝追封其为“亚圣”。孟子的言论著作收录于《孟子》一书。

仲子捧着一个酱猪蹄侧立在门外已经很久了。整个隆冬腊月都没有下过一片雪，偏偏这时铺天盖地飘起巴掌大的雪花来了。仲子浑身冷得发抖，两手冻成了酱紫色，老远一看，好像捧着三个猪蹄。

他透过破得能够走进去一头牛的门帘子往里张望，发现父亲还是和昨天一样，一动不动呆坐着，把腿盘在布满补丁的烂席子上，长而乱的白发毫无规则地从头顶披散下来，好像脑门上顶了个拖把。花白的胡须随着嘴的咀嚼一翕一动，从空洞的口腔里时不时喷出一股热气，如同一口蒸着馒头的笼屉。

风雪越来越大，呼啸而过的风哨声一阵高过一阵，像摇旗呐喊的千军万马般声势浩大，摄人心魄。破旧的大门伴随风雪的肆虐“吱扭”一下被打开了，万章和公孙丑一人扛着一个麻袋一步一拐地走了进来。

“先生好有雅兴，竟然在这堆了个雪人，比真人还像真人。”公孙丑指了指门口矗立着的冰塑，笑着对万章说。

万章放下麻袋，饶有兴致地凑到跟前，兴奋地对公孙丑喊道：“看哪！还有鼻子、眼睛，连睫毛都捏得栩栩如生！我的天，这嘴里还能冒热气……”

“我还能咬你呢！”雪人突然做了一个扑咬的动作，把万章和公孙丑吓了一跳。

“是仲子？你……你怎么被冻成这样了？”公孙丑揉了揉眼睛，仔细一看才认清是仲子。

“父亲已经两天没吃饭了，我又不敢进去打扰，只好站在门外等他召唤。时间一长，雪下得又大，鞋都被冻住走不动了。幸亏你们来了，不然我想化冻估计得等到来年开春了。”

万章和公孙丑用铁锹将仲子脚下的冰铲断，把他整个身子放平，一个抬头一个抬腿，合力搬到了孟子温暖的屋子里。

“又宰了羊羔吗？好大的个呀！你们这两个弟子最孝顺了。”孟子撩开拖把一样的长发，见两人一前一后抬进来一具白绒绒的东西，料定就是大肥羊。

公孙丑和万章把仲子横放到火炉旁，喘了口气说：“这是您儿子。先生，羊羔是没有，这不，您儿子给您烤的酱猪蹄还冒着凉气，趁着还冰牙您尝尝？”

“噢？”孟子探身瞧了瞧，还真是仲子，此时早已被冻成一尊冰雕，嘴里冒着热气，那样子真是怪可怜的。孟子叹了口气悲痛地说道，“把猪蹄拿过来吧！”

公孙丑差点鼻子都给气歪了，一面将猪蹄递过去一面说道：“先生，您心可真大，这可是您亲儿子哎……听说您已经两天没吃东西了？这是何苦呢？”

“是的，天将降大任于斯人也，必先苦其心志，劳其筋骨，饿其体肤，空乏其身……哎哟，我的牙！”孟子捂着腮帮子，把浸满血的猪蹄还给公孙丑，猪蹄上面插着一颗洁白的大门牙，“我就剩这么一颗牙了，徒弟们，你们最起码把猪蹄给我热热吧！这回可好，你们是拿这金刚钻来撬我的瓷器牙来了，看来以后只能吃流食了，当真是空乏其身了。”

“这回完了，”万章说，“我们还给您带来些硬货，估计您也无缘享用了。”说着将随身带来的两个麻袋打开，里面尽是些核桃、榛子、杏仁、坚果，看得孟子直捂嘴巴子。

“子曾经曰过：己所不欲，勿施于人。你们连这个简单的礼貌都不懂吗？啃不动的玩意儿就拿来糊弄我，还美其名曰孝敬，哼！”孟子生气地说。这时仲子好像缓过点劲来，慢慢能活动两下了。孟子指着他问公孙丑：“这是何人？”

“刚才不是和您说了，是您的儿子仲子呀！先生，您是怎么了？”公孙丑疑惑地问，转头看向万章，“先生最近有点糊涂，八成是老年痴呆的前兆。”

“我吗？哈哈哈！我老年痴呆？笑话！我今年才四十六岁，刚过不惑之年，脑子清醒得很！”孟子听到他们在谈论自己，极力辩解道。

“先生，您今年已经八十三岁了，四十六岁是几十年前的事了。”

“胡说，我前几天才从齐宣王那回来，他还曾夸我脑袋聪明呢！他说：我头脑昏乱，对您的说法不能进一步领会，望先生开导我的心志，耐心点教我。我虽不聪明，也不妨试它一试。我说：没有固定的产业收入却有固定的道德观念，只有读书人才能做到，至于一般老百姓，如果没有固定的产业收入，也就没有固定的道德观念。一旦没有固定的道德观念，那就会胡作非为，什么事都做得出来。等到他们犯了罪，才去加以处罚，这等于是陷害他们。哪里有仁慈的人在位执政却去陷害百姓的呢？所以，贤明的国君制定产业政策，一定要让老百姓上足以赡养父母，下足以抚养妻子儿女；好年成丰衣足食，坏年成也不致饿死。然后督促他们走善良的道路，老百姓也就很容易听从了。若想施行仁政，就要从根本上着手，使百姓都有衣穿，有肉吃，天下才会太平……你们看，这么一大段绕口令，轻而易举就背下来了，老年痴呆症患者能有这个口条吗？”

万章一边给炉子里添了点碳，一边对公孙丑说：“先生又开始怀旧了，我看情况不妙。”

公孙丑拿出一摞书札和一支笔来，放在盘起的膝盖上，小声答道：“应该是类似遗言的东西，我们不妨记录下来，以后可以出个文集之类的。”

万章也学着拿出书札来，说：“那就让他多谈论一些知识点，别净是些水货，记了也白记。先生，您喜欢吃羊羔吗？下回给您带来，请您讲点干货……”

“看我的牙，”孟子掰开嘴给两人看，“就剩牙龈了，还能嚼得动羊肉？况且贤人是不能以吃山珍海味为乐的，昨天我刚教育完魏惠王，你们就在旁边站着，耳朵里塞了驴毛吗？愣是没听见？”

公孙丑对逐渐清醒的仲子说：“兄弟，先生病得不轻，我看还是早准备后事要紧。”

孟子没有观察到公孙丑的小动作，继续捋了捋花白的胡子说道：“昨天太阳是真好，魏惠王站在池塘边，一面顾盼着鸿雁麋鹿，一面还故意试探地给我挖坑：贤人也以此为乐吗？我脑子多快，能掉进他的坑里？哼！我立马回道：正因是贤人才能以此为乐，不贤的人就算有这些东西，也快乐不起来。《诗经》说：‘开始规划造灵台，仔细营造巧安排。天下百姓都来干，几天建成真是快。建台本来不着急，百姓干得太起劲，国王游览灵园中，母鹿伏在深草丛。母鹿肥大毛色润，白鸟洁净羽毛丰。国王游览到灵沼，满池鱼儿狂欢跳。’周文王虽然用了老百姓的劳力来修建高台深池，可老百姓非常高兴，把那个台叫作‘灵台’，把那个池叫作‘灵沼’，以那里面有麋鹿鱼鳖等珍禽异兽为快乐。古代贤君与民同乐，所以能真正快乐。相反，《汤誓》里说：‘你这太阳啊，什么时候毁灭呢？我宁肯与你一起毁灭！’老百姓恨不得与自称是太阳的夏桀同归于尽，即使你有高台深池、珍禽异兽，难道能独享快乐吗？哈哈，魏惠王被我弄了个大红脸！你们说，我这脑子，不但反应快，还会编打油诗，我这身子，就算掉进坑里，也能迅速爬上来，我能是老年痴呆吗？”

“不是，不是。”弟子们拱手说道。

公孙丑一字不漏地记录下来，万章没那个兴致，一个标点符号都没写。

“先生，”万章说，“您看这席子都烂成这样了，这里条件太艰苦，我想让您搬我那儿住去，早晚能吃好喝好，咱爷俩还能探讨一下艺术和人生，您考虑考虑。”

“正所谓富贵不能淫，贫贱不能移，威武不能屈。我活了这 66 岁的年纪难道就没有这个觉悟？贫穷正好用来磨炼心志。”孟子一边说，一边斜眼看着躺在炉子旁边的仲子，像在审视一个怪物。

“又成六十六岁了，”公孙丑说，“病情不稳定呀！”

“可是，”孟子继续说，“我早晚是要搬走的，而且马上，越快越好……必须搬走。”孟子坚定地说，披散的白发里射出两道红色的目光，看得两人直打寒战。

“这是为何？”

“我母亲前天告诉我，你们几个小子把我带坏了。半年前我父亲去世，为了给他老人家守坟，就把家搬到一个靠近坟墓的破茅草屋里。你俩有事没事就跑到坟头上去哭爹，搞得你们倒更像他的亲儿子。我气不过，也跟在你们屁股后面哭，有时还唱两句，一唱不打紧，吓得邻居家的毛驴都不敢叫唤、公鸡都不会打鸣了。母亲就把家搬到这个集市附近。集市里的人整天吵吵嚷嚷地叫着买卖东西，你俩就带着我学玩杀猪、宰羊、买卖肉的游戏，学猪羊死去的声音和讨价还价，最后连狗见了我都绕着走。你们看，今天还给我抬来一只宰好的羊羔，我乳牙还没长好，横竖咬不动，要是让母亲知道，定然又要搬家了。对了，上回她说要搬到一所学校旁边去，我得收拾收拾行李了，免得到时走得慌忙……”

“天大的冤枉，”公孙丑说，“您这是几辈子陈芝麻烂谷子的事了？我们什么时候学过猪羊叫？还哭爹！听说过缺钱的没听说过还有缺爹的。还有，先生，那个不是羊羔，是您的儿子仲子，要说几遍您才能记住呀！”

“我是记性差了点，”孟子叹了口气说，“私塾先生教给我《诗经》中的一篇，隐晦难解，我愣是背了七八天，还是背不下来，索性跑到河边去钓鱼，竟然钓上来很多河鲤。我高兴地抱回家，以为母亲会好好夸我一顿，谁知她那时正在织布，看到我这么早就回来，知道准是逃学了，就很生气地用剪刀把所织的布剪断，然后让我跪下，说：学习就像织布，织布要一针一针地织，学习要一天一天地学。月月学，年年学，日积月累，才会学业有成。你这样半路逃学，就像我中途断织一样，不仅会前功尽弃，将来还会一事无成。你们听听，母亲虽然没读过书，知道的道理是真多啊！真可惜了那匹白布了，我还是赶紧用功吧！不然这样绞下去，到冬天连缝身棉裤的布都没有了。哎！请你们赶紧把这个羔羊给我弄走，在我眼前摆着我会意志不坚定的。”孟子咽了口唾沫，哈了哈手，从屁股底下掏出一本已经压出褶皱的《论语》，摇头晃脑地读起来，念得含混不清，嘴里像塞了两双袜子似的。

公孙丑放下笔记本，看了看万章手里的书札上一个字也没有，说道：“看来先生肚里也没多少干货了，以后我们可以自己编撰增加一些资料，扩充一下字数，出一本几万字的集子也是绰绰有余的。”

但比起出书，万章更关心孟子的身体。他见仲子已经完全化了冻，正偎在炉子旁烤火，头发已经湿透，脸也显出红晕来。他碰了碰仲子的胳膊，小声说道：“听说人快死的时候会想起小时候的事，会念叨自己的亲人，譬如母亲、父亲什么的，我看先生的寿限八成是要到了，你还是准备准备后事为好，要不到时走得慌忙。”

“是，”仲子回道，“最近他食欲也不好，我也正担心他万一一不留神撒手人寰，没人看见，所以才冒着被冻成雪人的风险站在门口侍奉着，哎！想当年孔夫子寿终七十三，父亲能活到八十多岁也算高寿了。”

“那咱们就分头行动置办东西去吧！我实在是听不得先生读书的动静，比吃冰冻猪蹄磨牙的声音还让人难受。”公孙丑合上书札，起身向孟子拜了拜，转身就走。万章和仲子也紧随其后。

孟子看几人要走，立马住了嘴，茫然地问道：“趁我母亲不在，你们不玩会儿了？”

“不了不了。”

“嘿嘿，倒是稀奇，”孟子斜眼看着浑身湿透的仲子正耷拉着脑袋往外走去，突然笑道，“我都活了一百八十多岁了，还没见过宰杀完的羊羔又活过来，而且还能自己走出去的。”

不知是不是天冷的缘故，仨人只觉得浑身突然发起战栗，各自往身上紧了紧棉衣，没有回话，推开门，冒着风雪头也不回地冲了出去，身后像有鬼追一般。

赏 析

陪读的新“孟母”

古代中国的孟子，与孔子并称“孔孟”。在历代儒统中，他们被尊为圣人，这肯定是没有争议的事情。至于是否真的家喻户晓、妇孺皆知，那倒并不一定。但孟子的老妈孟母，绝对是很有声名的，在略上点年纪的人脑海里，留存着深刻的记忆。

大概就是通常所说的母以子贵吧，人们只记得“孟母”二字，大多不知孟母姓甚名谁。即便现在的人，习惯性地去问“度娘”，得到的答案，也不过是“仉氏，战国时人，生卒年不可考”这样一句不甚明了的话。其实，她姓甚名谁，已经不那么重要了。重要的是，孟母的严教大爱，促成了孟子的成长成才，以至“昔孟母，择邻处，子不学，断机杼”被写进《三字经》里。孟母三迁，择善而居的故事，古往今来，影响着一代又一代人的成长。

近日，读到《新孟母三迁：回忆杀》，直觉得耐人寻味。作品截取孟子房前小院和家中书房两个场景，通过“设定”晚年孟子与其儿子仲子及两个学生万章和公孙丑之间关于编撰《孟子》一书的几番对话，借助一根主线，巧妙地把与孟子相关的几个典故串联起来，表达了孟子作为中国古代著名思想家、教育家、战国时期儒家代表人物，所提出的“仁政”“民贵君轻”等哲学思想；以生动的表现形式，在轻松幽默和无限情趣当中普及历史知识，通俗易懂地传递和弘扬中华民族优秀文化。特别是假以孟子“回忆”的口吻，叙说孟母带着儿时的孟子择善而居的往事，令人觉得孟母三迁的故事，至今仍有极大的现实意义。

现实版的“孟母”择善而居，便是抢购学区房和陪读。

2000 年以来，由于优质教育资源配置不均衡现象的客观存在，众家长期盼儿女进名校接受良好教育，高考时考上理想的大学，将来有个好前途和一份好职业，借由儿女成才之后自己也成为荣耀新“孟母”的望子成龙、望女成凤心理也普遍存在。那些望见商机的房地产开发商，则顺应趋势，一股脑儿地在一些教育教学质量较好、高考升学率高的所谓名校周围开发房地产项目，配套建设大量带学位的学区房，然后极尽手段宣传造势，营造资源稀缺的气氛，吸引或鼓动学校所在区域甚至周围行政区域的学生家庭争相抢购，从而赚得盆满钵满。

一些经济条件较好、购得学区房家庭的孩子，凭借购房匹配的学位如愿以偿读上名校。另有些家庭经济状况一般，或虽条件较好但也没购买学区房家庭的孩子，通过其他途径同样获得了择校学位，便选择在名校周围租房上学。这些购房或租房择校读书的孩子，多半会是家长休假或暂时放弃工作，随同一起住过去照料孩子的生活日常，时下叫“陪读”。

可怜天下父母心。这与当年孟母放弃临墓而居、临市而居，隔离孟子模仿他人玩祭拜办丧事之类的游戏，和模仿他人讨价还价做买卖与屠宰的行当，带着孟子搬家到学宫边，让孟子很快学会了类似在朝廷上鞠躬行礼与知进退的礼节，促成孟子长大成人后学成六艺，获得大儒的名望，大致是一个道理。这原本是无可厚非的事情。

尤其是现代社会，人与人的交往交流有了更多途径和方式。每个人作为社会的一分子，接受外界信息的量也越来越大。而心智尚不够成熟的孩子，明辨是非的能力明显不够，干扰他们正常学习成长的因素太多太多，诸如“手机控”“游戏迷”“早恋”等令家长烦恼不堪甚至深恶痛绝的现象，便见怪不怪了。

客观地讲，不少陪读的爷爷奶奶辈，与孙儿孙女辈思想观念上完全不同频，知识面也断然做不到与孙辈无缝对接。甚至一些陪读的妈妈——新时代的“孟母”们，也难以做到在日常生活中多些读书学习之类的言传身教，多半是一日三餐为孩子做饭做菜，外加洗漱起居照料；等孩子进入教室上课后，便是“孟母”们三五成群聚在一起玩牌、搓麻将的时间。诸如此类的陪读，充其量不过是只尽了保姆之责罢了。

旧时有句好的话语，叫“耕读传家”。引申开来，是不是还可以说成“工读传家”“商读传家”“官读传家”？这无非是要求做长辈者，无论从事哪一行当，行教育后辈之责，都要重在身行示范、榜样引导。而将“己所不欲勿施于人”那句话反过来说，当然就该是“己所欲者方施于人”了。有些家长，由于过往时代或当初家庭境况等诸多原因，年幼时没能读多少书，但成年后，也因自身勤奋努力或其他偶然因素累积了一定财富，小日子过得也有滋有味的。他们要求孩子发奋读书，却没能讲清其中道理，更甭说营造书香家庭氛围了。也难怪一些逆反心极强的孩子，会以“你们小的时候也没读书，现在不照样有吃有喝，为啥硬要逼我读书”之类的话回怼，往往令“孟母”们无言以对、内心瞬间崩溃。

孩子的个性千差万别，孩子的成长又充满着太多难以预料的变数。家长既是影响孩子成长的第一任老师，也是孩子终身的老师。陪读的爷爷奶奶、爸爸妈妈们，当好助力孩子生活的保姆的同时，还要编密阻挡干扰孩子学习成长变量因素的篱笆，更要不断提升自己，自己先学会当一名优秀的“孟母”，身体力行做孩子的表率。一言以蔽之，唯先自有高度，方能垫高孩子未来的高度。

何田昌，笔名田日曰，“60后”，湖南永州道县人。中国少数民族作家学会会员、中国散文学会会员、湖南省作家协会会员、船山学社会员、何绍基文化研究会特约研究员。

对本书的一句荐语：一切历史都是当代史，抹开历史的尘封，也一定得见我们自己的影子。

第 33 章　新庄周梦蝶：蝴蝶姑娘

典故卡

庄周梦蝶

这一典故出自《庄子·齐物论》。庄周梦见自己变成了蝴蝶，醒来后却不知是自己做梦变成了蝴蝶，还是自己本来就是一只蝴蝶，做梦变成了庄周。后来，唐代诗人李商隐在《锦瑟》中引入这个典故“庄生晓梦迷蝴蝶”，给人以无限遐想。庄周是我国战国时期伟大的思想家、哲学家、文学家，是道家学说的主要创始人，与道家始祖老子并称“老庄”，他们的哲学思想体系，被思想学术界尊为“老庄哲学”。代表作《庄子》被演绎出多种版本。庄子主张“天人合一”和“清静无为”。本章融合了“凤凰非梧桐不栖”“知鱼之乐”“送妻升遐”等几个与庄子相关的寓言典故。他的名句“相濡以沫，不如相忘于江湖”成为今人常常引用的网络名言，在本章结尾处被改编为歌词。

一

白云缭绕、峰峦叠翠的山谷里，开满了星星点点或艳或素的花。蝴蝶围着花朵上下翻飞，就像谁在空中撒了一把五颜六色的花瓣，随风飘来，又随风飘去。

一只才从蛹中破壳钻出，刚刚学会飞翔的白蝴蝶，迫不及待地加入了兄弟姐妹们组成的舞蹈队，随着风儿的节拍翩翩起舞。

也许她生来就是舞蹈的精灵吧，她舒展着丝绸般晶莹剔透的羽翼，如痴如醉，忘乎所以，连自己已经偏离方向，离家很远了，连轻盈的风声开始变得急骤，间或还夹杂着一声雷鸣，她都看不见也听不见。

霎时，暴雨来袭。白蝴蝶来不及躲闪，被重重的雨滴砸中身体，像一片徐徐坠地的落叶，摔到了草地上。她虚弱地伏在草尖上，微微呻吟着，原本灵动的翅膀经过雨水的拍打已然失去活力，弱小的身体随风轻轻颤动，楚楚可怜。

“救……救救我……”这个可怜的小生命刚刚开始绽放，就面临即将枯萎的危险。她不甘，想要挣扎，可身体不听使唤，她用嘶哑的声音，发出微弱的求救信号。

这时，她听到不远处传来草地被踩踏的沙沙声，她看到一双巨人的脚，正朝这边走来。这是人类！也是白蝴蝶在世上见到的第一个活着的异类！她害怕又好奇，身体抖动得更厉害了。

“这是个什么东西？噢！扑棱蛾子……”她听到一个年轻男子的声音，接着一只巨大的手掌向她盖了过来。她恐惧地闭上眼睛。

忽然，她觉得自己又像之前那样飞了起来，感受到微风抚过面颊时的清凉。她小心翼翼地睁开眼睛，看到自己正躺在那张手掌上。

“模样倒是不错，就是脑子不好使，下这么大雨出来嘚瑟，冻出毛病了吧！”男子嘟囔了一句，忽然噘起嘴唇，猪八戒似的，“呼呼”地对着白蝴蝶吹风。白蝴蝶觉得身上暖暖的，萎靡的翅膀又有了力气。

男子捧着这个娇嫩的小家伙，把她带到槐树的保护伞下，直到雨停。蝴蝶被男子温柔的目光看得害羞了起来，迎着雨后初绽的阳光，她终于一跃而起，向清明如洗的空中冉冉飞去，像一片小小的雪花。

正当一人一蝶四目相对柔情缱绻之时，男子忽然对着白蝴蝶喊道：“快飞吧，扑棱蛾子，下次出门记得看皇历，没皇历起码烧根高香吧！”说罢坏笑一声，转身离去。

蝴蝶扑棱着翅膀，悬在半空，自言自语：“俺叫蝴蝶……”

二

山谷里依旧是姹紫嫣红，无论是娇媚的桃花，还是娴静的百合花，都安静、端庄地坐在梗子上，保持着订婚前的姑娘们那淑女的坐姿。

白蝴蝶又长大了一些，脸上多了一分少女的妩媚。她失去了先前的活泼，总是心事重重。看着漫山遍野的花朵，她的心好像也装满了各种各样的颜色，有粉红的羞涩、浅蓝的期待、深绿的忧郁、黑色的悲伤……

“小白，你怎么了？”姐姐青儿飞过来问。

“我……那天被那个人莫名羞辱了一番，我气不过，总惦记着这事儿。”白蝴蝶羞红了脸，言不由衷地说道。

青儿明白妹妹的心事，“小白，你是……喜欢上他了吧？”

“怎么可能，他满嘴跑马车！我要是变成人的话，非得把他的马车轱辘卸掉不可！”白蝴蝶辩解道。

“你们这些傻丫头，不就喜欢男娃娃油嘴滑舌吗？有没有本事，人品好不好都是其次，只要那张嘴会哄会忽悠，就能让你们怦然心动！”

“你……瞎说……我才不是傻丫头！”白蝴蝶脸更红了，气急败坏地拿触须去挠青儿的痒痒。两个小姐妹嘻嘻哈哈地闹开了。

闹完之后，白蝴蝶又变得闷闷不乐，躲在角落顾影自怜，青儿心疼地说：“我听说楚国的大庙供奉着一只神龟，就是大王八，有几千岁了，它神通广大无所不知，也许你可以去问问他，有什么办法可以变成人。这样，你就可以和你的心上人在一起了。”

白蝴蝶一听乐坏了，当即决定向楚国出发，去找神龟问问。

三

白蝴蝶飞呀飞呀，来到了魏国都城大梁（今河南省开封市），经过一棵梧桐树的时候，听到几只栖息在树上的鸟儿在谈天。

其中一只体态硕大，有着炫丽的火红色尾羽，它笑着说：“那天，我飞过相国惠施家前院，看到庄周和惠施正站在院子里。惠施刚刚还在呵斥手下：‘一群笨蛋，那么个大活人你们都找不到！等庄周见到大王，我这个相国的位置就只能拱手相让了，到时候，你们要不要跟我出去要饭！’正说着，却看到庄周笑吟吟地出现了。庄周说：‘我出来旅游，打算经过魏国时上门拜访一下老友。你太热情了！我刚走出宋国，还在半路呢，你的人就把魏国翻了个底朝天，足足找了我三天三夜。我得知后，深感愧疚，于是星夜兼程赶来见你！要是把你的手下都累死了，谁来服侍相国大人呢？’正在这时，庄周发现我在树上偷听，就指着我对惠施说：‘你看那只大鸟，它叫凤凰。你知道吗？它很高傲的，自认为是鸟中贵族，每年从南海飞往北海，一路上非梧桐不栖，非竹实不食，非甘泉不饮。有只猫头鹰，刚刚抓到一只死耗子，正暗自窃喜，突然感觉天上一黑。抬头一看，只见凤凰张开翅膀，有如垂天之云，飘然而过。猫头鹰瞪大眼睛，仰着脖子，大喝一声：‘吓！

你难道敢抢我的死耗子？’”

“哈哈哈……您的胃口不是一般的好，当真是瞎凤凰碰上了死耗子！庄周把自己比作你，却把惠施比作猫头鹰了……”旁边的几只喜鹊笑得前仰后合。

白蝴蝶心里惦记着心上人，对凤凰讲的故事毫无兴趣。

扑扇着小小的翅膀，白蝴蝶来到了濠河之畔。她听到几只鱼儿欢快地唱着歌。

“什么事这么高兴啊？”白蝴蝶也被鱼儿的情绪感染了，忍不住和他们攀谈起来。

“刚刚惠施和庄周在桥上吵个不停，可有趣了。”一条大红锦鲤答道。

“噢，吵些什么？”这是白蝴蝶第二次听到“庄周”这个名字，也不由得对这个人产生了好奇。

锦鲤说：“庄周在桥上低头看着我们，感叹一声：‘鱼儿从容地游来游去，是多么快乐啊！’惠施却怼了一句：‘你又不是鱼，怎么知道鱼儿快乐？’没想到庄周反应更快，反问道：‘你又不是我，怎么知道我不知道鱼儿快乐？’把惠施怼得无言以对。哈哈哈，是不是很好笑？”

白蝴蝶微笑着点点头，告辞继续赶路。

四

几个月一晃而过。白蝴蝶终于到了楚国，直奔大庙而去，却见原本供奉神龟的祭台空空如也。她手足无措，四处寻找都一无所获。她难过极了，勉强支撑起疲惫的身体，摇摇晃晃地飞出大庙，听见两个守门人在唠嗑。

“咱大王还真听庄周的话，把神龟放生了。”

“那可不是，大王本来是请庄周来做官的。谁知庄周说：‘我听说楚国有一只神龟，被抓住时已经三千岁了。楚国人把它锁在金子做的笼子里，上面盖着绫罗绸缎，供奉在大庙中。请问大王，您认为这神龟是愿意被供奉起来呢，还是愿意摇着尾巴在泥巴里爬来爬去？大王答：‘当然是愿意在泥巴里爬。’庄周于是说：‘这就对了，请大王收回成命，我还想摇着尾巴在泥巴里欢乐地爬行呢！’你瞧瞧，为了不做官，不惜把自己比作王八。大王只得让他离开，回头还下令把神龟也放回了大海。”

得知了神龟的踪迹，白蝴蝶赶紧向着大海的方向飞去。在一片金灿灿的沙滩上找到了正在呼呼大睡的神龟。

“王八爷爷……不，乌龟……神龟爷爷，听说您神通广大无所不知，求求您告诉我，怎样才能变成人类，和我的心上人在一起呢？”

神龟睁开惺忪的睡眼，用舌头指了个方向，慢吞吞地说：“看到那块岩石了吗？那是女巫变的。你去她那要来变形水喝下，就可以变成人了。但是……”

白蝴蝶激动不已，没等神龟的话说完，就兴高采烈地跑去找女巫，并顺利地取到了药水。白蝴蝶一口气喝下，立马变成了一个美少女。她高兴坏了，准备去找心上人，这才想起还不知道心上人是谁，又在何方呢，于是又去问神龟。

“他叫庄周，是个不名一文的流浪汉，现在正巧浪到楚国来了。”

听到这个回答，白蝴蝶有些惊讶，却一点不失望，正所谓“情人眼里出西施”嘛。于是她活蹦乱跳地去找庄周。她心想：难怪我一路上都听到公子的大名，真是缘分哪！

见到庄周的时候，站在白蝴蝶（现在应该叫白姑娘）眼前的果然是个衣衫褴褛的破落书生。

“你是谁？”天上掉下个林妹妹，庄周自然是乐不可支，开心地问道。

“我是扑棱蛾子……哦，不不……我叫白……白素贞。”机灵的白姑娘给自己起了个新名字。

接下来便是偶像剧里的常见套路。郎才女貌，一见钟情。白娘子守着她的情郎，心甘情愿地过起了清苦的流浪生活。直到有一天，他们又一次踏上行程，不幸乘坐的马车轱辘掉了，两人纷纷跌落马车，结果庄周毫发无损，白娘子却香消玉殒了。

千里之外，那只神龟遗憾地摇了摇头：“当初我的话你只听了一半。如果你变成人的愿望实现了，就要对女巫兑现先前的一切承诺，包括‘变成人的话，非得把他的马车轱辘卸掉不可！’”

五

老朋友惠施听说庄周妻子去世，便来吊唁。却见庄周坐在地上，正敲打着盆子唱歌：

清凌凌的那个水来
蓝莹莹的那个天
夫妻的缘分已玩完
已呀么已玩完

两天不见面
相忘到永远
自由自在江湖路
比呀么比蜜甜
……

惠施又惊又恼，责备道："你们夫妻一场，她为你辛苦持家，陪着你四处游荡，吃不饱穿不暖，现在她去世了，你不哭便也罢，还在这里敲着盆子唱歌，不是太过分了吗？"

"哪里？"庄周答，"她刚去世的时候，我也难过得吃不下饭。但是思前想后，我发现自己不过是个凡夫俗子，不明死生之理，不通天地之道，于是一下子就想通，自然也就不觉得悲伤了。"

惠施强忍住怒气说："什么是死生之理？"

庄周说："人的生死变化，有如四季更替。一个人虽然死了，却仍然安睡在天地之间，这就是死生之道。"

惠施听明白了，但仍不解气："理是这个理，但情何以堪？"

庄周说："生死皆有命定，如同有日就有夜，谁也摆脱不了。所以生不足喜，死不足悲。我这些天常常做梦，梦见自己变成一只白蝴蝶，和另一只蝴蝶姑娘一起翱翔在天地间。梦醒之后，觉得梦比现实更真实，已经分不清自己究竟是做梦变成了蝴蝶，还是自己本身就是一只蝴蝶，而做梦变成了庄周？在我身旁飞舞的那只白蝴蝶，她究竟是我的妻子在梦中幻化成蝶，还是我们本来就是一对自由翱翔的蝴蝶恋人呢？或许，我只是做了一场噩梦，梦见自己变成了人类吧。这样想，那么我的妻子并没离开，还与我翱翔在天地间，我也就不悲伤了。"

惠施仿佛被庄周的歌声感染，眼前竟出现了一对翩翩起舞的白蝴蝶……

赏　析

飞舞在生命中的蝴蝶

这是一只飞舞在庄子生命中，也是翩跹在李商隐诗中，还是欢跃在所有人向往中的蝴蝶。

我们先来看看一只蝴蝶的生命之旅：

“一只才从蛹中破壳钻出，刚刚学会飞翔的白蝴蝶”在飞行中偏离了方向，被暴风雨击成重伤，摔到了草地上，被一个语言俏皮、落拓不羁的青年男子救起，便对他产生了一种复杂、隐秘而美好的情愫。这里面，有感激，有好奇，更有绵远悠长、越来越浓的爱意。

于是，她开始了对这位名字都叫不出来的青年男子的寻找之旅。

《新庄周梦蝶：蝴蝶姑娘》向我们讲述了一只蝴蝶与一个人的传奇故事，让我们从一只蝴蝶的眼里、心里还有耳朵里，去感知一个有独特个性、独特思想、对后世产生重要影响的人的魅力，描写了一段亦真亦幻、多彩多味的情缘。

在白蝴蝶对心上人的一路寻找中，作者巧妙地串起了“凤凰非梧桐不栖”“知鱼之乐”两个典故，以及“神龟放生”的故事。

白蝴蝶飞临魏国都城大梁上空，听到栖息在梧桐树上的一只凤凰在讲故事。

原来，在魏国当宰相的惠子，听信谗言，担心前来看望自己的庄子会取代他的宰相地位，于是搜索庄子三天三夜。不想庄子主动前来，并以鹓鸰（yuān chú，即凤凰）和猫头鹰完全不同的偏好与取向，回应惠子：凤凰本是“非梧桐不栖，非竹实不食，非甘泉不饮”的鸟儿，而猫头鹰自己喜欢死耗子却猜忌并恐吓凤凰。两者间高下立见。

作者巧妙地将这则寓言故事借凤凰之口讲述出来，既避免了照搬原作、复写故事之弊，又因为白蝴蝶此刻还没有变成美少女，是一只有了人的心思和情感的昆虫，她更熟悉动物尤其是同为飞行动物的凤凰的语言。故事末尾则由喜鹊嬉笑着点出庄子与惠子精神境界的迥异。这样拟人化的手法，凸显了“戏说”类文章脑洞大开、生动机趣、喜感十足的特点。

这则故事流传久远。李商隐在他的《安定城楼》一诗中，对其予以了巧妙化用，其“不知腐鼠成滋味，猜意鹓雏竟未休”，成为表达高洁之意、鄙薄龌龊之心的经典诗句。

白蝴蝶的寻爱之旅在继续。她来到了濠河之畔，听到鱼儿在欢歌。这一次，作者借白蝴蝶与鱼儿的对话，讲述了我们耳熟能详的“知鱼之乐”。让读者从中认识了一位想象空灵、才思敏捷、风趣善辩的人。

白蝴蝶是第二次听到“庄周”这个名字，她显然也对这个人增加了几分好奇。但此刻的她，还没有将庄周与自己穿云破雾、苦苦寻找的那个人联系起来。

几个月后，当疲惫不堪的白蝴蝶终于到达楚国，迫不及待地要向神龟求教变成人的法子，以便早日跟心上人在一起时，得到的信息却是：“咱大王还真听庄周的话，把神龟放生了。”

在这里，作者通过两个守门人的对话，将庄子宁可像一只乌龟拖着尾巴在泥浆中活着，也不愿用高官厚禄来束缚自己，将其崇尚自由、以独立人格逍遥于世的精神旨趣，以轻松、闲谈的语气表现出来。这一次，庄周的名字更深地烙印在白蝴蝶心中。

然后，白蝴蝶找到神龟，在神龟指引下，取到药水，如愿变成美少女。

这里的神龟，既与庄子有着精神上的联系，又是白蝴蝶的“恩龟”，还是它告诉了白蝴蝶日夜思念、万里寻找的人就是庄子。可以说，神龟最终促成了这份爱情。庄子放生神龟，帮助了神龟，也得到了神龟的帮助。神龟的存在和适时出现，给这则本来就玄妙的爱情故事增添了更多奇幻色彩。

再往下读，作者又一次抖起机灵，玩了一把幽默与穿越。

由战国穿越到清代：

“你是谁？”天上掉下个林妹妹，庄周自然是乐不可支，开心地问道。

由清代再穿越回宋代：

“我是扑棱蛾子……哦，不不……我叫白……白素贞。”机灵的白姑娘给自己起了个新名字。

后来，有着奇幻情缘的两个人，过上了贫寒、平淡却自由、快乐的婚姻生活。却不料白蝴蝶意外去世，庄子又孑然一身，形影相吊。其表现却是匪夷所思——他在鼓盆而歌。

文中歌词，最集中地体现了作品的“戏说”之味和庄周“自适自乐”的人生观。

听到惠施对此的愤怒责问，庄子的回答，透着蝴蝶天马行空的想象和顺从天道的达观。较之许多对《庄子·至乐》的注解，本文作者关于庄子“送妻升遐”的解读，更生动形象，也更切合庄子的精神本质，而且其中用到了“庄周梦蝶”的典故，对前面的叙述给予了十分巧妙、有机有趣的照应，使整个文本浑然一体。庄周梦蝶，而本文中他的妻子就是由蝴蝶变成。庄周与蝴蝶身心相系，魂魄相随。若不细细研读《庄子》相关内容，不用心领会庄子的思想精髓，对庄子其人其文没有个性化的理解，便不可能写出这样的神来妙文。

晚唐著名诗人李商隐的诗受“庄生梦蝶”所表达的物化思想以及“逍遥游”的影响至深。意境朦胧、缥缈迷离、想象奇幻。而且他的诗中多处用到《庄子》中的典故和寓言，其与庄子的神通意合，屡屡成为后世人的研究课题。

想起一首几十年热度不减的歌：“你从哪里来，我的朋友？好像一只蝴蝶飞进我的窗口。”在这首歌里，蝴蝶也是一种有灵性的生命。它代表了一份轻盈美好的友情，一份美丽动人的牵挂。

无论是庄子，还是李商隐，抑或书写和歌唱蝴蝶的其他人，蝴蝶在他们心中，或是一个纯洁美丽的爱人，或是一份纯真美好的感情，总之，都是一种纯净美妙的精神支撑。在《新庄周梦蝶：蝴蝶姑娘》一文中，蝴蝶这一精神意象被作者应用得出神入化，让人们得以更好地理解庄子的思想主张和生命态度。这是一只蹁跹了几千年，一直在飞翔，一直在歌唱，从未停息的蝴蝶。

张春燕，“60 后”，重庆万州人，金融从业人员。重庆市作家协会会员，重庆市散文学会会员。

对本书的一句荐语：品笑李飞吻新说“上下五千年”，赓传中华优秀文化谱新篇，温故知新益智增信开创新境界。

第 34 章　新苏秦相六国：说客

典故卡

苏秦相六国

这一典故载于《史记·苏秦列传》。苏秦是战国时著名的纵横家、外交家和谋略家。他早年投入鬼谷子门下，学习纵横之术。苏秦读书十分刻苦，《战国策·秦策一》说他：读书欲睡，引锥自刺其股，血流至足。后苏秦游说列国，得到燕文公赏识，出使赵国，提出"合纵"六国以抗秦的战略思想，并最终组建合纵联盟，任"从约长"，兼佩六国相印，使秦国十五年不敢出兵函谷关。

六块臭豆腐像六块相印一样整齐地摆在桌子上。蘸着辣椒酱，苏秦一口一个将它们吞进肚里，吃饱喝足后拿牙签剔牙，几个饱嗝打出来弄得满屋子一股下水道的味儿。

"先生，"侍女端来一杯加了香料的漱口水，皱着眉头憋着气递给苏秦，"吃臭豆腐居然能塞牙，您是古今第一人。"

"小蹄子越来越不懂规矩了，竟敢埋汰主子！也怪先生我平时对你们太宽松。你说我是天下第一人，这句话倒是中听。"苏秦漱了一下口，把水吐到痰盂里。

侍女笑道："先生真是选择性聊天，前半句愣是装作没听见，如果要无赖您称第一，无赖的爷爷都不敢称第二。"还没等苏秦发火，侍女便来个脚底抹油一溜烟跑了。

"先生，马车套好了。"副官手持马缰绳进到屋里，又被熏得退了回去，捂着嘴弯腰在房檐下干呕，"先生，您拉肚子也不提前告诉我一声，我打小就胃浅，苦胆都快让我吐出来了。"

"我吃的臭豆腐，"苏秦说，"少假干净，上回抠完鼻孔直接戳嘴里尝尝咸淡的不是你吗？这会儿胃又浅了？说正事，马车行李都安排好了吗？”

“好了，双驾马车，一条毛毯，几样水果，两包蘸酱，六十四张大饼，足够您路上吃用的。”副官吐得都虚脱了，说起话来有气无力，像留临终遗言一样。

“最好再放几块臭豆腐，这玩意儿下饭……”苏秦还没说完，只见副官捂着耳朵跑到外面又去吐了。

“成不了大事。”苏秦用荷叶将臭豆腐包了几十块，顺势搁到袖筒里，整了整衣冠，起身出了大门。

七月的太阳是很毒的，照得苏秦的眼眯成了一条线。风虽不大，但刮起来像热浪，炙烤得脸火辣辣地疼。

副官把胃吐得比翻出来洗的还干净，此时神清气爽了许多，手持马鞭，扶苏秦上马车。

“先生，不带侍卫吗？就咱俩去？”副官见大路上就自己和苏秦外加两匹马四个活物，傻子一样被笼罩在酷暑里，这脑子病得可不轻！

“你以为呢？咱们是去替赵侯当说客，以合纵其他各国共同抗秦，不是去打仗。即使打仗，就我这张嘴也抵得上百万雄兵，还用得着带侍卫？”

“百万雄兵谈不到，百万细菌只多不少，就是半路遇到强盗，您一张嘴，哈！臭死一万人就证明您刷过牙了！他们闻了您的口气，从此屁都是人间美味了，哈哈！”副官大笑道。紧接着一个榴莲不偏不倚砸中他的脑门，扎出二十个窟窿。副官抬手一摸，血伴着不明稠物留下来，搁鼻子上一嗅，又大吐起来，原来榴莲和臭豆腐一个味儿。

“驾！”苏秦不记仇，因为一旦有仇他当时就报了。砸完副官，他心满意足，大喝一声，一脚踹在马屁股上，马咆哮两声，尥开蹶子风驰电掣般向前奔去，后面留下一团尘雾和两道血辙，还有几声男人悲戚戚的哭声。

马车奔驰了十数日，已是人困马乏，大饼、水果早已吃得干干净净，就连榴莲皮都没剩下。副官饿得前胸贴后背，看见苏秦不慌不忙从袖筒里掏出臭豆腐，津津有味地吃起来，于是也觍着脸要求尝一块。

“不行，你再吐，这马车就不能坐人了。”

“要有东西吐就好了，好先生，现在这臭豆腐在我眼里就是鲍鱼呀！”

“那赏你一块！”

主仆二人正吃着，马车已经来到韩国地界。这里地势平坦，集市上人来人往，商铺鳞次栉比，十分热闹。两匹马走得乏了，一步一点头如捣蒜一样，刚来到街道中间，“哗啦”一下人群全散开了，还一边捏着鼻子跑一边大骂：“谁这么缺德，跑这大小便来了？”

主仆二人这回是谁也不笑话谁了，任由马车信步而行。这时突然有兵士拦住去路问：“请问车上可是苏秦苏客卿？”

“正是。”

“韩王有请。”

“噢！你怎么知道我就是苏秦？”

“我们的狗老远就闻到味了。大王告知小人，苏先生最近会来韩国，但不知相貌，不好辨认迎接，只知您身怀异香，于是我们喂了搜救犬几块狗屎，它寻着味儿就把您找到了。”

“好的好的！”苏秦应了一声，下车随兵士去见韩宣王。

“苏先生一向可好？”韩宣王捏着鼻子问。

“好！大王纳福！”苏秦刚想坐下，韩宣王吩咐金瓜武士：“去，你力气大，到后院拔几棵独头蒜，请苏先生尝尝，遮遮嘴里的味。”

苏秦说：“大王不忙，最近长痔疮不敢吃辣。”

“噢，”韩宣王有点不悦，“年纪轻轻就长起痔疮了！”

苏秦说：“有痔不在年高！”

“苏先生有话便讲，熏得我快撑不住了。”

“好！我长话短说，掐去两头不讲中间。”

“那就散会吧！”

“大王且慢，我说。韩国若侍奉秦国，秦必然要求割让宜阳（今河南省洛阳市宜阳县）、成皋（今河南省荥阳市一带），一旦同意，秦国就会变本加厉。土地有限，秦国的欲望却无限，那时韩国离灭亡就不远了。大王如此英明，军队又这般强悍，却甘居秦国之后，我真替大王感到羞耻！”

韩宣王说：“有理有理，我愿意听从您的安排。现拜您为相。来人，取相印！”

“谢大王。”苏秦接过相印，拜了三拜，“臣告辞，还要去他国访问，档期很满，不宜久留。”

“您不喝杯茶吗？吃了饭再走吧！我们这儿的辣子鸡、辣白菜、辣胖头鱼可好吃了。”韩宣王高兴地说。

“留步留步！”

一路上，苏秦嘴里嚼着臭豆腐，手里捧着相印生着闷气，与副官一句话也不说。

就这样马车又行了半个多月，眼看已到魏国境地。这里土地肥沃，人稠房密，本来街上还游人如织，可苏秦的马车一过，全部作鸟兽散，像在避粪车似的。

这时突然有兵士拦住去路：“请问车上可是苏秦苏客卿？”

“正是。”

“魏王有请。”

“噢！你怎么知道我就是苏秦？”

“我们的狗老远就闻到味儿了。大王告知小人，苏先生最近会来魏国，但不知面貌，不好辨认迎接，只知您身怀异香，于是我们喂了搜救犬几粒驴粪蛋，它寻着味儿就把您找到了。”

“好的好的！”苏秦应了一声，下车随兵士去见魏襄王。

“先生一向可好！”魏襄王捏着鼻子问。

“好！大王纳福！”苏秦刚想坐下，魏襄王吩咐金瓜武士：“去，你力气大，到后院拔几棵大葱，请苏先生当水果吃，遮遮嘴里的味儿。”

苏秦说：“大王不忙，最近长痔疮不敢吃辣。”

“噢，”魏襄王有点不悦，“年纪轻轻就没什么口福。”

苏秦说：“是呀！”

“苏先生有话便讲，熏得我快撑不住了。”

“好，我长话短说。魏国国势与楚国不相上下，如今去侍奉秦国，每年纳贡，一旦秦国征伐魏国，没人愿意出兵相救。大王若能听从我的建议，六国同心协力，就无强秦危害之患了。”

魏襄王说：“甚好，我愿相从。来人，取相印，拜苏先生为相。”

“谢大王。”苏秦接过相印，拜了三拜，“臣告辞，还要去他国访问，档期很满，不宜久留。”

“您不喝杯茶吗？吃了饭再走吧！我们这的辣椒炒肉、肉炒辣椒可好吃了。”魏襄王高兴地说。

“留步留步！”

一路上，苏秦嘴里嚼着臭豆腐，手里捧着两方相印生着闷气，与副官一句话也不说。

就这样马车又向东行了一个多月，来到齐国，国内听说苏秦要来已然净街。这时突然有兵士拦住去路："请问车上可是苏秦苏客卿？"

"正是。"

"齐王有请。"

"噢！你怎么知道我就是苏秦？"

"我们的狗老远就闻到味儿了。大王告知小人，苏先生最近会来齐国，但不知面貌，不好辨认迎接，只知您身怀异香，于是我们喂了搜救犬几块牛粪，它寻着味儿就把您找到了。"

"好的好的！"苏秦应了一声，下车随兵士去见齐宣王。

"苏先生一向可好？"齐宣王捏着鼻子问。

"好！大王纳福！"苏秦刚想坐下，齐宣王吩咐金瓜武士："去，你力气大，到后院拔三十斤韭菜，请苏先生尝尝，遮遮嘴里的味儿。"

苏秦说："大王不忙，吃不了这么多，最近长痔疮不敢吃辣。"

"噢，"齐宣王有点不悦，"真是不巧得很。"

"是。"

"苏先生有话便讲，我的进口鼻塞效果不好。"

"大王，齐国有天险屏障，兵精粮足，却想侍奉秦国，实在令人匪夷所思。我希望大王慎重考虑，以便决定对策。"

齐宣王说："有理有理。我愿听从您的安排。来人，取相印，拜先生为相。"

"谢大王。"苏秦接过相印，拜了三拜，"臣告辞，还要去他国访问，档期很满，不宜久留。"

"您不喝杯茶吗？吃了饭再走吧！我们这的辣椒炖茄子、辣椒炖粉条、辣椒炒西红柿可好吃了。"齐宣王高兴地说。

"留步留步！"

一路上，苏秦嘴里嚼着臭豆腐，手里捧着三方相印生着闷气，与副官一句话也不说。

向西南走了大概三个月，天已经渐渐凉起来，起秋风了。马都瘦成了驴的模样，好说歹说马才拉着马车来到楚国地界。听说苏先生要来，楚国人都跑别国避难去了，鸡鸭鹅都不敢叫了，真是臭虫入土——百虫无声。

突然窜出一队兵士拦住去路："请问车上可是苏秦苏客卿？"

“正是。”

“楚王有请。”

“噢，你怎么知道我就是苏秦？”

“我们的狗老远就闻到味儿了，大王告知小人……”

“好的好的！”苏秦打断他们的话，下车随兵士去见楚威王。

“苏先生一向可好？”楚威王捏着鼻子问。

“好！大王纳福！”苏秦刚想坐下，楚威王吩咐金瓜武士，“去，你力气大……”苏秦忙说：“大王不忙，最近长痔疮不敢吃辣。”

“噢，”楚威王笑道，“年糕一点不辣，齁甜，还有螃蟹，肥着哪！”

“那挺好……”

“不吃就算啦！苏先生有话就讲吧！”

苏秦咽了口唾沫，说道：“秦是虎狼之国，有吞并天下的野心，是天下诸侯公敌。主张连横之人都想割地给秦，这是敬奉仇敌，对外依仗强秦，对内挟持君主，罪恶深重。合纵成功，各诸侯会割地事楚；连横成功，楚就要割地奉秦。二者天上地下，希望您能好好考虑。”

楚威王说：“说得真有道理。来人，取相印，交予先生，拜先生为相！”

“谢大王。”苏秦接过相印，拜了三拜，“臣告辞，出来已久，还要回国复命，不宜久留。”

“您不喝杯茶吗？吃了饭再走吧！我们这的辣椒炒辣椒可好吃了。”楚威王高兴地说。

“留步留步！”

一路上，苏秦嚼着臭豆腐，后背背着四方相印，一言不发，副官都憋成哑巴了。

“先生，四方相印哪！您可真行。”

苏秦依旧默不作声。

直走到隆冬腊月，天降牛毛大雪，两人才回到赵国。副官将马直接牵到兽医站治病去了，不是累得，而是被熏得没有味觉了，一到吃草料时就往厕所跑。

侍女早听到苏秦回来的动静，已把添了香料的漱口水端过来递给他，又把相印接到手里。

“天哪！”她大叫起来，“四国相印，先生发达了！”

“是六国，”苏秦漱完口，苦笑着说，从书房里又拿出两个，“还有赵国和燕国的。”六个相印整齐地摆放在桌子上，正如六块臭豆腐。

“我的天，您还真是天下第一人呀！”

“不过，还有一件事让我心中焦虑，如今六国联盟，若是秦国个个击破就不好办了，只能来个缓兵之计，来人！”苏秦将副官叫来，“我有一师兄叫张仪，此人胸怀大志，文韬武略无所不精，你派人劝他来投奔我，我自有妙计。”

副官领命前去，没过几天，张仪果然来投。然苏秦闭门谢客，不见。

“请报于苏兄，就说我张仪来投奔他了。”张仪向侍女拜了三拜，说道。

“你是什么人？苏先生也是你想见就见的？”侍女趾高气扬地说，“不过，既然都来了，就请先生吃顿便饭吧。来人，上菜！”

不一会儿桌上就摆满了菜肴：干炸臭豆腐、油焖臭豆腐、猪大肠炖臭豆腐、臭豆腐皮卷大葱……不一会儿满屋里就待不下人了。

“这是撵客呢？直说呗！我张仪要饭也要不到你这……”说罢张仪拂袖而去。

副官化装成商客尾随其后，他发现张仪走的方向正是去秦国的路。走到半道，张仪有些饿了，真后悔没有吃那些臭豆腐。怎么办？只好寻找打尖住店的地方。好不容易挨到一家客栈，一摸身上，一个铜子儿也没有，他垂头丧气准备离开。

副官拦住他：“先生别走，我看您像是去秦国，真巧，我也是。我希望和您一块住店，不知您意下如何？咱们可结伴同行。”

“我没钱。”

“不用您出钱，我是闻到您身上有一股味道特别吸引人，我最爱闻了，这让我心情愉快。”

“那是臭豆腐熏得。”

“我有喜闻臭豆腐的怪癖，不打紧！”副官昧着良心说，又叫唤店小二，“来人，给我俩安排一间上房，上桌好菜！”

酒过三巡，菜过五味，两人双双入睡。

从此一路上结伴而行，住店吃饭都是副官拿钱，张仪感激不尽。到达秦国后，张仪准备去见秦惠文王，副官塞给他几块臭豆腐：“吃了它，大功可成。”张仪不想吃，又碍着恩人情面，只好照做。

“张先生一向可好？”秦王捏着鼻子问。

“大王纳福。”

“金瓜武士，你力气大，去菜园拔点水萝卜让先生尝尝，去去嘴里的味儿。”

“我有痔疮。”

“那没关系，有痔疮不耽误说话。您先说，我听着呢！”

“如今中原诸侯联合抗秦，造成南北联盟的局面。我以为中原诸侯应跟秦国亲善，形成东西联盟的局面……”

“好好！”秦王打断他的话，“言之有理，我愿拜先生为客卿，请先回驿馆洗漱一下，喷点香料，明日再谈。”

“我还没说什么呢？”等退出宫殿，张仪茫然地对副官说。

“说得多好，虽然一句没听懂，但恭喜您升为客卿。”

“还要谢谢您的资助才对，不然我早饿死了。”

“您要谢苏先生才对，真正资助您的是他。他担心秦国攻赵，破坏合纵联盟，打算派一个亲信去执掌秦国大权。他说能担此大任之人，除了您没有第二个。但怕您在赵国谋得一官半职就心满意足了，他才采取激将法，假装羞辱您，逼您走上说秦之路，又派我暗中向您提供钱财相助……如今先生既已被重用，我就该回去复命了！”

张仪一听，好似闷头挨了一棒，叹息着说：“唉，我自以为聪明，想不到却成了苏秦的棋子。请您回去替我向他道谢，我发誓他掌权一天，我决不叫秦王攻赵！”

“极好！”副官说，“给您留下十包臭豆腐，以后见秦王之前吃点，他必言听计从，百试百灵。”

张仪问：“这是为何？”

副官笑道：“贤明的君主都知道，嘴臭心不臭，越是嘴臭的人越是忠臣。”

张仪笑道：“那往后金瓜武士可有得活儿干了！”

说完两人都大笑起来，后槽牙牙缝里隐约露出几丝塞住的臭豆腐沫。

赏 析

貌丑德美臭豆腐

《新苏秦相六国：说客》开篇即呈现出奇葩而又颇接地气的场景："六块臭豆腐像六块相印一样整齐地摆在桌子上，蘸着辣椒酱，苏秦一口一个将它们吞进肚子里，吃饱喝足后拿着牙签剔牙，几个饱隔打出来弄得满屋子一股下水道的味儿。"

苏秦吃臭豆腐？有点意思。文中，臭豆腐与苏秦合成了一条主线，形影不离，哪里有苏秦，哪里就有臭豆腐。张仪出场后，臭豆腐又如影随形，陪着他续写精彩……臭豆腐的创意令人印象深刻。

那么，苏秦生活的那个时代有臭豆腐吗？

追根溯源。豆腐的发明人是西汉淮南王刘安，而苏秦是西汉之前的战国人。从时代讲，苏秦相六国时，不但没有豆腐，连大汉创始人刘邦都还没出生呢。

其实，作者将臭豆腐作为统领全文的关键词，是有其深意的。文末，副官对张仪说："贤明的君主都知道，嘴臭心不臭，越是嘴臭的人越是忠臣。"

嘴臭心不臭，这便是文中蕴含的臭豆腐哲学。

《浮生六记》中作者沈复将臭豆腐概括为"此犹无盐貌丑而德美也""始恶而终好之，理之不可解也""情之所钟，虽丑不嫌"三句。对这三句话细品后，会发现作者是把臭豆腐上升到了哲学的高度，赋予了臭豆腐高尚的道德情操。

回到本文的主角苏秦，也的确是一个臭豆腐式的人物。《史记》中太史公对苏秦是这样描述的："出游数岁，大困而归，兄弟嫂妹妻妾窃皆笑之……求说周显王。显王左右素习知苏秦，皆少之。弗信……乃西至秦，说秦惠王。方诛商鞅，疾辩士，弗用。乃东之赵，赵萧侯令其弟成相，号奉阳君，奉阳君弗说之……"无法推断苏秦的相貌可否俊俏端正，但从上面这段文字能看出他挺惹人讨厌的，纯粹是一块"臭豆腐"。他先前带着策划方案游走列国，不是被拒之门外就是不受待见。在外面四处碰壁不说，回到家还要遭受亲人的冷言冷语，嫂子连饭都不给他吃。苏秦喟叹曰："妻不以我为夫，嫂不以我为叔，父母不以我为子，是皆秦之罪也。"

那么对于这个世态炎凉的社会，苏秦是怎么回应的呢？他没有抱怨任何人，而是一头扎进书堆里，“读书欲睡，引锥自刺其股，血流至足”，不断充实自己，直至终于凭借自己的聪明才干，在政坛有了一席之地。当他在豪华车队的护送下再次回到故乡洛阳，亲戚们一起跑到郊外迎接，都不敢仰视。她的嫂子最搞笑，俯伏在地，侍奉递食。苏秦笑曰：“何故前倨而后恭也？”嫂子赶紧以面掩地，拜了两次说道：“因为如今看见季子您位高而金多也！”

此时的苏秦轻轻舒出一口春天的气息，他散掉千金，以赠宗族朋友。仅此一举，就比后来酸溜溜地说着“覆水难收”，逼着势利前妻自缢的朱买臣高尚多了。

评价苏秦其人，正如一块臭豆腐——貌丑德美。

田向文，笔名行者杂谭，“70 后”，山西应县人。成都市作家协会会员，四川省杂文学会会员。

对本书的一句荐语：以笔为枪，以史为鉴，关注现实。

第35章　新张仪欺楚：美人心计

典故卡

张仪欺楚

这一典故《史记·张仪列传》有载。张仪是战国时期著名的纵横家、外交家和谋略家，和苏秦是同门师兄弟。与苏秦的“合纵”策略相反，张仪致力于使秦国与一些诸侯国合作，联合对抗他国，逐个击破各诸侯国后成秦霸业，即“连横”战略。为了破坏各国的合纵联盟，他自告奋勇前去离间齐楚关系，于是便有了历史上著名的“张仪欺楚”的故事。

一

透过血一般晕红的帐幔，一张玳瑁彩贝镶嵌的梳妆台映入眼帘，奢华无比，看着却凄厉瘆人。桌上一方葵形铜镜映照出一张美丽的脸蛋：笑如春山，状似娇柳，略施粉黛的脸颊泛起水润的红晕，泄露了少女的几分俏皮。侍女将她的长发轻挽，缀上淡紫色步摇，再配上一件浅紫色连衫裙，霎时间显得倾国倾城，连窗外那轮明月都心生嫉妒，黑着脸神采全无，使得这间屋子越发幽暗阴森。

“哎呀，差点忘了！”

美人凝视着镜中的自己，忽然一惊，慌乱地从花瓶中拈出一朵鲜红欲滴的彼岸花，遮住鼻子，只露出一双妙目，又忸怩作态地眨巴几下眼睛，摇晃着羽扇似的花冠。烛台的荧荧之光，飘飘忽忽，映衬着美人的脸，像是被划破了一大块，血淋淋的，有一种说不出来的诡异。但她自己却很满意，觉得是锦上添花了，对着镜中的自己直抛媚眼。侍女在她的身后翻了个白眼，她都浑然不知。

“这下，大王不会注意到我这丑陋的鼻子了。那我在他心目中，必然是完美无瑕的。多亏郑袖娘娘提醒了我，不然，这丑可就丢大了。”美人脸上露出一种如释重负的表情。

清冷的月光照见楚宫后院，一条蛇和一只蝎子先后从宫墙的裂缝钻了进去，大概是觉得此地戾气太重，慌不择路又逃了出去。这里是楚怀王的寝宫，今天是他的宠妃魏美人侍寝的日子。只见美人娇羞盈盈地以花遮鼻，莲步轻移，一双电眼闪个不停，以为大王一定会被她迷得七荤八素找不到北，谁知，迎接她的却是大王暴怒的脸和一声嘶吼：“你这个不识抬举的妇人，竟敢嫌弃寡人有狐臭！来人啊，把魏美人给我扔到粪池里！”说罢，大王又换上了一种阴阳怪气的声调：“哎，等等！寡人也不是无情之人，看在这些日子的情分上，也不能做得太绝。你们把她扔进粪池之前，先把她那娇贵的鼻子卸下来，这样，她就不会再受臭味的困扰了。”

“是！”宦官的声音娇娇柔柔，却有种令人毛骨悚然的狠戾，“来人啊，把魏美人拖入大牢，把她的鼻子卸了！”紧接着，便是武士们杀气腾腾的脚步声传来。

“什么？不，大王，这一定有什么误会……大王，您听我说，不是这样的……大王，大王！饶命啊！不！”

魏美人还没反应过来，就被两名强壮的侍卫拖进了黑暗无边的夜色里。随后，一声刺耳的惨叫声划破夜空：“郑袖，你这个心如蛇蝎的毒妇，我做鬼也不会放过你！啊！”

楚宫的另一角，传出一声轻轻的，让人不寒而栗的女人的冷笑：“哼，一只刚刚长出翅膀的野山鸡，也敢跟孔雀争宠，真是不自量力。”

“这个魏美人，脸蛋和身材完美无缺，脑子却发育不良，竟然把情敌当成闺蜜。郑袖娘娘给她送去点绫罗绸缎、香几玉案，略施小计就骗取了她的信任，给她出个馊主意，竟然轻轻松松就要了她的命！”先前服侍魏美人的侍女已经换了主子，准确地说，是回到了原先的主子郑袖身边。她和另一名侍女唠着嗑，“郑袖娘娘说她虽然容貌绝代，但还是有瑕疵，美中不足就是鼻孔太大，有点像河马，她居然信了，还听娘娘的话，拿朵花遮着鼻子去见大王，哈哈，真是河马鼻子插花——嫌事（屎）不够大！这下可好，摊上大事了吧！”

“这些贪图享乐的女人，以为进了后宫，就拥有了富贵和荣宠。殊不知，在这个纸醉金迷的世界，不仅有数不胜数的金银珠宝，还有不计其数的枉死的冤魂。”另一个侍女冷冷地说道。

魏美人含冤入狱，被施以极刑，整个后宫却只飘荡着幸灾乐祸的声音。

二

玳瑁彩贝镶嵌的梳妆台华美无朋，绚丽夺目。桌上一方葵形铜镜衬映出另一张美丽的脸蛋，比魏美人更成熟妩媚一些。她披着一肩云霓，看镜中容颜如玉，细细地描画粉黛，抹去眉间愁迹。

“送给你们用几天的珠宝家具，我悉数收回。送给你们玩几天的男人，我也将终生收回！”郑袖自言自语，似笑非笑的眼眸透着寒意，嘴角咧出野兽饱餐之后那心满意足的弧度，只差淌血了。

“娘娘！靳尚大夫求见。”侍女来报。

“请他进来。”郑袖收起了狮子的表情，换上一副兔子的面具，走到前厅去迎客。

靳尚是朝堂上的红人，权倾朝野；郑袖是后宫里的红人，独享荣宠。两片红相叠，便是红得发紫。那么，国家离黑也就不远了。

“娘娘，不好了，张仪来楚国了。张仪您记得吗……额，他当初在楚国就是个“屌丝”，娘娘身份这般尊贵，自然不可能认识他。他以前在相国大人门下当食客。有一次，相国在宴会上给来宾们展示大王赏赐的国宝和氏璧。大人也是得意过头了，竟然玩起了击鼓传花，让大家传着看。这一来二去的，和氏璧居然在众目睽睽下不翼而飞了。大伙都怀疑是张仪那小子干的，因为他最穷，穷人最爱偷东西不是？就把他抓来一顿拷打。这小子把吃到肚里的鸡尾巴鸡舌头啥的吐了一地，就是没把玉吐出来，结果被打了个半死。真是风水轮流转，今日在堂上再度相见，张仪摇身一变成了秦国相邦，尊贵的使臣，连大王也对他待若上宾。”

“哦，真的吗？这倒是位奇人！”郑袖也不由得对张仪刮目相看。

“我看是气人！夫人啊，您得有心理准备……我……我听说那张仪答应大王，要去中原六国帮他搜罗美女。把那些中原女子的美貌吹得天花乱坠，什么皮包骨啊，皮焦肉嫩啊，听着就让人流口水……”

“是说那些美人腰细肤白吧？中原水土自然比咱们南蛮之地更养人。唉，真叫人羡慕。”

“嗯，对对……还是娘娘文化水平高。您看我这词不达意的，嘿嘿，回去得把《山海经》拿出来温故一下，看看里面是怎么描写妖魔鬼怪的。”靳尚赔着笑，心里却想：白骨精装小白兔呢？你以为我不知道你想把这些女人全都扒皮抽筋吗？

“靳大人，您看我一介女流，一直努力成为大王的贤内助，把后宫打理得井井有条。这么些年，没有功劳也有苦劳，可大王却总是喜新厌旧，吃着碗里的看着锅里的，我……我这心里憋屈啊……”说着，郑袖竟用手抹起了眼泪，她这一刻的难过倒是发自内心的，她心想：好不容易扳倒一个魏美人，又要来一堆韩美人赵美人，我这糟心日子何时是个头？

“娘娘别难过。张仪这不还没走吗？我看这小子就是想跟大王讨点赏钱。要不咱俩赶紧去找他谈谈，给他点钱把这小子打发走？”

“事出紧急，也只得如此了，还请大人引见一下张先生。”郑袖楚楚可怜地看着她的救星。

“小人愿为娘娘效犬马之劳。您等我的好消息吧，再会。”靳尚拱手告辞。

当晚，张仪果然收到了楚怀王、靳尚和郑袖送来的三重厚礼，金银珠宝把他来时乘坐的马车塞得满满的。他看着闪闪发光的马车，心里冷笑一声：你们把我当小混混了，以为这点蝇头小利就能把我打发了？哼！我就让你们见识见识“纵横家”的厉害！接着，他朝相国府的方向作了个揖，自言自语道：“相国大人，当年您虽然把我打得体无完肤，却保住了我的舌头，本人真是感激不尽哪！您不是以为我偷了和氏璧吗？现在，我郑重地告诉您，我将用这根舌头，偷走您的国家！”

三

葵形铜镜映照出郑袖气急败坏的脸，虽是浓妆艳抹，却惨白如纸。她刚刚接到通知，大王要宴请张仪，请她作陪。

“这个地痞无赖，收了本宫的钱竟然还不滚，还敢提出让我陪酒。这脸皮撕下来烙十张饼绰绰有余！”郑袖委屈难耐，用幽怨的眼神瞥了一眼镜中的自己，愕然发现，在那张美丽而憔悴的脸上，额头和眼角不知何时添了几道细纹。

郑袖精心打扮一番，顶着一头花冠，穿上华丽而沉重的礼服，像一只发福的孔雀，但步伐依旧轻盈，妖娆。她飘飘悠悠地走入大殿，见楚怀王、靳尚已按序就座。她悄悄和靳尚对了一下眼色，便娇笑着走过去坐在大王身边。

楚怀王深情地凝视郑袖片刻，转向侧立身旁的宦官，让他宣张仪进殿。

张仪畏畏缩缩地走了进来，叩头行礼：“下臣张仪。参见大王、郑袖娘娘。”

楚怀王笑道：“张子免礼。”

郑袖端庄地附和道：“张子免礼。”

张仪闻声抬头，一脸惊愕，使劲揉了揉眼睛，做出一副不可置信的表情，僵在原地。

楚怀王诧异道：“张子？”

靳尚吓得连忙去推了推张仪，连声道：“张子失仪了，张子醒来！”

张仪仿佛如梦初醒，朝着宦官侍立的方向连连胡乱作揖：“哦，哦，下臣失礼，下臣失礼。”

楚怀王见张仪慌乱的表现，不觉好笑：“张子，你怎么了？”

张仪梦游似地看了看郑袖，嗫嚅道：“这位就是郑袖夫人？”

“正是。”

张仪忽然号啕一声，扑地跪下，捶胸顿足地哭道：“下臣惭愧，下臣无知，下臣是井底之蛙，下臣对不起大王啊！”

楚怀王一头雾水，忙叫靳尚扶起他道：“张子快起，你这是要做什么？”

张仪用力挤眼泪，结果擤出一把鼻涕，赶紧用袖子往脸上一抹，用鼻涕代替眼泪，显出一副极为伤心的表情，哽咽道：“下臣有罪，下臣无知，亏得下臣还夸下海口，说要为大王寻访绝色美女。可一见郑袖夫人，下臣就知道错了。下臣走遍列国，就没看到有谁的容貌胜过她的。下臣向大王请罪，大王要下臣寻访六国美人的事，下臣有负所托，办不到啊！”

楚怀王做贼心虚地瞥了一眼郑袖，尴尬地笑道：“你啊，的确是见识浅薄，寡人早就说过，天底下没有什么东西是我楚宫没有的。寡人宫中，早已经收罗了天下最美的美人。”

张仪长揖为礼，羞愧道：“下臣无颜以对，这就退还大王所赐的千金。”

楚怀王回道：“千金嘛，小意思，寡人既然赐给了你，哪里还会收回去。”

张仪喜道：“大王慷慨。微臣多谢大王，多谢郑袖娘娘。”

郑袖和靳尚对看了一眼，眼神复杂而庆幸。

四

潜在的威胁消失了，郑袖总算过了几天清净日子。可没多久，整个楚国都不清净了。

“不好了娘娘，大王要发兵攻秦。”一天，靳尚又慌慌张张地跑来报告。

“为何？”比起听说情敌来袭时的惊慌失措，此时的郑袖却是镇定无比。

“因……因为张仪骗了大王，说是让大王和齐国断交，便把商、於的六百里土地送给楚国。您听，这承诺多诱人！不费一兵一卒就获得六百里地，傻子才不同意呢……”

“后来呢？”郑袖这下紧张起来了，她担心的是，如果大王获得新土地，是不是又要去那边搜罗美人了。

“大王当然高兴坏了，也不顾屈原、陈轸等人的劝阻，当即拍板：与齐国断交！连发了几封绝交信，一封比一封言辞激烈，就这大王还嫌不够，又派了个在粪坑里刷过牙的使者，跑到齐国大殿前破口大骂，把齐王连同他的前宫后院、祖宗十八代问候了个遍。齐王大怒，命令卫士们当场将使者砸成了肉饼。看到大王这么有诚意，张仪这才满意地回国了。谁知道，大王派人前去办理土地交接事宜，张仪忽然翻脸不认人，说：‘什么六百里，我说的是我自己家的六里封地！’这折扣打得！大王暴跳如雷，下令伐秦。”

“噢，那就好。”听了这话，郑袖却转忧为喜，连靳尚看了都不免心寒。

靳尚离开后，郑袖又对着镜子臭美起来。她惊喜地发现，眼角的细纹又消失了。

五

丹阳（今江苏省镇江市丹阳县）一战，楚军大败，被斩首八万，楚军将佐七十余人被俘。楚怀王不仅没要回张仪承诺的六百里地，反倒把自家的汉中（今陕西省汉中市）六百里地给弄丢了。他的郁闷可想而知。

然而这一切，在郑袖眼里，不过浮云而已。大王只要不去找其他女人，他的忧愁，又与她何干呢？

这天，靳尚又来了。

“难道您没感觉到危险正在临近吗？”

“什么危险？”

“秦国主动找大王求和，答应把刚刚占领的汉中六百里地还回来。大王却说：‘区区六百里地而已，本王不要了！你们让张仪来楚国一趟，六百里地送给秦国了！’没想到，张仪还真来了。大王不等他开口，就下令把他拖进死牢，还说要烹了他！”

“噢，大王是准备把他蒸了还是烤了，还是凉拌呢？不过，这跟我又有什么关系？我最近在减肥，只吃素。”郑袖继续旁若无人地对着铜镜搔首弄姿。

“我听说，秦王为了解救张仪，打算将上庸（今湖北省竹山县西南）之地六县献给大王。秦王还挑选了一位美人，又让十名能歌善舞的宫女作陪嫁，正准备送到郢都（楚国国都，今湖北省荆州市荆州区）来呢！”

只听“哗啦”一片响，郑袖跟前一案几的化妆品都被扫落在地。

郑袖马不停蹄去找楚怀王，双眼噙泪，娇娇滴滴地说道：“人各为其主，张仪就算得罪了您，也是为了国家，没有什么好责怪的。再说，您现在这样对待张仪，秦王肯定会以此为借口，兴兵讨伐，楚国人民将陷入水深火热之中。请您把臣妾母子都迁到江南去，免得成为秦人的鱼肉！”说着就哭了起来。

被郑袖一会儿撒娇一会儿撒泼软硬兼施这么一折腾，楚怀王没了主意。他把自己关在卧室想了一夜，终于还是英雄难过美人关，第二天一早就释放了张仪，并且礼送出境。

这一天，有四个人笑得特别开心。

张仪的主子——秦惠文王拿到了汉中六百里地的契约，笑出了驴叫声。

张仪看着自己乘坐的马车离楚国这个鬼门关越来越远，离通往他人生巅峰的秦国大门越来越近，抚掌大笑，惊得两匹马跑出了猎豹的速度。

靳尚瞅着堆满地下室的黄金，那双狭长的眼眸中掠过狐狸般狡黠的光芒。那是张仪派人送来贿赂他的重金。

而郑袖呢，则拿着剪刀摆弄着花瓶里一朵朵鲜红欲滴的彼岸花，却不是在修剪，而是报复性地将整个花冠一一削去。口中念念有词：“大家只看到彼岸花娇艳、美丽，却不知道，它的花语是欺骗、死亡！哈哈哈……”一阵比狼嚎还狰狞的笑声，久久回荡在楚宫的上空。

赏 析

让人又爱又恨的楚怀王

“宫斗大戏”《新张仪欺楚：美人心计》由魏美人揭开帷幕。旁白处，首先用两个自然段不遗余力地渲染了魏美人的美艳无双，紧接着画风突变，转向楚怀王出场后美人惨死的场景。只因美人以花掩鼻，触怒了有狐臭的怀王。而这场阴谋的导演和始作俑者，竟是同样美若天仙，但心如蛇蝎的怀王的另一宠妃——郑袖。

俗话说：最毒妇人心。郑袖为了独享荣宠，和怀王朝堂上的红人、权倾朝野的靳尚沆瀣一气，置楚国利益于不顾，把怀王的后宫和朝堂搞得乌烟瘴气，间接导致了“张仪欺楚”的成功。更为搞笑的是，当怀王得知自己被张仪戏耍后，要杀掉张仪，郑袖竟然又把张仪给救了。最终，张仪全身而退，被礼送出境。郑袖救张仪，竟然是为了阻止怀王得到所谓的秦国美女。怀王一再被张仪戏耍，郑袖一再被张仪、靳尚合伙欺骗，这对夫妻还真是“不是一家人，不进一家门”。郑袖的聪明，全用在争风吃醋上了。

文末，作者把人物刻画得更是活灵活现，同时也对故事的结局做了一个交代：秦惠文王拿到了汉中六百里地的契约，张仪的马车驶向通往他人生巅峰的秦国大门，靳尚瞅着张仪贿赂他的黄金堆满地下室，郑袖则报复性地拿起剪刀虐花……

这个结尾给人意犹未尽的感觉，让人忍不住查阅史册，看看楚怀王后来的故事。

楚怀王者，熊槐(约公元前355年—公元前296年)也，战国时楚国第37位国君。怀王早期，破格任用屈原等能臣进行改革，政治上相对清明，国力蒸蒸日上，不断开疆拓土，大败魏国，消灭越国，一度将楚国疆域拓展为战国诸国中的“巨无霸”。张仪的同学——纵横家苏秦曾断言：“纵合则楚王，横成则秦帝。”

有着这般光彩照人的丰功伟绩，称楚怀王为一代明君也不足为过。只可惜，雄才大略的耿直“boy”楚怀王时运不佳，“遇人不淑”，连续碰到了他生命中的几个克星，在内有郑袖、靳尚、公子兰为首的一群奸佞，在外又有张仪、秦惠文王这两个国际大忽悠。楚怀王接连上当，先是被张仪骗得“自断臂膀”，失去了齐国这个重要盟友，又连连挨打，白白在公元前312年的丹阳之战中丢掉了汉中六百里地和八万将士的性命。公元前299年，楚怀王重蹈覆辙，不听忠言，一意孤行，与秦昭襄王会盟于武关。也许，他天真地以为，秦楚两国之所以误会重重，都怪张仪挑拨是非，混淆视听，在于君主间缺乏面对面的沟通，只要与秦昭襄王当面谈谈，双方好好打几天“掼蛋”，听听小曲、看看戏，便能很好地解决边境领土争端等一系列重大问题。又或许，他还惦记着秦国美女，想去见见她们的庐山真面目。于是，楚怀王飞蛾扑火般，毅然决然地去了。秦昭襄王一看：“小样，叫你来你就来，胆真肥，真不把本王放在眼里啊！”眼珠一转，便将深牢大狱这个见面礼砸给了千里来相会的傻白甜楚怀王，胁迫其割地……

这一幕似曾相识。公元前639年，怀王先祖——楚成王也曾趁会盟之际扣留宋襄公（春秋五霸之一，信奉“仁义”），开了破坏邦交礼仪的先例。但楚成王也只是把宋襄公羞辱一番，不久即将其放回。

楚怀王可没有这么好的运气，被扣秦国的三年里，数次跳跑，每次都被抓回，其子不思救父而自立为王，诸侯自以为无害于己而不讨伐。但难能可贵的是楚怀王为了国家利益，在秦国的软硬兼施下，拒不割地，使秦国一没能得地，二没能找到攻打楚国的借口。

公元前296年，楚怀王客死于秦，梓棺返楚，“楚人皆怜之，如悲亲戚。”（《史记·楚世家》）

楚怀王走了，也带走了楚国中兴的最后一丝希望。从此，这个曾撑起战国时期三足鼎立格局（秦、齐、楚）的大楚国一蹶不振，从一线霸主沦为不入流国家，终为秦国所灭。

纵观怀王一生，也曾励精图治、雄心万丈，但因避免不了人性的弱点，如好色、虚荣、贪心，一步错步步错，才最终走入人生的绝境……在弱肉强食的乱世，他天真地以为天上会掉馅饼，于是一而再，再而三地陷入张仪设下的“利益”陷阱，难以自拔。政治上的不成熟和军事上的接连失利，最终落得个客死异国的凄凉下场，可悲可叹。但反观其被秦国扣留时的种种表现，在极其险恶的环境下，他仍然能够不惧秦国的淫威，忍辱负重，坚守对楚国的忠贞，实属难能可贵，这也是他受到世人普遍同情与尊敬的重要原因。

时光荏苒，造化弄人。秦国统一六国后，才传至秦二世便被推翻。陈胜、吴广在大泽乡，项羽、项梁在会稽先后起义，打的都是“楚”的旗帜。项梁起事后，采纳范增的建议，自称武信君，立熊心为楚怀王，以从民望。熊心本是楚国王族后裔，相传为楚怀王熊槐之孙，在楚国灭亡后，隐匿民间为人牧羊。《史记·项羽本纪》：“夫秦灭六国，楚最无罪。自怀王入秦不反，楚人怜之至今，故楚南公曰‘楚虽三户，亡秦必楚’也。”

先人早已作古，但楚怀王能为世代楚人所怀念，成为有着鸿鹄之志与反抗精神的英雄、“霸王”们的精神领袖，也算死得其所了吧。

夏旭志，“70 后”，江苏南京人。江苏省作家协会会员、江苏省诗词协会会员。

对本书的一句荐语：笑看历史风云，重温文化辉光。

第 36 章　新司马错伐蜀：连环套

典故卡

司马错伐蜀

秦灭巴蜀（今四川、重庆境内）之战载于《史记·秦本纪》。秦惠文王听取大将司马错的建议，选择攻取巴蜀之地的决策，是秦国统一之路上的关键一步。秦国拥有巴蜀以后，不仅疆域扩大许多，还获得了巴蜀大粮仓，此外，通过巴蜀之地的地理优势，在严重打击了楚国的同时，也在无形之中瓦解着山东六国的合纵联盟。这些都对秦国日后的统一战争有着十分重大的作用。秦国利用“石牛粪金”的计策，引诱蜀王挖平“蜀道”，引狼入室，自取灭亡的故事，堪称中国古代战争史上最滑稽经典的一笔。

一

在严酷的三伏季节下过雨的天气是异常炎热的，但是这个月下雨倒不怎么频繁，总共才下了两场，一场15天，一场16天。金蝉趴在树枝隐蔽处鼓噪着刺耳的“音药”，让人听了浑身刺挠。蜀王久不上战场，早已脱掉了沉重的铠甲，如今只穿着一件薄汗衫，腿呈人字形站在树荫下，像一个正在画图的圆规，眼睛眯缝成一条线，脸朝上做着狰狞痛苦的表情，足有一炷香的工夫，纹丝不动。忽明忽暗的太阳光从树叶的间缝处透射下来，把蜀王的脸晒成了金钱豹。

“大王……”刚上任不久的蜀道监修官刘二手把浑身力气都用在了这一嗓子上，把树上的金蝉一下子吓死了六十八对半，有几只心脏不好的用翅膀捂着胸口跌落在地，抽搐成了“羊羔疯”。

蜀王一个踉跄没站稳，差点背过气去。他揉了揉鼻子，气急败坏地说：“刘二手呀刘二手，你不光手二呀！你是浑身上下都二呀！我酝酿了一个时辰的喷嚏马上就要打出来，愣是让你活生生给吓回去了。”

“大王，”刘二手挠了挠头皮，有点不好意思，“我看您一动不动站在这树下老半天了，最近这天儿，雨说来就来，都不带打招呼的，生怕一个雷电不长眼，把您给劈着。”

“我看不长眼的是你，你能盼我点好吗？真是发了霉的葡萄——一肚子坏水，屎壳郎打哈欠——一张臭嘴，砒霜包在馒头里——藏着毒心呢你！”蜀王说到这，突然想起什么来，“刘二手，有个问题困扰我很久了，看你今天的表现，与我猜测的八九不离十，我问你什么，你要如实回答。”

刘二手让蜀王骂得整个身子像掉进了粪窖里，里里外外没一点香气，一听蜀王要问话，便如霜打的茄子般垂头丧气地答道：“大王，您问吧！只要别再夸我了就成。”

“见过不要脸的，但像你这样不要脸的，寡人还是第一次见到，”蜀王摇了摇头，接着神秘地说道，“我问你，你说靠近秦国的蜀道旁有五头会拉金子的石牛，到底是不是真的？”

刘二手一愣，整个人像冻僵了般凝固在原地，他万没想到蜀王会冷不丁来这么一句。

“您这是什么意思？”刘二手的声音显然颤抖起来，不像三伏天该有的症状。

“那咱打开天窗说亮话，你是不是秦王派来的奸细，埋伏在我宫里的内鬼，专门来捣鬼的？”

“哈哈哈哈！”在大庭广众之下放屁有多尴尬，这时的刘二手笑得就有多尴尬。他的脸扭曲成了麻花，嘴无情地向两边咧着，露出两排不规则的只有癞狗才配有的黄灿灿的牙，两条扫帚眉各自耷拉下一头，整个面相一看，活脱脱一个“囧”字。

“你笑得真让人反胃，先把哈喇子擦一擦，该不是我揭了你的鬼脸，戳了你的鬼胎，你用这比哭还难看的笑在掩饰什么吧？”蜀王搬了把椅子，顺势坐到大树底下，他打算好好审问审问刘二手，弄不好还得来个持久战。

“大王，我本是商人出身，在我眼里只有利益，没有家国情怀，谁给我的奶水多，我就死心塌地喊她娘……噢不，喊爹也行。自从我亲眼看到那五头石牛会拉金子后，我敏锐地感到只有您才有资格和能力得到这石牛，我也好趁机捞一把。

不出所料，您知道后立马封我为蜀道监修官，令我带着五丁力士和工匠开山铺路，想我刘二手如今终于有了出头之日，我把你当神还来不及，哪会是鬼啊？再说……就您这小身子骨，也不禁捣呀，又不是蒜泥。”

“开句玩笑嘛，别当真。”蜀王没听出他的话外音，笑道，“刘二手，我现在命你把蜀道再多修一截，打通往苴（jū）国方向的路，不得有误。”

“啊！大王，石牛是在秦国方向，怎么又往苴国开？您今天早上的药量是不是没吃够呀？”

“刘二手，大了你的狗胆，敢违抗我的旨意？赶紧去传令。”蜀王大手像扇子一样一挥，刘二手便像一片枯叶似的被扇出去了。

二

苴王这两天眼皮直跳，他自言自语道：“是左眼跳财右眼跳灾，还是右眼跳财左眼跳灾来着？……额，我两边眼皮都在跳，到底是财还是灾？”

他想来想去仍是满脑子糨糊，直到刘二手喊了一声“报！”他这才止住了胡思乱想。

“你是说蜀王把金牛道的尽头瞄向了我们苴国？”

“是的，大王，他的意思很明确，就是以迎接金牛为幌子，明修栈道暗度陈仓，真实目的还是来灭亡苴国。”

苴王在三伏天里打了个寒战，没被黑白无常吓过的人根本体会不到那种感觉。

“刘二手，你的消息准确吗？”

“您忘了，我是蜀道监修官呀！”

“噢，我被吓蒙了，都忘了你是被我派到那边去的奸细了。”苴王说话都有点哆嗦了，“那你说我们怎么办？蜀道一通，我们只能束手就擒，他们对付我们就像大象踩死一只蚂蚁，咱们连哎哟一声的机会都没有。”

“大王，只有一个办法，就是去求秦国派兵驻扎在咱们苴国。到那时，蜀道一开，秦军就会杀向蜀国，咱们给他来个出其不意，借刀杀人，何乐而不为呢？”

“好，好！这个主意真是妙！你哪是刘二手，应该叫刘三手呀！”苴王乐得眼泪都下来了，“我这就拟一份求救书，你负责去办。”

“遵命！”

三

司马错已经把苴王写的歪歪扭扭的求救信看了十二遍，依然笑得后槽牙都合不拢。

“这字写得，啧啧，蜈蚣趴上去也比它好看。”

“他八成是连吓带兴奋，手都不听使唤了。”刘二手笑道，“将军，您的计谋真是鬼呀！不费吹灰之力就能把他们‘一锅端’喽！”

“你也是跟我好几年了，我肚里的杂货有多少你还不了解吗？这里面也有张仪张相国的点子，咱们不能独享功劳嘛！”

“是，那咱们什么时候驻扎军队？”

“当然是越快越好，省得夜长梦多。”

四

士兵们费了九牛二虎四十八羊之力，蜀道终于开凿成功。蜀军此时疲惫不堪，士兵们全都像泄了气的皮球一般干瘪在大地上。刘二手不顾军疲马乏，指示道：“大王有令，蜀道开通之时便是我们攻打苴国之日，给我杀！”话音刚落，士兵们还没爬将起来拿兵器，早已埋伏多日的秦军如天兵天将般由山谷里杀了出来，马声嘶鸣，喊声震天，吓得蜀军魂飞魄散，丢盔弃甲，死伤无数。经刘二手引路，秦军趁势赶往蜀国都城，蜀国彻底沦陷。蜀王到死也不会想到刘二手竟然还有给他掘墓的这一手。

秦军大胜而归，苴王设宴款待将士，刘二手端起酒杯敬苴王：“大王，喝了这杯酒，就赶紧滚你的蛋吧！”

“你……你这是什么意思？”苴王热脸贴冰屁股，大怒。忽然眼皮又跳了，他心里一颤，感到自己死期快到了。很不幸，这是他人生中第一次预测准确。

“出来混，总是要还的！”听到刘二手这句话，苴王瞬间瘫软在地。

“间谍，多么高贵的职业！”刘二手得意地自言自语，那声音听来真像一万只蚂蚁正在啃咬你的心，“蜀王还差点猜到我的身份，你竟然连一丝怀疑都不曾有，我能甘心给你这种有眼无珠的蠢货当马前卒吗？”刘二手一边说，一边示意武士把苴王带下去处死。

“将军，”眼见司马错率军队来接收苴国，刘二手赶紧起身禀报，“巴国前段时间被我们打得一蹶不振，如今只剩下苟延残喘了，此时消灭它再合适不过。”司马错笑道，“极好，你还真是一个天生的好间谍，不愧是出自我府，真给我长脸，虽然这脸磕碜点。”

刘二手和司马错相互对视了一下，哈哈大笑起来，巴国在他们的笑声中也顺利灭亡了。

五

时间如白驹过隙，转眼几十年过去。司马错已垂垂老矣。又是一个炎炎夏日，司马错突然把刘二手招到跟前。看着也显出老态来的刘二手，他问道：“这个问题困扰我一辈子了，总想问你一下，你当年为什么要来伺候我一介武夫呢？”

刘二手笑道：“那年，您奉命调动陇西（今甘肃省陇西县）军队进攻楚国的黔中郡（今湖南省怀化市沅陵县一带）时，我偶然遇见了您。那时我经常在秦楚两地来往做生意，对楚国地形了如指掌。眼看您的兵马在河边停滞不前，我就知道您对楚境了解不透，对进攻路径犹豫不定。我虽然是楚国人，但良禽择木而栖，楚王昏聩愚蠢，秦王英明神武，我便弃暗投明，主动给您做向导。我说，将军哪，你们远道而来，不熟悉这里的山山水水，可是楚国人熟悉啊，所以但凡是楚国人防守最严密的地方，必然是水浅容易渡过去的地方；凡是防守稀疏的地方，必然是河水湍急、其深莫测之处！听了我的话，你才如梦方醒，于是咱的大秦军如履平地，势如破竹，毫不费劲便击败楚军，夺取了黔中郡，迫使楚国割让汉水以北和上庸（今湖北省竹山县西南）之地给秦国。您是一个感恩的人，非要报答我，我一个生意人，不缺金银，所以不图赏金，学识不够，又不能出仕为官，唯一的心愿便是跟随您左右，服侍您，为您管理家务及账目，仅此而已。”

“这倒不假，”司马错摇起一把蒲扇，此起彼伏的蝉鸣吵得他心烦意乱，“我是个粗人，当时也没多想，现在回想起来，总觉得不太对劲。你说你一个生意人，家财万贯，何苦来伺候我一介武夫呢？脏累不说，一年领到的薪水还不及你做生意赚得的万分之一。要是没有目的，那你的脑子不是被驴踢过就是被门挤过，也可能下雨时赶上你倒立，从鼻孔里进过水，把脑子给淹了。”

刘二手笑了笑，觉得司马错现在说话越来越像胡同里的泼妇，年纪越大越絮叨了。他觉得有必要跟他解释一下，说道：“将军，别说倒立，我连个马步都不会扎，我是敬仰您的为人才这么做的。将军的威名普天之下谁人不知谁人不晓？您胸怀大志，文韬武略令人高山仰止。正所谓近朱者赤，近墨者黑，我是想在您身边多学点东西，这机会比一次性赐给我几百万两银子都珍贵得多。”

听到这，司马错把眉一皱，佯装生气，这时有丫鬟送来几碟点心，他突然提高嗓门大声说道：“不能这样说嘛，啊！我虽然功劳大、满腹经纶、做事低调，但不能成为骄傲的资本嘛！要接受百姓的监督才对……那个……你继续讲下去……”

听这话音，刘二手明白这一顿马屁把司马错拍得那叫一个舒服，如果再加把柴火，估计胡子都能给他燎着。他把丫鬟叫住，吩咐道：“给将军打打扇，看这天热得，要让老将军中了暑，咱怎么向朝廷和广大热爱他的老百姓交代呀！”丫鬟把点心放到一旁，偷偷斜眼白了刘二手一眼，从司马错手里接过蒲扇，站在身后一上一下机械式地打起扇来。

司马错此时浑身清爽，一阵阵小凉风从背后徐徐扇来，好不惬意。他见刘二手站在对面傻笑着，没有一点继续讲的意思，这回是真生气了，故意大声咳嗽了一下，结果用力过猛，差点把肺咳出来。

“将军，”刘二手知道他的用意，于是抱了一下拳，“含情脉脉”地望着司马错，仿佛坐在眼前的不是司马错，而是司马西施，“您的大名我很早就有耳闻了，想当年您力排众议，坚持改伐韩为伐蜀，这是多么英明的决断呀！”

司马错回头看看丫鬟，提醒道：“认真扇，千万别打瞌睡。”

刘二手清了清嗓子，继续说道：“您说‘得其地足以广国，取其财足以富民缮兵。’真是高瞻远瞩，目光独到啊！连张仪相国都辩不过您。”

背后的风越来越小了，司马错回头一看，丫鬟已经昏昏欲睡，他连忙对刘二手说：“别整文言文，我都要睡着了，何况是别人？翻译成人话。”

“是。”刘二手立马换了一个腔调，把司马错当年的论断一字不差地背了出来。

“你怎么知道得这么详细，一字不差呀！好像你当年就站在朝堂上听到了一样。”司马错回头望了丫鬟一眼，丫鬟故意装作很崇拜的表情反馈给司马错，其实是一句没听懂。

“您的这段话都臭遍大街了……噢，不是，都香遍大街了。”刘二手差点把实话说出来，赶紧改口道，“男女老少争相传诵，说您是天下少有的奇才，都说您这话真是精辟！”

“我看你是屁精。”丫鬟小声嘟囔着，心里把刘二手膈应了几十遍，将蒲扇摇得像过火焰山般用力。

“想您这一生，那真是波澜壮阔，沙场征战攻无不取，战无不胜。您真是战功赫赫，功高盖主呀！”

“哎！不可这么说，功高盖主这话不可随便乱说，”司马错显然还是从心里喜欢刘二手这么奉承自己，“但大王确实也不该这么冷落我，真是念完经打和尚，吃饱了就骂厨子，什么玩意儿！如今我的兵权被削弱了，我知道相国也对我有意见，暗地里和我作对，这个挨千刀的，哎！想我一代名将，一辈子也只能屈身于他人之下，不甘，真是不甘呀！”这时丫鬟突然从背后拉了一下他的衣角，他茫然不觉，只顾一个劲儿诉苦，说到动情处，居然号啕大哭起来，直到丫鬟给了他一嘴巴，他才缓过劲儿来，抬头一看，刘二手早没了人影。

“刘管家呢？”司马错问丫鬟。

“早跑了，”丫鬟说，“您可能摊上大事了，将军。”

“此话怎讲也？”

“这个节骨眼您就别拽文了，”丫鬟说，“趁您哭的时候，刘二手转身就跑，跑的时候从袖筒里掉下一张纸条……”

丫鬟正说着，突然打门外气喘吁吁跑进来两个探子，跪到司马错跟前启禀道：“将军，刘二手刚才骑上您的千里马往皇宫方向跑去了，我们拦都拦不住！”

“完了，八成这小子是大王安插在我这里的奸细，今天我一问他，他以为自己露出了马脚，所以跑了，”司马错大惊，忙问丫鬟，“我……我刚才没说什么出格的话吧！”

丫鬟说：“没有，就是把大王和张相国狠狠骂了个遍，也没多大罪过，最轻也就是杀头诛灭九族。我当时怎么拉您衣角您都没反应，不能怪我啊！”

“我说他对我怎么了如指掌呢，原来果真是宫里的人。”司马错此时心如死灰，霎时又想起什么来，忙问丫鬟，“你说有张纸条，在哪？”

丫鬟递给他，司马错赶紧展开来看，上面写的是：活马对日常明细表。然后有一条一条自己生活起居以及言语的记录，件件不落。

“活马对，”司马错有些纳闷，“什么意思呢？”

丫鬟说：“您不是叫司马错吗？活马对是您名字的反语呀！”

司马错听后一屁股坐到地上，耳边的蝉鸣一阵高过一阵，好像在唱着一曲千年不绝的丧歌。

赏　析

“石牛粪金”背后的人性贪欲

四川广元明月峡，嘉陵江畔川陕蜀道遗址，距今2300多年的历史，“石牛粪金”的故事就发生在这里。

北齐刘昼《刘子·贪爱》记载：昔蜀侯性贪，秦惠王闻而欲伐之。山涧峻险，兵路不通。乃琢石为牛，多与金帛，置牛后，号牛粪之金。以遗蜀王。蜀侯贪之，乃堑山填谷，使五丁力士以迎石牛。秦人帅师随后，而至灭国亡身。为天下笑。以贪小利失其大利也。

到了唐朝，爱好穷游的诗仙李白多次从川陕古道往返于京城与成都，写下了名作《蜀道难》，其中“地崩山摧壮士死，然后天梯石栈相钩连”之句，就是对“石牛粪金”这一典故的浓缩。

石牛真的能拉出金子？明白人都知道那是骗人的鬼把戏，然而蜀王就是相信了这个骗人的鬼把戏。这么说来蜀王就是个大傻冒了？也不是，蜀王是个极聪明的人。也正因为蜀王是个极聪明的人，才会聪明反被聪明误，中了——《新司马错伐蜀：连环套》中蜀道监修官刘二手的套。说穿了，这就是人性的弱点——贪欲。

古典小说《走安南玉马换猩绒》中讲述：要想获得猩猩绒，就得围猎猩猩。围猎猩猩有专业猎手，叫作捕傩。围猎猩猩的手段是用酒诱惑猩猩。猩猩好酒，捕傩就摆下浓酒，浓酒的旁边还摆放了高木屐。（高木屐是用芦苇花和细芩绳作茎，编织起来的类似毛窝式样的木头鞋，鞋底的前后部分钉有 3 寸高的两个鞋跟。在淮安市井中，经常会听到老人之间讲话时说：“好了！好了！你高抬我了，请别把‘高木屐’给我穿了，我又不是三岁小孩。”其意思与“戴高帽子”有点类似。）猩猩好酒，一点不假，但其初见酒是不肯饮的，而是骂道：“奴辈设计诱我，要害我性命。我辈偏不吃这酒，看他甚法儿奈何我？”遂相引而去。颇有点正人君子的做派。过了一会儿，又来骂一阵。骂上几遍后，就在那酒边走来走去。常在河边走，就得把鞋湿。在酒边走的次数多了，酒香直钻进鼻头里，口内的唾沫就会“直下三千尺”。于是相互间道：“我们略尝一尝酒的滋味，不要吃醉了。”吃下第一口后，喉咙就越发痒起来，也就控制不了心性，于是不管不顾地吃下去，吃得酩酊大醉，见了高木屐，就欢欢喜喜地伏在跟前，还一面骂道：“奴辈要害我，将酒灌醉我们。我们却留量，不肯吃醉了。看他甚法儿奈何我？”

蜀侯对于“石牛粪金”的态度，最先也如猩猩对于酒的态度，压根就是藐视和不屑，但在听了刘二手花言巧语的蛊惑后，也就信了，于是失去了理智，脑壳发生了短路，派出五丁力士去开山迎牛。正是被刘二手卖了，还在帮刘二手数钱的货色。

这其中还有苴王也在扮演着“数钱”的角色。苴国本是蜀国的属国，依附于蜀国，时间长了，自以为翅膀硬了，就想着单飞，也称称王称称霸。于是兄弟般的两个国家就不能和睦相处，闹起了同根相煎的内讧。

再精明的猎物，也斗不过猎手。当一切可以利用的价值，被秦国做成一个个局时，蜀国就只能灭亡了，附带着苴国与巴国同时灭亡。

正所谓“鹬蚌相争渔翁得利”也。

值得一提的是，故事还巧妙地融入了司马错与张仪论伐蜀的典故，并很有创意地对刘二手的身份进行了延展，除了是辗转于秦、蜀、苴国之间的多面间谍、司马错的智囊，他还有一个不为人知的身份，便是秦王和张仪派来监视司马错的奸细。故事的结尾意味深长，“鸟尽弓藏、兔死狗烹”的戏码再度上演，令人唏嘘。历史的反复无常昭示了在中国封建制度下，不同阶层人物的命运，并非个人所能左右。悲剧的发生是历史必然的产物。文章的最后一句话如余音绕梁：司马错听后一屁股坐到地上，耳边的蝉鸣一阵高过一阵，好像在唱着一曲千年不绝的丧歌。

故事的中心人物刘二手是一个虚构的角色，这个名字设计得很好。在封建制度下求生存，日日面对钩心斗角、尔虞我诈，仅刘（留）一手，很难保全自己。狡兔还有三窟呢。

刘二手的命运结局，给人以遐想：

也许他是智者，懂得急流勇退，后来隐居山林。

也许他上了断头台。毕竟他是王者家奴，客观推动了杀戮。有道是：自作孽，不可活。即便能苟活于世，他也一定会被钉在历史的耻辱柱上，被后人唾弃。别忘了，司马错还有一个了不起的后人，他写了一本伟大的传世经典叫作《史记》，没错，他就是司马迁。

田向文，笔名行者杂谭，“70 后”，山西应县人。成都市作家协会会员，四川省杂文学会会员。

对本书的一句荐语：以笔为枪，以史为鉴，关注现实。

第 37 章　新丑胜无艳：敲钟人

典故卡

丑胜无艳

钟无艳为无盐(今山东省东平县)人，又因传说其复姓钟离，名春，故称钟离春、钟离无盐，后简称钟无盐，在戏曲中则被写作钟无艳，并随戏剧流传开来。与嫫母、孟光和阮女并称“中国古代四大丑女”。钟离春的故事最早见于《列女传·辩通传》。她相貌奇丑却立志要嫁王侯，古书常说“貌比无盐”，与“貌如西子”相对。齐宣王执政初期，日日歌舞，夜夜欢声，无艳冒死进谏，述先人开疆不易，历数宣王之错。宣王为表悔改之心，散尽后宫，立无艳为后，彰其不贪美貌，并自此勤政改革，齐国成为六国之佼佼者。中国此后留下两句成语“丑胜无艳”和“自荐枕席”。

一

我叫钟无艳，战国时齐国人。

古有四大美女，亦有四大丑女，我很幸运地，被“粉丝”们推上了第二个排行榜的榜首。咱可不是弄虚作假地拉关系搞假票，才爬上这个位置的，咱凭得可是实力。奴家也想低调，可惜气质这块不允许。

不信，听听周围人怎么说——

“钟家那小丫头绝对不是凡人哪！你看她，头发像棒槌，眼窝像酒杯，手指像猪腿，皮肤像乌龟，鼻孔朝天，喉结奇大，脖子肥胖，驼背凸胸，长得那叫一个飞沙走石、鬼斧神工，完全突破了人类的想象力！”

“可不是吗？我听说巴黎圣母院有个敲钟人，脸像野猪，形似骆驼，和她简直天生一对。她姓钟可姓对了！”

“唉，这孩子也怪可怜的。听说她出生时，被爹妈抛到空中三次，却只接住了两次。”

“不对不对，听说她是小时候和猪亲过嘴，才长成这样的。我看，她如果待在猪圈里，老母猪们都会顿时显得眉清目秀了。”

“据说，那些不幸被毁容的人，只要来看她一眼，立刻就会找到活下去的勇气！搞得那些‘思密达’整容医院都纷纷倒闭啦！”

……

看吧，从小到大，这样的“恭维声”不绝于耳，我就是那个常被家长们挂在嘴边的“别人家的孩子”。当然，除了长相出众，学习成绩出众也是令我备受关注的重要原因。我可是孙膑的学妹，鬼谷子大学的毕业生。当别的女子开始花枝招展、涂脂抹粉的时候，我在读兵书；当别的女子勤奉箕帚、侍奉公婆的时候，我在读兵书；当别的女子围着孩子转、跑、跳的时候，我在读兵书；当别的女子整天想着俘获男人、讨好男人、跟别的女人互相斗法的时候，我还在读兵书。

时光不饶人，等我好不容易领到毕业证书时，环顾四周，曾经一起在泥地里打滚的小伙伴已经通通成家了，甚至，他们已经开始为自己的孩子筹备婚事了。

而我呢，年过四十，形单影只，家徒四壁……

听，那些人又在“夸”我了：

“那个钟无艳，整天不务正业，不钻研针黹（zhǐ）女红（gōng）、琴棋诗画，偏偏学男人去读什么兵书，这下可好，把自己读成‘齐天大剩’了，还真是天下无敌了呢。”

“嘿，你别说，她还真是面由心生。脸长得随心所欲也就罢了，心更是比天还高。整天大言不惭地说，自己非王侯不嫁，跟那凤姐有一拼了！”

……

常听说“红颜薄命”，其实，这句话除了是说长得漂亮的女人命更薄，还有一层意思：大美人的悲伤还会让人哀怜，而普通女人如何生如何死，根本无人关心，连一句嗟叹都不会有。

像我这种长相丑陋的女人，也许人家还会觉得我早走早好呢。

没关系，我习惯了。

我不是男人，我不能出将入相，也不能当谋士。

但是，靠我的才能和见识，我能做王后。

我一样可以向大王进谏，一样可以实现我的朝堂抱负。

不信，走着瞧！

二

我叫田辟疆，田氏齐国第五代国君，后人给我起了个谥号叫齐宣王。

我虽然叫辟疆，却对开辟疆土没有兴趣。前任 CEO，我的老爹齐威王经营得很好，如今大齐国威震天下，齐君吼一吼，四方诸侯抖三抖。不好逸恶劳、坐享其成，怎么对得起我“富二代”的荣誉称号呢？

享受音乐享受生活，就是我唯一的人生目标。我最爱听百人吹竽，不信，你问问那新来的乐师南郭先生，我给他开的年薪，顶得上普通官员奋斗几年所得！我这爱才之心，可见一斑。

那琴艺超群、姿色逆天的夏迎春，是我新纳的小妾。一手揽着她的蜜蜂腰，与她双手合弹那架绕梁琴，琴声绵绵，情意亦绵绵，是我人生中最幸福的画面……

天有不测风云。一个“怪物”的出现，打破了这醉人的和谐。

这天，我正与小春春在音乐的世界双宿双飞，下官来报：

“大王，宫门口来了个怪……女人，她口口声声说：‘我是齐国嫁不出去的丑女，今自荐愿做大王的妻室。愿执箕帚，替大王打扫后宫！’”

“长相如何？”我不禁起了好奇心。

“容貌盖世，身材凹凸……”下官头也不抬，声音哆嗦着回道。

我心想，有这种勇气自荐当后宫之主，必是对自己的容貌颇为自信了。男人那点小心思，你懂的。听了下官的描述，我更是垂涎不已，立马下令宣她进宫。

小春春嗔怪地看着我，我有了一丝愧意，一把将她揽入怀中，命乐师们继续奏乐，然后一边观看表演，一边与佳人卿卿我我。

猛然间，我从眼角的余光，瞥见似乎有一个不明生物闯了进来。只见此物走来，天庭饱满，地阁突出，双臂过膝，看上去很像是一个人类。我心中暗暗叫苦：我勒个去，这货不是来找我的，这货绝对不是来找我的！

“大王，我要和你处对象，你看你把咱们齐国都祸祸成啥样了？虽然你不是我理想中的白马王子，不过为了我们齐国的大业，我只好受点委屈了，你就给句痛快话吧，是处还是不处啊？”那位“天外来客”也不客气，大步流星走入堂中，用那兽类的目光直视着我，语气咄咄逼人。

我彻底被雷傻了：这位还觉得委屈哦？我上哪儿去说理啊？

只见那货瞪着铃铛般的大眼珠子，咬牙切齿，高举双手，猛拍膝盖，大吼四遍：危险啊，危险！

这打的什么哑谜啊？我只能耐着性子问她，究竟有何高见？

她说："大王有四失。扬目，表示烽火之变；衔齿，代王惩拒谏之口；举手，代王挥谗佞之臣；拊（fǔ）膝，代王拆游宴之台。"

左右大惊，大骂她危言耸听，妖言惑众，可她面不改色，继续说道："请容小女说明大王您的四失。现在齐国西有衡秦之患，南有强楚之仇，外有二国之难。小女听说秦用卫鞅，大力推行改革变法，国家富强，不久将兵出函谷关，与齐争胜。大王内无良将，边备渐弛，必受其患，所以小女扬目而视。小女听说'君有诤臣，不亡其国；父有诤子，不亡其家'。大王内耽女色，外荒国政，不纳忠谏，所以我衔齿为王受谏。且大王信用阿谀虚谈之人，小女担心有误社稷，所以举手为王挥去。大王筑宫囿（yòu），台榭陂（bēi）池，殚竭民力，虚耗国赋，所以拊（fǔ）膝代王拆掉。大王您这四失，危如累卵，齐国大难将至！如再不悬崖勒马，把心思用到加强国力上，齐国将难抵邻国入侵。所以我今日来，是要为大王敲响警钟！"

她这番话虽刺耳，却一针见血戳中了我的痛点。我被批评得哑口无言，绞尽脑汁想找个台阶下。

正巧此时，前线来报，边境有战事。我大喜，心想：正好有个丑女怪物跑来自荐，让她去呗！打败了，正好老天替我除掉她，打赢了，我也是赢家！一箭双雕，挺好！

于是，我勉强挤出一丝微笑，对她说："只要你能带兵平定边境，我就立你为后。"原以为她会知难而退，谁料这女人果真胆识过人，立马应允，领兵出征。

或许是外国兵士都被这位女将军的尊容吓傻了，这一仗我们居然打赢了。没办法，君无戏言。当她率军凯旋之际，我派车将她载到后宫。然后拆渐台，罢女乐，退谄谀，去雕琢，选兵马，实府库，四辟公门，招进直言，延及侧陋。用占卜之术选择了良辰吉日立太子，进慈母，正式诏告天下：立齐无盐邑之女钟离春为正后。

三

我，钟无艳，凭着绝世之智、过人之谋，当仁不让地入主东宫。夏迎春则以倾城之姿入主西宫。我彻夜批改奏章，而大王整晚享受温香软玉。人们常说：有事钟无艳，无事夏迎春。后宫里，谁都知道钟无艳是王用以处理政事的王后，夏迎春则是集万千宠爱于一身的妃子。天下传言：齐王不是娶回一个妻子，而是娶回一个谋臣、一个帮手、一个忠心护主的治国之才。

没关系，我不在意，我从来也不指望靠男人过活，我只靠自己。

因为我这个王后的存在，大王浪子回头、励精图治，最终成就了他的霸业。史官记录如下：齐国大治，丑女之功也。

很好，很好，我能看到我生活的地方百姓安康，我能成为他们的国母，这就是我的历史使命，我很满足啦。

我想告诉你们的是，那些其貌不扬，看似起点不高的女孩子，未必命运不济。相反，她们最能花精力、时间去思考，去奋斗。长得不美，并不代表笨啊，她们只是把别的女人花在男人身上的时间，花在更有价值的地方。

谁说没有美貌就没有灵魂生活，没有精神向往？至少，披着才华的外衣，她们可以去到更广阔的世界；外表，只是命运馈赠的鲜花，而不是命运本身。一人以兴邦，不靠颜值，靠才华吃饭，就是我的人生目标。

赏 析

自立的女人最闪耀

圣经曰：“上帝给你关上一扇门，会同时给你打开一扇窗。”对于女子来说，如果沉鱼之貌被西施独占，落雁之姿非昭君莫属，闭月之态尽归貂蝉，羞花之容非玉环无缘，无疑是关闭了一扇门。本章女主人公——钟无艳，就是被关在门里的女子。

那个被所有人嫌弃的“别人家的孩子”钟无艳家的窗子，不是上帝给她打开的。

上帝是西方的，是国外的，或许并不知道这位其貌不扬的东方女子家的门被关住了；又或许是签证到期，上帝没来得及开窗就回国了。因此，钟无艳的窗子必须靠自己打开。在那个“女子无才便是德”的时代，她勇于突破世俗，不走寻常路，拜鬼谷子为师，学习文韬武略，“当别的女子开始花枝招展、涂脂抹粉的时候，我在读兵书；当别的女子勤奉箕帚、侍奉公婆的时候，我在读兵书；当别的女子围着孩子转、跑、跳的时候，我在读兵书；当别的女子整天想着俘获男人、讨好男人、跟别的女人互相斗法的时候，我还在读兵书。”钟无艳在积聚力量，只为早日推开那扇别人都看不见的窗户。

经过了自我完善的钟无艳，目标明确、自信满满：“靠我的才能和见识，我能做王后。我一样可以向大王进谏，一样可以实现我的朝堂抱负。”就这样，她走到了齐宣王面前，顺利地通过了考验，带兵平定了边境战事，成就了女版“癞蛤蟆吃天鹅肉”的神话，入主齐王后宫，得以实现自己的政治抱负，协助齐王重振朝纲，令齐国大治。

“美丽的容貌千篇一律，有趣的灵魂万里挑一。”美女好像天生拥有一副好牌，然而，要想成为人生赢家，单凭有好牌还不够，更重要的是有好的牌技，否则很容易将一手好牌打烂。青春易逝，如果没有才华的支撑，仅靠美貌换来的安逸生活，会随着所依附的男人的喜好、荣辱而变得飘摇不定。只有拥有了让自己勇立潮头的能力，才能将命运之舵掌控在自己手中，才能在人生的大海里把握好方向，乘风破浪，直达幸福彼岸。

钟无艳的成功也告诉了那些不那么美的女士：“外表，只是命运馈赠的鲜花，而不是命运本身。”整容不如修心，一个人只要内心强大，能力过硬，足够自信，绝对可以创造并抓住机遇，得到社会认可，实现自己的人生价值。是金子总会发光！不是只有齐宣王可以认可钟无艳，诸葛亮也可以发现黄氏女，能够以才华识人的伯乐从来不会缺位，也不是只有男人才能成为千里马。

“不靠颜值，靠才华吃饭”才是人生宝藏的正确开启方式。自立的女人最闪耀！丑女钟无艳就是通过手握“自立”这把精神利剑，展开绝地反击，扭转自身命运的。她通过不断提高自身修为，获得了能力与勇气，然后用自己的手，推开了被上帝遗忘的那扇窗。

值得一提的是，本章以“敲钟人”为题，将钟无艳比作《巴黎圣母院》里的敲钟人卡西莫多，这个创意不仅穿越时空，还跨越了国界，令人眼前一亮。看似夸张，实则吻合。钟无艳外形的丑陋与内心的美好，正与雨果笔下的卡西莫多如出一辙。用卡西莫多的“职业”作为钟无艳为齐宣王敲响警钟这一壮举的隐喻，这样的结合十分巧妙，给读者留下了深刻的印象。

何争鸣，本名孙建军，“70后”，河北省邢台市作家协会会员。

对本书的一句荐语：本书戏说不胡说，以史实为依据，用诙谐幽默的语言叙说，让人在轻松愉悦的氛围下了解历史。本书写历史但不拘泥于历史，旨在用历史来解读当今的社会现象，起到以史明智、鉴今的效果。

第 38 章　新秦武王赛举鼎：扁鹊之死

典故卡

秦武王赛举鼎

这一典故载于《史记·秦本纪》：秦惠文王去世后，秦武王即位。他身高体壮，喜好跟人比角力。后来，武王与孟说在洛阳比赛举“龙文赤鼎”，结果大鼎脱手，砸断胫骨，气绝而亡，年仅 23 岁。武王死后，芈八子与同母异父的弟弟魏冉，拥立在燕国做人质的公子稷回国即位，便是历史上赫赫有名的秦昭襄王。据《战国策》记载，扁鹊曾为秦武王看病，太医李醯（xī）因为嫉妒他医术比自己高明，生怕自己的位置被取代，便雇凶刺杀了扁鹊。

太医李醯最近不知怎么的，右眼皮老是跳，一突一窜，像一只被捂在宣纸里挣扎的耗子。李醯总觉得有什么不好的事要发生，于是夜观天象，只见星光璀璨，残月如钩，浮云时而飘向天际，时而掩月遮星，随着风的吹拂，不断变换着各种形态。随从见他仰望星空点头颔首，似有所悟，看来观测结果他已是了然于胸了，敬仰之情瞬间如滔滔江水般在心里泛滥，随从由衷地佩服道：“大人，看您神色泰然，必定开了天眼，不知所看天象如何？”

李醯也不看他，摇头晃脑地笑道：“本大人我明阴阳，懂八卦，晓天时，知地理，区区天象怎能难得倒我，嘿嘿！我观察了半晌，得出一个结论，那就是——今天是个大晴天。”

“嘎嘎嘎！”一阵老鸹(guā)瘆人的叫声从头顶掠过，正好掩饰住两人的尴尬。

随从心里想：“看来你当初选医生这个行业是对的，要靠这玩意儿吃饭，饿不出你绿胆汁来都不算老天爷开眼。”

“好像有老鸹刚刚飞过。”李醯见随从神色游离，八成正在心里笑话自己，他赶紧岔开话题说，“最近总遇上一些怪事，我感觉会有大事发生。不祥，绝对不祥！坏了，我眼皮又跳了。赶紧，切几片黄瓜拿给我，我要贴在眼皮上敷一敷。”

“是。”随从奉命赶到厨房，将一条顶花带刺的黄瓜冲洗干净，切了几十个薄片，搁到盘子里，匆匆返回递到李醯面前。李醯捻起两片，顺势敷在眼皮上，眼皮一遇凉，立马不跳了。他见盘子里还有很多，便斥责道：“我贴个眼皮你就切这么多，我要是贴屁股你还不得把个黄瓜地都给我搬来？办事就是不让人省心，也好，我当敷面膜了，剩下的贴脸上得了。”

李醯说着，便把其余的黄瓜片全部贴到右腮帮子上，然后惬意地坐在连椅上赏月。一阵凉风吹过，眼皮是不跳了，整个下巴却向左歪了起来，原来是邪风侵袭，招来个面瘫。

“来人，来人……”此时的李醯口齿都不利落了，哈喇子顺着嘴角流了一地。

随从赶紧跑过来，一边给他擦拭嘴角，一边焦急地问：“大人，是什么事把您气成这样？嘴都咧到后脑勺了。这哪是美容呀，简直是毁容！”

李醯一巴掌打到随从脸上，怒道：“碎嘴子一个，真是啄木鸟掉井里——全靠着嘴上来了。还不赶快给我把膏药拿来，没看见我受风了？”

随从捂着脸委屈地去取膏药，刚把膏药贴上，宫里来人了，一个太监慌里慌张赶到太医院，因为天太黑，拐角太急，眼神又有点散光，一个趔趄正好和李醯撞了个满怀。太监抬起头，借着月光一瞧李醯那张脸，吓得惨叫一声：“我的妈呀，黑白无常索命来了！”当即晕死过去。李醯愣了一下，茫然地问随从：“我当真这么磕碜吗？”

“磕碜不敢说，”随从回道，“但和您站一块，我保证中不了邪。”

李醯说道：“少废话，赶紧掐人中，不然时间一长让你中邪的就是这家伙。”

随从吓得赶紧掐太监人中，劲使大了，掐出来一手血。

太监疼醒过来，李醯凑过脸去一看，太监又昏死过去。

“大人，”随从央求道，“没您这么吓唬人的，多好的人也让您给折腾疯了，您也许对自己的颜值太过自信了，卧室但凡有个镜子，您也不至于这么自欺欺人。我求求您，他再醒过来，您离他远点，放下屠刀，立地成佛！他嘴上这点血可不够放的。”

等到太监完全苏醒过来，随从赶紧给他端来一碗热水，让他混着血喝了下去。

“刚才有个黑白无常，你看到了吗？我怎么突然有了阴阳眼了？太可怕了。”

太监心有余悸地问随从。

随从说："那是李醯李大人，不是什么黑白无常，只是半边脸贴了张黑膏药。"

"啊？"太监扭过头去看，可不是吗？果真是李醯贴着一张黑膏药正站在那，不过这时不像黑白无常了，因为整张脸都让太监气黑了，只露出两排洁白的牙齿，正对着他强颜欢笑。

"李大人，您可真把我吓坏了，幸亏我醒过来，不然可就误了大事了。"太监从地上爬起来，拽着李醯就往外跑。

李醯一边跟着跑一边问："这是要干什么去？"

"唉，别提了！大王今天当着周天子的面，与武士们举行举鼎比赛，说是赢了就要把九鼎扛回家。结果道具拿错了，安排好的道具师突然拉肚子，临时换上的那个士兵不知道情况，命人把真的抬上来了。好家伙，足有六百多斤呢！大王平常是用六十斤的假鼎练习，一下增加了五百多斤，一掂没掂起来。君无戏言，大王面子上过不去，只好硬着头皮上。这不，鼎没举起来，腰倒伤了，疼得要死要活，命我连夜宣您入宫诊治。咱赶紧去吧！"

"我也得拿着药箱呀！别拽我……兔崽子，不，我不是说您，我说随从呢！把药箱送到宫里去……"

等李醯来到宫内，秦武王正趴在龙榻上疼得直哎哟呢！太监报："李太医觐见！"

李醯下拜叩头："参见大王。"

武王像得了救星一样，立马扭头说道："爱卿平……"身字还没出口，突然看到李醯这副尊容，不禁哈哈大笑起来，这一笑不打紧，震得腰更疼了，一下跌坐在地。

太监们赶紧将他扶起。

"爱卿为何如此模样？"武王掐着自己的大腿肉，强忍着不笑出声来。

"回大王，臣无大碍，只是偶感邪风，面部痉挛，糊上膏药，三五日便可痊愈。"

"噢！看来名医也有生病的时候，你还是戴上笼头……不……戴上面纱吧！我可经不起笑了，一笑我这老腰怕是保不住。来人，御赐李大人面纱一块。"

李醯不情愿地戴上面纱，开始给武王切脉。

切了半天，李醯皱着眉头说："大王，不对啊！我按了半天，您怎么没有脉搏呀？"

“废话，你按的是玉枕头，把它焐熟了也没有脉搏呀！”

“哦，嘿嘿，”李醯尴尬地笑道，“还真是，我最近眼神也不太好，上回拿着筷子当鸡爪子愣是啃了两口。我还纳闷了，这鸡爪子怎么净是骨头没肉啊……我重新给您把脉。”

不多时，李醯回道：“大王，臣号准了，这个八成……大概……差不多……应该是扭伤。”

“这句话是你今天的废话里头最废的废话，谁不知道是扭伤呀！连寡人的狗都知道！就问你怎么治。”武王气得鼻子都歪了。

“大王别着急，我给您推拿一下腰。”

李醯心里有些慌，他实在没切准武王的脉络，不好下药，只好死马当活马医，先看看腰的情况再写处方。他让人把武王的衣服撩开，用右手按上去，不禁大吃一惊：“大王，您最近是不是食欲不佳，腰怎么那么细了？”

武王阴着脸说：“这是我的脖子。”

武王直接坐了起来，挥了挥手说：“你也别上手了，瞎子摸象一样，赶紧给我开药吧！”

李醯只好硬着头皮开药，他让随从将药箱拿进来，取出纸笔，写道：当归十五钱，白芷、桃仁、红花、丹皮、乳香、没药各九钱，泽泻、苏木各十二钱，煎服一日三次。写完交给随从：“立马取药煎熬。”

随从领命去办，但服了几日药剂，武王病情反而越来越重。李醯领着一帮太医急得团团转，终究束手无策。这时一位官员启禀道：“大王，听说中丘蓬鹊山九仙洞有一神医唤作秦越人，百姓尊称他为扁鹊，从师于长桑君，尽传其医术禁方，饮以山巅‘上池’之水，修得高超医术。曾经医治好赵简子五日不醒之症，听说那是假死，幸亏扁鹊及时赶到救了他，不然好好一个人就得被活埋了，从此那里的人都实行死后停尸七日，以防假死现象。后扁鹊游医虢国，巧医虢太子‘尸厥症’，使之起死回生。听说扁鹊治疗内、外、妇、儿、五官无一不通，不如让他来替大王治病，定可药到病除。”

“噢？”秦武王显然来了兴致，但又露出愁容来，“只是扁鹊在中丘蓬鹊山，离我国遥远，如何得见？”

“天佑我主，您可真是洪福齐天，这扁鹊如今正在秦国游走行医，可派人去请。”

“不可。”虽然李醯的脸还在面瘫，但丝毫影响不到他的舌头，说话比任何时候都洪亮清楚，“大王，万万不可，此人是一游医，给一些草芥之人治病还能凑合，您是万金贵体，万不可相信这些江湖术士，赵简子等人也是让他瞎猫碰上死耗子，千万不能涉险呀！”

“这……”见武王有些犹豫，刚才献言的官员冷笑道：“李大人，赵简子、虢太子不也是万金贵体吗？他们能医得大王怎么医不得？所谓医者父母心，病者在那些医德高尚之人眼里哪有什么高低贵贱之分，当然您是例外……”

“你……”

“当年蔡桓公就是不听扁鹊之言，讳疾忌医，最后追悔莫及，早早死去。如今神医就在秦地，您是想让大王步蔡桓公后尘，居心何在呀？启奏大王，望、闻、问、切四诊法就是扁鹊发明的，李大人偷偷学会了，只是不会用罢了。”

“是呀！”武王笑道，“都切到枕头上了。李爱卿，等扁鹊来了你正好跟着创始人学习学习正宗疗法，最起码知道脖子在哪！来人，去请扁鹊先生。”

“是。”

看着士兵拿了旨意去请扁鹊，李醯心里像倒了五瓶醋一般，酸得齁（hōu）死个人。

没过半天工夫，士兵便在扁鹊下榻的客栈找到了他。此时扁鹊正在给一名孩童号脉。士兵说明来意，扁鹊依旧不慌不忙，坚持给小孩看完了病，才跟着士兵去觐见武王。

扁鹊一身长袍装扮，走路有如踏风踩云，见了武王依然神色泰然。武王用很高的礼遇接待了他。扁鹊看了武王的病症和神态，按了按他的脉搏，用力在他腰间推拿了几下，又让武王自己活动几下，武王立刻感觉好了许多。

“大王可吃过什么药？”扁鹊问。

“喏，李爱卿开的药方，您给看看，不吃药我感觉反而更好。”

扁鹊接过药方一看，笑道：“恕我直言，此方缺了一味药——川芎（xiōng），此药正好治疗血瘀肿痛，跌打损伤，再以酒服之，方可奏效。”

听完扁鹊的话，李醯脸上青一块紫一块，腮帮子痉挛得更厉害了。

“大王，我给您开一服药，保您药到病除。”扁鹊说道。

“快笔墨伺候。”

扁鹊蘸饱了墨，笔走龙蛇般写下一个药方：生大黄、生栀子、姜黄、土鳖各一百五十钱，生川乌、生草乌、生南星、生半夏各一百钱，三七、乳香、没药、青陈皮各五十钱，研为细末，适量用白酒调匀敷于患处，用热水装袋外烫药物。

按扁鹊之方用后，武王病状几天后好了大半。武王大喜，想封扁鹊为太医令。李醯笑道：“大王，咱秦国没人了吗？扁鹊乃一草莽游医，登不了大雅之堂，不可重用呀！”

武王说：“你的心可真大呀！嘴都咧成那样了，还操心别人的事。秦国是没人了，都是畜生行了吧？信不信再多嘴我让你去当兽医？”

李醯赶紧闭上嘴，但牙齿却咬得嘎吱嘎吱响。回到府邸，他对随从说：“我和扁鹊今天算是结下梁子了，如今不是他死，就是他亡。”

随从道：“这话说的，反正横竖他都活不了。”

“正是，你去办这个事，事成之后，必有重赏。”

“大人，别事成之后了，您现在就先赏了我吧！我怕您以后赖账。”

“不愧是我的跟班，够小人，够心机，够奸诈，哈哈！给，这是五百金，事成之后还有赏金。”

“得令。”

两个刺客是随从花二百五十金雇来的，不料俩刺客都有点耳背，在大声密谈时走漏了风声，被刚巧路过的扁鹊弟子听了个正着，弟子立马报告给了扁鹊。师徒便收拾好行囊，想着连夜离开秦国。他们沿着骊山北面的小路走，两个杀手扮成猎户的样子，半路上劫住了二人。

“站住，此路是我栽，此树是我开，要想……”

“不对，大哥，是此树是我栽，此路是我开，要从此路过，留下裤子来……”

“不要那玩意儿，兄弟，不是这个词……”俩刺客正你一言我一语热火朝天地研究台词。

扁鹊仰天大笑道：“天命不可违呀！我命今日休矣！”

突然来了这么一句，俩刺客吓得一激灵，没听清他说什么，其中一个道：“差点把你给忘了，扁鹊，俺俩奉命来送你归西，上路前你还有什么话要留下吗？”

扁鹊道：“只有一句话可说，就是老夫治得了全天下的疑难杂症，却唯有一样医治不了，那就是邪恶的人心。”

两人面面相觑，愣了足有半炷香工夫，然后这个对那个说道：“大哥，这家伙怎么光张嘴不出声啊？哎！我说，你倒是说话呀！”

扁鹊拱手说道："如果两位壮士放我们师徒一马，我愿意赠给你们兄弟一千金作为报答。"

"这老小子戏弄我们呢！一个劲儿地光张嘴不出声，干脆利索点做了他们得了。"此时刺客脸上升腾起一股杀气。扁鹊仰天长叹："天哪！我最该治疗的是你们两个人的耳朵，假盲不可怕，耳背害死人哪！"

刚说完，只听"哐啷"一声响，两柄钢刀同时出鞘，刀起头落，一代神医的头颅像如蜷缩起的穿山甲一般，滚落到了肮脏埋汰但草木葱茏的阴沟里。

赏　析

扁鹊死于一个病态的社会

《新秦武王赛举鼎：扁鹊之死》的作者用尖锐的笔锋，将人物刻画得栩栩如生，同时也将寓意隐入夸张变形的人物外观之下，给读者留下了深深的思考。

文中的李太医自称明阴阳，可是他观星半天也说不出个所以然，乃至随从说，幸亏你懂点医术，否则真的会饿死。然后，李太医身为医者，不仅把自己弄出病来，还弄出个神头鬼脸。这段描写足以说明，李太医是一个不学无术之人，没有一点真才实学。这样的人都能混到国君身边，足以彰显秦武王用人不察、昏庸无道。历史上的秦武王也正是如此。《史记·秦本纪》说：武王有力好戏，力士任鄙、乌获、孟说皆至大官。在秦武王这里，颜值、才华都只是浮云，力气大才叫真本领。或许李太医也是个力能扛鼎的肌肉猛男吧！

再看武王的病，弄虚作假就是病的诱因。他明明只能举起 60 斤重的鼎，却谎称能举起 600 斤，结果道具拿错，60 斤重的假鼎变成了 600 斤重的真鼎，碍于面子，武王只能硬着头皮和孟说比赛举真鼎，结果不幸被砸伤。戏说版的武王还算幸运，靠着扁鹊的妙方保住了性命，而历史上的他可就悲催了，成为"搬起鼎砸自己脚"的第一人，最终"绝膑"而死。君王如此荒唐，李太医之流能被录用也就是顺理成章的事了。李太医真该庆幸生活在那个病态的时代，说不定还有机会跑到齐国去和南郭先生交流一下"滥竽充数"的求职心得。

夜里太监唤李太医为武王看病，误认为见到了鬼，被吓得半死。作者轻描淡写间暗藏玄机：首先，从太监的本能反应来看，他怎么就认定看见的是“鬼”？这足以说明太监心中有“鬼”，可见他平时伤天害理之事定不会少做，正所谓“不做亏心事，不怕鬼敲门”。其次，李太医“不是鬼胜似鬼”的形象描写也颇具深意。从后面他的表现来看，也确实与恶鬼无异了。

扁鹊治好的病人，上至达官贵人，下至平民百姓，不计其数。他给武王治病时，文中写到他和李太医用药的两组处方对比，这是十分重要的一笔。武王将李太医的药方告知扁鹊，扁鹊指出：恰恰少了最重要的一味药——川芎，这也为扁鹊招来杀身之祸埋下伏笔。扁鹊的直言不讳，严重侵犯了李太医的利益，甚至威胁到了他的地位。官场黑暗，尔虞我诈、钩心斗角司空见惯，不懂变通就会惹来祸端。扁鹊淡泊名利，喜欢云游四方，并不会对李太医构成实际威胁，如果他说话能委婉一些，顾全一下李太医的面子，兴许他的结局不会那样悲惨。只可惜，在那个污水横流的时代，要想成为一股清流，就会被视为异类，成为别人的眼中钉肉中刺。

李太医雇来的耳背杀手，更是滑稽可笑。人们传统观念中的杀手，都是眼观六路、耳听八方的豪侠。而这样的人都能做杀手，可见聘请他的人眼睛有多瞎（其实是为了省钱，好中饱私囊），也可能正应了武王的那句调侃：秦国是没人了，都是畜生行了吧？

故事中的重要人物——武王乃一国之君，代表最高统治者；太医和太监当属社会上层的官宦。从武王的弄虚作假，太医的不学无术，太监的心中有鬼，到更可笑的耳背杀手，足以证明秦国整个社会从上到下都病了。

扁鹊的一声叹息发人深省，他说自己“治得了全天下的疑难杂症，却治不了人心”。在秦国当时那个病态的社会，人的精神层面又有谁能够诊治呢？如果他也跟着病，随波逐流，或许还能自保。可是他没有，于是最后死在了患有耳疾的杀手刀下。

本章如果仅从人性的角度思考，略显单薄。透过一个极端事件，从而进行深层的社会肌理剖析，或许才是作者的创作初衷。

李嗣泽，“70后”，医生。辽宁省作家协会会员。

对本书的一句荐语：一本对历史深刻反思的书，值得肯定。

第 39 章　新胡服骑射：互换

典故卡

胡服骑射

这一典故见于《史记·赵世家》《战国策·赵策二》。赵武灵王是一位奋发有为的国君，他为了抵御北方胡人的侵略，实行了“胡服骑射”的军事改革。改革的中心内容是穿胡人的服装，学习胡人骑马射箭的作战方法。通过改革，赵国军事力量日益强大，西退胡人，北灭中山国，成为“战国七雄”之一。梁启超认为赵武灵王是自商、周以来的第一伟人，他与秦始皇、汉武帝以及南北朝的宋武帝（刘裕）一样，是中国历史上四位取得对北方游牧民族战争胜利的人之一，而且是最值得后代子孙骄傲的一位。1903年，梁启超发表《黄帝以后的第一伟人——赵武灵王传》。郭沫若也对赵武灵王实行胡服骑射改革的史绩表示赞许，曾在诗中提到“骑射胡服思雄才”。

一

“为人君，止于仁；为人臣，止于敬；为人子，止于孝；为人父，止于慈；与国人交，止于信……”

中山国的朝会上，国君操着半生不熟的雅言（古代普通话），带领群臣“每日一读”，早读的内容是儒家的四书五经之类，换汤不换药，无非就是围绕君君臣臣、父父子子展开的三纲之说。

只见中山王头顶黑色筒状物，筒的前后两端各垂下十二根珠串，珠子太大，远看像一串串糖葫芦，几乎把他的后脑勺和脸遮了个严严实实。这顶王冠是他命人仿照从燕国缴获的燕王十二旒冕冠制作而成。也不知是工匠的手艺太次，还是战利品被挤压过变了形，这个仿制出来的“A 货”，远看就像一个大脑袋章鱼张牙舞爪地扣在一个猪头上。

中山王明显不知，自己这副尊容搞笑指数已然爆表，还在正儿八经摇头晃脑地读天书，大臣们无论情不情愿，也只能憋着笑，学着大王的样子，左一下右一下，把脑袋晃成了正反 S 形，假装十分陶醉的样子，其实心里已经骂了一万遍了。

忽然，一个军官打扮的人惊慌失措地跑进来，大喊一声“报”！他上身披着铠甲，里面却穿了一件长袍，袍子大概没裁剪好，衣摆太长，那人跑得太慌一不留神踩到袍子，像个不倒翁被推了一把，一下栽倒在地，还摔了个前滚翻，腰功太好，脑袋还在原地，整个身子却已经翻了个跟头。这一翻不打紧，原本很长的衣摆一下缩了上去，露出一个大光腚正好奉到大王跟前。

大臣们本来背天书背得昏昏欲睡，被这滑稽的一幕惊得亢奋起来，哄堂大笑。

“碍手碍脚……额，爱卿，你这是咋了……”中山王又羞又怒，但一想到儒家倡导的仁义之说，便努力按捺住火气，好在王冠遮住了他的脸，他的表情变化别人也看不见，于是对着那个大光腚说道，“别着急，有话慢慢说！”

“大王”，军官赶紧翻身爬起。他已经顾不得自己成了别人的笑柄，慌慌张张地启奏道，“守城将士报告，有敌军来犯，约莫数十万，看那打扮，像是胡人！”

“噢？胡胡？”中山王的第一反应是纳闷，“我们是狄人，和胡人都是游牧民族，睦邻友好，多年来以抢劫汉人为第一要务，河水不犯井水，怎么他们会来打我们？莫不是将士们看错了？”

“我们也是一头雾水，可是看敌军的装扮，骑着高头大马，穿着窄袖口的紧身衣，下面也是包住大腿的窄腿裤，脚踏皮靴，头上还插着几根貂毛，这不就是如假包换的胡胡吗？”

中山王陷入了沉思，想象着敌军来袭的画面，心里嘀咕：莫不是这些年我们学习中原先进文化，国力提升得太快，引起胡人嫉恨，这才招来了战祸？

“给你一万兵力增援，搞定胡胡那些野蛮人应该没问题！”

“不行啊大王，过去我们从燕国、赵国赚过便宜，那是因为我们多是偷袭，出其不意，攻其不备，再则我们的士兵服装轻便，行动灵活，擅长打游击，对付起那些身穿水袖长袍、连马背都爬不上去的中原兵来绰绰有余。可如今大不一样了，我们的士兵只会满口‘之乎者也’，骑马射箭也久不练习，轻便的戎装也换成了汉人那种笨拙的大长袍，骑在马上，风一吹，各个成了闯了祸的熊孩子——

光着屁股等挨揍，这还怎么打仗啊？我看，别说一万，再给一百万也是白瞎，还是投降吧……”

“你……”中山王被怼得语塞，正欲发作，大臣中一个儒生斯斯文文地走了出来，拱手说道：“国虽大，好战必亡。这位将军言之有理，以德服人才是最高境界。”

“请大王以德服人！”堂上官员有不少是被中山王亲自任命的读书人，尚文轻武，此时都不约而同地“附议”，弄得中山王仅存的那一丝来自祖先的血性，也荡然无存了。

“那……那就请和吧。”

“条件是什么？”将军问。

“胡人嘛，生活器具紧缺，咱们这里盛产铁器，给他们送点锅碗瓢盆，他们定当感恩戴德。”

“得令！大王英明！”将军飞奔而去。

没多久，将军又回来了，脑袋上还顶了个平底锅，他一把鼻涕一把泪地哭诉：“我们的将士好心好意地把礼物奉上，亲切地喊着：‘胡胡，胡胡！’谁知对方根本不领情，一边大吼‘胡胡？我看你是糊涂！老爷我是如假包换的赵人！’一边还拿出各种铁器攻击我们，你瞧，我脑袋上都中了个平底锅！”

“什么，是赵人？”堂上顿时一片惊慌。

“你是说，赵人扮成胡人，来攻打我们？”

“大王猜得八九不离十了，我们派出的探子回来报告，赵人最近在搞什么‘胡服骑射’改革，从公务员、军人到平头百姓，全体要求穿胡服，又从代地牵来好些高头大马，代替了中原地区那些马不马、驴不驴的小短腿，命士兵苦练骑射，组建骑兵团，就是为了对付咱们中山哪！”

“什么，怎么会这样？”中山王大惊，一捂胸口晕了过去。

急骤的蹄声，萧萧的马嘶，响彻在公元前四世纪末河北中部平旷的原野上。赵国骑兵像一团乌云移动过来，云团中抛出阵阵箭雨。大地在马蹄敲击声中颤抖、旋转。中山阵前站立的三排弓弩手根本不能适应骑兵的迅猛攻势，他们端起弩机朝着敌骑仓皇发射，却并不能阻滞死神黑色的翅膀。

经此一役，中山国灭。这个像夹心饼干一样横亘在赵国南北之间，令数代赵君如鲠在喉的少数民族政权，自魏文帝时乐羊灭中山以来，第二次，也是永久地从版图上消失了。

在收拾掉中山国的同时，赵武灵王花了十年时间，与三胡（楼烦、林胡、东胡）动手，利用骑兵、车兵、步兵的优势配合，联合出击，刮掠三胡，拓疆千里，使赵国一跃成为威震八方的军事强国。

捷报频传，使得赵武灵王血脉贲张，继而诱发了更为崇高的目标——攻灭暴秦！

二

这边厢，秦国大殿迎来一支赵国使团，说是来庆贺新君即位，顺带缔结两国友好关系。秦昭襄王热情地接见了他们。

寒暄几句后，宾主落座。

秦王问使团团长："听说贵国刚举行了传位大典？"

团长答："是的，主父让位给我们大王了。"

"我们都很诧异，赵主父忽然让位于太子，莫不是嫌自己老了？"秦王露出一丝坏笑，问道。

团长不知如何作答，转头看了看身旁的跟班赵招。那赵招长得牛高马大、龙颜鸟喙、广鬓虬髯、面黑有光，微微一笑，拱手答道："我家主父正值壮年！"

"那这是为何？"

赵招正色道："我家主父这样做，其实是在磨砺新君，国家大事还是主父裁决。"

"没别的原因了？我倒是听到不少传言，有说赵主父色迷心窍，废长立幼的，因为新君年少不能亲政，他便垂帘听政……"

团长脸色都变了，对秦王的问话支支吾吾，不时扭头看看赵招，样子狼狈不堪。秦王见那跟班不卑不亢、对答如流，索性把团长撇到一边，只和赵招对起话来。

"你家两位国君，对咱们秦国印象如何？"秦王问。

"我家主父和大王对秦王您非常敬畏。这十多年来，虽然我们搞了胡服骑射，但只是用来对付胡人，岂敢对大秦国有丝毫非分之想？小臣出差前，大王特地吩咐，希望和贵国结为友邦，世世代代友好下去。"

秦王一听，眉开眼笑，对使者赵招也多了几分尊敬。

"不管别人怎么说，我打心眼里佩服赵主父，能够有此决断，让位太子，摆脱烦琐的朝政，专注军事的提升。身居高位者，大多眷恋权位，主父能有这样的心胸，弃王位而亲去练兵，实为当世英雄。”

赵招道：“大王能够舍成见，力推商君之法，统一度量衡，又与义渠合作练兵，也不失为一代英主。”

两人各怀机锋，一边假意奉承，一边拿着朝政诸事，种种探听、威慑、敲打，却发现与对方棋逢对手，谁也占不到半点便宜。在旁人看来，两人聊得那是相当投机。使臣记录在册：秦王和赵国使团就战国诸侯共同关心的国际问题深入交换了意见，并一致认为，在新的形势之下，秦赵两国应该从天下大局和战略高度规划好两国的关系，建立政治互信。双方本着相互尊重的原则，通过高层互访和战略对话等机制，妥善处理好双边关系当中的敏感问题，使秦赵的关系，始终沿着正确的方向发展。

当晚，秦王辗转反侧：这个赵招，相貌堂堂、器宇轩昂，一定非同寻常。一个使团小跟班，见到我秦王，脸不红，脚不抖，说话不口吃，相当可疑！

翌日清晨，秦王宣赵国大使入宫叙话，却得到答复：大使得了传染病，满脸冒水痘，不敢入宫面见。秦王无奈，只得嘱咐对方好好养病。三天后，秦王再次宣使团进宫，对方仍旧推辞，他一怒之下派人直接闯入馆舍，那人找了个遍，也只抓到一个自称赵招的随从，并将他揪来见秦王。

“我才是真的赵招，您前几天见到的那个其实就是咱家主父。主父敬仰大王的威名，所以诈称使者前来觐见，就是想来一睹大王的威容。如今，主父身体不适，已经离开咸阳三天了，特命小的我留下，向大王复命请罪。”赵招结结巴巴地说。

“好你个小样儿非主流，面对面跟我玩无间道呢！只有本王耍别人的，还没听过谁敢耍本王的！”秦王大怒，命大将白起率军星夜追赶，到了函谷关关口却被告知：黄花菜都凉咯！赵国使团三天前已出关。

“秦国地形险要，易守难攻，秦王精明能干，不好对付。算了，咱先韬光养晦，以后再找机会撂翻秦国佬！”赵主父卧底回来后如是感叹。

三

数年后的一个黄昏，沙丘野道上，一辆马车正在疾驰。

赵国相国肥义从窗口探出一张焦急的面孔，陪伴他的只有一两个侍从和五六只夏日夜晚的萤火虫。马车行驶的方向是赵主父的行宫。

肥义的脑海里一幅幅画面在翻腾。他想起赵武灵王三十来岁时，在行宫召开全国郡县级干部会议，一连开了五天。大王看着大臣们拖泥带水的袍子，说：“我们赵国，东边有强敌中山，频频来犯；东北有燕国、东胡，人多势众；西北有林胡、楼烦，精于骑射；正西有强秦，虎狼之国。如此强邻环伺，我们是首选的俎上之物。可我们却没有强兵以自救，社稷危亡，朝夕之间啊！”

众臣听了，皆不作声。

“强兵是当务之急，所以寡人打算改穿——胡服！”赵武灵王吐出石破天惊的一语。

群臣都瞪着大眼、张着大嘴，对抗离经叛道的主子，只有大臣楼缓站出来称“善”。但是这声“善”很快被群臣的白眼打得七零八落。

赵武灵王的叔叔公子成反对得最强烈，他振振有词地说：“中国是世界的中心，只听说别人来学我们，没听说我们要学别人的。放弃高级文明不用，去穿远方野蛮之服，更易古人教导，背离中国传统，岂不令天下人耻笑？”

肥义不敢在朝堂上表态，下来后对赵武灵王说：“成大功者，不谋于众。您没必要跟他们讨论，直接下令吧！”

于是，赵武灵王硬着头皮，在以公子成、李兑为首的群臣的普遍抗拒中，颁布了前无古人的“胡服令”，轰轰烈烈、惊世骇俗的胡服运动展开了。

十余年后的一天，已过不惑之年的赵武灵王找到肥义说：“夫人早逝，我决定改立小老婆孟姚做正夫人，将孟姚的儿子赵何立为太子。就请相国大人您当太子老师吧。”

肥义大惊：“那……您的大儿子赵章怎么办？他原本应该是储君呀？”

“我会公平公正妥善安排的。不日后，将王位传于太子，再将赵章封到代地，号‘安阳君’，以后再将代地升级为代国，两位国君并肩而立！”

“您一定是老糊涂了！”

“我正壮年呢，比起蜗居宫中，更喜欢骑着马出去抢地盘。以后你们就叫我主父好了。”

赵武灵王果然说到做到。为早日将这一计划提上日程，先是举行了传位大典，“出使”秦国回来后，又召开全国干部会议，并率部分与会人员驱车到邯郸（赵国都城，今河北省邯郸市）郊外八十公里的历史名胜——沙丘（今河北省邢台市广宗境内）度假疗养。人们为了分清楚赵章和赵何，私下里给他们起外号：一个叫 big，一个叫 small，合起来称 SB。

这日，small在沙丘宫中忽然接到通知：主父身体不适，请大王前去探望。small正欲出门，被肥义拦住。肥义担心big蓄谋篡位，假借主父名义将small骗出谋害，便决定自己先去探探情况。

夜晚的沙丘野道透着一股荒凉，暗淡的远天尽头，依稀可以分辨出像炉膛里的灰烬一样的，是天堂日落后的遗景。

一阵衣服扫过草丛的“沙沙”声打断了肥义的回忆。十几名黑衣人，在big的狗头军师田不礼的带领下，像一群蝙蝠联翩蹿出。肥义看见月光附着在青幽的大戟刺上，直插过来。“扑哧”一声，月光消失在肥老相国的身体里。来不及叫痛，戟尖带着血抽出来。戟的小横枝再拦腰一钩，硬生生把肥义钩下车来。另一个黑衣人手中的大斧子则在月光下扬起，“吭”的一声，一声，又一声，他把很多月光剁进了肥义的脖子里。飞舞的萤火虫瞪着复眼，把一切都看在眼里，对人间的厮杀大惑不解。

田不礼发现杀错人了，不是small，而是肥义。事不宜迟，赶紧杀small去吧。

small正待在离宫里等消息，突然，宫院大门发出响亮的回答。田不礼带着恐怖分子和一群看热闹的萤火虫从外面猛攻宫门。烧门的火光和萤火虫一起烂漫摇曳。

small赶紧派御前侍卫总干事高信带人冲出去搏斗。剑戟的拼杀声和惨叫声让双方都不寒而栗。宫门处，殷红的血水顺着青石路面漫延开来。

千钧一发之时，公子成和李兑带着四个城邑的正规军闻讯赶来，救出瑟瑟发抖的small，接着猛攻big。big部属被打得四下溃散，田不礼阵亡，big像只被拔了毛的鸡，拼命往主父离宫那边跑。

赵主父听到有人在撞门和哭号，赶紧打开门一看，发现是自己蓬头垢面的大儿子，鞋子和几颗牙齿已经跑丢了。

“怎么会这样？”头发花白的赵主父惊恐地望着三分似鬼的大儿子。

“主父，”追上来的李兑站在车上解释，“逆贼叛乱，要杀害小王。如果不是我们及时赶来，小王已经丧命。我们已经救出小王，快请主父交出逆贼，以正刑法。”

“我要是不放人呢？”赵主父凛然道。

公子成、李兑并不退走，而是命军队团团围住赵主父的离宫，扯着嗓子喊：“放人、放人、放人！”

李兑说，你们喊错了，应该是："交人、交人、交人！我们是不会放过弑君未遂犯big的！"

于是，众人一起喊："交人、交人、交人！我们是不会放过弑君未遂犯pig的！"

"笨蛋！后半句不用喊！而且是big，不是pig。"李兑说。

"笨蛋！后半句不用喊！而且是big，不是pig。"大家喊。

一阵混乱之后，big被杀死在主父大人的离宫内。李兑和公子成遣散了宫内众侍从，将赵主父困于离宫内。三个月后，世界上少了一位英明神武的赵主父，多了一具骨瘦如柴的干瘪的尸体。

赏　析

"互换"的，不只是文化

在近代史上，林则徐搜罗人才翻译外国书刊，被称为放眼看世界的第一人。魏源是林则徐的好友，1842年，他在林则徐主持编译的《四洲志》的基础上编成《海国图志》一书，首次提出"师夷长技以制夷"的主张，被称作师夷长技以制夷的第一人。但在浩瀚的中国历史长河中，若说"放眼看世界"和"师夷长技以制夷"，笔者认为第一人既不是林则徐，也不是魏源，而是赵武灵王。赵武灵王在这方面的创举，要比林则徐、魏源早两千多年。

《新胡服骑射：互换》这篇文章，作者以黑色幽默的笔法，勾勒出一幅巨丽雄浑的历史画卷，将赵武灵王波澜壮阔的一生展现得淋漓尽致。赵武灵王推行的胡服骑射，让后人为之称道；他传奇人生的惨淡收尾，也让后人为之扼腕。

故事开篇从中山国的视角切入，讲述了这个由狄人创建的国家，因为盲目效仿中原文化，丧失了自身锐气，被效仿胡人文化的赵武灵王一举攻灭的故事。"互换"的主题昭然若揭。原来，换的不是商品，而是文化。只不过，赵武灵王的"换"，是去粗存精，是"师夷长技以制夷"，而中山王的"换"，却正好相反，是现实版的"邯郸学步"，生搬硬套。中山国满朝文武的服装和语言，几乎被汉人完全同化。这般随波逐流、没有骨气的国家，岂能不灭？

古人的盛世习文、乱世习武之说，终将被"有人类，就会有杀伐"这一规律推翻。儒家部分的传统思想，只不过是对美好生活的一种向往而已，终究难以实现。没有足够强大的军事御外，没有长效成熟的机制安内，国泰民安又从何谈起？

作者或许做了另一种假设——正是赵武灵王用本土的文化，“和平演变”了身为异族的宿敌，从而揭示：思想和文化的渗透，往往比军事侵略更可怕。

开篇的这段戏说，精彩纷呈、笑料百出，那么，这段戏说是完全架空式的想象，还是确有其事呢？

事实果真如此。考古发现，在中山国出土的青铜器铭文里，用它的鸟篆文字，大讲“天命、忠、孝、仁、礼、慈爱”之类不合时宜的东西。在列强纷争的时代，放着狄人这份很有前途的工作不做，偏去学当圣人之徒，搞形而上的东西，真是取死有道，不亡待何。

文章借相国肥义的回忆，展现了赵武灵王力排众议，通过胡服骑射这一军事改革，将羸弱不堪、强邻环视的赵国打造成与强秦比肩的军事强国的一系列丰功伟绩。接着从肥义遭遇夜袭而死的惊天突变，过渡到赵武灵王晚年废长立幼，间接导致长篡幼位，兄弟相残的这一情节。

那么，赵武灵王的这个举动，真的是应了那句“英雄气短，儿女情长”吗？真的是因为妇人之仁，酿就一场杀戮的发生吗？他的“一国两君”构想，准确地说，已经严重违反了“天无二日，民无二主”的客观规律。一代英雄真的会犯这种低级错误吗？从他伪装成使臣，去秦国面见秦王，巧妙地对答，以及最后机智地脱身，乃至后来他改变对秦策略来看，足见此人心思缜密、洞悉世事，他理应不会犯下这种寻常人都不会犯的错误。

笔者以为，他上述所作，其实是在设计一种全新的政治改革，是想利用“矛盾”，在相互制衡中求得发展，又或许是想让两个儿子强强联手，成为他对抗强秦的左臂右膀。只可惜，这一次他失败了，使得包括肥义、公子章在内的众多无辜生命，成为一场政治博弈的牺牲品。

那么，赵武灵王的覆灭，又是否仅仅因为一次失误的政治决策呢？其实也不尽然。因诸子争权遭致内乱，自己饿死宫墙……相似的结局，让我们不得不把赵武灵王和齐桓公放在一起对比。齐桓公当年输在用人不察、重用奸佞，那赵武灵王呢？细思一番就会发现，他的悲剧纵然与自己此次的错误决策有关，其实也有着深远的渊源，正是源于几十年前的那次“胡服骑射”改革。当年以公子成、李兑为首的反对势力，虽然在权力的压制下暂时偃旗息鼓，但一直伺机反扑。因此，赵武灵王始终行走在深谷的边缘，稍有不慎就会跌入深渊，正所谓：一失足成千古恨。

临死前的赵武灵王，对自己一生中数次大胆的创举是否有过后悔，我们不得而知。但笔者相信，他也许会懊悔自己对儿子错误的人生安排，但不会为自己改革的勇气和决心所后悔。因为，最终击败他的，并非改革本身，而是蔓延整个朝堂，乃至整个社会的，那种食古不化的过气思想。一个清醒的人，要去对抗整个糊涂的时代，自然是螳臂当车，以卵击石了。过去的赵武灵王是这样，后来的林则徐、魏源亦如此。

历史是一面镜子，也是一部循环播放的电影。在笔者看来，本章的政治意义要高于文学意义许多。

李嗣泽，“70后”，医生。辽宁省作家协会会员。

对本书的一句荐语：一本对历史深刻反思的书，值得肯定。

第 40 章　新鸡鸣狗盗：围炉夜话

典故卡

鸡鸣狗盗

这一典故出自《史记·孟尝君列传》：孟尝君出使秦国时，被秦昭襄王扣留，孟一食客装狗钻入秦营偷出白狐裘献给秦王妾以说情放孟。孟逃至函谷关时秦王又令追捕。另一食客装鸡叫引众鸡齐鸣骗开城门，孟得以逃回齐。除此之外，本章还融合了几个知名典故：弹（tán）铗（jiá）而歌、冯谖（xuān）市义、集腋成裘、狡兔三窟。孟尝君，名田文，战国四公子之一，齐国宗室大臣，以广招宾客，食客三千闻名。在中国历史上，“孟尝”二字几乎成了江湖义气的代名词。《说唐》中的秦叔宝，《水浒》中的柴进，乃至《书剑恩仇录》中的周仲英，都曾被冠以“小孟尝”的称号。这在江湖中是很高的荣誉，说明他们很讲义气，得到了天下英雄的承认。

深冬的夜真是静，静得让人脚指头缝里都感到一阵寂寞，静得掉根头发都能听见它摩擦大地的声音。如果颈椎没毛病的话，可以随时仰望天空，啊！星光还是那么璀璨，烧饼大的月亮依旧那样皎洁，月宫上的桂树像烧饼中间烤煳的黑渣，清晰可见。广寒宫里的嫦娥此时肯定又在叹息着，因为她孤寂的叹息里总带出一丝寒意，让本就冰凉的冬夜显得更加寒冷刺骨。

田府里，内眷和丫鬟们都已早早睡去，往东西厢房连同院子里侧耳一听，那呼噜声此起彼伏，像登山的老牛喘气一般震天响，惊得老鸹在窝里都待不住，躲到十里之外的山沟里躲清净去了。马厩里的马自从到了这个家就没睡过一天安稳觉，生怕不结实的房梁随时被呼噜声震折坍塌，弄得都得了惊厥症，瘦得个顶个跟减了肥的驴一个模样。蝙蝠此时也不再出来，因为强大的呼噜声把它们的雷达系统都给搅乱了，出门就撞墙。猫头鹰干脆把生物钟调反了，如今是夜伏昼出，当然食物是依旧没减少，因为耗子也开始倒白班了。

此时老态龙钟的田文还没睡，龟缩着围在火炉旁正搓手，火光在他脸上急促地跳跃，虽然披着一件狐皮大衣，但他依然冷到瑟瑟发抖。

小厮扛着粪箕又来给炉子加煤，他三十多岁，奉命伺候田文已经好几年了，彼此说话早已无拘无束，所以他每次来添煤都要怨妇似的嘟囔两句："碳价又涨了，足足涨了十几个子儿，好家伙，那得买多少窝窝。您也是，煤这么贵，每月的俸禄都不够喂鸡的，越是这样，您还越学那些个年轻人熬夜，早点睡不好吗？您烧的是煤吗？是钱，是白花花的银子。"

田文笑了笑，让了让身子让小厮加煤："我横竖睡不着，老年人觉少，你看我还能活多久？浪费点就浪费点吧！"

小厮加完煤也搬个木墩围在火炉旁坐下烤火，他笑道："老爷，您把心搁肚子里，放心活，人说七十古来稀，我看您活到七十岁跟玩儿似的。"

田文头也没抬，弱弱地说："我今年六十九。"

小厮突然被烟呛了一下，猛烈地咳嗽了两声："噢！我……我是说虚岁。"

"要按虚岁我今年就得死。"

"今天的月亮真圆哪！老爷，我从来没见过这么圆的月亮，跟您的脸一样大……呃！您看窗外有颗流星飞过，您不许个愿吗？"炉火照得小厮本就发烧的脸更加通红了。

"我许个愿，但愿自己能撑到明年。"

"老爷，咱能换个话题吗？别动不动就死呀活的。"

"你以为老爷我怕死吗？我可是从小到大死过好几回的人，你取点蚕豆在火上烤烤，再烫壶小酒，听我慢慢和你说，一提到死我就饿。"

"啊！一提死就饿？这是什么怪毛病？"小厮吐吐舌头，慢条斯理地去准备东西，他把一个小铜架搁到炉子上头，将从灶台上拿来的豆子一个个排在上面。不一会炉子就开始滋滋作响，豆子的清香扑鼻而来，酒也一人斟了一盅，两人开始边吃边聊。

"先说第一次，"田文说，一边往嘴里硬塞了个熟豆，因为太急，差点把嘴烫出个燎泡，"我爹有四十多个儿子。我一生下来，他竟然想让我妈把我掐死。我妈觉得用手掐吧，我肯定憋得慌；用绳子吊吧，我指定勒得慌；拿刀砍我吧，溅一地血回头还得收拾屋子；喂鹤顶红吧，那玩意儿太贵，为了我不值当的。思考了一年，我愣是没死成。长大后爹才知道我还活着，质问我妈为什么还让我活着，我妈吓得浑身发抖，我却很淡定，问他为何一定要我死，他说因为我是五月五日出生的，等个子长到跟门户一样高，会害父害母的。我说，那您把门户修个八丈高，我铁定够不着。我爹被怼得无言以对，从此对我刮目相看。后来见我待人接物持重有礼，便更加器重我，让我主持家政。四方豪杰慕名投奔，我门下食客三千，个个身怀绝症……不是，是身怀绝技。”

田文陷入美好的回忆中：“有位义士因为吃饭时头顶上的灯灭了，看不清自己盘里的食物，以为我吃的比他的丰盛从而大怒，我亲自举灯为他照亮，他发现冤枉了主子以后当场拔刀自杀，豪气冲天吧？还有位兄弟，很有眼光，和我家小妾好上了，我知道后很高兴，干脆把小妾送给他当老婆，他也没嫌弃，很高兴地笑纳了，多讲义气啊！最牛的就是那个冯谖，他刚来时，日日弹铗而歌，抱怨没鱼吃，我于是亲自炖了条鲨鱼送去给他赔罪。过了几日，他又唱起歌来，抱怨没车坐，我于是给他配了台八匹骡子拉的香车宝马。就这样，他在我家心满意足地住了几年，直到我都忘记了还有这么个人。后来，因为养的门客太多，家里经济吃紧，我让门客们自荐去我家的封地薛地帮我讨债，但我放高利贷的那个地方，民风彪悍，之前派去的人都是竖着去横着回来，还能喘口气的已经算命大，所以这次没人敢去。这时，冯谖站出来了，不但接受了任务，还说要额外给我带点土特产，我那叫一个高兴。去了几天，他回来了，身上一根骨头都没断，但钱也一毛没带回来。他说，他把债务人召集在一起，然后把所有债券都扔进火盆里，那些老百姓集体欢呼万岁，大家还围着火盆办起了篝火晚会。我听了之后气晕了过去，结果又让他的话给乐醒了过来，他说：虽然钱没带回来，可我给您带回了再多钱都买不到的土特产，那就是——义！听完最后一个字，我又晕了过去。”

小厮哈哈大笑，端起酒盅与田文碰了一下，仰头一饮而尽。

田文喝完放下酒盅，说：“先斟上，我今天兴致高，想给你说点掏心窝子的话，咱们不醉不休。”

豆子在炉架上烤得直冒清水，弄得香气满屋。

“听说由于您德才兼备名满天下，还差点上了秦国佬的当，有这事吗？”小厮问道。

田文似乎有些醉意了，枯树皮般的脸颊像泼了一层红漆，嘴也有点不听使唤：

“想我这一生，有着猴一般的脑子，干着牛一样的活计，起得比鸡早，睡得比驴晚，还和猪一样，随时都有被宰的危险。那年齐湣（mǐn）王派我到秦国，秦王也不知出于什么鸟心，让我担任了秦国宰相。他的臣僚怕我抢了他们的饭碗，拼命进谗言，他于是又罢免了我，还把我囚禁起来，盘算着是把我喂狼还是绞成肉馅。我央人去找秦王的宠妾求救。那个宠妾提出条件，希望得到我的白色狐皮裘。当然不是这件。”田文摸了摸身上的狐皮大衣，眼里涌出思念它前任的眼泪来，“这件是一张狐狸皮做的，花不溜秋的，那一件，可是数以百计的狐狸咯吱窝下的白毛拼织而成，纯白的，无价之宝！天下没有第二件！可是到秦国后我已经把它献给了秦王，去哪再找一件？一筹莫展之际，一个自称盗圣的下等门客出现了，说他有办法得到白狐裘。当晚，他化装成狗，钻入秦宫仓库，偷出那件狐白裘，转送给秦王宠妾。那女人说话算话，在枕头边替我向秦王说情，秦王便释放了我们。获释后，我带着门客乘快车逃离，秦王一觉醒来，后悔了，立马派人追捕。我们到了函谷关，按照关法规定鸡叫时才能放人出关，这时，又一个下等门客站了出来，学了几声鸡叫，附近的鸡随着一齐叫了起来，我们便立即出示证件逃出函谷关。你看看，多学一门外语多重要！”

小厮点点头，捧了一把豆子撒在炉架上，又给田文斟满一盅酒，自己此时也有些醉意了，眼看月亮已经从天际垂了下去，更夫打了三遍更鼓，小厮想回去睡觉，田文突然哭了起来，把小厮吓了一跳。

“老爷，您喝醉了，歇歇去吧！”

“阎王爷大概和我有血缘关系，总时不时惦记着我，我几次死里逃生，多亏了经常做好事还总留名的缘故。逃回齐国不久，我又遭遇了一场劫难，齐湣王听信谗言，以为我有不诚之心，为避灾祸，我提出辞职，他应允了。此时，得知我失势，三千门客竟然一夜散光，世态炎凉啊！结果只有一个人留下来了，就是冯谖，他不离不弃，陪我流亡到薛地。没想到，一路凄凉苦闷的我，到了薛地，竟受到全城百姓夹道欢迎，他们一边高呼‘万岁！万岁！’，一边带着丰厚的礼物来迎接我。我感动得泣不成声，这才明白冯谖当初买义的苦心。后来，冯谖又帮我设计了一个狡兔三窟的谋略，派出一些说客，鼓动秦国、魏国纷纷争抢我去当相国，齐湣王生怕肥水外流，又把我请了回去，于是，我又重新当起了齐国相国，门下很快又聚集了不止三千门客。”

炉子里的煤又要燃尽了，小厮已经困得站不起来，双腿无力，眼冒金星，此时看什么都像双胞胎，因为没找到嘴，他把烧熟的豆子放进了鼻孔里，鼻孔瞬间扩大了一倍，烫得他鼻子疼。

“老爷，”小厮捂着鼻子说道，“咱回去歇着吧！三更了，就是夜猫子也该打盹了。”

田文醉眼惺忪地擤了把鼻涕，肩膀往上耸了耸，把狐皮大衣裹得更紧了：“炉子没火了，去添点，把豆子也都抓来，我再垫巴垫巴！”

小厮噘着嘴晃晃悠悠站起来，一边踉跄着拿着粪箕去拾煤，一边小声嘟囔：“好汉不提当年勇，你后来不是又被齐滑王赶走了吗？倒是魏王收留了你，还偏偏让我来伺候你，我真是白倒了八辈子霉了。”

“先别抱怨倒白霉，你先把黑煤给我倒过来再说。”田文的听力倒是一点没减弱。

小厮步履蹒跚地把煤背来，又一块一块往炉子里添，用沾了煤渣的黑手把豆子撒在铜架子上，这时田文好像有点清醒了似的，嚼豆子的嘴一鼓一瘪，像拉风箱。

小厮把粪箕扔到一旁，眼皮又开始打架了，他无力地一屁股坐下，望着田文道：“说实话，老爷，您现在是‘三无’人士，没国籍没户籍没脸皮，我跟着您等于上了一艘没保险的贼船，您倒是黄土都埋到头顶了，我还年轻呀！丢下您不管吧，于心不忍，跟着您又没出路，干脆您还是归附齐襄王吧！”

田文酒劲上来了，一边打着酒嗝一边说：“嗝……你这家伙想让我早死呢？你忘了，我后来为了泄愤，曾助燕国大败我的母国齐国了吗？齐滑王也在国破家亡后惨死，他的儿子齐襄王恨我入骨，恨不得用我的肋巴条剔牙缝，我能自投罗网？我如今保持中立，不属于任何国家，他就会怕我。不但是他，别的国家也一样，谁敢害我，我就投奔他的敌人去！我的座右铭就是：此地不留爷，铲平这块地！”说罢，又把一盅酒干了个净。

小厮也醉得不轻，这会儿连给田文斟酒的力气都没有了，只是一个劲儿地吹酒气。

“呜呜呜呜……”田文忽然又痛哭起来，把小厮弄得一怔。

“咋跟个怨妇似的，动不动就哭，您当年叱咤风云的男子汉气概哪儿去了？不是装样，我实在是拿不起酒壶给您倒酒了。”

“不是酒的事，”田文的老眼肿得像个畸形的核桃，“我是孤独呀！没人理解我，我成了孤家寡人了。”

“我理解，您是英雄，是烈士……不是，是壮士，只有英雄才配得上孤独，狗熊想孤独那猎人也得愿意才行，您说是不？想开点吧！”小厮强撑着眼皮安慰他道。

“这话倒是挺受听，看来狗嘴里也能吐出象牙……”

“您说什么？”

“我说你看起来也像个大侠。”

“您成功是必然的，因为脑子转得快，说瞎话都不带眨么眼的。”小厮咧嘴笑道，这时院里的鸡突然啼叫起来，他往外一瞧，天已蒙蒙亮了，晨曦的第一缕阳光透过纸窗模模糊糊照射了进来，却见田文强撑着老弱的身子要站起来，他赶紧一把将田文按回座位：“加煤的活我来干，您不用动。”说着赶紧起身加煤。

刚加完坐下，田文又强挺着身子想起来，小厮又一把将他按下：“您看看，客气啥？豆子我来撒，还用得着您动手？”说着立马把旁边剩下的最后几粒豆子全搁到铜架子上，豆子顿时滋滋冒起清水来。

还没等烤熟，田文再一次梗着脖子要站起来，小厮再一次将他按回原位：“您这是打我脸呢？能让您给我斟酒吗？这点眼力都没有，我还干个什么劲儿，您擎好吧！”说着把早已晾凉的酒倒在田文的酒盅里。

“我要起来……”田文好像受了很大委屈似的，瘪着嘴要哭，一面挣扎着想站起身。

“您看您，又哭！有事您吩咐就是，我替您干……”小厮刚要站起来继续按他，被田文一巴掌挡了回去。

“你替不了，我要起来……”田文带着哭腔说。

“没有我替不了的，您说吧！就我这个能力……”

“你就是有搬山的能力也替不了，我拉肚子，想上茅房，你替得了？”

“那是替不了……”小厮差点笑出声，看着田文已经憋成猪肝的脸，他知道老人家已经撑到了极限，赶紧让他去茅厕，年近古稀的人此时跑起来比夸父还快。

但过了好长时间田文也没出来，好不容易出来了又立马折回，这时已经起床的小丫鬟急急忙忙跑了过来，急切地问小厮：“昨天我放在灶台上的巴豆你看见了吗？”

“啊！巴豆，那不是蚕豆吗？”小厮一听，突然也感觉腹下一阵发凉，一股钻地之气向下极速涌去。

"是巴豆，那是打算晾好了给夫人治喉痹用的。"小丫鬟说道。

小厮"哎哟"一声捂着肚子往厕所跑去，此时东西厢房里的呼噜声早已停止，田文和小厮的哀号声此起彼伏地从厕所里又接上了茬。弄得猫头鹰和耗子们的生物钟再一次紊乱了，不知道到底是该昼伏夜出还是该夜伏昼出了。

赏 析

叶公好龙的孟尝君

古往今来，有钱有势的人家一般会雇佣丫鬟、奴仆、家丁等用人，也有富裕人家在灾年的时候开仓放粮接济灾民，或是广设粥棚为无家可归的流浪乞丐放饭。但战国绝对是个与众不同的时代，那时的权贵们似乎更流行豢养食客。

我们无法考证豢养食客这一现象是从什么时候开始兴起的，但孟尝君绝对是引领风潮的代表人物。以养"士"著称的有魏国的信陵君魏无忌、赵国的平原君赵胜、楚国的春申君黄歇、齐国的孟尝君田文。因其四人都是礼贤下士、结交宾客之人，后人称之为"战国四公子"。这四人都求贤若渴，门下宾客如云，尤其孟尝君，更是其中的佼佼者。

据《史记·孟尝君列传》记载，孟尝君对门下食客可谓仁至义尽。为表尊重，他将跑来白吃白喝的食客们尊称为"宾客"。每当有宾客来投奔时，他都亲自热情接待，而且会问清其家人住址，宾客刚离开，他就已差人到宾客亲戚家问候，并献上礼物。《新鸡鸣狗盗：围炉夜话》中也提到几则小故事：有一次吃晚饭，"有位义士因为吃饭时灯光被挡住了，看不清自己盘里的食物，以为我吃的比他的丰盛从而大怒，我亲自举灯为他照亮"，"还有位兄弟，很有眼光，和我家小妾好上了，我知道后很高兴，干脆把小妾送给他当老婆"，等等，可见孟尝君对这些食客有求必应，因此人人都认为他平易近人，孟尝君礼贤下士的名声越来越大，投奔他的人也越来越多，门下食客一度达到三千之众。

士为知己者死。一些食客也确实做到了为孟尝君排忧解难，甚至在大难临头时救他于水火。譬如"鸡鸣狗盗"的下等门客，"买义"和设计"狡兔三窟"的冯谖，还有为了向齐湣王证明主子并无反叛之心，"遂自刭宫门以明孟尝君"的死士，等等。

种种迹象似乎都表明，孟尝君爱才若渴，而那些食客也有情有义，以满腔热诚来回报主子。而孟尝君倾尽家产为国家储备人才的行为，也是可圈可点……那么，事实真相果真如此吗？礼贤下士的孟尝君确实是位宅心仁厚的大善人、义薄云天的江湖豪杰吗？我看未必。

先拿一件“小事”来说，《史记》载：“孟尝君过赵，赵平原君客之。赵人闻孟尝君贤，出观之，皆笑曰：‘始以薛公为魁然也，今视之，乃眇小丈夫耳。’孟尝君闻之，怒。客与俱者下，斫击杀数百人，遂灭一县以去。”仅仅因为别人嘲笑自己矮小，就大开杀戒屠城，这样的人只怕连起码的人性都没有，更别提仁义和感恩了。表面上看，孟尝君对食客们恩重如山，其实那只是为收买人心施展的伎俩罢了。不然，他也不会根据能力高低将食客分为三六九等，而是应该一视同仁。

还有几件与孟尝君相关的“大事”，人们甚少提及：孟尝君一路从秦国鸡鸣狗盗地跑回来，很狼狈。他再次担任齐国相国。为发泄遭秦人扣押的私愤，他利用手中相国职权，动用齐国资源，大举伐秦，一直围打了整整三年，付出极大物资和人员代价，终于迫使秦昭襄王承认失败，割去三座城池讲和。但是，三座城池由于距离齐国本土遥远，齐人无法接收，就近给了韩、魏。齐国白白消耗了国力而无所得。韩、魏成了扶贫对象，而齐国当了活雷锋。虽然对齐国无利，但孟尝君却报了私仇。在齐、秦大打出手时，赵武灵王连攻中山，趁机灭之，宋康王也积极出去捞油瓶，吞灭了齐国附近的滕国以及齐国以南的淮北土地。宋国、赵国都自我壮大了，而他们的壮大，都是对齐国的削弱。孟尝君远攻秦国三年，结果却是虚弱了齐国，赞助了韩、魏，便宜了赵人，肥大了宋国，还丢了俩油瓶——中山和滕国，可谓是一胜而六损，成为后世著名的反面典型。更大的隐患发生在三年之后：秦国为了报仇，大举进攻韩、魏，齐国竟无力营救，坐让韩、魏两国搭上二十四万颗大好头颅，失去土地六百里（伊阙之战）。

齐国后来险些亡国，孟尝君也脱不了干系。他“为了泄愤，曾助燕国大败母国齐国”“齐滑王也在国破家亡后惨死”……要知道爱国和爱自己的母亲一样，是做人的根本。一个连祖国都不爱的人，有可能爱护自己的下属吗？由此可见，孟尝君的好客，本质上和叶公好龙一样虚伪！

孟尝君花钱养门客并不是行善开粥棚，搞社会救济。相反，老的弱的他不要，必得对他有用的人，哪怕是杀人避仇、亡命江湖者之流，他也收。而没有一技之长的，不能帮他巩固他在齐国的专权地位的，一概不收。《新序·昔者楚丘先生章》讲了个故事：七十多岁的楚丘披了块破皮裘，来见孟尝君。孟尝君不想接纳，说："先生老矣，就算了吧。您来的话，又能教我些什么呢？"楚丘大怒："嘻！我老吗？如果让我去追车赶马，投石跳远，逐鹿搏虎，那我是老了。要是让我给您出些馊主意，帮您在朝廷里夺权，那我还年轻着哪！"孟尝君逡巡避席，面有愧色，赶紧把这老的也收了，以后有大用啊！这段对白，把孟尝君招养食客的目的，赤裸裸地暴露出来。说白了，还是"有钱能使鬼推磨"。孟尝君之所以下大力气去豢养那些食客，目的就是"养兵千日，用兵一时"。

再说冯谖，处心积虑为孟尝君私家利益、私人名誉服务，是孟尝君门客的典型。这帮门客有一个共同点，就是只效命于主子孟尝君，而非效命于国君。他们帮孟尝君吆喝，赚取名声，以至于"闻齐之有田文，不闻齐有王也"，成了临淄城里一股不可小觑的邪恶势力。他们为孟尝君实现专权而充当鹰犬，对上威逼国君，对下膨胀田家势力。这些门客，住在生活费用昂贵的临淄，人数又多，费用不菲。好在孟尝君的爹给他留了一块封地，叫薛地，从那里可以收取农业者的租子，以及工业者和商人的税。靠租税养活食客，还是不够，于是孟尝君又在薛地放高利贷，通过这种罪恶的买卖，赚钱养活这帮大侠。

王安石也曾批评孟尝君，他在《读孟尝君传》中说："鸡鸣狗盗之雄耳，岂足以言得士？不然，擅齐之强，得一士焉，宜可以南面而制秦，尚何取鸡鸣狗盗之力哉？夫鸡鸣狗盗之出其门，此士之所以不至也。"王安石认为，真正的"士"，应该能够安邦定国，抵御侵略，孟尝君如果真的能得到"士"，就应该让齐国更强大，从而制服秦国。而孟尝君不能得到贤才的原因，正是因为门下鸡鸣狗盗之辈太多，真正的贤才进不去，因为两者是相排斥的。这段话可谓击中了要害，让人重新审视起孟尝君的那些传奇事迹来。

当然，这也并不是说孟尝君养士一事就一无是处，战国四公子豢养食客对推动历史发展也起到了一定的积极作用。俗语说："得民心者得天下，得士者得民心"，战国四公子对人才的重视和起用，一定程度上抑制了强秦的侵略，甚至在母国命悬一线之时起到了存亡安危的作用，譬如平原君的毛遂自荐、信陵君的窃符救赵等经典故事。如果没有毛遂、侯嬴这些食客力挽狂澜，只怕历史都会重写。

要想在有限的空间将不同时期多如牛毛的历史故事叙述得有条不紊、层次分明、辞趣翩翩，可不是件容易的事。在《新鸡鸣狗盗：围炉夜话》中，作者将一个跨越了半个世纪、宏大的历史片段浓缩到一个小小的火炉旁，用一把把蚕豆撬开了“当事人”的嘴，把纷繁复杂的历史故事捋得简单明了，如竹筒倒豆般抖落开来。更绝的是，作者从一开始就悄无声息地设下一个梗，直至结尾才将“包袱”抖开——原来孟尝君吃了一晚上的蚕豆是巴豆，结果可想而知……这也算是对孟尝君假仁假义的一个惩罚吧！

苟大戈，本名粟振光，男，“60后”，内蒙古包头人。文学爱好者。

对本书的一句荐语：如果历史是任人打扮的小姑娘，那笑李飞叨笔下的历史便是倾国倾城的绝代佳人。

第41章　新黄金台：圣人秀

典故卡

黄金台

据《战国策·燕策一》记载，燕昭王高筑“黄金台”以招贤纳士，包括魏国军事家乐（yuè）毅在内的各国人才闻讯纷纷前来投奔，形成了“士争凑燕”的局面。燕国从一个内乱外祸、满目疮痍的弱国，逐渐发展为富裕兴旺的强国，跻身“战国七雄”。后来，乐毅率军联合各国攻齐，占领七十余城，一雪燕国在“子之之乱”后被齐国打得险些亡国的耻辱，而齐国从此一蹶不振。唐代诗人陈子昂有诗云：“南登碣（jié）石馆，遥望黄金台，丘陵尽乔木，昭王安在哉？”

一

一个装潢奢华的大房间里，摆满了各式各样木质的桶状物，有饭桶、洗面桶、洗脚桶、马桶，还有许多五花八门奇形怪状的玩意儿。

刚踏入这间房，不少人会误以为来到了五谷轮回之所——茅厕，可当他张大眼睛一瞧，撑起鼻孔一嗅，会发现另有玄机。屋子的墙壁和地板竟然都是黄金铺的，金光灿灿，富贵逼人，空气中也没有沼气味和掏粪工人身上的臭汗味，反倒是芳香清幽，那是名贵香料麝（shè）香的味道。

屋内常常传出一种与黄金和麝香极不协调的锯木头的声音，尖锐又刺耳，挠得人心痒痒，恨不得把里面的人揪出来暴打一顿。可是，听到的人都这样想，却没人敢这样做，因为在屋里锯木头的那个老头，不是别人，正是这个国家的一把手——燕国国君燕易王。

这日清晨，宦官领着一位扮相尊贵的来客，迈进了这间屋子。

“齐国使臣苏代参见大王。”客人行罢礼，自我介绍道。他的声音马上被“刺啦刺啦”锯木头的声音给掩盖了。他朝国君所在的位置看去，只见漫天飞舞的木屑中，一个头发花白的老人正在饶有兴致地锯木头，一脸陶醉的表情，姿态优雅，就像是一位音乐家正在演奏他心爱的二胡。

“齐国使臣苏代参见大王！”来人憋足便秘时上大号的力气，大喊一声，燕易王那双迷蒙的眼珠子这才有了反应，转向这边。

“给贵宾赐座。”燕易王的声音听起来沧桑无力，他表情淡漠地对着宦官做了个手势，那人心领神会，给苏代端来个马桶：“大人请坐。”

苏代目瞪口呆，又无可奈何，只好坐到那个做工粗糙的马桶上，屁股还被打磨得不够光滑的坐垫给扎了一下。他拼命掩饰住脸上嫌弃的神色，换成一种崇拜的表情，望着燕易王说：“东周乱世，诸侯纷争，战火频仍，民不聊生。只有傲立北方的大燕国独善其身、与世无争，百姓不受战乱侵扰，生活安宁幸福，这都拜大王所赐。今日一见，果然惊为天人，大王一身仙气，气度非凡，堪比尧舜！”

“哎，先生谬赞了！寡人岂敢与圣人比肩？”燕易王混浊的眼珠子顿时迸发出光彩，他哈哈大笑，故作谦虚地说道，示意宦官将另一个马桶抬到苏代跟前，自己走过去坐下。

“贵国民风淳朴，宫里的规矩也十分接地气啊！”苏代瞥了一眼马桶，感叹道。

“先生见笑了。寡人一不贪恋权势，二不贪图美色，只是喜欢自己打造点生活用品，一来可以怡情，二来也为国家节约点开支嘛。”

“那是，那是……”苏代的眼睛猛然被墙上射来的一道金色光芒刺了一下。

“久闻苏先生大名，还请不吝赐教。”燕易王拱手行礼，没有一点君王的架子。

“指教不敢当，只有一点小建议，”苏代说，“人们称道唐尧贤圣，因为他要将天下禅让给许由，许由不接受，于是唐尧既有了让天下的美名实际上又没有失去天下。贵国相国子之是位百年一遇的贤人，若大王将国家让给子之，子之必然不敢接受，这样，大王与唐尧就具有同样的德行了。”

燕易王一听，连连称“善”。作个秀而已，轻轻松松便能获得圣人的美名，何乐而不为呢？于是重重地犒赏苏代，送了他一马车马桶。不过苏代也不亏，相国子之送了他一马车黄金。

谁知道，接下来的事情发展远远超出燕易王预料：

当他在朝堂上假惺惺地提出禅让的想法，子之一点不客气，叩头拜谢，随后郊天祭地，服衮冕（gǔn miǎn），执圭（guī），南面称王，略无惭色。燕易王反而北面列于臣位，搬到别宫居住。太子姬平被废。

子之执政三年，燕国大乱，百姓离心。前太子姬平暗中取得齐国支持，攻打子之。双方混战数月，尸横遍野，史称“子之之乱”。齐国打着讨伐子之匡扶正义的旗号，发兵攻燕，很快攻占燕国都城。燕易王这下不光是脑子傻，眼也傻了，在那个木屑飞舞的屋子里上吊自尽；姬平死于乱军之中；子之被活捉，后来被押解到齐国处死。齐军在燕国烧杀抢掠，毁其宗庙，迁其重器，中山国也乘机攻占燕国城池数十座，燕几乎亡国。

赵武灵王想吞并中山，不愿燕国就此灭亡，于是把流亡在外的公子职护送回燕，立为燕王，这就是燕昭王。昭王继位后，内抚国政、外御强敌，终于赶跑了趁火打劫的齐国和中山国侵略者。

二

齐国都城临淄（今山东省淄博市辖区），一派商业繁荣城市的奢靡自在景象。其民无不吹竽鼓瑟、弹琴击筑、斗鸡走狗、赌博踏鞠（jū）。临淄大街，因为堵车，车轴互击，人肩互摩，举袂（mèi）成幕，挥汗成雨。

齐国宫殿内，也是歌舞升平、觥筹交错。齐湣（mǐn）王大宴群臣，为的是一个即将颁布的大喜讯。他悠然地眯缝起眼睛，越过自己肉山似的肚皮，得意扬扬地环视左右，清了清嗓，大声宣布：“寡人已经决定接受秦王邀请，与秦国东西称帝，紧跟上古五帝的光辉足迹。如今，连周天子也得向咱们大齐国俯首称臣了。”

听闻此言，堂下先是一片寂静，紧接着像忽然有人点燃了爆竹，一阵尖锐的叫好声和掌声噼里啪啦燃爆全场。齐湣王大笑不止，脸上和身上的肥肉都在兴奋地抖动着，使他远远看去就像一只正在蠕动的巨大的癞蛤蟆。

堂下，一个臣子的脸上露出一抹不易察觉的坏笑。

几天后，这位名叫苏秦的臣子跑来见齐湣王，一张口就把癞蛤蟆夸成了一朵花：“大王英明，您听取我的建议，接受了东帝封号，如今在诸侯国中已是屎壳郎插鸡毛——绝非凡鸟，统一天下是迟早的事。宋国是膏腴（yú）之地，得宋一里土地，相当于得他国十里，这是野鸭和天鹅的区别啊。吃掉这只天鹅，齐国就能壮大，以后要吃掉那些野鸭轻而易举。宋王自己也不争气，射天笞地、嗜杀成性。他给各诸侯都铸了人像，让它们在厕所里侍奉他，方便完以后，还拿自己的排泄物弹人像的鼻子。宋国人民也对他恨之入骨，将他与夏桀相比，称为‘桀宋’，各诸侯国也对他极度排斥。若齐国讨伐他，便是替天行道，可令您国重名尊，此汤武之举也！”

“好，苏子所言，正合我意！”齐湣王笑得合不拢嘴，腮帮子一突一突，这会儿近看都像只蛤蟆。

苏秦是何许人也？原来，他本是燕昭王的宠臣，来到齐国任职，只为“缔结齐燕友谊”，如今在齐国任相邦。在苏秦斡旋下，燕昭王也派兵支援齐国。两国联军雄赳赳气昂昂地杀向宋国，首战告捷，轻轻松松就抢到了一大块地盘。

庆功宴刚刚办完，出状况了！齐湣王慌慌张张召见苏秦：“秦王对我们施压，让我们放弃攻宋，怎么办？”

“大王莫慌，那个乡巴佬不必放在眼里！要治疗他的红眼病，还得下一剂猛药！假如我们能联合齐、赵、魏、韩、燕五国主力合纵攻秦，趁着天下大乱，各国无力干涉之际，齐国大举兴师灭宋，就可一鼓而得志了。”苏秦不慌不忙，献上一计，并亲自出马，穿梭于五国之间，四处游说。

“好消息！五国大军已经向秦国进发了，直逼函谷关（河南省灵宝市一带），大王大业将成！”几个月后，苏秦的好消息传回来了。“天鹅肉”的香气扑鼻而来，齐湣王笑得合不拢嘴，下令再次发兵攻宋，果然如愿吞并宋国。

庆功宴上，齐湣王正抖着腮帮子上的肥肉大笑不止，一位官员踉踉跄跄地跑了进来，身体抖得像一只刚从冰窟窿里爬上来的秃毛狗：“不好了，不好了！驻扎成皋的四国大兵（赵、魏、韩、燕）不知为何，全部反水，由燕国大将乐毅率领，掉转枪口，东进攻齐，正向临淄杀来。更糟糕的是，秦国佬也跟着他们跑过来了！”

“怎么会这样，友军怎么成敌军了？”齐湣王的笑容瞬间凝固，如今是吓得合不拢嘴了，慌忙下令，“调集全国兵力，任触子为大将，达子为副将，迎击五国联军于济水以西！”

触子不是傻子，他表达了自己的看法：“直接迎战无异于屎壳郎拱山、泥鳅想翻船，凭河固守，拖垮联军才是唯一生机！”可齐湣王根本听不进去，还派人威胁触子：“如果不出战，寡人就歼灭你的宗族，挖了你的祖坟！”触子被迫出战。两军对垒，齐军这边鼓声响起，却不是进攻的号令，而是主帅在下达撤退命令。触子趁乱独自乘车逃亡，齐军兵败如山倒，主力被歼。

副将达子收容残兵败将，退守临淄以西的壁垒——秦周，企图保守临淄。达子请求多发赏金以鼓舞士气，齐湣王不予理睬，结果一战又是大败，达子以身殉国。乐毅大军直趋临淄城下。

齐湣王恍然大悟：苏秦口口声声说担保燕人忠于齐国，如今燕人却在城下叫嚣！他倡导的“五国伐秦”变成了“五国伐齐”，如果不是他捣鬼，还有谁？

“逮捕苏秦，将他五马分尸！”齐湣王声嘶力竭，发出野猪似的号叫声。

齐湣王带着一众家小仓皇逃到卫国。卫君好心好意收留了齐国难民，还把自己的宫殿腾出来给齐湣王住，谁知这位贵客不但不领情，还对卫君颐指气使，让他亲自端着餐具给自己上菜。卫国大臣实在看不惯国君如此低三下四，一起嚷嚷着把齐湣王轰出了卫国。

齐湣王一行又逃到鲁国和邹国，却见两个礼仪之邦的城门上，歪歪扭扭地挂着一块牌子：齐人和狗不得入内！

齐湣王无奈，只好流亡到了附近的莒（jǔ）城（莒国原本是个独立小国，后被齐国吞灭成为城邑，今山东省莒县）。穷途末路之时，救命稻草终于冒泡了。楚国大将淖（nào）齿领命前来，搬援军救护齐湣王。齐湣王大喜，任命淖齿为相邦。

齐湣王的宠臣们怕淖齿抢了自己饭碗，纷纷跑来挑拨离间：“大王，现在国家已定，社稷已安，淖齿那些家伙，自以为是救世主，对您不恭不敬，不但闹齿，而且闹心，干脆把他们赶走吧！”齐湣王好话听不进，坏话倒是听得十分走心，于是故意疏远淖齿，还没事找事对着他大呼小叫，想让他知难而退。

谁知淖齿不吃这一套，干脆发动政变，抓住齐湣王，命人把他的筋活生生抽出来，拿筋当绳子，把他悬吊在宗庙的房梁上。齐湣王在逃难的日子里照样胡吃海喝，腰围如今又胖了三圈，淖齿手下几乎抽光了他身上的筋，才成功吊起这个大胖子。

这位“天帝”如今叫天不应叫地不灵，疼得欲死欲活。他听见旁边鬼魂似的声音在拷问他：

“齐国高青、博兴这两个地方，数十里的地面，下起了血雨，大王你知道吗！”

“不知。”齐湣王有气无力地喘出微弱的两个字。

“齐国另一个地方，大地开裂，直至黄泉，你知道吗？”

“不知。哎哟，疼死我啦！能长话短说吗？”

“有人在王宫殿前哭泣，大王你知道吗？”

“不知。那又怎么了？”

“天降雨血，是天在警告你；地裂至泉，是地在警告你；有人当殿而哭，是人在警告你。天地人都在警告你，而你不知，还在胡作非为。你宠幸小人，迫害贤臣，征伐不止，暴虐无耻。你自诩汤武，实则堪比桀纣，怎能不受诛杀？”

淖齿还在滔滔不绝，齐滑王已经没有辩解的力气了，耷拉着脑袋，身上的血一点一点地滴嗒着。

从傍晚到次日黎明，莒城庙堂里断断续续传来令人毛骨悚然的呻吟声，不知情的人还以为里面有只垂死的猪。

三

燕国蓟（jì）城（今北京城一带）。燕昭王正站在一个高台上，俯瞰着已被冰雪覆盖的都城。雪花落在他的头上和胡子上，竟毫无存在感，因为他的头发和胡子都和雪一样白了。

一个人穿着貂皮大衣，拄着拐杖，一瘸一拐地出现在燕昭王身后。

“大王……”那人撅着屁股想跪下磕头，没留神踩着一片冰碴，直接扑倒在地，来了个嘴啃泥。

“老师请起，何必行此五体投地之礼？”燕昭王转过身，低头一瞧，地上趴着的，正是他的老师郭隗（wěi）。

“大王今天怎么有兴致来到寒舍？”郭隗颤颤巍巍地爬起来，抠了抠嘴里的烂泥问道。

“听说乐毅已经攻下齐国七十余城，仅剩莒、即墨两城负隅顽抗。我心中畅快，想来找老师叙叙旧。”

“大仇得报，恭喜大王！”

“托老师您的福。您还记得我们初次见面时的场景吗？”

“当然记得。当时你对我递交的方案策划书不满意，拒绝给我咨询费，我就编了个‘千金买马骨’的故事来开导你，说有个国君想花一千斤黄金买一匹千里马，采购员寻访多年总算找到了线索，结果宝马已死，可他还是花了五百斤黄金买来马骨交差，国君大怒：‘我要的是活马，你怎么买死的！’采购员说：‘咱们这么一作秀，天下一定认为您是真正爱马的，千里马不久就会摇着尾巴来到。’果然不出一年，就买到了三匹千里马。我把自己比作那匹死马，告诉你：‘大王如果真想找人做项目，不如把欠我的咨询费给我，天下有名的咨询师知道了，就会想：连区区一个郭隗都能受赏识，那我们这些大才岂不更能发大财了吗？人才必然蜂拥而至。’于是，你听从我的意见，用黄金筑了一个高台，又在高台上为我修建宫室，起名‘金台’，堂号‘尊贤堂’，放出话去，谁有能力做咨询项目，都尽管来吧。于是乐毅来了，苏秦也来了。”

“老师的记忆力还真是逆生长啊！”

“关于这高台的记忆，可深着呢。还记得工程竣工后，你邀请我来一起剪彩，我兴奋地踏着金灿灿的台阶往上走。谁知道你为了省钱，搞的是豆腐渣工程，用的是空心砖，我走到一半，一脚踏破了一块砖，失去重心，整个人从台阶上滚了下来，腿摔折了。好在你不嫌弃，你说：‘无论是千里马还是瘸腿马，我都会养着你的。’感动得我差点就相信你是有良心的了。”

“老师，您不仅腿瘸，心眼也瘸，寡人的良心，天地可鉴，有什么不能相信的？”

“大家都说你是爱才如命的圣君，是尧舜在世。我后来才明白，‘黄金台纳贤’不过是一场秀，你对人才的爱，并非发自内心。你养着我，其实和那位千金买马骨的国君一样，是为了俘获人心。人才对你而言，只是棋子罢了，只要失去了利用价值，就可以立马丢弃，跟踩死一只蟑螂没什么两样。”

燕昭王被雪光映照得惨白的脸霎时黑了下来，问道：“那寡人不是还养着你吗？蟑螂又是谁呢？”

“苏秦为报你的知遇之恩，冒着生命危险远赴齐国执行卧底任务，挑唆齐王称帝、攻宋，以引起其他国家的警惕和反感，又在列国间周旋，不断离间齐国与他国的关系，其间多次遇险，曾被赵国和魏国拘留，命悬一线。他恳请组织施以援手，可你听信小人谗言，以为他已经被齐国策反了，猜忌他，冷落他，想让他自生自灭。直到他写了一封又一封求救信，晓以利害，让你知道为了燕国复仇大计，他还有利用价值，你这才派人去援救。最终大功告成之时，你又抛弃了他。苏秦身为一个外国人，只为报答你的知遇之恩，便为了燕国的荣誉牺牲了自己的生命，却没有被追认为烈士。你跑到济水边慰问攻破临淄的得胜大军时，犒赏将士，半句也没提到苏秦，真是薄情寡恩哪！”

“苏秦究竟是功臣还是叛徒，这个有待查证。”

“在你手下，臣下的命运都是一样的。乐毅留下两座城没有奋力攻打，是因为他担心如果燕国像当年齐国灭燕一样，将对方赶尽杀绝，会将齐国人民彻底激怒，为燕国的未来埋下隐患，正所谓：冤冤相报何时了？万事留一线，未来好相见！

然而，你对他的忠谏不予理睬，反而听信小人谗言，以为乐毅故意拖延，其实是想阵前倒戈，自立为王，你这些天正在和太子商量找人取代乐毅，今天来找我，恐怕也是为了这件事吧？”

“老师，您这是见了丈母娘叫大嫂——没话找话……”

“丈母娘我是没见到，白眼狼倒看到一只。这沽名钓誉的黄金台、尊贤堂，我再也没脸住下去了，马上告辞，拜拜了您哪。”郭隗转身朝台阶下走。

燕昭王凝视着郭隗的背影愣了半晌，忽然目露凶光，移步走向那个一瘸一拐的背影，把手伸向郭隗羸弱的后背，却不料自己下脚太猛，踩破了一块空心砖，身体失去重心，嗷嗷叫着，从台阶上滚落下去，雪地里瞬间出现一个狗熊大的人印。

赏析

三场“秀”背后的猫腻

有道是：高处不胜寒。那些高居权力顶峰的人们，犹如现今身处舆论风口浪尖的公众人物们，更应在不断自省中完善自我，才不至于轻易跌下神坛。看看《新黄金台：圣人秀》里面的君王们，表面上，他们都是在向圣人看齐，努力完善自我，实际上，口是心非，假仁假义，到头来全部落得个鸡飞蛋打，一个个还搭上了身家性命。

在本章开篇，作者巧妙地设计了一个黄金铺设的豪华房间，里面放置的却是马桶、饭桶、洗脚桶，简直就是金玉其外，败絮其中……满头白发，年迈的燕易王正专心致志地做着木匠活。他对齐国使臣苏代说，自己一不贪恋权势，二不贪图美色，旨在表明自己品行高洁。于是当苏代顺水推舟建议他向唐尧学习让贤的时候，他很高兴地答应了。这段描写十分滑稽，但并非单纯为了哗众取宠，而是在暗讽燕易王妄想当圣人，披着黄金的外衣，实则满脑废料，堪比饭桶。为了得到圣贤的虚名，他轻易便中了苏代的套，搞了一台“禅让秀”，结果被别有用心的小人利用，招来个国破家亡的悲惨结局。这是作者设计的第一场“秀”。

子之为了篡位，和苏代狼狈为奸，轻轻松松就将王位诓到手，可仅仅嘚瑟了三年就被推翻，还被处以极刑。一个想当圣人的君王和一个想当君王的相国组成

"作死队"，渔翁得利的却是隐藏在苏代背后的大齐国，真是令人哭笑不得。

那么，得了甜头的齐国又怎样呢？齐滑王同样是一位向圣人看齐的有志青年，一心想要实现统一大业，成为功盖千秋的"齐始皇"。在受了苏秦"点拨"后，他更是举起"汤武"之旗，向公认的暴君"桀宋"发起"正义之战"，看起来是向圣人靠拢，实则不过是给自己侵略者的身份披上一件功德袈裟，和圣人的追求八竿子打不着。正所谓盛极必衰，齐滑王如愿灭宋，结果非但没使齐国壮大，反而令齐国堕入万劫不复的深渊，自己非但没当上圣人，反而成了过街老鼠，遭到列国联合讨伐。

淖齿的总结一语见的：你自诩汤武，实则堪比桀纣。齐滑王的"汤武之举"与燕易王的"假禅让"一样，都是一场打着圣人招牌的"道德秀"。这是作者设计的第二场"秀"。

接着说到本章中的第四位君王——燕昭王。历史上对燕昭王的评价还是比较高的。人们对他的印象也基本停留在"求贤若渴""礼贤下士"之类的好评之上。《新黄金台：圣人秀》却对"黄金台"的故事做了极富创意的延伸，颠覆了人们的传统认知。

本章关于燕昭王的评价，主要集中在他派遣苏秦卧底齐国这一历史事件上。《史记》中关于苏秦生存的年代及其事迹的记载是存在谬误的，致使苏秦为燕昭王卖命，在齐国开展反间计的这段精彩历史被埋没。直到 1972 年，在长沙"马王堆汉墓"出土了好些写在帛上的书信（帛书），即所谓《战国纵横家书》，其中有十三篇就是苏秦去齐国当间谍时写的绝密信件的抄本，传阅范围很小，但历史价值不可估量。这些史料的出现，为我们还原了那段荡气回肠的历史风云。本章对这个故事进行了浓缩，讲述得更为精练，同时以这段历史为佐证，揭露了燕昭王"伪善"的一面。苏秦在列国间周旋，数度遇险，燕昭王却冷眼旁观的情节就出自于此。

作者将自己解读出来的这些思想，融入了郭隗对燕昭王的批评中：

"大家都说你是爱才如命的圣君，是尧舜在世。我后来才明白，'黄金台纳贤'不过是一场秀。"

"这沽名钓誉的黄金台、尊贤堂，我再也没脸住下去了。"

一席话，将燕昭王设"黄金台"，办圣人秀的假仁义诠释得淋漓尽致。黄金台和尊贤堂，与开篇的黄金屋一样，都是虚有其表的"豆腐渣工程"。这样的工程正是燕昭王“心”的写照，其“圣君”形象瞬间坍塌，沦为燕易王、齐滑王之流了。在最后，作者还以黑色幽默的笔调，给燕昭王安了个“自作孽，不可活”的悲催结局，而历史上的燕昭王其实是寿终正寝的。这便是作者设计的第三场“秀”。

当然，此乃敢于标新立异的笑李飞叨的一家之言，我们不作评价。但作为戏说，这样的演义还是能给人耳目一新的感觉，也引发了人们打破固有思维，重新审视和评价历史事件的兴趣。

有几处情节体现出作者的匠心独运，如历史上在“子之之乱”中与燕国结下世仇的其实是齐滑王的老爹齐宣王，燕昭王找齐滑王报仇算是“父债子还”；和乐毅有矛盾的国君其实是燕昭王的儿子燕惠王，乐毅被排挤时燕昭王已经驾鹤西去了。至于苏代和苏秦，暂称他们为哥俩吧（史书上有说苏代是弟弟，有说是哥哥，反正这血缘关系错不了），这俩人忽悠人的本事不相上下，在本章中成了立场相反的两名“间谍”，一个助齐灭燕，一个助燕灭齐，还真是一对配合“默契”的好搭档！

苟大戈，本名栗振光，男，“60后”，内蒙古包头人。文学爱好者。

对本书的一句荐语：如果历史是任人打扮的小姑娘，那笑李飞叨笔下的历史便是倾国倾城的绝代佳人。

第 42 章　新田单复国：神丐显灵

典故卡

田单复国

这一典故载于《史记·田单列传》。燕国大将乐毅率五国联军大败齐国，连续攻下七十多座城池，整个齐国只剩下莒(jǔ)和即墨两座城池还在顽抗，亡国在即。在这紧要关头，出现了一位反攻复国的英雄，他以这两座城池为根据地，善用各种谋略与战术，一举打败燕兵，光复了故土，这就是有名的田单复国的故事。

一

看来安平也是待不住的，乐毅攻占城池的速度比兔子它舅姥爷还快。战火已经蔓延到安平的护城河，岸两边一人高的荒草又借着风势替敌人助了把阵，把城外郊区烧得那叫一个畅快淋漓。河水都沸腾了，螃蟹虾米们泛着红肚皮全都交代了后事，一个个仰面朝天，此时要是加点桂皮、辣椒、大料，八成能吃出巴蜀火锅的味道。

田单的脸上身上都是烧焦的草灰，他手里的板斧正一下一下砍向巨大的木车轴突出的部位。

“大人，您的母亲和夫人、公子已经收拾完毕，只等坐车逃难了。时间紧迫，我不理解您现在玩车轱辘是出于什么目的？”守门官梅哲人把七八个布包袱一股脑丢进马车里，他的铁饭碗在一个时辰前彻底丢了，因为乐毅的军队接管了城门。

田单一边继续砍车轴一边吩咐梅哲人：“你去扯几片铁皮来，把车轴包上，我是把车轴没用的地方砍掉，这样遇到山石泥泞处不至于磕坏碰断，然后用铁皮包上，既耐磨又护轴，别看浪费了时间，其实慢就是快呀！”

梅哲人按照吩咐用铁皮把车轴包上，搀扶着田家几口人全都上了马车，田单带领着安平的难民在战火的掩护下由另一条小路向北逃去。

“听探子报，现在只有莒和即墨还没有被攻占，这样吧，即墨城战线较长，易守难攻，我们直接去那里。”田单让梅哲人对着马屁股多抽了几鞭，马受了疼，尥开蹶子流星一般向前奔去，磨得车轴上的铁皮直冒火星子。

一路上都是扶老携幼的难民，放眼望去，饿殍遍野，侧耳一听，哀号震天。见此情景，田单心情比较烦闷，一句话也不想说。直走了半个多月，才到了即墨城。城里的老百姓早就听说乐毅快打上门来了，此时城内外人心惶惶，草木皆兵。田单刚进了城，乐毅也带领着人马兵临城下，这真是左手刚按着个毒蝎子，右手又攥住一只狠马蜂，刚要仰头叹口气，黑老鸹又屙了一喉咙，唉呀呀！倒霉它妈给倒霉开门——倒霉到家了。

“关门，关门！”梅哲人不愧是资深的城门官，这两句高亢嘹亮的台词用得真是时候。马车刚进了城，厚重的城门便被及时关闭。

“箭射上来了！”城楼上有人大喊，“射上来了……上来了……来了……了……”

“怎么回事，这是即墨特有的喊法，还是有回音？”田单吩咐停车，想派梅哲人上楼看看。这时只听“砰”的一声响，一个身穿铠甲的勇士从城楼上一头跌了下来，立马血肉横飞，断了气，身上插着几十支毒箭。

“刚才就是他喊的，喊第一句时就中了七八支箭，他是我们的长官。”几个士兵跑下楼急忙去探他的鼻息，“完了，长官没有了，群龙无首，士气必定衰弱，咱们只能束手待擒了。”

“我们大人是临淄的市掾（yuàn）官，办事认真，能力超群，很受爱戴，可以推举他任首领。”梅哲人兴奋地向士兵们推荐，丝毫没看见田单用尽了全身的力量在向他挤眼睛，差点把眼珠子挤出来。

“我不行，”田单皮笑肉不笑地想推脱，“别听他瞎说……”

“拜见首领，请上城楼督战。”几个士兵不容他解释，一边一个抬着胳膊，像肉夹饼一样把他架到城楼上。

“哈哈，大人，您一来就当上了官，真是有福之人不用慌，是金子在哪都发光，怎么样，您得好好谢谢我才行。”梅哲人笑道。

“我谢你奶奶的孙子。”田单咬着牙骂道。

“我奶奶的孙子……那不还是我吗？不用谢，不客气。”梅哲人一点好赖话也听不出来，只顾傻呵呵地乐。

敌军的箭依然狂射不停，城墙被弄得斑驳陆离，屋脊上的兽形瓦当也被射得缺鼻子少眼儿。士兵们气得心肝肺一起碰，简直要了命。田单看了看城下，对将士们说：“敌人兵强马壮，要是正面交锋，咱们这身肉都不够他们包顿饺子的，所以只能智取，不可硬来。”

他看了看梅哲人，思索了一阵，说道：“你不是想让我谢谢你吗？这样，给你一个差事，立了功你可就是人民英雄了。”

“啥儿？有这好差事？”梅哲人眼睛都放光了，哈喇子流了一地。

“听说燕昭王死了，如今是他儿子燕惠王继位。燕惠王和乐毅之间有矛盾，这是个好机会。我派你到燕国去造谣，就说乐毅之所以对莒和即墨围而不攻，是想以讨伐齐国为名，悄悄收揽人心，然后自己在齐国称王，所以齐国人根本不怕乐毅，就怕燕国改派其他大将来取代乐毅，这样，即墨马上就要遭殃了。”

“啊！您这是想让我去送死呀！真是卸了磨就杀驴，逮住了兔子就宰狗呀。”梅哲人吓得浑身哆嗦。

“国难当头，哪容你有这贪生怕死的念想？再说了，现在正缺人才，你就是这个人才，别人我还看不上呢。别说死不了，就是你死了，以后世世代代还享受香火呢不是？”

梅哲人越听越瘆得慌，把头摇得像拨浪鼓。

“我不去，不去……不去……去……去。”

“真是好壮士，既然这么愿意去，来人，送梅英雄一程。”

两个士兵一边一个架着梅哲人的胳膊，像拎小鸡子似的把他抬到楼下，火速送到郊外，扶上马背，用沾了盐水的马鞭狠狠抽了马屁股一下，马像一道黑烟一般瞬间消失在茫茫丛林里，只留下一串梅哲人瘆人的哀号。

二

再次见到梅哲人已是半个月后的一天早上，乐毅大军突然往后撤去三十里，敌军士兵垂头丧气，战马也像捣蒜一样一步一点头，霜打的茄子一般。还不知什么情况的田单正来回在城楼上踱步，此时有几个士兵押着一个披头散发的乞丐来到瞭望台。

“启禀大人，逮着一个形迹可疑的人，他在城门口蹲守了好几天了，刚刚被我们逮住胖揍了一顿。”士兵将那人猛地推了一把，他踉跄着匍匐到田单脚前。

“哎哟，你们真是瞎了眼，这不是梅哲人吗？”田单抬起那人的脸一看，顿时大惊失色。

“啊？我们不知道呀！几天不见，他怎么成这样了？”几个士兵一听是梅哲人，全都有点不好意思了。

“快带他洗洗，换件衣服。”田单吩咐道。

“我……我饿，快……先煮四十个鸡蛋，烙八十张饼，来十碗紫菜汤。”梅哲人有气无力地说。

“吃得下吗？”田单担心地问。

“不够没事，我先垫垫，晚上正式吃。”

“这是饿出来个大胃王呀！你这几天出去冬眠了吧？”田单笑道。

“您还好意思说呢？”梅哲人狼吞虎咽啃着大饼，埋怨道，“派我出去当间谍，您倒是给我俩钱呀！我一文钱都没有，本想把马卖掉，路上遇到乐毅的军队征集战马，不但没给钱，还赏了我几马鞭，我是一路讨饭一路完成了任务，回到咱们这边时大门紧闭，都把我当乞丐了，本想窝在城门下等着您在城楼上溜达时喊您一声，还没出声，就让这几个兔崽子揍了一顿。”

几个士兵捂着嘴差点笑出杀猪声。

“这么说你真的完成了任务，敌军退去是因为换将了？”田单问。

“呦，大人真是神人呀！”梅哲人说，“真是换人了。我到了燕国，把您教我的那套台词像病毒一样散播了出去，他们那边可能盛产八婆，谣言传得那叫一个快，半天功夫整个燕国都知道了。燕惠王是在晚饭前听到消息的，当时就把桌子给掀翻了，立即派大将骑劫去代替乐毅。听说骑劫是一个无能的将领，燕军顿时军心动摇。这不，骑劫把军队撤退到三十里外扎营了。”

“太好了，”田单笑道，“你真是立了大功呀！我立马吩咐给你立个牌位。”

“啊！”梅哲人差点被大饼呛着，“我还没死呢，也用不着香火，饿不死迟早也得让您给吓死。”

“你不明白我的意思，”田单笑道，“如今敌军士气低下，领头的又是一个熊包，咱们只要把将士们的士气挑动起来，一定可以击溃敌军。所以我想让你扮作‘神师’，以后每逢下令，就说这是天神的教导。齐国士兵看见有‘天神’下凡相助，一定会士气大振，而燕军听到这个消息，都会怯战，到时他们便会不攻自破。”

“那我先洗个澡换身衣服，神仙要有个神仙样呀！”梅哲人说道。

“不用，这样正好，就说你是神丐下凡，不修边幅，既亲民又有说服力。”

“好嘛！一个好好的门官跟着您个把月没混出个人模狗样来，白白当了半个月叫花子，好不容易演个神仙，弄半天还是演乞丐。”梅哲人苦笑着说。

三

一个木制的双轮轮椅被推上城楼，梅哲人破衣烂衫地端坐在上面，手里摇着一把破芭蕉扇，头发乱得像顶着一只狮子狗。田单立在他的左边，城下是持戟挎刀、排列整齐的三军将士。田单把手放到嘴边做喇叭状，大声喊话道：“神丐昨天降临即墨城，被咱们的士兵如贵宾般接到了城里……”

“您亏不亏心？是贵宾吗？我身上的伤还化着脓呢！”

“闭嘴，”田单脸上笑着，嘴上却恶狠狠地呵斥道，“再说废话让你舌头也流脓！”

梅哲人吐了一下舌头，赶紧闭了嘴。

“下面让神丐讲几句话，大家欢迎。”

台下爆发出雷鸣般的掌声。

“将士们，”梅哲人一边说，一边斜眼看着田单早已递过来的发言稿，“燕军残忍暴虐，烧杀抢掠无恶不作，咱们不能坐以待毙，一定要坚决反抗，如今天神下凡助我们一臂之力，胜利是属于我们的……”

台下一片死寂，梅哲人脸上都冒汗了：“大人，没反应呀！”

田单想了半天，心生一计，赶紧写了几句，递给梅哲人。

“燕国人俘虏了我们的弟兄，割掉他们的鼻子，他们真是无恶不作，丧尽天良，连死人都不放过，在城外挖开我们祖先的坟墓，鞭笞他们的尸体……”

话还没说完，只听将士们喊杀震天，全都挥舞着手里的兵器，义愤填膺地高呼要出战，脸红得像挨了五六十下巴掌一样，吓得梅哲人浑身出冷气。

“大人，”他问田单道，“您写的这些是真的吗？要是他们发现被骗了岂不是适得其反，到时再把我活吃喽！”

“放心，”田单说，“我早就派人到敌方散布谣言去了，说齐人最怕割鼻子和挖祖坟，骑劫这个蠢猪肯定正按我的意图去办呢！”

“这么损的招也只有您想得出来。”梅哲人吃惊地嘟囔道。

“牺牲几个鼻子,是为了保住所有人的脑袋!”田单瞪了梅哲人一眼。正说着,听到城下传来叫嚣声,原来是敌军跑来挑衅,前面押着几十个被割掉鼻子的齐国俘虏,每个俘虏身上还绑着一副白骨。一个肥头大耳的将领大喊:“你们的弟兄背着你们的祖宗来劝你们投降了!还有什么好犹豫的?”

城楼上的士兵见到此景,有的嘶声怒吼,有的痛哭流涕,恨不得直接跳下去和敌人拼命,田单赶紧下达命令:“将士们,少安毋躁,要听从安排。凡是精壮士兵暂时隐伏,老弱妇女在城头上防守,这样可以麻痹他们的神经,以为我们无兵可用。我会派人出城去炸尸……不,是诈降,等骑劫放下戒心毫无警惕时,咱们再一鼓作气歼灭他们。”

士兵们便按田单的布置各就各位。

田单又派人给燕军将领送去贵重的礼物,恳求道:“即墨很快就要投降了,希望大军进城以后,保全我们一家老小。”燕军将领听后深信不疑,满口答应,转头就回营向主帅报告。从此燕军将士丝毫不做战斗准备,成天饮酒作乐,专等田单出来投降。

四

即墨城里,田单征集了一千多头牛,连牛犊都拉来充数,给牛身上都披一件五彩龙纹的红绸子,两只犄角绑上利刃,尾巴扎上浸透油脂的芦苇。他令军士们在城墙根挖开几十个洞口,把牛藏在里面,预备冲锋。同时又挑选了五千名勇敢的壮士,拿着武器跟在牛群后头。

到了晚上,梅哲人坐着轮椅来给将士们鼓气,他让士兵拿着火把在前头引路,刚要开口讲话,士兵的火把一不小心引燃了牛尾巴上的芦苇,顿时一千多头牛变成了火牛,怒吼着奔出洞口,直冲向燕军兵营。五千名壮士用炭灰把自己涂成大花脸,紧跟在牛群后面,奋勇击杀。城中人狠命地敲打着各种铜器,鼓噪助威。城外一片火海,喊杀声惊天动地。燕军还在梦里,一睁眼看到一群大火球似的怪物猛冲过来,吓得乱作一团,慌不择路,自相践踏,死伤无数。主将骑劫被牛角上的刀片刺死,燕军大败。

田单率领士兵乘胜反攻,收复了七十多座城池,将齐国领土全部恢复。

待得凯旋,田单设宴犒劳军士,唯独不见梅哲人。这时一个兵士启禀道:“大人，梅哲人被刚才突如其来的变故吓得肝胆俱裂而死。听以前你们临淄的副门官说，他过去收税时惹怒了一头牛，被牛角顶过，一听牛叫就哆嗦。刚才一千多头牛一起怒吼，他没来得及捂耳朵，被活活吓死了。”

在场的所有军民一听说梅哲人被吓死了，才明白过来他原来是一个凡人，并不是神丐，便知道这是田单使的计策，于是对足智多谋的田单更加敬佩了。

听到这个噩耗，田单叹了口气吩咐道：“为梅哲人举行一个隆重的葬礼，这是位民族英雄呀！立一块墓碑，上写：民族英雄梅哲人之墓。梅哲人呀梅哲人，看来你不想享受香火也不行了。”

在即墨城郊外，一大片荒地上堆起了一千多个战牛的坟包，坟包中间有个更大的高冢，里面埋着梅哲人，并且立着一块墓碑，上书：民族英雄梅哲人之墓。然而有人发现，每到夜晚有火光靠近时，墓碑上都会渗出一颗颗水滴，老远一看，好像一粒粒冷汗。有人说不该把梅哲人埋在牛堆里，他本身就怕牛，这不是故意吓他，让他连死也不得安宁吗？也有人说这是田单在锻炼梅哲人的胆量，他把汗出完胆小病就好了，不然到了阴曹地府不是还有个牛头马面天天见面的吗？所以自然是要练胆量的。可公说公有理婆说婆有理，谁知道呢？

赏　析

时势造英雄

本章作者用风趣鲜活的语言，为我们描绘了战国历史画卷中具有重大转折意义的一幕——田单复国，揭开了这位传奇英雄人物的神秘面纱。

开篇讲述了乐毅率燕国大军长驱直入，势如破竹，连破齐国七十余城后，临淄城里名不见经传的小人物、市掾官田单，命族人砍去车轴多余之处，用铁皮箍扎，从而防止在逃亡途中发生磕碰而耽误行程。明明是逃跑，他没有大难临头时的恐慌，反倒是思路清晰，做事有条不紊且考虑深远，足见此人智谋过人且心理素质超群。这个细节已然为日后田单大展谋略率齐人反败为胜埋下伏笔。

此外，田单对于燕国内部的政治矛盾分析得极为透彻：乐毅一鼓作气连克七十余城，却数年攻不下即墨和莒两城，应该不是个人能力问题，多半是他心里另有打算。即便不是，那他长时间脱离政治斗争的权力中心，也是一件十分危险的事情。乐毅掌控军事大权，又在齐国看似敞开的大门口踟蹰不前，这难免会令远在国都且本就与他心存罅（xià）隙的国君心生忌惮，这就让田单有机可乘，为其实施“反间计”创造了良机。

正所谓，苍蝇不叮无缝的蛋。如果燕国上下一心，将相和、君臣和，那田单之流煽风点火、挑拨离间的损招也不易生效。只可惜，历史一次次证明了，一个权力集团的崩溃，往往不在于外力压迫，而是内部矛盾使然。后来的长平之战，与秦国侵略者实力相当且兵力更多的赵国是主场作战，却被长途远袭的秦军打得大败，险些亡国，也是因为赵国决策层中了秦相范雎的“反间计”。

于是，田单的计谋一一得以实现：乐毅遭国君猜忌，被迫“下岗”，蠢猪骑劫替代了他，就好像后来长平之战中赵括取代了廉颇一样。或许，骑劫的本事还不及赵括的“纸上谈兵”。吹牛拍马、搬弄是非、构陷忠良，他是把好手。他极力挑拨政敌乐毅与燕惠王的关系，从而让自己“李代桃僵”。然而一旦上了战场，他就是个满脑草包、不名一文的废物。他犯了骄兵必败的兵家大忌，中了田单示敌以弱之计。他收受贿赂，从而放松了对敌人的警惕，又带头掀起军队奢靡之风，整日饮酒作乐……不怕神一般的对手，就怕猪一样的队友，何况连队长都是蠢猪一头。想当年庞涓那样的超级将星，也是败在了孙膑“示敌以弱”的智谋之下。可见，骑劫既没有好好学习兵法，对历史也是一窍不通。有这样的统帅，军队不败才怪。所以，与其说是田单的“火牛阵”击溃了燕军，倒不如说是燕人自己毁灭了自己。

文中对梅哲人的描写，堪称是最出彩的部分。这是一个虚构的“配角”，是为衬托田单这朵“红花”而存在的“绿叶”，却从出场一直活跃到结尾，成为贯穿整个故事的主线。他的形象可以无限放大，他属于社会底层群体的代表。他的言行举止，有人性共性的表现——畏惧死亡，却又能临危受命，为家国大义拼尽全力，说他是草根英雄也绝不为过。这个既可爱又可悲的小人物，是助田单实现复国大业的最大功臣，却以滑稽的悲剧收场，令人唏嘘。只能说明，在一次次残酷的战争中，无数小人物为国家利益做出牺牲，享受胜果的却往往是权力阶层。

田单最后把梅哲人和有战功的牛葬在一起，寓意非常深刻。把民族英雄和牛（毕竟是牲畜）同葬一处，是抬高了牛，还是贬低了人？田单这样的做法，再次证明他是个心计颇深之人。一个人能骗得了所有人，却唯独骗不了自己。古人唯心之论远胜于今，田单一定是感觉自己对不起梅哲人，怕他的鬼魂纠缠自己，便想用牛的鬼魂来牵制梅哲人。可见，此人居心叵测，绝非善类。他之所以成为复国救主的英雄，不过是机遇使然，也是他的求生本能决定的，与道德无关。所以作者一开始就设了个梗，说田单原本一心只想逃命，毫无救亡图存之民族大义，当上首领根本就是“被绑架”，这并非空穴来风。正所谓时势造英雄，只能说，田单是被历史选中的幸运儿，有点类似后来的刘邦吧。

笔者以为，作者不仅具有悲天悯人的反战情怀，同时也想告诉读者：任何伟大的历史人物，归根结底都是时代的产物。我们只有结合当时的历史条件、时代背景，一分为二地看待其功过，才能客观、公正地做出判断。

李嗣泽，“70后”，医生。辽宁省作家协会会员。

对本书的一句荐语：一本对历史深刻反思的书，值得肯定。

第 43 章　新屈原沉江：风雪逆行

典故卡

屈原沉江

据《史记·屈原贾生列传》记载，屈原是战国时期楚怀王的大臣，他倡导举贤授能，富国强兵，力主联齐抗秦，却遭到公子兰等人反对，遭谗去职，被赶出都城。他在流放途中，写下了忧国忧民的《离骚》《天问》《九歌》等不朽诗篇，独具风貌，影响深远。后来，秦军攻破楚国都城。屈原眼看祖国被侵略，心如刀割，于农历五月五日，写下绝笔作《怀沙》后，抱石投汨（mì）罗江而死，以自己的生命谱写了一曲壮丽的爱国主义乐章。后来人们把端午节作为纪念屈原的节日，端午节也被称为“诗人节”。

汉北（古地名，在今湖北省内）简直比沙漠还要荒凉，特别是在寒冷刺骨的冬季。放眼望去，衰草连天、乱石成堆、沙尘漫布。风吹着流氓哨呼啸着从山崖缝隙中穿梭而过，枯树坚挺着最后的尊严，死了也不向这烈风屈服，真是蠢到连树根都透着一股傻气，再好的兽医没有五百斤砒霜也治不好它的神经病。

虽然已经跨入汉北这个流放地的地界，但前面分明是一片荒地。屈原依然是走一阵歇一阵，年纪虽然不大，腿却是受不了，发沉，每走一步双腿就如同灌了铅一般，刚跨入汉北地界便一屁股坐到地上，让随从吴友深度怀疑他患有严重的静脉曲张。

“屈大夫，眼看就到发配地了，再不紧着走，咱们怕是要露宿街头了，风这么大，不消等到明天，咱俩都得变成晾干鱼，到时连狼都嫌咱们硌牙。”吴友想扶起屈原继续走，可屈原像块长了根的石头般纹丝不动，吴友把牙都咬碎了也没撼动他一点。

“死了倒好，一了百了，只是空怀了我这一腔抱负，唉！国家如今千疮百孔，大王任人唯亲，听信谗言，我死也不能瞑目呀！”屈原的脸被刀子般的西北风刮得皴（cūn）裂出血，血道子像煮熟的鸡爪子。

“还抱负？我看你就是我的一个包袱，你是泥菩萨过河——自身都难保了，还想着国家，先吃饱了再做圣贤吧！”

“咱们找个客栈住下吧！”屈原叹了口气说道。

“你真是大腿根里夹锯——真敢啦（拉）！你有钱吗？看咱这包裹里，窝窝头只剩一个半，下一顿只能找牛粪了，还住客栈？”吴友翻着白眼冷笑道，又隔着包袱摸了摸那一个半硬邦邦的窝窝头，生怕弄丢了。

屈原不再说话，在寒风中喘息着。此时天空开始飘起鸭子毛般的雪花，他和吴友都把身上的旧羊皮袄紧了紧，然而没有一点热乎劲儿。

“我看还是走吧。死也要死在流放地，不能抗旨不遵。”屈原倔强地强撑起沉重的身子站起来，在吴友的搀扶下步履蹒跚地往前走。

雪沾到脸上就化了，身上的羊皮袄破得像个蜂窝煤，哪哪都是眼。凛冽的寒风从胳肢窝下的窟窿处直往里钻凉气。西北风呼啸着往南刮，里面掺杂着几声令人毛骨悚然的狼嚎。

“屈大夫，好像有狼……”吴友浑身冒冷汗。

“什么叫好像，就是有狼。天一暗，它们就要开始行动了。那磨牙的动静比这风声还要震撼，你听不出来？嗨！我巴不得让狼给吃了！”屈原冷笑着说。

“您唱个歌助助胆吧！我不通音律，五音不全，不然我就唱了，我怕一唱那狼以为我是同类，来得更快了。”吴友说着，眼珠子来回踅摸着周围，嘴唇都开始哆嗦了。

“好，那我就唱两句，唱歌是我的强项，让你也见识见识我这两把刷子。”屈原清清嗓子，把嘴张得跟河马一样大，为的是打开口腔共鸣，不料一股西北风直窜喉咙眼，呛得他像吃了十只苍蝇般剧烈咳嗽起来。他调整了一下状态，为了不被灌风，倒退着走，一边走一边哼哼：“鸟飞反故乡兮，狐死必首丘。信非吾罪而弃逐兮，何日夜而忘之……”

“得了得了，屈大夫，”吴友打断他，一边后怕似的朝周围看看，“您回过头来吧，还是别唱了！我唱歌是招狼，您唱歌连狐狸都招，还是别吱声了，这样还能多活些时辰，我说楚怀王怎么老是想流放你，你整天和他唱这种反调调，搁谁谁头疼。”

“嗨，那是唱歌的事吗？我是轻易不展示我嘹亮的歌喉的，他想听还捞不着呢！”也不知屈大夫哪来的自信，他继续骄傲地说，“问题的根源是大王善恶不分。秦乃虎狼之国，大王头脑简单，认不清利害关系，执意要和他们缔结友好，看我反对，就要流放我，我能有什么办法？真是的，人从小就学会分辨五颜六色，怎么成年后反倒分不出青红皂白了？”

“唉！屈大夫，”此时狼嚎声逐渐远去，吴友胆子稍大了点，说话也有力气了，“楚国百姓都知道您是对的，我也知道，都为您抱不平。可谁让您得罪了那些权贵呢？秦国狼子野心，试图吞并我们。谁都知道，亡国后倒霉的是老百姓，那些贵族有钱，可以移民呀！所以有国没国他们无所谓，您说我的话对不对？”

屈原点点头，眼看风雪越来越大，俩人竟不知不觉快要走出了这片荒地。

“你发现没？”屈原说，“咱们一边聊天一边走路，不但不觉得累，反而越走越轻快，越走越赶趟了。”

“还真是，这片荒地足有几十里呢！说着话咱们居然快走出来了。”

“这样，咱们一人讲个小故事，解解闷，如何？”屈原提议道。

“好，那我先讲。”吴友说，“这个故事是我道听途说来的，不知真假，说的是那年楚国正值岁末冬天，天气也和现在一样，到处下起大雪，天寒地冻。大王叫人在宫殿里点上炉火，烧得旺旺的，又穿上厚厚的皮大袄，还是觉得冷，直打寒战，他是很怕冷的，弄不好有风湿病。烤着炉子，他沉思了一会儿，突然，不知吃错了什么药，良心有些发现，想起了咱楚国的臣民们：我把炉火点得这么旺，身上还穿着这么厚的皮袄，仍然很冷，那我的子民们既没有炉火烤，又没有皮袄穿，岂不是更冷得难以忍受？那时的大王和现在不一样，爱民如子，慷慨大方，于是颁下旨令，给全国贫苦百姓送去取暖的煤炭。人们很是高兴，也非常感动，都称赞他是位好国君。”

“哎，那时的大王多好呀！再想让他变回去我看比让公猪下崽都难。不聊他了，”屈原笑道，“我讲一个我自己的事吧！我出生于楚国贵族世家，出生日期很特别，照甲子推算，那年应该是戊寅年。不但是寅年，而且又是寅月寅日。我父亲觉得我的生辰与众不同，给我起了个好名字，叫平，字原。平是公正的意思，是天的象征；原是又宽又平的地形，是地的象征。我的生辰和名字正符合‘天开于子，地辟于丑，人生于寅’的天地人三统。这是一个好兆头。”

“后来呢？”吴友见他不再往下说，便问道。

“完了。”

“就这，这是什么故事？有什么听头吗？还好兆头，好兆头就是整天被流放？先看看自己处境再吹好不好？”吴友大笑道。

“那你讲，我看你能讲出什么花花来。”屈原有点失望地说。

“你听着，讲出来就比你强。”吴友开始讲，“还是楚怀王的事，他曾游览过云梦台，玩累了便睡着了。他在梦里遇见一位绝色美女，自称巫山之女，愿意献出自己的枕头席子给怀王享用。怀王于是宠幸了她。美女临别时依依不舍地说，如果想她，就来巫山找她，她是白天睡觉，晚上上班，还美其名曰‘早晨朝云，晚上行雨’。”

“哈哈！你这才是道听途说来的，故意编排大王的，哪有这样的事呀！”屈原笑得都顾不得西北风正往他嘴里头灌了，嘴巴都咧到后脑勺了。

“这故事都臭遍大街了，估计连傻子都知道，怎么能是编的呢？”

“我就不知道。你那意思我还不如一个傻子呗！”屈原笑着的脸急刹车般瞬间凝固，眼看快到村庄了，他的脚步变得轻盈起来。

“好了，我还是讲讲我小时候的故事吧。年纪大了就开始怀旧了。在我老家秭归香炉坪的正对面，有座三星岩。三星岩的半山腰，有眼泉水井。井水很清，像一面菱花镜子。井边立着一块碑，上刻‘照面井’三个大字。我从小就有洁癖，眼泪流到嘴里都得恶心半天。每天起床，第一件事就是到姐姐跟前，请她给我梳头、洗脸、整容。姐姐总是一面给我梳洗，一面给我讲那些关于高尚美德的故事。久而久之，我渐渐懂得一个人不仅要讲究外形整洁，还要永远保持心灵纯正。等我长大后，不愿再耽误姐姐的时间，于是自己每天早起后就来到香炉坪坎下的响鼓溪畔，对着清清的溪水照面、洗脸、梳头。有一天，我在溪边梳洗时突然想：要是能有一口井，像姐姐说的那样，既能照出脸上的污垢，又能照出心上的灰尘，该多好啊！于是我就扛来一把锄头，爬到三星岩边挖起井来。这时一个老樵夫挑着柴走下岩边，对我说挖水井要选准位置，还给我念了一句咒语‘三星岩，三星岩，对准三星引泉来。折断龙骨泉眼开，照面照心涤尘埃。’说完便挑着柴担子走了。我当时就明白了他的意思。夜里，我站在香炉坪，对准三星，选好井位，第二天一早，就在选好的位置上挖起来了。但怎么挖也不见水，结果那个樵夫又来了，借给我一把金镐。我用金镐一下就把井给掘出来了，你知道那个樵夫是谁吗？是山神变的。”

说完屈原自顾自地哈哈大笑起来，吴友也笑道：“是个好故事，编得不错，应该讲给楚怀王听听，最好把井搬到他的宫殿里，让他天天照照。”

“你是三句不离楚怀王，咱别再提他了行不？说点高兴的。”屈原说。

“有高兴的，你看前边，”吴友用手往前指了指，“是炊烟，一定是有人家在烧火做饭呢。咱们去要点吃的，好有力气继续赶路！”

屈原说：“想我一辈子光明磊落，没想到居然落到如此下场，哎！我不求别的，只愿死后能让老百姓说一句屈原是个大忠臣，我就心满意足了。要是能有人每年在埋我的地方祭奠一下，那我就更加感激涕零了。”

“别想那么远了，”吴友说道，“你看，到村子了，小心……有狗。”

村子外果真有条狗，正摇着尾巴四处游荡，看见两个破衣烂衫的人朝这走来，它扭头就跑了。

“放心，咱不怕狗咬，我看狗倒是怕咱们咬它。你看它跑得多快，好像咱俩是瘟神一样。”屈原这时示意吴友敲村民的大门。

“笃笃……”门开了，一个老妪顶着风雪跨出门栅栏，问道：“你们是？”

“我叫吴友！”

“你要打酒？”老妪摇摇手说，“没有，我不卖酒。”

“我们不买酒，他是屈原。”吴友笑道。

“你没零钱？别说没零钱，就是有我也没有酒卖。”

“大娘，”屈原寻思着：还是我上吧，别把他老人家给整蒙喽！“我们是流放到这个地方的，想弄点东西充充饥。”

“你说我讲话有点虚？你这人说话还不如他好听，”老妪有点生气，声音提高了一倍，“我这人一辈子老实巴交，从不打诳语，虚什么虚，没有就是没有！”

“看来老人家有点耳背。”屈原说。

“您才看出来呀！”吴友笑道，“不是耳背，是那耳朵根本就是用来喘气的。”

“我有办法，”屈原灵机一动，指着吴友清了清嗓子说道，“这人是个大傻蛋。”

“噢，你说你俩想吃口饭呀！早这么说我不就明白了嘛！进来吧！”老妪笑盈盈地领着两人进了屋。

吴友生气地嘟囔：“我说屈大夫，您变着法子骂我，还让我还不了嘴，真是太可气了！”

“你再不济也比我强，刚才你不还说我连傻蛋都不如吗？”屈原笑道。

“哈哈！您呀您，还挺记仇。但别说，这招还真灵。”吴友笑道。两人进屋前拍打了一下身上的积雪，跺了跺脚上的淤泥，但一进屋却感到屋里比外边还冷。

“大娘，屋里怎么没有烧炉子？”吴友疑惑地问。

“废话，我是你大娘，又不是你大爷，脸上怎么会有胡子？”老妪又急又气，一边小声嘟囔，“年纪轻轻眼神还不好，这男女不分谁受得了？”

“你不行吧！”屈原笑着对吴友说，“谈话方式就不对，最好别说话了，不然，一会儿大娘急了眼再打得你生活不能自理。”

“大娘，听说这里盛产狐狸精？”屈原装模作样地问道。

“可不是嘛！秦国如今已发兵。”老妪端上两碗稀米粥递给俩人。

屈原接碗的手抖了一下：“您说什么？秦国发兵……为什么？”

“没馍馍，凑合着吃吧！我们好几年吃不着馍馍了。”

“噢，忘了，说话方式不对！我是说：天上无月满天星。”

“你说秦国为何要发兵？嗨，甭提了，还不是因为楚怀王！听说齐、魏、韩三国联军攻楚，怀王派太子横到秦国为人质，请求秦出兵援救。秦王倒也慷慨，果然发兵救楚，击退了三国联军。谁知，前几天秦国一大夫与太子横因为私事争斗被杀死了。太子横私自逃了回来。秦国能善罢甘休吗？听说秦王把八仙桌都掀翻了，发誓一定要发兵灭了楚国。两位，别嫌粥稀没馍了，到明天连这碗稀饭估计也吃不成。”

屈原虽然饿，但眼前这碗粥实在吃不进自己嘴里。他把粥递给吴友，吴友也不谦让，仰脖一饮而尽。俩人匆匆辞了老妪，赶紧趁着天黑之前赶路。

“长太息以掩涕兮，哀民生之多艰……”

一路上，屈原都在哼着莫名其妙的歌曲，听得吴友云里雾里，浑身都起鸡皮疙瘩。虽然什么都没吃，屈原现在走起路来却仿佛比吴友还有劲，一步一步透着一股力量。

“你相信我有未卜先知的能力吗？”屈原突然问，落在头上的雪一瞬间积压得很厚重，仿佛一顶白色丧帽正戴在他头上。

“什么意思？”吴友问。

“我刚才从那个老婆婆眼睛里看到一个画面，十分清晰，令我害怕，所以我赶紧告辞出来了。”

“您说说。”

“我看到大王被秦军绑架，劫往咸阳，最后死在了秦国。再后来，‘人屠’白起率秦军攻破楚都，而我……”

“您怎么样？”吴友急切地问。

“我看到自己沉到水里，给呛死了，眼珠子瞪得比牛眼还大……”屈原平静淡然得像在说一件与自己无关的事。

“不会的，您这是看花眼了。您要有这个本事还当什么大夫，早就在宗庙里摆上摊了，干个太史令不比这强？”吴友安慰他道，心里却在想：屈大夫虽然并非真的通神，但他却比普通人的眼光看得更长远，按照如今这个形势，楚怀王到最后也只能落得如此下场。而他说看到他自己被淹死，想必他早已准备用这样的方式结束生命。但愿我想的不是真的，但愿屈大夫的预言不会成真。

雪还在下，俩人继续赶路，但都不再说话，背后留下一串清晰的脚印。果然不出所料，若干年后，屈原的那些预言竟如这串脚印般真真切切地呈现在他们眼前，一个字都不差。

赏　析

那棵傻里傻气的枯树

本章作者以对话形式为主，情景描写为辅的写作手法，立体地呈现出伟大爱国诗人屈原可敬可悲又可叹的形象。同时，将其流放过程中的回忆片段、见闻感想与他后来的预测串联在一起，简单地勾勒出了屈原的一生。笔力千钧，翰墨抒情。我们仿佛听见茫茫雪原上风雪的悲鸣，夹杂着屈原壮志未酬身先死的嗟叹。

作者不惜笔墨，用细腻的笔调描写自然环境。如衰草连天、乱石成堆、沙尘漫布的荒漠，不愿向烈风屈服、透着一股傻气的枯树等，拟人化的手法生动形象，将与景物融为一体的屈原刚毅、正直、倔强的形象，深深烙印在读者心中。此外，晦暗无边的环境，也暗指当时的政治气候，喻示在这种大气候下，原本身为国家栋梁的屈原，心中那份政治抱负和爱国情怀，必然要受到无情打击。他在这荒漠上的凄凉遭遇，并非一时之痛，而是他人生的一个写照，也影射出他所处的时代环境。刀子般的西北风，刮在脸上，使他皮肤皴裂出血，刮在心里，则让他心碎到滴血。这风，不仅是肆虐在荒漠上的西北风，更是对荒唐吏治和黑暗官场的变相讽刺。屈原的眼前“分明是一片荒地”，他看见的不仅是自己的前路，更是祖国的未来，他怎能不凄入肝脾？

作者为屈原配了一个名叫吴友的随从，又在屈原的发配途中为他设计了一次与耳背老妪的邂逅。这两个虚构的配角个性分明，喜感十足，与屈原的对话妙趣横生，然而，透过他们表面轻松搞笑的对话，读者却能感受到一股浸入骨髓的悲凉，这种笑中带泪的手法，比直抒胸臆更能发人深思。他们的对话饱含哲思，如“人从小就学会分辨五颜六色，怎么成年后反倒分不出青红皂白了？”对善恶不分、昏聩失道的楚怀王进行了批评；“楚国百姓都知道您是对的，我也知道，都为您抱不平。可谁让您得罪了那些权贵呢？秦国狼子野心，试图吞并我们。谁都知道，亡国后倒霉的是老百姓，那些贵族有钱，可以移民呀！”对屈原遭受的不公平待遇表示了同情，同时也对那些将个人私利置于国家利益之上的贵族阶层进行了无情鞭挞。时间是一把筛子，最终会淘去一切历史的陈渣。事实上，秦国的统一历程，就是职业官僚政治（布衣政治）战胜和取代六国贵族政治的过程，是进步的政治取代落后的政治，作者在此融入了历史唯物主义的观点。取名和三星引泉的故事堪称经典，将屈原刚正不阿、襟怀坦荡的性格特征展现得淋漓尽致：“一个人不仅要讲究外形整洁，还要永远保持心灵纯正。”“应该讲给楚怀王听听，最好把井搬到他的宫殿里，让他天天照照。”与今天的“照镜子、正衣冠、出出汗”有着异曲同工之处。

历史上，屈原曾主张变法，他与当年的商鞅、吴起一样，看到了贵族政治的弊端，只可惜，他正直、刚毅的本性，使他无法像商鞅、吴起那样“凤凰择良木而栖”，他就如同一块“长了根的石头”，扎根在楚国的土地上，任凭同僚倾轧、国君误解，自己无辜被贬，也绝无弃暗投明之心。以至于最后国破家亡之时，自己无能为力，只得以死明志，给后人留下无限感慨。如果不是因为他的《离骚》等篇章，开创了诗歌史上浪漫主义的先河，或许他的名字也会像水中的沉沙一样，被遗忘在历史的某个角落。有人说，如果屈原能像管仲那样，把生命看得比气节更重，给自己找一个更广阔的舞台，以他的才华，应该能为推动历史进步做出更卓越的贡献，从长远来看，也比投江寻死更为明智。然而，一个人之所以伟大，之所以流芳后世，不仅在于他的历史贡献，也在于他独立于世的精神标杆。屈原将气节看得如此之重，固然有其迂腐之处，却也正是他令后人景仰的主要原因。“出淤泥而不染，濯清涟而不妖”，从古至今，有如此品格的又有几人呢？

与老妪的那段对话，鸡同鸭讲，笑料百出，但也并非纯粹为了哗众取宠，而是有其深意。一是反映出当时的权力阶层（屈原曾经也是）与百姓离心离德，沟通不畅。二是彰显了黎明百姓困窘的生存状况：屋里没有炉子，比风雪肆虐的屋外更冷，唯一的食物是一碗稀粥，馍馍已经好久吃不上了，与楚怀王“朝云暮雨”的奢靡生活形成鲜明对比……插科打诨间道尽民间疾苦。

而作为知名典故的“屈原沉江”“端午节”的故事，本章一笔带过，化繁入简，摆脱了传统叙事的窠臼，颇有新意，也留下韵味无穷。透过文字构建的意象，我们仿佛看见了，数千年前的一场鸭毛大雪中，风尘仆仆正在赶路的两人背后，留下的那一串清晰的脚印。

李嗣泽，“70后”，医生。辽宁省作家协会会员。

对本书的一句荐语：一本对历史深刻反思的书，值得肯定。

第 44 章　新完璧归赵：疯狂的石头

典故卡

完璧归赵

这一典故出自《史记·廉颇蔺相如列传》：战国时，秦国向赵国强要和氏璧，赵国大臣蔺相如奉命携璧入秦，当廷力争，最后终于完璧归赵。后蔺相如随赵王参加渑（miǎn）池（今河南省三门峡市渑池县）会，使赵王不受屈辱，因功任为上卿。关于和氏璧的来历，《韩非子·和氏》记载了卞和抱璞三献宝玉之事。据传，后来秦王统一天下，把这块号称天下最珍贵的和氏璧雕琢成玉玺并永传后世，象征皇权与地位，只可惜到了五代十国，玉玺在战乱中永久地遗失了。

一

赵国宫殿外，警卫员忽然警觉起来。光天化日之下，他们分明看到一个光着上身的家伙正歪着脖子、扭着屁股朝大门这边走来。

“各方面哨兵注意，有个疯子在裸奔！”警卫员操起家伙，准备上前拦截。

裸男“扑通”一声跪下，用嗲声嗲气的嗓音解释道：“军爷，误会！我是罪臣缪（miào）贤，在此肉袒，请求膝行以见大王，当面请罪！”

“什么，你是缪公公！”警卫员仔细一瞧：果真是宦官令缪大人！听说他最近请病假，多日没来上朝。

这位缪公公可深得大王宠幸，平日里呼风唤雨，怎么忽然……警卫员看到昔日趾高气扬的大内总管，像只被啄伤的斗鸡，脖子歪向一边，脑袋没精打采地耷拉着，一说话口水就往下淌，那样子窝囊至极。

警卫员不敢怠慢，赶紧进殿禀报。赵惠文王正翘着二郎腿歪坐堂中，手中把玩着一个不知什么东西，那表情就像熊孩子捧着存钱罐，眉眼弯成月牙状，嘴角咧到耳朵边，还不时发出“嘿嘿、哈哈、呵呵”不断变换着的怪笑，连警卫员走到跟前都没发觉。

“大王，缪贤大人有事求见。”

“噢，原来是喵喵啊，快喊他进来。”赵王兴许是太高兴了，一秃噜嘴把私底下的昵称喊了出来，警卫员鸡皮疙瘩乱蹦，赶紧退出去通报。

只见缪贤诚惶诚恐地爬到殿中，命下人抬了个狗头铡上来，伏在上面，声泪俱下：“臣有罪，前来请死！”

赵王问：“爱卿有何罪？”

“微臣……微臣将和氏璧私藏于家中，没有献给大王，犯了欺君之罪，当斩！”说罢，缪贤号啕大哭起来，这段时间跌宕起伏的遭遇几乎要把他折腾疯了……

半个月前，赵王召见缪贤，问：“听说你花五百两银子买了一块玉璧，是民间盛传的无价之宝和氏璧，可否带来给寡人观赏一二？”

缪贤支支吾吾地回道：“是……是有那么回事。只是我把玉璧藏在了一个没人找得到的地方，待……待微臣亲自去取回来，明日献给大王。”

到了第二天，缪贤却称病不上朝，这一“病”就是半个月。他心想：拖一拖，大王指不定就忘记这事了。因为害怕玉璧失窃，他每晚枕玉待旦，结果睡出个重度落枕，这脖子再也没直起来。

昨日，他以为风声已过，放松了警惕，便出门办了点事，进家时，见仆人慌慌张张跑来报告：“大人，不好了，您前脚刚走，大王就率卫兵赶到，闯进府里大肆搜索，把家里翻了个底朝天！”缪贤一听大惊失色，冲进卧室一看，“枕头”果然不见了，他吓得瘫软在地……

翌日清晨，缪贤便来到宫中向赵王请罪。没想到赵王不但没将他治罪，反而称他献玉有功，赏了五千两银子。

“这玉盒……爱卿可曾打开过？”赵王拿出和氏璧，问缪贤。原来，这和氏璧是一个枕头大小的盒子，黑不溜秋的，也没有光泽，上面刻了三个大字“和氏璧”，还刻得歪歪扭扭的。

“臣……没有打开过。臣是从一个楚国玉工那买到的宝贝。他说只有有缘之人才能打开宝盒。此人必须是金玉贵体，同时德才兼备，不仅要懂识玉，还要会识人。当年卞和抱璞（pú）三献宝璧，前两任楚王聘用的玉工不识货，说只是普通石头，害得卞和被判欺君之罪，两条腿先后被砍去。后来文王即位，卞和抱玉恸哭于荆山下，泪水哭尽，两眼流出血水。文王听说后，派人去问原因。卞和说：‘我并非因脚被砍而悲伤，悲伤的是宝玉被当作石头，忠贞之士被当成骗子！’文王于是令人剖璞，果得稀世宝玉，震惊诸侯。此后楚国时运亨通，从被列国轻视的南蛮小国一举成为威震诸侯的强国，于是有‘得和氏璧者得天下’之说。”

“嗯……寡人也听说过这个传言。和氏璧是上天降于人间的宝贝，一旦为贤明的君主所有，将为百姓带来福祉，使得国富民强。看来，咱们赵国有福啦。既是稀世之宝，我们就要以最高礼节迎接它，如果贸然撬开盒子，就是对天神的不敬。待寡人沐浴斋戒五日，咱们再办个开盒仪式，迎接宝玉吧！”

“诺。”缪贤应允，心有不甘，也无可奈何。

二

赵王高高兴兴洗了五天澡，吃了五天素，却没想到，欢迎仪式成了送别仪式。

原来，秦国使者找上门来，递了封信，说秦昭襄王愿意“以十五城换取和氏璧”。

“他姥姥的秦国佬，鼻子比狗还灵。”赵王郁闷不已，但转念一想，这笔买卖倒是稳赚的，于是召集亲信开会商讨。

大臣们陆续走入殿中，个个吓了一跳。只见赵王端坐殿中，脖子歪向一边，脑袋没精打采地耷拉着，一说话口水就往下淌。侧侍一旁的缪贤也是这副尊容。远看像两只刚斗了一场恶战已经两败俱伤的歪脖鸡。

会议开了一整天，大家热烈讨论，最后得出一个结论——这是个骗局。

“秦王究竟哪根神经错乱，才会想出这样一笔蚀大本的买卖呢？如果答应他，很可能玉璧给了，城也没拿回来，但如果不答应，可能会引发秦国报复性的进攻，赵国难以抵挡。”大将军廉颇发话。

“那，爱卿们有何计策？”

大家面面相觑，大臣李克提议：“何不派一位有勇有谋之人携璧前去，如果得到十五座城，就把璧给他们，否则就带回来。”

“这主意倒是两全其美，哪位愿意去？”赵王问。众臣皆低头不语，赵王把充满期待的目光投向廉颇，廉颇却眼神躲闪闭口不言。

赵王正失望，见缪贤站出来说：“下臣推荐一人，可当此重任。”

“谁？”

“下臣的门客，蔺相如。”

赵王摇摇头，表示没听过这个人，缪贤只得说起了一件事——

原来，那日赵王直闯缪宅，搜走和氏璧后，缪贤自以为罪不可赦，便想逃到燕国去寻求政治避难，蔺相如制止了他，问：“您怎么知道燕王会接纳您？”

缪贤说：“我曾陪同大王与燕王相会，燕王私下拉着我的手说，愿意与我结为朋友。现在我有难，他应该会庇护我。”

“错！”蔺相如说，“当年赵强燕弱，燕王有求于大王，而您又受大王信任，所以他才希望和您结交。现在您得罪了大王，他只要见到您，就会派刀斧手把您抓起来还给赵王。您还想他庇护您，做梦去吧！不如诚心诚意向大王请罪，他已得到宝璧，怒气已消，再加上平日素来与您亲近，一定会赦免您的。”

缪贤如梦初醒，于是听从蔺相如的建议，肉袒伏斧向赵王请罪……

“从这件事可以看出，蔺相如有见识，也有胆识，下臣以为他可以出使秦国，必不辱使命。”缪贤说。

赵王白了缪贤一眼，心想：看不出啊，你小子竟然想过要叛逃！这事且搁一边，那蔺相如有如此见识，倒也不是一般人，不妨试试吧。

就这样，蔺相如顺利通过赵王面试，带着和氏璧去了秦国。

三

秦王在咸阳王宫的偏殿中接见蔺相如。文武官员侧立两旁，文的都是峨冠博带、正笏（hù）垂绅，武的都是顶盔掼（guàn）甲、虎视眈眈，宫外甲士足有三千之众。

蔺相如捧着锦缎包裹的玉盒来到殿中，见秦王一脸傲慢，神色游离，已是胸中窝火，又不便发作，只能恭敬地把盒子递给秦王。

秦王漫不经心地掀开锦缎一看，不就是个黑枕头吗？心中疑惑，却又怕别人嘲笑他不识货，是个土包子，于是故作惊喜状，对宝玉赞不绝口：“不愧是稀世宝玉，真是晶莹剔透、巧夺天工、精美绝伦！”他的指甲和玉盒轻轻相触，发出金磬（qìng）之余响。这个玉盒，它所封闭着的那个小小空间，就是宇宙啊！秦王派人请来后宫佳丽，把玉盒传给美人们观摩。美人们捧着这个价值连城的黑枕头，发出唏嘘惊叫。左右侍者更是惊呼：“万岁！”

蔺相如冷眼观瞧，见秦王绝口不提割城之事，知道他没有买的诚意，就趋身上前说："大王，这不是玉，只是装玉的盒子，这盒子一般人打不开，让我教您怎么开吧。"

秦王暗想：敢情这不是玉啊！说句大实话，真是瞎了我这双狗眼！于是想也没想就把黑枕头递还给蔺相如。蔺相如倒退三步，背倚殿柱，然后怒目圆睁，大喝一声："秦王！你为什么在这不正经的殿里召见我，还传宝玉给女人们看！是戏弄臣下吗？你态度狂傲，礼节简慢，根本无意平等交换！如果大王要逼迫臣下交出美玉，我就把我的脑袋和美玉一起撞碎在这柱子上！"说完，举着玉盒，摆出掷铁饼的姿势。

"别别……当心柱子，那可不便宜！"秦王大惊，后又发觉自己失言，"噢，我是说……当心玉璧，那可是无价之宝！"心里盘算着：得和氏璧者得天下，寡人的天下可不能毁在这个莽夫手里。

秦王赶紧招来有司，从地图上胡乱划拉几处城邑，说是给赵国的。蔺相如觉得他还是没有诚意交换，说道："和氏璧乃天下至宝，赵王迫于大王的威力，才不得不献给大王。赵王为此专门斋戒沐浴五日，才将它交给下臣。为了表示您的诚意，请您也斋戒沐浴五日，再以九宾之礼相迎，我才会将它献给您。"

秦王只得答应下来，老老实实洗了五天澡，吃了五天素，然后大张迎宾之礼，在正殿接见蔺相如。蔺相如说："秦国向来言而无信，下臣实在是怕受您欺骗，而有辱于赵国的使命。所以，我已命人怀揣美玉，偷渡回国了。只要您先把十五城割给我们，秦强而赵弱，我们岂敢不把玉按约定乖乖送来。"

群臣一片哗然：好哇，白让我们国君吃了几天素，白让我们穿着大礼服站了半天。大家就拉着蔺相如说："相如先生，请跟我们到监狱走一趟！"

秦王叹了口气："算了。今天就算杀了他，这交易也做不成，反倒和赵国闹掰了，为了个黑枕头犯不上。"于是，以宾客之礼接见完蔺相如，就放他回国了。

秦相魏冉看不下去，问道："大王就这么便宜了赵王？这可不像您的风格。"

"爱卿不知，我另有打算。咱们不是正筹划南攻楚国吗？万一到时赵国在后面捣乱就不好了。先卖个笑脸给他们，等搞定楚国，咱们再把赵国领土与和氏璧通通抢过来！"

四

数月之后，秦王约赵王来渑池一聚，正为商讨南攻楚国一事。没想到的是，赵王来了，而且和秦王想象中的一样，是个好捏的软柿子，可他身边却跟了个猛人——正是前段时间把自己要得团团转的蔺相如！秦王气不打一处来，决定羞辱一下他们。

“我们秦国地处西部边陲，艺术文化落后于其他诸国，不如请赵王为我们表演鼓瑟，让我们开开眼界吧！”酒酣耳热之际，秦王建议道。

赵王没瞧见蔺相如双眼迸出怒火，自己还挺乐，心想终于有机会显摆一下特长，于是调好琴弦，轻轻拨动，双手巧似流水行云，瑟声妙如珠走玉盘，刚柔相济，非常动听，在座无不喝彩。赵王听到喝彩，更来劲了，把瑟弹得铮铮作响，大有北地慷慨悲音，越来越激烈，热辣指数5，尖叫指数8，活脱脱摇滚天王一个。秦王抚掌大笑：“好！来人，做个记录，某月某日，秦王与赵王会饮，令赵王鼓瑟。”说完与左右相视而笑：赵王中计啦，被寡人蓄为倡优啦，哈哈！

赵王愣在原地，面如土色。蔺相如走上前来，对秦王说：“我们听说秦王音乐‘脓包’也很多，也请秦王给我们击缶（fǒu），以相娱乐。”

秦王很是气恼，假装没听见。蔺相如走近一步：“大王如不肯击缶，五步之内，相如将用这破缶击破您的脑袋！”

秦王气得脸上的肉突突乱颤，像五个老鼠在争夺他的鼻子，问了句：“你疯了吗？”然后目视左右。两旁武士领会了意思，立刻“噌”地拔出寒光闪闪的腰剑。

蔺相如毫不惧怕，歇斯底里，厉声高叱，双眼充血，像一只暴怒的狮子，声震屋瓦，吓得那些高手双腿直颤，迈不开步子。秦王气馁了，虽不乐意，也只好接过一个瓦盆，勉强击了几下。由于秦王忙于治国，不擅长于打击乐，再加上心情郁闷，把缶敲得唉声叹气，听上去像个没力气的屠夫在锤一只病怏怏的狗，人气指数0。

秦王灰头丧脑击缶完毕，蔺相如招来赵国御史，也在史册中记上一笔：“某年某月某日，秦王为赵王击缶。”秦王闻言，终于消停了：自取其辱了。

为了攻楚大计，秦王还是咽下了这口气。会议在平和的气氛中结束。会上，秦赵媾（gòu）和，秦国准备放手攻楚了。

五

话说赵王得到蔺相如相佐，不但实现了完璧归赵的奇迹，还能从虎狼之秦全身而退，颇觉扬扬自得，心想：传言说，和氏璧寻找的有缘人不仅要能识玉，还要会识人。瞧我这双慧眼，把蔺相如这个名不见经传的小人物都大海捞针般捞出来了，我不比当年的楚文王更有眼力吗？想必寡人已经通过考验，可以打开玉盒了。于是喜笑颜开地走向卧室，推开那扇仿佛正闪闪发光的门。刚走进去，他先是一愣，然后失声乱号："黑枕头，没了！"

赵王差人四下寻找，仆人发现卧室墙壁不知何时被凿了个狗洞，旁边还歪歪扭扭写着一排字：盗圣在此一游！

秦王已正式启动攻楚计划，打算派魏冉前去督战，却被告知：魏相国病了。秦王深为忧虑，亲自去探望，魏冉强撑着身子从病床上坐起。秦王惊讶地看到，昔日趾高气扬的魏大相国，像只被啄伤的斗鸡，脖子歪向一边，脑袋没精打采地耷拉着，一说话口水就往下淌，那样子窝囊至极。

赏　析

中国的潘多拉魔盒

古希腊有一位叫潘多拉的美女，因为好奇打开了一个盒子，结果释放出人世间的各种邪恶——贪婪、嫉妒、疾病、痛苦……于是各种灾难充满了大地、天空和海洋。

在地球的另一端——古老的华夏大地，竟也上演着类似的"神话"：一个号称稀世之宝的"黑盒子"，只是在几位当权者手里辗转了一圈，盒子还没打开，各种邪恶便通通释放了出来。

盒子喃喃自语："哥只是个传说！"这些被释放出来的灾祸，其实是人性中被激发出的各种邪恶的本能。

《新完璧归赵：疯狂的石头》这一章，同时向《希腊神话》和中国经典喜剧电影《疯狂的石头》致敬，借用了"魔盒"这一道具，沿用了《石头》中的套路：几拨人争抢石头，不停上演"螳螂捕蝉，黄雀在后"的戏码。经过一系列明争暗斗的较量之后，这群"石头"的脑残粉彻底被黑色幽默了一把。从宦官缪贤、赵惠文王，到后来派"盗圣"偷走玉盒、居心叵测的秦相魏冉，因为害怕失去玉盒，个个"枕玉待旦"，结果严重落枕，像在打斗中落败受伤的斗鸡一样窝囊不堪，个中的讽刺意味极浓。

作者别出心裁地将大名鼎鼎的稀世宝玉——和氏璧，改装成一个其貌不扬的黑盒子（黑枕头），竟然也引得战国权贵们争抢不休，实在令人啼笑皆非。文中的和氏璧，不再是一块价值连城的玉石，而是“权势”的象征。这块石头虽然“整了容”（而且手术失败），却变得越发抢手起来。

故事中，赵惠文王“抢”到石头后，竟以十倍的价钱，作为缪贤“献宝”的奖赏；秦昭襄王明明更心疼“柱子”，但为了得到梦寐以求的“天下”，宁可当众丢面子，也要保住玉石的完整……说明他们看中的并非石头的经济价值，而是政治价值——得和氏璧者得天下！这也是对当权者们热衷于争权夺利的讽刺。

历史上，和氏璧也确实可以被称作“一块疯狂的石头”。它的每次出现，必能掀起腥风血雨。

第一次“血案”，发生在和氏璧的发现者卞和身上：偶得稀世宝玉，爱国青年兼强迫症患者卞和“抱璞三献”，却先后两次被无辜扣上欺君的帽子，双腿被砍。荆山脚下，卞和抚玉哀号，哭声凄厉，直至泣血……

卞和洞亦名抱璞岩、抱玉岩，相传为春秋时楚国人卞和采玉处。苏轼《涂山荆山记所见》诗云：“刖人有余坑，美石肖温瓒”，即指此。《中国名胜词典》：怀远县荆山有抱璞岩，传为卞和抱璞泣血之所。

接下来剧情反转。喜欢剁脚的两任楚王归天之后，楚文王即位，卞和终于迎来人生的反转。

《韩非子·和氏》记载：楚文王为卞和“平反”，命人剖开璞石，果得宝玉，遂命曰“和氏璧”。

笑李飞叨补充：楚国从此走上强国之路，迷信的古人将功劳记在和氏璧身上，这块名不见经传的石头自此扬名天下。

第二次“血案”，则发生在著名纵横家张仪身上。《史记·张仪列传》记载：楚相国丢了玉璧，张仪被冤枉成小偷遭毒打。张仪翻身以后，狠狠地报复了楚国，致使其国运走衰。而将楚国打残的秦国，却国运亨通、蒸蒸日上……看来，将君王的“天下”与和氏璧挂钩，还真不是没有依据的。

第三次倒在血泊中的，不是一个人，而是赵国数十万将士。这场旷世惨案发生在战国最著名的一场战役——长平之战中。

长平之战与和氏璧又有什么关系呢？抽丝剥茧，关系不可谓不密切。“完璧归赵”被奉为外交史上“以弱胜强”的经典案例。其实，蔺相如能够先后两次利用心理战术击败秦王，固然与他的政治智慧和勇气有关，但也有着不为人知的深层次原因。当时，秦王正计划攻楚，因此有意与赵国交好，在这样的历史背景下，向来以狠辣著称的秦王才会对赵国网开一面。笑李飞叨也借魏冉和秦王的对话，对此作了解释。事实上，秦赵两国在“完璧归赵”“渑池会”的表面和平下已悄然结下梁子，此后秦国的一系列报复行动与这块玉璧不能说毫无关系。

那么，和氏璧最后究竟去了哪里？真的被魏冉盗走了吗？当然，这只是笑李飞叨的戏说。按照一些史料的说法，秦王政九年，制造玉玺，用的就是和氏璧。刘邦灭秦得天下后，子婴将御玺献给刘邦，御玺成为“汉传国宝”。

到汉末董卓之乱，玉玺在洛阳皇宫的枯井中被眼力奇好的孙坚发现。不多久，孙坚便被乱箭射死，玉玺落入袁术之手。没多久，袁术亦死于非命。“血案”又接连上演了。

传国玉玺再传魏、晋，五胡十六国时，一度流于诸强，后被南朝承袭。隋亡后，玉玺被隋朝萧皇后带到突厥，直到唐贞观四年（公元 630 年）玉玺归唐。五代时，天下大乱，流传的玉玺不知所终。

乾隆皇帝对这块充满魔力的玉玺，据说也是心心念念、寻寻觅觅而不可得，气得在《卞和献玉说》中，愤愤地记上了几笔，大意是和氏璧本就没有，况且也没有人见过真容，仅是韩非子杜撰的寓言而已。若韩非子泉下有知，估计会和蔺相如一样“怒发冲冠”……

综上，笔者以为，这块神奇的和氏璧，简直就是一位最出色的导演，制造一连串血案后，又不失时机地失踪了，引发后世诸多遐想。这般高超玄妙的技法，恐怕连电影版《疯狂的石头》的宁大导演也难以望其项背吧！

夏旭志，“70 后”，江苏南京人。江苏省作家协会会员、江苏省诗词协会会员。

对本书的一句荐语：笑看历史风云，重温文化辉光。

第45章　新负荆请罪：请罪

典故卡

负荆请罪

这一典故出自《史记·廉颇蔺相如列传》。蔺相如因“完璧归赵”与渑池会盟有功而被封为上卿，位在廉颇之上。廉颇居功自恃，耻居其下，并扬言要羞辱蔺相如。蔺相如为保持将相和睦，不使外敌有隙可乘，始终回避忍让。蔺相如以国家利益为重、谦恭自守的精神感动了廉颇，于是廉颇亲自到蔺相如府上负荆请罪，二人成为刎颈之交。

短暂的春天渐渐接近尾声，暮春时节的天气好像一秒入了夏一般，比烧饼炉还要燥热一倍。狗开始伸着吊死鬼一样的舌头绕着城郭疯跑，妄图达到散热的目的。翠绿的树叶也全部耷拉下脑袋，像为谁默哀一样，一动不动。一群喜鹊和老鸹围着巨大的宫殿房顶盘旋乱叫，这“报喜鸟”和“鸣丧鸟”聚在一块，大家都不知道到底是要有喜事降临还是有祸事降临了。

对于蔺相如来说，今天确有喜事，喜庆程度仅次于他娶媳妇。前不久他刚完成两件大事，一是将和氏璧安全送回赵国，二是陪赵惠文王参加渑池会后平安返回，既没有引起战争，又给国家保全了尊严，自己和赵王还能全身而退。这家伙简直就是鬼神附体，仙人扶持，女娲娘娘青睐的宠儿呀！这不，赵王一高兴，下了一道旨令，今天要在宫殿大摆筵席，一来为自己凯旋庆功，二是要封王牌保镖蔺相如为上大夫，两全其美，也省得再摆一次宴席，多花那个冤枉钱。赵王袖筒里说不定整天揣着一只铁算盘呢！

宫殿里提前好几天就开始布置现场了，张灯结彩，披红挂绿，玉石栏杆用红布包裹起来。后花园里的亭台楼榭、假山石桥也被粉刷得焕然一新，就连屋顶上的琉璃兽瓦也被涂成了大红色，看着都瘆得慌。

今天宫里大开城门，平民百姓也可以前来观看庆功仪式。辰时未到，一班文武大臣便早早来到大殿门口候着，唯独不见大将军廉颇。总领事司仪大臣有点着急，招来一个小宦官吩咐道：“你派个人去请廉颇将军，就说大王马上就要升殿，受封仪式将在巳（sì）时举行，让他马上来。”

“喏！”

小宦官刚要走，司仪大臣又把他喊了回来：“等等，再派八个人抬着轿子去接蔺相如大夫，务必要在大王升殿前赶来。”

“喏！”

小宦官立马下去执行了，他让八个人去请蔺相如，而自己打算亲自去请廉颇，因为他早听说廉大将军对蔺相如心里有气，让一般人去请他参加这场庆功宴，他非拔刀子剁肉馅不可，而自己作为大王身边的贴身宦官，他多多少少得给点面子。

廉颇将军府门口死气沉沉，大门紧闭，连两边的石狮子也显出一张苦瓜脸来。小宦官将铜兽环拍得山响，等了老半天才有人慢吞吞地出来开门。

“您是？”开门的管家明知故问。

“今天蔺大夫加封，让廉颇将军马上去宫殿，大王要升殿了。”小宦官道。

“我去禀报一声，等着。”说完管家便“哐当”一声把大门关上了。

小宦官被气得耳朵眼儿里都冒疝气。

管家来到堂厅，廉颇正在洗漱梳头，见他慌慌张张进来，便不悦地问道：“什么事？急得像被牛头马面追一样。”

“将军，”管家急切地说，“不好了，刚才有个不男不女的敲门，我本来不想开，您昨天就吩咐谁敲门也不开，他敲得太烦人，我只能去开，然后……”

“你的话不要钱是吧？说重点，也省点口水。”廉颇白了他一眼，继续梳头，把头梳得油光锃亮，像牛舔的一样。

“那个不男不女的带来个不好的消息，”管家继续说道，“他说让您立马去宫殿，还说什么大王马上要升天了！”

“啊？”廉颇惊得一下子将梳子掉到地上，心跳瞬间停止，身体倏然凝固。等了半天，慢慢回过劲儿来，立马吩咐更衣，鞋还没穿好便飞也似的跑了出去。

小宦官在门口站着，突然看见大门打开，有一团黑影“嗖”地一下冲了出来，他都没看清是什么东西，就不见了。他赶忙问跟着出来的管家：“刚才什么玩意儿跑出去了？像牛犊子一样！真是活见鬼……哎，廉颇将军呢？”

“刚才那个不是什么玩意儿，就是廉颇将军。”管家面无表情地回道。

“啊！这么顺利吗？这么急不可耐吗？廉将军也不像别人说的那样心胸狭隘呀！听说要封蔺相如为上大夫，他这兴奋得像自己被封赏了一样？”小宦官笑眯眯地跟在后面，慢悠悠地向宫殿走去。

廉颇一路上都没喘息，一口气跑到宫殿门口，看殿外已经聚集了很多老百姓，都穿着素衣，心想：完了，连老百姓都知道大王要升天了，全部穿着素衣来吊丧了，但宫殿上下怎么全都包上了红布？应该包白布才对呀！不管了，先哭再说。于是他朝手上吐了一口唾沫，抹在眼睛下面，开始调整面部表情和内心情绪，一边走一边大哭道：“大王呀！我的大王，您怎么就这样走了呀……也不打声招呼就走了，您真是狠心哪！”

百姓们吓了一跳，寻声望去，见廉颇捂着脸号啕大哭，都给他闪开一条道。有人小声嘀咕：“这廉将军真是扫兴，人家蔺大夫庆功宴，他不服气不来就完了，还非要跑来给人家添晦气。”廉颇隐约听到这话，心里一惊，暗想莫非自己哭错了，大王没有升天？

这时又有人说道：“我说今天怎么又有喜鹊叫又有老鸹叫呢？原来丧门星在这呢！”听到的人全都大笑起来。

这话在廉颇听来相当刺耳，看来管家“谎报军情”是一点都假不了了。这家伙真是害死人不偿命呀！这回可好，不但把自己给诓来了，还弄得里外不是人。廉颇只好打掉门牙往肚里咽，立马停止哭泣，擦干眼泪，狼狈地钻到大臣的队伍里，羞红了脸耷拉着头一动不动。

此时长号响起，编钟齐鸣，一台八人大轿在美妙的乐声里缓缓向殿前抬来。里面坐着意气风发的蔺相如大夫，正伸手向两边的群众打着招呼。群众欢呼雀跃，衷心地向蔺大夫表达着崇敬之情。廉颇气得咬牙切齿，心想：有什么了不起，有本事打场恶仗试试。百无一用是书生！这家伙靠嘴皮子功夫换来一个上大夫，我一生战功赫赫，还不如一个巧嘴八哥。哎！看我刚才那个狼狈样，再看看你如今这个威风样，真真连树懒都能被气死。

蔺相如的大轿刚走到大臣队伍前，他就发现了廉颇将军，刚想打声招呼，廉颇就赌气扭过脸去，把蔺相如弄了个大红脸。

大轿缓缓停在殿前，侍从们搀扶着蔺相如下了轿，站在大臣队伍前等待赵王的到来。此时有宦官大声喊道："大王驾到。"

满朝文武大臣和群众全部匍匐在地，山呼万岁。赵王气宇轩昂端坐在龙椅上，喊了声："众卿平身，落座。"

众大臣全部盘腿坐在殿前两侧的木桌旁，桌上摆满了各式珍馐美味，玉液琼浆。

赵王举杯赞曰："吾国蔺相如先生在完璧归赵和渑池会盟两件事情上的表现可圈可点，临危不乱，机智化解危机，为咱们国家赢得了尊严，还让秦国从此不敢小觑我们，可谓厥功至伟。寡人决定封蔺相如为上大夫，领衔文武大臣，今日特摆下酒宴为蔺大夫庆功，咱们君臣不醉不归，来，举杯同祝！"

满朝文武全部端起酒杯向蔺相如致贺，廉颇也不情愿地做了个样子，酒都没有沾到嘴唇。蔺相如举杯站起向赵王和众大臣回敬道："谢大王和众同僚抬爱，我只是尽了一个臣子应尽的本分，没有什么值得称道的，倒是那些出生入死驰骋沙场的将士们才是我们应该致敬的，没有他们保家卫国，就是有十个和氏璧，在秦国看来也如探囊取物一般，在此我向在座的将军们敬上一杯。"

所有将军立时站了起来，高高兴兴与蔺相如对饮起来，唯独廉颇没有起身。

宴会举行到戌（xū）时才结束，廉颇喝得酩酊大醉，被几个侍从架着抬到了将军府，断断续续吐了一夜，又昏睡了三天，醒来后一照镜子连自己都不认识了。他看着镜中狼狈的自己，恶狠狠地让管家放出话去："我一定要让蔺相如知道知道我的厉害，好好羞辱羞辱他，让他明白干大事光靠嘴皮子是行不通的，在治理国家方面这小子就像是一斗芝麻掉一粒——有他不多，没他也不少。"

管家真是值得托付，立马跑到大街上扯着嗓子喊起来："姓蔺的，最好别让我们廉颇将军遇到，只要遇到你，一定好好羞辱羞辱你……"他回头问跟着的小厮："还有什么来着？"

"芝麻……"

"噢，对！我们一斗芝麻给你一粒，反正多得是，给你也少不了，不给你也多不了……"

可巧这云里雾里、乱七八糟的话被蔺相如的管家听到了，他没明白什么意思，但看那个架势和语气一定不是什么好话。他装作若无其事地走开了。

此时蔺相如正在家里练太极拳，管家便把刚才听到的复述了一遍。

"这么说咱们还要躲着他点。骂人还行，打架我完全不是廉将军的对手。"

蔺相如收起拳，端起茶杯喝了一口，在嘴里漱漱，又吐了出去，“我这套拳压根就是花架子。”

“我听那个管家说见了你的面要给你芝麻，不知是什么意思？”管家实话实说。

“噢，可能在说廉将军的心眼像芝麻吧！要给我一粒？我可不要，太牙碜。”

蔺相如吩咐管家道：“去告诉轿夫，凡是在路上遇到廉颇将军的轿子，让他们必须回避，不能引起冲突。”

“喏！”管家噘着嘴下去传令，轿夫们听后都议论纷纷：“咱们老爷这是怎么了，在秦国时那种天不怕地不怕的勇气哪去了？一个小小的将军，老爷却怕他如同老鼠见了猫，真是怪事里头出怪事——怪事成精了。”

“小心，别让老爷听到……”

“没事，他心大着呢！刚放下太极拳，这会儿又练上太极剑了……那样子像得了癫痫一样，一个劲儿地抽风。”几个轿夫一边乐一边去检查轿子的装备，待会蔺大夫还要去乡下视察。

太阳已经慢慢升高，天气不冷不热。吃过早饭，蔺相如便来到管事处。看轿夫们正在打扫轿子，他对轿夫们说：“今天不坐轿了，你们也休息休息，把马夫唤来，我要乘马车出行。”

“喏！”一个轿夫忙去招呼马夫，不一会儿一辆由两匹枣红色高头大马拉着的厢车便来到管事处门口。

蔺相如在马夫的搀扶下上了马车，车子缓缓驶出相府，向东北方向挺进。

眼看快到城乡交界处时，一辆也是由两匹大马拉着的厢车打乡下向城里狂奔过来。听到急促的马蹄声，蔺相如在车里询问马夫：“是谁的车经过？”

“老爷，看样子像是廉颇将军府的，那个马夫我见过，上回用车轧了老百姓农田还打人的就是他。”

“赶紧把车赶到巷子里，不能和他碰面。”蔺相如吩咐道。

马夫“吁”了一声，两匹马便住了蹄。他用马鞭将马往旁边巷子里赶，此时廉颇将军的马夫正好驾车赶到，他也一眼认出蔺相如的马夫，因为上回他践踏老百姓农田时这小子多管闲事，想打抱不平，所以他一辈子也不会忘了这个“狗拿耗子”的家伙。

见蔺相如的车避得远远的，廉府的马夫更加趾高气扬起来，抽马的鞭子扬得高高的，一不留神用力过猛，一下抽到自己脸上，整个下巴火辣辣地疼，他"嗷"的一声惨叫起来，把蔺府的马夫乐得都笑出了母猫被踩到尾巴根的悲壮感。

廉颇在车里听见哀号，掀开帘子问："谁家的驴跑出来了，怎么这个动静？"

马夫捂着脸回道："老爷，谁家的驴有这么好的嗓子？是我，刚才蔺大夫的马车看见咱们过来，灰溜溜地躲起来了，我一高兴，笑得舌头有点分叉。"

"你哪是舌头分叉，根本就是舌头被五马分尸的感觉。"廉颇笑道，"看来蔺相如也不过如此，什么有勇有谋，完全徒有虚名。"

车子行了一阵，突然后面追上来一匹快马。马夫回头一看，正是廉府的副将。

"将军，将军……"副将一边快马疾驰，一边大声喊道。

"吁……"马夫将车停住。廉颇伸出头来问："如此惊慌，有何要事？"

副将勒马回道："刚刚我们的队伍踩踏了农田，几个农夫上来理论，我们刚要军法伺候，突然蔺大夫乘车来到。他把士兵呵斥了一顿，又拿出银两赔给农夫，他还说……"

"说什么？"廉颇着急地问。

"他说这是廉颇将军赔付的，廉将军治军严明，不许军队毁坏老百姓任何东西，如果毁坏便加倍包赔，还要把我们的士兵带回去严加处分。我趁他不注意，偷偷跑了回来，要不他还要替您打我几十军棍呢！"

"我再给你加五十，混账东西，怎么让他抓住了把柄！那老百姓怎么说？"廉颇问。

"老百姓交口称赞，说廉将军真是赵国的柱国大臣，爱民如子，赵国有了廉将军真是国之幸甚，社稷幸甚，百姓幸甚呀！还说文有蔺相如，武有廉颇，将相联手，珠联璧合，哪个国家敢小觑我们？"

听到这，廉颇愣了一下，自言自语道："这是蔺大夫在为我收买人心呀！看来群众的眼睛是雪亮的。我这个榆木疙瘩怎么就参不透呢？上回就听小道消息说蔺大夫曾讲过，自己连秦王都不怕，还怕一个廉颇？不想伤和气是因为赵国有我俩撑着，他国就不敢进犯，我还以为他是在为自己找台阶。如今他借百姓之口把我好好教育了一顿，哎！真是令我汗颜呀！"

虽是自言自语，但他的话两个手下全听到了，因为他的嘴好像安上了高音喇叭，想听不见都难。

"没事，让他们受点教训也好，确实太不像话了。再说，就这样贸然去要人肯定是自讨没趣，看来我只能亲自上门。你赶紧去河边找点荆条，我要背着去。”

副将说，“您上门要人，送礼也不能送荆条啊，蔺相如他家不缺柴火。”

“废话，”廉颇气愤道，“我是去负荆请罪。”

副将赶紧从灌木丛里砍来十几根荆条，廉颇把上衣脱掉，副将立马将荆条捆了上去，扎得廉颇“嗷”的一声惨叫起来，一边堵着血窟窿一边骂道：“混账东西，你还真实诚，做个样子就得了，你不会把荆条一边的刺刮掉，用没刺的这边贴住肉吗？”

“对，也是，我怎么没想到呢？”副将憨笑道。

“那是你不用负荆，要是你负你早想到了。”

廉颇一边说着一边将加工好的荆条全部捆到脊背上，一个健步下了车，便往蔺府走去。

“老爷，您不坐车了？”马夫问。

廉颇没有回答，继续埋头走。

“要是坐车还能显出诚意吗？真笨。”副将笑道。

“说实话，蔺大夫真会打咱们那些弟兄的板子吗？”见廉颇越走越远，马夫问副将。

副将停顿了一下，微笑道：“板子是不会真打，打了也只是士兵们的屁股疼，意义不大。但今天蔺大夫做的这件事却让廉将军的脸疼，脸疼比屁股疼更有效果，你说是不？”

“噢！”马夫故作深沉地应了一声，其实他一句也没听懂。

赏 析

将相和，国事兴

念小学时，语文课本中有个故事令我记忆犹新，标题是《将相和》。里面有一段关于廉颇“负荆请罪”的情节，让我觉得十分新鲜。“负荆”究竟是怎样一种感觉呢？应该很痛吧！带着这种幻想出来的感官体验，对于廉颇知错能改的品质，我不由得产生了一丝敬佩。

《史记·廉颇蔺相如列传》中，在讲述“负荆请罪”这一情节时，只用了寥寥数语：廉颇闻之，肉袒负荆，因宾客至蔺相如门谢罪，曰：“鄙贱之人，不知将军宽之至也。”卒相与欢，为刎颈之交。

浓缩就是精华，简短的文字往往信息量极大。一个普通读者想要从这三言两语中悟透其中蕴含的深刻道理，是极为困难的。而《新负荆请罪：请罪》则对《史记》中的那段寥寥数语进行了生动延展，就像给一具干枯的木乃伊施了魔法，使他变得有血有肉，令隐藏在文字下面的那一个个表情呆板、形同蜡像的人物，瞬间活灵活现了起来。

文章开篇是一段环境描写，作者用荒诞的手法描写了暮春夏初交接的景象。“报喜鸟”与“鸣丧鸟”——矛与盾组合在一起，究竟是喜是悲呢？这是全文的引子，是一根线的线头，是一条蛇的尾巴。这样的开篇紧紧抓住了读者的眼球，使读者被好奇心牵引着，不由自主便被“拖”入了情节之中。

作者丢出包袱后，就开始打开包袱——紧紧围绕“报喜鸟与鸣丧鸟”这一包袱展开。原来，“报喜”针对的是赵惠文王给蔺相如大摆庆功酒暨加封为上大夫一事。而“鸣丧”呢，表面是廉颇误读管家的话之后上演了一场“哭丧”的滑稽剧，其实讽刺的是廉颇把自己的痛苦建立在别人的快乐之上。这就是人性的弱点——嫉贤妒能、妄自尊大。同时，作者借这一情节，将百姓对廉颇的鄙视和对蔺相如的崇敬之情展现得淋漓尽致，形成鲜明对比。

这个梗笑点十足：管家说“那个不男不女的带来一个不好的消息，说什么大王马上要升天了。”于是，本来根本不可能到场的廉颇，因为一场乌龙，不得不亲眼目睹了政敌的风光。廉颇的嫉妒综合征也因此越发加重——故意让管家去骂街。哪知道，管家老年痴呆的毛病又犯了，廉颇明明是用芝麻来比喻蔺相如的“渺小”，结果这话传到蔺府以后，反而被套在了廉颇头上，用来映衬他的“小心眼”，廉颇真是自扇耳光，给了自己一个大大的讽刺。廉颇自以为功勋盖世，骄傲自满，平日里走到哪里都是趾高气扬，连带着管家、马夫、士兵等一班手下也跟着“鸡犬升天”，走到哪里都是大摇大摆、横冲直撞，尽做些损害老百姓利益的事情。而蔺相如呢？他听到廉颇放出的话后，选择了避其锋芒，同时还担起了“灭火队”的重任，替廉颇收拾烂摊子。两人的德行高下立判。好在，廉颇知错能改，也不失为大丈夫一枚。

作者构思巧妙，戏说与史实衔接得当，前后呼应、环环相扣，将廉颇完成了灵魂的自我救赎，并最终痛改前非负荆请罪的过程娓娓道来，把这个经典的历史故事诠释得更加精彩动人。

迁就是一种爱，放在家庭层面是小爱，夫妻之间只有彼此迁就，相互包容，才能携手一生、白头偕老。迁就是一种爱，放在国家层面是大爱，是风清气正、左右齐心。同为国家栋梁，班子成员只有放下彼此间的小隔阂，以大局为重，通力合作，才能力保社稷平安。内乱犹如洪水猛兽，往往会让一个国家、一个民族走向毁灭，这也是历史反复验证过的道理。

将相和好的表面原因是蔺相如的宽广胸襟和廉颇的勇于认错、知错就改、负荆请罪。实际上，是缘于他们共同的爱国思想，缘于他们共同的认识：将相不和，赵国危矣！这在他们的话语中都有体现。也正是因为这一点，“将相和”的故事才成为历史上一段光彩不灭的佳话。

田向文，笔名行者杂谭，“70后”，山西应县人。成都市作家协会会员，四川省杂文学会会员。

对本书的一句荐语：以笔为枪，以史为鉴，关注现实。

第 46 章　新睚眦必报：天狗食日

典故卡

睚眦（yá zì）必报

这一典故出自《史记·范雎（jū）蔡泽列传》。战国时期，范雎曾在魏国落难，逃往秦国后，凭借高瞻远瞩的眼光和能言善辩的口才，当上了秦国丞相，采用“远交近攻”的外交策略，使秦国逐步实现吞并六国、建立统一王朝的宏伟目标。范雎对昔日仇人——魏国相国魏齐耿耿于怀，得势后便借助秦国的力量，逼死了魏齐，所谓“睚眦之怨必报”。

一

这是一个无比晴好的日子，天空就像一个巨大的瓷盘，亮光光的，里面装着几只半死不活的大雁，“嘎嘎嘎”乱叫一通，如鱼刺卡住了喉咙一般。阳光普照着宫殿里的琉璃鸳鸯瓦、朱漆大红牖，为赤柱耸立、雕梁画栋的建筑物镀上一道金边，就像母狗脑袋上加一圈金毛就有了雄狮的威武一样，这宫殿也显得更加金碧辉煌……站在三层大理石阶坛上，雄视南面方物，莫不使人感慨：这疙瘩真不赖!

这里，是秦国宫殿。

这日下午，宦官卜存宰正踩着碎步，走在后宫的长巷内。忽然，天色暗了下来，卜存宰望向天空，只见炙热的太阳上方出现一个小缺口，就像一块黄金大饼被贪吃的小狗咬了一口，接着，缺口越来越大，耀眼的太阳从一张笑脸变成了一弯咧着的狰狞的嘴，这张嘴从大笑变成微笑，最后没影了。卜存宰吓得浑身发软，心想：天狗食日，不祥之兆啊!

就在这时，借着暗淡的日光，他隐约瞧见一个布衣打扮的男人正大摇大摆地朝自己走来。他先是一愣，紧接着大惊，朝那人喊道："哎，那那那……那谁啊！你给我站住！"谁知对方根本不搭理他，继续若无其事地迈着大步。

"你你你……你给我停下！"卜存宰急了，嗓音提高了一倍，喊道，"你知道这是哪里吗？这是大王的后宫！只让女的和不男不女的进……啊呸，我是说，男人不让进……噢，大王除外！"

那个胆大包天的不速之客这下有反应了。他已经走到卜存宰跟前，对着这个不知是因为害怕还是生气而瑟瑟发抖的宦官翻了个白眼，冷冷地说道："少来这套，我这辈子最讨厌两种人……"

"哪两种？"卜存宰傻乎乎地问。

"一种是狗仗人势的人。"说完这句，那人不吭声了，继续迈步。

"你这人话怎么只说一半啊，下面呢？不是说有两种吗？"卜存宰拽住那人的袖子问。

"下面？"那人"嘿嘿"一笑，"下面……没了！割了！"

卜存宰又愣了半晌，咀嚼着这人的话，忽然满脸涨得通红，意识到对方是在绕着弯儿骂他，正欲发作，却听不远处传来另一名宦官的喊声："大王驾到！闲杂人等一律回避！"

卜存宰慌忙避让，布衣男子却依旧是神态自若，站在路中间一动不动，目视不远处缓缓摇过来的秦王的轿子，脸上露出一丝不易察觉的诡笑。

布衣忽然大喊一声，把轿夫们吓得手一软，差点把轿子摔地上，"秦国哪来什么大王？只有太后和穰（ráng）侯罢了！"

话音刚落，一边的卜存宰脸都青了，心说：完了，这回连上面的头也得割了……

其他正在开道的宦官全部安静下来，不由自主停下脚步，面面相觑，不知所措。而轿子里那张大家都看不到的脸，"噌"的一下就红了。

沉寂片刻过后，终于有几个人缓过神来，朝着布衣猛扑上去，一把将他掀翻在地，只等秦昭襄王一声令下，就把这个家伙砍了喂狗。

然而，出人意料的是，秦王没有下这道命令，反而命宦官们放开布衣，随后把他带到一个私密的会客室，以宾主之礼待他，并诚恳地向他请教："张禄先生，还请不吝赐教。"

原来，秦王先前坐着轿子正是往会客厅赶，准备去接见这位张禄先生。张先生从魏国来到秦国已经一年多了，可秦王忙得一直没空见他。直到最近秦国将最大的隐患义渠给灭了，秦王这才腾出空来，约张禄一见。没想到这张先生是个路痴，居然跑到后宫去了，两人就在半道上碰面了。

张禄于是说："臣在山东时，只闻秦国有宣太后和穰侯魏冉，不闻有秦王。这真是令人惊讶。我从来没有听说过，人的手指可以比胳膊粗，而胳膊可以比大腿粗的。如果是这样，这个人一定是得了小儿麻痹症！"

秦王听到这，忍不住瞥了一眼自己的胳膊，心想：还好，表面看没毛病。

"大王英明神武，大秦国如日中天、光芒万丈，普照中原是迟早的事。只可惜，正如刚才忽现的奇象——天狗食日，太阳的光芒正在被贪吃的天狗蚕食，若再不警惕，大王这块饼恐怕会悉数落入天狗腹中……"

秦王看了一眼窗外，天色还是阴沉沉的，他紧张得寒毛直竖，忙说："寡人为此也深感忧虑，先生以为如何是好？"

张禄说："我听说善于治理国家的君主，在内要巩固自己的权威，在外要加重自己的权力。如今太后专横行事不计后果，和义渠王及几位朝中重臣都有绯闻，还让您的两位同母异父的弟弟身居高位、享有特权；穰侯手握重兵，常借大王名义攻伐他国，为的是谋求个人利益。四贵专权，大王处境十分危险！"

秦王是又害怕又欢喜，害怕的是天狗的嘴，欢喜的是张禄这张嘴，一下就说到了自己心坎儿上。

说来也怪，当秦王为了缓解紧张的情绪，再次望向窗外，只见天空重又恢复了明朗。"大饼"黄澄澄地泛着油光，而那只"天狗"，可能是消化不良拉肚子去了，跑得无影无踪。

不久后，宣太后病逝。失去了太后这个"主心骨"，太后贵族党在秦王和张禄一派的凌厉攻势下土崩瓦解。魏冉被剥夺相位，由张禄接任。三贵携家眷离开咸阳。已在位四十余年的秦昭襄王，终于摘掉了"傀儡"的帽子，扬眉吐气了！一照镜子才发现，头发也熬得没剩几根了，发际线都移到了后脑勺。

二

秋天的咸阳已有寒意，阴雨绵绵，雨水滴滴答答得令人烦躁不安。

魏国使者须贾（gǔ）正愁眉不展地蜗居在一个简陋的小房间里，一边抱怨着秦国佬的抠门，一边不停抠脑袋，抠得虱子们顶着他的头皮屑，像伞兵一样纷纷飘落。

“这个该死的秦王、该死的张禄相国，简直就是大姑娘的辫子——太拧巴，我这礼送不上去，人见不着，求和无门，只能眼睁睁看着秦军痛扁我们魏国，回去怎么跟大王交代啊！”须贾自言自语叨叨个不停，几只苍蝇都被吵得头疼欲裂捂着耳朵逃跑了。

这时，忽然传来轻轻的敲门声。须贾打开门，看到一个身穿薄棉袄，冷得瑟瑟发抖的家伙站在门口，他的头发凌乱不堪，发梢滴着水，和落水狗别无二致。

“须大夫，是我，范雎。”眼见须贾已经做出逐客的动作，那人赶紧介绍自己。

虽然对方声音比蚊子还小，须贾的反应却比被五雷轰顶还夸张，眼珠子瞪得差点从眼眶里跳出来。他愣了半晌，才不情不愿地把这位不速之客迎进门。

须贾请范雎入座，命下人给他们斟上酒，眼睛却不敢直视对方，淡淡地问了句：“范叔别来无恙？”

范雎答：“还那样。”

须贾又问：“想不到你还活……想不到你来秦国了。发展得不错吧，当官了吗？”

范雎苦笑着摇摇头：“我被魏齐打跑后，隐姓埋名，哪还敢做官？我给人打工呢，在饭馆当保安。”

须贾不禁心生感叹：想当初，以范雎的才华，本可大展宏图，如今落魄至此，都是拜我和魏齐所赐啊！他专程来看我，好像也没有要责难我的意思。他乡遇故知，找个人陪我一起借酒浇愁，倒也不错。

两人谈话的交集不多，一时为之语塞。须贾突然想起什么，左摸右摸，说道：“天这么冷，范叔怎么还穿得如此单薄？”急忙叫人拿出一件厚实的绨（tí）袍来，送给范雎。

范雎眼中闪过一丝惊讶，披上袍子，说了声“谢谢”。两人间的气氛也变得融洽多了。

须贾没话找话地问了句：“秦国相国张禄，你知道吗？魏国如今被他们打得够呛，我此次来访，正是奉命来求和的。能不能成功，全凭张禄一句话，可他迟迟不肯见我。”

范雎拱手说道：“我们饭馆老板接待过一些当官的，我也有幸认识了张相国，可为您引见。”

须贾吃了一惊，心想：就你这副穷德行，八成肯定是在绷面子！嘴上却说：“那就最好。请饮一杯。”

两人喝完酒，范雎搀扶须贾上了马车，自己为须贾赶马，往相府而去。马车停在一处寻常巷陌，眼前是一个十分朴素的老宅子。

“这便是相府，请稍等片刻，我进去通报。”范雎说完，兀自下了车，昂然登门而入。门口的童仆纷纷避匿。须贾觉得好生奇怪：这个饭馆保安好有面子啊！

伫立良久，范雎还不出来。须贾等得不耐烦，跑去问传达室：“请问范叔什么时候出来？”

传达室说：“这里没有叫范叔的。”

“就是刚才进去的那个人。”

“那个人姓张，是我们相国。”

须贾大惊失色，酒一下全醒了。他万万想不到这个乞丐模样的范雎，居然正是虎狼秦国的赫赫相国，世事真不堪想象啊！

须贾分外害怕，两股战战。他拔腿想跑，但转念一想，自己都摸到老虎牙了，还能往哪钻呢？看来，只能用苦肉计了！横竖都是死，弄不好还能从老虎鼻孔钻出来呢？

于是须贾张牙舞爪地扒去自己的衣裳，跪在地上恳求传达室允许自己肉袒膝行去见相国请罪。传达室于是喊来几名武士，引着这个膝行的裸男到了相府高堂上。范雎已经换了一身丝绸长袍，面色凛然，危坐堂中，两旁执戈甲士甚众。须贾哪敢正视，跪在地上，磕头如捣蒜，大喊：“罪臣须贾前来请死，请把我切巴切巴炖了吧！”

“哼，炖了你？想得美！我们家厨师还不乐意呢，怕乌黑发臭的心肝肚肺弄脏了他的锅！”范雎冷笑一声，问：“你有什么死罪，说说？”

“就是拔光我的头发，也数不清啊！我对不起您！”须贾瑟瑟发抖，装模作样地拔头发，弄得跳蚤们又开始做跳伞运动。

范雎喝道：“行了，你再矫情，这地上的跳蚤都够我们吃顿火锅的了！你的罪，其实也不多，三件而已。第一，我因出身贫寒，曾经只配给你这头生在凤凰窝里的蠢驴拎包。那年，我陪你出使齐国，齐王一眼就看出你是头驴而我才是真正的凤凰，于是向我伸出橄榄枝，想把我挖过去。我因为忠于魏国，拒绝了，并将使者送来的礼物都退还了。而你嫉妒我受齐王赏识，向魏齐诬告我私通齐国，害我差点被魏齐那帮狗腿子打死；第二，魏齐将我抛入厕中，你作为我的主人，眼睁睁看我受辱却无动于衷；第三，魏齐和手下们往我身上撒尿，你非但没阻止，还和他们一起侮辱我。当你们的尿淋在我脸上的那一刻，我暗暗发誓：自己如果能活着出去，将来一定要报仇，让你们全都不得好死！你陷我于九死一生，如果不是我会装死，又用家中最后一点积蓄为诱饵，说服看守，让他将我送回家；若非好友郑安平将我藏在家中，又悄悄联系秦国使者王稽（jī）将我带到秦国，我哪有今天？你本死罪，但念你送我绨袍一件，还算有点人性，我可以原谅你，饶你不死！”

须贾号啕谢恩。

第二天，范雎宴请群臣和各国使者，宾客皆高坐堂上，吃香喝辣。须贾作为魏国使者也在其中，却坐在堂下，伺候他的是两名脸上刺着字，脑袋像鸭蛋，被剃光头发胡须的劳改犯。

可能因为从没服侍过如此“尊贵”的客人，两个劳改犯心情大好，兴高采烈地把一些马料和豆拌在一起，左右夹持着喂给须贾吃。

堂上宾主杯盘交错，堂下须贾却狼吞虎咽着劳改犯塞给他的马料。须贾眼里呛着泪水，恳求道：“两位大哥，不，两位大爷，我这牙口真不如蹄类动物的宽大发达，请你们慢点喂！”但劳改犯好像听不懂，依旧是爱如潮水，用马料将他包围……

“我这就不明白了，既然已经宽恕我了，干吗还要羞辱我啊？”须贾气恼地哼哼。

一名劳改犯将须贾的怨言转达给范雎，范雎当着众宾客的面，声音洪亮地说道：“须贾，我虽饶你不死，但不能饶恕魏齐那个罪大恶极的家伙。请你回去转告魏王，让他马上送件袍子过来……哦不，是马上把魏齐的人头送来。否则，秦国将屠大梁（魏国都城，位于河南省开封市西北）！”

半个月后的一天，相国范雎的办公桌上出现了一个锦缎包裹的盒子。他掀开锦缎，打开盒子，然后哈哈大笑，笑得声嘶力竭，笑得泪流满面，好像一头发了癫痫的驴子……

盒子里，是一颗鲜血淋漓的人头。那个死人瞪着一双惊恐的眼睛，盯着已经半疯的范雎，就好像一个从没见过世面的乡巴佬，第一次看到“天狗食日”时，那种惊慌恐惧的表情。

赏 析

或明或暗一群狗

我们现代人都知道日食是一种自然天象，也就是月亮运行到太阳和地球中间，如果三者在一条直线上，月亮就挡住了太阳的光芒，形成日食，民间常称作“天狗食日”。然而，这种自然现象在相信“天象象征祥瑞和祸端”的古时候却是天大的事，因为太阳是帝王的象征，发生了日食，也就是“侵日”，意味着天子将会面临巨大的灾难，必须祈福避祸。因而在本章中，作者用“天狗食日”来比喻封建帝王皇权旁落也就顺理成章了。

文中或明或暗地呈现了三段“天狗食日”的情节，然而，从中我们并没有看到权臣的飞扬跋扈和帝王的软弱可欺。作者通过巧妙的叙述和情节重塑，将“睚眦必报”这段动人的历史故事贯穿于“天狗食日”的天象之中。读者只有顺着线索按图索骥，巧妙辨识才能寻找到真相。

一场剧烈的头脑风暴过后，笔者作出如下推理：

第一只天狗指的是宣太后、穰侯魏冉等“四贵专权”。范雎大摇大摆地“误入”后宫，“偶遇”秦王，并非路痴，只是为了抛出那句“只闻秦国有宣太后和穰侯魏冉，不闻有秦王”。可以把这看作一场炒作，一次成功的自荐求职案例！一语中的，这句话正中秦王痛点，成为开启范雎富贵之门的“敲门砖”。这个刚刚从鬼门关爬出来的落魄难民，摇身一变成了秦王最信任的首席权臣，并携手秦王，击败了蚕食王权的“四贵”，终于让“太阳”重见天日——秦昭襄王摘掉了“傀儡”的帽子。

第二只天狗是谁呢？正是范雎。不对吧，范雎不是帮着秦王打狗吗？怎么自己又变成狗了呢？历史的确很诡异。秦王在范雎的协助下，剪除了太后势力，驱逐了穰侯魏冉，恢复了王权。然而，新晋相邦范雎也不肯屈居人下，再次将秦王送上了“傀儡”的宝座。这从魏国使臣须贾为代表的使者，需要拜见的不是秦王而是“张相国”，而张相国也可以大摆国宴，代替秦王招待各国使臣，可见一斑。进一步看，范雎为了个人恩怨可以发动秦军征讨魏国，并以获取魏齐的“狗头”为止战条件，这就是携国之重器公报私仇的僭越行为了。因此，说范雎是另一只天狗毫不为过。

最后一只天狗，形象不十分突出。也许是适逢阴天，需要拨开云层才能一窥端倪。它是谁呢？善于举一反三的你一定猜到了，正是秦王本人。有意思，之前的太阳和天狗彻底交换身份了，这是什么情况？原来，范雎协助秦王打跑了四狗（贵）后，不但自己摇身一变成了另一只狗，还致力于将秦王也变成一只更大的狗。秦王本身就是王了，他总不能自己吞自己玩吧，也不能像老顽童周伯通那样左手 PK 右手。范雎也没那么无聊，他是通过施展“远交近攻”的策略，助秦国逐步吞并六国，让秦王代替周天子担负起照看九鼎的责任。故事的最后，以一种黑色幽默的笔调，描述了一个血腥残酷的场景：范雎终于如愿以偿得到了魏齐的人头，昔日的痛苦与复仇的痛快一并袭来，他陷入了半疯状态。而魏齐似乎也并没完全死去，瞪着惊恐的大眼凝视着刽子手范雎，那表情，就像是一个乡巴佬看见天狗食日一般……作者这些看似随意的安排，实则藏着“伏线千里”的巧妙用心。魏齐之死，并非仅仅是他和范雎的私人恩怨所致，也是强秦逐步吞噬中原各国进程中的一个缩影。放小了看是一场私人争斗，放大了看是一次政治事件。秦国借替范雎复仇的机会，狠狠地踹了阻碍统一霸业的一块绊脚石——魏国一脚，彰显了国威，震慑了六国。之后，秦国采用范雎的金点子，逐步实现吞并六国、建立统一王朝的宏伟目标。这个时候，太阳不再是一个，而是象征着以山东六国为代表的中原政权，而那只嗜血成性的天狗呢，自然是六国共同的梦魇——大秦国了。

历史是残酷的，范雎的遭遇与复仇满是血泪，而他推动的秦国统一征程更是血流成河。然而，作者的戏说没有一丝沉重感，诙谐风趣，俏皮滑稽，让这段传奇的历史故事，在我们心里轻轻松松地扎下根来。

何争鸣，本名孙建军，“70 后”，河北省邢台市作家协会会员。

对本书的一句荐语：本书戏说不胡说，以史实为依据，用诙谐幽默的语言叙说，让人在轻松愉悦的氛围下了解历史。本书写历史但不拘泥于历史，旨在用历史来解读当今的社会现象，起到以史明智、鉴今的效果。

第 47 章　新纸上谈兵：博弈

典故卡

纸上谈兵

这一典故出自《史记·白起王翦（jiǎn）列传》。长平之战是中国古代军事史上最早、规模最大、最彻底的围歼战。此战，是秦、赵两国的战略决战，最终以秦国大获全胜而告终。当时唯一有实力与秦国叫板的赵国，从此元气大伤，加速了秦国统一中国的进程。战争过程中，赵王急于求胜，中了秦国离间计，弃用廉颇，起用纸上谈兵的赵括。秦军得胜后进占长平，坑杀赵国 40 万降兵，震惊天下。

一

大将白起站在野王城（今河南省沁阳市一带）残破的城楼上，往左看是韩国国都，往右看是曾经热闹如今却安静得像个大型太平间一样的上党郡。

自从他占领野王城，切断了连通上党和国都的经脉后，韩王也曾答应割让上党以求讲和，谁料郡守冯亭这个小王八犊子搅和了好事，拒不降秦，还玩起了“单飞”，转手就把上党送给了赵国！真是爹妈给了个好名字，“冯亭，冯亭”，逢别人好事就叫停，别人起名字是往吉利上起，可他倒好，怎么倒霉怎么起，爹妈结婚时也没看皇历，生下这么个玩意儿，还起了这么个烂名字。

别看冯亭能得直流脓，但秦国可不惯着他。秦昭襄王小手一挥，左庶长王龁（hé）放下手里的茶杯，一溜烟跑到上党，等上党被完全占领后再回来，茶叶还没泡开。当地百姓骂着街就跑了，直奔赵国避难，但嘴里含混不清，像塞着两双袜子，根本听不清骂的是谁。

如今已然是入了伏，天气热得脑门上都能煎鸡蛋，站岗的卫兵是一丝一毫也不敢动的，任由黄豆大的汗珠顺着脸颊两边滚落，两只眼睛被汗泅得像两个大寿桃。丫鬟虽然把蒲扇扇得像蜜蜂的翅膀一样快，但白起依然热得如同架在烤炉上的乳猪，就差像“人类的好朋友”——狗一样呼哧呼哧吐舌头了。

冰粥换了几十次，从楼下端上来立马变成一碗爆米花了。但如今的白起，别说是冰粥，就是凤脑龙肝他也没胃口吃。部下们都知道，他是在等秦王的旨意和前线的情报。就在几个月前，赵国大军在长平驻扎下来，秦兵久攻不下，按说秦军乃虎狼之师，赵军如待宰羔羊，根本不是个儿，奈何赵国大将廉颇是“十三生肖”中属驴的，犟脾气上来连石头都跟着头疼。他知道秦强已弱、形势不利，决定采取坚守营垒以待秦兵进攻的战略。秦军多次叫阵，大骂他脑子被驴踢了，他却泰然自若，拒不出兵。这可难坏了秦军，这一天天人吃马喂的，不出半年就能把国家拖垮。

“将军，”副官高声喊道，“您看，有马！”

白起顺着他指的方向放眼望去，果然见一官兵骑着一高头大马疾驰而来，快到城门口时那人便勒马站停，马一下刹住蹄子，抬起前身嘶鸣起来。

“将军请打开城门，秦王有旨！”那人朝城楼上大喊，手里摇晃着一个卷轴。

“快开城门，快开城门。”白起命令道。

大门被缓缓打开，报信人策马而入，翻身下马后交代士兵道：“量二升好豆喂它，给它用盐水降降温，一会我还要回去复命。”

士兵将马牵到马厩，报信人健步流星来到城楼，将秦王亲笔旨令交给白起。

白起打开卷轴一看，整篇文字字体潦草，歪歪扭扭，像被踩到的半死不活正在挣扎着的蜈蚣。“是大王的笔迹，别人模仿不了他的神韵。”

“是的，但还是看信上的内容要紧。”报信人说道。

白起揉了揉眼睛，努力辨认着上面的字体，只见信中写道：自寡人征战赵国数月以来，屡攻不下都城。疲于应付之际，一日翻看兵法，见有个离间之计，便让范雎效仿使之，你猜怎么着？还真灵，赵国上当了，把我给乐得哟！光烧饼我就吃了十八个，还是就着米饭吃的。最近也不知道怎么的，胃口大好！晚上我不吃，不光为了减肥，主要怕压着食，还有……

“你直接告诉我情况吧！我看大王八成是吃多了烧饼撑着了，看他写的东西我都打饱嗝。”

白起将卷轴随手放到桌上，又令丫鬟道：“给这位将军上碗香茶。”

茶端上来，报信人“咕嘟咕嘟”灌了几口，才发现水有点热，舌头被烫起五六个水泡。

“大王前些日子派范睢大人携千金向赵国权臣行贿，用离间计，散布流言说：秦国根本不怕那个老家伙廉颇。廉颇容易对付，他快要投降了。秦国最怕的是马服君赵奢之子赵括。全天下人都知道赵王蠢，他听到谣言后，既怨怒廉颇连吃败仗，士卒伤亡惨重，又嫌廉颇坚壁固守不肯出战，以为他真的要投降，于是派那个愣头青赵括取代廉颇。这个新来的将军，根本就是个纸上谈兵的家伙，上任之后，做了一系列挥刀自宫性的军事改革，而且大批撤换将领，赵军已是军心动摇。赵括心高气傲，谁也不放在眼里，但听说唯独怕您白将军。大王一看，便觉得机会难得，指定让您暗中挂帅，命王龁（hé）为副将，并三令五申，不许走漏风声，否则格杀勿论，以免赵括提前得知我方换将，不敢贸然出战，也学廉颇做缩头乌龟，那就麻烦了。”

“妙计！本帅立马上任。”白起笑道，“请将军来偏房同我一块用膳，吃点冰粥压压火，我看您的嘴都烫成两根腊肠了。”

“可不是吗？”报信人鼓着嘴道，“您这茶水弄不好是用火烧开的。”

白起一边拉着报信人的手往偏房走，一边大声笑道：“您没有白跟大王这么多年，别的没学会，倒学会幽默了。”

二

虽然赵括是个草包，但赵国的军力还是不能小觑，真正面对面交锋，即使吃不了亏，损失还是会有的。白起知道此人脑袋大脖子粗，急功近利指定输，便吩咐大将蒙骜（ào）道：“将前沿部队深入推进三十里，命人扛上帅旗走在前列，帅旗上只写王字，千万不可写白字。遇敌兵后佯装奋力厮打，待赵军士气正盛，你们就掉头逃跑，千万记住，只许败不许胜。”

蒙骜不解：“这是何意？”

白起笑道：“诱敌深入，将战场变成一块沼泽地，让他们越陷越深。”

“得令！”蒙骜带领先头部队自行离去。白起又拿起一面令旗，厉声叫道：“王龁将军何在？”

王龁正在打瞌睡，被白起一声吼，从梦中惊醒过来，起身立定，大声答道：“末将在。”

“王将军，本帅在这呢！转过身来。”

王龁这时才发现起得有点猛了，没看清白起位置，把屁股对着帅台了。他连忙掉转回身：“请大帅吩咐。”

“我是得吩咐，再不给你点活干你身上怕是要闲出蛆来了。”白起道，“王龁听令，命你带领主力部队坚守西垒，两翼配备钳攻部队，构成袋形阵地，包围赵军的盲进部分，另以精兵五千人，楔入敌军先头部队与主力之间，伺机割裂赵军。”

“得令。”王龁取了令牌，揉着睡眼惺忪的眼睛，摇摇晃晃出帐去了。

白起又拿起两面令旗，分发给其他两名将军道：“你，立即调二万五千人马，身穿草衣草帽，隐蔽埋伏在沿途两侧翼，待赵军出击后，瞅准时机插到赵军后方，切断赵军退路，给他们包个大饺子！你，率骑兵五千渗透到赵军防御阵地中，牵制和监视留守的赵军。不可暴露行踪，以免坏了大事！”

“得令！”两位将军执旗而下。白起一一部署完毕，感觉肚子饿了，向丫鬟要了几碟点心，吃完便有了些困意，心想八成是被王龁给传染的。治疗发困他倒是有绝招，不扎针不吃药，抱着枕头睡大觉，不一会儿营房里便传出雷鸣般的呼噜声，不知道的还以为是谁家的猪跑出来了。

三

八月的天气热得离奇，连一动不动坐着喘口气都像在拉风箱，吸气呼气都如水蒸气，烫得人舌头疼。更何况是身穿铠甲，手拿盾牌的两军将士，他们不但要把自己捂得严严实实，还要顶着炙热的日头作战，那罪遭得，一点儿不比褪了毛的乳猪架在烤炉上烤好受。

蒙骜按照白起的授意，故意带领几千人马去骚扰赵国。赵括不明虚实，以为敌军前来劫营。满桌子的山珍海味也顾不得享用了，立马下令迎敌。还没打上几个回合，蒙骜便带着秦军仓皇败走。没想到秦军是驴粪蛋子外表光，中间全是老粗糠，号称钢铁长城，其实是豆腐渣工程，战斗力还不如稻草人，稻草人还能吓飞几只麻雀……赵括这个乐呀！他忙令三军：“与我乘胜追击，直捣秦军老窝。”

“大帅，”军师皱眉道，“不可轻举妄动，世人皆知秦军狡诈，我认为他们是佯装败走，实则是诱敌深入，等到我们进了陷阱，他们好来个瓮中捉鳖。”

“大胆！”赵括厉声训斥道，“什么瓮中捉鳖？你是鳖还是本帅是鳖，还是三军将士是鳖？你没看见秦军帅旗上写着王字吗？秦军统帅是王龁，又不是白疯子，有什么好怕的？你呢，不但以下犯上出言不逊，居然还敢乱我军心，来人……”

“有。”

“将这蛊惑人心的玩意给我乱棍打出，押到牢房，待本帅凯旋，再军法处置，用他的狗血为我等祭旗！”

“是！”两个士兵抄起棍子“噼里啪啦”朝军师身上打去，军师“哎哟”着被抬到军牢里，临走时士兵埋怨道：“就你话多，不知道言多必失，祸从口出吗？害得我们大热天的还要舞棍子，这汗出得，快赶上洗澡了。好好反省吧你。”

待到士兵们都走远了，军师摸着满身的伤口自言自语：“祸从口出？哎，我看未必，是福是祸还说不清呢。”

赵括跃身上马，带领三军将士奋力追击，秦军先头部队一看赵括中计，便更加卖力奔跑。他们越是跑得快，赵括越是兴奋异常。

追了有十二炷香的工夫，前面突然出现一座大山。眼见前方岩石林立，山势险峻，赵括勒马立定，问探哨官道：“前方是何地？”

“禀大帅，此乃长壁是也！”探哨官道，“此地山势险峻，易守难攻，暗洞繁多，恐有伏兵，望大帅谨慎行事。”

“闭嘴，”赵括喝道，“本帅问你什么就答什么，再多嘴，将你和军师一块儿治罪！”

探哨官吓得赶紧退了回去。

此时后方士兵来报：“大帅，大事不好，秦军约有五千人突袭我主力部队，将咱们这个先头部队与主力切断了，现在首尾不得呼应，请大帅早做决断。”

“啊？”赵括大吃一惊，顿时乱了阵脚。此时的太阳显得更热了，把大地整得像一个火化炉。

“继续追击敌人，不能让他们有喘息的机会。”

赵括的话音刚落，前哨兵来报：“大帅，秦军在前方筑起壁垒，我们怕是很难攻进去了……”

“报……”后方哨兵也疾驰而来，“禀大帅，秦军约有两万五千人马突然从两翼夹击我军，咱们的军队被打成三段，首尾分离，粮道被断，形势危在旦夕呀！”

“报……”又有一骑人马赶到，“禀大帅，有一队轻骑兵前来骚扰，前方举一面旗帜，上书……”

“上书什么？赶紧说……”

“上写一个白字……”

“啊？”赵括大惊失色，差点从马上跌落下来，如今的他像突然掉进了冰窟窿里，浑身上下凉透了，太阳也烤不热他的心。

他稳定了一下心情，嘴唇有些发抖，将士们也不知所措地待在原地。此时有人出主意道：“大帅，当务之急是赶紧构筑垒壁坚守，以待救兵。”

赵括如梦初醒，连连喊道：“对，对，赶紧建壁垒以待援兵来救，不可坐以待毙。”将士们赶紧堆土、伐木、撬石，迅速将堡壁建了起来。

四

白起站在山上往下望去，见赵军已然筑起壁垒，坚守不出，他对着蒙骜笑道：“赵括小儿是想等待援兵呀！哈哈，人长得丑想得倒是挺美，你派个人想法子混到赵国援军里面去，散布谣言说赵括已经投降了秦国，我想他们的援军打死也不会再来支援他了。”

“是！”蒙骜刚要退下去，又想起一件事来，说道，“咱们大王听说赵国粮道被切断，现如今亲临河内（今河南省沁阳市一带）去督战了，并且征发十五岁以上男丁从军，以阻绝赵国的援军和粮草，力求倾全国之力与赵作战。”

“我知道了。”白起笑道，“你下去传令吧！”

五

赵括领着将士在壁垒里等了足足六七四十二天，也不见援军来到。所带的粮食早在几天前就消耗得干干净净，就连耗子都不敢打他们身旁过，因为他们此时饿得眼睛都发绿光，狼看见都要打寒战。副官悄悄告诉赵括道：“大帅，咱们的马让士兵们吃得差不多了，连马粪都没放过，我怕……”

“怕什么？”赵括问道，眼睛却直勾勾地盯着副官的脑袋，仿佛那是一只红烧了的酱猪头。

“我怕到时咱们的士兵会自相残杀，人肉吃起来可比马肉强得多。”

“我倒真想试试。”赵括擦了一下嘴角的哈喇子，揪住副官的耳朵就往嘴里塞，咬得副官哀叫连连。副官一巴掌拍到赵括脸上，赵括从精神错乱中惊醒，才发现自己嘴上和副官耳朵上全是血。

又过了四天，副官的话终于应验了。赵国士兵开始自相残杀，胜利者嘴里叼着失败者的胳膊，大快朵颐起来。

“不行，咱们必须突围，援军指望不了了，只能自救。”面对严峻的态势，赵括痛下决心。

副官道：“咱们分四队突击，冲出去！”

“好！现在已经没有马了，只能步行，可怜我这双贵足了。”赵括一面苦笑道，一面整军突围。他带领部队刚走出壁垒，突然明晃晃一口大刀砍下，赵括没来得及“哼”一声，头便如球一般滚落了出去。

“大帅被杀了。”不知谁喊了一声。部队立马不动了，全部举起双手投降。

白起骑着战马赶到跟前，对赵军喊道：“凡投降者，一概既往不咎，老弱病残送回故里安置，青壮年男子编入秦军效劳，保你们吃喝不愁，现在随我往配发地待命。”

赵国士兵一听还有这好事，便高高兴兴跟在秦兵后面走去。白起站在原地清点人数，约莫过了三个时辰，军队还没走完，他倒抽了一口凉气：“赵军士兵可真不少呀！”

这时王龁走了过来，笑道：“虽是蝼蚁之众，但少说也有四十万人呢，数量还是吓人的。”

“留下二百五……不行，二百五不好听，这样吧，留下二百四十名童子军归赵，宣扬咱们秦国威势，剩下的全部给我坑杀，以绝后患。”白起咬牙说道。

“是！”

二百四十名童子军凄惨回国，途经赵括曾经的兵营，见那个大牢依然关押着军师，便撬开锁链，将军师放了出来。

幸存者将事情来龙去脉讲了一遍，军师放声大哭，哭完擤了把鼻涕后又笑道：“什么祸从口出？言多必失，我看未必，要不是得罪了赵括，现如今我这脑袋早就不在脖子上架着了。还得感谢这张嘴，救了我的脑袋啊。”

赏 析

布衣与贵族的博弈

长平之战是中国古代军事史上最早、规模最大、最彻底的围歼战。三个“最”，留给后人太多的遐思。这场战役带来的最大震撼，就是赵军四十万降兵被坑杀，开创冷兵器时代中外战争史上单场战役死亡人数之最，即便在炮火连天的现代战场上，也是骇人听闻的。

《新纸上谈兵：博弈》为读者描绘出了一幅宏大壮阔而云谲波诡的战争画卷。过程一波三折，惊心动魄。先是赵国统治阶层鼠目寸光、利令智昏，接受了冯亭的“好意”，从秦国这只“恶狗”嘴里夺走了上党这块肥肉，赵国于是被卷入这场堪称灭顶之灾的大战。战国时期综合实力拔尖的两个大国，皆以举国之力投入战斗。这场战争已经不仅仅是诸侯国之间的领土之争，更是能直接改变中原局势走向的大战。大战过后，原本唯一可以与秦国匹敌的赵国元气大伤，这个自赵武灵王“胡服骑射”以来建立的军事强国，转瞬间土崩瓦解。秦国统一进程中最大的绊脚石被扫除，天下局势几近明朗。

这里还有一个家喻户晓的成语典故——纸上谈兵。赵王在战争指导上，昧于秦强赵弱的基本形势，急于求胜，错误地坚持进攻战略，中了秦国离间之计，弃用名将廉颇，起用纸上谈兵的赵括。白起针对赵括骄傲轻敌的弱点，采取了佯败后退、诱敌脱离阵地，进而分割包围、予以歼灭的作战方针，获得战争的胜利。

战争过程史书上记载得很详细，笑李飞叨也进行了生动的阐述，我们就不再赘述。这场战争背后有着更深远的历史真相和时代意义，看似两国之间你死我活的较量，其本质却是秦国的布衣政治与赵国的贵族政治之间的博弈。

秦自秦孝公重用卫鞅（商鞅）实行变法，定法典、开阡陌、兴水利，不断促进农业生产，国力日盛。商鞅变法涉及利益的重新分配，“奖励耕战，实行军功爵制”为平民进入上层打通了通道。

在长平之战中功勋卓越的秦国国相范雎、战役总指挥白起，皆是平民出身。一路摸爬滚打出来的能臣、名将，在外交策略、军事部署方面，皆可圈可点。

先说范雎，在魏国受尽屈辱，险些丧命，入秦后帮秦国制定对内“强干弱枝”（加强中央集权），对外“远交近攻”（斗争重点放在近旁的韩赵，对较远的齐燕暂置不顾，稳住楚魏）的策略，兴修褒斜道（越秦岭，通蜀汉，使天下皆畏秦），巧施反间计助力长平……在秦国实现统一霸业的征程中，范雎功不可没。

再说白起，出身平民，靠累积军功授官封爵，在长平之战前即功成名就。白起指挥过许多重要战役，平生大小七十余战，没有败绩。伊阙之战，全歼魏韩二十四万联军，彻底扫平秦军东进之路。三次伐楚之战，共歼灭三十五万楚军。巧用水攻，攻陷郢城（楚八百年国都），致流放汨罗江的屈原悲愤投江。白起令山东各国闻之色变，被称为“战神”“人屠”。《千字文》将他与廉颇、李牧、王翦并称为战国四大名将，白起位列战国四大名将之首。

而反观赵国，国相是平原君赵胜，司马迁评价其为：“未睹大体。鄙语曰‘利令智昏’，平原君贪冯亭之邪说，使赵陷长平四十余万众，邯郸几亡。”

再看赵国的统帅赵括，只因是名将之后（其父是赵奢，阏与之战中大败十万秦军），即便缺乏战争经验，也能平步青云，被空降成主帅。知子莫如父，其父赵奢生前曾预言：“赵不将括即已，若必将之，破赵军者必括也。”病重的蔺相如曾极力劝谏赵王：“括徒能读其父书传，不知合变也。”如此一来，这位备受瞩目的年轻将星后来成为赵国的“丧门星”也就不足为奇了。

秦国在长平之战中获胜，不仅得益于军功爵制催生出的虎狼之师，也得益于清明的政治制度和雄厚的经济支撑。

当时的秦国，法令严明，干部清正清廉，政府办事效率极高，官吏没有结党营私、受贿卖公、巧立名目等现象。而山东六国，皆还是贵族政治，依靠血缘关系而不是法令来维系官僚体系。那些子承父业、无功受禄的贵族子弟，世代担任朝廷要职，将个人利益置于国家荣誉之上，这样的国家，不败才怪！

当时的秦国，在农业、经济、法律等方面，都有了长足的进步；水利工程不断修建，耕地面积日益扩大。秦公一号大墓（昭襄王墓）考古证明，秦当时在“战国七雄”中，最早拥有了铁制兵器、铁制农具。

专家还考证了，长平之战前，赵国虽然在军队总数上和秦国不相上下，但赵国的经济实力却只有秦国的三分之一。以至相持三年后，赵国出现严重的粮荒，向齐借粮而不可得，赵王这才饥不择食、临阵换将，以主张“出击决战”的赵括，替换下“坚守不出”的老将廉颇，为胜负预埋下了不幸的种子。

长平之战的硝烟已经散去，历史用这场战争深刻地诠释了“平民的胜利”——白起、范雎等布衣出身的大秦将相，用实力将赵国的贵族子弟平原君、赵括等狠狠打脸。《三国志》里有句话：功以才成，业由才广，意思是功绩有人才方能建立，事业有人才才能发展。英雄不问出身，只有任人唯贤，才能广纳人才，从而取得事业的成功，这是亘古不变的真理。

夏子豪，“00后”。江苏省诗词协会会员、南京市作家协会会员。

对本书的一句荐语：重温风云激荡的历史，感悟灵魂深处的故事！

第 48 章　新毛遂自荐：秃鹫

典故卡

毛遂自荐

《史记·平原君虞卿列传》记载：秦军围攻赵国都城邯郸，平原君赵胜去楚国求救，门下食客毛遂主动请求一同前去。到了楚国，毛遂挺身而出，陈述利害，楚王这才派兵救赵。成语“脱颖而出”也出自这个典故。

暴风雪如期而至。

邯郸城大多数老百姓的屋顶和房檐已经丧失了抵御风雪的功能，因为它们不翼而飞了。也不知是哪个部门搞的强拆，真是缺德至极！在这些被拆得只剩骨架的屋子里，钉子户们……额，确切地说，是一些衣衫褴褛的老人、女人和小孩，他们瘦得像剔光了肉的排骨，在冰雪肆虐下瑟瑟发抖、哀声连连，那声音，哪怕在大白天听来也很是瘆人。

清晨，从平原君赵胜的府邸开出一辆八匹马拉的豪华大车。八匹马都是精心挑选的关外名马，高大威武，体态庄严，气质高贵非凡，傲气不可一世。二十个同样体态庄严、气质非凡的男人排着队上车，他们相互点头示意，面色凝重。排在前面的十九个人穿着无比华丽，清一色的貂皮大衣，头顶玳瑁制成的帽子，刀剑饰以珠玉，脸上泛着明显是营养过剩才会有的油光。只有走在最后面的一个人，穿着普通的棉袄，身上没有一件配饰，也没有一点多余的赘肉，看起来瘦削精干，双目炯炯而深邃，仿佛能够透视千里。他用沉稳而锐利的目光凝视着周遭的一切，好似一只其貌不扬的秃鹫，浑身散发出一种不合群的气息。

二十个人有序地上车坐好，“秃鹫”蜷缩在一个最不起眼的角落。大车缓缓开动，前面还有一辆四匹马拉的豪华马车在带路。这群人是赵胜的门客，他们的主人，就坐在前面那台车里。那台车上下缀满金银饰件，通体饰有精美绝伦的彩绘，篷盖上覆有绢帛，窗帘也是桑蚕丝质地的，都赶上帝王出巡的排场了。

十二匹稀世罕见的宝马，拉着两台因乘客体重和金银坠饰都严重超标而重如千钧的香车，丧失了曾经驰骋疆场的那种锐气，不比饿了半个月的骡子好得到哪去。这场景要是被宝马们的征服者赵武灵王看到，非得气得下凡来不可。

车上的乘客大多心事重重，因为他们知道，自己乘坐的这台豪车，很快就要变成灵车了。白雪皑皑，前途茫茫，他们这次跟着主人出使楚国，可不是去观光游乐看美女的，而是去搬救兵。秦国佬已经把邯郸围了好几个月，国家危在旦夕。主人说了，此行如果不成功，邯郸必亡，你们一个也活不了。但楚考烈王是个不折不扣的“考拉”，安于现状，没有抗争精神，前阵子被秦国佬揍得屁滚尿流，都城和宗庙都丢了，他也无动于衷，现在躲在一处暂时安全的旮旯里继续莺歌燕舞，想要让他重新雄起谈何容易？因此，赵胜做好了杀身成仁的准备，文的不行，就来武的，就算拿刀架在“楚考拉王”脖子上，也得逼他就范。傻子都知道，这个计划无比凶险，根本就是去送死。

只有“秃鹫”一脸淡定，目光始终如炬，没有一丝游移，也没有一丝害怕。

为了缓解车里压抑的气氛，一个门客建议大家来唠唠嗑，他首先发言：“主公有情有义，乃当世豪杰，能被他收入麾下，真是人生之大幸。国难当前，我们能有幸被选中参与此次行动，临危受命，视死如归，一定能够马到成功，力挽狂澜的！”旁边的人纷纷附和：“是的，是的。”

见大家都附和自己，这人很是得意：“咱们主公的人品、能力，那可是公认的好啊！舍小家为大家，是他一贯的作风……哎，你们还记得那个跛子吗？就是主公以前的邻居。一天，他瘸着腿经过门口，看到主公漂亮的小老婆站在那，一下看呆了，结果被石头绊倒摔了个狗啃屎，美人忍不住捂嘴笑了一声。跛子认为人格受辱，勃然大怒，吵着闹着跟主公告状，非要杀了这个美人雪耻不可。主公觉得跛子小题大做，安慰他一番就算了。结果家里门客认为主公重色轻友，纷纷散去。于是我去劝主公，要以大局为重。主公醒悟过来，提着宝剑冲进内室便结果了那女人，还把人头送给跛子当球踢。大伙都觉得十分解气，对主公也是敬佩有加，于是走了的人纷纷回来了，四面八方的贤人义士也纷纷来投奔。”

说完这话，这人以为大家一定会夸他识大体、懂得替主人着想，谁知旁边有人接嘴道：“要我说，这跛子也太较真了，一个大老爷们，非和一个女人过不去。”

一句话，呛得他咳嗽了几声，神情颇为尴尬。

“我看哪，跛子是嫉妒主公家里美女如云，犯了红眼病！这样的人可不少呢！”接嘴的人继续说：“主公不就是多娶了几个漂亮老婆嘛，前几天又被人揪小辫子了。真是前脚走了瘸腿驴，后脚又来个一根筋。本来咱们日子过得舒舒服服的，每天大鱼大肉没断过，晚上继续篝火晚会吃烧烤。谁知道，我们常去的那家餐馆老板的儿子李同是个一根筋，跑来谏言：‘战火之下，民不聊生，可是您老的后宫，还有一百多个姨太太，整天吃的是肉，穿的是丝，水池里还养了好多只老乌龟。而老百姓如今穿着破洞的衣服，糠都吃不起了，开始易子而食；您家里摆满器物钟磬，老百姓却拆了房子当矛矢。这样下去，邯郸马上就完蛋了，看您到时上哪享福去！’主人被说得没办法，只好把家里的奢侈品和粮食拿出来犒赏军队，让他的妻妾们全都拎着擀面杖和搓板参军，自己也跟打了鸡血似的，决定去楚国搬救兵。这下咱们的好日子可到头了，别说是荣华富贵了，说不定连性命都保不住咯。”说罢，这人长叹一声，吐出一口的颓丧，瞬间这股气息就弥漫了整个车厢。

大家的脸黑的黑白的白，好像马上要奔赴刑场了似的。只有蜷在角落里的“秃鹫”一脸轻松，用一种看笑话的眼神瞅着身旁的旅伴们，偶尔拿起腰间系着的行军小水壶，漫不经心地啜上一口。又过了一会儿，他居然非常不体面地坐着打起了瞌睡，头低垂着，还发出了不雅的呼噜声。其他人无不侧目，面露鄙夷，也夹着几分羡慕。他们不理解，在这生死关头，这小子怎么还能想睡就睡！

有人小声嘀咕：“主公说这小子脸皮厚，还真没有高抬他。为了完成这次任务，主公从三千门客中挑选了咱们十九位德才兼备的贤人。说是凑个整数吉利，奈何选来选去，那最后一个人愣是选不出来。没想到，这小子跳出来大言不惭地说，他就是当仁不让的最佳人选，要求跟咱们一起出使楚国。主公见他穿着寒酸，心想：我家啥时收留了这样的穷鬼？便问他尊姓大名，他说叫毛遂，主公想了半天才想起有这么个人，于是好心劝他留下，还做了个恰当的比喻：‘贤人在世，好像锥子钻进了布袋一般，锋芒马上就能暴露出来。您已经在我门下待了三年，却默默无闻，看来没什么本事，还是留在这里好了。’没想到这小子顶嘴说：‘在下一直没有机会钻进布袋。要是我早进了布袋，岂止锥尖，锥把儿都露出来了！’主公听他自吹自擂，心里不快，但拗不过他，只好让他也跟来了。”

“得得，不指望他有啥作为，别给哥几个挖坑就不错了！”旁边的人附和道。

这时毛遂的鼻孔忽然发出一声巨响，他好像被自己的呼噜给打醒了，身体抖动了一下便挺直了，眼睛也缓缓睁开，又露出秃鹫一般冷酷的光芒。门客们吓了一跳，纷纷闭嘴不言了。

车窗外，连绵不断的雪片像一面帷幕似的落在地面，它隐没着种种物体的外表，在那上面撒着一层冰苔。

马车终于摇进了楚都。赵胜迫不及待前去与楚王会谈。他让二十门客留在门外等待，独自上堂与楚王谈论请兵救赵的事情。楚王见赵国已是风中残烛，没有兴趣去当救世主，且骨子里害怕秦国，不敢招惹。赵胜百般分析其中利害，从日出一直谈到中午，殿门依然紧闭。

这时，忽然有人的肚子“咕嘟”一声响，大家不约而同都捂住自己的肚子，然后纷纷咽口水。

“在下口渴，进去给我的小水壶加点水！”有个人大喊了一声，然后推开大家，拎起佩剑，直闯入堂中。他大踏步冲上殿去，对着一脸雾水的楚王大喊：“合纵的利害，两句话就能讲清楚。两位 Boss 已经谈了大半天了，怎么还决定不下来？”

楚王瞪着一双考拉似的、呆萌的大眼问道：“你，你是谁？”

赵胜的脸比窗外的雪更白，嗫嚅道：“这，这是臣的舍人毛遂，不慎冒犯了大王，请恕罪。”

楚王见这人不过是个下人，一脸鄙夷，厉声呵斥：“还不快下去！寡人在和你主子谈事，哪有你说话的份儿？”

毛遂毫不退缩，反而按住身上的剑把，逼上前来说：“大王之所以敢斥责我，不过是仗着楚国人多势众而已。现在十步之内，我便可取您性命，楚国人再多也没有用！”

楚王见状，吓得面如死灰，赵胜也在瑟瑟发抖。毛遂断喝道：“还有，我的主人就在这里，您凭什么当众斥责我？您不知道士可杀不可辱吗！”毛遂继续慷慨陈词，腰间的小水壶抖动着，仿佛里面也装满了尊严：“我听说，商汤以方圆七十里封地而称王于天下，周文王靠方圆百里的地盘使诸侯臣服。如今楚国方圆足有五千里，能打仗的百姓超过一百万，而你们却甘当缩头乌龟。一个小小的白起，带着几万秦军孤军深入，明明是犯了兵家大忌，纯属找死。结果他一战打下你们的鄢郢，再战又烧了你们夷陵，把你们先王的遗体尽数侮辱。你们难道不觉得害臊吗？连我们赵国人都为你们感到伤心！所以我们今天谈合纵，不仅是自救，也是为了挽救楚国，给楚国报仇。您却当着我的主子骂我，您有何道理？”

楚王被训得无言以对，只得脸色苍白地答道：“先生所言极是，我们这些残兵游勇，你们想借就借去吧。”

毛遂当即向正在一旁哆嗦的大臣发令：“给我把歃（shà）血的盘子端上来！”大臣哆哆嗦嗦端上来。毛遂上前按住楚王和赵胜的手，令他们当场在殿上歃血为盟，宣布合兵救赵。毛遂本人也参与了歃血。之后，毛遂又让大臣把门口那十九人喊进来，嘲讽地说：“你们这帮肚大无脑的平庸之辈，也在堂下把这血歃了吧。你们没有什么本事，也派不上用场，只是靠别人的力量完成了任务罢了。”

十九人赶紧连滚带爬，“喏喏”连声过来歃血，正眼都不敢看毛遂一下。

雪渐渐停了，铺天盖地的寒光尚未熄灭，一些被冻死的小动物，肉体开始腐烂。只见天空中忽然出现一只秃鹫，扑棱棱地甩着翅膀俯身而下。它低着头、伸着脖、红着眼，像蘸满松墨朱砂的狼毫，渐次戳入这些腐臭不堪的肉体。

赏　析

“秃鹫”的锋芒

这是一个极具戏剧性的故事。男一号毛遂充满了个人英雄主义色彩，他在赵国生死攸关的紧要时刻，临危受命、力挽狂澜，凭借出众的口才和惊人的胆略，以一己之力出色地完成了“不可能的任务”——协助主公平原君赴楚国搬请救兵，挽救赵国于水火。

“暴风雪如期而至”，文章第一段仅用七个字，简洁明了地渲染出一种悲凉萧瑟之感：经历了“长平之战”刻骨之痛的赵国，军队主力尽失，整个国家在风雪中飘摇。

屋檐不翼而飞，百姓衣衫褴褛，“瘦得像剃光了肉的排骨”……这是战火肆虐下邯郸人民悲惨命运的写照。与之形成鲜明对比的是，平原君赵胜出行排场的极尽奢华。作者通过八匹马形态的气宇轩昂、高贵威武，门客们的锦帽貂裘、珠玉其外等一系列细节刻画，表现出赵国统治者的奢侈和专横。大厦将倾，这一切显得极不协调，让人掩卷沉思。

统治阶层盛行奢靡之风，上行下效，连门客们都如此张扬。而毛遂的出场则让人眼前一亮：精明干练的外表、炯炯有神的双眸，折射出他的雄心壮志以及对于此行志在必得的信念。

作者将毛遂比作一只其貌不扬的秃鹫，这与其他宾客的金玉其外、败絮其中形成天壤之别。

在去往楚国的马车上，宾客们内心跌宕起伏，忐忑不安，很多人认为此行前途渺茫，仿佛大家不是去执行任务，而是去送死。车里的气氛无比压抑。

一位宾客的发言打破了车里的沉闷。原以为他的出现可以调动起宾客们的积极性，让他们纷纷主动请缨，为说服楚王救赵建言献策。可谁知，这位宾客只是在溜须拍马、哗众取宠，还引得车内的人纷纷附和，使得这场“誓师大会”活脱脱演变成了一场“吹嘘大会”。其中插叙了一位跛子邻居瞥见赵胜娇美小妾，失仪后竟反咬一口，而赵胜听信所谓笼络人心之术，竟残忍杀害小妾的故事。揭示了平原君以及宾客们沽名钓誉、草菅人命的肮脏本性。本以为听闻此事的宾客中会有正义之士指明事情的不公，谁知他们竟插科打诨，仅止于热衷地聊着血淋淋的八卦，毫无人性可言。这大大出乎了我们的预料。

车里的气氛从压抑变成闹哄哄之后，我们仍然没有看到国难当前有志之士被激发出的那种血性，反倒是一群高喊着“视死如归”口号的所谓精英，因为害怕失去荣华富贵和个人性命，而沉浸在悲观与恐惧之中。一股颓丧之气弥漫了整个车厢。

此时，与大家的愁容形成鲜明对比的是毛遂的气定神闲、安然自若：嘲讽的眼神、漫不经心的态度，还有那令众人侧目的不雅睡姿……一系列神态及动作的描写十分传神，表现出毛遂不计个人得失、无惧死亡的大无畏精神，以及对自己能力的高度自信。

一路上，连绵不断的雪片隐没了万物的外表，以景喻人，暗指毛遂被寒酸的外表和冷酷的现实隐匿了锋芒，也暗指这群纨绔子弟光鲜的外表下，隐藏着龌龊的内心。

马车终于停下来了。赵胜与楚王展开会谈，将故事引入高潮。面对殿门紧闭、僵持不下的局面，毛遂挺身而出，“大喊”“推”“拎”“闯”“冲”，一系列动作一气呵成、锐不可当，主人公大义凛然的英雄气概被展现得淋漓尽致，其内心的果敢坚定以及一往无前的必胜信念可见一斑。

然而，楚王和平原君以及那些目光短视的宾客们一样，以貌取人、以身份识人，看不起毛遂，厉声斥责他，让他滚一边去。毛遂用“一命换一命”的威胁给了楚王一个下马威。楚王是王者之尊，毛遂只是一介平民；毛遂愿意与楚王换命，楚王却不愿被毛遂所杀。毛遂深知“打蛇打七寸”的道理，将楚王最重视的东西作为筹码，逼得楚王不得不收起架子，成为任他摆布的牵线木偶。

一击制胜之后，毛遂并没有咄咄相逼，而是话锋一转，拍起了楚王马屁，给他一个台阶下，将楚国与商周相比，随后又晓之以理、动之以情，将天下局势分析得丝丝入扣，将赵国的命运与楚国的荣辱捆绑在一起，使得楚王心服口服，全无反驳之余地，足见毛遂不仅学识过人、智商超高，情商和口才也是一流，并非有勇无谋的一介莽夫，真是对得起他那句“要是把我装在布袋里，何止锥尖，连锥把儿都能露出来”的豪言壮语了。

在国人的传统认知中，总觉得锋芒毕露不是好事，藏而不露才是做人的至高境界。但毛遂自荐，锋芒逼人，他的三寸之舌，强于百万雄师，不得不令人慨叹，也刷新了我们的认知。

夏子豪，“00 后”。江苏省诗词协会会员、南京市作家协会会员。

对本书的一句荐语：重温风云激荡的历史，感悟灵魂深处的故事！

第 49 章　新窃符救赵：巧计

典故卡

窃符救赵

《史记·魏公子列传》记载：秦国围困赵国都城邯郸，赵国求救于魏国，魏国惧怕秦国，不敢出兵救赵。情急之下，信陵君魏无忌听取侯嬴之计，以国家利益为重，置生死于度外，借魏王宠妾如姬之手窃得兵符，夺取了魏国兵权，不仅成功击败秦军、救援了赵国，也巩固了魏国在当时的地位。魏无忌以国家利益为重、个人生死荣辱为轻的优良品德，自古以来饱受称颂。

一队马车载着沉重的物资缓慢地向大梁夷门方向走去。信陵君魏无忌坐在中间的双驾马车上，不时掀开帘子向外张望，随行人员全部耷拉着脑袋，跟着马车的颠簸一上一下地点头，像是在会场聆听领导作报告一般。魏无忌叹了口气，刚要将帘子放下，突然发现守门的将士中有个熟悉的身影。

“停一下！”

没人搭话，马车继续走。

魏无忌隔着门帘对着马夫屁股的方向一脚踹了出去：“当心你的腚！”

赶车的马夫惨叫了一声，捂着鼻子打开门帘，把嘴上的血一擦，说道：“公子，这是我的脸。”

魏无忌赶紧拿手绢给他捂上，抱歉道：“上车时看你是一屁股坐在那里的，怎么变成脸了？”

马夫将手绢塞到鼻孔里，答道：“我太困了，不小心睡着了，翻了个身，正好把屁股和脑袋的位置换过来了，这倒霉催的，喝凉水都能硌着后槽牙，唉！怎么着，公子您有什么指示吗？”

“我看到个熟人，想停车，没人理我，这马也不通人性，喊了半天就只顾傻了吧唧地走。”

“傻了吧唧的应该不是马。”马夫说，“您喊停车它要能听懂，那乌龟都能入朝当上大夫了，喊‘吁’它不就停下来了吗？”

“吁……”魏无忌机械式地喊了一句，尾音拉得老长，长得像小脚老太太三寸足上缠的裹脚布。

马果真停下来了，魏无忌下车向门口走去。几个守门官七零八落站在门口，正抱着标枪摇摇晃晃昏昏欲睡，如同在风中摇曳的几棵谷穗。

“侯先生……”魏无忌老远就看到了老朋友侯嬴，他此时正趁着几个人打盹的好时机，偷偷躲在角落里啃西瓜，被魏无忌这么一叫差点呛着。

“别闹，”侯嬴头也不抬，继续把脸埋在西瓜瓤里，“再等半炷香工夫，我的脸就洗干净了。”

魏无忌揪着他的耳朵把他往外拉，侯嬴咧着嘴抬起头来，几十颗西瓜子贴在脸上，那样子不像是脸上长满了痞子，倒像是痞子上长了个脸。

“呦，是信陵公子，哪阵风把您给吹来了？”

“东南西北黑旋风。”魏无忌一边笑着，一边卷起袖筒给他擦拭脸上的西瓜子，像抠微型的狗皮膏药一样。

侯嬴难为情地笑道：“天太热，解解渴，兄弟们到这个点就犯困，我就只能多盯着点。”他转向那几个瞌睡虫厉声喊道，“都机灵点！”

几个守门官同时打了个战，睁开眼异口同声道：“谁也逃不过我这双鹰的眼睛。”

魏无忌笑道：“这鹰也是老花眼加白内障，刚刚跑过去二十头驴，你们一个也没看见，我看你们几个连老鼠洞都守不住。”

“信陵公子，”侯嬴笑道，“别拿哥几个取笑了，您这是要到哪里去？”

魏无忌指了指搁在一旁的凳子，叹了口气说道：“先坐下，听我慢慢和你说。”侯嬴毕竟年已古稀，站时间一长腿肚子就抽筋，听魏无忌这么一说，他赶紧一屁股重重坐在了凳子上。

“你应该听说了，秦国已经打败赵国长平的驻军，如今又进兵围攻邯郸。我的姐姐，也就是赵国平原君的夫人，多次送信给大王和我，请求援救，大王本来也答应了，还派将军晋鄙率十万军队援赵。可秦王太狡诈，他派使臣告诉大王，说他们早晚要攻下邯郸，如果诸侯有敢援救赵国的，秦国会在攻克赵国后，第一个把它灭了！大王怕了，派人叫晋鄙停止前进，把军队驻扎在邺，按兵不动。平原君不停派使臣来魏国责备我，说之所以自愿高攀和我结为姻亲，是因为我义气高尚，能够急人之困。现在邯郸就快被秦国攻灭了，魏国的救兵却迟迟未到，说我这个君子是浪得虚名，难道就不可怜自己的姐姐吗？我心急如焚，屡劝大王发兵，但他始终不听。我准备了一百多辆车，决意带着自己的门客去和秦国拼命，路过这里遇到了你，所以下来打声招呼。”

“原来是这样啊！”侯嬴点了点头，转身向几个守门官喊道，“刚刚跑过去二十头驴，你们应该把它们赶回来。”

“呦！侯大门官，我们就两三个人，驴有几十头，顾前不顾后，顾左不顾右，去追它们岂不等着挨驴蹄子踹吗？”其中一个抱怨道。

“也是。”侯嬴小声嘟囔着，眼也不瞧魏无忌。随后就是一袋烟工夫的鸦雀无声，大家足足呆愣了一阵，魏无忌实在憋不住了，起身向侯嬴告辞：“侯老可能没听到我刚才的话，我就先走一步了。”

“听到了，听到了，”侯嬴赶紧起身道，“我这不是让他们去追驴了吗？可这事确实不好办。”

“嗨！不是这个，驴的事已经过去半个时辰了，您老思想太跳跃了……咱们现在说的是去救援赵国的事。”

“喔，知道了。祝您马到成功、功成名就、就坡下驴……哎！反正您好自为之，请慢走！”侯嬴也没等魏无忌挪步，径直走到旁边收拾西瓜皮去了。

魏无忌失魂落魄地上了马车，马夫喊一声“驾！”车队便浩浩荡荡继续出发了。

“公子，”马夫回头问道，“一个小小的门官居然还摆起谱来了，您怎么能受得住？”

“你不知道，侯嬴就是这么个脾气。他是位隐士，当了一辈子守门小吏，家里很穷。我去拜访过他，想送他一份厚礼，他不肯受，说是自己修养品德几十年了，不能晚节不保。我更加敬仰他了，还专门办了酒席，亲自驾车去接他。侯嬴也不客气，直接坐在车上的尊位上，又让我顺路送他去肉市看望一位朋友。他和那个屠夫摆龙门阵，一聊就是好几个时辰，我等得头昏眼花，却还是保持着微笑和优雅的坐姿。看到的人纷纷指责侯嬴太无礼。终于等到他们聊够了，侯嬴才跟我一起去赴宴。事后，他告诉我，他故意把我带到闹市，当着众人的面轻慢于我，为的就是牺牲自己的形象，以成就我屈己待人的美名。真是用心良苦啊！”

“他的心苦不苦我不知道，他的嘴一点不甜倒是真的。”马夫笑道，“您待他如此宽厚，他却不知回报。您现在要去赵国征战，他却是一副事不关己的样子，就是狗也得摇两下尾巴不是？”

“你这一说倒提醒我了，也许侯嬴真的是有话要跟我说，只是当着你们的面不好讲。”魏无忌吩咐马夫道，“赶紧往回走，我要去问个明白！”

二

“我就知道您还会回来的，因为从您马车上落下来一袋枣泥切糕，我尝了半袋，味道不怎么样，还是还给您吧！”侯嬴把一小块切糕举到刚刚下车的魏无忌面前说道。

“不，我不是来找切糕的，”魏无忌摆了摆手，“我知道你心里有话要跟我说，我让他们都回避一下，有话还是推心置腹讲出来好，省得憋出脑积液来。”

看马夫带着整个车队往城东门移了过去，侯嬴笑道：“是的，确实有几句话要说，我也知道您肯定还会回来找我。公子急人之困，美名传遍天下。如今赵国有难，为了救亲人于水火，您带着区区几千手无缚鸡之力的门客，便想去同秦军拼命，精神虽然伟大，智商却堪忧。这就像拿肉投给饿虎，和刚才我让他们去寻驴一样，只能等着挨踹，有什么用呢？要征服秦国只能动用军队，我听说晋鄙的兵符常放在魏王卧室里，而嫔妃当中如姬最受宠爱，经常出入魏王卧室，她有办法偷到它。公子曾经帮如姬报过杀父之仇，如姬感激涕零，发誓愿为公子献出生命。如果公子此时开口请求，如姬一定会答应帮忙。得到兵符后，将晋鄙的军队接管过来，便可以发兵救赵了。”

“对，对，言之有理，我怎么没想到呢？看来马夫说得一点不错，傻了吧唧的不是马，是我。”魏无忌一拍脑门笑道，“我现在就去找如姬。”

魏无忌让马夫将车队原路带回去，自己单骑了一匹枣红大马，策马扬鞭向宫中奔去。

三

魏无忌将计划向如姬一五一十说了，如姬满口答应下来。夜里，如姬摆好酒席，派人将魏王请来赴宴。此时月光皎洁，繁星璀璨，魏王心情大好，如姬便一杯接一杯往魏王嘴里倒酒，像灌耗子洞似的。

待到酒过十二巡，菜过七八味，魏王已经喝得酩酊大醉，如姬轻轻喊道："大王，大王……"

睡得比死狗还像死狗。如姬赶紧吩咐下人："把大王抬进寝宫，我今晚过去服侍他。"

"喏！"几个士兵搬起魏王，齁沉，压得他们走一步退两步，费了好大劲儿才把魏工挪到他的寝宫。

如姬屏退左右，见四下无人，便又趴在魏王耳朵边小声喊道："大王，大王……"

没有回音，只有山崩地裂般的呼噜声。

如姬便开始搜寻兵符，心慌意乱间差点把桌子上的玉盘给扒拉下来摔碎。时间一点点过去，如姬脑门上的汗像晶莹的珍珠一般一颗一颗往下掉。突然，正睡着的魏王来了个狗熊翻身，吓了如姬一跳。她拍了拍胸脯，正想冷静下来，猛然间一个香袋映入眼帘，这个绯红的香袋正搁在露出来的玉枕左侧，如姬拿起来打开一看，正是一半虎符。她喜出望外，连忙揣到袖筒里，悄悄溜了出去，按约定的地点和魏无忌接上了头。

魏无忌向如姬跪下行了个大礼，如姬赶紧搀他起来："您这是要折煞我呀！您对我有大恩，我就是把命给您也无怨无悔。"

魏无忌说道："这个礼不光是代表我，更是代表了赵国的老百姓呀！是你救了他们一命。"

"您赶紧去吧！免得大王醒来发现兵符不见，到时就麻烦了。"

魏无忌揣起兵符，快马加鞭向城门口跑去。

四

"信陵公子。"见有马跑来，侯嬴猜想是魏无忌。他已经等了好几个时辰了。

"是，侯老，"魏无忌翻身下马，"我已经拿到兵符了，即刻去接收晋鄙的兵权。"

侯嬴道："公子，正所谓将在外，君命有所不受。虽然公子合了兵符，但是如果晋鄙不把军队交给公子，再派人向大王求证，那事情就危险了。我想，如果到时晋鄙听从，那很好；不听从，就让朱亥击杀他。"

侯嬴指了指身旁一个人，说道："让他陪您一块去。"

魏无忌打量了一下，见此人膀大腰圆，豹头环眼，一副凶神恶煞的模样，仔细辨认了一下笑道："这不是上回你去肉市看望的朋友朱亥吗？我还拜访过他几次，现在怎么成这副模样了？"

朱亥接话道："好几个月不理发不刮胡子了，别说您，就是我自己照镜子也认不出来。我本是一个小小的屠夫，可是公子多次亲自来慰问我，我之所以不回谢，是因为我认为小的礼节没有用。现在公子有急难，这就是我以命相报的时候！"

"好！"魏无忌感动得无以复加，说道，"那咱们就上路吧！敢问义士到时准备如何应付？"

"我会把一个四十斤的大铁锤藏在袖子里，如若晋鄙不交兵权，我便一下击杀他。"朱亥瞪着眼看着魏无忌。魏无忌先是一哆嗦，接着泪如泉涌。

"公子是怕死吗？"朱亥吃了一惊，面露鄙夷。

"我不是怕死，只是想到晋鄙将军一生赤胆忠心，为国家立下汗马功劳，如今我却要杀他，心有不忍哪。"

"成大事者不拘小节，公子，别婆婆妈妈的了。"侯嬴忍不住补充了一句。

魏无忌擦了一把眼泪，又擤了一把鼻涕，嗫嚅道："那……那就走吧！"

二人翻身上马，一阵尘土扬过，只留下侯嬴在暗处掰着手指头算时辰。

五

俩人马不停蹄驰骋了十几天，才来到邺城。见到晋鄙后，魏无忌便将兵符交予他，说："大王有旨，撤去晋鄙大元帅位置，由魏无忌接替，钦此。"晋鄙合了一下兵符，两半虎符果真对上了。

晋鄙犹疑道："现在我统率十万大军，驻扎在边境，这是国家交予的重任。如今你单枪匹马来接替我，我有点想不通？待我派人回去……"

"回你奶奶个腿！"朱亥抽出袖子里藏着的四十斤铁锤，一下砸向晋鄙。晋鄙倒在地上，气若游丝："拿衣服……"嘎嘣，断气了。

"哎呀呀！"魏无忌惋惜道，"人家想回家换身衣服，你怎么把他打死了？"

“这个晋鄙也是，说话大喘气。”朱亥小声嘟囔。

魏无忌眼含热泪，吩咐下人道：“将晋鄙将军厚葬。”又高举兵符，对营中呆若木鸡的将官们下令道：“晋鄙抗旨，已被就地正法。现在，由我来接替主帅的位置。请大家做好出征准备，去援救赵国。父子都在军中的，父亲回去；兄弟都在军中的，哥哥回去；独子没有兄弟的，回家奉养父母。”

经过挑选后的八万精兵，进兵攻打秦军，一路上势如破竹，终于打跑了秦国佬，救下了邯郸，保存了赵国。

赵国城里城外披红挂绿、张灯结彩，老百姓载歌载舞，热闹非凡。赵王和平原君赵胜亲自到城外迎接魏无忌，赵胜背着箭筒和弓箭给公子引路。赵王拜了两拜，说道：“自古以来的贤人，没有比得上公子的啊！就是有第二个，那也是您在照镜子。”

魏无忌大笑道：“大王还是那么冷幽默，冷得我浑身起鸡皮疙瘩。”

赵胜亲自给魏无忌戴上大红花，刚要入席，一匹快马疾驰而来，原来是那个马夫来报信。他翻身下马，满头大汗，跪在地上禀报道：“信陵公子，侯嬴自尽了。”

“啊！”魏无忌被惊了一个踉跄，只觉得头晕目眩，眼冒金星，使劲扶住赵胜的肩膀才勉强站住，手指甲盖深深掐进赵胜的肉里，赵胜疼得直咧嘴。

旁边的朱亥叹了口气说：“唉！我早知道会是这个结果，来时侯嬴就告诉过我，他年老了，不能陪您征战了，他说他会计算公子走路的日程，在您到达晋鄙军营的那天，他便面向北方自杀，代公子向魏王谢罪！”

“唉！这个犟驴脾气呀！”魏无忌大哭着，一边把指甲盖从赵胜的肉里拔出来，一边说道，“贤弟，请把这个大红花给我换掉，换上一个大白花吧！”

赵胜捂着肩膀哭丧着脸去取大白花，那样子看起来比魏无忌还要悲伤。

赏析

“巧计”设计的是人性

《新窃符救赵：巧计》讲述的是信陵君魏无忌窃符救赵的故事：长平之战后，秦军乘着胜利的余威，继续深入，一直打到了赵都邯郸。赵王无奈，只能向周边国家求救，魏国就是其中之一。魏无忌正是在这样的历史背景下走到了人生的分水岭。

魏王权衡利弊，一面是大秦的兵强马壮，国威雄壮；一面是余威尚存，誓死抗秦的赵兵。出兵救赵吧，一旦失败，必将招致强秦的打击报复；不救赵，赵国灭亡后，秦国的利剑很可能会指向自己。唇亡齿寒的道理他也不是不懂，但那毕竟是未来未知的事情，可以暂且放一放。于是，纠结中的魏王采取了让晋鄙在邺屯兵，相机而动的措施。

魏无忌则出于多方考虑，认为应当紧急援赵。从小的层面来看，亲人的安危以及自己的名声都系于此；从大的层面来看，如果各诸侯国都采取观望态度，不出手救赵，赵都邯郸必将被秦国吞灭，壮大了的秦国一定会继续攻伐其他国家，魏国也在劫难逃。然而，他又无法说服魏王，无奈只能带领一帮门客前去救赵。

魏无忌离开魏都之际，遇到了老朋友侯嬴，侯嬴献上一个“巧计”，就是窃取兵符，获得兵权。魏无忌深以为然，决定依计实施。那么侯嬴为什么不早一点献计呢？其实他也是有考虑的：魏无忌虽然有很高的美誉，也能够解人于倒悬，但在出兵救赵这种大是大非又有巨大风险的事情上，他会做出怎样的决定，侯嬴还真不敢妄下结论。只有在看到他带领门客冒死赴赵时，侯嬴才敢献出这可能招来灭族之罪的计策。侯嬴和手下看似插科打诨的对话，用“驴”顾前不顾后、顾左不顾右的特点来诠释魏无忌的形象，讽刺他有勇无谋的同时，实则也对其大义赴死，没有瞻前顾后的勇敢与决绝表达了敬意。

侯嬴的巧计涉及一个关键人物——魏王的宠妃如姬。如姬的父亲曾被人杀害，她认为自己很受宠爱，魏王一定会替自己报仇。谁知魏王和其他帝王一样冷血无情，根本没有将她的血海深仇放在心上，反倒是魏无忌替她报了仇。故而如姬不负重托，巧妙地窃取了兵符，交到魏无忌手上。如果没有如姬的配合，侯嬴的计划显然无法实现。如姬知恩图报、舍身重义的品质令人感动。而侯嬴呢，身为一个小小的门官，却能对深宫嫔妃的心性做出准确剖析，从而抓住取胜的关键一环，足见其深谙人性、足智多谋。

窃得兵符，这个连环巧计可以说是成功了一大半，而侯嬴的“设计”并非到此而止。为了确保计划圆满完成，他又向魏无忌引荐了隐士朱亥，让他陪魏无忌一起去接收晋鄙的兵权。正如侯嬴所料，晋鄙果然对魏无忌产生了怀疑，朱亥当机立断锤杀晋鄙，完成了兵权的交接。这一次，侯嬴又一次“未卜先知”，对晋鄙的心理反应做出了准确推测，未雨绸缪，促成了任务的最终完成。其深谋远虑、居安思危的智慧，令人佩服。

接下来，魏无忌率大兵直赴邯郸，和英勇抵抗的赵军共同击败了秦军，解了邯郸之围。魏无忌也因此更加威名远扬，为日后发动诸侯联军合纵抗秦做好了铺垫。

综上，《新窃符救赵：巧计》串起的，除了窃符救赵的连环妙计，还有五彩斑斓的人性：魏无忌因为礼贤下士，急人之困，解人之难才获得了侯嬴、如姬、朱亥等人的鼎力相助，成功救赵。魏王则是虚伪、狡诈之人，面对赵国求救，他屯兵边界，作骑墙观望之态，令人不齿。而被魏无忌称作“犟驴”的侯嬴，最终选择自杀，既是为了表达对如姬和晋鄙的愧疚，也是为了实施连环计中的最后一环：替魏无忌背下叛国的罪责，以自己的死，成全魏无忌的忠义之名，正如他曾经牺牲自己形象以成就魏无忌屈己待人之美名一样。可见，“驴”字在本文中都被赋予了正面的象征意义。

只是，事情后来的发展，任是神机妙算的侯嬴也预料不到：若干年后，魏国遭到秦国威胁，魏王又厚着脸皮请逃亡赵国的魏无忌回来救急。魏无忌不负众望、力挽狂澜，然而，危机一解除，魏王立马过河拆桥，让魏无忌坐冷板凳，导致后者郁郁早逝，魏国也最终羊入虎口，被秦国所灭。

何争鸣，本名孙建军，“70后”，河北省邢台市作家协会会员。

对本书的一句荐语：本书戏说不胡说，以史实为依据，用诙谐幽默的语言叙说，让人在轻松愉悦的氛围下了解历史。本书写历史但不拘泥于历史，旨在用历史来解读当今的社会现象，起到以史明智、鉴今的效果。

第50章　新债台高筑：梦断

典故卡

债台高筑

这一成语出自《汉书·诸侯王表序》。秦军在邯郸的失败，给东方一些国家带来一线希望。在春申君黄歇的劝说下，楚考烈王遣使者说周赧（nǎn）王以天子名义号召各国共同讨秦。赧王愿趁此一博，以挽救周室将倾覆的局势，于是凑了一支五千人的队伍，并向境内富户筹借军资。是时，秦即攻韩，韩自顾不暇；赵邯郸刚解围，恐惧未息；齐与秦通好，以图自存。只有燕、楚两国发兵，但坐观事态，无意进取。最终，三国联军撤去，无功而还。西周国的富户纷纷来讨债，赧王只好躲到一个高台上避债。后秦军反攻，灭周。

一

如今的天下总是那么不太平，在诸侯国中，秦国虽小如弹丸，却有黑洞般的威力，心情不好时想吞谁就吞谁。不知天高地厚眉眼高低的赵国前阵子引火烧身，偏偏拿着麦秸秆捅鼓狼，狼没吓着，倒把自己吓了一个激灵。秦国正巧不知道先拿谁开刀呢，赵国倒自己送上门来了，秦王干脆派狮兵虎将把邯郸围了个水泄不通，连烧火做饭冒出来的烟飘到城墙处也得马上调转头憋回去。城内粮食越吃越少，跺着脚骂娘的动静也越来越小，大家都没了力气，横躺竖趴在大街小巷，像是隆冬晾在院子里的腊肉，浑身焦黄，没有一丝生气。

赵孝成王走投无路，病急乱投医，派使者去请其他诸侯国的援军救赵。各国虽然没有开过碰头会，但应对方针却出奇一致，这个说：“大将脚崴了，伤筋动骨一百天，等好了再出兵。”那个说：“元帅回去看姥姥了，一百四十岁的老人啃骨头把牙硌断了，等老人家新牙长出来才能回来领兵。”还有的说：“统兵大臣是个孤儿，从小就孝顺，他爹刚去世就回去奔丧，要守孝三年，一时半会怕是回不来。”赵国的使者们眼里噙着泪，嘴却憋不住想笑，又是气又是乐，心想：编瞎话就不会先打个草稿，小娃娃糊弄爹妈撒的谎也比你们强吧！

楚考烈王听到各国的借口也禁不住捂嘴想笑，但一想到自己用来打发赵国使者的那套说辞，他立马把笑声“哏喽”一下收住了。他清楚地记得自己是这么说的：“请转告赵王，我对你们如今的处境深表同情，作为一个正义而勇敢的国家，我们楚国本应在你们危难之时挺身而出，救你们于水火，但现在全国都在闹脚气病，一痒起来都拿刀往脚上砍，我怕到时上了战场病情一发作，士兵们不是顾着杀敌，而是转过头来对着脚指头自残了。”看着赵国使者悻悻而去，楚王心里五味杂陈，仿佛真得了脚气病，手不自觉地朝脚指头上扤（kuǎi）去。

虽然此事已经过去了好几个月，但楚王依然时刻关注着赵国与秦国的战况。每天晚上觉也睡不好，饭也吃不下，后宫佳丽三千左等右等也等不来他的临幸，全都提前过上了寡妇的生活。戏台上的编钟生了锈，琵琶古筝也挂上了蜘蛛网，就连平时舞剑的对擂台都被耗子给占领了。

楚王坐在空荡荡的龙椅上暗自神伤，偌大的金殿雕梁画栋，屋内摆放着的高大气派的镂空屏风此时也显得萎靡不振起来。透过镂空处，他突然看到春申君黄歇一瘸一拐急匆匆打大门往里面闯了进来。太监慢吞吞地喊道：“令尹黄歇觐见！”

“拜见大王！”黄歇还没走到跟前便一个踉跄跪在了地上，他倒不是见君心切，而是让屏风底座给绊倒了。

“爱卿平身，”楚王赶紧扶他起来，又上下打量了一番，“爱卿今天怎么这般狼狈？连头都没有梳？”

黄歇把腰弯到九十度，作揖道：“请大王治我大不敬之罪，因为事情紧急，微臣顾不得梳洗打扮，得到消息便想立马跑来见您，恨不得像蚂蚱一样一蹦蹦到金銮殿，路上走得匆忙，鞋子都跑掉了一只。”黄歇一边说着一边将脚抬了起来，果真只穿了一只鞋，走路一瘸一拐，难怪会让屏风给绊倒了。

“来人，将寡人的御靴取来一双赏给令尹。”楚王一边吩咐着一边扶黄歇坐下。黄歇受宠若惊，穿上御靴，赶紧跪倒在地，把头磕得像寺庙里的铁钟一样响：“谢大王隆恩！”

“快快起来，黄爱卿，是不是赵国有什么消息了，赶快跟寡人说说。”楚王几个月来第一次笑得这么开心，他知道只有好消息才能使得黄歇这么激动，他太了解这位令尹了。

黄歇重新坐到椅子上，捋了捋蓬松披散的头发，眼里放出神采奕奕的蓝光：“大王，据探子来报，赵国请来魏国的援军救急，打败了秦国，现在赵国已经安全了。”

“啊，果然如我所料，太好了！秦军也并非传说中的那样不可战胜嘛！”楚王大笑起来，乐得每根胡子都在打战。

“大王，”黄歇继续说，“现在咱们的机会可来了。秦国老想着称王称霸，他们的狼子野心妇孺皆知，表面看只对赵国发难，其实背地里打着如意算盘，要把咱们这些诸侯国挨个歼灭。幸亏这次赵国保住了，不然下一个倒霉的就是咱们。不如趁现在您联合起其他几个国家，一起攻打秦国，我敢打包票，一顿饭的工夫都用不到就能把秦国给灭了。这样一来，您就成了各国的盟主。要是被别的国家抢了先，到时咱们就只能让别人牵着鼻子走了。大王，请您考虑考虑，机不可失，时不再来啊。”

楚王捋了捋胡子，沉思片刻，有点举棋不定：“这事能成吗？你也知道，山东各国看上去都像一头梗脖子斗牛，到了关键时刻却都是些缩头乌龟，万一咱们被孤立了，秦国肯定先揍挑头的，到时候寡人不就擎等着吃亏了吗？”

黄歇说：“大王所虑极是，微臣也想到了这个问题，所以设计了一个绝妙的计划：您可以借周天子的名分，请他支持，也跟着出兵，虽然周天子如今有名无实，但名义上依然是天下共主，暗地里您是操纵者，明面上他才是扛大旗的，战胜了您得好处，战败了他背黑锅，百利而无一弊，多好呀！”

“你可真是坏到头发根里了，听你这么一说我都替周天子恨得牙痒痒，”楚王大笑起来，但突然又想到什么，脸一下阴沉下来，“可现在的周天子已经没有多大地盘了，连咱们的一个县都比不上，充其量也就二百里路，跟个猪圈一样大，把所有人都聚集在一块，排个队一眼就能看到头，他能出多少兵力？”

“就算出十头猪，那也是御猪啊！兵不在多，象征性强，天子挥师，可以鼓动人心。”黄歇继续耐心解释，他觉得楚王的脑子比猪也强不到哪去。

楚王听完如醍醐灌顶，大呼好计，于是吩咐下人：“传我旨意，命御前太监贾仁快马奔赴周天子处，请天子御驾亲征。”

“喏！”

二

贾仁挑了一匹比兔子它舅姥爷跑得还快的枣红马，奋蹄疾驰、汗流浃背跑了一半路又返回来了，原来是忘记拿楚王的亲笔信了。就这样，他走一步退两步地终于来到西周国的地界。贾仁呈上书信，周赧王姬延一字一句看得相当仔细，一边看一边流汗，随后连泪都流下来了："苍天有眼呐，我姬延报仇雪恨的日子终于到了！"

众大臣一时面面相觑，但都没有回应天子的话，因为天子在朝堂上经常痛哭号啕，喜怒无常，像个神经病一样，他们都习惯了。

"快，大摆筵席，好好招待一下咱们的特使……哎，您叫个什么玩意儿？"

"我不是个玩意儿……不，我是说您不该这样问，应该问叫个什么名字，禀告陛下，小人叫贾仁。"贾仁赔笑着说。

"噢，好，这名字好，假仁假义的假义……"

"是假仁假义的贾仁……"贾仁这时也不知道怎么解释了。

"叫什么都行，走，吃饭去。"姬延一手牵起贾仁的手，一面招呼众大臣一同赴宴。

"请问陛下，有什么高兴的事值得这样庆祝？"有大臣不解地问。

"假仁特使送来楚王的亲笔信，他要联合诸侯国一起灭秦，请寡人支持。秦国侵我领土，欺我太甚，寡人一直找不到机会报仇，如今这不是老天爷要帮我吗？"姬延本来不大的眼睛笑得眯成了一条缝。

"陛下，咱们只是口头支持就行吗？难道不派兵？"有大臣提出疑虑。

姬延顿时傻在了原地，嘴里喃喃自语："是呀，还得派兵呀！我们周朝现如今方圆不到二百里，人口还不如一只母鸡身上的鸡毛多，把老的小的没牙的都算上，也不过几千人，打哪门子仗呀！"姬延越想越泄气。这时身旁的贾仁笑道："陛下，楚王说了，不用您派多少兵卒，您就是派几头猪去都行，主要是借助您的威望替诸侯国打气。"

姬延刚要高兴地蹦起来，众大臣却不干了："什么，这不是说我大周无人吗？派猪，可笑，不知道猪比人金贵吗？陛下，请立即派人召集兵马，咱们不能丢这个份儿。"

“好……”姬延勉强答应着。这时地官大司徒蹙眉道：“陛下，眼下国库空虚，粮仓钱柜比我的脸都干净，就是召集起人马，咱们哪有钱给军队提供补给？”

“哎呀，这也是个大问题呀！”姬延内心刚燃烧起来的火又被一盆冷水给无情地浇灭了。

“陛下，”有大臣提议道，“何不借助国内富贾乡绅的财富，借力打力，许给他们好处，让他们提供兵马所需的钱粮，等打败了秦国后，再用战利品加倍还给他们，这些富商那么精明，肯定会愿意。”

“对，这位大人说得对，”贾仁也开始添油加醋，“如此一来，陛下什么都不用投入，坐享其成就行。用别人的钱替自己办事，还能为国争光，真可谓一箭好几雕呀！”

“好，就这么办，马上发榜通告。”姬延下完旨，高高兴兴带着文武百官赴宴去了。

三

榜文一经贴出，富贾乡绅们便开始活动起来，有人对此感到兴趣盎然，有人保持观望态度，也有人心生怀疑而嘴里直犯嘀咕。

“谁知道这仗打得赢打不赢，万一打败了，这钱不是打水漂了吗？”

“天子吐口唾沫，地上砸个坑，反正写有字据，就是战败了，他也会把本给咱们返回来。”

“听说秦国物产丰富，财宝数不胜数，要是别人押对了宝，到时得到几十倍的战利品，咱们后悔也来不及，只能干瞪眼。”

“再说了，如果不往外拿钱，以后还会有咱们的好吗？弄个不大不小的罪名把咱们投进监狱，也够哥几个受的。”

“这么说还是拿钱的好……”

“拿吧！赌上一把再说……”

没想到这事比生孩子还顺利，富商们第二天一大早便争先恐后去给周天子送钱送粮，不到两天工夫，国库充盈了，粮仓也冒尖了，姬延激动得半夜都开始尿频了，起夜足有二十五六次。

可是因为西周国地少人稀，强拉硬拽也只聚集起五千多人马，这些人不是老弱，就是病残，风达到四级都不敢出门，怕一吹就倒下一大片。但姬延却是雄心勃勃，他决定带领这群“羔羊之师”御驾亲征，于是派人通知诸侯国按时起兵。

到了约定时间，姬延喝下一碗壮行酒，骑上一匹瘦骨嶙峋的老马，率领这群乌合之众“浩浩荡荡”向秦国挺进。

队伍走得很慢，走到秦国边境时看到那里水草肥美，这些饿马便走不动道了，一个个贪婪地啃食起来。带来的窝窝头早已被这五千多饿鬼在行军路上分食干净，因为很久没吃过饱饭了，这样大快朵颐地一顿撮不打紧，倒把饿劲儿勾上来了，一个个嚷着还要再干它十几个窝窝，都说刚才吞窝头时差点把自己手指头咬着。

姬延正发愁时，派往各国联络的官兵纷纷来报：“陛下，韩国正在筹办篝火晚会，说是今天不来了。”

“禀告陛下，赵国正在进行人口普查，严令所有人不得外出，派兵攻秦的事只能往后拖。”

“禀告陛下，齐国闹耗子，现在举国调集人员去打耗子，抽不出兵力打仗。”

“禀告陛下……”

“行了，行了，”姬延气急败坏地打断了他们的话，急切地问，“楚国有什么消息吗？”

“禀告陛下，”刚刚从楚国归来的兵卒报告说，“楚国倒是出兵了，刚走到半路，听说其他诸侯国都不出兵，他们又退回去了。”

“啊？这群该死的混蛋，言而无信！”姬延气得直踢马肚子，“赶紧撤兵，万一让秦国佬发现，咱们都得成包子馅。”

一听撤军，那些老弱病残全都来了精神，其中有个拄拐杖的立马将拐杖扔了，撒腿便往回跑，连马都追不上他。

四

富贾乡绅们早就听说了周天子无功而返，败兴而归，可钱财粮饷倒是一分没少花。他们赶紧拿上字据，携家带口跑到金銮殿门外讨债，人群乌泱乌泱地，征兵作战时也没见过这么多人。大门上的两个兽环都被挤掉了一对。

“陛下，债主们都快挤破城门了，咱们怎么办呀？”众大臣听着城外震耳欲聋的喊叫声，个个胆战心惊，不知所措。

“反正是没有东西赔给他们了，快命令兵士，赶紧到皇宫后院筑个高台，必须要高，谁都不能轻易上去的那种，寡人要去避难。”姬延擦了一下额头上的汗，听着外头的声音越来越小，他才稍稍松了口气。富商们应该是喊累了，全都回家吃饭去了。

一座高耸入云的云台在几天之内便完工了，也没检查一下质量，姬延就赶紧入住了。债主们在他入住的第二天就冲破了皇宫大门，直奔新建的高台，他们跳着脚大骂，说姬延背信弃义，说话如同放屁，真想拿他的头当猪头来祭。骂声顺着高台第一层飘飘悠悠送到最高层，姬延躲在里面瑟瑟发抖。他无时无刻不在垂泪，指着空气骂道："果真是假仁假义的贾仁，假仁假义的贾义，我怎么这么愚蠢，竟然相信了他们的鬼话，上了一个大当。我这个姬延也是鸡头鸡眼的鸡眼，只能看见眼前这几粒粟米，目光短浅，到头来活该被宰。"

姬延自言自语地骂着，高台下的声音渐渐远去。夜幕降临，树上的喜鹊飞进了老窝，换上来几只猫头鹰一动不动停歇在树杈上，不时发出几声瘆人的鸣叫，活像打了丧钟。

赏　析

"分封"的代价

长平之战，以秦将白起坑杀赵国降卒四十万而惨然收场。这也让其他诸侯国彻底看清了强秦这一巨大威胁。当时的周天子——周赧王姬延，自然也看在眼里。

然而，紧接着的邯郸之战，赵、魏、楚三国联军居然打败了虎狼之师——秦军。秦昭襄王妄想一举吞并赵国，进而一统天下的梦想，终因步子太大，扯着了蛋。历史在这里戏剧性地迟滞了秦一统天下的脚步，也给了山东各国"翻盘"的机会。于是，"债台高筑"的主人翁姬延粉墨登场了。遗憾的是，他的努力终敌不过叵测的人性，被诸侯欺骗又出卖，最终梦断黄泉，他统治下的周朝，也走到了历史的终点。《新债台高筑：梦断》生动再现了这一段令人唏嘘不已的历史。

楚国令尹、"战国四公子"中的老幺——春申君黄歇，得知秦军在邯郸被击败的消息，激动得顾不上穿鞋子，便连滚带爬地去向楚王报告。

"啊，果然如我所料，太好了！秦军也并非传说中的那样不可战胜嘛！"楚王被黄歇忽悠得晕头转向，又派太监贾仁去忽悠周赧王。周赧王头也晕了，走上了楚王推过来的这艘贼船，决心率众抗秦，“痛打落水狗”。他勉强召集了五千“老弱病残”，却发现国库空虚，军饷无着，一筹莫展。

大臣们很快鼓捣出一个“馊主意”——让天子向国内的富豪们筹款筹粮，答应凯旋后加倍偿还。

于是，周赧王听取了意见，并很快荣登政坛第一“负翁”。只可惜，是负债的“负”……

当他率几千乌合之众“浩浩荡荡”奔赴前线后才发现：理想很丰满，现实很骨感。正如开篇赵国求援屡遭“婉拒”一般，周赧王的部队刚到秦国边境，“坏消息”便接踵而至，各诸侯国纷纷以稀奇古怪的理由搪塞周天子，拒不出兵，连挑头的楚国也将已经开拔的军队中途撤回。这下，周赧王可真是够“赧”的，只得悻悻地带领这帮老弱病残折返回国，并很快遭到债主们的围追堵截。于是，他急中生智，派人筑就一座高耸入云的高台，以躲避债主。这便是“债台高筑”成语典故的由来。《汉书·诸侯王表序》对这出荒诞的闹剧有所记载。

追根溯源，大周朝的灭亡，其实并非末代君主周赧王此番糊涂之举所致，“分封制”才是导致周朝走衰的根本原因。

韩非子《爱臣》一文说：“诸侯之博大，天子之害也；群臣之太富，君主之败也。”周朝实行分封制，天子把属于自己的国土一块一块分封给诸侯们，必定会导致天子控制的土地越来越小，实力越来越弱，而诸侯控制的土地则越来越多，实力越来越强。诸侯们财大了，气就粗了，彼此征伐，混战不止。春秋五霸之后，又来了战国七雄。而早年最不入流的秦国在商鞅变法后逐渐坐大，连年征战，蚕食各国土地……互相打还不过瘾，诸侯们开始不断挑战天子权威，今天去看下鼎，明天去割块地，以致名存实亡的周天子，最终只能蜗居在其他诸侯国的封地内惶惶度日。周朝日薄西山，最后只剩亡国一条路。

周朝的灭亡只是开始，哪怕是拴在一条绳子上的蚂蚱，山东各国仍然不能团结一致、同仇敌忾，而是明哲保身、各怀鬼胎，以致后来一个接着一个被秦国吞灭，令人感慨。

还有一个有趣的细节：已被削弱得只剩弹丸之地的小周国，临死前还玩了一把“窝里斗”。《汉书·诸侯王表序》载：“（东周）分为二周。”这个东周和西周都是从东周宗室分裂出来的小国，与周平王迁都前后划分的西周和东周的概念不能相提并论。两个弹丸小国位于诸强国之间，不能同心协力，反而彼此攻杀。

在西周国“债台高筑”自取灭亡的七年后，东周国亦为秦所灭。

儿大不由爷，女大不由娘。采取“分封制”削弱自己，养肥诸侯国，周朝的衰亡是必然结果。那么，周朝为何要确定分封制给自己的未来“挖坑”呢？事实上，这也是不得已而为之。中国在夏朝时就已确立王位世袭制，至商朝末年才完全确立了嫡长继承制。西周一开始就确立了“立嫡以长不以贤，立子以贵不以长”的嫡长继承制，从而进一步完备了宗法制。

宗法制是由氏族社会父系家长制演变而来的，是王族贵族按血缘关系分配国家权力，以便建立世袭统治的一种制度。宗法制的权威，就连周天子都不敢违抗，因为他至高无上的地位，都源于宗法制的壮大，所以就不得不分封。据《吕氏春秋》载：“封建，即封邦建国，古代帝王把爵位、土地分赐亲戚或功臣，使之在各自区域内建立邦国，即封建亲戚以藩屏周。”在现代人看来，分封制是个不好的制度，但在周天子看来，分封制是他统治的根基。事实上，每一代天子都注意到了，自己统治的区域小于祖先统治的区域，后代统治的区域还会更少。他们也知道后面会怎么发展，但他们无法阻止，只能尽自己的努力，将周朝灭亡的时间推迟。所以说，周朝崩溃是迟早的事情，周天子总有一天会丧失权威，这是历史发展的必然规律。

夏旭志，“70后”，江苏南京人。江苏省作家协会会员、江苏省诗词协会会员。

对本书的一句荐语：笑看历史风云，重温文化辉光。

第 51 章　新奇货可居：豪赌

典故卡

奇货可居

《史记·吕不韦列传》记载：大商人吕不韦靠做投机生意发家。他在邯郸做生意的时候，偶遇在那里当人质的秦国公子子楚，发出感叹“此奇货可居也”，于是决定做一次一本万利的政治买卖。吕不韦散尽家产，终于成就了历史上最大的一笔投机买卖——将落魄公子子楚扶上秦王宝座，自己也成了权倾天下的秦国相国。而子楚的儿子，正是未来完成华夏大一统的铁腕政治人物——秦始皇。

一

深夜已至，邯郸城依旧是灯火通明。只不过，这灯光火光并非老百姓点的，而是大多集中在城楼上，被佝偻着腰的老年兵捧在手中，被脸庞青涩的娃娃兵抛往城下……秦军夜以继日无休无止的攻城战已经持续了好长时间，那些在长平之战死了儿子的爹们和死了爹的儿子们，只得又披上战甲负隅顽抗。虽是老弱病残，但因为同仇敌忾、士气昂扬，加上邯郸城固若金汤，竟然将如狼似虎的秦军死死挡在城外，连一块城砖都没能撬动。

王宫附近一个阴森森的角落，坐落着一座阴森森的监狱。牢房里，一个衣着考究、贵公子打扮的年轻人悲戚戚地靠墙坐着，瑟瑟发抖，不时抬眼看看门外，好像在等待着什么。

“秦国公子就关在最里面的那个房间。”监狱长迎进一个黑衣蒙面人，往他手里递了把钥匙，小声说道。一旁的手下端过来一个盆子，里面装满了黑乎乎的液体。监狱长把双手伸进盆子里搅了搅，又往自己的头上和脸上抹了一把，瞬间他的脑袋就和刚砍下来的猪头差不多了，血淋淋的，把黑衣人吓得一哆嗦。

“你看看你，毕竟年纪轻了，嘴上没毛，办事不牢。我们可是很有职业道德滴，演戏嘛，必须演全套。这是猪血，苦肉计必备道具！”监狱长“嘿嘿”一笑，对手下使了个眼色，那人便抱着盆往监狱深处走去，留下一地沾过猪血的脚印。

“快去吧，以后在秦国发了财，可别忘了我这个老朋友！”监狱长催促道，黑衣人点点头，也朝监狱深处走去。

约莫半炷香的工夫过后，从监狱里鬼鬼祟祟钻出两个女人，瞬间消失在夜幕中。而监狱的走廊两边，横七竖八躺着几个满脸是血的狱卒。

“你，你说什么？秦国间谍劫狱，把人质救走了？”几个时辰过后，赵孝成王接到一脸是血的监狱长来报，大惊失色。

监狱长跪在地上，一把鼻涕一把泪地哭诉：“是啊，对方神出鬼没、武功高强，把我和弟兄们都打晕了过去，我好长时间才苏醒过来，顿觉大事不好，跑进去一看，秦国公子已经不在了……微臣失职，微臣对不起大王，已经派人全城搜捕。”

“那你还站在这干吗？快点给我搜去！”赵王气得直跺脚，监狱长赶紧“喏”一声跑开了。赵王又把禁军首领喊来，命令道：“你去把没上战场的士兵通通派下去，搜捕秦国公子，把所有门都给我把好咯，别说人，连一只狗都不能放出去……对了，所有的狗洞也给我堵严实了。这张肉票对我们至关重要，我已经跟秦国佬下了最后通牒，再不撤兵，就撕票！”

“可是……秦国佬，好像，没反应呀。”禁军首领嘟囔道。

“是，是没反应……所以我必须、一定得撕票！不然这张老脸往哪搁？快去下令！”赵王像只在跳踢踏舞的驴，又跺起脚来。禁军首领吓得赶紧告退。

“等等！”赵王又把禁军首领喊了回来，“听说秦国公子刚生了儿子，他跑了，他的老婆儿子可跑不了。抓不到肉票，就把他老婆儿子给我抓来，拖到农贸市场游街、斩首！我倒要看看，秦国佬有没有脸不管！”

“是！”听说只是欺负一对孤儿寡母，禁军首领这次答应得特别痛快，语气铿锵有力。

二

就在几个时辰前，邯郸城的东门开了道缝，两个身材魁梧的女子走了出来，对门官频频道谢。门官“嘿嘿”笑着，伸出一张脏兮兮的手掌。相貌秀气点的女子以为对方要和她握手，便伸出手来。门官一把抽回，面露不快，然后又伸出手掌，还用手指勾了一下。这次，相貌粗犷点的女子明白了，不高兴地说道："赏金不是给过了吗？够您在邯郸一环买栋洋房了，怎么还嫌不够？"门官仍旧是一副癞皮狗的模样，涎着脸说，"我家人多，洋房不够住，想换套别墅。再说了，吕先生，您的赏金只是买了通行证，可不是免死金牌。等你们走出去了，万一有追兵追过去，本官可不能保证你们的安全哦。"

原来这女子竟是男扮女装。"吕先生"生气地叹了口气，只得又从包袱里掏出一锭金子，放到那个黑乎乎的手掌上。

"多谢吕先生好意，在下保证您和子楚公子，一定能平安抵达秦国军营。善后的事情，就交给小的来办。"门官笑着说，"快去吧，以后在秦国发了财，可别忘了我这个老朋友！"

"嗯，谢谢大人了。"吕先生眼里迸出的是怒火，嘴里却说着谢谢，然后带着另一个"女子"和几个仆人，匆匆上路了。

"韦哥，"走出城外几里远，装扮成女子的子楚公子唤了一声，问："我们跑出来了，可我老婆儿子还在城中，怎么办呀？"原来，与他同行的那个"吕先生"正是大名鼎鼎的富商吕不韦。

"女人要紧，还是命要紧？老哥我为了把你救出来，几乎倾家荡产，你还给我提什么婆娘和娃娃。就你这副娘炮德行，未来的秦王宝座，你能 hold 得住吗？有点出息不行吗？"吕不韦一副恨铁不成钢的样子。

"可是……"子楚委屈得快哭了，那楚楚动人的样子，还真像个如假包换的姑娘。

"行了行了！"吕不韦收起满腹怨言，应承道，"公子放心，城里我都打点好了，皇宫、监狱、大街小巷，到处都是我的眼线，保证让赵王找不到你的妻儿，等我们回到秦国，再想办法把他们接回来。"

"好吧……也只有这么办了。"子楚一副唯唯诺诺的样子，让吕不韦气不打一处来，心想：好啊，我把全部身家都押你身上了，先是给你一笔钱让你广交宾客，积攒名声，又亲自到秦国去帮你打点人脉，就等你当上秦王助我翻本来着。眼看大功将成，长平之战却坏了我们的好事。我劝你早点逃跑，你却婆婆妈妈拖拖拉拉，结果被赵王抓了，害得我为了救你，把家里最后一点积蓄都花光了……我吕不韦聪明一世，该不会这次瞎了眼下错注吧？

三

好在，那个门官不仅有一双能生财的黑手，看门也是一把好手。吕不韦和子楚在逃亡途中，再也没碰上过一个追兵，顺利逃到了秦兵大营，后又被护送回秦，见到了子楚的亲生父亲安国君和安国君的大老婆华阳夫人。

“父亲、娘亲！好久不见，孩儿甚是想念！”子楚露出悲喜交加的表情，跪倒在地，一个劲儿向双亲磕头。

“孩……孩儿请起。”富态而美丽的华阳夫人扶起子楚，仔细端详他的相貌，心想：“这孩子虽不是我亲生，但看样子老实巴交好控制，又对我如此情深义重。看来，认他当儿子是对的。我虽贵为王妃，却生不出一男半女，迟早要被夫君嫌弃，如果未来让这个孩子当上太子，我们一家就有个终身靠山了，荣华富贵也不会成为过眼云烟。多亏这位吕先生有远见，提醒了我。”于是，她趁热打铁，对着安国君一阵媚笑，说道：“夫君，您看咱们儿子多么优秀，不仅相貌出众，而且德才兼备，听说四面八方的能人志士都慕名来投，孩子在列国间都享有美名。这一次，若不是吕先生舍命相救，咱们可能一辈子都见不到儿子了……”说到动情处，华阳夫人竟抹起了眼泪，哽咽道：“咱们可得好生抚慰一下儿子，还要重赏吕先生。”

安国君亦是感慨万千，一边安慰夫人，一边说：“夫人说得是，必须重赏！来人啊，给吕先生赐座，拿最贵的那张镶了金线的垫子过来！”

“谢，谢太子。”吕不韦连连道谢。原来，这安国君正是秦昭襄王的长子、当今大秦国的太子，也是子楚公子的亲爹。只不过，子楚是贱妾所生，母亲早亡，他在这个家从来不受待见，后来还被当成人质送去了赵国。此后，秦赵两国关系紧张，子楚的日子自然是不好过的。秦国在长平一战，几乎灭了赵国全部精锐，之后又围攻邯郸，气得赵王将子楚下狱，差点就拿他杀鸡儆猴了。

“吕先生，”安国君转向吕不韦，感激地说，“感谢您告诉我们子楚的事情，又舍命相救，使我们一家得以团圆。您的恩德，我真不知该如何报答。”

“太子殿下客气了，这都是小人应当做的，不图回报。”

“先生高风亮节，令人感动，但赏赐还是不能少的，这样吧……这张坐垫，您就带回家去！”

“那小的就恭敬不如从命了。”吕不韦行了一礼，以表感谢。

四

几日后，安国君家里开了个会，正式宣布将刚刚逃亡回来的子楚封为世子。没有任何心理准备的其他几位公子和夫人一下傻眼了，想要争辩，全部被斥退了。

再后来，一连串惊人的消息传遍大江南北：白起抗命，一再装病，不愿奔赴邯郸前线领兵攻赵，被赐死；相国范雎提拔的大将郑安平去邯郸前线接替了主帅王陵，结果不但大败，还叛变投敌，秦王一怒之下将范雎赐死……又过了没多久，连伟大的秦昭襄王也郁郁而终，与世长辞了。安国君即位，成为新一任秦王。

令人意想不到的是，当了几十年太子的安国君仅仅在王位上坐了三天，屁股还没坐热乎，就一病不起一命呜呼了。于是，太子子楚即位，吕不韦被封为相国。

子楚的夫人赵姬，在赵王眼皮子底下和他玩了好几年躲猫猫都没有被抓到，终于守得云开见月明，和已满八岁的儿子嬴政一起，被豪华的车队接到了秦国。王后、太子悉数归位。

又过了三年，子楚病故，他的儿子嬴政继位，号“秦王政”。

五

一天夜里，吕不韦的卧室里传来瘆人的笑声。原来，吕相国刚刚做了个梦，笑醒了，弄得身旁的美妾一脸莫名其妙：“大人有何喜事？”

“我……梦见我父亲了。”吕不韦答。

小妾不相信，以为他八成是梦到其他美女了，嘴一噘，扑到吕不韦怀中撒娇。吕不韦美滋滋地回忆着刚刚的梦境：

那是一个风和日丽的春末，三十来岁的吕不韦在城里闲荡，遇上了二十出头的子楚。

一个是家财万贯但社会地位低下的商人，一个是有着贵族血统却穷困潦倒的公子，他们相见恨晚、一拍即合。

吕不韦马不停蹄跑回家，问父亲：“贩卖农产品，最多能赚多少钱？”

父亲答：“顶多十倍吧。”

“贩卖珠玉呢，能赚多少倍？”

“运气好，可以上百倍。”

“那么，贩卖王位，又能赚多少倍？”

父亲大惊：“你小子痴人说梦呢？王位岂可贩卖？”

吕不韦不依不饶：“您老说说，到底几倍？”

“贩卖王位，利润没数了吧！”

吕不韦于是哈哈大笑：“请您给孩儿千金，我去投资子楚去。子楚现在在邯郸做人质，此奇货可居也。将来他若成为秦王，咱们吕家岂不大发啦！”

父子两人辩论数日，吕父终于被说服，将一千金交给儿子，嘱咐道：“我今天可是把棺材板都压上了，你小子好自为之！”

“多谢父亲大人！我保证把棺材板给您送回来！”

吕不韦接过金子，开心地拥抱了父亲，扬长而去。

赏　析

假商人的投机，让历史发生了什么

两千多年前，一个独具慧眼或是别有所图的商人，散尽千金营救了一个叫子楚（他还有一个特别的名字：异人）的人，若干年后，商人凭所救之人的权力地位和感恩戴德，如愿以偿登上了秦国的相国位置，实现了人生的华丽转身。

不明就里的人，看到这里，以为无非是官商互相利用的一个平常故事而已，作为群众安心吃瓜就行。

但如果被商人营救的人的儿子是那个在中国历史上掀起过惊涛骇浪，既焚书坑儒又实行书同文、车同轨、度同衡的千古一帝秦始皇，会不会引起群众一探究竟的好奇心呢？

那么，就让我们走进《新奇货可居：豪赌》一文，去看个明白吧！

故事开篇，作者开门见山地从描写被秦军围困，但依旧灯火通明、固若金汤的邯郸城情景入手，先声夺人地一下子把读者的心带到了战国末期那个诸侯相争、战乱纷纷的年代，然后作者恰如其分地拉近镜头，让主角陆续闪亮登场，在皇家监狱上演了一场惊心动魄的人质营救行动：只见“监狱长迎进一个黑衣蒙面人”，递过钥匙，往脸上涂抹猪血，对着黑衣人一阵诡笑之后，黑衣人便消失在了监狱深处。取而代之的是两个“女人”，偷偷摸摸地钻出监狱，又瞬间藏身在夜色里，留下几个横七竖八躺在地上、满脸是血的狱卒……

这不仅是一场旷古烁今的“越狱”壮举，更是一次令人咋舌的“豪赌”。在这场赌局下注的人，叫吕不韦，是卫国人，应该是个“富二代”吧，很有商业头脑，跟着老爹走南闯北做生意，才三十多岁就成长为一名一掷千金的富豪。只可惜，在那个身份高于一切的时代，尽管他腰缠万贯，却没有与其豪情壮志匹配的社会地位。在士农工商的社会排名中，他处于最末位，这难免使他心情郁闷，他时刻准备着，为跻身社会上层而努力。

机会总是垂青有准备的人。这一天，他受商业伙伴邀请，来到赵国都城邯郸，看到了那个让他宁愿倾家荡产也要“赌”一把的人。被吕不韦“看上”的人，叫子楚，即后来的秦庄襄王，本名异人，在赵国做质子，被吕不韦用金钱开路营救出赵国后，历经艰险回到了父亲安国君身边。异人在吕不韦的授意下，认了最受安国君宠爱的华阳夫人为新妈，遂改名为子楚。其后，华阳夫人通过吹“枕边风”，帮助异人排挤掉其他二十多个兄弟，被封为世子。秦昭襄王驾崩后，太子安国君继位，即秦孝文王，华阳夫人成为王后，子楚便即位太子。秦孝文王在位三天就去世了，子楚继位，拜吕不韦为相邦，封文信侯。子楚有一个儿子，名叫嬴政，也就是后来的秦始皇。

至此，潜力股变成了绩优股，投机者获得了丰厚回报，可谓各得其所。

然而，从《新奇货可居：豪赌》故事中可以看出，作者并不是要表达实现人生价值只能靠“赌”，也不是为了宣扬“有钱能使鬼推磨”，而是在告诉人们：哪怕是阶下囚，哪怕是乞丐，骨子里的高贵和进取之心也不能丢。一时的忍辱负重，其实是日后攀上巅峰的铺垫；一时的穷困潦倒，不过是未来出人头地的排练。可以说，子楚的经历和崛起才是重点，吕不韦只是一个在对的时间、对的人身上、做了一件对的事的商人，当然，他也是一个有政治野心，或者说政治抱负的人，他的成功靠的是过人的胆识和智慧。吕不韦身为一名商人，读书也不多，更没有为官的经历，却深谙高层的游戏规则，把秦国的政权之争和赵国的政治腐败都看得一清二楚。于是，他用金钱开路，买通了秦国的“娘家人”和赵国的狱卒、门官等一干贪官，为子楚的逆袭之路保驾护航，并最终成就大业。

“通则观其所礼，贵则观其所进，富则观其所养，听则观其所行，止则观其所好，习则观其所言，穷则观其所不受，贱则观其所不为……”说到吕不韦，就不得不说说《吕氏春秋》，这部书不仅证明了吕不韦是一个“人在商、心在政”的假商人，同时也证明了他是一个非常有远见卓识、独特思想的人，虽然他广纳英才编撰《吕氏春秋》是为了嘚瑟，但这部以儒家学说为主干，以道家理论为基础，以名、法、墨、农、兵、阴阳家思想学说为素材，熔诸子百家学说为一炉，闪烁着博大精深智慧之光的书，到现在仍然是广受喜爱的重要著作，在中国传统文化史上占有一席之地。刻舟求剑、一字千金、一窍不通、舍本逐末、掩耳盗铃、流水不腐、户枢不蠹（dù）等我们耳熟能详的成语皆出自此书。

可以肯定的是，吕不韦绝对想不到他营救出来的子楚的儿子会做出对后世影响深远的许多改革：嬴政十三岁继承王位，三十九岁称皇帝，在位三十七年，是中国历史上著名的政治家、战略家、改革家，创建了中央集权制度，实行三公九卿管理国家大事，在地方上废除分封制，代以郡县制，实行书同文、车同轨，统一度量衡。同时，他对外北击匈奴，南征百越，开发北疆，开拓西南，修筑万里长城，修筑灵渠，沟通水系，把中国推向大一统时代，为中华民族的大融合开创了新局面，对中国和世界历史产生了深远影响，奠定了中国两千余年政治制度基本格局。著名史学家黄仁宇曾说：“秦始皇的残酷无道达到离奇之境界，如何可以不受谴责？可是他统一中国的工作，用这样长远的眼光设计，又用这样精到的手腕完成，又何能不加仰慕？”

这是历史的独特之美，触摸它，让人流连忘返。

沈小平，“60后”，重庆涪陵人，文学爱好者。

对本书的一句荐语：前有鲁迅《故事新编》，今有笑李飞叨“笑侃历史”。

第 52 章　新甘罗拜相：拜相

典故卡

甘罗拜相

这一典故载于《史记·樗里子甘茂列传》。甘罗是秦国左丞相甘茂之孙，自幼聪明过人，进入丞相吕不韦门下，担任少庶子，十二岁时出使赵国，使用计谋帮助秦国得到十几座城池，凭借功勋，受到秦王嬴政嘉奖，授上卿，封赏田地、房宅。后来事迹，史籍无载。

鸡窝里打鸣的公鸡还没醒，门客们就把撰写好的《吕览》最新篇章呈到了吕不韦的案桌上，随后便悄悄退了出去。此时刚刚寅时三刻，猫头鹰都开始打盹了，吕不韦却躺在锦缎褥子铺的床上翻来覆去睡不着，像烙烧饼一样。他起身将煤油灯点亮，屋里恍恍惚惚开始跳跃光影，他拿针把灯芯往外拨了一下，屋内顿时亮堂起来。

看见吕不韦屋里有了灯光，住在偏房的小厮胡安立马披上衣服走了进来，他始终都是醒着的，只要吕不韦房内有一丁点动静，他就会立即行动起来，像一条训练有素的侦查犬。

“丞相，”胡安小心翼翼地推开门，见吕不韦正斜躺在床上独自唉声叹气，便把搁在桌子上的杯子续满水，端到吕不韦跟前，“您喝点水，最近您总是夜不能寐，到底是为了什么？《吕览》现在编写得很顺利，那些门客十分刻苦，每天都能按时交上新篇章，就在刚才我还听到有人往您的案头递书简，就这种精神和速度，《吕览》编撰完成指日可待呀！您没有理由愁眉不展呐！”

吕不韦笑道：“对于《吕览》我是胸有成竹的，这些个门客交上来的东西我也认真看过，内容简直是五花八门，包罗万象，有写怎么治疗母猪产后抑郁的，有写如何给蚊子戴笼头的，有写怎么能一下子分辨出苍蝇的公母的，还有写怎样能在公鸭子肚里培养出双黄鸡蛋的，你看看，多么全面，多么开天辟地，我想这部书一出来绝对会碾压世间一切书籍。”

“这不就结了，那您还愁什么？”

“我愁的不是这个，”吕不韦刚刚还在笑着的脸又突然阴沉下来，他把眉头一皱，拍了一下床板说道，“我虽贵为相国，封文信侯，食邑河南洛阳十万户，在人前可谓是风光无限，可心里就是不满足。我老想着自己河间的封地还是太小了，如果把赵国打下来，我的领地不就能扩大了吗？于是派刚成君蔡泽去燕国做了大臣。蔡泽果然不负我所望，经过三年努力，让燕王把太子丹送到秦国当了人质。现在机会来了，我想派个人到燕国做相国，以联燕攻赵，这个人选我现在还拿捏不定，所以有些发愁。”

“就这呀！”胡安笑道，“我当什么事呢！丞相，依我看，满朝文武中，只有张唐可以胜任这个差事，此人乃一代名将，智谋超群，可谓是文能提笔安天下，武能上马定乾坤，天兵天将一般的人物，这就是老天爷赐给您的礼物呀！”

“哎呀呀！我怎么没想到呢？”吕不韦一拍脑门，大笑道，“快快备马，我要亲自前往张府请张唐出山。”

“丞相，现在还是寅（yín）时，待到了卯（mǎo）时再去不迟。”

“你去备马，我去洗漱换衣，反正也睡不着，早去更能显出我的诚意来。”

“喏！”胡安退了出去，不一会儿就听到门外有铁蹄踩踏地板的声音，那是胡安在备马。

主仆俩来到张府时天还没亮，隔着三堵墙依然能听到张唐排山倒海般的呼噜声，那气势震得大地都在颤抖。

胡安上前使劲拍了拍门上的兽环，管家一脸苦瓜相，打着哈欠不耐烦地打开门，见是吕丞相，赶紧又换了张蜜枣脸，一边唯唯诺诺往里边让行，一边大声朝屋内禀告：“丞相大人驾到！”

张唐的呼噜声戛然而止，在床上来了个鲤鱼打挺，也没来得及换衣服，连忙跑到外面迎接，眵目糊（方言，即眼屎）把眼皮都粘一块了，两只眼睛肿得像俩桃。

“不知丞相大人深夜来访，有何要事？”

“什么深夜，我看你是睡糊涂了，别看现在天乌七八黑的，其实都快卯时了。”吕不韦刚说完，四周家家户户的公鸡都开始打起鸣来。

也顾不得寒暄，吕不韦便直截了当地告诉张唐：“张将军，咱长话短说，粗话细讲，为了节约时间，我就掐去两头，光讲中间……”

“您这讲得就不少了，还是直奔主题吧！别耽误了咱们上朝的时间。”

“那好，我想派你去燕国担任相国一职，策动燕国助我攻打赵国，你是最佳人选。”

“不行不行不行……”张唐把头摇得像个拨浪鼓，嘴巴像被烫到了一般，一口气说了二十几个“不行”。

“你踩猫尾巴了？反应这么大干吗？本相倒要听听怎么个不行。”吕不韦索性坐了下来。

“丞相，您也知道，我曾替秦昭襄王攻打过赵国，赵国君臣百姓都十分怨恨我，恨不得吃我的肉，抽我的筋，喝我的血，剜我的心，而且贴出悬赏令：谁要逮住张唐，就赏他百里方圆土地。您看看，我现在有多值钱。如果我去燕国任职，必定要经过赵国，您这不是把我穿成了串往火炉上送吗？”

吕不韦想了想，竟无言以对。平时伶牙俐齿口才超群的丞相居然也有被人噎住的时候。

“这么说你是去不成喽？”

“去不成，还望丞相见谅！”

“已经见亮了，太阳都出来了，哎！咱们各自收拾一下去上朝吧！”张唐将吕不韦送到门口，直到主仆俩骑马飞奔而去，他才回转身到屋里洗漱换衣去了。

整个早朝吕不韦和张唐也没有说话。退朝回来后，吕不韦在后花园冥思踱步，正走到池塘边时，一个人影“唰”的一下从眼前飞过，像个大黑耗子一样，把吕不韦吓了一跳。

“什么东西？”吕不韦惊魂未定，大声呵斥道。

“丞相，我是甘罗，飞毛腿甘罗呀！”只见一个十一二岁的小孩正双腿盘缠在凉亭的柱子上，头朝下，在上演“猴子捞月”呢！

“下来下来，”吕不韦笑道，“别看学问高，毕竟是小孩，真是要饭的牵个猴——玩心不退。”

小甘罗一个箭步翻身下来，掸了掸身上的灰土，施礼拜道：“丞相，我看您今天愁眉不展，有什么不开心的事说出来让我开心开心……那个，让我替您宽宽心。”

“你能替我宽什么心？小孩子家家的，只要不把尿撒到厨房里我就谢谢你了！”吕不韦笑道。

“丞相，”甘罗说，“这就是您的不对了，凡事不能以貌取人，我人虽小，鬼点子可不比您少，正所谓有志不在年高嘛！”

吕不韦冷眼看着他，说：“那好，我倒要看看你有什么办法。事情是这样的，我让蔡泽侍奉燕国三年，燕太子丹已经来秦国做人质，现在我亲自请张唐到燕国为相，他竟推辞不去！你有什么鬼点子吗？”

甘罗说：“我还真有办法让他去。”

吕不韦的脸开始转晴为阴，厉声呵斥道：“你是屎壳郎喝香油——臭贫！我亲自出马他都无动于衷，你还能有什么办法！”

甘罗笑道：“丞相，您难道忘了，春秋时莒（jǔ）国的项橐（tuó）七岁就做了孔圣人的老师。如今我都十二岁了，一年长一个心眼也比他多五个呢不是？丞相为何不让我去试一试，张嘴就骂，真是屎壳郎吐粪球——出口成章（脏）呀！”

“呦！就凭你这两句，说不定还真行，那你就走一趟吧！我可丑话说到前头，张唐脾气坏，到时别劝来劝去劝出一顿屁股开花，我可不替你做主。”吕不韦笑道。

“您就擎好吧！我保证自己屁股不开花，张将军的脸还乐开花。”

“但愿如此！”

甘罗辞别吕不韦，拔起飞毛腿，一溜烟儿就来到了张府。递上丞相的亲笔引荐信，管家便将甘罗领进厅堂。

“大人，有个小孩要见您！”管家禀报道。

“呦！原来是大名鼎鼎的甘罗，你怎么有空串起门子来了？”

“将军，听说您要大祸临头了，我特意提前向您做遗体告别来了。”

“这孩子胡说八道，八成是缺心眼，什么物种能生出这么个玩意儿来？”管家义愤填膺地训斥道。

“哎！童言无忌，不必当真，”张唐笑道，“小甘罗，你说我要大祸临头了，到底是什么意思？”

“将军，”甘罗也不管正斜眼瞪着自己的气势汹汹的管家，继续面无表情地说道，“我问您几个问题，您的功劳与武安君白起相比，谁的功劳大？”

张唐不假思索地说道：“白起在南面挫败强大的楚国，北面施威震慑燕、赵两国，战则胜，攻必克，夺城取邑，不计其数，我的功劳比不上他。”

“您果真自知功不及白起吗？”

“是的。”

甘罗又问："当年执掌秦政的应侯范雎与吕不韦相比，谁的权势更大？"

"吕不韦如今权倾朝野，范雎不如吕不韦的权力大。"

"您确认范雎不如吕不韦的权力大吗？"

"是的。"

甘罗接着说："当年范雎想攻打赵国，可白起抗命，结果被杀。现在我听说吕不韦亲自请您前往燕国任相而您执意不肯，我不知您将来会是怎么个死法，是刀剜斧砍？还是凌迟坑杀？也许是五马分尸吧！到时您身首异处，想见您个全尸都不易，所以我才想着提前来向您做遗体告别的。"

张唐一听，顿时傻在了原地，他紧紧攥住甘罗的手颤抖着声音说道："听君一席话，胜读一车书呀！你今天可是救了我一命，要不是你小，我非给你磕几个响头不可。"

于是，他命令管家："准备车马盘缠，择日启程，我这就去相府和丞相话别。"

吕不韦听说张唐决定领命赴燕，顿时欣喜若狂，立马将甘罗召来大加赞赏了一番。

"你小子还真有两下子，看来我吕不韦也有看走眼的时候。"

甘罗笑道："丞相，先别高兴得太早，请替我准备五辆马车，让我先去赵国替张唐打通关节，不然他能不能活着到达燕国还是个未知数。"

吕不韦点头说道："对，还是你考虑得周到，我立马进宫报告大王。你随我前往，弄不好大王会召见你。"

甘罗跟着吕不韦进宫，到了宫殿，甘罗便立在殿外等候，吕不韦独自一人去觐见秦王嬴政。

"大王，甘茂有个孙子名叫甘罗，虽只十二岁，但毕竟是名门之后，智慧超群。最近张唐打算推病不去燕国，甘罗说服他，使他答应前往。现在甘罗愿意先到赵国为张唐清除障碍，请大王答应派他去。"

嬴政打了个哈欠，用手指了指门外，太监便喊道："宣甘罗觐见！"

甘罗匍匐在地，行过三跪九叩大礼，便低头端跪在龙椅前等候大王垂训。

嬴政点了点头，拿朱笔在黄绢布上画了个"√"，大手一挥，太监递给吕不韦，吕不韦立马磕头谢恩。

等着吕不韦拉起甘罗时，甘罗这才发现龙椅上早已空空如也，秦王已经退朝了。

甘罗领命整装待发，选择黄道吉日去往赵国。赵悼襄王穿得花里胡哨，带着文武百官到郊外迎接秦国大使。眼看一队车马缓缓行到跟前，马夫跳下马车，一掀帘子，从里面抱下一个小孩来，君臣继续往帘子里翘首张望，半天也没见人下来。

“请问甘大人何在？”赵王问。

“往下看，我在这里站半天了。”甘罗笑道。

“你是甘罗？”大家一看甘罗还是半大孩子，都感到哭笑不得，仿佛被戏弄了一般。

甘罗继续笑道：“正是，有什么问题吗？”

“问题是没有，提问倒是有一个。”

“请便！”

“不知您午饭吃席还是吃奶？”一旁大臣的问话把大家都逗乐了。

甘罗扬了一下嘴角，微微一笑道：“我百天时就戒奶了，应该比您戒得早吧！如果没猜错，老大人现在还没戒吧！”话音刚落，众大臣全都领悟过来，个个笑得前仰后合。那个大臣弄了个大红脸，低着头直往人群里钻。

赵王喝住众人，正色道：“不要再开玩笑了，这个孩子不是简单人物，你们就不要自取其辱了。”

他转头看向甘罗，笑问道：“甘大人此次来赵有什么指教吗？”

“大王听说燕太子丹到秦国做人质的事了吗？”

赵王点了点头，答说：“有所耳闻。”

甘罗道：“您听说张唐要到燕国任相吗？”

“张唐，这小兔崽子要到燕国任相？别让他路过这里，路过这里可没他的好，我要剁吧剁吧用盐腌上来个煎炒烹炸乱锅炖……”

甘罗摆摆手，大笑道：“大王不要意气用事，不然到时候被乱炖的说不定是您自己呢！”

赵王生气了，伸手就要掐甘罗的脖子，一想人家是秦国特使，吓得又赶紧把手收了回来。

“此话怎讲？我倒要听听你的高论。”

“大王，您且听了……”

“怎么，你要开唱呀？”

“我说话爱起范儿，就像唱戏叫板一样，您不必在意。咱们长话短说，燕太子丹到秦国来，张唐又到燕国任相，说明秦燕两国交好，不为别的，就是想联手攻赵，从而扩大在河间一带的领地。大王不如先送我五座城邑来扩大秦国在河间的领地，秦王便不会再急着攻赵了。我再请求秦王将燕太子丹送回国，然后帮助强大的赵国攻打弱小的燕国。如此一来，赵国便可从燕国获得更多土地作为补偿，岂不是赚大了？”

“呦！这小孩，不但把我从锅里救了出来，还把我往灶台外推了推，给我出了这么个周全的好点子。好，我立马划出五座城邑来送给秦国，请甘大人赴宴，我要好好款待一下您！”

“那就请吧！”

甘罗毕竟是小孩子，胃口本来就小，吃了不到一炷香工夫便离席了，不待喝茶聊天，便带领人马急转回了秦国，迫不及待地把消息禀告给了吕不韦。

秦王依计将燕太子丹送回国，赵国有恃无恐地进攻燕国，一路上势如破竹，夺得上谷三十座城邑，转头送给秦国十一座城邑。毫不费力白得了十六座城池，秦王嬴政大喜，立马召见甘罗，龙眉一展，大手一挥，太监喊道：“封赏甘罗……大官……到底多大的官呢？”他回头看向嬴政。

嬴政把大拇指一竖，太监喊道：“上卿之职。”

嬴政用手又画了一个圈，太监喊道：“赏赐大饼……”

嬴政拍了一下太监脑门，瞪了他一眼，太监知道翻译错了，立马领会：“不是大饼，是继承祖上甘茂原来的田产、房宅。”

甘罗叩拜谢恩，等到散朝后，他拉住吕不韦的衣袖问道：“丞相，大王是个哑巴吗？”

“不许胡说，大逆不道，这几天大王有点口腔溃疡，不敢张嘴，小孩子家家的口无遮拦，还不退下。”吕不韦将甘罗斥退，一旁的小厮胡安上前附耳说道：“丞相，这孩子年纪如此小就成就非凡，大了肯定是个祸患。”

“他功勋卓著，朝野上下有目共睹，关键是没有什么把柄呀，我能拿他怎么样？”

“有道是祸从口出，私议王上，亵渎龙体，竟说大王是哑巴，这个罪实属不轻啊！”

“嗯，有点意思，权且记下，待我日后另做打算。”

胡安跟在吕不韦身后往相府赶，他发现，今天吕相走起路来脚步比平时轻盈多了，好像卸下来一个担子一样。

赏　析

特殊时代土壤里长出的智慧树

这是一棵早熟的树。刚刚十二岁，个头就蹿得老高，高过几乎所有的同龄树，足以与很多成年老树相比肩。

这是一棵智慧的树。尽管只有十二个年轮，却有着许多成年老树自叹不如的心计与能力。

《新甘罗拜相：拜相》呈现给我们的，就是这样一棵特殊时代土壤里长出的智慧树。

故事源自《史记·樗里子甘茂列传》。司马迁在讲述了战国时期两位政治家樗里子、甘茂的故事后，用了较大篇幅讲述甘茂的孙子甘罗的故事。这位年仅十二岁的半大孩子，成功运用谋略，不费一兵一卒，就为秦国争取到十几座城池，这样的雄辩之才，即便是与纵横大家张仪、苏秦相比也毫不逊色。

在《新甘罗拜相：拜相》中，甘罗这个小小政治家，既有远超同龄人的早慧和成熟，又有这个年龄段孩子本能的顽皮和天真，从而让这则新编故事的读者陶然于它的跌宕起伏，妙趣横生。

文章一开始，作者用了幽默婉转的曲笔，写吕不韦为选派人员到燕国为相的事发愁烧脑，作者有意绕到了吕不韦组织门客编撰《吕览》（又名《吕氏春秋》）一事上。

这一段描写相当出彩，作者移植进当今才有的社会现象和热门语汇，为《吕览》这部杂书融入了新的时代元素，轻松好玩儿且不违和。

接下来，作者从吕不韦出马请张唐往下讲，巧妙安排了主人公甘罗的出场：吕不韦上门请张唐不成，甘罗自请前去劝说，取得了吕不韦想象之外却又唯一可期的效果。继而，甘罗为张唐的燕国之行打通关节、铺平道路……作者将这一系列事件加以细化，注入更多喜剧元素，使戏剧冲突更加强烈，人物个性更加鲜明，让受众在轻松愉快的阅读中感知战国时期的云谲波诡，还有甘罗超乎常人的政治智慧，以及吕不韦、张唐、秦王嬴政、赵王等人在面对问题或诱惑时的个性、眼光与胸襟。

在这里，甘罗先是借古喻今，以项橐七岁就做了孔圣人老师这则历史故事，说服吕不韦同意自己去劝说张唐；然后用启发式提问、对比性分析，让张唐明白违逆权倾朝野的吕不韦的意志将招致的凶险，让张唐心甘情愿出使燕国；再后，小小年纪就自请出使赵国，并为秦国“诓”来了十几座城邑，让秦王嬴政在狂喜之余，封他为上卿，并赐其继承祖上甘茂的田产和房宅。至此，十二岁的他，拥有了众人艳羡的权力和财富，也在史册中留下了光辉的一页。

甘罗出身于名门之家，其祖父甘茂就是一个卓越的政治家。甘罗既有上天赐予的聪明头脑，又受家族小环境与外部大环境影响，从小耳濡目染，养成了对外界、对人心和人性的敏锐洞察力，以及良好的辩才。

需要特别指出的是，甘罗生活的战国，正是群雄争霸、烽烟四起、英雄辈出、百家争鸣的时代。在以战国七雄为主的各国围绕霸权而开展的争斗中，以张仪、苏秦所宣扬并推行的纵横之术大行其道。纵横之术通常指以辩才陈述利害、游说君主的技巧，是一门从趋利避害角度，研究利益体之间相互关系的学说。其核心是了解对方需求，抓住对方弱点，通过声东击西、欲正故误、先虚后实、直抵要害等论辩方法，以及与之相对应的措施，达到自己的目的。甘罗的祖父甘茂就深谙这一技巧，他出身于下蔡平民，却通过多年经营，尤其是应用纵横之术，名声显扬于诸侯，为强大的齐国、楚国所推崇。

而十二岁的甘罗，正是因为洞察时局，利用国与国、人与人之间的矛盾，施展辩才，解决了连丞相吕不韦都解决不了的问题。司马迁在《史记·樗里子甘茂列传》的结语“太史公曰”中说：“甘罗年少，然出一奇计，声称后世。虽非笃行之君子，然亦战国之策士也。方秦之强时，天下尤趋谋诈哉。”意思是，甘罗年纪很轻，然而献出一条妙计，名垂后世。虽然他算不上品行忠厚的君子，但也是战国时期名副其实的谋士。秦国强盛时，天下特别时行谋诈之术呢！

时势造英雄。特殊时代的大背景，给甘罗的政治智慧和不凡表现，提供了有力注解。

后世史学界和文学界甚至认为，司马迁《史记·樗里子甘茂列传》之所以久传不衰，最主要的原因，是它生动记录了少年政治家甘罗的事迹。在纵横之术为众多政治家所推崇并花样翻新的时代，年仅十二岁就对其中的众多话术和技巧运用自如的他，简直是神一般的存在。而《新甘罗拜相：拜相》的作者，则在司马迁原著的基础上，以戏说方式，为神童政治家的卓越才能和不凡经历涂上了轻喜剧色彩。

关于甘罗，后世吟咏和感叹的作品有很多，唐代韦应物以“荣禄何妨早，甘罗亦小儿”的诗句，激励少年郎，争取荣誉和利益不妨趁早。宋代李复赞其“纵横争擅势，之子独尊秦。弱齿能专国，奇谋不借人”。足见十二岁功成名就的政治家，在历史上的稀缺性及其对后世的影响力。

然而，甘罗的荣耀起于十二岁，也在十二岁获得功名后戛然而止。他后来的发展和命运走向，史籍再无记载，留下了众多悬念，让后世去猜测，去接续。

对于甘罗的后续情况，《新甘罗拜相：拜相》文末有一个意味深长的伏笔：吕不韦让侍从将甘罗狂喜之余的无忌童言记录下来，以便“日后另做打算”。这或许隐喻了少年成名、功高盖主的政治家的命运——以喜剧开场，以悲剧结束。

我们也可以试着猜想一下：或许应了天妒英才那句话，甘罗早夭；也或许不够老辣的他在政治倾轧中败下阵来，再无机会建立新的功业；又或许，成年后的他，厌倦了政治角逐，看透了宦海沉浮，从此归隐山林，以读书、抚琴、品茗、游山、闲谈度过余生，再想起曾经绞尽脑汁，斗智斗勇，以赢得生前身后名，已恍如隔世；再或许时代变了，他个人却没有因势而变，守着功业，不思进取，成为平庸之人，如王安石《伤仲永》里的主角一般，“泯然众人矣”。

人是一切社会关系的总和，社会属性是人的本质属性。再聪慧、再杰出的人物，都离不开其出生、成长的大环境。甘罗这棵在战国特殊时代土壤里长成的智慧树，是优良树种与时代沃土共同造就的。然而，这棵树终究没能长得更加繁茂且强壮，没能长成造福当代及后世、推动社会进步的参天大树。

一棵树的长成，需要恰当的水分和适宜的阳光，需要良好的土壤和持续的营养，需要小树自身的生命渴望和坚韧不拔，概而言之，需要外部环境的呵护滋养和内生动力的不断增长。树犹如此，那些被寄予了一飞冲天、唱亮一生热望的“鸡娃”，又何尝不是如此？

或许，这也是《新甘罗拜相：拜相》的作者以含蓄蕴藉的方式，告诉世人的至理。

张春燕，“60 后”，重庆万州人，金融从业人员。重庆市作家协会会员，重庆市散文学会会员。

对本书的一句荐语：品笑李飞叨新说“上下五千年”，赓传中华优秀文化谱新篇，温故知新益智增信开创新境界。

第 53 章　新一字千金：吕览

典故卡

一字千金

这一典故载于《史记·吕不韦列传》。吕不韦虽然做了宰相，但他毕竟是商人出身，文武百官都看不起他，也不服他。为了提高自己的声望，吕不韦召集门客写就了《吕氏春秋》，也称《吕览》。这部书以道家法天地为总纲，融合众家所长，形成了包括政治、经济、哲学、道德、军事、农业各方面的理论体系，被后人归入杂家。后来，吕不韦将《吕氏春秋》公布于咸阳城门旁，并将千金悬挂于书的上面，广邀各诸侯国的游士宾客前来评阅。吕不韦许诺：如果有人能在书中增加或减去一个字，就赏一千金。成语“一字千金”由此而来。

一

金蝉在屋外鼓噪个不停，让本就热得蹄子都不敢着地的骡子马们更加烦躁不安。青铜铸造的牲口围栏被踢坏了好几扇，管事处的人顶着烈日忙着修补，头上戴着的草帽又被驴当成草料狠咬了几口，驴劲儿使得大了点，将人的头皮都扯下一块来，围栏还没有补好，倒是先把人抬到医馆缝伤口去了。

“外边是什么动静？跟骂大街似的，门客们都来了？”吕不韦四仰八叉躺在凉席上，身后的丫鬟拼了命地打扇，速度都赶上苍蝇翅膀了，吕不韦还是呼哧呼哧地喘热气，脑门上的汗能淹死十头牛。

“是蠽蟟（jié liáo，即蝉）在叫。没有人骂街，您八成是热得出现幻觉了。”小厮胡安在一旁回道。

“是有人，还有驴叫，好像在用哭腔和驴对骂，我听着把驴的十八辈祖宗都搬出来了。”吕不韦一向认为自己的耳朵是最灵敏的，仅次于身旁这条逮兔子的猎犬。

“丞相，您还真是眼观六路，耳听八方，这点小事本不该打扰您。刚才管事处的人去修围栏，一不小心让驴给咬了，气得他直骂娘。这不，医馆里正给他缝补伤口。”胡安一五一十地回道。

“真是废品回收都不要的玩意儿，干啥啥不行，吃饭第一名。”吕不韦笑道，“等他出来赏一百金，然后派到敌军去服务，让他祸害别人去。只要这小子打入敌军内部，敌军溃败就指日可待了，统一六国还不是小菜一碟？”

“要说还是丞相损招多，逮着蛤蟆都能攥出金粉来，这就叫废物利用呀！”胡安大笑道，二尺长的胡子都跟着乱颤。

正说笑着，门外有差役进屋递上几张拜帖：“丞相，有门客来拜访，人不少，是否让他们进来？”

吕不韦把帖子翻了几张，对胡安说道：“是几个想参与《吕览》编撰的文人，还有动物学家，八成是写母猪产后护理的那个家伙。”

“是的，丞相，”差役回道，“应该和母猪有关系，其中有个人真是赶着一头肥猪来的。”

“啊！腌臜（ā za）晦气，这成何体统？丞相，不如把他们赶走吧！”胡安提议道。

“不，我编《吕览》的目的就是想把天下万物都归纳进来，不能厚此薄彼，挑肥拣瘦，如果此时把他们赶走，会伤了一大批人的心，那我的心血就会付之东流，《吕览》要想编成可就不易了，怕是比把鸭子变成狗都难。去，请门客和他们的猪到会客厅喝茶，我马上就到。”

“喏！”差役退了下去。门徐徐打开，几个门客东张西望，都被眼前这富丽堂皇的庭院惊呆了。高大的假山石桥，平滑锃亮的大理石地板，镂空透韵的影壁围墙，巨型的红漆圆木支柱撑着雄壮的府殿，琉璃兽瓦明晃晃的照得人眼睛睁不开。穿过明堂过暗堂，直走了约莫半个时辰，几个人才在差役的引领下来到会客厅。一回头，猪不见了，八成是走丢了。差役怕出乱子，赶紧回去找，终于在大小姐的闺房里找到了。这不知天高地厚的猪正趴在凳子上照镜子呢！差役吓出一身冷汗，赶紧将猪赶到了会客厅。

丫鬟按照吩咐给他们一人端来一碗茶，外加一盒硌牙的点心，猪的面前搁了一把糠料。门客们和猪正在大快朵颐幸福地享用时，吕不韦和胡安捂着鼻子进来了。

“丞相大人吉祥！”所有门客都赶紧起身施礼，只有猪还在“呱唧呱唧”品尝着糠料。

“坐，坐，大家都坐，”吕不韦捂着鼻子招呼道，那声音像被阉割的鸡一样阴阳怪气，“只是这猪应该赶到圈里吧？会客厅也不是它待的场合啊！”

“是的，按说有道理，”其中有一个头发抹着油膏的学者模样的人答道，看他那样子极其斯文，丝绸褂袍一尘不染，不比吕不韦穿得差，就是鞋子上溅了不少猪粪。他停了一会儿，继续说道：“但我常听人说：眼见为实耳听为虚，是猪不是猪拉出来遛遛……”

“我还真没听说过这句话，”吕不韦说，“你到底想表达什么？”

“我就是写猪产后抑郁护理的那个人。有人质疑我的论断，所以赶来一头刚生下十头小猪的母猪，想当场做个实验。听说吕相礼贤下士，胸怀宽广，我觉得这点小事丞相大人绝不会生气也绝对不会不通融。”

“你这话没毛病，说得我想不同意都不行。有人说秦国什么都缺，就是不缺话痨，这回我信了。”吕不韦叹了口气，把捂着鼻子的手放了下来。猪粪味确实难闻，不过一炷香的工夫也习惯了。

学者刚要牵着猪现身说法，胡安立马拦住了他：“先生，请先到偏房候着，咱们一个一个来，待丞相与列位客人讨论完再看实验不迟。”

“也好也好……”学者赶着猪进了偏房。

这时一个头裹白毛巾的动物学家站了起来，鞠躬说道：“俺就是那个想给蚊子戴笼头的人，我的计划是……”

“胡安，先给他戴上笼头，再胡说八道就用鸡笼子给他扣上！刚才那个还靠点谱，这个连谱都没有，简直乱弹琴……”

“喏！”

胡安答应一声，一边微笑着招呼动物学家：“请您老儿去偏房内醒醒脑子吧！还没睡觉倒先做上白日梦了，请……”

动物学家前脚刚走，一位留着络腮胡子满头银发的老学究站了起来，开口便声若洪钟：“丞相，这个公鸭肚子里培育双黄鸡蛋……”

“胡安！”吕不韦大叫道，“我的刀呢？实在受不了了，愤怒使我不能平静，我要把这个公鸭子给宰喽！”

胡安赶紧把老头推到偏房，费了好大劲儿才将吕不韦安抚下来。这时一个散光眼外加斜视的中年男人也站了起来，对着偏房里吃草料的母猪行了一个大礼：“丞相大人，小人研究的是怎样一下子分辨出苍蝇的公和母，只要它在我跟前飞过，休想逃过我这双火眼金睛……”

“我在这呢！你给谁行礼呢？”吕不韦大怒道，“你连猪和我都分不清，还想分清苍蝇的公和母？来人，拉出去给他的眼睛拔拔罐……”

“喏！”几个士兵刚要架着他走，斜眼施礼回道：“小人自己走，自己走。”说着便往内室跑去，士兵们连忙大喊：“这边，这边……你这瘸眼扒瞎的。”

等到斜眼男人被架了出去，屋内的门客便都低头不敢说话了，一瞬间一片死寂。约莫过了半炷香工夫，吕不韦才叹了口气，对门客们说道：“本相编《吕览》一来是为了给后人留下点文化遗产，二来也是为了给大王统一六国铺路。诸侯国哪一个不是文化和军事双兴盛？就咱们秦国在文化软实力方面欠缺。想当年孔老夫子周游列国，连兔子窝都踩到了，就是没踩秦国的边。要想统一全中国，没有文化做基础是不行的，所以大家要积极响应起来，别弄那些个乱七带八糟的，就是弄了我也不会编进去，大家看看还有什么说的吗？”

“丞相大人，我有话说，”一个羽扇纶（guān）巾的年轻小伙站了起来，“欲知平直，则必准绳；欲知方圆，则必规矩。丞相何不先定一个准则作为红线，要求他们写出来的东西一定不能逾越这个红线，让他们别太出格，方能起到事半功倍的效果。”

“好，好，哈哈！”吕不韦拍手笑道，“我大秦果然有大才，就依你之计。刚才你这句话一定要编进《吕览》之中，简直是字字珠玑呀！”

“丞相，请听我一言，”这时一个衣衫褴褛乞丐模样的人站了起来说道，“天下大乱，无有安国；一国尽乱，无有安家；一家皆乱，无有安身。故小之定也，必恃大；大之安也，必恃小。丞相，秦国统一六国是顺天意而为之，为了天下苍生，我们必须把《吕览》搞出来。”

“好好，胡安，带这位先生去我的盥（guàn）洗室洗漱一下，换上我的新锦袍，对了，把我的长靴也送与先生。”

“谢丞相大人，小人不胜感激。”乞丐跟着胡安去换衣服。

吕不韦显得十分高兴，他笑道：“《吕览》有你们这些学者编撰，一定能大功告成，它将成为古今第一名书。”

“丞相莫高兴太早，有道是尺之木必有节目，寸之玉必有瑕璋（tì），世上没有十全十美的东西。”

“大胆……”胡安刚要呵斥，却被吕不韦制止住了。吕不韦回头看去，见是一位身高八尺手握折扇的玉面书生在说话。

“小先生此话不假，但正所谓盐卤点豆腐，一物降一物，矛虽尖利尚有盾化解之，小先生敢提出这个疑问，必有良策对付，本相我洗耳恭听。”

“丞相，小人建议，《吕览》编成之后，可公布于咸阳的城门旁，并将千金悬挂于书的上面，广邀天下游士宾客前来评阅。然后许诺：如果有人能在书中增加或减去一个字，就赏他一千金。这样既能帮《吕览》纠错，还能取得轰动效应，两全其美，何乐而不为呢？”

“嗯，对，主意不错，照准！”吕不韦笑得直拍大腿，吩咐胡安：“摆酒宴，我要好好款待款待这些贵客。”

“偏房里那些呢？……噢！还有那头猪怎么办？”胡安问道。

“把他们赶走，赏点金箔就算了。至于猪嘛，正好宰了添道硬菜。”

“喏！”

二

《吕览》费了好几年的劲儿终于编撰完成，共分“八览”“六论”“十二纪”。吕不韦觉得孔圣人作《春秋》一举成名，自己也要效仿圣人，便改《吕览》为《吕氏春秋》，他抚摸着这部皇皇巨著，左看右看，爱不释手。

“胡安，”他吩咐道，“把它挂在都城咸阳的城门上，上边悬挂一千金币，贴出告示：谁能指出本书错误，删去一字或增加一字者赏千金。去吧！”

“喏！”胡安带着众人将《吕氏春秋》和一千金币悬于咸阳城门，围观者如逐臭苍蝇一般，乌泱乌泱的，连其他诸侯国的人都慕名前来碰运气。

看着两边站岗的士兵全都是青面獠牙、凶神恶煞的样子，没有一个人敢上前去删改一字。

“真没有可删改的吗？”有人问旁边的看客。

“世间哪有完美的东西？你没看见这些士兵，吓都把人吓死！改一字赏一千金，我看改一字砍一个人还差不多。”看客笑道。

“对呀，既然改不了，何不送丞相一个干面子？”

“也只能如此了……哎呀！你们看这《吕氏春秋》还真是没有可改的地方呀！真是奇书呀！”看客高声叫嚷道，其他人这才回过神来，也一起高声大喊：“奇书呀，奇书……”

“还七婶呢！上了个大当，连来回路费都搭进去了。”诸侯国的人们摇着头骂着娘又返回了国内。

夜幕降临，一个士兵找到那个起头喊叫的看客，递给他一个沉甸甸的包裹：“你小子真走运，这一千金归你了。”

三

吕不韦这几年风头太旺了，甚至盖过了秦王嬴政。嬴政生气地对宦官说：“仲父编了个《吕氏春秋》，你看把他嘚瑟的，走道都横着走，我看该叫《吕氏冬夏》，冬天让他冻死，夏天让他热死。”

“大王，您一定要压他一压，消消他的气焰。”宦官提议道。

“我也编个什么春秋？什么冬夏？”

“那可不行，他是八仙桌底下放风筝——起手就不高，您可不一样，您是君王，您起点一定要高，要一鸣惊人，何不抽出点空来把其他六国给灭了，统一全国，您做帝王？”

“好，这个提议好，明天就办。”嬴政大手一挥，诏书立即下发。

翌日清晨，三军将士整装待发。嬴政刚要一声令下，吕不韦不知什么时候来到了跟前，他是听到风声特意跑来劝谏的。他一把攥住嬴政的马缰绳大声说道：“大王不可莽撞，现在咱们还没有统一六国的实力，必须韬光养晦，慢慢蚕食他们。”

嬴政气得直跺脚，但毫无办法，现在权力还在吕不韦手中，他只好暂且作罢。

“大王，我相信您一定会统一全国的，这只是时间问题。”

“借你吉言了……”

这时，嬴政忽然想起了一件事，脸上立马阴转晴。他笑眯眯地拉着吕不韦的手说：“仲父，你知道嫪毐（lào ǎi）已经被处决了吗？”

“啊！”吕不韦一惊，双脚没有站稳，踉跄着差点跌倒。

“噢，没什么，你不必害怕。寡人就是想告诉你，嫪毐临死前让我捎句话，说他先走一步，还说什么你们两个初一不见十五见，我也不知道他什么意思。”

“原来你都已经知道了……”吕不韦垂下头来。

“仲父，你的《吕氏春秋》好呀！我是百看不厌，有些名段我都倒背如流。何谓反诸己也？适耳目，节嗜欲，释智谋，去巧故……你教别人‘节制嗜好和欲望，放弃巧智计谋，去掉虚伪奸诈’，自己却不去履行，为了欲望来算计寡人，把嫪毐扮作宦官送与我母后，还偷偷生下俩孩子，还好被我发现，已将嫪毐车裂而死，孩子也已经被乱棍打死……仲父呀，你好自为之吧！”嬴政说完，没等吕不韦搭话，便带着宦官们拂袖而去。只留下吕不韦战战兢兢地呆立着，浑身止不住地发抖。

待到有人发现吕不韦在家中饮鸩（zhèn）而死，已经是好多天以后的事了，发现者立马报告给了嬴政。

嬴政彻底扫除了绊脚石，经过长年休整，养精蓄锐，终于横扫六国，统一天下。

文武百官向端坐在龙椅上的嬴政山呼万岁，一旁的宦官悄悄告诉他：“万岁，您的风头已经碾压了吕不韦，但民间有小道消息说，是您借助吕不韦的《吕氏春秋》才夺得了天下，以后治国也还要用这本奇书，都称赞他功不可没呀！”

“放他娘的……胡说……”气得嬴政差点爆粗口，“寡人偏偏就不用他的《吕氏春秋》，看这个国家治理得好不好！寡人还要焚书坑儒，将《吕氏春秋》一并烧掉。”

“万岁不可，这样会引起朝野猜忌，说您过河拆桥，卸磨杀驴，心胸狭窄……焚书坑儒可以，《吕氏春秋》就把它束之高阁，让它自生自灭吧，一来显出您的肚量，二来又弃之不用，让吕不韦九泉之下也只能干瞪眼。”

“好！也好。”嬴政阴森地笑道。在振聋发聩的“万岁”声中，他仿佛隐约看到吕不韦正跪在群臣后头，拉着一张哭丧脸，紫青的脑门上磕出来七个大脓包。

赏析

欲用千金买一字　焉知义字买不来

《史记·吕不韦列传》记载：吕不韦乃使其客人人著所闻，集论以为八览、六论、十二纪，二十余万言。以为备天地万物古今之事，号曰吕氏春秋。布咸阳市门，悬千金其上，延诸侯游士宾客有能增损一字者予千金。

这，就是成语一字千金的出处。

《新一字千金：吕览》以戏说的方式，对这个故事进行了重新演绎和挖掘扩展。

这一章，作者承接了上一章关于《吕览》部分的搞笑话题，顺势引入了这些话题的“创作者”。以戏谑的语言，展示他们有关“创作思路”的阐释，也对上一章的内容加以细化，使之更加生动形象。文中画面感和戏剧性忒强的人物连连出场，一连串的人物对话以及才情展示，看似荒诞不经，实则是作者针对吕不韦夸口称《吕览》为包揽“天地、万物、古今”的天下奇书一说，有意识地放大了这部杂书中纷乱驳杂、自我陶醉的成分，增加了戏说类作品的喜剧色彩。你未唱罢他登场，闹闹嚷嚷表主张。读者可以从这各色人等的表演中，窥见日益强大起来的秦国纷繁的社会现象和斑斓的人心人性。

然后，“一字千金”的故事，就正式上演了。

在灼灼的太阳下，高高悬挂在咸阳城门的《吕览》和一千金币，向出入城门和闻讯赶来的人们闪烁着诱惑的光。然而，“看着两边站岗的士兵全都是青面獠牙、凶神恶煞的样子，没有一个人敢上前去删改一字。”事实上，人们慑于丞相吕不韦的权威，不敢去提什么修改建议，但吕不韦的门客和侍从、卫兵们，为把这个故事编圆，做足了文章，将一字千金的承诺、广纳言论的姿态，变成了一场大吸眼球的行为艺术，实则是一幕自编自导、自弹自唱的闹剧。至此，为《吕览》大造声势、使之名扬天下的目的，算是完全达到了。

本来风头就很盛的吕不韦，因了《吕览》的热炒和各怀目的的参与者的追捧，其声望就如公元前 239 年那个盛夏的温度，蹭蹭蹭地往上升，大有盖过秦王嬴政之势。这自然引起了后者强烈的不快和很深的忌惮。嬴政于是绞尽脑汁，动用君威，碾压吕不韦。于是就有了关于秦国一统天下后，君王称谓的讨论，更有他笑眯眯地拉着吕不韦的手，告诉对方嫪毐已经被处决的消息，继而，再来上一段意味深长的话：“嫪毐临死前让我捎句话，说他先走一步，还说什么你们两个初一不见十五见。”

这不怒自威、别有深意的语言，让气焰正盛的吕不韦如堕冰窟。他机关算尽设计的各种局，全被识破；他煞费苦心构筑了多年的基业，瞬间倒塌。留给他的，只有饮鸩自决一条路。

秦国几代人的南征北战、开疆拓土中，有无论如何也绕不过的吕不韦的全力辅佐和用心谋划。公元前 221 年，秦王嬴政终于扫清称霸天下的所有障碍，统一六国，如愿称帝。

而曾经威风八面的吕不韦，却死在了他和两代秦王无数次讨论过、憧憬过、描绘过的大秦帝国建立前，最终他还是没能见证被他一手扶植起来的始皇帝君临天下的威风，也没有等来君王信誓旦旦承诺的和自己共享天下的那和谐美满的局面。

作为姜子牙的二十三世孙，吕不韦生长在一个脑子好使、善于谋划、精于用好各种资源的家庭。商人出身的他，在一字千金之前，还贡献了一个我们耳熟能详的成语——奇货可居。这段故事作者在《新奇货可居：豪赌》中已经为我们讲过。

在这个过程中，工于心计的他，既有功绩，也有劣迹。比如，为了既掩盖自己与秦王之母赵姬的荒淫生活，又满足赵姬的需要，吕不韦授意心腹，通过伪装，将嫪毐以宦官身份带入宫中，侍奉太后，导演了秦国历史上一段匪夷所思的淫乱荒诞的故事。也正是受宠的嫪毐欲望膨胀后的肆无忌惮，直接导致了后来吕不韦的悲惨结局。

在实际执掌秦国大权后，出身低微的吕不韦，内心还是不踏实，他想多给自己贴上一些文化标签，来提高声望，夯实地位。这就有了他召集门客，效仿孔子编《春秋》，编撰出一部大型文集《吕览》（又名《吕氏春秋》）的前因。《吕览》是中国历史上第一部有组织、按计划编写的文集。

可以说，吕不韦走的每一步，落的每一颗棋，都是经过精心算计的，就像他用千金换一字，实际想换来的是《吕览》的轰动效应和长远影响力一样。然而，他可以用千金去换一字，也可以用持续的谋划、算计，甚至殚精竭虑，换来赫赫权势和滚滚财富，却换不来一个义字。无论是道义、信义还是情义，都是他所缺乏的。因为他的终极目标，是权力和利益；他的获取手法，是奸诈和诡计。他所铺的路、搭的桥，每一级，每一步，都嵌入了对权力的追求和对利益的渴望。就如文中秦王所说：你主持编撰的《吕览》中教别人“适耳目，节嗜欲，释智谋，去巧故……”而你自己却不去履行。当然，秦王回馈给他的，也只是权力和利益，没有诚意和信义。即使没有嫪毐叛乱之事，秦王登上皇位后，其卧榻之侧，也不可能长久容吕不韦酣睡的。就是不杀他，让他“凉凉”，也是早晚的事。

更具讽刺意味的是，吕不韦主持编撰《吕览》的目的在于综合百家之长，总结历史经验教训，将其作为大秦统一后的意识形态，为帝王提供长久的治国方略。然而，《吕览》基本上以儒家为宗，执政后的秦始皇却选择了法家思想，事实上却将《吕览》束之高阁。

文章最后，“在振聋发聩的‘万岁’声中，他（秦始皇）仿佛看到吕不韦正跪在群臣后头，拉着一张哭丧脸，紫青的脑门上磕出来七个大脓包。”或许，在这一刻，他想到了吕不韦为秦国统一天下所投的资、操的心、做的事，想到了他们父子两人曾经给过吕不韦的承诺。现在，天下完完全全攥在自己手里了，不用担心吕不韦的威胁与掣肘了。在这世上，除了变化，没有什么是不变的。

当然，变的还有他想要大秦的基业千秋万代的大梦。他设想皇帝从自己始，子子孙孙绵延无尽，但是大秦帝国仅仅存在了十五年，就断送于秦二世之手。城头变换大王旗，江山再次易主。

都晓一字值千金，谁悟义字重千金。只有讲道义，守信义，重情义，最初的愿望才可能实现，美好的目标才可能达成。不管是吕不韦与两代秦王的政治联盟，还是现代社会中的各种合作协议与美好愿景，概莫能外。

张春燕，“60 后”，重庆万州人，金融从业人员。重庆市作家协会会员，重庆市散文学会会员。

对本书的一句荐语：品笑李飞吻新说“上下五千年”，赓传中华优秀文化谱新篇，温故知新益智增信开创新境界。

第 54 章　新谏逐客书：仓鼠

典故卡

谏逐客书

《史记·河渠书》《史记·李斯列传》记载，当秦王嬴政决心统一六国时，韩国为求自保，派水工郑国到秦鼓动修建水渠，目的是削弱秦国的人力物力，牵制秦东进。此事暴露后，嬴政出于长远利益考虑，免郑国死罪且继续让他主持修渠，这便是有名的“郑国渠”。然而，此事引发了群臣对外来客卿的议论。嬴政听了谗言，下了一道对外地人的逐客令，李斯也在被逐之列。李斯于是给秦王写了封《谏逐客书》，劝他不要逐客。秦王明辨是非，采纳了李斯的建议。本章还讲述了李斯的同门师兄弟——战国末期著名思想家、法家代表人物韩非在秦国遇害的故事。从某种意义上说，韩非和郑国一样，都是韩国派来牵制秦国的“间谍”。这一系列举动，也是韩国在亡国前所做的最后挣扎。

一

咸阳宫宴会厅内正在举办一场盛大的仪式。丝竹声不绝于耳，桌上摆满各式奇珍异膳，散发着诱人的香气。

李斯肚里的馋虫早就被勾得魂不守舍，争相挤破了脑壳往他的喉咙眼儿钻，他不停咽着口水，心里暗骂繁缛冗长的典礼议程。

这是李斯升官后第一次参加国宴，奢华的排场令他大开眼界，也心痒难耐，好不容易等到开席，他用颤抖的右手抓起眼馋已久的酱爆猪尾，一把塞进嘴里。当牙齿触碰到脆邦邦的猪尾骨时，他听到那坨肉乎乎的东西竟然发出了一声尖叫——

“叽！”

他吓了一跳，牙一松把那坨肉吐了出来。他一看自己的餐盘，一阵恶心劲儿涌到了喉咙眼儿。原来，那根本不是什么酱爆猪尾，而是一只硕大无比的活老鼠，老鼠尾巴上还清晰可见一道人类的牙印，上面血肉模糊。人口脱险的老鼠竟然还不逃跑，反而掉过头来，用一双挑衅的眼睛瞪着李斯。李斯还没反应过来，老鼠一个“凌波微步”，从他宽大的领口钻了进去。李斯感到脖子一阵瘙痒，吓得惨叫一声，头朝下栽倒在地，眼前瞬间一片漆黑……

李斯醒过来后，惊讶地发现自己躺在硬邦邦的地板上，旁边空无一人。房间里光线幽暗，没有点灯，只有头顶上一扇巴掌大的小窗，透进来一束光，能勉强照亮屋里的陈设。他缓缓爬起来，惊魂未定地走了几步，终于看清楚了，这里竟然是一个粮仓，整齐排列着的窖穴里，粟米、糙米和白米堆成一座座小山，活像一个个坟堆。

“这里难道是上蔡（今河南省驻马店市上蔡县，战国时属楚国管辖）的粮仓？咸阳宫里的事，只是我的一场幻梦吗？”李斯大惊失色，一会揉揉眼睛，一会抓抓头发，像个二级精神病患者。这时，他隐约听见耳边响起了“叽叽叽”的声响，借着那束微弱的光，他看见粮窖里爬出好几只老鼠，飞快地窜到他的脚边。他吓得跳起了踢踏舞，使劲用脚去驱赶地上的老鼠，可老鼠毫无躲避之意，纷纷朝他冲过来。一瞬间，他感觉自己头上、腋下甚至裤裆里都有异物在蠕动，他惊恐地在地上打起滚来……

“大人，大人……”

耳边忽然响起一个熟悉的声音，惊魂未定的李斯停止了驴打滚，一下直起身来，看向说话的那个人——原来是他的贴身仆人小贾。

“大人，大半夜的，我听到您屋里有异响，就赶紧过来看看。您是不是做噩梦了？”

“梦？”李斯神情恍惚地看向小贾，又看看四周，原来自己所在的地方既不是宴会厅，也不是粮仓，而是他自己在咸阳城里的住宅。他又用力回忆了一下，这才想起昨晚自己确实赴了一场国宴，却是一台“鸿门宴”。宴会发起人是秦王嬴政，受邀的则全部是外籍官员。招待大伙吃饱喝足之后，秦王忽然收起了笑容，命宦官呈上一卷御旨，宣读如下：

“大王有令，即日起，无论职位高低，凡是非秦国国籍人员，全部遣返出境，限三日内离开秦国，钦此！”

直到秦王和宣旨的宦官都已离去，席上的大臣们还愣在原地，半天回不过神来。丝竹声早已停止，宴会厅里静得出奇，空气仿佛瞬间凝固了，偶尔传来一两声煞风景的饱嗝，也不知是吃多了还是被秦王的逐客令给噎到了。

“限期三日……”李斯喃喃自语，忽然大叫一声，吓了小贾一跳，“快去拿笔墨来，我要上吊！”

“啊？”

“上书。”

“噢。”

小贾赶紧取来笔墨竹简，放在案几上。李斯顾不得更衣洗漱，伏在了案几上……

午夜的风凉飕飕的，透过窗子往屋里灌。李斯万分焦急的心却是火辣辣的。他知道，自己的时间不多了，如果今天不能让秦王看到这封信，他在秦国的政治生涯就将寿终正寝。一想到又要回到在楚国上蔡担任粮仓小吏时那穷困潦倒的日子，他就不寒而栗。

其实那个时候，他一点也不讨厌老鼠，反倒是老鼠给他枯燥无味的守粮生活带来了唯一乐趣。他甚至通过观察老鼠，钻研出一套人生逆袭的哲学：

“小吏宿舍和厕所里的老鼠，只能吃点残渣剩饭，个个骨瘦如柴，听到人的脚步声就吓得魂不附体，赶紧缩到洞里躲起来；而粮仓里的老鼠，吃着白花花的粮食，个个膘肥体胖、横冲直撞，过得那叫一个舒服。所谓人或贤能或不肖，其实就如同老鼠一样，在于他是处在什么样的环境中。”李斯于是向往着做一只衣食无忧的仓鼠。

当他好不容易跋山涉水来到秦国，事业刚刚有了起色，却接连碰上两件大事：“水工郑国入秦，假借修渠名义‘谋弱秦’；前丞相吕不韦安插假太监嫪毐入宫，妄图发动叛乱夺权……这些案例充分说明了，外地人是不可信的！从山东六国来侍奉秦国的人，其实都是来为他们自己的国家游说的，目的就是离间秦国，咱们早该把这些外来户通通赶走啦！”

长期被外来人才压得抬不起头的贵族们不断在秦王耳边煽风点火，终于促成了这道针对外籍官员的逐客令。政令一出，举国上下无不震惊。

李斯死马当活马医，熬了个通宵，洋洋洒洒近千字的长文《谏逐客书》便挥就而成，并于第二天上朝时交给了嬴政。

文章开门见山写道："听说有人劝大王逐客，臣下以为不妥。当年秦穆公因为重用由余、百里奚（xī）、蹇（jiǎn）叔等外来务工者，吞并了二十个国家，称霸西戎；秦孝公用商鞅变法，移风易俗，国富民强，辟地千里，为秦国霸业奠定了强大基础；秦惠文王用张仪之计，击破六国合纵，迫使它们西面事秦，至今都有深远影响；秦昭襄王得到范雎，废除穰侯，驱逐四贵，使一切权力归于公室，成就了秦国的帝业。这四位先君之所以成就斐然，就是因为大胆使用客卿，让天下人才为秦国服务。否则，您认为秦国会有今天的富强吗？"

"大王冠上挂的明珠，腰上佩的宝剑，出门骑的骏马，都是外地货，但大王十分喜爱它们；您后宫里那些美女，又有几个是本地人呢？现在您听了谗言，不分青红皂白，不论是非曲直，就要赶我们走，这说明什么？说明您喜爱器玩之物和女人胜过尊重人才！"

"泰山不挑剔土壤，所以高大；河海不拒绝细流，所以渊深。您把宾客拒之门外，使天下人才畏缩却步，不得不投奔山东六国，难道不是'借兵给敌人，送粮给盗贼'吗？"

嬴政看完这封长信，出了一身冷汗，当即做出决定：收回逐客令，并提拔李斯为廷尉。

李斯因祸得福，正式成为秦国政治中心的一员。当年上蔡小吏宿舍中的老鼠，终于在天下最大的粮仓中找到了自己的一席之地。

二

"妙，妙！"

这日，李斯前去觐见秦王，在接见室门口隐约听见几声"猫叫"。

"莫不是宫里又开始闹鼠患，派猫保安出来巡逻了？"李斯也没多想，便径直走了进去。近来，大王是越来越宠他了，得意之下，他走起路来都脚下生风，一改过去小心翼翼唯唯诺诺的形象。

嬴政正在翻看一卷帛书，一边看一边发出感叹"妙，妙！"，在一旁服侍的宦官赵高斜眼看了下帛书上的内容，也做出一副极为欣赏的表情，附和道"妙，妙！"

李斯走进来才发现，刚刚自己远远听到的几声猫叫，原来是赵高发出的。

“参见大王！”李斯下拜叩首。

“爱卿请起。”嬴政满面春风，笑盈盈地对李斯说：“寡人今天看到几篇文章，精彩异常，想和你探讨一下。”

“荣幸之至。”李斯接过嬴政递过来的帛书，只瞥了一眼就随口说了句，“原来是《孤愤》。此文作者是韩非，我在荀况先生门下求学时的同学。”

“这几篇文章真乃当世奇文，寡人爱不释手，如果能与作者把臂同游，死而无憾！”嬴政发出一声激情四射的感叹，又对李斯说，“既然爱卿与韩非是同学，你们必然是有交情的，就请你组织一场同学会，请韩非来秦国聚聚吧！”

“哦……好，好的。”看到嬴政两眼放光，李斯的心情却黯淡下来，他后悔自己刚刚一不小心给大王引荐了人才，这岂不是给自己挖坑吗？

“一山不容二虎，一仓不容二鼠！”脑袋里下意识冒出这么一句话来，他赶紧补充了一句，“可是，韩非并没有大王想象得那么好。他虽贵为韩国公子，却在自己国家都不受待见，正在坐冷板凳呢。”

“噢，为什么？”嬴政有些好奇。

“因为他天生口吃，别人一句能说完的话，他得花一个时辰。以前，荀况老师课堂提问，从来不敢点他的名，否则，听完他的解答大家连夜宵都赶不上吃了。恐怕，大王根本没耐心与他交谈。”

“原来是这样。没关系，不会说，写也行嘛。我看中的不是他的语言，而是他的思想，我们大秦帝国的未来，说不定就掌握在此人手中了。”嬴政这番话，令李斯丈二和尚摸不着头脑，也令他心里的不安更强烈了。

李斯继续使绊：“韩非这个人，不光嘴巴不利索，脑袋更是拧巴。他对韩国的愚忠不可理喻，哪怕受尽冷遇也不离不弃。现在秦国正在攻打韩国，他心里只有仇恨，肯定不愿意来辅佐大王的！”

“这倒是……”嬴政犹豫了一下，说道：“这样吧，你帮我通知韩王，送韩非入秦，秦国立即停止攻韩。”

“啊？”李斯大吃一惊，见嬴政面露不快，赶紧下跪领旨，“下臣领命，务必尽快接韩非入秦。”

嬴政这才满意地笑了。李斯退下，转过身，立即显出一张野狼的恶容。

三

数日后，一个形容憔悴的贵族青年来到秦王宫中。

"参……参……参见大王，我……我……我是……韩……韩……韩非。"

"韩寒免礼！"见对方半天介绍不完自己，性急的嬴政抢白了，结果把"韩非"说成了"韩寒"。又或者，他根本就没记清楚韩非的名字。

"你的几篇大作我都拜读了，对文中提出的'中央集权'思想相当佩服。这次请你来，就是希望你能为秦国实现大一统、建立一个中央集权国家制订一份蓝图规划。按照我们秦国远交近攻的方针以及李斯同志制订的计划，韩国即将成为第一个被攻灭的目标。韩国气数已尽，几代领导人昏庸腐败，不任用你这样的贤人，把国家治理得一塌糊涂，这样的国家，又有什么好留恋的？你就留在秦国，助我结束诸侯乱斗的局面，一统天下吧！"

秦王对自己的赏识，令韩非有相见恨晚之感，但他马上清醒了过来：我如果帮助秦国完成统一大业，岂不成了韩国，乃至整个中原的罪人！

韩非赶紧说道："万万万……不不可啊！我……我们……一家都是人！哦，不，我……我们……都是一家人！"

嬴政实在听不下去了，对韩非做了个捂嘴的动作，又让下人端来笔墨绢帛，让韩非写下来。

韩非定了定神，挥毫泼墨、笔走龙蛇，一改刚才的窘迫，潇洒飘逸的气度把嬴政看呆了，神情也从嫌弃变为了欣赏。一旁站着的李斯却是气得浑身发抖。

韩非现场创作的这幅墨宝，题目是《存韩》，主要阐述了韩国一直以来为秦国鞍前马后的忠诚以及灭韩对秦国统一大业的不利影响，主张秦国联韩攻赵。虽然文章主题与嬴政的要求牛头不对马嘴，但这篇文辞优美、看似句句入理的旷古奇文，还是俘获了嬴政的心，看得他啧啧称赞，只是称赞完啥也没明白。

待韩非退下，嬴政征求李斯的意见。李斯说："事实胜于雄辩，不如我亲自出使韩国，来个突然袭击，窥探一下韩国所谓的忠诚究竟是真是假，再做定夺。"

正举棋不定的嬴政心想：嗯，这个主意倒也不错。如果韩国通过考验，说明韩非所言不虚，那我们就把韩国这个小弟收过来当走狗；如果李斯此行能驳倒韩非，那我就可以无所顾忌地启动攻韩计划。

李斯退朝后，一刻也不耽搁，简单收拾了一下便朝韩国出发了。为了不打草惊蛇，他也顾不上排场了，行头就是一驾马车外加一个马夫。

“秦国特使李斯求见韩王，还请通报一声。”

李斯抵达韩国城门后，对着守门官作了个揖，没想到对方跟见了鬼似的，一脸惊慌，对着手下使了个眼色，城门就“哐当”一声关上了。

“我国正在闹鼠患，到处喷洒耗子药，大王也搬到离宫去居住了，您去了谁也见不着，只能跟耗子打交道，一不小心还可能被毒药误伤，还是请回吧。”守门官冷冷地说。

李斯虽然有些惊讶，心里却在窃喜，心想韩王一定在做什么见不得光的事，自己本来就是来抓他的小辫子的，他倒主动把尾巴伸过来了。

“还望大人禀报一声，我是李斯，有要事求见。”李斯又装模作样地作了个揖。

“你这人有完没完？跟你说了城里到处是老鼠药，楚国进口的，剧毒！管你李斯王斯还是这厮那厮，闻一下都能让你七孔流血，请回吧！”

李斯没再坚持，嘴角露出一抹不知是亲切还是诡异的笑容，说道：“谢大人提醒，那在下就告辞了。”

李斯说罢就离开了，但是没走远，躲到一个僻静处放走一只信鸽，不久后信鸽飞了回来，口衔一封密函。李斯打开一看，“哈哈哈”大笑三声，便命马夫驾车返程了。

“可恨至极！”嬴政收到李斯带回的密函，打开一看，气得一脚把龙案踹飞三米远，“韩王这个墙头草，口口声声说要当我们的狗，结果暗地里是头狼，竟然私下勾结诸侯想要攻打我们。不灭了你，我都不姓嬴，我改姓输！”

“大王，少安毋躁。”李斯劝说道，“如今韩、赵、魏、楚四国刚刚结盟，正打得火热，我们贸然出兵，胜算不大。我推荐一个人，让他携重金出使四国，与我们在他国安插的细作里应外合，贿赂收买各国权贵，保证让他们的合纵计划成为泡影。”

“好吧，就按你说的办！”嬴政用力甩了甩衣袖，怒气冲冲地走了。李斯却在他身后笑成了一朵花。

四

在李斯安排下，客卿姚贾穿着华服，乘着豪车，载着几车黄金白银珠宝玉器出发了，数月后回来汇报：四国合纵联盟已瓦解，秦国可随时启动攻韩计划，保证畅通无阻！嬴政大喜，重赏姚贾，并封他为上卿。

这边厢，韩非急得像热锅上的蚂蚁，赶紧写了封信给嬴政递过去。

信中写道："如今天下大势，是秦国一家独大，其他四国虽有心合纵，但也是有心无力，无所作为，就算秦国不去干涉，他们也未必打得过来，姚贾明明知道，却代表秦国，带着重金出外活动，名义上是瓦解敌人，实际上是推销自己，两面讨好。况且，姚贾的出身很有问题，他是魏国首都大梁城看门人的后代，而且生活作风有问题，喜欢偷鸡摸狗，在自己祖国混不下去，就跑到赵国谋了份差事，又因玩忽职守被赵国驱逐。一个看门人的后代、偷鸡摸狗的爱好者、玩忽职守的下岗官员，他能有什么好主意，能做什么好事？和这样的人共商国是，岂不有辱秦国的尊严和大王的脸面？"

嬴政将信将疑，召来姚贾审问："我听说你拿我的金子结交诸侯，有这事吗？"

姚贾回答得很干脆："是啊！"

嬴政大怒："那你还有脸面来见寡人？"

姚贾答："用金子结交诸侯，是为了收买和离间诸侯君臣。我的每一笔开销都有记录，可以随时接受审查。再说了，既然我是代表大王去结交诸侯，如果我不忠于大王，其他诸侯又怎么敢任用我呢？"

嬴政一听，似乎在理，于是岔开话题："听说你是魏国看门人的后代，在魏国为盗，又被赵国驱逐，有这事吗？"

"有！不过大王可知道，历史上多少名臣，都有着不光彩的出身？周朝开国的头号功臣太公，曾经在朝歌是个不入流的屠夫，后来也只是个无所作为的小公务员，但是文王却用之不疑，最终在他的辅佐下推翻了商朝统治；管仲曾经做过最不起眼的小买卖，当兵时临阵脱逃，几次想当官都没有成功，在鲁国曾经沦为阶下囚，齐桓公用之却九合诸侯、称霸天下；百里奚曾经是虞（yú）国的流浪汉，在奴隶市场上才卖五张羊皮，秦穆公用之，却独霸西戎；晋文公手下几个出主意的，都是中山国的强盗，但是文公用之，才有了城濮（pú）之战的大胜。英明的君主任用人才，向来是英雄不问出处，不会因为他不显赫的身世、不光彩的经历，而轻视一个人的价值。只要人才能够为我所用，大可不必去听那些外界的诋毁。出身再好的人，如果对秦国没有功劳，也不应该得到任用！"

李斯趁机凑上来对嬴政说："韩非之所以以小人之心度君子之腹，算计姚贾，就是为了阻止我们腐蚀瓦解各国政要的计划，居心叵测啊！身为韩国公子，他身上流淌的是韩国贵族的血统，如今大王要吞并诸侯，他必定忠于韩国而不会替秦国效力，这也是人之常情。但是韩非在秦国已经待了这么久，如果把他遣送回去，又会泄露秦国的政治、军事机密，不如把他处死算了，以绝后患。”

嬴政听了这话，腮帮子抽搐了几下，鹰一般的瞳孔里闪过一道寒光：“将韩非打入大牢，择日再审！”

五

“老同学好，我给你送礼物来了。”

阴冷潮湿的牢房里，落寞的韩国公子背倚墙壁，唉声叹气，他听见有脚步声朝这边走来，还捎来一声熟悉又陌生的问候，抬头一看，正是老同学李斯。

“上学的时候，你文思飞扬风度翩翩，我总坐在后排仰视着你的后背……”李斯把一杯酒放到韩非跟前的地板上，说道，“而你却恃才傲物，对我冷眼相待，说什么‘龙生龙凤生凤，老鼠的儿子会打洞’，不屑与我这只老鼠为伍……”

韩非惊讶道：“我……我说的是：你……你……你是人……人中……龙凤，还是数……一数二……的栋……栋梁之材！”

“噢，是吗？现在你知道小命已被我捏在手中，才这么说的吧？”李斯冷笑一声，“哼，都是过去的事了，我早忘了！但是现在在秦王这里，我主张攻韩，你却主张存韩，我俩针尖对麦芒，不是你死就是我亡！”

韩非的心寒了，看了看地上的酒杯问道：“是你……要我死……还是……大王？”

李斯又冷笑了一声，答非所问：“既然是给老同学送行，必须送份大礼！这是楚国进口毒药，入口即化，一吞即死，绝无痛苦，你就放心上路吧！”说罢，亲自端起地上的酒杯，递到韩非面前。

韩非仰天长叹，接过酒杯，一饮而尽。

几天后，秦王消了气，下令赦免韩非，并亲自到监狱探望，却只看到一幅凄惨的画面：这位令他敬仰不已的大思想家，只留下一具爬满了老鼠的、肮脏的躯体。

赏 析

职场博弈，还是政治较量？

《新谏逐客书：仓鼠》在开头便用了很长的篇幅，运用虚实结合、情景交融的写作手法来刻意营造出一种梦幻般的诡异，把“仓鼠”的出场铺垫得精彩纷呈又令人毛骨悚然。几个场景的时空切换，吊足了读者胃口，吸引我们走进云谲波诡的战国晚期……

本章构思巧妙，以一种卑微狡猾、惹人厌恶的动物来统领全文，实则是暗讽政治人物的尔虞我诈与幽暗人性。

从表面看，整个故事的核心人物李斯正是仓鼠的化身，他为了“做一只衣食无忧的仓鼠”，保住自己的政治地位，时而化身胸怀沟壑高瞻远瞩，又能写出《谏逐客书》这样的惊世妙文的人中龙凤、栋梁之材，连嬴政的铁石心肠都为之动容；时而又化身心胸狭隘老奸巨猾的市井小人、城狐社鼠，对昔日的学院同窗、今日的职场同僚韩非百般陷害，到最后甚至痛下杀手，自私冷血到令人咋舌……

那么，仓鼠指的是否只是李斯一个人呢？其实不然，当我们深入品味，反复推敲之后会发现，“仓鼠”其实不是一个人，或者几个人，而是一种处世哲学。只要人类处于一种竞争环境，这种“仓鼠心理”便会悄然而至。

也就是说，仓鼠有可能藏在每一个人的心里。无论是故事中出身卑微的李斯、赵高、姚贾，还是身居高位，即将成为天下共主的秦王嬴政，抑或流淌着贵族血统，在现实中却如草芥一般备受冷遇的韩非。当他们处于竞争之中，可能关乎个人私利，也可能关乎国家利益，内心的那只小仓鼠就会苏醒过来，操控他们的道德和理智，鼓动他们打响“粮仓”保卫战，互相倾轧，甚至拼个你死我活。

李斯与韩非的明争暗斗，既是一种职场博弈，也是一种政治较量，从小了看是共事的两人在大老板面前争宠，从大了看其实是秦国实现大一统的政治蓝图与诸侯国维持分裂状态的政治意愿之间的分歧。李斯想要帮助秦王早日一统天下，通过嬴政的辉煌来成就自己，在他眼里，离秦国最近的韩国就是挡在眼前的第一块绊脚石，应当立马撬开；而韩非的想法和李斯正好相反，在他心中，祖国利益高于一切，因此，尽管他在《孤愤》《五蠹》等文章里贡献了“中央集权”这一令嬴政如获至宝、开天辟地的新理念，采取的行动却是与内心的追求背道而驰的。他在嬴政面前大力鼓吹“存韩”的好处，其实是口是心非的，他明明看到了历史前进的方向，可是为了让韩国能够多苟延残喘几年，他想方设法阻拦秦国一统天下的脚步，不仅抛弃了初心，还搭上了性命，可敬又可叹。

用传统的道德标尺来衡量，韩非的境界似乎高出李斯许多，但如果站在历史和全局的高度，我们无法评判这两个人究竟谁对谁错。从长远来看，李斯的构想推动了历史前进的车轮，让综合实力最强、政治最清明的秦国来一统天下，是符合当时的历史要求的，是追求进步的表现；而韩非的抗争不过是一种明哲保身的自私做法，尽管这也是一种爱国主义思想的体现，但其实是在开历史的倒车，是故步自封的表现。而且，从韩非极力将祸水引向赵国，鼓动秦国存韩攻赵，以及对秦国功臣姚贾的算计可以看出，他其实也有着“小人”的一面。当然，他之所以自降身价变成一只工于心计的仓鼠，并不是为了和别的老鼠争食，而是为了保住粮仓的稳固，保护自己的家园不被侵占。韩非的腐化是被动的、无奈的，而李斯化鼠，则是主动的、积极的。

值得一提的是，韩非继承了老师荀况的思想，主张人性本恶。《韩非子·奸劫弑臣》说：“夫安利者就之，危害者去之，此人之情也。”意思是“当涉及自己安危和关乎自己利害的事，人潜意识的第一思维就是趋利避害，从而采取对自己有利、可以保全自己的行动，这是人之常情。”到最后，韩非用自己的生命为自己的学说做了最好的注解，这莫不是一种巨大的讽刺。

一代文豪、大思想家韩非子，就这样卑微地死去了。他的尸体爬满老鼠，或许，他的灵魂也将追逐它们而去。在韩非死后仅三年，他倾尽全力用生命去守护的那个国家也被秦国所灭。令人欣慰的是，韩非的肉体虽然消亡了，但是他的思想主宰了秦一代，是秦始皇的冥冥之师，而且对中国未来两千年的社会都产生了极大影响。韩非一言而为天下法，亦不朽也。

夏旭志，“70后”，江苏南京人。江苏省作家协会会员、江苏省诗词协会会员。

对本书的一句荐语：笑看历史风云，重温文化辉光。

第 55 章　新禁中颇牧：名将之殇

典故卡

禁中颇牧

这一成语出自《新唐书 · 毕诚传》，比喻官廷侍从官中文才武略兼备者。成语中的“颇牧”，即战国时赵国守边御敌良将廉颇和李牧。故事梗概源自《史记·廉颇蔺相如列传》。李牧与白起、王翦（jiǎn）、廉颇并称“战国四大名将”，《千字文》中以“起翦颇牧，用军最精。宣威沙漠，驰誉丹青”来形容他们的功绩。战国末期，李牧是赵国赖以支撑危局的唯一良将，素有“李牧死，赵国亡”之称。李牧深得士兵和人民爱戴，有着崇高威望，在一系列作战中，屡次重创敌军而未尝败，展示了高超的军事指挥艺术。破匈奴之战和肥之战是他军旅生涯中的巅峰之作，前者是中国战争史中以步兵大兵团全歼骑兵大兵团的经典案例，后者则是围歼战的精彩范例。本文还引入了赵国另一名将的典故：廉颇老矣，尚能饭否？在秦国铁蹄即将踏平山东六国之际，廉颇和李牧是赵国最后的希望，却因为赵王迁的愚蠢和赵国政治的腐败而双双陨落，令人扼腕痛惜。

深秋的雁门（今山西省忻州市代县）风沙滚滚，吹在人脸上好像瞬间扇过去一百个巴掌，弄得那些体型彪悍的匈奴大汉都变得跟乌龟似的，整天缩在帐篷里愁眉不展。

远远看去，匈奴的兵营就像蒸屉上的小笼包，小不拉儿，可怜巴巴，没有一点威武的气势，好像随时都会被某个吃货风卷残云般吞下肚里。

小笼包的中间夹着一个稍微大点的包子，那是单于（chán yú）的临时寝宫。里面频频传来摔东西的声音，原来是单于正在发飙。

“怯夫！怯夫！”单于一边大骂着，一边把帐篷里的小桌子小板凳全都摔得底朝天，像母猪拱了圈似的。

“哥哥请息怒。俺们吃李牧的‘闭门羹’也不是头一回了，您早该习惯了。”军队统帅，单于的弟弟劳呗达在一旁劝说。

“你还觉得挺骄傲的是吧？他这‘闭门羹’补料太多，有点营养过剩，撑得俺们都快饿死了！好不容易，跟中原人学了一招‘反间计’，让将士和细作里应外合，把‘李牧是个怯夫’的谣言传回邯郸，让那个蠢猪赵王把李牧给撤了。赵军的作战方针也由坚壁清野转为开门迎战，结果他们被打得屁滚尿流。俺们总算过上了吃香喝辣的好日子。谁知道，赵王的猪脑子忽然转过弯来，又把那个该死的怯夫派回来了。这下可好，‘闭门羹’又端上来了，赵人整天缩在长城里吃牛肉，我们却只能待在城墙外干瞪眼。出来这些时日，别说牛了，连根牛毛都捞不着，将士们都饿成没牙的猴了，士气一再跌落，难道就这么空手而归吗？”单于跟个泼妇似的呱唧呱唧说个不停。

劳呗达这时想起一件事来，赶紧汇报：“昨天，有个老头出来放牧，跑得太远，被俺们逮住了。据他透露，最近赵国的牧民们要出来放牧，因为牲畜们已经把城里的草地啃光了……”

“嗯，听你这么一说，我肚子又咕咕叫了。”单于的情绪终于平复下来，笑肌微微抽搐了一下，眼里却满含杀气。

数日后，雁门关的城门果然大开，牧民们赶着牲畜们出了城，不一会儿，漫山遍野都是牛羊。忽然，一群披头散发、饿鬼似的匈奴兵怪叫着猛扑过来。牧民见状不好脚底抹油一溜烟儿跑光了，匈奴兵斩获颇丰，喜出望外。

按照单于的指示，匈奴兵故意没有为难那些牧民，放他们逃跑，然后全军集合，紧随其后，一直追到了城门口，打算跟在牧民身后冲进城去。

令匈奴兵意想不到的是，迎接他们的是铜墙铁壁般的赵军部队。待他们一靠近，赵军立马战鼓震天，喊杀声响彻云霄，洪水一般朝他们涌来。

匈奴人也不慌，对于赵军的车阵，他们早有一套行之有效的对付办法。单于一声令下，匈奴骑兵便向两侧移动，让开大路，准备从两翼包抄。

赵军显然早料到了这一招。只听中军一阵鼓响，走在前面的一千多乘战车放慢速度，排成十余个环形车阵。于是，战车变成了临时堡垒，数万名弓箭手藏身车阵内，用强弓劲弩射杀敢于冲击车阵的匈奴骑兵。

匈奴军冲杀数次，依然无法突破赵军的环形车阵。此时赵军的步兵也排成密集队形，长戟在前，短兵在后，弓弩压阵，如森林一般压过来。单于一看势头不妙，连忙命令全军撤退。

然而，为时已晚。赵国骑兵从左右两翼包抄过来，如同两把铁钳，牢牢地封住了敌军的退路。十万匈奴兵悉数被歼，只剩单于一人侥幸逃生，此后十余年匈奴都不敢靠近赵国边境。

二

边境稳定下来了，老百姓可以安安心心外出放牧了，日子越过越滋润。而远在邯郸城里的百姓，过得却是越来越凄惨。

屋漏偏逢连阴雨。几场大战把赵国折腾得元气大伤，这还没完，一场百年一遇的大地震和大饥荒又来凑热闹，百姓流离失所，饿殍遍野。更惨的是，赵国没能等来国际友邦的援助，却等来了趁火打劫的虎狼之秦。

这日，赵王迁和众大臣在朝堂上，突然听到一个可怕的消息。

一名将军慌不择路飞奔进大殿，用颤抖的声音禀报道："不，不得了啦……内史腾……攻韩！"

"啥，你哪里疼，还宫寒？你变娘儿们啦？"赵王迁不耐烦地骂道。

"不是，大王，微臣是说，秦国派了个芝麻绿豆大的小官内史腾率军攻韩，居然一路如入无人之境，轻而易举就灭了韩国，现在正商量着来打我们赵国。之所以迟迟没出发，是因为瞧得起我们赵国，想派个大一点的官来，但是高不成低不就，人选暂时还没确定。"

听了这个消息，赵王迁的心一下沉到谷底，发了半天呆，然后神情哀怨地问大臣们："众卿，谁愿意领军抗击秦国佬？"

底下鸦雀无声，赵王迁环视一圈，见文官各个獐头鼠目，武官各个形似肥猪，不觉哀叹连连，喃喃自语道："我泱泱赵国，难道就找不到一位将军能够带兵打仗吗？"

这时，一位大臣提议道："廉颇将军如何？虽然之前他因为被撤职闹情绪去了魏国，但听说在那边也没有得到重用，常常抱怨自己明明是匹良马，却过上了懒驴的日子，可见他壮志未酬。如果我们现在派人去请他出山，他一定会答应的。只要廉将军回来，一定能够挽救危局！"

赵王迁还没来得及回答，相国郭开插话道，"这位大人的想法很好，不过，我早就替大王考虑过了，几天前专程派使者去魏国请廉将军，还送给他一套崭新的盔甲和一匹宝马。廉将军虽已是古稀之年，头发胡子全白了，腰也弯了背也驼了，但依然是英姿飒爽风度翩翩，只用了一个时辰就穿好了盔甲，又在七八个壮士的搀扶下上了马。他让手下牵着马在院子里走了一圈，还差点摔下马背。后来廉将军请使者吃饭，一顿吃了几桶饭几十斤肉，好家伙，这饭量要是带兵打仗，全军粮草只够他一个人吃。此外，听说他席间不停上茅厕，拉了五次肚子，这要是在战场上拉稀，后果不堪设想啊！所以大王决定不再为难他了，让他在魏国安心养老。”

“哦……”那个大臣听了，无奈地摇了摇头，不再说话。

“还有谁可以推荐的？请各位好好想想。不然，大家就收拾收拾行李静静坐着等死吧！”赵王迁压抑着怒火说。

“臣下以为，还有一位将军能够担任这个职务，就是镇守边关的大将军李牧！”另一位大臣建议道。

“哼，你说那个怯夫啊？”郭开冷笑一声说，“他驻扎边境数十年就打过一次仗，其余时间都是闭门不出，‘怯夫’的名声响遍天下，连匈奴人都瞧不上，不屑与他一较高下，他有什么能力抵抗秦国？”

那位大臣慑于郭开的权势，不敢与他争辩，闭上了嘴。

“唉，相国大人，如果实在没有合适人选，就请您亲自带兵迎敌吧。”赵王迁满怀期望地朝郭开投来热辣辣的眼神，看得郭开心里凉飕飕的。

“那，那还是让李牧来试试吧。怎么说，他这个科班出身的将军也比我这个连剑都拿不稳的文官强吧。”

“好吧，看来咱们不但有怯夫，这会儿又跑出来个懦夫，那就依你所言。”赵王迁转而发布命令，“通知李牧将军，火速回来驰援邯郸！”

三

由李牧率领的赵国边防军，按剑荷戟，排成长队，迈着杂沓的步伐，蜿蜒在河北大地上。头顶上，一块脊背隆起的云团，目视着这些士兵一路向南，奔赴前线，准备拯救国家于危亡。

这边厢，秦国攻赵的人选也早就定下来了——名将桓齮（huán yǐ），他威风凛凛地乘着战车，率领近十万大军攻赵，已经攻取了几座重要城邑，杀死赵将扈辄（hù zhé），斩首十万赵军。

李牧到达邯郸以北的石家庄地区，依托宜安[今河北省石家庄市藁（gǎo）城区西南]等重要据点筑垒，与汹涌而来的秦军对峙。李牧又拿出抗击匈奴时百试不爽的招数，指挥大家加紧修筑工事。

“好你个怯夫，还真是名不虚传！”桓齮微微一笑，心想：我就不信引不出你这只缩头乌龟！于是，他决定分一部分兵力离开李牧所坚守的宜安，转而去袭击赵军的另一个据点肥下，直接威胁赵王迁的老巢。

“等你前来救援肥下，我们就在半路包饺子，吃了你！”桓齮喜滋滋地想着。

看见秦军袭击肥下，副将赵葱提议派兵前往支援。李牧制止说：“敌攻而我救，是受制于人，兵家所忌。”他指着军事地图分析道：“秦军大本营就在宜安城外，他们离开大本营，分兵袭击我肥下，大本营必然空虚。我们现在立马攻占秦军大本营，桓齮就成了孤魂野鬼，喊天不应叫地不灵，我们便可重创秦军。”

李牧军于是以迅雷不及掩耳之势，攻占秦国大本营，随后立即分出左右两翼，机动地迎击从肥下撤回营救大本营的秦军，在路途上展开激战。

战力悍猛的北方赵卒奋勇当先，杀入敌阵。李牧在边塞训练的骑兵也加入进来，结队冲锋，锐不可当。反复激战后，秦军大败，全军覆没，桓齮逃到了北边的燕国，化名樊於（wū）期。

喜讯传到邯郸，赵人击节庆祝，李牧受到嘉奖，被封为武安君。“肥之战”又一次让李牧声名鹊起。在后来的几次对秦战役中，李牧连连获胜，被人们誉为“常胜将军”。

赵国似乎有救了。

四

“真是丢人！”咸阳宫里，秦王嬴政把能摸得着的东西，龙椅龙案啥的全都掀翻在地，气急败坏地问，“我大秦帝国兵强马壮、将星如云，怎么偏偏就拿一个小小的李牧没辙？”

一旁的侍者和大臣无人敢搭话，全都站在原地瑟瑟发抖。这时，嬴政的首席智囊尉缭（wèi liáo）捋了把胡须，不紧不慢地回道：“李牧乃赵国擎天一柱，以一人之力，保赵国不亡，征战沙场多年，至今无一败绩，硬碰硬和他打，胜算不大，损失太大。不过，再厉害的人也有弱点，李牧虽然军事谋略非凡但却不通权术，因其性格刚直不阿，得罪了不少权贵。依我看，要扳倒他，只需借一人之力便可。”

“哦，谁有这么大能耐？”

“一位赵国权臣，这些年来收了我们不少金银珠宝，办事一直很得力。至于是谁，暂且保密，不然若是传出去，我的计策就不好使了。”

“好的，那你去办吧。”嬴政挥一挥手，大家就纷纷散去了。

这日，李牧正召集副将们开会，商议下一步的作战计划，忽然，昔日副将赵葱带着一群武装人员冲进会议室，趁李牧不备将他和几名副将控制住，并从李牧身上搜出帅印。这时，一个人跟在赵葱后面走了进来，正是相国郭开。

“李牧小儿，大王如此器重你，而你却在暗地里策划谋反，真是大逆不道！”郭开指着李牧训斥道。

“你胡说！”面对突然的变故，李牧已经大致猜出是怎么回事了。只是没想到，自己这辈子还能再次遭到诬陷，而且还是国难当前赵国命悬一线之际。

“我有证据！”郭开把几个竹筒扔到李牧面前，命人打开给他看，原来是几封书信，从内容看，通信双方正是李牧本人与秦国的尉缭，大致内容是在约定等秦军占领赵国之后，就把代郡封给李牧。

“假的，这是假的！”李牧歇斯底里地吼道，瞪着郭开的双眼都能喷出火来。

“好吧，我带来的证据，你说是假的，那你自己身上携带的证据，你总无话可说了吧？”郭开避开李牧的目光，随即露出一抹阴险的笑容。

“什么证据？”

“有一次你战胜回朝，大王赐酒招待。你向大王敬酒的时候手里却握着一把匕首！有没有这事？”

李牧顿时蒙圈：“冤枉啊！我因右胳膊有残疾伸不直，跪坐的时候胳膊够不着地面，唯恐在大王面前显得不够恭敬，所以让工匠做了一块木头接在手上。如果大王不信，可以让他来看，这哪里是匕首啊？”他抽出袖子中的“假肢”，扔给郭开。

郭开看都不看一眼，冷冷地说道：“你不用解释了。大王已经以‘持匕首罪’论处你死，不赦。”

李牧心中的万丈豪情瞬间化为乌有，他拔出宝剑准备自刎，谁知右胳膊太短，握着宝剑的手怎么也够不着脖子，他于是把宝剑的尖衔在口里，对着旁边的柱子猛冲上去，“扑哧”一声，一剑封喉，喷血而死。

一代名将的鲜血，染红了这个国家的柱石。

赏　析

木秀于林，风必摧之

读罢《新禁中颇牧：名将之殇》，忍不住扼腕叹息。李牧作为和白起、王翦、廉颇齐名的战国四大名将之一，战国后期赵国赖以支撑危局的唯一良将，戎马一生、战功赫赫，可惜为人刚直不阿、圆润不足，功高震主，最后死于自己人之手，也可以说是死于人际关系。真是生得伟大，死得渺小。

正应了那句“木秀于林，风必摧之”，历史上，名将因为“功高盖主”含冤而终的案例并不少，李牧不是第一个，也不是最后一个。本章起名《新禁中颇牧：名将之殇》，想必是窥一斑而知全豹，借李牧的故事，引出对未能善终的功臣名将们的一声叹息。

有着“军阵之神”之称的李牧，在战场上善于审时度势，懂得韬光养晦、隐匿锋芒，在对抗匈奴之战以及肥之战中，他以守为攻，进退自如，从而抓住稍纵即逝的战机，一战定胜负。然而，这样一个匈奴猛人和秦之虎狼都撼动不了的钢铁巨人，为何却栽在了自己人手里呢？《新禁中颇牧：名将之殇》给了我们启示。

故事一开篇，便将我们带到了“狂风遍地起黄沙”的雁门关外，别出心裁地透过匈奴单于的视角，为我们再现了李牧抗击匈奴的那段惊心动魄的传奇历史。

面对骁勇善战的匈奴兵，李牧采取了坚壁清野，打防御战的措施，让敌人汹汹而来，悻悻而归。

然而，赵国君臣都不理解李牧的战术，认为他是怯战，称其为“怯夫”。最终赵王派其他将领替换了李牧，正如长平之战中让赵括取代廉颇。新将领积极应战，结果屡战屡败，边地动荡不安，民不聊生。赵王无奈，只好再次请李牧出山。

李牧依旧用老办法抵御匈奴。匈奴又一次被挡在了赵长城之外，气得直跳脚，只能打打嘴仗，继续骂李牧是怯夫。等到万事俱备，李牧巧设连环计，将匈奴骑兵悉数引入包围圈，一举全歼。匈奴单于侥幸偷生，此后十余年不敢来犯，赵国北部恢复了安定。

然而，更大的危机来临了。韩国灭亡后，秦国加紧对赵的攻势，大将桓齮率军由赵国后方发动进攻，情况十分危急。赵王急调李牧抗秦。

李牧的部队与秦兵在宜安相逢。他再次采取坚固营垒、加强防御的措施，以逸待劳、伺机而战，后来又将计就计，在桓齮转头攻打肥下之时，直接出兵攻占秦军大本营，然后全歼回援的秦军。在后来的一系列对秦战役中，李牧屡战屡胜，可以说，他仅凭一己之力，就把秦国统一天下的进程推后了十来年。

在战场上李牧智勇双全，文韬武略无不出类拔萃，为自己赢得了“军阵之神”的美誉。可是他在官场上的表现却是很难恭维的，他不能很好地处理“人际关系”，显示了情商的不足。

李牧镇守雁门郡时，我行我素，厚待军士，从不把朝中权臣放在眼里，和他们很少“沟通”。他还自作主张，将收到的赋税都用于自己军队的开支，对朝廷没有一点“贡献”，将自己“孤立”了起来。《史记》中说他：“以便宜置吏，市租皆输入莫府，为士卒费。”这也为自己后来的命运悲剧埋下了隐患。多次受到李牧掣肘，又急于扩张版图的秦国，了解到李牧特立独行的性格，便想通过反间计，借赵王之手除掉李牧。

未能熟谙官场游戏规则的李牧，却不得不面对钩心斗角、尔虞我诈的官场争斗，跌下神坛是迟早的事，用现在流行的话来说，就是“在宫斗剧里活不过三集”。

文中提到，李牧想不到“自己这辈子还能再次遭到诬陷，而且还是国难当前赵国命悬一线之际”充满了讽刺意味，足见赵国官场腐朽黑暗非同一般。

郭开等朝臣，没有将精力和才能放在治国上，而是放在了追求私利，巩固自己的权势和地位上。而李牧的特立独行和不世之功，破坏了他们的官场氛围，挑战了他们的权威，他们对李牧是心存忌恨的。因此当秦国实施反间计之时，他们顺水推舟、积极配合，只为除去这块挡在自己富贵之路上的绊脚石。

最为不幸的是，李牧才华盖世，却生不逢时，他所侍奉的几任赵王，都是昏聩无能之辈。加之李牧为人棱角分明，与几代赵王的关系都很紧张，自始至终未能得到大王信赖。在这种形势下，任何一句来自外界的诋毁，都能成为压垮名将的最后一根稻草。

李牧被冤死后，“文官各个獐头鼠目、武官各个形似肥猪”的赵国，再也无人能够抵御强秦。在秦军的强大攻势下，山东诸国中原本最有实力与秦国抗衡的赵国，很快土崩瓦解，在历史的舞台上暗淡谢幕。

再说说郭开，在此之前，他还为我们贡献了一个“廉颇老矣，尚能饭否”的经典。

作者利用郭开这条线，将廉颇和李牧的故事巧妙地串在一起，深化了“名将之殇”的主题，增强了悲剧的震撼效果。当然，李牧究竟是不是被郭开所害，历史上是有争议的。

史书中关于李牧的结局有多种版本。《史记》中说，秦国用重金贿赂了赵国权臣郭开。郭开散布谣言说李牧有谋反之心。赵王果然上当，让赵葱取代李牧。李牧不从，于是被斩。《战国策》则说，害死李牧的是另一个奸臣韩仓。韩仓“果恶之，王使人代”，于是韩仓跑去跟李牧说：你面见大王时袖子里藏有匕首，大王赐你死。君要臣死，臣不得不死。李牧只得含冤自杀。死前的细节也饶有意味：李牧因为握剑的右手残疾，剑够不着喉咙，于是口含剑尖撞柱而亡，血溅当场。而据《列女传》的说法，害死李牧的人是赵王迁之母倡后，原因是当年李牧不赞成赵悼襄王立她为王后，她怀恨在心。

显然作者是综合了前面两个版本的情节，从而营造出更具艺术张力的戏剧冲突，令人印象深刻。

读《新禁中颇牧：名将之殇》，既是读历史，也是读人性。白起、韩信、岳飞、袁崇焕等名将不都是和李牧、廉颇一样吗？他们凭借过人的军事才华，在战场上运筹帷幄，所向披靡，凭着一腔热血成就了伟名。但是他们过于直率，我行我素，又未能像千古谏臣魏征那般幸运，遇到一个胸襟宽广的英明君主，稍有不慎，便会沦为统治者和权力集团政治斗争的牺牲品，抱憾离场，也为后人留下了无尽感伤。

自古美人如名将，不许人间见白头！

何争鸣，本名孙建军，“70后”，河北省邢台市作家协会会员。

对本书的一句荐语：本书戏说不胡说，以史实为依据，用诙谐幽默的语言叙说，让人在轻松愉悦的氛围下了解历史。本书写历史但不拘泥于历史，旨在用历史来解读当今的社会现象，起到以史明智、鉴今的效果。

第 56 章　新荆轲刺秦：刺秦

典故卡

荆轲刺秦

这一典故见于《史记·刺客列传》《战国策·燕策三》。荆轲受燕太子丹派遣，携秦国叛将樊於（wū）期的人头和燕督亢（今河北省涿州市东南）地图，前往秦国刺杀秦王嬴政。临行前，太子丹和少数宾客到易水（在今河北省保定市易县）边送行。高渐离击筑，荆轲和之，慷慨悲歌“风萧萧兮易水寒，壮士一去兮不复还”，表达了义无反顾、视死如归的精神。到了咸阳，荆轲献上地图时，图穷匕见，刺秦王不中，事败被杀。

太阳刚爬到了半山腰，雾还没散尽，高渐离便左手按弦，右手拿着竹片拨动起琴弦来，那样子像是在给野猫抓虱子。乐曲倒是悠扬得很，曲调婉转、如泣如诉、十分动听，飘飘荡荡传出了二十多里地，搞得农夫村妇丢下锄头、商贾富豪搁下算盘、纨绔子弟撇下鸟笼，全都挤到高府门口扒着栅栏往里伸头聆听，几百个头一缩一冒，老远一看，像是池塘里的甲鱼集体上岸了一样。

这时连鸟儿们也来凑热闹了，喜鹊、麻雀、金丝雀，斑鸠、鸽子、老黄鹂，一个个都停在屋檐上，平时叽叽喳喳的喙全都如同抹上了黏黏胶，闭得比受了惊吓的河蚌还要严实。院里院外，猫也不咬了，狗也不叫了，鸡也不鸣了，驴也不嚎了，一个个像傻子一样呆在原地，听得哈喇子淌了一地，可真是一曲奏响，天下太平，弦音袅袅，万物俱静。

高渐离弹拨琴弦的手如蝶起蝶落、龙飞凤舞，乐曲时而低沉婉转、时而高亢激越，门外的听众们也跟着乐曲的变化起伏调整着情绪，到欢快激扬时便拍手大笑，到悲凉深沉处就号啕大哭，还情不自禁掏出抹布来擦泪，弄得院子里仿佛有红白喜事在交替进行，搞得屋檐上的鸟都云里雾里，一愣一愣的。

就在大家都如痴如醉时，小书童背着木柴从山上下来，开始驱赶众人："借过，借过，都回家吃饭吧！有什么看头？都没点正事干吗？"

众人赶紧闪开一条道。书童领着一个人进了院子，那人身材高大，相貌俊朗，皮肤黝黑，双目炯炯有神，背上斜挎着一个布包袱，手里拎着一个黑色的木匣，走起路来铿锵有力。

高渐离闭着眼睛还沉浸在弹奏中，书童一把将手按在了琴弦上，乐曲戛然而止。

"先生，荆轲来了，您歇会吧！"书童将柴卸到了灶房，转身回去关大门。乐曲一停，那些看客们就都识趣地散开了，但都是一步一回头，意犹未尽的样子。

"荆兄别来无恙啊！"高渐离起身施礼，一面将一个蒲团搁到桌子一侧，示意荆轲坐下。

"还是老样子，高兄也不错吧！应该错不了，我在山上就听到你的乐声了，能有如此闲情逸致，我是羡慕嫉妒恨啊！"荆轲一面坐一面打趣道。

"荆兄说笑了。"

高渐离朝书童喊道："给荆兄上茶，柴也劈好了吧？"

书童端上来两杯茶，笑嘻嘻地对荆轲说道："我们这位先生很会算计哩！陪着他读书倒还罢了，这不，连砍柴的活也交给我了。木工活、瓦工活、挑水活都推给我，美其名曰：能者多劳，但他就是不提那一句：多劳者多得。一文钱让我干十吊钱的活，我看他不该弹弦，扒拉算盘还差不多。"

"这小子的嘴越来越贫了，"高渐离笑道，"不能吃半点亏，你赶紧去做点饭，炒点好菜，顺便去酒肆打几斤好酒，我要和荆兄一醉方休。"

"好嘛！我又成厨子了……"书童刚要回身去灶房，荆轲一把将他拉住，又将自己斜挎着的布包袱解下来，一层一层打开，里面装着一柄短小的匕首，外加一张帛绘地图，还有一个绿绸子包着的包裹。他把包裹递给书童，笑道："这些钱你拿去，买酒买菜，剩下的全都归你，这是我的全部积蓄，够付你二十年工钱了，以后不要叫屈了啊！"

书童一脸愕然地接了过来，沉甸甸的，得有上千两之多。

"荆兄，你这是什么意思？你不过日子了？"高渐离疑惑不解，看着荆轲那张波澜不惊的脸，他陷入了迷雾里。

荆轲抚摸了一下那柄匕首，凄然地笑道：“今天我来是向你告别的，我决心要去刺杀秦王了，此去必然身首异处，留下钱财还有何用，不如留给你们吧！”

高渐离和书童一听大吃一惊。

“荆兄，你当真要去送死？”

“是的，决心已定。”

“没有商量的余地？”

“连余钱都不要了，还要余地？”

“快去打酒买肉，我要为荆兄饯行。”高渐离吩咐道。书童答应一声，拿起钱，到灶房拎了酒罐，匆匆出门去了。

屋里顿时一片死寂，俩人都默不作声，过了半晌，高渐离才哀伤地叹了口气。

“兄弟不必难过，人终有一死，不用为我叹息……”荆轲说道。

“不是，我的腿坐麻了，”高渐离皱着眉头把腿伸开，“我不适合长时间盘腿坐着，屁股压得脚直抽筋，你刚才说什么？”

“没什么，”荆轲望了一眼窗外，“这小子打酒也太慢了，现打粮食现酿酒吗？饿得我两眼直冒火星子。”

正说着，书童扛了一麻袋蔬菜，拎着酒罐，赶着一只狗回来了，也没打招呼，径直往灶房走去。随后便传出磨刀的动静，八成是要宰狗了。

荆轲起身来到灶房，对书童说道：“别磨刀了，你去洗菜做饭吧！我这把匕首刚刚开刃，还不知道锋不锋利，正好试上一试，也借着狗血祭祭刀。”说着“扑哧”一下将匕首插进了狗喉咙，狗都没来得及叫唤，便倒地抽搐起来，一会儿就不动了。荆轲利索地将狗皮扒了下来，三下五除二摘干净内脏，把狗肉剁成小块。这时书童已经将大锅里的水烧沸，荆轲麻利地把肉全部丢进锅里，又从兜里掏出一包药粉撒到里面。

“老兄真是讲究，还自带咸盐？难不成早知道要在这吃饭？”书童一边拉风箱一边笑道。

“你有所不知，这把匕首是在毒药里锤炼的，擦破点皮肤就死，毒性烈得很，这狗肉已经沾上了毒，我撒上解药就没事了。”

荆轲盖上盖子转身回到堂屋继续与高渐离闷坐。这一套操作下来他的脸自始至终都是面无表情，冰冷且严峻。

饭菜不知不觉吃到了夜里丑时，三人饮酒像灌驴似的，一杯接一杯，说话也是高一声低一句，动静像待宰的公猪一般。

“荆兄，”高渐离已经喝得脸红脖子粗，眼睛里都是红血丝，“你这次是替燕国刺杀秦王，太子就不为你送送行吗？”

“太子此时应该早就在易水河畔安排妥当等着我了。你不提这茬我倒忘了，天亮我还要去刺杀秦王呢，差点误了大事，这酒真不是个好东西！也罢，最后一次了，过了今天，我就只能去阎王爷那里祭酒了。”荆轲大笑道，脖子上的青筋都暴突了出来。

“荆兄的行刺计划是怎样的？”

“计划很简单，所谓知己知彼百战百胜，我知道秦王现在最想要两样东西，一是从秦国叛逃到燕国的樊於期的人头，二是燕国肥沃的督亢之地……”

“你想把樊於期遣返回国以邀功的名义接近秦王？”

“不用那么麻烦，只需提着人头送去就行。”

“啊？太子能忍心？”

“高兄猜得没错，太子确实不太忍心，所以我就亲自上门劝说，特别提到秦王杀他全家的血海深仇，于是樊於期二话没说就挥刀自宫……哦不，自刎了。”

“真是大丈夫，那他现在尸首在哪里？”

“这不是，你手扶着的木匣子里。”

高渐离吓了一跳，赶紧把扶着木匣的手拿掉了。

“樊於期的人头……在……在这里面？”

“对，太子还把燕督亢地图给了我，我让他给我找燕国最好的剑客陪我一同前往，然后将这柄匕首当作轴卷藏在里面，等我去献给秦王时，趁他不注意便拿它刺向这个暴君的喉咙，就像宰那只狗一样……但太子丹不太同意我的意见，只想让我挟持住秦王逼他签下互不侵犯条约，我现在也是犹豫不决，不知该怎么办好了。”

“按他的计划，你有几成把握？”

“五成……”

“五成？你的意思是……不是成功就是失败呗？”

“高兄太聪明了，不愧是搞音乐的。”

“我看你俩加起来也没有萝卜的心眼多。”书童一边给他们添酒一边大笑道。

三人你一言我一语一直喝到鸡叫三遍，高渐离给荆轲包了点干粮，又掖了点碎银子，吩咐书童带着他的乐器——筑，俩人一块送荆轲来到易水河畔。

太子丹此时早已蹲坐在河岸，身上披了一件蓑衣，里面罩着一件白色长袍，冻得瑟瑟发抖，一看到荆轲来了立马起身握住他的手："你的心可真够大的，我足足等了你一夜，为了掩人耳目连兵丁也没有带，就穿了一件薄汗衫和长袍，你知道易水河畔的夜有多冷吗？我的上下两排牙就没闲着……呦！好呀！你这是喝了一晚上的酒呀！味儿够冲的……"他嗅到荆轲浑身酒气，一脸不悦地埋怨道。

"多多包涵，人生最后一顿酒了，就让我痛快痛快吧！"荆轲打了一个饱嗝，醉眼迷离地说，"哎！请您找的剑客找到了没有？"

"那不是，"太子丹一边支支吾吾答应着，一边指了指停泊在岸边的小船，上面隐隐约约有个人影晃动，"燕国最好的剑客，大号秦舞阳，小名秦大胆，十二岁就能当街杀人，绝对靠谱……那个……别说那么多了，船我已经给你准备好了，上路吧！"荆轲一看，那艘船十分简陋，连个搭顶都没有，简直就是个木筏。

"不能坐好的，不然会让人起疑，你俩只能轮流着划桨去了。"太子丹看出荆轲对船不满意，赶紧解释说，"幸亏水路不长，你们过两个时辰就能上岸步行前往了。"

荆轲回身朝三人拜了两拜，刚要上船，太子丹拉住了他："且慢。"说着从地上端起一碗酒递给他："喝了这杯饯行酒吧！"

荆轲闻到酒味一阵恶心，差点吐了，连忙摆手："不能再喝了，酒都到嗓子眼儿了，泼到地上敬一下樊於期将军吧！"

太子丹将酒洒到地上，荆轲转身上船，秦舞阳抓起竹篙朝岸上一撑，小船缓缓离岸。

高渐离吩咐书童："赶紧把我的筑掏出来，我要为荆兄弹奏一曲。"

书童将筑放到地上，高渐离盘腿坐下，左手按弦，右手拿起竹片弹拨，悲凉深沉的乐曲响彻易水河两岸，一时间白鹭翺翔、雉鸡腾飞、蛤蟆乱叫，连鱼都冒出来吐泡泡，也不知道是被感动得还是被吓得。

荆轲听到这悲凉的乐曲，情不自禁唱起歌来："风萧萧兮，易水寒，壮士一去兮，不复还。探虎穴兮，入蛟宫，仰天呼气兮，成白虹。"

眼看船越去越远，高渐离也一曲终了，远处船上的人影渐渐变得模糊起来，再一听，竟然传过来一阵阵呼噜声。

"弄不好荆兄是睡着了，这酒的后劲儿真大……"高渐离说。太子丹和书童想搀他起来，高渐离摆了摆手：“别动，腿又坐麻了，我得缓一会儿……”

秦国和燕国有所不同，处处警备森严，便衣队在集市上来回穿梭。荆轲和秦舞阳到秦国时已是几天后的一个早晨，他们径直找了个面馆各自吃了三碗面，又呛了五斤牛肉，这回没有喝酒。吃饱喝足荆轲把高渐离给的碎银子全部丢在了桌子上，小二笑道：“客官，太多了，用不了这些。”

“剩下的赏你了，”荆轲笑道，“小二，我向你打听个事，秦王的宫殿在什么地方？我要去献宝。”

“呦！我说您怎么这么大方呢！敢情是要发大财了，先向您道喜了。”小二把银子揣进口袋，笑眯眯地说，“出去这个门，往左拐，一直走到头，再顺着护城河走上二十里路就到了。”

荆轲和秦舞阳向小二道了声谢，提起包袱和木匣就走了。走到宫殿时已是下午酉（yǒu）时，城门马上就要关闭，荆轲对着守门官大叫一声：“小人有宝进献，请求觐见大王！”

其中有个守门官听说有宝进献，心想要是冒昧挡回去万一被秦王知道了，就他那个暴脾气自己不被弄死也得弄亡，反正是别想活，所以给十个胆也不敢怠慢。心里虽一万个不情愿，嘴上却笑呵呵地问道：“要献什么宝呀？”

“秦国叛将樊於期的人头和燕督亢之地的地图。”

“等着，我去通禀！”

不一会儿，守门官就出来了。

“大王有请，跟我走吧！两位壮士一定要记住，我的小名叫九哥。要是大王赏赐金银珠宝，你可别忘了兄弟。你啃骨头时给兄弟留点儿剩汤喝喝，也不枉我给你传了一回话不是？”

“忘不了……”

三人进到大殿时，秦王嬴政已经端坐于龙椅之上了。殿下两排立着文武百官，一个个人模狗样，庄严肃穆。荆轲捧着黑木匣子从容不迫地走到龙阶下跪了下来：“大王，我乃燕人荆轲，此人姓秦名舞阳，字大胆，只因在燕国走投无路，特舍命盗得燕国督亢之地的地图，砍下秦国叛将樊於期的人头，想着献给大王，以求在秦国谋得一官半职，日后享尽荣华富贵。”

秦舞阳抱着地图跟着跪在荆轲的屁股后面，浑身抖得像筛糠一样，嘴唇都吓得发紫了。

秦王两旁的武士大喝一声："来者为何脸色突变，红里透紫？"

荆轲回头一看，果然发现这位秦大胆脸涨得像猪肝一样，目光呆滞，浑身抖得蚊子都待不住。荆轲的心一下子就掉进了冰窖里，他故作镇静，解释道："大人有所不知，这个人粗鲁惯了，没见过大场面，这辈子去过最远的地方就是自家的茅厕，如今跟着我来到大秦，简直是到了玉皇大帝的凌霄宝殿了，被大王的威严给震慑住了，心里免不了有点害怕，请大人们原谅。"

"那就呈上来吧。"秦王面无表情地说。太监刚要去拿，荆轲说道："大王，还是让我亲自为您讲解一下。因为您不了解燕国地形，看起来比较费劲。"

"模样像个二愣子，心细得倒像条门缝子，那你就呈上来吧！"

秦王刚说完，一个大臣问九哥："浑身都搜查了吗？有没有凶器？"

"搜查了三遍，没有，从外衣到衬裤，最保密的地方也藏不住。"九哥笑嘻嘻地答道。

"呈上来。"

"大王，督亢乃燕国富庶之地，地方大，人口多，一片平原，位于易水和永定河之间……"

荆轲一边往龙案前走一边介绍。秦王命他把地图搁在案桌上。地图徐徐打开，只见图上海洋、高山、河流、田产、城邑颜色各异，栩栩如生，秦王瞬间就被精美的地图吸引住了。

"这是永定河前的安墟、这是龙兑，这还有……易水河边的临乐……"荆轲详细地介绍着，秦王的脸就像这张地图一样，刚刚还紧绷着的面皮慢慢舒展开来，到最后都露出了花一样的笑容。此时地图展到最后，突然露出那把匕首，荆轲趁秦王不注意，一只手扯住他的袖子，一只手抄起匕首就向他的喉咙划去。秦王吓得"哎哟"一声，一个兔滚鹰翻，趴到地上，一看，袖子被扯断了，心想："幸好这工匠偷工减料，给寡人做了件劣质龙袍……"

容不得秦王多想，荆轲又刺上来了。秦王又来了个猫蹿狗闪，荆轲再次失手。大臣们都吓傻了，一个个被唬得小脸蜡黄，不知道怎么办好了。这时有人大喊："大王，抽剑！"秦王这时才想起自己为了防刺客，背后整天斜挎着一柄剑呢！赶紧伸手抽剑，但剑太长，加上心慌手软，怎么也拔不出剑鞘。

"反手拔……大王！"又有人大喊。可荆轲已经逼上前来，秦王没有工夫再拔剑了，只好躲到大柱子后面。俩人围着柱子原地转圈，荆轲进攻，秦王就蛤蟆蹦骆驼纵，反正让他刺不到。

“你们看耍猴呢？还不动手，用刀砍死他！”秦王向殿前呆若木鸡的大臣们大喊道。

大臣们也是一肚子苦水：“大王，您让我们上朝都不许带兵器，武士们也不能带，这是王八屁股——您的规定（龟腚），谁敢违反？现在我们是既没有刀也没有剑，就连挖耳勺也没处踅摸去。”

“看来这个规定以后得改，现在赶紧想办法对付他……”秦王气急败坏地大叫起来。

“好，以您的嘴为定（腚），这事就成了。”太医夏无且急中生智，解下系在裤腰带上的药袋，一把朝荆轲脸上砸去，荆轲用手一挡，正中胳臂。秦王这时也变聪明起来，趁他不注意反手拔出背剑，猛地砍向荆轲的腿。荆轲的左腿被砍断了，顿时倒在血泊里。他大骂道：“要不是我手下留情，你早血溅朝堂了，我是让着你……”

“叫你吹牛……死到临头还要嘴皮子……”大臣们一窝蜂全都涌上前去，想夺下他的匕首，荆轲使尽最后的力气，将匕首向秦王投去，心想：哪怕擦破点皮也能要了你的狗命！然而秦王实在比狗还灵活，一侧身，匕首贴着他的胸膛划过，打在铜柱上，溅起一串火花。大臣们被气疯了，逮住荆轲连踹带夯，打得他七孔直往外冒血，秦王也冲上来给他补了八剑，荆轲挣扎了几下，便不再动弹了。

秦王和众大臣惊魂未定，各自在原位喘息片刻，又从桌子底下把瑟瑟发抖的秦舞阳捉了出来，命令将他和荆轲一块拖出去枭(xiāo)首示众。秦王吩咐御前侍卫：“那个叫九哥的，也一块儿拉出去，把眼珠子挖出来喂狗，反正留着也没什么用！”

九哥吓得一脸死灰，两排牙直打架，两个武士将他像死狗一样拖了出去。路过城门口时，几个不知情的守门官窃窃私语道：“看人家九哥，就是命好。那个壮士八成是得了不少赏赐，九哥分得也不少。看他那样，都喜过头了，乐得嘴里直吐白沫，走路腿都软了，还得武士架着他……”

话还没说完，只见又有武士架着满身是血的荆轲和秦舞阳走出门来，吓得门官们都倒抽了一口凉气。有人自言自语道：“看来九哥这回真是不愁吃喝了。”

赏 析

先秦时期的刺客“标本”

《新荆轲刺秦：刺秦》开篇即音乐缭绕，摄人心魄，连飞禽走兽都屏声静气，陶醉其间。不知几时，职业杀手悄然登场——一个有文化、懂音乐的刺客，名垂青史的荆轲。而那指尖功夫了得的乐圣，则是燕国击筑大师高渐离。这两人交往甚深，常常一起“高山流水”，乐音酒味交融其间。虽然，荆轲视死如归地为太子丹殉职，但他真正的知音，不是太子丹，而是高渐离。高渐离意外得知荆轲即将为主子赴死，并没有心急火燎地力劝知音放弃不归之路，因为他很了解荆轲。最后一夜的把酒言欢后，荆轲上路了，高渐离也上路了，带着他那如影随形的乐器。水岸边，乐圣的心曲从他的乐器里流泻出来，激起杀手的悲壮之声：那荡气回肠的《易水歌》从此永留人间。而作者笔下的乐圣之乐，也如白居易的“浔阳江头夜送客，枫叶荻花秋瑟瑟”，悲情四溢；又如李白的“李白乘舟将欲行，忽闻岸上踏歌声”，其心可鉴，其情可明。《史记·刺客列传》记载，荆轲刺秦被杀后，高渐离步其后尘，走上了为友复仇的不归之路。秘密武器就是他的乐器！

春秋时期还有个为主殉职的著名刺客，叫豫让，他留下的一句话，比荆轲的《易水歌》影响更大：“士为知己者死，女为悦己者容。”不过，仔细看看荆轲为之卖命的主子太子丹，其实不算“知己”。其表面看似乎重情重义，其实暗含猜忌与功利。《史记》说，荆轲要待客而行，太子丹却猜疑他可能反悔了；太子丹为他配备助手秦舞阳，却用人不察，以致被这个“猪队友”坏了大事；唯恐荆轲变卦，太子丹用激将法逼迫荆轲立即动身，说是派秦舞阳先行一步。而荆轲很不平地怒斥他之后，也意气用事地仓促上阵，饱含着不服气、要强之意。其间配合并不那么默契。他们之间牵扯着的有如做买卖般的利害关系，也是显而易见的。太子丹求荆轲办事时会以头磕地，一旦答应，就拜荆轲为上卿，盛宴、珍宝、车马、美女……大放送。据唐人司马贞的《史记索引》记载，荆轲有次给鼓琴佳丽一句好评：“好手！”太子丹竟然为此残忍地砍下佳丽玉手，用玉盘盛上，赠予荆轲。曲意奉承的意图明显。荆轲泰然而受，点赞道：“太子遇轲甚厚！”之后，他毅然舍身相报。

这是一个有缺陷的英雄。

荆轲在强秦朝堂上，沉稳超人，勇武过人，有口皆碑。哆哆嗦嗦的秦舞阳，狼狈逃窜的秦王，与之形成强烈反差。荆轲虽然剑术不精，失败了，仍常常被后人奉为英雄。成语“图穷匕见”里，包裹着一段荆轲与秦王绕柱打斗的故事，一直为后人津津乐道。汉代的画像石上也有对这个故事的传神演绎。而本文作者，也以其生花妙笔，跌宕多姿地戏说了这段传奇般的历史。读者只要冷静分析，就不难发现，荆轲被推崇之处，主要是重然诺，轻性命，大无畏。至于是非曲直，倒在其次。荆轲本是卫国人，游侠而已，燕国存亡于他而言并不十分重要，他的英雄气节其实没法跟屈原相比。

当然，荆轲之所以失手，除了自身武艺不佳，太子丹也难辞其咎。他让荆轲学当年曹沫挟持齐桓公那样，挟持秦王，然后逼他签订互不侵犯条约。这本身就是一个有缺陷的计划，难以实施不说，即便成功了，秦王当时答应了，事后也肯定翻脸不认账。所谓的君无戏言，在礼崩乐坏的战国时期早已成了一句戏言。如果荆轲一出手就是以取秦王性命为目的，全无顾忌，成功的概率将明显高于“五成”。如果那把剧毒的匕首，像专诸的鱼肠剑一样，直接刺入嬴政胸膛，那么中国历史就将被改写。只可惜，历史没有如果。

春秋战国时代，有所谓四大刺客之说，其中一种说法是：要离、专诸、聂政、荆轲为“四大刺客”。这四人如今通通亮相中学语文课本，都是重然诺、舍生行刺的杀手。但只有荆轲有详细事迹，为学生熟知。“四大刺客”究竟包含哪些人，不管哪种说法，总有荆轲之名。他是典型。司马迁《史记》中，《刺客列传》为中国最早的刺客传记体史料。全文五千多字，共写了曹沫、专诸、豫让、聂政、荆轲五个人，而荆轲一人独占三千多字，俨然一精彩纷呈的短篇小说。司马迁明显偏爱他。对于这些刺客，司马迁还是比较肯定的：“自曹沫至荆轲五人，此其义或成或不成，然其立意较然，明也。不欺其志，名垂后世，岂妄也哉！”后世的陶渊明也欣赏荆轲，情不自禁地礼赞：“其人虽已没，千载有余情”。唐初四杰之一的骆宾王也作诗颂扬他：“此地别燕丹，壮士发冲冠。昔时人已没，今日水犹寒。”致敬之意，怀念之情，溢于笔端。

不过，后世批评者也不少。

苏轼非议道：“荆轲不足说，田子老可惊。燕赵多奇士，惜哉亦虚名！”

司马光指责道：“荆轲怀其豢养之私，不顾七族，欲以尺八匕首强燕而弱秦，不亦愚乎！”这话很严厉，批评荆轲仅为报答太子丹“豢养”的私情，竟然置庞大家族亲人将遭牵连于不顾，异想天开地要靠一把短小匕首壮大燕国、削弱秦国。司马光都忍不住要骂他太蠢了。

朱熹对他也很不屑：“轲匹夫之勇，其事无足言。”

春秋战国时代，处于风雨飘摇的动乱之中。百态人生，总会留痕于史料里。而生动传神、呼之欲出的荆轲形象，可谓那个动乱年代刺客群体里的一个典型。后人不妨视之为先秦乱世中的刺客“标本”，可用于探究历史，洞察人生，但不可树为榜样、盲目效法，谨防走火入魔。

王闽九，本名王海英。“60后”，现居福建漳州，退休教师，文学爱好者。

对本书的一句荐语：挟融媒体时代多元风，于笑侃中演绎神州文明史，以古鉴今，寓教于乐。

第 57 章　新秦廷击筑：击筑

典故卡

秦廷击筑

这一故事见于《史记·刺客列传》。秦始皇统一六国后，仍对当年荆轲刺杀他的事耿耿于怀，下令搜捕荆轲和太子丹同伙。高渐离改名换姓，走上了逃亡之路，结果阴差阳错地被召到秦宫里当乐师。在一次为秦始皇演奏时，高渐离想要用筑击杀秦始皇，为好友荆轲报仇，结果失手被杀。后来“秦廷击筑”的典故便用来形容不惜生命，敢于抗击强暴的义烈行为。

书童杨八正在书房收拾行李，他把《诗经》《易经》《书经》《礼经》《乐（yuè）经》《神经》通通装进大木箱里。这时家里的黄狗皱着眉头朝杨八吠叫，高渐离听到动静跑到书房来看，看到那只一人来高的大木箱子，也不禁皱起眉头。

“连狗都嫌你蠢，它都替你累得慌，咱们是去逃难，不是搬家，要这些个累赘有什么用？”高渐离把箱子一把推倒在犄角旮旯，黄狗立马眉开眼笑不再叫了，摇着尾巴一扭一摆走 T 台似的溜达出去了。

“那咱们带什么？就带张嘴出门要饭去？”杨八摊开手，手上早已磨出来好几个血泡。

“还真让你说对了，你就做好出门要饭的准备吧！你还以为出去享福呢？嬴政如今已经灭了六国，当上了皇帝。荆轲被杀后，嬴政已经知道我是他朋友，肯定不会放过我，我们现在不但要去要饭，还要隐姓埋名。这样，我改名叫公孙离，你就叫……”

“我叫公子杨……”杨八嬉笑着接茬。

高渐离一个巴掌拍在他脑门上，笑骂道：“我是公孙你是公子，你是我爹呀？”

“嗨！您别客气，我吃点亏就吃点亏呗！”

“你还吃亏……我打你个生活不能自理！”高渐离又是一巴掌呼在杨八脸上。杨八捂着脸委屈巴巴地问：“那您说我该叫个啥？总不能叫公重孙杨吧！”

“公重孙杨……哈哈！四个字还挺洋气，但这名字听起来挺欠揍的。”高渐离笑道，“这样吧！别开玩笑了，你也姓公孙吧！就叫公孙杨。”

“好，那就公孙杨，高兄……不是，公孙兄，咱们到底带点什么走？你给我列个清单，我好准备准备。”

“只带上咱们的盘缠，另外把我的筑包好带上，那是我的命根子，没有它我活着也没什么意思。”高渐离说道。

“那是自然，筑我早就擦拭干净用紫绢丝绸包好了，搁在那个特制的存储盒里，就是把我忘了也不能忘了它呀！”杨八从书案后面捧起那个棕色的檀木盒子，盒子长五尺三寸，宽三尺二寸，上面烤漆讲究，描花绘鸟，样子十分好看。

“好，拾掇完你就把那条老黄狗宰了，咱们吃完最后一顿狗肉再上路。”高渐离吩咐道。

杨八叹了口气，对高渐离说道：“把它放了吧，狗是最有灵性的。我想在临走时积点德，就是以后到了阴曹地府，我也好减免一次下油锅不是？”

“也罢，早该如此。咱们吃点东西，再睡个午觉就上路吧！”

“要不睡完觉吃了晚饭再走……”

“不如吃完晚饭再睡一觉明天一早走……”

“要不就别走了，翻来覆去没完了，干脆当机立断，现在就走，免得留留恋恋的。”

“好！”俩人终于下定决心。杨八背上筑盒子，高渐离揣起盘缠，又带了几双老布鞋和几件衣服，头也不回推门而出，任凭老黄狗在后面跟着狂吠。但走了一段时间，高渐离觉得狗叫声容易暴露自己行踪，便抄起路上的一块石头，猛地朝黄狗砸去，正中狗腿。老黄狗疼痛难忍，低声呜咽着朝远处逃跑了。

大街上的光景和以前是有所不同了，商铺云集，买卖摊鳞次栉比，货物琳琅满目。以前没见过的秦国、楚国、韩国、赵国、齐国、魏国的特产也在燕国大地上出现了。就连卖东西的大多都是其他诸侯国的商人。

“这真是变天了，咱们燕国如今的境况真让人心寒……”高渐离哀叹道。

“嘘！”杨八拉了一下他的衣角，压低声音说道，“小点声，已经没有燕国了，如今是大秦！小心隔墙有耳，祸从口出。”

高渐离没有搭话，继续低着头往前走。燕国是不能待了，认识自己的人太多，高渐离打算去秦国碰碰运气。都说越危险的地方越安全，小隐隐于山，大隐隐于市，谁会想到大秦通缉的荆轲好友会在自己的眼皮子底下讨生活？

俩人走了几天水路，又步行了一个半月，鞋子都磨破好几双，布满老茧的脚指头倔强地露在外面。好不容易来到秦国，两位“公孙先生”是又累又饿。

杨八实在走不动了，因为一路上都是他背着筑盒子，高渐离就没说过替上一替，就是骆驼走了半天也要停下来喘口气吧！杨八把行李往地上一撂，一屁股坐到路旁的大石头上，像哈巴狗一样吐着猩红的舌头哼哧哼哧直运气。他指了指脚指头，对高渐离说道：“咱带来的那几双破布鞋可都为咱捐躯了，如今就只剩下这一双。眼看就要到秦国了，咱们总不能露着脚指头迈出国门吧？贵贱再买上一双，好歹是个体面。”

高渐离拍了拍布包袱，表情沉重，神情肃穆，默哀一般地说道：“这一路下来，咱们光吃饭就把盘缠用完了，你自己的饭量自己不清楚吗？现在咱们已经没闲钱买鞋子了，到秦国来不是游玩踏青的，接下来的日子真的是要乞讨过活了，你见过要饭的还穿着绫罗绸缎、蟒带玉靴吗？咱们这双烂鞋正符合现在的身份，还省得我们自己撕了，我看衣服也该扯坏一些，免得别人说咱做乞丐都不专业……”

“您先等等吧！这不是破罐子破摔吗？我看您是彻底疯了，五斤癞狗咬毒汤也治不好您这病……”

“我说公孙杨，你还真是三句不离本行，开药方都得拉扯着狗，我看你不该叫公孙羊，应该叫公孙狗……”高渐离大笑道。

“您这公孙狸也不赖，就是狡猾点儿，”杨八也笑起来，“先别肚里没食痛快嘴了，我看最要紧的还是先找个地方要点吃的，填饱肚子再说。”

“也好，过了这座桥就算是进咸阳了，咱们去碰碰运气。”

杨八提着筑盒子站起来，掸了掸屁股上的灰土，跟着高渐离一前一后向热闹的咸阳集市走去。

虽然有心理准备，但咸阳的繁华程度还是令俩人大吃一惊。大街上人山人海，香车宝马穿梭往复，游人如织，摩肩接踵，那真是“车辚辚，马萧萧，行人弓箭别在腰”。城里城外葱郁园林遍地，山野平原林荫小道穿插。沙河桥坐落在大河之上，一根根粗壮的木头桥墩支撑着大桥，像一条条弧形折扇的扇骨，好看又实用。

高渐离和杨八穿着破衣烂衫走在人群里，显得十分惹眼，连路过的猪狗看见他们都绕着道走。大街两旁的饭馆是一家挨着一家，隔着三层门都能闻到里面的香味，馋得杨八和高渐离直咽唾沫。老远一听，里面划拳的动静此起彼伏，两个人壮着胆子进去讨吃的。小二看见俩人进店，忙上前招待:“两位客官，吃点什么？”又一看他们的穿着打扮，脚指头都露在外面，心中不禁防备起来。

“吃点……”杨八刚要说话，高渐离一下打断了他：“不吃……”

“两位到底是吃还是不吃？”小二继续打量他们。

可高渐离和杨八毕竟没有要过饭，不知道怎么开口才好。

“我们带来的盘缠丢了，能不能赏口饭吃？”高渐离终于鼓起勇气开口了。

“噢，原来是要饭的呀！听这口音不像我们本地人呐！”

“应该是燕地之人，我能听出来，我曾经去燕地贩过布匹，和那里的人打过交道。”这时旁边吃饭的一个人搭茬说道。这话让高渐离和杨八心里“咯噔”一下，就怕说着说着露了馅。

“我看你们不像是丢了盘缠，弄不好就是专业要饭的吧？年纪轻轻干点什么不好，好胳膊好腿偏干这个。”小二酸溜溜地说道。店里客人立时响应起来，都开始指责他们。

高渐离拉着杨八灰头土脸地跑了出来。杨八说：“我看在咸阳待着终究不是件好事，咱们不如去赵国吧，离这也近。听说宋子城（在今河北省石家庄市赵县）还不错，咱们到那里找个活干，小二说得也对，好胳膊好腿要什么饭，不行我去酒馆里屠狗，您就端盘子。”

“也是个主意，那咱连夜走，离开这是非之地。”说走就走，俩人飞快地朝赵地赶去。肚子里没有存货，反倒使他们的脚步变得更加轻盈起来。一路上渴了就掬一捧泉水喝，饿了就上山采点野果充饥，就这样走走停停，用了半个多月才到宋子城。

这里虽比不上咸阳繁华，但也是相当热闹的。城里的买卖做得和燕国一样火热，大街上人头攒动，只是时不时有几个秦装打扮的士兵在路上来回巡逻。高渐离和杨八避开秦兵，悄悄来到一个酒馆，看见酒馆门口立着一块牌子，上面写着招聘启示：特招宰狗屠夫一名，酒保一名，必须老实肯干，有假必换。

“这是为咱俩量身定制的岗位呀！看来我得重操旧业了，阎王爷那儿的下油锅我是免不了了。也罢，这辈子不想下辈子的事，走，上岗去！”杨八提溜起牌子，和高渐离一块向酒馆柜台走去。

“哎！臭要饭的，你拿我们牌子干什么，赶紧放下……”正在上菜的小二看见两个人进来，手里正拿着招聘的牌子，气就不打一处来。

“你们不是正招工人吗？我们俩来应聘，这牌子就没什么用了，早晚得拿进来，我就顺手捎过来了，不用感谢我，应该的。”杨八嬉笑道。

柜台里正扒拉算盘的掌柜的停下手里的活，抬头仔细打量了一下俩人，笑道：“你们是从煤堆里爬出来的？怎么这个打扮，像被野狗撕了一样。”

高渐离上前施礼说道：“我叫公孙离，他叫公孙杨，我们是哥俩，是从燕地逃难来的，想在您这讨个活路。”

“噢，只要不是秦人就行。咱们都是受秦人迫害的失落人，倒是应该互相有个照顾，但不知二位都会点儿什么呀？”掌柜的问道。

“他会跑腿，整天不能坐着，坐着就腿麻……”

“那敢情好，咱就缺这种跑腿的，不怕你们笑话，前二十七个跑堂的都是因为整天坐着歇脚才被我开了的……那你能干什么？”

“我会屠狗，刀法娴熟，一炷香工夫能屠三只，一无溅血二无痛苦，狗还很享受，它还没反应过来就上餐桌了。”杨八吹牛吹得连自己都信了，高渐离在一旁惊诧地看着他，心想这种脸皮拿来糊城墙的拐角都得嫌它厚。

“那太好了，”掌柜的像捡了个大宝一般拍着手笑道，“你们今天就上岗吧！后院三百条狗正等着你屠呢！”

杨八一个趔趄差点没摔倒，高渐离悄声对他说：“看你怎么办，让你说大话！今晚别睡觉了，偷偷加班吧！”

“带两位先吃饭，看那样子像饿了八年似的，吃完洗个澡换上衣服就开干吧！”掌柜的吩咐道。小二领着俩人到后院准备去了。

忙活了一下午，到了晚上，高渐离拖着疲惫的身子沉沉地睡去了，后院却时不时传来群狗的惨叫，那是杨八在屠狗。叫声持续到了后半夜，搞得掌柜的十分后悔听了他的鬼话把他留下。

然而第二天却相安无事，日子一天天就这样过着。高渐离也习惯了酒保的活儿，传菜送茶，迎宾送客越来越娴熟，腿倒腾得也越来越麻溜。

这日，酒馆里来了几个文人雅士，其中有人为饮酒助兴，特拿出一柄筑来弹。乐曲响彻酒馆内外，引得很多人前来聆听。杨八此时正在后院屠狗，听到有弦乐声，以为是高渐离在弹，生怕出什么漏子，赶紧出去制止。一看是客人在弹，而高渐离也正在旁边观看，就放下心来，伸手拉了一下他的衣角，小声说道："还不去端菜？小心触景生情，再招祸端。"

"弹得还不错，就是音准差点，节奏感不强。"高渐离说道，但他没能控制好音量，被一旁的客人随从听到了。

随从赶紧跑到主人那里打小报告："那个跑堂的说您弹得不好，像弹棉花一样。"其实这是随从借高渐离的口说出了心里话。

"呦，知音呐！还有懂音律的，快把他请过来。"主人吩咐道。

高渐离无奈，只好跟着随从走到客人跟前。

"听你的高论想必是会弹筑呀！可否赏脸弹奏一曲？"

"小人略通一二，可以试试。"高渐离顺势在筑前坐了下来，左手按弦，右手拿起竹片弹拨起来。一时间曲起曲落，韵味绵长，曲调时而低沉婉转，时而高亢激昂，低沉婉转处使鸟兽失声，高亢激昂时让山河变色，聆听者无不动容。一曲终了，众宾客拍手称快，巴掌像不要钱似的。连掌柜的都哭得稀里哗啦的，要知道他爹死的时候他都没掉过一滴眼泪。

客人对掌柜的说道："没想到您这里还卧着虎藏着龙呢！这人不会只是个酒保那么简单吧！"

"他叫公孙离，是燕人，逃难来的……"掌柜的正解释着，只见高渐离早就悄悄回到里屋换了一身装扮出来，手里正拿着他的筑。

"我叫高渐离，是燕国人，逃到宋子谋生，故意隐姓埋名，改作公孙离，还望掌柜的多多见谅。"

"你就是大名鼎鼎的高渐离……"掌柜的和客人们全都大吃一惊，"我说筑弹得这么好呢！"

"还请高兄赏脸到寒舍一叙，就不要在此做苦工了，我包你衣食住行……"

"还有我，我和他是一起的，叫杨八……也把我包了吧！"还没等客人说完，杨八急不可耐地抢话道。

"你这么个大块头，得多大的包子皮才能包得下？"客人们全都哈哈大笑起来。从此俩人就这家吃几天肉、那家喝几天酒，小日子过得倒滋润起来了。

这天高渐离正在客人家击筑，忽听有人"笃笃"地敲门。管家将来人请了进来，是几个秦兵，打头的士兵厉声问道："哪个是高渐离？"

“我是。”

“皇上听说你击筑特别好，特传你进宫演奏，跟我走吧！”

“请等我准备一下。”

高渐离拿着筑将客人拉到偏房，悄声问道：“我让您替我找的铅找到了吗？”

“早预备好了，但不知你用它干什么？”

“我早知道会有这么一天。我的名声会传到宫里去，嬴政也一定会召见我，因为我听说他也喜欢击筑。我替荆轲报仇的心始终没有死，这个机会终于被我等到了！我不可能像荆轲一样藏着匕首进宫，因为他们已经有了防备，所以只能寄希望于这把筑了。筑是中空的，我把铅灌进去，瞅准时机就可以击杀嬴政。”

客人替高渐离将铅全部灌进筑，又装进匣子里。杨八也跑进来非要跟着一块去。高渐离拦住了他：“留下一口气，万一不成功，你也能替我报仇不是？以后少说大话，屠狗的营生别再做了，缺德！还是跑个堂吧！”

高渐离辞别众人，跟着秦兵进了宫殿。刚到寝宫外，士兵端来一坨马粪，用火点着，对高渐离说：“你是荆轲的朋友，以防万一，皇帝下令将你眼睛熏瞎。”

高渐离冷笑了一下，任由他们操作，随后两眼一抹黑地被牵到了嬴政的寝宫。

“奏来！”嬴政听说天子都是金口玉言，所以自从当了皇帝，说话都是一个字两个字往外蹦，惜字如金，多一个字都不舍得往外蹦。

“嗯。”高渐离比他还节省。

他拿出筑弹了起来，曲调优美，连宫里的铜鹤仿佛都要跟着翩翩起舞了。嬴政从来没有听过这么美的弦乐，一时间如痴如醉起来。

“好！”他禁不住赞叹。

“皇上，高渐离是荆轲的朋友，还处于通缉犯行列。”宦官提醒道。

“赦！”嬴政大手一挥，紧接着龙步慢移，渐渐走到高渐离跟前。高渐离也听到皇帝的步伐越来越近，他的额头渗出一层细密的汗珠，然而弹拨琴弦的手指依然从容不迫，游刃有余，如游龙戏凤一般。音符在他的手指间如溪水般潺潺流淌，令一代霸主嬴政也被这炉火纯青的技艺所折服。

正当嬴政闭着眼睛沉浸在乐曲声中时，高渐离突然举起灌了铅的筑朝他砸去，这时嬴政恰巧高兴地跳起舞来，一个小垫步带劈叉，沉重的筑正好从双腿间穿过，重重地砸在了铜柱子上。

左右侍从吓了一跳，赶紧上前按住高渐离。高渐离没有听见嬴政的惨叫，知道自己刺杀失败，便任由宦官们按住不再挣扎。

然而突如其来的变故和巨大的声响还是把嬴政吓得不轻，他整天被这些个五花八门的刺客整得都有点神经衰弱了。

“皇上，此人怎么办？”

“杀！”嬴政把后槽牙差点咬碎。

“皇上，天子金口玉言，您刚刚才赦免了他的罪！”

“放屁！”

“噢，刚才是放屁，那就合理多了！”宦官们你看我我看你，瞬间释然了，但还是多少有点惊讶，因为他们还是第一次见皇帝自己骂自己。

高渐离的尸首当天便被悬挂在了咸阳城门上，世间从此少了一个演奏家，几天后还少了一个屠夫，但远在宋子城外的一家酒馆里，却多了一个跑堂的。

赏析

乐师绝响

秦始皇一生多次遇刺。相关刺客，至今存留姓名的，有荆轲、秦舞阳、高渐离和张良，均见于《史记》等史料。荆轲，剑客；秦舞阳，武士，十二岁杀人，“人不敢忤视”；张良，谋士，西汉开国功臣。这三个人，都有资历当刺客。唯高渐离一生只专长“击筑”：“低沉婉转处使鸟兽失声，高亢激昂时让山河变色”；“连掌柜的都哭得稀里哗啦的，要知道他爹死的时候他都没掉过一滴眼泪”……作者的戏说，诙谐地表明：他是一位非凡的音乐家。乐师当刺客，仅是“客串”，是由突发事件而引发的离奇选择，但他依然视死如归。在这四位刺客中，秦舞阳最为后世诟病，临阵“色变振恐”，图穷匕见之后不作为，毫不尽职。张良最走运，有惊无险，成为第一个刺秦不成却能成功逃生还青史流芳的成功人士。不过，刺秦名声最响的非荆轲莫属：壮怀激烈领命，而后败得轰轰烈烈。历代名家或褒或贬，颇为热闹。相比之下，高渐离的历史存在感弱多了，他多依附于荆轲的故事，历代名家难开金口。尽管他的刺秦之义，比荆轲更纯粹。荆轲是燕太子丹高成本豢养的死士。高渐离刺秦则不掺杂半点物质利益，仅因知音荆轲被杀而燃起复仇烈焰，简直是灯蛾扑火，自取灭亡。

试问，有谁的刺秦，像高渐离那般弱势、饱受折磨？荆轲刺秦，备有染毒的、昂贵的、锋利无比的徐夫人匕首；张良刺秦，“得力士，为铁椎重百二十斤”；高渐离迫于形势赤手空拳，把乐器当武器用。他自以为神机妙算，将沉重的铅灌注于中空的乐器“筑”里，准备将“筑”当作盖世无敌的大铁锤击杀秦王嬴政。然而，道高一尺，魔高一丈。乐师为义“客串”刺客，压根儿没料到，狡诈的秦王嬴政使出极为恐怖的一招，一面别有所图、赦免死罪，一面指使人熏瞎高渐离的双眼，然后让这乐师沦为秦王后宫佳丽一般的玩物，专供秦王嬴政玩味世间绝妙好声音。一天之内，高渐离陷入地狱，永别光明。他的刺秦，瞬间成了盲人摸象。这对于一个没有半点行刺资历的业余刺客而言，就只能期待“瞎猫撞上死老鼠”了。尽管高渐离能将他那灌注了铅的笨重如牛的“筑”，调教得魅力四射，“音符在他的手指间如溪水般潺潺流淌”，秦王嬴政也因此“龙步慢移”，渐渐靠近高渐离，但是，秦王嬴政即使“闭着眼睛沉浸在乐曲声中”，也绝不会是死老鼠。他如日中天，横扫六国。高渐离一击没击中日夜牵挂的目标，最终当场送命。从此，这位才华绝伦的秦廷御用乐师，化作典故“秦廷击筑”，消失在历史长河中……

强悍的秦王嬴政却莫名恐惧起来，像是被这位御用乐师的冤魂缠上了似的，一辈子都走不出极弱势的业余刺客的阴影。即使他一统了天下，影响深远，甚至波及世界历史，他还是慑于瞎子乐师释放出的能量，终生忌讳接近前东方六国的人。晚年更是多方求仙，渴望长生不老，并在一次威加海内的超远巡游中，诡异丧命。是死于疾病，还是死于宫廷政变，或者其他原因？不得而知。但无异议的是，秦始皇死后，争权夺利的暗流涌动，他死亡的信息被封锁，巡游似乎仍在继续，但其实是绕道回咸阳。随之又来了一波诡异现象：酷暑伴鲍鱼，护送着正在腐化的“千古一帝”的尸体，瞒天过海，遮人耳目。最早为秦始皇报丧的，恐怕就是那消亡在前的荆轲之歌，还有那绕梁的高渐离余音……

高渐离，一位极其弱势却不可低估的乐师刺客。他的内在震撼力，秦王嬴政感受最深。这位不寻常的乐师，尽管没能遗留后世一鳞半爪的音乐作品，却留下了长存不朽的抗暴精神。“秦廷击筑”沉寂约两千年后，遇上波澜壮阔的抗日战争，遇上大文豪郭沫若，再次释放能量。郭沫若创作激情高涨，系列历史悲剧横空出世，其间包括《高渐离》。这些话剧、历史剧，高扬抗暴、除暴旗帜，彰显人格美与道义美，有力地鼓舞了民心，振作了士气。

近年来，高渐离又呈“复活”趋势。电影、电视、中国3D武侠动画纷纷托起刺客高渐离的形象，离奇经历，传奇一生，徐徐展开……

“图穷匕见”惊心动魄了两千多年，“秦廷击筑”也在经久的沉默中积蓄能量，可谓于无声处听惊雷，它终究不是死火山。

王闽九，本名王海英。“60后”，现居福建漳州，退休教师，文学爱好者。

对本书的一句荐语：挟融媒体时代多元风，于笑侃中演绎神州文明史，以古鉴今，寓教于乐。

第 58 章　新王翦灭楚：最后的光荣

典故卡

王翦灭楚

这一典故出自《史记·白起王翦列传》。战国末期，秦国陆续消灭韩、赵、魏三国，又将燕王赶至辽东（辽河以东地区，今辽宁省东部和南部）之后，楚国已岌岌可危。危急关头，楚国大将项燕打退了李信与蒙恬率领的二十万秦军，使楚国有了一线生机，成为秦国统一征程中最后一块难啃的“硬骨头”。秦王嬴政于是将倾国之兵六十万交王翦统率，进攻楚国。深知秦王疑心极重的王翦，装作贪小便宜的模样，不断跟秦王要钱要地，以显示自己没有政治野心。在嬴政的轻松大笑中，王翦获得了必需的政治安全。最终，王翦大军打败项燕，也灭亡了楚国。

一

这一季的秋风像是铁扇公主扇出来的，刮得人牙龈疼，搅得渭（wèi）水河面上风顶风浪对浪，一片动荡不安。还有一些黑乎乎的东西，像是鸟翅的影子，贴着水面迅速从一头窜向另一头，跟逃难似的。水里面也不太平，横行霸道的螃蟹，吹胡子瞪眼的龙虾，一身鳞甲的过山鲫，性情凶猛的黑鱼、桂鱼、水老虎，虎视眈眈地逼视着性情温和的鲫（jì）鱼、胖头鱼和其他小不拉几的浮游生物，搞得它们诚惶诚恐战战兢兢，时时刻刻都在担心小命不保。

渭水东南面的一块空地上也是热闹非凡，“嘿哟”“嘿哟”的劳工们的声音此起彼伏。一幢幢新修的宫殿和半成品高高耸立，巍峨炫目。要是有人能骑上正在空中闲逛的那只老鹰的脊背俯视这块地，他会惊讶地发现，这里简直就是一张浓缩版的中国地图——三晋之地的韩赵魏、偏居北方的燕国，都在这里建起了“第二都城”，一个个建得跟骨灰盒似的，其实就是按照各国风格打造的浓缩版宫殿，只有东海之滨的齐国和雄踞南方的楚国的位置还是空着的。而离这些宫殿复制品不远处，还有一个金碧辉煌的宫殿群，那可是如假包换的原创产品——咸阳宫。

“这里难道正在打造世界之窗？我们大秦国要发展旅游业？”不知内情的路人甲问正在搬砖的民工乙。

“你搞反了，不是我们秦国邀请别人来旅游，而是我们要去周游世界了。大王下令，要把山东六国的地盘通通据为己有。每占领一个，就照着他们王宫的模样，在这里修个复制品，以做纪念。以后，咱们秦国就是世界啊！”民工乙鄙视了路人甲一眼，解释道。

“哇，世界那么大，我想去看看！”路人甲两眼放光，一脸憧憬地说。

咸阳宫中，满面春风的秦王嬴政端坐在龙椅上。他环视众大臣，故作谦虚地问道：“寡人数学学得不好，请爱卿们帮我数数，咱们一共灭了几个国家了？”

宦官赵高知道，这又是个表现的好机会，赶紧站出来接话：“大王，让微臣数数：内史腾率军攻克新郑，俘虏韩王安，韩国亡 +1；王翦大军攻入邯郸，赵王迁投降，赵国亡 +1；王贲军引大沟之水冲灌大梁城，魏王假出降被杀，魏国亡 +1；李信率数千兵士，穷追太子丹至衍（yǎn）水，燕王喜于是杀了太子丹，将其首级献与秦国，自己逃到辽东苟且偷生，燕国亡 +0.5。答案是 3.5。恭喜大王，我大秦国经济富强、人才辈出，军队所向披靡，统一天下指日可待！”

“好！”嬴政满意地抚摸了一下自己已经花白的胡子。他哪里会不知道这些，不过是想借属下的嘴标榜一下自己的功绩，自我陶醉罢了，于是又明知故问地问道：“哪位爱卿再帮寡人数数，咱们还剩几个国家没消灭？”

“臣下以为，齐国重臣都已被我们的金子腐蚀殆尽，齐王建也是个安于享乐的窝囊废，该国长期以来奉行亲秦政策，任凭山东各国被咱们揍得屁滚尿流也不施以援手，灭齐的难度系数不比捏死一只蚂蚱大多少，+0.5；现在，唯一难啃的骨头就属南蛮子楚国佬了。听说他们有一员大将名叫项燕，生于楚国的名将世家，很有几把刷子，不好对付。所以答案是 1.5。”廷尉李斯答。

“噢，那么请爱卿们再帮我算算第三道题：如果派兵攻楚，需要多少兵马？”嬴政此时严肃的表情，可以看出他提的这个问题是认真的，并非像之前那样为了显摆。

这时堂下一片寂静，无人敢接茬。嬴政刚刚还舒展的眉宇瞬间皱成了“W”。

他扫了一眼众武官，将目光停留在老将王翦脸上，问道，“王将军，这个问题你能回答吗？”

王翦慢悠悠地上前一步，拱手道：“老臣我数学不好……”

“行了！”嬴政不悦道，“别跟我卖关子了，到底需要多少！”

“六十万！”王翦这次回答得很干脆，却引来哗然一片。

“什么，六十万？你是要寡人倾家荡产吗？”嬴政咬着牙说，腮帮子都往外冒火星子。他努力抚平一鼓一胀鸡胸似的前胸，生气地瞅了王翦一眼，用余光瞥到了王翦身旁一张清秀自信的脸，那是少壮派将领李信。率区区数千人孤军深入追至衍水，逼死太子丹的光辉事迹，令李信近来风头大增。

“小伙子，你年轻，脑子灵光，请你帮我算算这道题吧。”嬴政看向李信，满怀期待地说道。

“微臣以为，二十万足矣！”李信上前一步，拱手说道，语气铿锵有力。

“好！”嬴政大悦，当即下令，“寡人命你为主帅，蒙恬为副将，领兵二十万，即日出发，向南楚进军，务必给寡人啃下这块硬骨头！”

“得令！”

“大王，”王翦请求道，“老臣年事已高，近来一直觉得身体欠佳，请准许我辞职，回老家频阳（在今陕西省渭南市富平县美原镇古城村一带）休养。”

“王将军为我大秦立下汗马功劳，你要离开，寡人十分不舍，但又不忍心让你带病上岗，你的请求，寡人准了！”嬴政知道王翦是在赌气，但也没计较，顺水推舟让这个没用的老头子滚蛋了。

二

旌旗猎猎，战鼓雷鸣。秦国的虎狼之师，再一次杀向千疮百孔的荆楚大地。

李信将二十万大军分为两路。自己率领一路，进攻平舆（今河南省驻马店市平舆县）；蒙恬率领另一路，进攻寝丘（今河南省周口市沈丘县）。

李信像注射了兴奋剂一样，率领着大军一路冲锋喊杀。秦军气势如虹，两路人马都击溃了楚军的抵抗，顺利攻克了一些城池。

“哈哈哈，我真是高看了这些楚蛮子，做好了来啃骨头的准备，结果却是来吃肉的！”

胜利来得如此容易，李信志得意满，有些飘飘然了。他断定楚军已无斗志，继续分兵略地。他命蒙恬进攻城父（在今安徽省亳州市谯城区东南边陲），自己则率军进攻鄢郢（yān yǐng，今湖北省荆州市江陵县、襄阳市一带），又连续几次打败楚军，扫平了鄢郢之地。然后，他挥师西进，准备去城父与蒙恬会师。

李信军大摇大摆地行进，就像非洲草原上结队觅食的斑马，傻不愣登，毫无防备。他们没有发现，一群龇牙咧嘴的“土狼”正尾随他们前来，随时准备着上来撕肉。这群“土狼”的首领，正是楚国名将项燕。

“敌不动，我不动，敌若动，我先动！”项燕在战前动员会上如是说。

原来，李信在攻打鄢郢时，项燕率领着楚军精锐，故意避其锋芒，隐藏在偏僻的山区。待到李信大军离去，项燕便悄悄收拢部队，尾随其后，一口气追了三天三夜。

“上！干掉秦国佬！”

“不好啦，楚国蛮子来啦！”

数十万只“土狼”张牙舞爪从天而降，将十万只惊慌失措的“斑马”团团围住。在“土狼”的猛烈攻击下，“斑马”们全都乱了阵脚，毫无招架之力，哀号声响彻天宇。“土狼”很快突破了“斑马”的防御，连续攻破两座大营，杀死七名都尉。

紧急关头，又有一群“斑马”撒丫子朝这边奔来，原来是蒙恬的部队。在队友的掩护下，李信指挥残部拼死杀出一条血路，突出重围逃回秦国，总算避免了全军覆没的厄运。

二十万人攻楚，落得个徒劳无功，铩（shā）羽而归。

嬴政知道自己错了：果然姜还是老的辣！

三

这日，王翦正在后院舞刀弄枪，一招一式，刚柔并济、稳中带劲。忽然有脚步声传来，背对院门的王翦一听便知，来者正是嬴政。他急中生智，迅速把刀插入刀柄，然后一个狗爬扑在地上。嬴政赶紧上前搀扶。

王翦一副大惊失色的样子：“怎么是您，大王？微臣失礼，请见谅！我本想把这把没用的刀搬到厨房给婆娘切菜用，结果刀太重，没拿稳，反倒摔了一跟头。”

嬴政则是一脸讨好的笑：“不不，错在寡人，请老将军见谅才是。都怪我当初没听你的话，如今李信果然丧师辱国，楚军在项燕率领下，气势大振，叫嚣着要西进武关（在今陕西省商洛市丹凤县东武关河北岸，与函谷关、萧关、大散关并称为“秦之四塞”），攻克咸阳。您虽身体不好，难道忍心撇下寡人不管吗？”

王翦赶紧咳嗽两声，说：“您瞧，老臣如今连刀都拿不动了，这么重的担子更是扛不起，大王还是另请高明吧！”

嬴政说：“好啦好啦，都快成戏精了！就您那身子骨，再生一窝……呃，生几个儿子都没问题。寡人今天可是诚心诚意来道歉的，你就给寡人个面子，不要再推辞了。”

王翦不是白起，他知道适可而止、见好就收，于是答应道：“好，大王一定要我去，那我就去。但还是之前那个数，六十万人马，一个也不能少。”

嬴政尴尬地笑了一声，说：“寡人就是去拔孙悟空的猴毛，也要凑出六十万人给你。”

王翦神色肃然地下拜：“谢大王恩准……”接着又吞吞吐吐道，“微臣……还有一点请求，不知大王可否应允。”

嬴政有点不悦，心想：难不成你还要拔光寡人的毛？他勉强挤出一丝笑容说道：“将军请说。”

“大王您看，咱这破宅子像是人住的吗？”

嬴政看了看，确实又旧又破，和宫里的马厩差不多，随口说道：“确实不像人住的……呃，我意思是这宅子确实和您的身份不符，寡人这就命工匠来翻修一下。”

“谢大王。”

出发当日，嬴政亲自到咸阳东郊的灞（bà）上送别王翦，面色凄然，不是因离别感伤，而是心疼这六十万人马：“王将军，这可是我们的全部家当了。秦国的命运，就交给你了！”

王翦听着嬴政叽叽歪歪的“叮嘱”，没有接茬，反而哆哆嗦嗦地拿出一幅绢制地图，指着给嬴政看，说：“这里，这里，还有那里，这些田地、林子、池塘，还有宅子，老臣早就看上了，想拿来养老，请大王赏赐给老臣。”

嬴政吃惊地问：“难道你还担心以后过穷日子吗？”

王翦说：“我倒不担心。可是按照秦律，即便立了再大军功，也不能封侯。我想趁大王现在对我好，为子孙后代多要点东西，免得他们以后啃老。”

嬴政哈哈大笑，拍拍王翦的肩膀，答应了他的请求。

王翦率领浩浩荡荡的六十万大军出发了。途中，他又一连写了五封信给嬴政，不是汇报行军状况，而是索要更多良田美宅。

副将蒙恬都看不下去了，直言道："大帅您这样做，是不是太过分了？哪像个将军的模样，简直一副市井老赖的嘴脸。"

王翦笑道："你说对了，我就是要让大王以为，我只是个胸无大志的市井小人。你想想看，现在秦国能调动的军队都在我手上。我是君子坦荡荡，没有半点私心，但是面对大王那样精明的人，我如果不隔三岔五跟他要东要西，表现出一副贪小便宜的样子，他能放心吗？"

"原来如此。"蒙恬打心眼里佩服。

楚国听说秦军倾巢而出，于是举全国之力迎战。

楚军在项燕率领下，同仇敌忾，士气高涨。可是，当他们列好阵势，准备迎接秦军进攻时，对面的敌人却没有动静了。

"秦国佬要什么诡计，只打雷不下雨？"项燕纳闷地想，下令加强防范，严阵以待。他们一连等了几天，却连秦军的一个人影也见不着。项燕派人去侦察，得到的情报让他不禁哑然失笑。

"报告大帅，秦军正在构筑防御阵地，已经修好了几十座营垒，看样子是要打持久战！"

"什么？到底是他们侵略我们，还是我们侵略他们，怎么搞反了？"项燕想了想，笑道，"老王到底年纪大了，没有斗志啊！"

一晃又是好几天，项燕沉不住气了，派士兵到秦国堡垒前叫嚣，可对方依然无动于衷，于是派人去侦查，得知秦军将士每天就做三件事：吃好、睡好、洗个热水澡。

"他们这是公费旅游来了？"项燕对王翦更加轻视了，心想这老头又懒又贪，秦国早晚给他败光。

秦国也有情报人员不断在两边穿梭。

"报告！楚军士兵整天无所事事，哈欠连天。有人开始打鸟、赌博，长官也睁一只眼，闭一只眼。"

"嗯，很好。你盯好了，他们一有大动静，就速来汇报！"

"是！"

几个月后，最新情报送达秦营："楚军已经按捺不住，正准备率军向东，寻找新的突破口。"

“好，哈哈哈！”王翦大笑，“敌不动，我不动，敌若动，我先动！”

王翦偷偷抽调了一支精锐部队，尾随项燕部队转移，趁楚军没有防备，发动突然袭击，一举将楚军击溃。“土狼”和“斑马”又一次展开厮杀，只是这次身份互换了。

“上！干掉楚国佬！”

“不好啦，秦国佬来啦！”

项燕浴血奋战，誓死不降，最终自刎而死。王翦、蒙恬乘胜追击，攻破寿春，俘虏楚王负刍（chú）。不久后，渭水河畔拔地而起一幢楚国宫殿。

老鸹扯着嘶哑的嗓音，哀鸣着飞过楚地郊区的一片密林。

从林中钻出两个偷偷摸摸的人影，满脸血污、衣衫褴褛。

“叔叔，我们就这么逃了吗？”其中一个人是个八九岁的男孩，脸上有着一种与年龄不符的成熟与刚毅。

“留得青山在，不怕没柴烧。”另一个高个子男人眼含热泪，语气铿锵地说道，“楚虽三户，亡秦必楚！我们项家，一定还会卷土重来的！”

“嗯。”男孩点点头，目光凝重，跟着叔叔向前跑去。

男孩胸前悬挂着一枚玉坠，随着他身体的起伏上下晃动。玉坠上刻着他的名字——单名一个“羽”字。

赏　析

名将避祸的“诀窍”

《新王翦灭楚：最后的光荣》一文，以诙谐灵动的笔调，为我们再现了“王翦灭楚”那段跌宕起伏、惊心动魄的历史。其中有两个细节让笔者颇为感慨：一是王翦深谋远虑，在战场上懂得隐匿锋芒、进退自如，以《孙子兵法》中“敌不动，我不动，敌若动，我先动”的战略方针，以其人之道还治其人之身，击败了轻敌的项燕，成功灭亡楚国，为秦国实现统一大业争得“最后的光荣”（齐国不战而亡，秦国胜之不武，算不上有多光荣，因而楚国称得上是秦国统一之路上的最后一道屏障）。二是王翦身为一员武将，政治智慧丝毫不逊色于他的军事才华，功高却未盖主，从而为自己以及整个家族都迎来了圆满的结局。

“瓦罐不离井上破，将军难免阵前亡。”这句话以比喻手法，生动形象地说明了将军的生存处境。俗语“太平本是将军定，不许将军见太平”也辩证地阐述了将军在平定天下中“鞠躬尽瘁、死而后已”的真实写照。以上两句话除了字面意义，笔者以为还有两层含义：其一，是冲锋陷阵，战死沙场，比如项燕；其二，是征战以外，身陷权力游戏，成为皇权的牺牲品，从而导致不得善终，比如白起、李牧。是以，自古以来为大将者具有政治智慧，并得以功成身退，安享晚年者并不多见。而王翦就是其中之一。

王翦为何能够在以冷血多疑著称的秦王嬴政手下死里逃生安享天年，而同为大秦名将的白起却落得个身首异处，不得好死呢？其实说穿了，王翦是一个具有现代职业经理人意识的大将，精确定位自己是打工人，而不是老板。以审时度势的眼光，灵活示弱的表现和自诩市井商贩的高超演技示人，最后成了名利双收的人生赢家。

在说王翦是怎样功高而不自傲，从而实现个人抱负的理想人生状态之前，我们先来看看前面提到的白起是如何因为不识时务而招致杀身之祸的。

各行各业都有天赋异禀的天才。在军事领域这一块，白起显然就是个天才。

出身卑微、文化底子薄弱的白起，初上战场就因善于用兵颇得秦昭襄王赏识，戎马沙场二十年，战功赫赫无败绩，尤其是在长平之战中一举击溃秦国最强劲的敌人赵国，为大秦未来实现统一大业奠定了坚实基础。

就是这样一员为秦国立下汗马功劳的大将，最后却落得个伏剑自刎的下场，不免让人感慨唏嘘。究其原因不外有二：一是白起的名声与威望不断攀升，引起秦相范雎妒忌，不断在秦王面前挑拨离间；二是白起恃才傲物，秦王几次三番软硬兼施要求他带兵进攻邯郸，他都不为所动，一再装病抗命，而且牢骚满腹，对于秦军在前线的失利表现出幸灾乐祸的态度，挑战了秦王的忍耐极限。可以说，一个外患（范雎进谗逼死）、一个内忧（白起自己作死），两个因素叠加在一起，促成了白起失信于主子，最终枉死的悲剧。而这两个因素，也涵盖了历史上不少功勋卓著却不得善终的大将悲剧命运的缘由。

自古以来，无论文臣武将都是“学成文武艺，卖与帝王家”。任何人无论之前曾为国家立下过多大功劳，生活在帝王翻手为云、覆手为雨的时代，不效忠就是死路一条。

说完白起这个不懂审时度势的“反面教材”，再来说说“识时务者为俊杰”的名将典范王翦。

与白起相比，他识大体、明事理、顾大局、知进退、不贪权的优良素质，一并在带兵灭楚一战中充分体现了出来。

出征前，嬴政召问诸将灭楚用兵几何而足？年轻气盛的李信自信心爆棚，答：二十万人足够；沉稳持重的王翦则说：非六十万人不可。嬴政听取了李信的话，并同意王翦辞职回乡。

李信带兵攻楚后，被项燕击败。嬴政悔不当初，于是亲自到频阳向王翦请罪，要求王翦领兵。在大王答应所有用兵条件后，王翦临行前又向嬴政多求田屋宅园地，行军途中五度派使者回都求良田。王翦的“市井老赖”嘴脸，连部下蒙恬都看不下去了，前来规劝，王翦解释说自己是为了消除秦王疑虑而自毁形象，部下这才明白了他的良苦用心。

深谙自古以来的领兵者在成功后面对的“飞鸟尽，良弓藏；狡兔死，走狗烹”处境的王翦深知：拥兵自重对于“伴君如伴虎”的帝王来说是最大忌讳，而一个没有政治野心，仅仅贪点小便宜的部下，才能获得君主的信赖。

最终王翦在与项燕的关键一战中胜出，成功灭楚。助秦王统一六国后，他又学习前辈范蠡隐退江湖，告老还乡，为自己的职业经理生涯画上一个圆满句号，成为名将中为数不多的善终者。

张钧杰，“70后”，贵州安顺人。中国散文学会会员、中国铁路作家协会会员，中国西部散文学会会员。

对本书的一句荐语：读史明智，读“笑李飞叨”知风雨人生。

第 59 章 新天下一统：功成

典故卡

天下一统

这一典故载于《史记·秦始皇本纪》。秦王嬴政先后灭掉山东六国后，在中央创建皇帝制度，实行三公九卿，管理国家大事。地方上废除分封制，代以郡县制，同时书同文，车同轨，统一度量衡。对外北击匈奴，南征百越，修筑万里长城，修筑灵渠，沟通水系。秦始皇还把中国推向大一统时代，为建立专制主义中央集权制度开创新局面，对中国和世界历史产生深远影响，奠定了中国两千余年政治制度基本格局，被明代思想家李贽（zhì）誉为“千古一帝”。

最近三五个月，东部天空总有一团紫气在弥漫。这股子紫气像牛皮癣一样顽固，风吹不散，雨打不乱，雷劈不透，闪电也钻不漏。紫气紫得让人瘆得慌，既像死猪在水里泡了七天的肚皮，又像是壁画上黑白无常的紫蓝色自来卷头发，当然更像的还是阎王爷那张让六畜惊骇、花见花败的狰狞尊容。

齐国百姓首先被笼罩在这团紫气里，所有人的脸都显得没有血色，一个个好像用桑椹汁敷了面膜，稍微拿指甲一掐就能掐出脓毒来一样。大街上死气沉沉，猫狗蜷缩在麦秸垛里，老实得如同打了镇静剂一样。酒馆、成衣铺、菜摊、粮油店、镖局全都闭上了大门，几辆牛车吱吱扭扭从城里往外沉闷地走出来，赶车人谁也不和谁搭腔，只有鞭子时不时在空中甩出几声脆响。车辆五十丈外隐约传出哭声，哭得虽不是那么撕心裂肺，但听来也让人肝肠寸断。他们扶老携幼，披麻戴孝，打幡的打幡，摔盆的摔盆，牛车上盖着的草席被风一吹，露出来十几具尸体，血也顺着车辙流了一路。

此时黄沙突卷，铁蹄阵阵，镇子北边一队秦兵吹着流氓哨呼啸着奔驰而来，惊得赶车人丢下牛车抱着脑袋跑得比耗子都快。刚刚还在哭丧的一群人一瞬间也消失不见了，逃跑的速度连拉车的几头牛都感到惊诧。

秦兵下马把牛头箍住，一刀将牛宰了，随后剥皮抽筋，堆起篝火，烤起牛肉来。不一会儿满大街就弥漫起让人垂涎三尺的肉香。为首的将军模样的士官首先拽下一只牛腿，从马身上卸下那只鼓鼓囊囊的驼皮酒壶，一边大口喝酒一边大口吃肉。剩下的士兵见首长已经开荤，便也开始大快朵颐起来，一时间都恨自己没有多长两张嘴。

“将军，今天算是开了大荤了，没想到这齐国物资匮乏到这个地步。”一个士兵甩开后槽牙，撩起腮帮子，把肥肉一个劲儿地往鼻子下面的窟窿眼里塞，噎得哏喽哏喽的，愣是把牛肉吃出了龙肉的感觉。

将军叹了口气，说道：“最起码比楚国强，这几个小国就属楚国最难打，耗费兵力也最多。大王将六十万兵力交给王翦将军，还用了将近两年时间才将楚国摆平。现在就剩下齐国了。齐王常年骄奢淫逸，国家早就不练兵了。瞧瞧那些赶鸭子上架的士兵，有的军装穿反了，有的刀拿反了，就这副德行还用得着打吗？吓都能把他们吓死。”

“你说咱们把齐国灭掉之后，大王还要称大王吗？”

“那肯定不能再称大王了，应该叫大大王吧！”其中一个士兵说。

“吃了熊心爆肚了你？敢骂大王是大大王八，我先赏你几个大大的嘴巴子！再说了，这是你们几个文盲该操心的事吗？瞅你们几个的名字，你叫杨甘、你叫牛杜、你叫朱费，好家伙，一盘子杂碎，还大大王八？你们几个也配起名字？”

“将军，我们就是这么一说，嘴上有油那闲话就顺着滑溜出来了不是？”几个人笑嘻嘻地说道。

“记住，莫谈这些犯忌讳的事，小心自己的狗头！”将军猛喝了一口酒，说道，“吃饱喝足咱们还要去搜城。动作麻利点，要做到地毯式检查。今天我还要回宫向王贲（bēn）元帅汇报，争取这两天拿下整个齐国。”

“喏！”

士兵们用了不到五炷香工夫，连牛骨头都嚼得干干净净。将军抹了一下满是牛油的嘴，站起身跨上战马，大手一挥，喊道：“搜城！”所有人马便齐刷刷地向齐国内城挺进。

大帅王贲听到齐国开城投降的消息时已是月上柳梢头了。他抑制不住内心的兴奋，整了整衣冠，又抱着铜镜把自己那榆树皮般的脸照了三遍，才满意地进宫去向秦王汇报，一路上激动得腿都软了，趺趺撞撞，像吃了半个月豆腐一样。

秦王嬴政此时正在咸阳宫里与丞相王绾、御史大夫冯劫、廷尉李斯加夜班议事。有宦官来报："大王，王贲将军有要事禀报。"

"宣！"秦王嬴政和平常一样，惜字如金地吩咐道，脸却继续埋在成堆的书简里。

"大王，齐国灭亡了，是齐王建率众开城门投降的，基本没有抵抗。"王贲跪在地上眉飞色舞地描绘道。

"这是在寡人预料之中的，"嬴政笑着对几个大臣说道，"这说明怀柔策略奏效了，远交近攻的思路也是对的。"

"大王英明。"几位大臣不约而同齐声赞扬道。

嬴政又说道："虽然山东六国已经全部被灭，但我们还不能掉以轻心，因为现在北有匈奴，南有百越，这两匹饿狼仍是我们大秦的潜在威胁。"

"那两个蛮夷之地不足为虑，"王贲攥着拳头说，"大王，请给我四十万人马，臣吸袋烟的工夫就把他们拿下。"

"你以为给驴卸枷锁呢，说拿下就拿下？那些地方山高谷深，地形复杂，必须先熟悉环境再做定夺，还是从长计议吧！"嬴政叹了口气说道。

这时王绾给李斯使了个眼色，李斯会意，上前一步突然跪了下来："启奏大王，如今六国皆灭，天下归于一统，请求大王足登大位，摄政天下。"

"还用请求吗？寡人十分乐意，这个梦我都做了十几年了。"

嬴政笑得前仰后合，一不小心差点从龙椅上跌落下来。他捋了捋胡须，极力平复了一下激动的心情，对李斯说："既然七个国家已经归于一统，我就不能再称大王了。爱卿以为，寡人该换个什么称谓？"

李斯抬头看了一下嬴政，发现他的头发有一半一夜之间都白了，便匍匐在地答道："为了统一天下，大王头上都熬出了白发，王字上头添个白，就称皇吧！您如今是第一个皇，就叫始皇吧！"

"还是李丞相学问高，可屎黄好像是上火的征兆，而且还有些味道，不行！你们再想想，这个称呼不太干净。"秦王嬴政把目光投到了丞相王绾身上。

王绾赶紧上前一步说道："大王，远古时期有五方上帝，不如您就叫秦帝……"

"亲弟？还晚弟呢！我又不是抱养的。不行不行，你们就是太笨。寡人哪一件大事不是开天辟地的，稍微打个喷嚏就得惊天地泣鬼神。上古虽有三皇：燧（suì）人、伏羲（fú xī）、神农，五帝：黄帝、颛顼、帝喾、尧、舜。但是他们哪一个的功劳比得上寡人？把他们的尊称合起来也不一定撑得起寡人的身份！也罢，寡人吃点亏就吃点亏吧，勉为其难，取皇和帝两个字，就叫皇帝吧！”

“这个称谓好，还是大王英明神武，起名字都这么霸道！”几位大臣全都眉开眼笑，感觉心里终于卸下了一个大担子。

这时有人进来禀报：“大王，前去各国采购建造阿房（ē páng）宫木材石材的总管事回来了，有要事要面见大王。”

“宣！”

只见一个工匠模样的人被带了进来，跨过门槛就磕头，口里称着大王，头却不敢往上抬。王贲扶起他往前迈了两步，说：“你磕错了，我不是大王，这位才是大王。”吓得工匠愣是把额头磕出一个大血包。

“有什么事赶紧奏来！”嬴政有点不耐烦，大声呵斥道。

“大王，奴才该死！”工匠低着头答道，“您派我去其他各国采购木材石材，指示我们不能扰民欺压百姓，一律按原价支付货币，但燕、齐两国用的是刀币，韩、赵、魏三国用的是布币，楚国用郢爯（yǐng chēng）、蚁鼻钱，他们都不认咱们秦国的圆形方孔钱。奴才该死，到最后一根木材也没有买来……”

“混蛋！普天之下，莫非王土，率土之滨，莫非王臣。现在整个天下都是寡人的，更别说一根小小的木材。这些人简直胆大包天，必须抓住一律处死！你这个蠢东西，这点小事都办不好，我看先把你拉出去开刀……”嬴政命令一下，吓得工匠立马瘫软在地。李斯赶紧上前阻拦：“大王息怒，这事既不怪工匠也不怪百姓，是咱们考虑不周全。虽说现在天下已经统一归秦，但货币还不统一，老百姓肯定不敢收秦币。如今当务之急是统一货币，这样就可以流通了。”

“对，全国都统一流通方孔圆钱。我看不但是钱，连度量衡都要统一，免得那些奸商做手脚。还有车同轨、书同文、人同伦，咱们不但要统一疆土，衣食住行、风俗习惯都要统一。”

嬴政指示李斯道：“你赶紧起草法案，尽快施行下去。还有，天子之所以贵，是要让人只闻其声，想见其面就如同云里觅龙一般。以后寡人就称朕，除我之外谁也不能叫朕，凡是书籍中有朕、始皇帝字样的一律要避讳。以后下达命令就是下旨意、下诏书，听清楚了吗？”

“微臣遵旨！”

“王丞相，你回去占卜一下，选个黄道吉日，朕要登基为皇帝，大赦天下！把这个工匠拖出去，算这小子走运，大赦天下前先把他给赦了。”

“遵旨！”王绾领完旨意，带着众大臣退下了。

大概过了七七四十九天，咸阳宫里开始张灯结彩，大门高墙粉刷一新，鼓乐管箫声响彻天际，宫女宦官在宫里宫外摩肩接踵，穿梭往来，忙得不亦乐乎。大臣们早已穿红戴绿，在宫门口等待了好几个时辰。此时有马车陆续从外地往上林苑赶来，车上满载着其他各国旧部族进献给嬴政的贺礼。

吉时已到，嬴政在众多宫女大臣的簇拥下来到宫门前。他身穿冕服，头戴冕冠，冕服上有12种图案，刺有日、月、星辰——意为照临意；绘有大山——表示稳重，龙——表示应变，华虫——表示文丽，宗彝（zōng yí）——表示忠孝，藻——表示洁净，火——象征光明，粉米——取其滋养，黼（fǔ）——象征决断，黻（fú）——象征明辨。穿的鞋是红色的，腰系黄赤大佩，长二丈九尺九寸。冕冠白玉珠串为12串，在丝带经过两耳的位置上，各垂一颗黄色朱玉。腰间左侧戴有玉佩，是用白色玉石制成，右侧配一柄长剑，威风凛凛，目光炯炯，一副威严傲慢的神态。

嬴政在文武百官拥护下登上特制的龙椅，屁股刚一坐下，众大臣便齐刷刷跪倒在地，高声喊道：“大秦皇帝万岁万岁万万岁！”

接着便有司礼官宣读诏书：“朕自13岁时即王位。22岁开始亲理朝政，除掉吕不韦、嫪毐（lào ǎi）等祸乱宫闱（wéi）之人。朕励精图治，先后灭韩、赵、魏、楚、燕、齐六国。如今天下归于一统，朕顺天应命，建立大秦，功比三皇，德盖五帝，领皇帝尊称，携既寿永昌玉玺（xǐ），子孙后代称二世三世，乃至万世，延绵不绝。从今天开始收缴民间兵器，百姓不得私藏一铜一铁，切菜用手撕……”

“这个可以商量，”嬴政赶紧打断了司礼官的话，“先别啰唆了，念这些就行，你没听见底下人都有打呼噜的了吗？也就是朕今天心情好，想着大赦天下，要不非拉出几个给他们通通鼻孔眼不可。”

“钦此！”司礼官喊完这句话，底下的人真像三伏天洗了个冷水澡一般痛快，站起身来山呼万岁。这回仿佛是真心话，一个个再也不是刚才那样皮笑肉不笑的了。

登基仪式搞了整整一天，累得所有人都筋疲力尽，可算挨到了晚上。厨子们把美味佳肴端到餐桌上，一边端一边介绍：“这是燕国的狗肉，这是韩国的驴肉，这是齐国的马肉、魏国的牛肉、楚国的猪肉……”说了半天唯独不见赵国特产。

“赵国百姓没有进贡吗？”有人问道。

此时李斯和王绾吃得正带劲，听到这话也抬头看着厨子。厨子笑道：“肯定有啊！不过赵国特产太珍贵，不是咱们这些大臣能享用的，待会做好后会直接呈给皇帝一人品尝。”

“呦！那咱们得开开眼了，等着瞧吧！”

过了三炷香工夫，有几个厨子推着一架大餐车从御膳房出来。餐车用黄布盖着，等推到始皇帝面前时，嬴政问道：“这是何物？”

厨子把黄布打开，露出来一整头烤熟的似驴非驴、似马非马的生物，把所有人都难住了，不知道它是什么。

“启禀吾皇，这是赵国百姓进献给您的贺礼，马和驴交配生下的骡子。”

“呵！朕可从来没有吃过这个玩意儿。别说吃，听都没有听过。好，朕一定要尝尝！”说着始皇帝便开始大快朵颐起来。

就在大臣们交头接耳，议论纷纷，馋得直咽唾沫时，王绾悄悄把李斯拉到旁边，悄声问道：“李大人，您听说过这个东西吗？”

李斯捋了捋胡须说道：“不瞒丞相，我还真认识这个东西。它的名字叫骡子，是马和驴交配生下来的。有首民谣我听过，叫狗愁改不了净吃屎，猪愁离不开臭水沟，骡子愁得一世休……王丞相，这个东西生不出后代，只能传这么一辈，赵国给皇帝进贡骡子，皇帝还美滋滋地吃了它，这是个不祥之兆呀！”

“哎呀！”王绾大吃一惊，赶紧捂住李斯的嘴，“别吱声，还是装聋作哑的好，只当不知道此事。”

俩人继续坐下吃饭，但越吃越觉得饭菜不再香甜，到最后竟然吃出来一嘴的苦涩，那味道比苦胆强不到哪去。

赏 析

活着的秦始皇

有些人、有些事，简单到像一杯清水，晶莹透明。而有的人、有的事，历经千年沉封，仍然是众说纷纭。秦始皇便是这样的人，他的功过是非，一直是人们讨论的热点，关于他的文章，多如牛毛，用今天的话来说，是地地道道的“流量王”。那么，他是怎样的一个人呢？

且让我们翻开《新天下一统：功成》篇，探究背后的真相吧！

在此篇中，作者独辟蹊径，以小见大，从秦始皇登基这个典型场景入手，自然展开、不露痕迹地把他那段改变了中国，也影响了世界的一统天下的波澜历史进程，鲜活地呈现了出来，读来如温了一杯小酒，回味无穷。我们可以围绕以下五个方面对秦始皇的一生加以认识和思考。

秦帝国让文化更加统一和丰富。中华文化既统一紧密又丰富多彩，这是其最大的特点，是真正的“形散魂聚”，具有强大的生命力和融合力，无论千年风云如何变幻，都未曾断裂过。而中华文化的内核是汉字，自从秦始皇颁布全国统一使用小篆进行书写、交流、记载、通信、发文的诏书以后，不管是“齐人”还是“赵人”“楚人”，人们在使用过程中潜移默化地更加确定国民认同和彼此接纳。这种文化上的聚合和多样，作者在文中用“燕国的狗肉，韩国的驴肉，齐国的马肉，魏国的牛肉，楚国的猪肉”进行了生动诠释。讲真，那桌宴席让人口水直流，八大菜系，闻名遐迩。

秦帝国让疆域更加辽阔和稳固。文化是立国、强国之基，随着中华统一文化的形成和固化，产生了不可比拟的吸引力和同化力，更显示出领先世界的文化先进性。秦始皇修万里长城，虽说是为了抵御外族入侵，但客观上却加速和强化了关内的联络和发展，使生产力得到了极大的提高，促进了民族大融合和农耕文明的进步。文化和经济的繁荣，产生了“吸虹效应”，让关外的少数民族好生羡慕，主动向中原靠拢，虽然靠拢方式有一些“激烈”，但为日后中华版图的形成和稳固奠定了坚实基础。

秦帝国让体制更加高效和合理。国家治理制度的优越性是从治理制度的有效性中体现出来的。秦始皇统一六国后，对国家治理制度进行了大胆改革，典故卡中说：他建立了以皇帝为核心的三公九卿行政管理体制，在地方上废除分封制，实行郡县制，开创了中央集权制。据考证，秦朝大约共有 36 郡 1000 个县，这个能者上庸者下、一级对一级负责的制度，极大地调动了国人管理国家、建设国家、保卫国家的主动性和积极性，是历史的巨大进步。

秦帝国让经济更加繁荣和活跃。六国未破之前，社会经济发展和贸易往来的基础条件受到限制和阻碍。本章借采购员之口，对此有一针见血的描述：“您（秦始皇）派我去其他各国采购石材木材……但燕、齐两国用的是刀币，韩、赵、魏三国用的是布币，楚国用郢爯、蚁鼻钱，他们都不认咱们秦国的圆形方孔钱。奴才该死，到最后一根木材也没买来……”一个皇帝居然有东西买不到，这还得了？秦始皇于是下令统一货币和度量衡，实行书同文、车同轨、人同伦，迅速使中国发展进入一个崭新时期。随后在汉唐兴起的丝绸之路，又联通了中国与外界经贸合作的渠道，对中华文明的传播起到了开拓性的作用，这种文明互鉴的影响力，直到今天都还在延续和产生。

秦帝国让国家更加开放和包容。李斯、韩非、姚贾作为非秦人，都曾为秦国的政治、经济、军事、法制等各方面建设做出过突出贡献，为秦国的崛起和强盛直至统一六国起到了不可或缺的作用。这些在“笑李飞叨”七国争雄的各章节中都有浓墨重彩的描写，并专门用一章《新谏逐客书：仓鼠》讲了秦始皇怎么听信谗言要驱逐外地人，又怎么采纳李斯建议收回旨意、继续重用客卿的故事，深刻阐述了秦始皇知人善用、唯才是举、不拘一格的用人观和人才观。秦始皇能够把天下英才、俊才为我所用这一点，也为成就自己的千古帝业创造了条件。这个历史经验告诉我们：闭关锁国会导致落后，开放改革才能进步。

其兴也勃焉，其亡也忽焉，本章结尾处，作者用一道骡子做的菜，暗喻秦朝横征暴敛、民不聊生、人心尽失，只能传一代到秦二世，不由令人拍案叫绝。

作者以秦始皇称帝作为整个中华五千年历史中奴隶社会的结束，从而开启两千多年封建社会的序幕，有着匠心独运的设计和思量，承上启下。至始皇起，一个更加开放包容、更加改革创新、更加紧密认同、更加历久弥坚的古老中国，傲然屹立于世界民族之林，才有了万邦来朝的盛唐景象和被称为“汉人”由来的文景之治，也才有了造纸术、指南针、火药、活字印刷术及随后的郑和下西洋、四库全书。

写完这些，我猛然感到，秦始皇还活着，活在方块小字中、活在万里长城上、活在雄伟兵马俑边、活在八大菜系里、活在长江黄河两岸、活在这片生机勃勃的土地上……今天的我们就是用彼此熟悉的语言和文字交流、讨论、对话，你懂我懂，不用翻译。

沈小平，“60 后”，重庆涪陵人，文学爱好者。

对本书的一句荐语：前有鲁迅《故事新编》，今有笑李飞叨“笑侃历史”。

附：赏析作者简介

1. 夏旭志，“70 后”，江苏南京人。江苏省作家协会会员、江苏省诗词协会会员。

对本书的一句荐语：笑看历史风云，重温文化辉光。

2. 夏子豪，“00 后”。江苏省诗词协会会员、南京市作家协会会员。

对本书的一句荐语：重温风云激荡的历史，感悟灵魂深处的故事！

3. 何争鸣，本名孙建军，“70 后”，河北省邢台市作家协会会员。

对本书的一句荐语：本书戏说不胡说，以史实为依据，用诙谐幽默的语言叙说，让人在轻松愉悦的氛围下了解历史。本书写历史但不拘泥于历史，旨在用历史来解读当今的社会现象，起到以史明智、鉴今的效果。

4. 沈小平，“60 后”，重庆涪陵人，文学爱好者。

对本书的一句荐语：前有鲁迅《故事新编》，今有笑李飞叨“笑侃历史”。

5. 李嗣泽，“70 后”，医生。辽宁省作家协会会员。

对本书的一句荐语：一本对历史深刻反思的书，值得肯定。

6. 王闽九，本名王海英。“60 后”，现居福建漳州，退休教师，文学爱好者。

对本书的一句荐语：挟融媒体时代多元风，于笑侃中演绎神州文明史，以古鉴今，寓教于乐。

7. 张春燕，“60 后”，重庆万州人，金融从业人员。重庆市作家协会会员，重庆市散文学会会员。

对本书的一句荐语：品笑李飞叨新说“上下五千年”，赓传中华优秀文化谱新篇，温故知新益智增信开创新境界。

8. 田向文，笔名行者杂谭，“70 后”，山西应县人。成都市作家协会会员，四川省杂文学会会员。

对本书的一句荐语：以笔为枪，以史为鉴，关注现实。

9. 肖会智，笔名肖垚，“70 后”，贵州思南人。铜仁市作家协会会员。

对本书的一句荐语：纵览上下五千年，见仁见智见悲欢。人心人性泛波澜，世情世象是为鉴。

10. 苟大戈，本名栗振光，男，“60后”，内蒙古包头人。文学爱好者。

对本书的一句荐语：如果历史是任人打扮的小姑娘，那笑李飞叨笔下的历史便是倾国倾城的绝代佳人。

11. 赵玉明，“60后”，福建福州人，内刊编辑。福建省作家协会会员，鲁迅文学院残疾人作家班学员。

对本书的一句荐语：轻松调侃皆妙趣，清新诙谐真智慧。

12. 何田昌，笔名田日曰，“60后”，湖南永州道县人。中国少数民族作家学会会员、中国散文学会会员、湖南省作家协会会员、船山学社会员、何绍基文化研究会特约研究员。

对本书的一句荐语：一切历史都是当代史，抹开历史的尘封，也一定得见我们自己的影子。

13. 张洲，“60后”，山西朔州人。山西省作家协会会员。

对本书的一句荐语：用现代的艺术解读古典，用戏曲的手法揭示人性。唯上善若水，厚德载物矣！

14. 张钧杰，“70后”，贵州安顺人。中国散文学会会员、中国铁路作家协会会员，中国西部散文学会会员。

对本书的一句荐语：读史明智，读“笑李飞叨”知风雨人生。

15. 郄智成，“60后”，黑龙江大庆人。黑龙江诗词协会会员，大庆市作家协会理事，肇州县作家协会副主席。

对本书的一句荐语：用轻松来解读沉重，此独特之创意也。

16. 周康平，笔名弯月的山坡，“50后”，重庆市人，办公室码字员，重庆市散文学会会员。

对本书的一句荐语：古意飘荡的上下五千年，永远是我们心中演绎不尽的历史。

17. 紫岚，本名祁之来，“70后”，青海海东人，企业管理人员。文学爱好者。

对本书的一句荐语：从悠悠历史中看滚滚红尘。

18. 苗文金，“80后”，河北邯郸人。河北省采风学会会员，河北公安文联作家协会理事，邯郸市作家协会会员，首届邯郸市公安局文联会员。

对本书的一句荐语：书中人，书中事，皆有人间烟火味，栩栩如生的人物如同夜空的星星，像宝石一样闪着光。

19. 陈瑜，笔名陈愚，“70 后”，江苏南京人。江苏省作家协会会员、江苏省诗词协会会员、南京市机关作家协会会员、南京市公安文联会员、《金陵警坛》特约撰稿人兼特约评论员。

对本书的一句荐语：“听”笑李飞叨戏说上下五千年，轻松学历史！

20. 毕丽，“80 后”，贵州六盘水人，文学爱好者，六盘水市作家协会会员。

对本书的一句荐语：看似戏说上下五千年，实为对历史的回顾和膜拜，用或大或小的人物，或响亮或沉寂的故事，尽窥人生百态。

21. 聂四海，“60 后”，湖北赤壁人，教师。赤壁市作协副秘书长，赤壁文学院秘书长。

对本书的一句荐语：笑李飞叨以学者的精神向度，自觉将历史与现实、文化与哲学等有机融合，不断萃取其中蕴含的时代价值。

22. 高中原，“60 后”，湖北武汉人。文学爱好者。

对本书的一句荐语：翻开了岁月的记忆，袅袅着历久的弥香。我来到“笑李飞叨”的江湖，仗剑走天涯……

23. 毕会艳，“70 后”，天津宝坻人。中国电力作家协会会员、天津市作家协会会员。

对本书的一句荐语：大事不拘，小事不虚，刀风剑雨中还原历史真相，谈笑风生间见证人性本色。